PATRICIA ALGE

Leise Tränen – starkes Herz

Die Autorin ist Mitglied bei DeLiA, der ersten Vereinigung deutschsprachiger Liebesromanautorinnen und -autoren: http://www.delia-online.de

Besuchen Sie auch die Homepage von Patricia Alge: http://www.patriciaalge.ch

Patricia Alge: Leise Tränen – starkes Herz

Dieses Werk wurde vermittelt durch die Literarische Agentur Thomas Schlück GmbH, 30287 Garbsen

Einbandgestaltung: agilmedien, Köln
Einbandabbildungen: AKG / Berlin
Satz & Layout: Andreas Paqué, Ramstein
Druck und Bindung: Reálszisztéma, Dabas
Printed in Hungary 2003
ISBN 3-8289-7435-X

Prolog

Schottland, März 1168, Ostturm von Castle Fraser

Es war ein Anblick wie aus einem Hexenszenario. Weit heruntergebrannte Talgkerzen schmolzen in Wandhalterungen vor sich hin und ergossen ihre zähflüssige Masse auf die alten Binsen am Boden. Durchdringende, würzige Düfte getrockneter Gräser und Kräuter erschwerten das Atmen in der kleinen Turmkammer. Die Wände waren mit hölzernen Regalen verkleidet, die Tiegel, Schüsseln und Kästchen mit verschiedenen Pulvern und Flüssigkeiten enthielten. Von der Decke hingen blasse, bizarr geformte Wurzeln herab und warfen mysteriöse Schatten an die Wände. Wohin man auch sah, lagen und hingen unzählige Stapel und Häufchen verschiedener Kräuter. Neben den Regalen standen ein kleines Fass, das als Sitzgelegenheit diente, und ein schäbig wirkender Tisch – die einzigen Möbelstücke im Raum. Der Tisch drohte unter dem Gewicht der dicken, ledergebundenen Bücher und Mörser beinahe nachzugeben. Mitten in diesem Chaos rieb sich eine kleine, zierliche Frau nachdenklich das schmale Kinn. Lady Elena Cambell, einzige Tochter des Earls von Canterbury, fühlte sich vollkommen in ihrem Element. Dies war ihre kleine Welt. Ein Ort, den kaum jemand zu betreten wagte – ihre Zuflucht vor dem Grauen des Alltags in Castle Fraser.

„Irgendwo müsste ich doch noch etwas von dem Bingelkraut haben", überlegte Elena halblaut und ließ ihre Augen erneut durch den Raum schweifen. Sie arbeitete gerade an der Fertigstellung einer Salbe, die der alten Köchin Linderung bei ihrem Rheuma verschaffen sollte.

„Ah, da ist es ja."

Vorsichtig die Röcke anhebend, bahnte sie sich einen Weg durch die Kräuterhäufchen.

Just in diesem Moment wurde die Tür so heftig aufgestoßen, dass sie mit einem lauten Krachen gegen die Wand schlug. Elena wirbelte erschrocken herum und erstarrte im selben Moment. Zu entsetzt, um auch nur ein Wort herauszubringen, hefteten sich ihre Augen auf das blasse Gesicht ihres Vaters. Lord Cambell wankte, die Hände fest auf die stark blutende Wunde an seiner Seite gepresst, in den Raum. Blut sprudelte zwischen seinen Fingern hervor und durchtränkte bereits seine Beinkleider.

„Elena", stöhnte er gepresst, bevor er bewusstlos zusammenbrach.

„Um Himmels willen … Papa!", schrie Elena auf und stürzte an die Seite ihres Vaters. Behutsam bettete sie seinen Kopf auf ihren Schoß.

„Papa" – ihre Stimme überschlug sich vor Angst – „Papa, bitte sag doch etwas! Was ist denn passiert?"

Gerade als sie seine Wunde untersuchen wollte, öffnete er wieder die Augen und stieß ihre Hand weg.

„Elena …" Ein heftiger Hustenanfall hinderte ihn daran, weiter zu sprechen, und der Geruch von süßem Wein und Blut schlug ihr entgegen.

„Elena … wir werden überfallen … flieh!"

Elenas Herz wollte vor Schmerz zerspringen. Nie zuvor hatte sie ihren Vater so schwach gesehen. Trotz seines kleinen Wuchses war er ihr immer stark und unnachgiebig erschienen. Zumindest bis zu jenem Zeitpunkt, als sich Lord Grenwick mit seinen Kumpanen wie eine fette Schabe in diesem Schloss eingenistet hatte. Das allmählich verblassende Veilchen unter Elenas rechtem Auge kribbelte bei der Erinnerung an Grenwicks letzten Wutausbruch. Ihr Vater selbst war wieder einmal zu betrunken gewesen, um ihr zu Hilfe eilen zu können.

„Flieh, Elena!"

„Nein, Papa, ich werde dich nicht allein lassen."

Aus der großen Halle drang das metallene Geräusch von Schwertklingen, die aufeinander schlugen, gefolgt von lautem Gebrüll und Rufen. Elena schüttelte entschieden den Kopf und tupfte ihrem Vater mit dem Schürzenzipfel den Schweiß von der Stirn.

„Du brauchst mich, Papa. Lass mich dir helfen …" Erneut versuchte sie, seine Hände von der Wunde zu schieben, um sie genauer betrachten zu können, doch er ergriff ihr Handgelenk so fest, dass sie beinahe aufgeschrieen hätte.

„Du …" Wie ein Ertrinkender klammerte er sich an sie, während ein neuerlicher Hustenanfall seinen Körper peinigte. „Du musst fliehen und …" Er befeuchtete seine trockenen Lippen. „… und Hilfe holen. Ich gebe dir Todd als Begleiter mit." Er deutete mit einem Nicken auf den jungen Mann, der mit unergründlicher Miene im Türrahmen stand. „Er … er weiß, was zu tun ist, und er wird dich beschützen."

Elena blickte kurz auf, widmete sich aber sogleich wieder ihrem Vater.

„Was ist mit Lord Grenwick und seinen Männern? Sie waren doch heute deine Gäste. Warum haben sie dir nicht geholfen?"

Elena glaubte zu spüren, wie ihr Vater leicht zusammenzuckte, bevor er sein Gesicht von ihr abwandte und flüsterte: „Ich weiß es nicht. Sie sind entweder gefallen oder gefangen genommen worden. Ich gewährte ihnen Schutz durch meine Gastfreundschaft und nun … Ich … Ich habe versagt."

„Bitte, quäle dich nicht, Papa! Dich trifft keine Schuld. Ich werde König Malcolm eine Nachricht schicken. Er wird wissen, was zu tun ist."

Lord Cambell schüttelte erschöpft den Kopf. „Der König ist zu Friedensverhandlungen in … in Edinburgh. Du bist die Einzige, Elena."

Elena nahm wahr, dass sich der Husten ihres Vaters allmählich in ein röchelndes Keuchen verwandelte, und die Angst um ihn schnürte ihr die Kehle zu.

„Meine Tochter, du bist die Einzige, die jetzt Hilfe holen kann."

„Papa, bitte sprich nicht!", beschwor sie ihn leise. „Spare deine Kräfte."

Lord Cambell schüttelte langsam den Kopf. „Du darfst keine Zeit verlieren, mein Kind. Nicht auszudenken, wenn die da unten dich in die Finger bekommen würden!" Ein Schaudern durchlief seinen Körper. „Geh jetzt, die Zeit wird knapp!"

Er gab dem Mann an der Tür ein Zeichen, woraufhin dieser neben Elena trat.

„Mylady, wir müssen uns beeilen."

Elena hörte, wie das Schwerterklirren näher kam, schüttelte aber dennoch energisch den Kopf. „Ich gehe nirgendwohin!" Entschlossen stand sie auf. „Nun steh' nicht herum, hilf mir lieber, meinen Vater in Sicherheit zu bringen."

Todd rührte sich nicht. „Es ist Eures Vaters Wunsch, dass ich Euch aus der Burg schaffe."

Die Art, wie er das Wort Wunsch betonte, ließ keinen Zweifel daran, dass Todd den Befehl seines Herrn zu befolgen gedachte.

„Aber …" Elena wollte sich wehren, doch Lord Cambell unterbrach sie mit erstaunlich fester Stimme.

„Elena, so flieh doch endlich, bring dich in Sicherheit! Geh und finde den Feldherrn, den man den Höllendämon nennt! Nur er kann uns jetzt noch helfen." Und etwas leiser fügte er hinzu: „Bei Gott, ich wünschte, ich könnte dir diese Aufgabe ersparen, mein Kind."

Kapitel 1

Keith, Schottland

Der Himmel wirkte so schwarz und unheilverkündend, als ob der jüngste Tag angebrochen wäre. Dicke, graue Wolkenbänke verdunkelten das Firmament und ließen nur erahnen, dass der Morgen bereits dämmerte. Der Wind fegte unbarmherzig über die karge Landschaft und in der Ferne ertönte das klagende Heulen eines einsamen Wolfes.

Elena zog die Kapuze ihres Umhangs tiefer ins Gesicht, um sich gegen die eisige Kälte zu schützen. Obwohl sie ein sehr vernünftiger Mensch war und weder an schlechte Omen noch an böse Geister glaubte, verspürte sie unwillkürlich den Drang sich zu bekreuzigen.

„Mylady, bitte! So nehmt doch Vernunft an! Lasst mich alleine in das Lager hinunterreiten. Es ist einfach zu gefährlich für Euch. Dieser Mann besitzt eine rabenschwarze Seele." Elena warf Todd O'Brian, ihrem jungen Begleiter, einen müden Blick zu. „Nein, ich muss es tun. Du weißt, was auf dem Spiel steht. Ich könnte es mir niemals verzeihen, wenn ich nicht alles versucht hätte. Ich bin nicht diesen weiten Weg gekommen, um nun davonzulaufen." Was hätte sie nur darum gegeben, tatsächlich so mutig zu sein, wie ihre Worte klangen. In Wirklichkeit bekam Elena vor Angst kaum noch Luft und ihr Magen krampfte sich schmerzhaft zusammen. Erneut ließ sie ihre Augen in das Tal hinunterschweifen. Auf jedem der fast dreißig Zelte unter ihnen wehte das schwarze Banner mit der blutroten Flamme in der Mitte. Sie hatten ihn gefunden, den berüchtigten Höllendämon.

Einige der Krieger saßen vor den Zelten und putzten ihre Rüstungen oder schliffen die Schwerter. Andere übten sich trotz der frühen Morgenstunde und der beißenden Kälte im Zweikampf. Unweigerlich fragte sich Elena, welcher von ihnen wohl der unbesiegbare Krieger sein mochte, dessen Namen man nur leise auszusprechen wagte und der bereits zu Lebzeiten als Legende besungen wurde.

„Die Leute sagen, er sei ein Riese, der kaltblütig Frauen und Kinder mordet. Selbst seine Verlobte soll sich so sehr vor ihm gefürchtet haben, dass sie sich von den Turmzinnen gestürzt hat." Todd hielt kurz inne, bevor er leise fortfuhr: „Böse Zungen munkeln sogar, er hätte sie gestoßen, weil er ihrer überdrüssig geworden war. Ob dies nun stimmt oder nicht, kann ich nicht beschwören, doch mit Sicherheit ist er ein Mann ohne Ehre und Gewissen. Er führt die Kriege der Männer, die ihn am besten dafür bezahlen, und ..."

Elena brachte Todd mit einer knappen Handbewegung zum Schweigen. Sie hatte auch ohne diese Schauergeschichten genug mit ihrer eigenen Angst zu kämpfen. Im Übrigen war sie es leid, mit Todd zu streiten. Es war der Wunsch ihres Vaters gewesen – vielleicht sein letzter – und nichts und niemand würde sie von ihrem Entschluss abbringen.

„Man sagt aber auch, dass ebendieser Krieger der Lieblingsritter unseres Königs ist und dass er noch nie einen Kampf verloren hat." Sogleich tat ihr der schneidende Tonfall leid, und sie fügte etwas sanfter hinzu: „Du weißt doch, dass er unsere einzige Chance ist. Wir brauchen keinen Gentleman, der sich mit guten Manieren auskennt, sondern einen Krieger, der es versteht, mit dem Schwert umzugehen."

Erneut setzte Todd zu einem Protest an, doch Elena gebot ihm Einhalt. „Wenn irgendjemand meinen Vater und die Burg retten kann, dann ist es dieser Söldner mit seinem Heer."

Sie weigerte sich strikt, auch nur an die Möglichkeit zu denken, dass ihr Vater den Verletzungen bereits erlegen sein konnte. Sie würde alles tun, um ihn zu retten. Er war das letzte Familienmitglied, das ihr noch geblieben war. Elena ließ ihre Augen erneut in das Tal hinunterschweifen. Vielleicht würde er nun endlich aus seiner Trauer erwachen und erkennen, dass mit dem tragischen Tod seiner geliebten Frau nicht die ganze Familie gestorben war. Sie, seine Tochter, lebte und wünschte sich nichts sehnlicher, als dass er dies endlich erkennen würde.

Und eines wusste Elena genau: Wenn sie die Prüfung, die ihr jetzt bevorstand, erst bestanden hatte, dann würde sie endlich Lord Grenwick und seine Leute eigenhändig aus der Burg werfen.

Mit neuem Mut nahm Elena die Zügel ihrer grauen Stute auf. „Falls du lieber hier bleiben möchtest, nehme ich es dir bestimmt nicht übel."

Todd straffte beleidigt die Schultern. In den Tagen nach ihrer Flucht hatte ihm die kleine Lady gehörigen Respekt abverlangt. Sie hatte ihn weder mit peinlichen Tränen behelligt noch hatte sie über die Strapazen gejammert.

„Natürlich werde ich Euch begleiten, Mylady."

Elena lächelte ihm dankbar zu, drückte der Stute entschlossen die Fersen in die Flanken und gemeinsam begannen sie mit dem Abstieg ins Kriegerlager.

Er wurde durch den Lärm geweckt. Ohne die Augen zu öffnen, streckte Ramsay McFist seinen langen Arm aus und tastete nach dem struppigen Fell seines Freundes.

„Geh und schau nach!" Seine schläfrigen Worte galten dem Wolf, der neben seinem Bett lag und träge den Kopf hob, nur um ihn sogleich wieder niederzulegen. Eine Reaktion kam jedoch von unerwünschter Seite.

„Mylord?"

Ramsay zuckte leicht zusammen. Jetzt fiel ihm ein, dass er letzte Nacht nicht nur einen mächtigen Rausch mit in sein Bett genommen hatte. Die Hure – eine von mehreren Weibern, die ständig sein Lager begleiteten – rückte näher und rieb lustvoll ihre prallen Brüste an seiner Seite. Ramsay zeigte keinerlei Interesse. Letzte Nacht war sie ihm eine willkommene Abwechslung gewesen, doch nun war es Morgen und er mochte es überhaupt nicht, wenn man ihn um diese Tageszeit störte.

Gähnend setzte er sich auf und gab ihrer Kehrseite einen sanften Klaps. „Verschwinde, Weibsbild!"

Maggy schob schmollend ihre Unterlippe vor, was ihn keineswegs beeindruckte. Sie war zwar die Schönste unter den Huren, doch das Einzige, was ihn interessierte, war, dass sie es verstand, ihm Lust zu bereiten.

Sie kämpfte sich aus den unzähligen Fellen des Bettes und zog sich ihr schäbiges Kleid über. Sie wusste nur zu gut, dass sie vergessen war, sobald sie McFist verlassen hatte. Doch sie hatte einen Fehler gemacht. Bei diesem Mann hatte sie sich auf Gefühle eingelassen, die sich eine Frau ihres Gewerbes nicht leisten durfte. Nun war es zu spät. Sie hatte sich bereits in ihn verliebt, wie vermutlich alle Frauen, die je einen Blick auf ihn geworfen hatten. Dennoch genoss sie das Privileg, seine Dirne zu sein. Keiner seiner Leute würde es wagen, sie zu sich zu rufen oder sie schlecht zu behandeln. Dies brachte ihr eine Menge Neid der anderen Huren ein. Wenn diese wüssten, dass er es nicht einmal für nötig hielt, sich ihren Namen zu merken. – Ein kleines Lächeln breitete sich auf Maggys Gesicht aus, doch dann spürte sie den mürrischen Blick ihres Herrn. Herrje, sie hatte getrödelt. Ramsay war bereits angezogen und musterte sie nun verärgert.

„Verzeiht, Mylord!"

Rasch senkte Maggy den Kopf und eilte aus dem Zelt. Ramsay lächelte amüsiert über die geheuchelte Demut, doch er befand sich in einer zu gönnerhaften Laune, um sie zurechtzuweisen. – Endlich! Nach über sieben Monaten scheinbar ewig dauernder Verhandlungen und harten Kämpfen an der Seite seines Königs war er auf dem Heimweg nach Blackstown. Vor mehr als neun Monaten hatte der König ihm diese Burg und die dazugehörige Grafschaft als Dank für seine treuen Dienste geschenkt.

Ramsays Lippen verzogen sich zu einem bitteren Lächeln. Nur zu gut konnte er sich an den Schock erinnern, als er Blackstown zum ersten Mal gesehen hatte. Bereits als er die Zugbrücke überquert hatte, hatte ihn das Grauen erfasst. Der Burghof war mit Unrat verschmutzt gewesen und es hatte unerträglich nach Fäkalien gestunken. Zwischen umgestürzten Fässern und Körben hatten Schweine in den Abfällen gewühlt und vor dem, was einmal eine Getreidemühle gewesen sein musste, hatten Burghunde lautstark um Knochen gekämpft und Löcher in den Boden gegraben. Die Burg war so alt und baufällig gewesen, dass Ramsay sich zuerst gar nicht getraut hatte, sie zu betreten.

Er hatte kein Rechenmeister zu sein brauchen, um zu wissen, dass die notwendigen Reparaturen seine Finanzen übersteigen würden. Dies war auch der Grund gewesen, weshalb er nach nur anderthalb Monaten erneut aufgebrochen war, um wieder an der Seite seines Königs zu kämpfen – er brauchte Gold.

Jetzt strich Ramsay beinahe liebevoll über die vier gefüllten Goldtruhen und eine tiefe Zufriedenheit breitete sich in seiner Brust aus. Nur noch drei, höchstens aber vier Tage, dann war er in seinem neuen Zuhause. Endlich, nach mehr als elf Jahren, durfte er wieder eine Burg sein Heim nennen. Nun hatte er wieder einen Ort, an den er gehörte, an dem er willkommen war.

Der Lärm vor dem Zelt schwoll an. Als er die Zeltklappe beiseite schob, sah Ramsay, dass eine Gruppe seiner Männer einen Kreis um etwas bildete. Neugierig durchschritt er die Menge und stand plötzlich vor einer jungen Frau und einem Burschen. Bruce, einer seiner Männer, drückte der Frau die Arme auf den Rücken. Er war von kleinwüchsiger Statur, doch keiner der Krieger hätte es gewagt, ihn deswegen zu hänseln. Nur wenige beherrschten die Streitaxt besser als er und diejenigen, die dumm genug waren, einen Witz über seine Größe zu machen, fanden sich bald im Lazarettzelt oder unter der Erde wieder.

Ramsay betrachtete Bruce grimmig. Es war ihm zuwider, wenn einer Frau unnötig Schmerz zufügt wurde. Mit befehlsgewohnter Stimme durchbrach er den Lärm.

„Was geht hier vor?"

Augenblicklich verstummte die Meute und Elena wusste sofort, dass sie dem Mann gegenüberstand, den sie gesucht und gleichzeitig gefürchtet hatte: dem berüchtigten Höllendämon. Ihre Knie wurden plötzlich weich und ihr Magen krampfte sich noch mehr zusammen. Einen Augenblick lang befürchtete sie, sich übergeben zu müssen. Der Riese, der vor ihr stand, machte seinem Namen alle Ehre. Er wirkte dunkel und war von einer Aura der Macht umgeben, dass sich Elenas Nackenhaare sträubten. Unter seinen Leuten gab es viele große Männer, doch er überragte sie alle um ein gutes Stück. Seine langen, schwarzen Haare umrahmten ein Gesicht, in dem keine Spur von Sanftheit oder Güte zu entdecken war. Er trug nur Beinkleider und schenkelhohe Stiefel – alles in Schwarz. Kleine schwarze Löckchen bedeckten einen Großteil seiner breiten Brust, verjüngten sich in Richtung eines flachen, harten Bauches und verschwanden in einem schmalen Streifen unter dem Hosenbund. Dieser Mann kann nicht aus Fleisch und Blut sein, schoss es Elena unwillkürlich durch den Kopf. Trotz der eisigen Kälte war nicht ein Hauch von Gänsehaut zu sehen.

In diesem Moment verkündete Bruce mit stolzer Stimme: „Wir haben zwei Eindringlinge festgenommen, Mylord. Vielleicht Spione."

Ramsay musterte zuerst den Burschen, dann die Frau. Sie war fast noch ein Kind. Ihre langen blonden Haare waren zu einem dicken Zopf geflochten, doch einige vorwitzige Locken hatten sich gelöst und kringelten sich über ihren Ohren. Soweit er es unter ihrem Plaid erkennen konnte, war sie schlank, doch an den richtigen Stellen gerundet. Die Lippen ein wenig zu voll und ihre Augen …

Fasziniert starrte er in diese smaragdgrünen Seen, die vor unterdrückter Angst und Wut Blitze zu schleudern schienen. Zwar bewegte sie sich keinen Millimeter, schien kaum zu atmen, doch Ramsay bemerkte den rasenden Pulsschlag an ihrem schlanken Hals. Beim Blute der Dämonen! Dieses Mädchen starb ja fast vor Angst.

Zornig funkelte Ramsay Bruce an. „Lass sie los, Mann! Ich glaube nicht, dass sie uns allzu großen Schaden zufügen kann."

Nur widerwillig befolgte der Mann den Befehl. Elena trat eilig einen Schritt vor und rieb sich die schmerzenden Arme. Dann drückte sie die Schultern durch, reckte ihr zierliches Kinn und schaute dem Höllendämon direkt in die Augen. Sie blickte ihn fest und mit einer Gelassenheit an, die weit von den Gefühlen entfernt war, die sie bestürmten.

„Mylord, ich bin Lady Elena Cambell und wir sind weder Spione noch muss man uns festnehmen. Wir sind hier, um Euch ein Geschäft vorzuschlagen."

Ramsay wäre von ihrer Selbstbeherrschung beeindruckt gewesen

– wenn diese *Lady* nicht einen so bitteren Geschmack auf seiner Zunge hinterlassen hätte. Der Ausdruck seines Gesichtes verfinsterte sich drastisch. Die Blicke aus seinen zinngrauen Augen erinnerten Elena an frisch geschliffene Dolche, die nur darauf warteten, sich in ihr Fleisch zu bohren. Sie spürte, wie ihre Knie langsam nachzugeben drohten.

Die nächsten Worte spie er ihr förmlich entgegen: „Dann, *Lady*, seid Ihr umsonst gekommen. Ich arbeite nicht für Weibervolk."

Elena sah ihre letzte Hoffnung schwinden. Sie würde ihren Vater und ihr Zuhause verlieren, wenn sie hier und jetzt versagte.

Unter Aufbietung all ihrer Willenskraft schluckte Elena ihre Angst und ihren Stolz hinunter und trat noch einen Schritt auf Ramsay zu. „Bitte, hört mich doch wenigstens an! Mein Vater ..."

Doch McFist ignorierte sie und wandte sich an Bruce. „Geleite diese Lady und ihren Begleiter aus meinem Lager." Mit einem letzten verächtlichen Blick, unter dem Elena innerlich zusammenzuckte, wandte er sich ab und ging zu seinem Zelt.

Elena fühlte sich, als hätte sie einen Tritt in die Magengrube bekommen, wegen der kalten Verachtung, die sie in seinen Augen gelesen hatte. Doch dann spürte sie plötzlich zwei grobe Hände auf ihren Schultern und wirbelte instinktiv herum. Vor ihr stand Bruce, der sie hämisch angrinste.

„Du hast es gehört, Lady."

Mit dem Mut der Verzweiflung griff Elena blitzschnell nach seinem Dolch und wehrte seine Hände ab, die versuchten, nach ihr zu greifen.

„Finger weg!", zischte sie wütend.

So leicht würde sie es diesen Bastarden nicht machen.

Ramsay hatte sich wegen des Lärms umgesehen und starrte jetzt verdutzt das Mädchen an. Es fuchtelte so wild mit dem Dolch herum, dass er befürchtete, es könnte sich noch selbst verletzen. Gleichzeitig spürte er Respekt in sich aufsteigen – Mut war eine Tugend, die er stets zu schätzen wusste, sogar bei einer Frau, und er war neugierig, wie weit sie tatsächlich gehen würde, um ihren Willen durchzusetzen. Wieder trat er in den Kreis. Seine finsteren Augen fingen mühelos ihren Blick ein.

„Lass augenblicklich den Dolch fallen, Lady."

Er sprach nur leise, doch die Entschiedenheit seines Befehls ließ es Elena kalt den Rücken hinunterlaufen. Trotzdem schüttelte sie energisch den Kopf und wehrte erneut einige unverschämte Hände ab.

„Wir sind jetzt seit fast zehn Tagen auf der Suche nach Euch und jetzt wollt Ihr uns einfach wegschicken, ohne uns auch nur angehört zu haben?", keuchte sie.

Ramsay sah ihren Zorn, doch was ihn seltsam berührte, war das flehende Glitzern ihrer Augen, die Verzweiflung, die er in ihnen lesen konnte.

„Es interessiert mich nicht, was eine Lady zu sagen hat."

„Ihr sollt ja nicht für mich arbeiten", versuchte Elena einzulenken. „Sondern für meinen Vater." Ramsays Blick wanderte zu dem Burschen, der die Lady begleitete. Er war gut einen Kopf größer als das Mädchen. Seine blonden, fast gelblichen Haare und die blauen Augen verliehen ihm ein sehr jungenhaftes Aussehen. Aber sein Körperbau war muskulös und zeugte von jahrelangem, hartem Training. Er verhielt sich still, doch seine Muskeln waren aufs Äußerste gespannt. Ohne Zweifel würde er sofort einschreiten, wenn der Lady wirklich Gefahr drohte.

Wieder suchte Ramsay Elenas Blick und seine Stimme klang eisig.

„Hängt den Burschen auf, wenn das Weib nicht augenblicklich den Dolch fallen lässt."

„Was?", rief Elena entsetzt. „Das ... Das dürft Ihr nicht!"

Sie trat schützend vor Todd, der sich wild zur Wehr setzte, doch die Soldaten zerrten ihn mit sich fort. Elena eilte zu Ramsay. Blankes Entsetzen lag auf ihrem hübschen Gesicht.

„Ich bitte Euch, verschont Todd. Er hat doch nichts getan. Hier ..." Mit einer schüchternen Geste übergab sie Ramsay den Dolch. „Ich werde Euch keine Schwierigkeiten mehr machen. Aber hört mich doch wenigstens an. Ihr seid der Einzige, der das Leben meines Vaters retten kann."

Ramsay sah die unvergossenen Tränen in ihren Augen glänzen. Weinte sie um diesen Burschen oder tatsächlich um ihren Vater?

Endlose Sekunden verstrichen, dann nickte Ramsay knapp. Dies war vermutlich das Zeichen, ihm zu folgen, doch Elena konnte Todd nicht diesen Barbaren überlassen. Sie stand noch immer unschlüssig am selben Fleck, als Ramsay sich zu ihr umdrehte, eine Augenbraue fragend hochgezogen.

„Was ist mit Todd?“, fragte sie vorsichtig. Ramsay schaute den Männern nach.

„Gebt ihm zu essen und bringt uns auch etwas!“, befahl er. Dann verschwand er im Zelt.

Mit einer Mischung aus Erleichterung und Beklommenheit eilte Elena ihm nach. An der Zeltklappe blieb sie für einen Augenblick stehen, damit sich ihre Augen an das Dunkel gewöhnen konnten. Dann trat sie vor den kleinen, grob gezimmerten Tisch, an den sich Ramsay gesetzt hatte. Das Innere des Zeltes war erstaunlich behaglich eingerichtet. Der kleine Tisch mit zwei Feldstühlen stand auf der einen Seite, eine große Truhe und ein riesiges Bett auf der anderen. Der Boden war mit Fellen bedeckt, die die Kälte fern halten sollten. Elena stand mit verschränkten Fingern vor dem Tisch und wartete, dass man ihr einen Platz anbieten würde. Doch im selben Moment schalt sie sich eine Närrin. Was sollte ein Barbar von Anstand und Sitte wissen? Sie beobachtete, wie er sich einen Kelch Wein einschenkte. Noch immer machte er keinerlei Anstalten, ein Gespräch zu beginnen. Zum ersten Mal erlaubte sie sich nun, den Höllendämon genauer zu betrachten. Seine schwarzen Haare waren länger, als es Mode war. Sie fielen ihm in weichen Wellen über die Schultern und umrahmten ein markant geschnittenes Gesicht. Seine zinngrauen Augen erinnerten Elena an das Meer, wenn es vom Sturm gepeitscht wurde. Sie wirkten hart und unnachgiebig, genau wie seine Lippen, und um seine Augen entdeckte sie keines dieser kleinen Fältchen, die auf ein heiteres Gemüt hätten schließen lassen. Bei Gott, dieser Mann *wusste* vermutlich gar nicht, wie man lachte.

„Also, rede! Was willst du von mir?“

Ihre Hände umklammerten die Stuhllehne so fest, als wäre dies ihre einzige Stütze.

„Vor zehn Tagen wurden wir nachts überfallen und die Burg

meines Vaters wurde eingenommen. Ich war gerade im Ostturm bei meinen Kräutern, als mein Vater sich hereinschleppte. Er war verletzt … überall war Blut …“ Die Worte sprudelten so schnell hervor, dass sie selbst Mühe hatte, ihnen zu folgen. Dieser Kerl starrte sie die ganze Zeit mit gleichgültigem Gesichtsausdruck an. Nur diese verdammte Augenbraue, die er ab und zu arrogant hob, zeigte, dass er wirklich zuhörte. Elena holte tief Luft, bevor sie mit ihrem überstürzten Bericht fortfuhr.

„Mein Vater gab mir den Befehl, nach Euch zu suchen. Und nun bin ich hier.“

Ramsay verschränkte die Arme vor seiner Brust und betrachtete Elena mit einer Mischung aus Abscheu und Unverständnis.

„Und du hast die Beine in die Hand genommen und deinen Vater einfach im Stich gelassen. Schwer verletzt, wie du sagtest, hast du ihn also zurückgelassen, um deine eigene Haut zu retten.“

Elena starrte ihn einen Moment ungläubig an. Nie hätte sie geglaubt, dass Worte so schmerzhaft sein konnten.

„Nein, Mylord“, gab sie mit rauer Stimme zurück. „Aber ich hatte keine andere Wahl.“ Plötzlich spürte sie wieder Todds stählernen Arm um ihre Mitte, als er sie halb aus dem Turm getragen, halb hinausgeschleift hatte. Sie hatte sich verzweifelt gegen ihn gewehrt, doch bevor sie sich versehen hatte, waren sie schon in dem Geheimgang gewesen, durch den man die Burg verlassen konnte.

„Es war nicht meine Entscheidung. Ich hätte ihn niemals freiwillig verlassen.“

„Natürlich nicht“, antwortete Ramsay wenig überzeugt. „Wer, sagtest du, hat euch angegriffen?“

Elena rang die Hände. „Das wissen wir eben nicht. Todd sagt, sie hätten weder Farben noch Standarten getragen.“

Nicht länger fähig, seinem durchdringenden Blick länger standzuhalten, ging sie unruhig auf und ab.

„Aber es waren auf jeden Fall viele, Mylord. An jenem Abend war ein Freund meines Vaters mit zwanzig Männern auf unserer Burg zu Gast. Also müssen es sehr viele Eindringlinge gewesen sein, die dieser Macht trotzen konnten.“

„Wie sind sie in die Burg eingedrungen?“

„Todd vermutet, dass ein Soldat als Bettler getarnt nachts die Tore geöffnet hat, um den Feinden Einlass zu gewähren."

Wenn es tatsächlich so gewesen war, dann trug sie allein die Schuld. Auf Grenwicks Geheiß hin hatte sich ihr Vater seit Monaten strikt geweigert, dem armen Volk zu helfen, wie es sonst seine Art gewesen war. Nicht einmal eine warme Suppe hatte er den Bettlern und Krüppeln gegönnt. Elena hingegen hatte einfach keinen Hilfebedürftigen abweisen können, deshalb hatte sie sie in die Küche geschickt, wo Hanna, die Köchin, ihnen eine warme Malzeit serviert hatte. Oh Gott, wenn ihr Vater starb, dann war es allein ihre Schuld!

Ramsay beugte sich vor und brummte: „Setz dich hin, deine Unruhe macht einen ja verrückt."

Elena wollte widersprechen, besann sich jedoch eines Besseren und nahm artig Platz. Sie konnte es sich nicht leisten, diesen Mann zu verärgern.

„Also, nehmt Ihr den Auftrag an?"

Ramsay lehnte sich in seinem Stuhl zurück, trank einen Schluck Wein und fragte mit einem spöttischen Lächeln: „Welchen Auftrag?"

„Ich meine, werdet Ihr mir helfen, meinen Vater zu befreien und die Burg zurückzuerobern?" Ramsay betrachtete ihr Gesicht eingehend. Sie schien die Wahrheit zu sagen. Doch eine leise Stimme in seinem Kopf warnte ihn. Sie war eine Lady, was sie in seinen Augen auf den Stand eines gemeinen Diebs oder einer Hure herabsetzte. Man durfte ihnen nicht weiter trauen, als man selbst spucken konnte. Dies hatte er in einigen harten Lektionen gelernt. Und natürlich war Vanessa die Schlimmste von allen gewesen. Ihr sanftes Aussehen und die demütige Haltung waren nur eine hübsche Hülle, die ihre rabenschwarze Seele verbarg, und diese Lady war bestimmt keine Ausnahme. Was konnte dahinter stecken?

Elena glaubte, der Mann würde angestrengt über ihr Angebot nachdenken, und neue Hoffnung keimte in ihr auf. Wenn sie Ramsays wahre Gedanken gekannt hätte …

Sein Gesicht verdüsterte sich plötzlich und Elena warf rasch ein: „Natürlich werde ich Euch gut bezahlen. Ich biete Euch fünfhundert Pfund."

Ramsay zog überrascht eine Augenbraue hoch. Weiß Gott, er konnte das Geld wahrlich gebrauchen – dennoch sträubte sich alles in ihm dagegen, einen neuen Auftrag anzunehmen. Er wollte endlich nach Hause kommen. Doch dann verspürte er wieder diesen leisen Stich des Bedauerns, als er an seine Untertanen dachte. Seinetwegen hatten sie schwere Wintermonate hinter sich, denn er war gezwungen gewesen, sehr hohe Steuern von ihnen zu fordern, um einen uneinnehmbaren Schutzwall um Blackstown zu bauen. Ein sehr kostspieliges, aber unerlässliches Unterfangen, wenn er die Burg und ihre Einwohner schützen wollte. Obwohl er, sooft es ihm möglich gewesen war, Vorräte nach Blackstown hatte bringen lassen, wusste Ramsay nur zu gut, dass viele seiner Untertanen trotzdem hatten hungern müssen.

Er schüttelte langsam den Kopf.

„Ich will Land."

Elena biss sich nachdenklich auf die Unterlippe und überlegte fieberhaft, welchen Teil ihrer Ländereien sie ihm überlassen konnte. Sie selbst besaß nur kleine Besitztümer, die eigentlich ihre Mitgift hatten werden sollen. Ihr Herz zog sich schmerzlich zusammen, aber wenn sie so ihren Vater retten konnte … Vielleicht würde sie ihn ja überreden können, Ellon wieder zurückzukaufen.

Zögernd sagte sie: „Dann werde ich Euch Ellon geben. Es wirft jedes Jahr mehr als einhundert Pfund ab. Die Felder sind fruchtbar und der Handel mit Vieh und Wolle blüht."

Unbewusst hielt sie den Atem an. Sie versuchte, in Ramsays Gesicht eine Spur von Zustimmung zu lesen, doch er schien eher gelangweilt. Dies verletzte Elena ungemein. Sie hing an diesem Stück Land. Früher hatte sie sich oft vorgestellt, wie sie eines Tages an der Seite ihres geliebten Ehemannes, umjubelt von den Bauern und ihren Frauen, durch das Dorf reiten würde. Doch dieser Kerl fand Ellon anscheinend seiner nicht würdig. Heiße Wut stieg in ihr hoch. Sollte dieser Mistkerl doch zur Hölle fahren!

Ramsay war keineswegs gelangweilt. Vielmehr versuchte er angestrengt, seine freudige Überraschung zu verbergen. Ellon war eine Goldgrube. Früher, als er noch bei seinem Vater gelebt hatte, war er oft dort gewesen und insgeheim hatte er sich immer ein Stück

Land wie dieses gewünscht. Doch er durfte sich nicht zu früh freuen, schließlich saß vor ihm nur eine Lady, deren Vorschlägen er nicht traute.

Elena deutete sein eisiges Schweigen als Ablehnung. Sie hatte offenbar versagt. Müde strich sie sich eine Locke aus der Stirn.

„Mehr kann ich Euch nicht bieten. Entweder Ellon oder die fünfhundert Pfund."

Ramsay glaubte ihr nicht. Er kannte die Cambells. Sie waren einer der reichsten Clans in der Gegend.

„Ich verlange Ellon und vierhundert Pfund."

Elena sah ihn aus zusammengekniffenen Augen an.

„Ellon und einhundert Pfund."

Ramsay hatte in seinem Leben genügend Händel ausgefochten, um zu wissen, wann man mehr aus einem Geschäft herausschlagen konnte.

„Dreihundert Pfund."

Elena schüttelte den Kopf.

„Ellon und dazu zweihundert Pfund. Mehr kann ich Euch nicht bieten."

Und dies war die Wahrheit. Nun blieben ihr selbst noch genau dreihundert Pfund, um einen Ehemann zu finden. Nicht gerade eine erfreuliche Vorstellung.

Ramsay lehnte sich zufrieden zurück.

„Einverstanden!"

Elenas Herz machte einen Freudensprung und sie schloss schnell die Augen, damit Ramsay ihre Erleichterung nicht sehen konnte. Sie hatte es geschafft. Es war ihr tatsachlich gelungen, die Hilfe des berühmten Kämpfers zu erlangen.

Elena stand auf und reichte ihm die Hand, wie sie es oft bei ihrem Vater beobachtet hatte, wenn dieser ein Geschäft abschloss.

„Abgemacht."

Ramsay betrachtete ihre kleine, feingliedrige Hand, dann breitete sich ein fast teuflisches Grinsen auf seinem Gesicht aus. Elena kniff misstrauisch die Augen zu schmalen Schlitzen zusammen. Was hatte dies nun wieder zu bedeuten?

„Da gibt es noch eine Bedingung", verkündete Ramsay leise.

„Und die wäre?"

„Ich nehme den Auftrag nur an, wenn du bis dahin die Aufgaben meines Knappen übernimmst!"

Elena war zu schockiert, um Worte zu finden. Entsetzt schnappte sie nach Luft.

In diesem Moment kam eine hübsche, rothaarige Frau mit einem für Elenas Geschmack etwas zu süßen Lächeln herein. Sie trug ein Tablett, das schwer mit Schüsseln und Weinkelchen beladen war. Als sie Elena erblickte, erstarb das Lächeln augenblicklich und machte einem finsteren Ausdruck Platz. Die blassblauen Augen musterten Elena gehässig von oben bis unten.

Maggy war auf einen Mann eingestellt gewesen, nachdem Bruce ihr erklärt hatte, dass der Lord geschäftlich zu tun habe. Sie hatte auf einen neuen zahlungsfreudigen Kunden für die anderen Frauen ihres Gewerbes gehofft, doch nun fand sie dieses junge Ding vor.

„He, Weib, willst du da Wurzeln schlagen?"

Ramsays schroffe Stimme und sein missmutiges Gesicht ließen Maggy von ihrem ursprünglichen Plan zurücktreten, dem Mädchen den Inhalt des erstbesten Weinkelches mitten in ihr unverschämt hübsches Gesicht zu schütten. Rasch stellte sie die Schüsseln mit Eintopf, Brot und dem Lammbraten auf den Tisch und blieb neben Ramsay stehen, um Elena deutlich zu signalisieren, dass dieser Mann ihr und nur ihr gehörte.

Elena konnte in den Augen der Frau Hass und abgrundtiefe Verachtung sehen, verstand jedoch nicht, warum. Sie hatte sie doch eben erst kennen gelernt …

Ramsay bemerkte, dass Elena sich unter Maggys Blicken unwohl fühlte, und fuhr die Hure grob an: „Los, verschwinde endlich!"

Maggy warf, so anmutig es ihr in den Lumpen, die sie am Leibe trug, gelang, die Haare in den Nacken und säuselte: „Wünscht Ihr, das ich Euch heute Nacht zu Diensten bin, Mylord?" Ramsay sah sie an und flüsterte gefährlich leise: „Verschwinde, solange du noch kannst!"

Mit einem giftigen Blick auf Elena rauschte Maggy hinaus.

Zurück blieb peinliche Stille. Elena saß mit gefalteten Händen und gesenktem Kopf auf ihrem Stuhl und versuchte, die Schamröte von ihren Wangen zu vertreiben. Sie wusste sehr wohl, wovon diese Frau gesprochen hatte, und es war ihr peinlich.

„Iss!"

Ramsays Stimme klang wie das Schnauben eines wilden Ebers. Aus irgendeinem ihm selbst unerfindlichen Grund verspürte er plötzlich das Bedürfnis, die seltsame Situation zu erklären.

„Nimm es ihr nicht übel. Sie ist nun mal ziemlich besitzergreifend."

Elena nickte knapp, dann sah sie ihm wieder in die Augen. Sie wusste nicht recht, wie sie die nächsten Worte am besten formulieren sollte, ohne ihn zu verärgern.

„Ihr solltet nicht so schroff mit Eurer Gemahlin reden. Ist Eifersucht nicht ein Zeichen von Liebe?"

Ramsay blickte sie einen Moment lang verdattert an, bevor er leise lachte.

„Bei Gott, dieses Weib ist meine Hure, und das Einzige, was sie wirklich an mir liebt, ist meine Geldbörse."

Eigentlich hatte er sie der Dirne gegenüber verteidigt, um sie vor den Gehässigkeiten zu bewahren, doch Elena schien die Rivalität gar nicht bemerkt zu haben. Entweder war sie zu naiv oder so sehr von sich selbst eingenommen, dass es sie nicht weiter störte.

Elena errötete bis unter die Haarwurzeln. „Oh!"

„Also, was sagst du zu meinem Vorschlag bezüglich des Knappen?"

Elena schnaubte verächtlich.

„Das ist kein Vorschlag, sondern Erpressung."

Ramsay zuckte gleichmütig mit einer Schulter.

„Wie du meinst."

Dann starrte er sie unverwandt an und seine Augen schienen zu glühen.

„Und? Wie lautet deine Antwort?"

Elena kämpfte mit ihren Vorstellungen von Anstand und Sitte. Alles in ihr sträubte sich gegen diesen Pakt. Wenn sie annahm, wäre sie in höchstem Maße kompromittiert; bestimmt würde sie dann keinen Mann mehr finden, der sie heiraten würde – und sie wünschte sich doch so sehr Kinder. Andererseits war sie längst kompromittiert, denn schließlich hatte sie die letzten Tage und Nächte allein mit Todd verbracht. Zu guter Letzt siegte dann doch die Vernunft. So schlimm konnte es nicht sein, wenn normalerweise kleine Jungen diese Arbeit verrichteten.

Elena hob stolz den Kopf.

„Nun gut. Ich werde Euer Knappe, Mylord. Dazu bekommt ihr Ellon und einhundertundfünfzig Pfund."

Wieder schwang diese verhasste Augenbraue in die Höhe.

„Zweihundert Pfund!"

„Auch ein Knappe will bezahlt sein", beschied Elena hartnäckig.

Bei Gott, diese Lady feilschte wie ein Marktweib! Zu seiner eigenen Überraschung musste Ramsay zugeben, dass es ihm Spaß machte, mit ihr zu verhandeln.

„Ein verdammt gut bezahlter Knappe. In Ordnung!"

Diesmal reichte er ihr die Hand, um das Abkommen zu besiegeln. Ihre Hand war kühl und er scheute sich, sie zu drücken, weil sie so zerbrechlich wirkte. Doch ihre Finger waren nicht zart und bleich wie die der anderen Damen, die er kannte, und ihr Händedruck war keineswegs lasch. Vielmehr fühlte sich ihre Hand wie die einer Magd an, so rau, als ob sie Arbeit gewohnt wäre. Schnell schob er diese Gedanken wieder beiseite. Was interessierte es ihn, was dieses Mädchen tat oder nicht?

Eine Röte, die nichts mit der kalten Morgenluft zu tun hatte, erschien auf Elenas Wangen. Erst jetzt bemerkte Ramsay, dass er noch immer ihre Hand in der seinen hielt und Elena vergeblich versuchte, sie seinem Griff zu entziehen. Augenblicklich ließ er sie los und brummte: „Iss jetzt, bevor alles kalt ist!"

Elenas Magen rebellierte schon bei dem bloßen Gedanken an Nahrung. In Gegenwart dieses schrecklichen Mannes würde sie sich bestimmt schon am ersten Bissen fürchterlich verschlucken.

„Mit Eurer Erlaubnis würde ich lieber nach meinem Begleiter sehen."

Ramsays Löffel hielt mitten in der Bewegung inne. Er war es nicht gewohnt, auf Widerspruch zu stoßen, und er würde es auch in Zukunft nicht dulden. Je eher sie dies begriff, desto besser.

„Zuerst wird gegessen, *Knappe!*"

Elena blickte sehnsüchtig auf die Zeltluke und hoffte, diesem Griesgram zu entkommen. Doch sie wusste, dass sie ihn nicht erzürnen durfte. Ihrem Vater zuliebe. Sie schwor sich jedoch, dass sie diesem gemeinen Kerl alles doppelt und dreifach zurückzahlen würde. Als sie diesen Entschluss gefasst hatte, fühlte sie sich wesentlich besser.

Kapitel 2

Als Elena endlich das Zelt verlassen konnte und zu Todd ging, sprang dieser erleichtert auf und eilte ihr entgegen.

„Mylady, seid Ihr wohlauf?"

Elena zog ihren Umhang enger um sich und lächelte ihn zufrieden an.

Also hatte er sich völlig umsonst um sie gesorgt. Sie war so lange in diesem verfluchten Zelt geblieben, dass er schon mit dem Schlimmsten gerechnet hatte. Vor allem, als er den Höllendämon dabei beobachtet hatte, wie er sich mit einem seiner Männer unterhielt. Er hatte sogar gegrinst, was bei diesem Riesen fast noch bedrohlicher wirkte als sein finsterer Blick. Todd konnte sich jedoch mit eigenen Augen davon überzeugen, dass Lady Elena unversehrt war.

„Todd, stell dir vor, wir haben es tatsächlich geschafft!" platzte Elena aufgeregt heraus. Sie legte ihm ihre kleine Hand auf den Arm. „Er nimmt den Auftrag an. Ist das nicht wunderbar?" Todd nickte stumm und versuchte, nicht in ihr Gesicht zu sehen. Vor Aufregung waren ihre Wangen leicht gerötet und sie wippte wie ein übermütiges Kind auf den Zehen auf und ab. Er war ein Schwein. Nein, schlimmer noch: Er war der Dreck auf einem Schwein.

Todd versuchte, seine Stimme ein wenig heiter klingen zu lassen, scheiterte jedoch kläglich. Elena nahm dies in ihrem Eifer gar nicht wahr. Sie deutete auf eines der Lagerfeuer.

„Komm, wir setzen uns, dann kann ich dir alles erzählen."

Schweigend ließ er sich in gebührendem Abstand neben Elena nieder, und diesmal war es noch schlimmer als sonst. Am Anfang ihrer Reise war die Lady stets wachsam gewesen. Was auch kein Wunder war, wenn man an die Freunde ihres Vaters dachte.

Sie war stets hinter ihm geritten und der Dolch, den sie immer in Griffnähe behalten hatte, war ihm nicht entgangen. Wie ein scheues Reh hatte sie jede seiner Bewegungen misstrauisch verfolgt, doch mit der Zeit schien sie ihm immer mehr zu vertrauen, und er hasste sich selbst dafür.

Aufgeregt und nicht ohne Stolz erzählte Elena ihm ausführlich, wie sie mit dem Höllendämon gefeilscht hatte.

„Es gibt leider einen kleinen Haken an der Sache. Du darfst meinem Vater aber nichts davon erzählen!"

Todd runzelte ärgerlich die Stirn, doch Elena beschwichtigte ihn sogleich: „Es ist nichts Besonderes. Ich muss nur seinen Knappen spielen, bis wir die Burg erreicht haben. Das ist eine seiner Bedingungen."

Todds Augen wurden groß vor Entsetzen. „Das kann doch nicht Euer Ernst sein, Mylady!"

Elena machte eine beschwichtigende Handbewegung. „Ach, das ist doch gar nicht so schlimm. Was kleine Jungen können, schaffe ich bestimmt auch."

„Wisst Ihr denn eigentlich, was das bedeutet, Mylady?"

Elena zuckte nachdenklich mit den Schultern. „Ehrlich gesagt, ich habe keine Ahnung, aber da du ja in diesen Dingen Bescheid weißt, verlasse ich mich ganz auf deine Erfahrung." Todd schaute in die Flammen und überschüttete sich mit stummen Selbstvorwürfen.

„Also, Todd, erkläre mir die Pflichten eines Knappen!" forderte Elena ihn heiter auf.

Todd fuhr sich mit der Hand durch die blonden Haare. Eine Gewohnheit, die Elena bereits kannte. Sie hatte schon oft beobachtet, dass er dies immer tat, wenn ihm etwas nicht passte.

„Ein Knappe kümmert sich um das persönliche Wohl seines Herrn. Er bringt ihm sein Essen, holt Wein und erfüllt auch alle anderen Wünsche, ohne zu murren."

„Bis jetzt klingt es noch ganz annehmbar. Was sonst noch?"

Todd fuhr sich abermals durch die Haare: „Ein Knappe hat auch für Ordnung und Sauberkeit zu sorgen. Er räumt das Zelt auf, putzt die Rüstung seines Herrn, seine Kleider und was sonst noch so anfällt. Nun kommen wir zum heiklen Teil und ich hoffe bei Gott, dass er Euch dies erspart."

Er sah Elena nachdenklich an, doch diese ermutigte ihn mit einem Nicken.

„Ein Knappe ist auch dazu verpflichtet, seinem Herrn beim An- und Auskleiden zu helfen.“ Elena schnappte hörbar nach Luft, riss sich dann aber wieder zusammen.

„Weiter!“

„Er muss seinen Herrn baden, falls dieser es wünscht, seine Notdurft entsorgen und vor allem ist es Gesetz, dass der Knappe Tag und Nacht nicht von der Seite seines Herrn weicht.“

Betrübt blickte Todd in Elenas Gesicht, aus dem alle Farbe gewichen war, und als sie sprach, klang ihre Stimme sorgenvoll. „Du meinst, ich muss auch bei ihm im Zelt schlafen?“ Todd nickte. „Ihr müsst diesen Unsinn unverzüglich beenden. Ihr seid schließlich eine Lady. Jeder würde glauben, dass der Höllendämon Euch … nun ja …“

Elena atmete tief ein, ihre Wangen brannten, doch dann reckte sie entschlossen ihr Kinn. „Ich habe mein Wort gegeben und ich werde es auch halten. Wir können es uns nicht leisten, dass er den Vertrag bricht. Egal, was diese Aufgabe auch bedeutet, um meinen Vater zu retten, werde ich alles tun.“

Aufräumen und Putzen sind ja eine Kleinigkeit, daran bin ich gewöhnt, doch diesen Riesen berühren? Ihn baden … vielleicht habe ich ja auch Glück, und er verzichtet in dieser Beziehung auf meine Hilfe. Trotzdem bleibt da noch das Problem mit dem Schlafplatz. Ich kann doch nicht …

Schon der Gedanke daran, mit diesem Mann auf engstem Raum zusammen zu sein, verursachte ihr Übelkeit. Zu Hause hatte sie immer wieder Möglichkeiten gefunden, den Zudringlichkeiten der Lords auszuweichen, doch wie wollte sie das bei diesem Riesen schaffen?

Elena hatte eine Weile nachdenklich geschwiegen, doch nun ruhte ihre Hand auf Todds Arm, und sie sah ihn mit diesen großen, unschuldigen Augen an.

„Bitte versprich mir, dass mein Vater niemals etwas davon erfährt. Er würde sich meiner bestimmt schämen.“

Todd wandte den Blick ab und nickte stumm.

Derweil beobachteten zwei zinngraue Augen die beiden aus der Ferne. Wie er es von Anfang an geahnt hatte, war auch diese Lady eine Hure. Keine anständige Frau hätte es gewagt, einen anderen Mann in der Öffentlichkeit zu berühren.

Ein teuflisches Grinsen breitete sich auf Ramsays Gesicht aus. Diese Lady würde er stellvertretend für alle anderen büßen lassen. Oh ja, und er freute sich jetzt schon darauf, ihr Jammern und Gezeter zu hören. Es würde wie eine süße Melodie in seinen Ohren klingen. Ohne noch einen Blick in ihre Richtung zu werfen, ging er zu Gavin hinüber, der auf seinen Befehl hin die Männer auf dem Platz versammelt hatte.

Ramsay trat selbstsicher vor seine Krieger.

„Männer, ihr habt unserem König und mir in Linlithgow gut und treu gedient und ihr habt euch gewiss einige ruhige Tage verdient. Deshalb überlasse ich Euch die Entscheidung, ob ihr mich nach Castle Fraser begleitet oder nicht. Ich werde es niemandem verübeln, der nicht mitkommen will."

Heftige Proteste setzten ein.

„Ihr wollt wohl den ganzen Spaß für Euch allein haben, Mylord!", grinste Bruce breit.

Ein anderer rief: „Wen sollen wir denn das Fürchten lehren?"

„Besser eine Burg erobern als einen Acker pflügen!", rief ein Dritter.

Ramsay nickte anerkennend. Nichts anderes hatte er von seinen Männern erwartet.

„Es gilt, Castle Fraser zu säubern."

Ein jeder wusste, dass dieses Säubern bedeutete, jemanden zu bekämpfen und zu verjagen, und die Gesichter hellten sich in freudiger Erwartung auf.

„Dennoch! Diejenigen, die lieber heimkehren wollen, können es sich bis Blairgowrie überlegen und von dort aus nach Blackstown aufbrechen!"

Auch diesmal ertönten zur Antwort nur Gelächter und derbe Späße.

Die Abenddämmerung brach langsam herein und mit ihr die eisige Kälte. Elena saß an einer der Feuerstellen und hielt ihre Hände in die Nähe der wärmenden Flammen. O Gott, wie gern würde sie jetzt ihren Rock ein wenig anheben, um die herrliche Wärme an ihre frierenden Beine zu lassen.

„Darf ich mich zu Euch setzen, Mylady?"

Elena fuhr erschrocken hoch und instinktiv wanderte ihre Hand zu dem kleinen Dolch in ihrem Kleid.

„Entschuldigt bitte, es war nicht meine Absicht, Euch zu erschrecken."

Elena musterte misstrauisch das freundliche Gesicht auf der anderen Seite des Feuers.

„Ich habe Euch nicht kommen gehört."

Sie hatte diesen Mann schon häufiger in der Nähe des Höllendämons gesehen und aus der vertrauten Art, wie sie miteinander sprachen, hatte sie geschlossen, dass sie Freunde waren.

„Bitte, nehmt Platz, mein Herr."

Er deutete eine Verbeugung an. „Gavin McBeth, zu Euren Diensten, Mylady."

Dann setzte er sich in einigem Abstand neben sie und betrachtete die Flammen. Elena beobachtete ihn wachsam aus den Augenwinkeln. Sein Haar war blond und fast so lang wie das seines Anführers, doch das Feuer zauberte einen rötlichen Schimmer hinein. Er war ein überaus gut aussehender Mann und die stille Wärme und Freundlichkeit, die er ausstrahlte, wirkten sowohl beruhigend als auch anziehend. Wie konnten zwei so grundsätzlich verschiedene Menschen wie er und der Höllendämon nur miteinander befreundet sein?

Als Gavin sprach, klang seine Stimme sonderbar bedächtig. „Wie ich hörte, seid Ihr Ramsays neuer Knappe?"

Ramsay hieß dieses Monster also. Elena nickte, sah ihn jedoch nicht an, sondern schaute in die Flammen, die sie auf angenehme Art beruhigten.

„Weshalb?"

Nun blickte sie ihm doch in die Augen und las darin aufrichtiges Interesse.

„Weshalb was?"

Gavin betrachtete ihr müdes Gesicht. Sie war eine Schönheit, doch Ramsay in seiner Sturheit sah natürlich nur die Lady. Vorhin hatten sie sich heftig gestritten wegen dieser völlig abwegigen Idee, doch Ramsay hatte sich wie immer nicht umstimmen lassen. Wenn sich dieser Kerl etwas in den Kopf gesetzt hatte, konnte ihn vermutlich nicht einmal der Erzbischof persönlich davon abbringen.

„Ihr seid eine Lady. Weshalb lasst Ihr Euch so demütigen?"

Elena musterte ihn wachsam, bevor sie betont gleichmütig mit den Schultern zuckte.

„Was bedeutet schon eine Demütigung, wenn ich damit vielleicht das Leben meines Vaters retten kann? Ich hatte doch gar keine andere Wahl!"

Gavin nickte verständnisvoll.

Elena senkte den Blick auf ihre Hände. „Seid Ihr Freunde? Ich meine, Ihr und … nun, ich weiß nicht einmal, wie ich ihn ansprechen soll."

Gavin lachte leise. Das sah Ramsay ähnlich.

„Ihr meint vermutlich Lord Ramsay McFist, den bärbeißigen Kerl, der sich unser Anführer schimpft."

In seiner Stimme schwang so viel Sympathie und Zuneigung mit, dass dies seine harten Worte Lügen strafte und er Elena ein kleines Lächeln entlockte.

„Aye, seit er mir vor fast zehn Jahren in einem Kampf das Leben gerettet hat und dabei beinahe selbst umgekommen ist, sind wir so etwas wie Brüder."

Elena legte die Stirn nachdenklich in Falten. „McFist? Aber doch nicht der Sohn von Lord Robert McFist, dem Earl von Kincardine?"

„Aye, Mylady, genau der!"

Elena riss erstaunt die Augen auf. Der Earl war ihr Nachbar und wohnte kaum eine Tagesreise von ihrem Heim entfernt. Sie war damals noch sehr jung gewesen, dennoch erinnerte sie sich schwach, dass der einzige Sohn und Erbe des großen Lord McFist eines Tages spurlos verschwunden war. Der alte Lord hatte Himmel und Hölle in Bewegung gesetzt, um seinen Sohn zurückzubekommen, doch ohne Erfolg. Der Junge war verschollen geblieben.

Plötzlich legte sich ein schmerzlicher Schatten auf Gavins Gesicht und er presste die Hand auf den linken Unterarm.

„Was ist mit Euch?" erkundigte sich Elena sofort.

Ob der offensichtlichen Besorgnis in ihrer Stimme lächelte Gavin jungenhaft, doch es reichte nicht bis in seine Augen. „Ach nichts, Mylady. Eine kleine Erinnerung an Linlithgow, die mich ab und zu ein bisschen plagt."

Wachsam rutschte Elena näher an ihn heran, nahm vorsichtig seinen Arm und löste den Verband. Dann runzelte sie die Stirn. „Ein Schwert?"

Gavin, ein wenig verwirrt über ihre Anteilname, nickte.

„Die Wunde hat sich entzündet. Oh, wie dumm, ich habe meine Arzneien nicht hier."

„Ihr versteht Euch auf Kräuter?", fragte Gavin etwas verblüfft.

Elena zuckte bescheiden mit den Schultern. „Ich war oft im Dorf, um nach den Familien der Pächter zu sehen. Dort gab es viele Verletzungen und Krankheiten, die behandelt werden mussten. Ihr solltet die Wunde noch einmal gründlich reinigen und einen neuen Verband anlegen. Morgen werde ich Kräuter sammeln und Euch eine Salbe zubereiten."

Ein dumpfer Gong verkündete, dass es Essenszeit war. Elena sprang auf die Füße und lächelte Gavin entschuldigend an.

„Ich schätze, meine Pflicht als Knappe ruft. Ich wünsche Euch einen angenehmen Abend." Schon stob sie in Richtung der Kochstelle davon.

Gavin schaute dem seltsamen Mädchen nachdenklich hinterher, bis sie in Ramsays Zelt verschwunden war.

Als Elena mit einem schwer beladenen Tablett in den Händen das Zelt betrat, saß Ramsay schon am Tisch. Zwei große Kerzen erhellten den Raum und warfen gespenstische Schatten an die Wände. Nach seinem finsteren Blick zu urteilen, war sie spät dran. Nun konnte sie nur hoffen, dass der Ärger mit dem Hunger verschwand.

„Ich bin es nicht gewohnt zu warten", brummte der Riese und schien sie mit seinen grauen Augen zu durchbohren. Niemals würde sie ihm ihre Angst zeigen! Sie schob tapfer ihr zierliches Kinn vor und erwiderte kühl: „Und ich bin es nicht gewohnt, als Knappe zu arbeiten. Wie Ihr seht, werden wir beide in den kommenden Tagen noch viel lernen müssen." Sie stellte ihm das großzügig beladene Schneidebrett und den Weinkelch auf den Tisch und machte sich eilig auf den Weg nach draußen. Gerade als sie die Zeltluke erreicht hatte, ließ seine tiefe Stimme sie verharren.

„Wohin willst du?“

Elena blieb stehen und antwortete, ohne sich umzudrehen: „Wie es sich für einen guten Knappen wohl gehört, esse ich draußen bei den Männern.“

„Du isst hier!“

O Schreck, genau das hatte sie befürchtet!

Ramsay sah, wie sich ihr Rücken versteifte.

„Ich möchte Euch nicht stören“, warf Elena zaghaft ein.

Ohne auf ihren Einwand einzugehen, fügte er hinzu: „Hol dein Essen, *Knappe*!“

Nach wenigen Augenblicken kehrte Elena missgelaunt zurück und war erstaunt, dass die Speisen des Riesen noch unberührt waren. Konnte es sein, dass er auf sie gewartet hatte? „Setz dich endlich! Oder willst du im Stehen essen?“, fuhr er sie barsch an und deutete auf den Stuhl ihm gegenüber.

Elena kam seiner Aufforderung nur zögernd nach. Der Tisch war so schmal, dass sie mit ihrem Knie sein Bein berührte. Sogleich zuckte sie wie unter einem Peitschenhieb zusammen. Ramsay beobachtete, wie ein zarter rosa Schimmer ihre Wangen überzog, als sie sich leise entschuldigte. Er betrachtete ihr Schneidebrett, auf dem nur ein kleines Stück Speck und eine halbe Scheibe Brot lagen, und eine steile Falte bildete sich auf seiner Stirn. Kein Wunder, dass diese Ladys nichts taugten, wenn sie so wenig aßen.

Ramsay grinste boshaft in sich hinein, als ihm ein anderer Gedanke kam. Vielleicht war ja auch das Lageressen nichts für ihren verwöhnten Gaumen. Im nächsten Augenblick knallte er ihr ein großes Stück Wildbraten auf das Schneidebrett.

„Iss, du bist so dünn wie eine Kirchenmaus!“

Elenas Wangen röteten sich erneut, doch diesmal nicht vor Verlegenheit, sondern vor Zorn. Was bildet sich dieser arrogante Koloss eigentlich ein? Der Kerl ist nie und nimmer ein Lord! Jeder Gossenjunge besitzt bessere Manieren als dieser Riese.

Dennoch blieb sie äußerlich völlig gelassen. Sie wusste nur zu gut, dass er nun eine heftige Reaktion von ihr erwartete, und was wäre wohl ärgerlicher, als gar keine zu bekommen? Ohne von ihrem Essen aufzusehen, schob sie das Stück Fleisch in eine Ecke ihres Schneidebrettes und aß ruhig weiter.

Wenig später hörte sie, wie der Lord verärgert sein Messer in den Speck rammte, und bemühte sich, ein Lächeln zu verbergen.

Ohne ihren Blick zu heben, spürte sie, dass er sie unentwegt beobachtete. Sie konnte beinahe fühlen, wie seine finsteren Augen versuchten, ihre Gedanken zu lesen. Seine Stimme ließ sie zusammenfahren.

„Wie alt bist du, Lady?"

Elena konnte seine Feindseligkeit förmlich fühlen und entgegnete kühl: „Ihr scheint nicht viel von guten Manieren zu halten, Mylord."

Eine dunkle Augenbraue huschte in die Höhe und seine Stimme triefte vor Hohn. „Soso, ich bin dir also nicht galant genug?"

Elena verzichtete auf eine bissige Antwort.

„Also, wie alt bist du?", bohrte er weiter.

Sie schenkte ihm ihr geziertestes Lächeln.

„Achtzehn Lenze. Und Ihr?"

Ramsay widmete sich unbeeindruckt wieder seinem Mahl.

„Ich stelle hier die Fragen!"

Das war ja wieder einmal typisch, bloß nichts von sich selbst preisgeben. Elena stocherte lustlos in ihrem Essen herum und suchte nach einem unverfänglichen Gesprächsthema.

„Weshalb trägt hier eigentlich niemand einen Kilt?"

Er schaute sie an, als sei sie der dümmste Mensch, der ihm je begegnet war. Dennoch antwortete er erstaunlich geduldig: „Weil wir Krieger sind. Unsere Clans haben mit den Schlachten, die wir schlagen, nichts zu tun und außerdem sind Beinkleider wesentlich bequemer, wenn man den ganzen Tag im Sattel sitzt."

Elena entdeckte plötzlich das spöttische Funkeln in seinen Augen.

„So sind wenigstens unsere Ei …"

„Es reicht, ich weiß, was Ihr meint", stieß Elena empört hervor. Dieser Mistkerl wollte sie absichtlich reizen.

Ramsay lachte leise vor sich hin. Es gefiel ihm ungemein, wie sie ständig aus den unterschiedlichsten Gründen errötete.

Zwei Stunden später stand Ramsay mit dem Rücken zu ihr und kramte in einer kleineren Truhe nach Plänen, als Elena einen eisigen Luftzug spürte. Sie blickte auf und war wie gelähmt vor Schreck. Direkt vor ihr in der Zeltluke stand ein riesiger Wolf. Seine gelben Augen blickten sie abschätzend an, als überlegte er, welchen Teil ihres Körpers er zuerst verzehren sollte. Sein fast schwarzes Fell war zottig und Elena bemerkte eine lange Narbe auf seiner Nase, die vermutlich von einem Kampf herrührte. Wie war dieses Biest an den Soldaten vorbeigekommen?

Langsam, ganz langsam wich sie in Ramsays Richtung zurück. Ihre Stimme war vor Angst kaum zu hören und zu ihrem Entsetzen kam das Ungeheuer immer näher.

„Mylord?"

Er beachtete sie nicht, und ihre Angst wuchs mit jedem Schritt.

„Mylord? Bitte!"

Sie warf rasch einen Blick über die Schulter und sah, dass auch er das Biest bemerkt hatte, doch Ramsay machte keine Anstalten, sein Schwert zu ziehen oder nach seinen Männern zu rufen. Elena hatte ihn nun erreicht und griff, ohne sich dessen bewusst zu sein, Hilfe suchend nach seiner Hand.

Ramsay war so verblüfft über diese unerwartete Geste, dass er zunächst keine Worte fand. Wie konnte eine so unschuldige Berührung ein solches Chaos an Gefühlen herbeiführen? „Bewegt Euch nicht, Mylord, vielleicht verzieht er sich dann wieder!"

Trotz ihrer Anspannung klang ihre Stimme sehr gefasst und Ramsay beobachtete, wie sie sich langsam einen Feldstuhl griff. Wollte sie ihn etwa beschützen? Sich der komischen Szene nur allzu bewusst, ging er einen Schritt auf den Wolf zu und seine Stimme klang beinahe sanft.

„Darf ich vorstellen? Elena, das ist Wulf. Wulf, das ist Elena, unser neuer Knappe."

Sie hätte schwören können, dass der Wolf ihm zugezwinkert hatte, bevor er sich abwandte und sich neben dem Bett ausstreckte.

Noch immer bebend vor Furcht stand Elena neben Ramsay und fragte ungläubig: „Ihr *kennt* dieses Ungeheuer?"

Ramsay entzog ihr seine Hand und wühlte weiter in der Truhe, bis er fand, wonach er suchte.

„Ja. Er ist mein Begleiter."

Elena benötigte einen Augenblick, um diese Neuigkeit zu verarbeiten.

„Aber er schläft doch nicht etwa in diesem Zelt?", wollte sie wissen und kaute unbehaglich auf ihrer Unterlippe.

Ramsay sah sie scharf an. „Hast du etwa was dagegen?"

„Aber wenn er uns angreift?"

Ramsay musterte sie verächtlich. „Du hast zu wenig Fleisch auf den Rippen, um verlockend für ihn zu sein."

„Sehr beruhigend."

Elena murmelte noch etwas vor sich hin, was Ramsay jedoch nicht verstand. Mit den Plänen in der Hand setzte er sich aufs Bett. Sogleich war der Wolf neben ihm und legte ihm den riesigen Kopf in den Schoß. Geistesabwesend kraulte Ramsay das Tier, als wäre es ein zahmes Hündchen, während er die Karten studierte. Elena schüttelte den Kopf. Ein grimmiger Riese, den man Höllendämon nannte, ein riesiges Monster von einem Wolf … Was hatte sie sonst noch zu erwarten? Als Nächstes kam bestimmt der Teufel persönlich durch die Zeltluke und stellte sich als naher Verwandter vor.

Die Strapazen der langen Reise machten sich allmählich bemerkbar. Elena war zu erschöpft, um weiter über diesen Mann und seine Freunde nachzudenken.

„Mylord, wo kann ich schlafen?"

Ramsay musterte sie und bemerkte die roten Ränder unter ihren Augen. Sie sah wirklich müde aus. Kein Wunder. Wenn sie die Wahrheit gesagt hatte, war sie seit zehn Tagen auf der Suche nach ihm gewesen.

„Du kannst wählen, entweder dort am Boden" – er wies auf die Zeltwand neben seiner Kleidertruhe – „oder im Bett."

Elena sah ihn durch zusammengekniffene Augen an.

„Ihr würdet mir Euer Bett überlassen?"

Ramsay schüttelte mit einem zynischen Lächeln auf den Lippen den Kopf. „Nein, nur einen Teil davon."

Elena nickte mürrisch. „Dann ziehe ich den Boden vor."

Ramsay zuckte gleichgültig mit den Schultern. „Wie du willst. Aber es wird kalt werden."

„Das ist mein kleinstes Problem, wenn man bedenkt, dass ich mit Euch und einem Wolf das Zelt teilen muss."

Ramsay streichelte das mächtige Tier. „Hast du gehört, Kamerad, der Lady ist unsere Anwesenheit nicht vornehm genug."

Wie zum Beweis, dass ihn das herzlich wenig störte, gähnte Wulf herzhaft, wobei er beängstigend große Zähne entblößte.

Elena legte sich an den ihr zugewiesenen Ort, hüllte sich in ihren Umhang und legte den Dolch neben sich. Man konnte ja nie wissen. Die Felle, die den Boden bedeckten, waren feucht von der Kälte, doch Elena konnte nur noch an eines denken: schlafen.

„Du willst doch nicht etwa in deinen Kleidern schlafen?"

Ramsays bestürzte Worte ärgerten Elena ungemein, doch sie war zu müde, um sich heute noch einmal mit diesem Rüpel zu streiten.

„Wenn mich diese Bestie schon fressen will, dann soll sie sich zuerst durch meine Wäsche beißen. Vielleicht überlegt sie es sich dann anders."

Wenige Minuten später waren gleichmäßige Atemzüge zu hören, die Ramsay sagten, dass sein neuer Knappe bereits eingeschlafen war.

Er betrachtete das Mädchen eine Weile. Es lag wie ein Kätzchen zusammengerollt an der Zeltwand, sein blondes Haar war zu einem dicken Zopf geflochten, damit es sich im Schlaf nicht zu sehr verknotete. Elena war wirklich noch sehr jung. Ramsay schüttelte verständnislos den Kopf. Was musste das für ein Mann sein, der seine Tochter in ein Kriegerlager schickte, damit sie Hilfe holte?

Sein Blick fiel auf den kleinen Dolch, den sie selbst im Schlaf fest umklammert hielt. Wenigstens war die Lady klug genug, sich zu bewaffnen. Er betrachtete ihre feinen Gesichtszüge, die kleine Stupsnase und das zierliche Kinn, in dem so viel Trotz und Sturheit steckten.

Widerwillig gestand Ramsay sich ein, dass sie mehr als nur

hübsch war. Von ihr ging etwas aus, das er nicht genau zu benennen vermochte – es war ein Strahlen. Sein Blick glitt zu ihren vollen, leicht geöffneten Lippen, die geradezu nach Küssen flehten. Sogleich geriet sein Blut in Wallung.

Abrupt stand er auf und wandte sich wütend ab.

Zugegeben, sie war hübsch. Aber das änderte nichts daran, dass er sie nicht mochte. Ganz und gar nicht mochte. Tatsächlich wäre es ihm eine teuflische Genugtuung gewesen, wenn er die feine Lady unverrichteter Dinge wieder weggeschickt hätte.

Ein leises Murmeln ließ ihn erneut in Elenas Richtung blicken.

Sie zitterte vor Kälte.

Mit grimmig zusammengepressten Lippen deckte er sie vorsichtig mit einem großen, wärmenden Fell zu und kehrte zu seinem eigenen Bett zurück.

Wie so oft an diesem Abend fragte er sich, wie sie es eigentlich fertig gebracht hatte, dass er sie überhaupt angehört hatte. War es ihr Mut gewesen, mit dem sie sich gegen seine Männer gewehrt hatte, oder waren es diese verwirrend grünen Augen, die ihn schweigend angefleht hatten, ihr zu helfen?

Mit einem Laut, der verdächtig nach einem Knurren tönte, zog er sich die Kleider aus und ging nackt zum Tisch. Was auch immer es war, es gefiel ihm nicht. Nach einem letzten grimmigen Blick auf Elena blies er die Kerze aus und schlüpfte unter die weichen Felle in seinem Bett. Die Dunkelheit wirkte wie Balsam auf sein überhitztes Gemüht und er genoss die vertrauten Geräusche der Nacht. Während er sich überlegte, womit er die Lady am nächsten Tag beschäftigen könnte, verzogen sich seine Lippen zu einem boshaften Lächeln.

Ein Geräusch! Elena schreckte hoch. Es dauerte einen Moment, bis sie sich daran erinnerte, wo sie war. Da war es wieder! Es klang, als schliche jemand um das Zelt herum. Obwohl der Wind an den Zeltplanen rüttelte, hörte sie es ganz deutlich.

„Mylord?“

Ein leises Murren war die Antwort. Ihre Augen hatten sich inzwischen an die Dunkelheit gewöhnt. Sie erkannte schemenhaft den

Höllendämon, der im Bett lag und friedlich schlief. Der Wolf war verschwunden. Elena lauschte angestrengt in die Nacht hinaus. Es war jetzt sehr deutlich zu hören. Schritte, die sich auf sie zu bewegten. Elena versuchte sich einzureden, dass dies bestimmt nur ein Wächter war, der seinen Rundgang machte, doch ihre Nackenhaare sträubten sich, und das war ein sicheres Zeichen für drohende Gefahr. Sie überlegte, ob sie den Höllendämon wecken sollte, entschied sich jedoch dagegen. Lautlos rollte sie sich von der Zeltwand weg.

Da, plötzlich stieß ein Schwert durch die dünne Wand und rammte sich in den Boden, genau an den Ort, an dem sie zuvor gelegen hatte.

Elena stieß einen spitzen Schrei aus. Im nächsten Moment stand Ramsay nackt mit einem Schwert in der Hand neben ihr und knurrte: „Was ist los?"

Sie warf sich an seine Brust. Er spürte, wie sie am ganzen Körper zitterte, und ihre Hände fühlten sich eiskalt auf seiner Brust an.

„Jemand hat gerade versucht, mich umzubringen … ich … ich hörte Schritte … und dann … dann kam plötzlich dieses Schwert durch die Wand."

Ihre Stimme bebte und sie sprach so leise, dass er sie kaum verstehen konnte.

„Unsinn", brummte Ramsay und schob Elena beiseite. Gott, wie er es hasste, wenn diese hysterischen Weiber auf so dramatische Art die Aufmerksamkeit eines Mannes auf sich ziehen wollten. Als er jedoch den handbreiten Schnitt in der Zeltwand entdeckte, lief es ihm kalt den Rücken hinunter. Vielleicht hatte sie selbst ihn gemacht? Zuzutrauen war es ihr, sie war schließlich eine Lady. Und wenn nicht? Wenn tatsächlich jemand nach ihrem Leben trachtete? Sie war nun sein Knappe und er war für ihre Sicherheit verantwortlich. Ramsay verließ wütend das Zelt und brüllte: „Bruce!"

Der eilte sogleich herbei, immer noch bemüht, seinen Hosengurt zuzuschnüren.

„Ja, Mylord?"

„Verdammt noch mal, wo warst du?"

Bei Ramsays donnernder Stimme horchten die wenigen Männer an den Lagerfeuern auf. Als sie den Höllendämon wütend und nackt wie eine antike Gottheit aus Bronze vor seinem Zelt erblickten, erstarb auf der Stelle jedes Gespräch. Sein starker, muskulöser Körper strahlte eine Kraft und Wildheit aus, die jeden daran erinnerte, welche Macht ihr Führer besaß.

Bruce sah seinen Herrn verdutzt an. „Ich war schnell hinter einem Busch, Mylord."

„Hast du eben jemanden um mein Zelt schleichen sehen?"

Bruce schüttelte den Kopf. „Nay, Mylord, keine Menschenseele, und ich war wirklich nur eine Minute weg."

Nun trat Gavin hinzu. „Ist etwas geschehen?"

Ramsay fuhr sich mit der Hand durch sein vom Schlaf zerzaustes Haar. „Ich weiß es noch nicht, aber es scheint, als ob gerade jemand meinen neuen Knappen aufspießen wollte."

Bruces Unterkiefer klappte herunter. „Jemand wollte die Lady umbringen?"

„Ist sie unverletzt?", wollte Gavin wissen und in seiner Stimme lag aufrichtige Besorgnis. Ramsay nickte finster. „Sorge dafür, dass die Wachen verdoppelt werden, und schick Will zu mir!"

„Ich bin hier, Mylord!"

Will war ein großer, wohlgenährter Mann, der mit seinem dichten Bart und den sanften braunen Augen mehr einem gutmütigen Bären als einem gestandenen Krieger glich. Dennoch war Ramsay vom ersten Augenblick an tief beeindruckt von diesem Mann gewesen. Instinktiv hatte er gespürt, dass hinter diesem Äußeren noch viel mehr steckte, und er hatte Recht behalten.

„Komm mit, ich möchte, dass du dir das ansiehst!"

Obwohl Ramsay noch immer an den Worten der Lady zweifelte, ging er um das Zelt herum. Tatsächlich, hier waren Fußspuren, die sich jedoch rasch auf dem gefrorenen Boden verloren. Es war unmöglich, sie zu verfolgen. Wer konnte bloß ein Interesse daran haben, die Lady zu töten?

Will war ihm gefolgt und starrte auf den Schnitt in der Zeltwand.

„Kann es sein, dass sie ihn selbst gemacht hat, um Aufsehen zu erregen?"

Will schüttelte entschieden den Kopf. „Nein, Mylord. Ich spüre ihre Ängste. Die alten und auch diese neue. Sie sind echt."

Ramsay nickte bedächtig. „Stell einen Trupp von zehn Männern zusammen, der den Wald durchstreifen soll. Vielleicht versteckt sich dort jemand."

Will eilte sogleich los und Ramsay kehrte zu Elena zurück. Sie stand noch immer mitten im Raum, beide Arme schützend um ihren Körper geschlungen, und starrte auf die Stelle, an der sie beinahe getötet worden wäre. Sie sah so zerbrechlich aus, dass Ramsay nicht anders konnte als sie in die Arme zu nehmen. Plötzlich verspürte er den Drang, dieses zarte Geschöpf zu beschützen, und dieser Gedanke ärgerte und verunsicherte ihn.

Elena wehrte sich nicht, aber sie erwiderte die Umarmung auch nicht. Sie schmiegte ihr Gesicht an Ramsays breite, harte Brust. Die Wärme des Höllendämons spendete ihr Trost und ein Gefühl von Sicherheit, das sie jetzt so dringend brauchte. Er murmelte leise, beruhigende Worte in ihr Haar und seine Hände strichen sanft über ihren Rücken, bis sie sich allmählich zu entspannen begann.

„Weshalb, Mylord? Was habe ich denn getan?"

Sie spürte, dass Ramsay mit den Schultern zuckte.

„Ich weiß es auch nicht. Die Wache hat niemanden gesehen und es gibt keine Spur, die man verfolgen könnte."

Er spürte, wie sie leicht erschauerte. Sie standen eine Weile schweigend da, doch plötzlich sog Elena scharf die Luft ein und wand sich aus seinen Armen. „Beim Allmächtigen! Ihr seid ja … ich meine, Ihr habt ja … Ihr seid ja …"

„Du meinst, ich bin nackt", vollendete er den Satz und sein Lächeln entblößte eine Reihe strahlend weißer Zähne.

Elena spürte, wie ihre Wangen heiß wurden vor Scham, und drehte ihm ruckartig den Rücken zu, jedoch nicht ohne einen raschen, verstohlenen Blick auf seinen kampfgestählten Körper zu werfen. Eine unbekannte Nervosität und Beklommenheit ließen sie gleichermaßen erschauern. Ihre Wange, die an seiner Brust geruht hatte, prickelte noch immer.

„Besitzt Ihr denn keinen Funken Schamgefühl?"

Sie hörte ein leises, tiefes Lachen, das ihr einen sonderbaren Schauer über den Rücken jagte, und seine Stimme klang so weich wie Samt.

„Ich fühle mich nackt sehr wohl und ich glaube, ich muss mich meines Körpers wirklich nicht schämen."

Die Arroganz dieses Mannes war tatsächlich unglaublich.

„Ihr werdet Euch noch erkälten", gab sie unbehaglich zurück.

Wieder hörte sie sein maskulines Lachen in ihrem Rücken.

Bei Gott, dieses Weibsbild war erstaunlich! Vor wenigen Minuten war sie nur knapp dem Tod entronnen und sie machte sich Sorgen um seine Nacktheit. Ein breites Grinsen legte sich auf seine Lippen.

„Gefällt dir etwa nicht, was du siehst?"

Er beobachtete, wie sie trotzig das Kinn hob und ihm spitz beschied: „Ich habe nicht hingeschaut."

Nun klang seine Stimme seidenweich. „Hat die feine Lady etwa Angst, beim Anblick meines nackten Körpers schwach zu werden?"

Über die Widersinnigkeit dieser Frage hätte Elena am liebsten gelacht, wenn sie nicht so schrecklich verwirrt gewesen wäre. Dennoch reckte sie kampflustig ihr Kinn und versuchte, so hochmütig wie möglich zu klingen.

„Ihr überschätzt Euer Aussehen bei weitem, Mylord. Das einzige Gefühl, das Euer Anblick bei mir auslösen könnte, ist Übelkeit."

So war es jedenfalls immer gewesen. Natürlich hatte sie noch nie einen Mann im Adamskostüm gesehen, doch eine entblößte Brust hatte meist genügt, um in ihr Übelkeit oder Ekel zu erregen. Verwirrt schüttelte sie den Kopf. Warum war es dann bei diesem Mann nicht dasselbe?

Sein Lachen klang nun so gefährlich wie das Zischen einer Schlange.

„Ach wirklich? Ich glaube eher, du hast Angst. Ist es möglich, dass mein neuer Knappe ein Feigling ist?"

„Das bin ich nicht!" wehrte sie sich empört.

„Dann beweise es!"

Er stand noch immer einige Schritte entfernt von ihr vor seinem Bett.

Elena schloss einen Moment die Augen, um sich wieder zu sammeln, doch das war ein Fehler. Sein Anblick schien sich in ihren Kopf gebrannt zu haben. Nur zu deutlich sah sie, wie der schwache

Schein des Mondes, der durch den Spalt der Zeltluke drang, seinen mächtigen Körper in matten Glanz tauchte. Sah seine langen, vom Schlaf zerzausten Haare, die sich über den ungewöhnlich breiten Schultern schlängelten ... Das Zelt schien plötzlich zu schrumpfen und die Luft um sie herum vor Elektrizität zu vibrieren. Ungeduldig und über sich selbst verärgert stieß Elena scharf die Luft aus.

„Das ist doch absurd, Mylord. Es ... Es ist spät, wir sollten uns wieder hinlegen und schlafen, solange wir noch können."

„Beweise mir, dass dir mein Anblick zuwider ist. Komm, beweis es mir!"

Oh Gott, seine Stimme klang wie das Schnurren eines Berglöwen und Elena fühlte sich plötzlich ungewohnt kurzatmig. Als sie hörte, dass er einen Schritt auf sie zutrat, drehte sie sich erschrocken um, dankbar, dass sie gelernt hatte, ihre Gefühle hinter einer Maske der Gleichgültigkeit zu verbergen. Dankbar auch für die Dunkelheit, die ihr gerötetes Gesicht verbarg. Der Höllendämon stand in seiner ganzen männlichen Schönheit nur eine Armeslänge von ihr entfernt. Krampfhaft versuchte Elena, ihren Blick auf sein Gesicht zu konzentrieren, doch immer wieder ertappte sie sich dabei, wie ihre Augen ihn erforschten. In seiner Nacktheit schien er ihr noch viel größer und bedrohlicher als zuvor. Sein ganzer Körper strahlte diese Wildheit und Kraft aus, die sie schon bei ihrer ersten Begegnung an ihm bemerkt hatte. Diejenigen, die sich seine Tapferkeit und sein taktisches Geschick nicht erklären konnten, behaupteten, er müsse halb Mensch und halb Tier sein. Zweifellos hatten diese Leute den Höllendämon noch niemals in seiner nackten, sehnigen Herrlichkeit gesehen. Dieser Mann war tatsächlich so schön wie die Sünde.

Als Elena in seine Augen blickte, wurde ihr klar, weshalb sich die Leute vor diesem Riesen fürchteten. In diesen unergründlichen Tiefen brannte eine unbändige innere Kraft, die seine Augen beinahe leuchten ließ; loderte das Feuer, das ihn antrieb, die Verbissenheit, die die Welt ihn fürchten ließ, wie sie seinen Namensvetter fürchtete. Elena bot all ihre Willenskraft auf und heftete ihren Blick auf einen fernen Punkt hinter Ramsays Kopf.

„Wie Ihr seht, werde ich weder schwach noch mache ich Euch unsittliche Angebote. Kann ich nun wieder schlafen gehen?"

Seit Ramsay mit zwölf Jahren seine erste Frau gehabt hatte, kannte er seine Wirkung auf das andere Geschlecht. Er wusste um die Anziehungskraft seines kräftigen Körpers auf Frauen jeden Standes. Ob nun Lady oder Magd, ihm hatte es niemals Mühe bereitet, sie in sein Bett zu nehmen. Er war noch keiner Frau begegnet, die die Kraft besessen hatte, seinen Verführungskünsten zu widerstehen. Auch bei dieser war es nicht anders, sie konnte es nur besser verbergen.

Mit einem selbstsicheren Lächeln auf den Lippen hob er eine Hand und ließ sie sanft über Elenas Wange gleiten. Sie stand da, wie zur Salzsäule erstarrt. Sie wollte vor ihm zurückweichen, wollte seine Hand wegschlagen … doch sie konnte sich nicht bewegen. Seine Augen hatten ein unsichtbares Netz ausgeworfen, in dem sich Elena hilflos verheddert hatte. Seine Berührung schien ihre Haut zu verbrennen.

Ramsay kam noch einen kleinen Schritt näher. Mit erschreckender Sanftheit glitt seine raue, schwielige Hand zu ihrem schlanken Hals, bevor er sie in ihren Nacken wandern ließ. Seine Finger senkten sich besitzergreifend in die Fülle ihres seidenweichen Haars und er spürte, wie sein Blut heiß durch seine Adern schoss.

Bei allen Höllenfeuern, das hatte er nicht gewollt! Er hatte beabsichtigt, die Lady in Verlegenheit zu bringen, sie vielleicht auch ein wenig zu demütigen … aber er hatte nicht mit dem heftigen Verlangen gerechnet, das ihn bei dieser Berührung zu überwältigen drohte.

Auch Elena spürte die Veränderung, die in ihm vorging. Der spöttische Glanz war aus seinen Augen gewichen, und nun betrachtete er sie mit einer Intensität, auf die ihr Körper heftig zu reagieren schien. Sie spürte seine plötzliche Anspannung, nahm die schwere Sinnlichkeit seiner Lippen und seiner Gesichtszüge wahr.

Elena fuhr sich mit der Zungenspitze über die plötzlich trockenen Lippen. Noch immer schwebte sein Gesicht über dem ihren. Sie spürte seinen warmen Atem auf ihrer Wange, spürte, wie sich seine Finger immer tiefer in ihr Haar gruben und ihren Kopf leicht nach hinten zogen, und wünschte sich plötzlich, er würde sie wieder in den Armen halten.

Plötzlich wandte Ramsay ihr abrupt den Rücken zu und schlüpfte mit einem Schwall unterdrückter Flüche auf den Lippen unter die Felle.

„Lady, leg dich wieder hin! Ich habe einen Trupp Männer losgeschickt, um im Wald nach Spuren zu suchen. Morgen sehen wir weiter. Auf jeden Fall wirst du das Lager nicht verlassen, bis sich die Sache aufgeklärt hat."

Die harte, eisige Stimme holte Elena mit einem Schlag wieder in die Wirklichkeit zurück. Um Himmels willen, was war nur geschehen? Wie konnte sie nur? Beschämt und wütend zugleich wandte sie sich mit einem Ruck ab und schlang schützend die Arme um ihren Oberkörper. Wie konnte sie sich nur so vergessen? Wo war die wachsame und bedächtige Elena geblieben, die nichts und niemand aus der Ruhe bringen konnte? Hatte sie denn den Verstand verloren?

Ramsay streckte sich auf seinem Lager aus, und als er sah, dass Elena immer noch unschlüssig dastand, bot er ihr betont spöttisch an: „Wenn du willst, kannst du bei mir schlafen."

Es war nicht so sehr der Wunsch, die Lady zu verletzen, vielmehr brauchte er ein Ventil, um wenigstens einen Teil seines Zorns abreagieren zu können. Und zornig war er über sein eigenes Unvermögen, den Reizen dieses Mädchens zu widerstehen.

Elena stand noch einen Moment lang schweigend da, dann nahm sie ihren Umhang und legte sich in die Mitte des Zeltes auf den Boden.

„Darauf könnt Ihr wohl kaum eine Antwort erwarten."

Ramsay tat einen tiefen Atemzug. Auch aus ihrer Stimme konnte er Wut und Enttäuschung heraushören. Diese Tatsache schenkte ihm seltsamerweise Trost und seine Stimme wurde freundlicher.

„Wie du willst, aber Wulf wird nicht gerade erfreut sein, wenn er dich an seinem Platz findet."

Elena hörte, wie Ramsay sich im Bett bewegte, und plötzlich sah sie seinen imposanten Körper wieder vor sich. Die schwarzen Haare, die ihm bis zu den mächtigen Wölbungen seiner Brust fielen. Die breiten Schultern, die aussahen, als könnten sie die Last der ganzen Welt tragen. Elena spürte, wie ein aufregend warmes Prickeln ihren Körper erfasste, und es schien eine Ewigkeit zu dauern, bis sich der Schlaf erbarmte und sich ihrer wieder annahm.

Am nächsten Morgen erwachte Elena von einem üblen Geruch, der ihr beinahe den Magen umdrehte. Zögernd schlug sie die Augenlider auf, und ein Schrei blieb ihr im Halse stecken.

Über ihrem Gesicht schwebte die schreckliche Fratze des Wolfes. Er schaute aus grässlich gelben Augen auf sie herab. Elena lag wie gelähmt da, ihr Gehirn weigerte sich zu arbeiten und sie wagte kaum zu atmen. Zu ihrem Entsetzen riss das Ungetüm seinen Schlund auf, stellte seine messerscharfen Zähne ungeniert zur Schau und gähnte herzhaft.

Wenn dieser Anblick nicht schon genug gewesen wäre, um Elena einer Ohnmacht nahe zu bringen, dann tat es dieser eklige Geruch, der aus seinem Rachen strömte.

„Ich sagte dir ja schon, dass du auf seinem Platz liegst", erklang Ramsays spöttische Stimme vom Tisch her.

Dann schien Wulf das Interesse an Elena zu verlieren. Das mächtige Tier trottete zu seinem Herrn, kratzte sich umständlich hinter dem Ohr und legte sich zu Ramsays Füßen nieder.

Noch immer leichenblass rappelte Elena sich hoch und flehte innerlich, dass die Tage in Gesellschaft dieser beiden Ungeheuer bald vorbei sein mochten.

Mit leiser Schadenfreude stellte sich Ramsay auf das Gezeter ein, das nun unweigerlich folgen würde. Zweifellos würde die feine Lady sich jetzt gleich ausführlich über ihr hartes, unwürdiges Nachtlager, den Mordanschlag und den Auftritt des Wolfes beschweren. Er wartete, doch nichts dergleichen geschah. Als sie dann endlich etwas sagte, war es ganz und gar nicht das, was er erwartet hatte.

„Mylord, wann werden wir nach Castle Fraser aufbrechen?"

Ramsay musterte sie ausgiebig und Elena glaubte schon, keine Antwort mehr zu bekommen. Sie öffnete den langen Zopf, mit dem sie in der Nacht ihre Haare in Ordnung gehalten hatte und begann mit den Fingern die Knoten zu lösen.

Ramsay konnte seine Augen nicht von der kleinen Lady wenden. Die Sonnenstrahlen, die durch die Zeltluke fielen, verwandelten ihr blondes Haar in eine goldene Flut, die in weichen Wellen bis zu ihren Hüften strömte. Dieses Weib war schön, verflucht noch mal, und es juckte ihm in den Fingern, diese goldene Masse noch einmal zu berühren. Sein Blick verfinsterte sich. Natürlich, sie wollte ihn verführen, Hure, die sie war, doch das würde ihr nicht gelingen. Die ganze Nacht hatte er darüber nachgedacht, weshalb sie eine solche Anziehungskraft auf ihn ausübte. Auch wenn er sich dagegen sträubte, konnte er nicht leugnen, dass es so war.

Schließlich war Ramsay zu dem Schluss gekommen, dass die Lady nicht anders war als all die anderen Ladys auch. Sie war eine Hure – nicht mehr und nicht weniger. Was sein heftiges Verlangen betraf, so war auch dies ganz verständlich. Er war schließlich ein Mann und sie eine Frau. Nachdem er sich dies die halbe Nacht lang eingeredet hatte, war er nun felsenfest davon überzeugt. Wenn sie also dachte, sie könnte ihn mit ihren Verführungskünsten einwickeln, dann war sie nicht nur eine Hure, sondern auch eine verdammte Närrin.

Elena konnte sich den seltsamen Ausdruck in Ramsays Augen beim besten Willen nicht erklären.

„Mylord, wann können wir aufbrechen? Ich muss darauf bestehen, dass es ganz rasch geschieht. Es liegt nun in Eurer Verantwortung."

Ramsay schlug einen samtweichen Ton an, der für diejenigen, die ihn kannten, ein Zeichen war, in Deckung zu gehen.

„Du bestehst darauf?"

„Ich fürchte, ja."

Elena schien den drohenden Unterton seiner Worte nicht zu bemerken.

„Diese Schurken sind mir im Weg. Ich muss mich um meinen Vater kümmern. Da ich nicht weiß, wie schwer seine Verwundung wirklich ist, ist höchste Eile geboten. Es ist schon schlimm genug, dass ich Euch so lange suchen musste."

Ramsay entging der leicht tadelnde Ton keineswegs.

„Nun dürfen wir keine Zeit mehr verlieren. Ich würde es als das Beste ansehen, wenn wir gleich aufbrechen könnten."

Ramsay erhob sich so schnell, dass der Stuhl fast nach hinten kippte, und ging zur Zeltluke.

„Wir brechen morgen bei Sonnenaufgang auf – und keine Minute früher. Und nun mach dich endlich an die Arbeit, Knappe! Bring mir das Frühstück und eine Schüssel Wasser zum Waschen!"

Elena legte verwirrt die Stirn in Falten. Womit hatte sie ihn denn jetzt schon wieder verärgert? Hoffentlich war er nicht jeden Morgen in dieser verdrießlichen Stimmung. Rasch eilte sie ins Freie hinaus, wobei sie beinahe Todd umgerannt hätte.

Er war ganz blass und die Besorgnis stand ihm deutlich ins Gesicht geschrieben.

„Mylady, ich hörte gerade, was letzte Nacht geschehen ist. Geht es Euch gut? Seid Ihr unverletzt?"

„Ich bin mit dem Schrecken davongekommen. Mach dir keine Sorgen, Todd." Sie schenkte ihm ein beruhigendes Lächeln und fügte hinzu: „Nun muss ich mich aber beeilen, der Höllendämon hat Hunger und knurrt schon wie sein Wolf."

Mit diesen Worten hatte sie sich bereits entfernt und kehrte wenige Augenblicke später mit einem voll beladenen Schneidebrett ins Zelt zurück.

Doch auch als sie das Wasser brachte, war der Lord noch nicht da. Also begann sie mit dem Aufräumen. Der Höllendämon schien ein ordentlicher Mann zu sein. Das Einzige, was sie zu tun hatte, war, sein Bett zu machen. Ein seltsames Gefühl überkam sie, als sie die Felle beiseite schob. Dort, wo er gelegen hatte, war es noch warm und die Felle verströmten den Duft seines Körpers, einen durch und durch männlichen Duft.

Plötzlich stieg ihr heiße Röte in die Wangen, als sie sich wieder daran erinnerte, wie sie sich letzte Nacht vor Furcht an seinen nackten Körper geschmiegt hatte. Sie hatte sich in seinen Armen sicher und geborgen gefühlt.

Rasch verwarf sie diesen absurden Gedanken wieder. Das ist ja wirklich lächerlich! Sicherheit, und das ausgerechnet bei einem Mann, den man den Höllendämon nennt. Elena, langsam wirst du wirklich verrückt.

„Was tust du da?"

Lautlos war Ramsay eingetreten und starrte Elena erstaunt an, die auf allen vieren auf seinem Bett herumkroch.

Elena warf einen raschen Blick über die Schulter und versuchte, ihrer Stimme einen kühlen Klang zu verleihen.

„Wie Ihr seht, macht Euer Knappe das Bett, Mylord."

Gewaltsam riss Ramsay seinen Blick von ihrem kleinen Hinterteil los und brummte: „Nachher kannst du alles für die Rasur vorbereiten."

Elena stand erschrocken auf und schaute ihn aus großen, ungläubigen Augen an.

„Ihr wollt doch nicht, dass *ich* Euch rasiere?"

Erst jetzt bemerkte sie, dass die Haare des Höllendämons nass waren. Er musste im Fluss gebadet haben. Sogleich fröstelte sie, wenn sie nur an das kalte Wasser dachte.

Das Wasser war nicht nur kalt gewesen, sondern eisig. Was nicht gerade dazu beigetragen hatte, Ramsays Laune zu bessern. Nicht ohne Genugtuung erkannte er, dass es ihr tatsächlich zuwider war, in seiner Nähe zu sein, und die Antwort schmeckte süß wie Honig auf seiner Zunge.

„Natürlich wirst du mich rasieren."

„Aber ..."

Mein Gott, schon der Gedanke, ihn berühren zu müssen, jagte ihr Angst ein.

„Das gehört zu den Pflichten eines Knappen."

Damit war das Thema für ihn beendet.

Während Ramsay sein Frühstück aus Brot, Käse und Speck verzehrte, beobachtete er Elena. Sie war sehr klein und schlank, doch ihr Körper wies an den richtigen Stellen volle Rundungen auf. In ihrem Gang lag etwas Verführerisches und Erregendes. Er verlagerte sein Gewicht auf dem Stuhl und streckte die Beine, um den unerwünschten Druck der Verspannung ein wenig zu mildern. Verdammt noch mal, er hatte keine Lust, noch einmal in diesen verfluchten Fluss zu steigen, um dort seinem erhitzten Blut Abkühlung zu verschaffen.

Sein Gesichtsausdruck verhärtete sich, als er sie wieder betrachtete. Die offenen Haare verliehen ihr ein beinahe engelhaftes Aussehen. Doch genau das waren die Schlimmsten, hielt er sich bitter vor Augen. Durch und durch falsch und niederträchtig. Aye, er würde sie zwingen, ihr wahres Gesicht zu zeigen.

Elena war viel zu beschäftigt, um sich über seinen plötzlich abweisenden Gesichtsausdruck Gedanken zu machen. Schweigend und ohne ihn anzusehen stellte sie die Schüssel mit der aufgerührten Seife auf den Tisch. Daneben legte sie ein Tuch und das Rasiermesser. Dann beseitigte sie rasch die Reste von Ramsays Frühstück.

Als sie wieder ins Zelt zurückkehrte, saß er nicht mehr auf seinem Stuhl, sondern auf dem Bett. Elena biss sich unsicher auf die Unterlippe.

„Wenn Ihr so weit seid …"

Sie deutete auf den Stuhl, doch Ramsay hob eine finstere Augenbraue.

„Du wirst mich hier rasieren!"

Elena schluckte den dicken Kloß hinunter, der ihr plötzlich im Halse steckte, und stotterte: „Das … Das schickt sich aber nicht. Auf dem Stuhl wäre es doch viel … bequemer."

Wieder huschte diese verhasste Augenbraue in die Höhe und Elena seufzte ergeben. Ramsay freute sich teuflisch, als er ihren unterdrückten Ärger bemerkte. Dies war mit Sicherheit die erste Frau, die es wirklich nicht ausstehen konnte, in seiner Nähe zu sein. Wunderbar!

Elender Bastard, dachte Elena wütend. Sie nahm das Tuch, um es über seine Schultern zu legen, doch im nächsten Moment streifte er sich sein Leinenhemd über den Kopf und entblößte eine breite, bronzene Brust. Bei jeder seiner Bewegungen hüpften dicke, harte Muskelstränge unter der straffen Haut. Elena schluckte schwer. Ihre Anspannung steigerte sich von Sekunde zu Sekunde. Besaß dieser Kerl denn wirklich keinerlei Manieren? Missmutig musste sie sich eingestehen, dass er tatsächlich schön war wie ein Gott. Doch nein, dieser Vergleich passte nicht zu ihm. Eher wie ein gefallener Engel. Wie in der Nacht zuvor fühlte sie auch jetzt wieder diesen unheimlichen Zauber, den er auf sie ausübte.

Sie bemühte sich vergeblich, ihrer Stimme einen kühlen Ton zu geben. „Das … Das ist wirklich nicht nötig, Mylord. Das Tuch wird verhindern, dass Eure Kleidung schmutzig wird."

Zinngraue Augen bohrten sich in ihre. „So ist es bequemer."

Er war es gewohnt, dass Frauenaugen begehrlich glänzten, sobald sie einen Blick auf seinen Körper warfen, doch in denen der Lady las er auch diesmal nur Verlegenheit, und das ärgerte ihn.

„Worauf wartest du noch, Knappe?"

Elena atmete tief ein und kam seinem Wunsch nach. Gemeiner Kerl! Sie nahm die Schüssel mit dem Schaum und verteilte ihn auf seinen Wangen, Kinn und Hals, wobei sie darauf achtete, möglichst viel Abstand zu ihm zu halten.

Plötzlich bemerkte sie das boshafte Lächeln auf seinen Lippen.

„Wenn du noch weiter weg stehst, wirst du dir die Arme ausrenken, Knappe."

Bevor sie etwas erwidern konnte, packte er sie um die Taille und zog sie näher heran. Elena stieß einen leisen Schreckensschrei aus.

„Man könnte ja glauben, du fürchtest dich vor mir, Knappe", fügte Ramsay in beinahe schnurrendem Ton hinzu.

Wütend und mit vor Verwirrung geröteten Wangen stand sie nun so dicht vor ihm, dass sein Gesicht beinahe ihre Brüste berührte.

Elena war erstaunt und bestürzt zugleich, als sie bemerkte, dass seine Nähe auch heute keinen Ekel in ihr hervorrief. Im Gegenteil, irgendwie gefiel es ihr sogar, machte sie atemlos. Seine Hände lagen noch immer auf ihrer Taille.

„Ihr könnt mich jetzt loslassen, Mylord. Ich werde schon nicht weglaufen."

Zu ihrem Erstaunen gehorchte er sogleich.

Elena vertiefte sich wieder in ihre Arbeit. Seine Haut fühlte sich angenehm warm an unter ihrer Hand, dennoch versuchte sie sich einzureden, dass es Todd wäre, den sie hier rasierte. Das wäre ihr bestimmt auch gelungen, wenn diese zinngrauen Augen sie nicht unentwegt angestarrt hätten.

Noch bevor sie es verhindern konnte, rutschten Elena die überströmenden Gefühle in einem gereizten Tonfall über die Lippen. „Könnt Ihr nicht woanders hinstarren?"

Ramsay packte ihr Handgelenk. „Ich lasse mir keine Frechheiten bieten, verstanden, Knappe?"

Heißer Zorn wallte in ihr auf und wütend dachte sie: Wenn du nicht bald mit diesem verdammten „Knappe" aufhörst, rasiere ich dir den Schädel anstelle des Kinns. Sie schaute auf die riesige Hand, die ihr Gelenk immer noch umklammerte. Obwohl die Berührung eher grob war, breitete sich eine angenehme Mattheit in ihrem Körper aus.

Elena verbarg dieses unbekannte Auf und Ab ihrer Gefühle hinter einer Maske stoischer Ruhe und hielt seinem Blick stand.

„Wenn Ihr mir noch lange die Blutzufuhr abklemmt, wird bald meine Hand abfallen, Mylord."

Ramsay schaute ungläubig in ihr Gesicht. Mit stolz erhobenem Haupt und trotzig vorgerecktem Kinn stand sie da. Große Krieger zitterten vor ihm, doch dieses Mädchen hatte noch nicht einmal Respekt. Plötzlich brach er in ein tiefes, männliches Gelächter aus. In diesem Moment wirkte er viel jünger und unbeschreiblich attraktiv.

Elena hätte gerne mitgelacht. Aber sie durfte natürlich nicht zulassen, dass er sich auf ihre Kosten amüsierte, und so zischte sie voller Unmut: „Das war keineswegs als Scherz gemeint, Mylord."

Sie entwand ihm ihr Handgelenk und funkelte ihn böse an. Dieser Schuft hielt es noch immer nicht für nötig, seine Belustigung zu verbergen.

„Ich weiß, aber nun genug geredet. Schließlich habe ich nicht den ganzen Tag Zeit und ich kann meinen Bart förmlich wachsen hören."

Seine Augen blitzten nachsichtig und sein ganzes Wesen strahlte eine solche Lebensfreude, eine solche Energie aus, dass Elena plötzlich den Wunsch verspürte, etwas näher an ihn heranzutreten, näher an die Wärme, die er jetzt verströmte.

Schweigend nahm sie das Rasiermesser und machte sich an die Arbeit. Ein wenig aus der Übung, aber dennoch gekonnt, schabte sie ihm die Bartstoppeln vom Hals. In ihrem Eifer und ihrem Ärger bemerkte sie gar nicht, wie sie seine Schenkel auseinander schob und vor ihm auf die Knie ging, um ihn besser rasieren zu können. Ramsay schaute erstaunt auf das Mädchen hinunter. Dieses Weib war wirklich unberechenbar! In einem Moment spie sie Gift und Galle, nur um ihn wenige Sekunden später zu verführen.

Plötzlich bildete sich eine steile Falte auf Elenas Stirn. Sie hielt mit der Rasur inne und schaute nachdenklich zu ihm auf. „Wie werden wir vorgehen, Mylord? Habt Ihr schon einen Plan?"

Ramsay riss seinen Blick gewaltsam von ihren leicht geöffneten Lippen. Wie gerne hätte er jetzt diesen süßen Mund geküsst.

Verdammt, was waren das für Gedanken! Er konnte sie nicht ausstehen, auch wenn er ihr zugestehen musste, dass sie die Rolle der Unschuld gut spielte. Als er endlich antwortete, klang Ramsays Stimme sehr kühl.

„Es gibt kein ‚wir'. Ich habe den Auftrag angenommen und nun liegt alles Weitere in meiner Zuständigkeit."

Elena nickte zustimmend. „Das stimmt und ich bin sicher, dass Ihr Eure Sache sehr gut machen werdet."

„Ich bin entzückt, das aus deinem Mund zu hören", gab Ramsay trocken zurück.

„Dennoch ist es mir ein Anliegen, dass Ihr mich über Eure Pläne informiert. Schließlich stehen die Interessen meines Vaters im Mittelpunkt."

„Lady", versuchte Ramsay ihren Redeschwall zu unterbrechen, doch sie fuhr unbeeindruckt fort: „In der Tat halte ich es sogar für besser, wenn wir in dieser Sache zusammenarbeiten. Ich habe mir da etwas ausgedacht, das Euch bestimmt interessieren wird, Mylord. Natürlich habt Ihr bereits eigene Ideen."

„Lady! Ich habe mich vorhin vielleicht nicht verständlich genug ausgedrückt. Ich werde einen Plan ausarbeiten und ich werde ihn auch ausführen. Das Einzige, was du jetzt zu tun hast, ist, die Rasur zu beenden, bevor mir der Schaum trocknet. Ist das jetzt klar?"

Elena schnaubte ungeduldig. „Huch, sind wir heute aber empfindlich!"

Es schien im Augenblick keinen Sinn zu haben, sich mit seiner selbstherrlichen Arroganz herumzuärgern.

In Gedanken versunken rutschte sie noch ein bisschen näher an ihn heran und drehte sein Gesicht nach links, um die Wange zu bearbeiten. Sie war nun so nahe, dass Ramsay ihre Wärme spürte und den süßen Duft von Veilchen wahrnahm, der von ihr ausging. Wieder legte sie ihre kühlen Finger an sein Kinn und drehte sein Gesicht zur anderen Seite. Ihre Berührungen, sanft und schüchtern, versetzten ihn viele Jahre zurück.

Amilie, seine Verlobte …

Ein dicker Kloß bildete sich in seinem Hals. Es war sehr lange her, dass er an sie gedacht hatte. So viele Jahre waren seither vergangen, doch er konnte mühelos ihr Gesicht heraufbeschwören. Die feinen Züge ihres Gesichts und die vollen Lippen. Er erinnerte sich wieder, wie sie ihm freudig vom Turm aus zugewinkt hatte. Erinnerte sich, wie sie sich viel zu weit über die Zinnen gelehnt hatte. Plötzlich änderte sich das Bild und Ramsay sah Amilies zierlichen, zerschellten Körper vor sich liegen. Ihr blasses, beinah bläuliches Gesicht. Die vor Angst und Schmerz weit aufgerissenen Augen, in die sich langsam der Tod eingeschlichen hatte und auch das viele Blut.

Mit eisernem Willen zwang er die grässlichen Bilder jenes verhängnisvollen Tages zurück an den Ort, den er nur sehr selten anrührte.

Gerade wurden Elenas Augen groß vor Schreck.

„Oh, es … es tut mir leid, das wollte ich nicht!"

Noch bevor Ramsay wusste, wovon sie sprach, stützte sie ihre Hände auf seine Schenkel und stemmte sich hoch – wobei sie unbeholfen mit ihrem Scheitel gegen sein Kinn stieß. Rasch holte sie ein frisches Tuch, fiel wieder vor ihm auf die Knie und tupfte vorsichtig das Blut von seiner Wange.

„Das wollte ich wirklich nicht, Mylord. Tut es sehr weh?"

Ja, es war eine Qual, doch nicht dieser lächerliche Schnitt. Wusste sie eigentlich, in welchen Zustand ihn ihre Berührungen versetzten? Er schloss kurz die Augen und atmete tief ein und aus, um die Hitze aus seinen Lenden zu verbannen. Er war nun mal ein sehr wollüstiger Mann und es wollte ihm einfach nicht gelingen, sein Verlangen niederzukämpfen. Elena schloss aus dieser Geste, dass sie ihm tatsächlich Schmerzen zugefügt hatte, und ihre Hand begann zu zittern.

„Melcom hatte Recht, ich bin tatsächlich eine Gefahr für die Männerwelt."

Der klägliche Ton in ihrer Stimme überraschte Ramsay und ließ ihn aufhorchen.

„Melcom?"

Elena tupfte sachte das Blut von seiner Wange und erklärte: „Mein Gemahl."

Sie war verheiratet?

„Als wir noch verlobt waren, kam er oft nach Castle Fraser zu Besuch. Manchmal habe ich ihn auch rasiert."

Der Schnitt hatte aufgehört zu bluten und Elena stellte erleichtert fest, dass es nicht so schlimm war, wie es im ersten Moment ausgesehen hatte.

„Und einmal war er sehr erzürnt", erzählte sie weiter, „obwohl ich ihn gar nicht geschnitten hatte. Er ist einfach aufgestanden, hat mich angebrüllt, ich sei eine Gefahr für die gesamte Männerwelt und er verbiete mir, jemals wieder einen Mann zu rasieren."

Ein kluger Mann, dachte Ramsay im Stillen.

Laut fragte er: „Weshalb hast du ihn nicht um Hilfe gebeten? Wird er auch auf Castle Fraser festgehalten?"

Ein dumpfer Stich traf ihn dort, wo einstmals sein Herz gewesen war. Musste er vielleicht auch noch ihren Gemahl befreien?

Elena hielt mitten in der Bewegung inne, und Ramsay sah den Schmerz in ihren Augen, als sie flüsterte: „Melcom ist tot. Er … Er starb vor mehr als einem Jahr auf der Jagd."

Sie beendete rasch die Rasur und wischte mit dem Tuch die restliche Seife von seinem Gesicht.

„Wenn Ihr mir nun die Arbeiten für den heutigen Tag erklären würdet", bat sie in kühlem Ton und vermied es, Ramsay dabei in die Augen zu sehen. Er schaute auf sie hinunter. Was war das nur für eine Lady, die sich zwischen den Schenkeln eines Fremden niederließ und dann über ihren verstorbenen Gatten sprach? Unvernünftige Wut und Abscheu stiegen in ihm auf. Wie hatte er diese Hure nur mit Amilie vergleichen können? Eigentlich hatte er außer dem kleinen Jimmy noch nie einen richtigen Knappen gehabt. Er war daran gewöhnt, für sich selbst zu sorgen – doch für dieses Weib machte er gerne eine Ausnahme. Oh ja, sie sollte schuften, bis sie umfiel!

Kapitel 3

Elena war harte Arbeit gewohnt und es machte ihr auch nichts aus, als der Höllendämon ihr eine gewaltige Menge davon auftrug. Als er endlich fertig war, hielt er unwillkürlich den Atem an und war gespannt, wie sie nun reagieren würde.

Doch zu seiner großen Enttäuschung nickte sie nur stumm, stemmte ihre Hände wieder auf seine Schenkel und erhob sich.

Mittags waren die meisten Arbeiten bereits erledigt. Sie hatte die Felle ausgebürstet, die Rüstung poliert, die Schuhe geputzt, Wasser geschleppt und noch vieles mehr. Gerade eben hatte sie dem Höllendämon das Essen gebracht und nun machte sie sich auf die Suche nach den Zutaten, die sie für die versprochene Wundsalbe benötigte. Seit sie am Morgen dem Höllendämon von Melcom erzählt hatte, plagten sie wieder diese schrecklichen Schuldgefühle. Sie fühlte sich wie eine gemeine Verräterin. Melcom war der bisher freundlichste, einfühlsamste und liebenswürdigste Mann gewesen, den sie jemals kennen gelernt hatte. Er hatte sie zum Lachen gebracht, sich ihre Träume angehört … und sie? Was hatte sie ihm gegeben? Sie hatte es nicht einmal fertig gebracht, ihn wirklich zu lieben, obwohl sie genau gewusst hatte, dass dies Melcoms einziger Wunsch gewesen war. Sie hatte es versucht, wirklich versucht. Doch mehr als tiefe Zuneigung und Freundschaft hatte sie nicht für ihn empfinden können.

Elena holte tief Luft, um die Schuldgefühle niederzukämpfen. Diese Zeit ihres Lebens war vorbei. Egal wie sehr sie sich auch grämte, nichts konnte ungeschehen gemacht werden. Jetzt wollte sie ihre Gedanken in weniger schmerzvolle Bahnen lenken und sich ganz auf die Wundsalbe konzentrieren, die sie zubereiten wollte.

Ein unbarmherziger Wind blies unter Elenas Umhang und ließ sie vor Kälte erzittern. Sie schaute besorgt in den Himmel hinauf.

Die Sonne war verschwunden und nun ballten sich dicke, graue Wolken zusammen. Hoffentlich hielt sich der Regen noch eine Weile zurück, denn sonst wäre die ganze Salbe verdorben. Gedankenverloren folgte sie dem bereits ausgetretenen Weg, der durch einen kleinen Wald bis zum Fluss führte, denn die meisten der Kräuter, die sie brauchte, wuchsen nur am Wasser.

Elena genoss es, eine Zeit lang alleine zu sein, weg von den vielen Männern. Und besonders brauchte sie Abstand von einem ganz bestimmten. Obwohl sich ihr bis jetzt noch keiner der Männer unsittlich genähert hatte – die meisten waren ihr sogar mit Respekt und Freundlichkeit begegnet –, traute sie ihnen nicht über den Weg. Elena schaute sich noch einmal prüfend um, doch niemand schien ihr gefolgt zu sein. Beruhigt steckte sie den kleinen Dolch in ihren Beutel zurück und schlenderte tiefer in das Wäldchen hinein.

Ganz in der Nähe verfolgten zwei hasserfüllte blaue Augen jede einzelne von Elenas Bewegungen. Gestern Nacht hatte die Lady Glück gehabt, doch diesmal gab es kein Entrinnen. Der Todesengel war gekommen, um sie zu töten. Die Gestalt pirschte sich im Schutz der Büsche näher an Elena heran. Mit der Hand den Griff einer blitzenden Klinge fest umklammert, wartete sie auf eine günstige Gelegenheit.

Versunken in die Auswahl ihrer Kräuter, kam Elena ahnungslos immer näher. Sie duckte sich hier, bückte sich da und pflückte immer wieder einige Blüten oder Blätter.

Die Handflächen des Todesengels begannen vor Aufregung zu schwitzen. Nur noch zwei Schritte. Mit wild klopfendem Herzen grinste er hämisch, das dumme Weib lief direkt in seine Arme – in ihren Tod.

Noch einen Schritt! Die Waffe fest umklammert, machte sich der Unbekannte zum Angriff bereit.

„Was, zum Teufel, tust du hier?“, donnerte plötzlich eine tiefe Stimme nur wenige Schritte von Elena entfernt.

Mit einem leisen Schrei wirbelte sie zu dem vermeintlichen Angreifer herum und hielt den kleinen Dolch in der Hand. Als sie den finsteren Riesen nur wenige Schritte vor sich aufragen sah, wäre sie vor Erleichterung beinahe in die Knie gegangen. Ramsay war Elena unbemerkt gefolgt und stand ihr nun mit in die Hüften gestemmten Händen und strafendem Blick gegenüber.

„Geh zurück ins Lager, Knappe! Verdammt noch mal, du hast hier draußen nichts zu suchen!"

Elena schob trotzig ihr Kinn vor und funkelte den Höllendämon vorwurfsvoll an. „Ihr habt mich fast zu Tode erschreckt, Mylord."

„Du verdienst weit mehr, als nur erschreckt zu werden! Man sollte dich übers Knie legen. Was, zum Teufel, hast du hier verloren?"

Ramsays Gesichtszüge waren wie versteinert und Elena spürte die Wut, die er zu unterdrücken versuchte.

„Ich habe dir ausdrücklich verboten, das Lager zu verlassen, bis wir die Sache von gestern aufgeklärt haben."

Elena sah ihn finster an. „Also bitte, Mylord, das geht zu weit. Ich bin schließlich kein Kind mehr, und wenn es nötig ist, kann ich durchaus auch vorsichtig sein."

„Das ..." – er deutete mit einer ausholenden Geste auf all die dichten Büsche und Bäume – „Das nennst du vorsichtig? So weit vom Lager entfernt kann derjenige, der dich gestern töten wollte, seine Arbeit vollkommen unbehelligt beenden."

Elena pflückte schweigend einige Blüten von einem Heidekrautstrauch.

„Nachdem ich alles noch einmal überdacht habe, bin ich zu dem Schluss gekommen, dass alles nur ein dummes Missverständnis sein kann."

Ramsay glaubte, seinen Ohren nicht trauen zu können.

„Natürlich, ein Missverständnis", sagte er trocken.

Elena nickte bekräftigend. „Bestimmt, seht doch, Mylord, ich kenne ja niemanden hier, und umgekehrt ist es genauso. Also, weshalb sollte mich jemand umbringen wollen?"

„Ich gratuliere dir zu deiner Logik, Lady, doch du scheinst eine kleine Nebensächlichkeit zu vergessen."

„Und die wäre?"

„Das Schwert. Vielleicht kannst du mir mit deinem außergewöhnlichen Verstand auch diese Sache erklären?"

Elena schob beleidigt das Kinn vor. „Ihr braucht Euch gar nicht lustig über mich zu machen, Mylord!"

Sie zupfte erneut einige Heidekrautblüten, bevor sie sich zu ihrer bescheidenen Größe aufrichtete.

„Aber ich habe tatsächlich eine ganz einfache Erklärung dafür."

„Ich brenne darauf, sie zu erfahren."

Elena überging den Spott geflissentlich.

„Vermutlich ist einer Eurer Männer am Zelt vorbeigegangen und hat aus Versehen sein Schwert fallen lassen. Und weil ich aufgeschrieen habe, hat er es mit der Angst zu tun bekommen und ist geflohen."

Ramsay hätte über die Widersinnigkeit dieser Erklärung gelacht, wenn die Situation nicht so ernst gewesen wäre. Seine grauen Augen glitzerten so bedrohlich wie frisch geschliffene Dolchklingen, als er Elena von Kopf bis Fuß betrachtete. Er baute sich bedrohlich vor ihr auf und entgegnete zähneknirschend: „Lady, meine Männer verdienen und verteidigen ihr Leben mit dem Schwert. Glaube mir, keiner von ihnen lässt es versehentlich fallen."

Nun wurde auch Elena wütend. Mit demonstrativ in die Hüften gestemmten Händen und gerümpfter Nase fuhr sie ihn an: „Habt Ihr vielleicht eine bessere Erklärung, Eure Allwissenheit?"

Ramsay hielt für einen Augenblick erstaunt inne. So viel Kampfeslust kannte er sonst nur vom Schlachtfeld.

„Ich habe sogar zwei", gab er kühl zurück.

Elena neigte interessiert den Kopf zur Seite.

„Entweder jemand will dich umbringen ..." – er machte eine kurze Pause – „oder du hast die ganze Sache nur inszeniert."

Elenas Ärger verpuffte augenblicklich und machte tiefer Enttäuschung Platz. Ramsay hielt sie für eine Lügnerin!

„Es scheint, als würde Eure Entscheidung bereits feststehen, Mylord", gab sie leise zurück und vermied es, ihn dabei anzuschauen. „Wenn Ihr mich jetzt entschuldigt, ich habe zu arbeiten."

Ramsays Blick wanderte zu ihrer Hand und er verzog verächtlich den Mund. „Blumenpflücken gehört wohl kaum zu den Aufgaben eines Knappen."

Mit fast königlicher Würde schritt Elena an ihm vorbei, blieb kurz stehen und entgegnete zuckersüß: „Mylord, falls Ihr den Unterschied zwischen Blumen und Kräutern nicht kennt, werde ich ihn Euch gerne erklären."

Leider währte die Freude, ihm eins ausgewischt zu haben, nicht lange. Sie war kaum zwei Schritte weit gekommen, als sie auch schon grob herumgewirbelt wurde und gegen eine harte Brust prallte. Einen Moment rang sie nach Atem, doch zu ihrem eigenen Erstaunen fürchtete sie sich nicht mehr allzu sehr vor diesem Riesen.

Elena blickte in seine vor Wut blitzenden Augen auf.

„Hör mir gut zu, Lady!"

Der leise, bedrohliche Klang seiner Stimme jagte ihr einen kalten Schauer über den Rücken. „Bevor ich dich ins Lager zurückkehren lasse, will ich eines klarstellen. Ich erwarte, dass du meine Befehle schnell und wortlos befolgst, ist das klar?"

Er hielt noch immer ihre Handgelenke an seine Brust gepresst – doch er tat ihr nicht weh. Aber die Schläge würden nicht mehr lange auf sich warten lassen, das wusste Elena nur zu gut. Allmählich bekam sie es doch mit der Angst zu tun. Der Höllendämon war ein Riese. Er war wesentlich größer und auch kräftiger als Grenwick. Würde sie seinen Schlägen ebenfalls standhalten können? Sie bezweifelte es.

Dennoch stand sie stolz vor ihm und wich seinem zornigen Blick nicht aus. Sie wollte eher sterben, als sich den Schmerz ansehen zu lassen. Ramsays Wut wuchs mit jeder Sekunde. Dieses Weib hielt es anscheinend nicht für nötig, mit ihm zu reden. Vielleicht war sie ja auch zu vornehm. Wütend schüttelte er sie und brüllte: „Verschwinde endlich, bevor ich dich ins Lager zurückprügle!"

„Dazu habt Ihr kein Recht", gab sie leise zurück.

Wieder wurde sie durchgeschüttelt.

„Und ob ich das habe. Du bist mein Knappe, ich kann mit dir machen, was immer ich will, und falls du meine Befehle missachtest, wirst du bestraft wie jeder andere Knappe auch." Die kühle Fassade, die aufrecht zu halten sie sich so verzweifelt bemühte, bröckelte langsam ab und machte Zorn und Verachtung Platz. Ihre faszinierenden Augen schleuderten Blitze und Ramsay war sich sicher, noch nie eine schönere Frau gesehen zu haben.

Elena ertrug das Warten nicht länger. Sie gelobte sich zwar, ihre Würde zu wahren, doch je länger die Schläge auf sich warten ließen, desto mehr verließ sie der Mut, ihnen gelassen entgegenzusehen.

„Na los, schlagt mich doch! Tut Euch keinen Zwang an! Das ist doch das, was ihr Männer am besten könnt."

Sie riss ihre Hände aus seinem Griff und zeigte auf ihre Wange.

„Hier, bedient Euch! Oh, ihr Männer mit Eurer verdammten Arroganz. Was ihr nicht biegen könnt, das wollt ihr brechen. Aber das wird Euch nicht gelingen, das schwöre ich Euch!"

Ramsay hatte seine Hand noch nie gegen eine Frau erhoben, doch bei Gott, bei dieser wusste er wirklich nicht, ob er sie küssen oder erwürgen sollte. Sein Gesicht rötete sich vor Zorn und er zischte gefährlich leise: „Führ mich nicht in Versuchung, Knappe!"

„Ihr könnt mir keine Angst machen", spie sie ihm entgegen. „Schläge sind mir nicht fremd, und ich habe sie bisher immer überlebt."

Ramsays Geduld war erschöpft. Blitzschnell packte er sie an den Schultern. Seine Finger pressten sich grob in ihr zartes Fleisch, doch Elena zuckte mit keiner Wimper. Ramsays Gesicht verdunkelte sich noch mehr, als er in ihre rebellisch blitzenden Augen schaute. Plötzlich entdeckte er in ihnen aber auch den Ausdruck stiller Resignation. Gerade so, als würden sie sagen: „Ich wusste es doch!"

Augenblicklich verebbte sein Zorn und er fühlte sich tief beschämt. Wie hatte er nur dermaßen die Kontrolle über sich verlieren können? Seine Finger lockerten sich.

„Ich kenne eine wesentlich angenehmere Art, dich zu bestrafen."

Mit diesen Worten zog er Elena in seine Arme und verschloss ihren Mund mit seinen harten Lippen. Elena wehrte sich wie eine Wildkatze und versuchte den Kopf zur Seite zu drehen, doch er griff ihr mit einer Hand in die Haare und hielt sie fest. Er hatte nicht gewusst, was ihn erwartete, doch die warmen, weichen Lippen unter seinen fühlten sich herrlich an. Elena wehrte sich aus Leibeskräften. Sie stemmte ihre Fäuste gegen seine Brust, trat ihn mit den Füßen, doch er schien es gar nicht zu spüren. Sie fürchtete sich schrecklich. Es tat zwar nicht weh, doch mit ihrem Bauch schien etwas ganz und gar nicht zu stimmen. Plötzlich veränderte sich sein Kuss. Seine Lippen wurden weich, neckten die ihren und sie spürte, wie sich ihr Körper entspannte. Dies war nicht länger der Angriff eines wilden Tieres, nicht länger hart und strafend, sondern sanft, fordernd und auf eine unbestimmte Weise wild. Eine sanfte Verheißung, eine Art Versprechen.

Er duftete angenehm nach Sandelholzseife, und da war noch ein anderer Duft. Elenas Gegenwehr erlahmte. Sie erwiderte den Kuss nicht, sondern wartete reglos und gespannt, was geschehen würde. Vorsichtig teilte Ramsay ihre Lippen und spürte, wie sie in seinen Armen erbebte, als er sachte ihre Zunge berührte. Oh, sie schmeckte süß, so wunderbar süß und unschuldig.

Abrupt stieß er sie von sich. Nein, schoss es ihm durch den Kopf, unschuldig war dieses Weib bestimmt nicht. Sie war eine Hure, wie sie soeben bewiesen hatte. Eine Hure wie alle anderen ihres Standes auch!

Elena war wie verzaubert, doch der verächtliche Blick, mit dem der Höllendämon sie bedachte, und seine nächsten Worte wirkten wie ein Guss kalten Wassers auf sie.

„Also, Lady, es gilt nun, eine Entscheidung zu treffen. Entweder du ziehst dein Kleid aus und legst dich auf den Boden, damit wir beenden können, was wir begonnen haben, oder du rennst jetzt augenblicklich ins Lager zurück und bringst dich in Sicherheit!"

Plötzlich fühlte sie sich schmutzig und elend. Verwirrt wich sie einen Schritt zurück und schlang die Arme um ihren Oberkörper, um das Frösteln abzuwehren. Er meinte es ernst. Er warnte sie tatsächlich davor, dass er sie auf der Stelle entehren würde, wenn sie nicht vor ihm floh!

Elena atmete tief ein, um die unerträgliche Schande niederzukämpfen, die ihr den Magen umzudrehen drohte. Sie konnte den Wahnsinn nicht verstehen, dem sie soeben verfallen war. Was war nur mit ihr geschehen? Wie konnte sie nur? Tapfer schluckte sie die Tränen hinunter und floh. Floh aus der Reichweite dieses Mannes. Vor der Verachtung, die sie in seinen Augen gesehen hatte.

Ramsay blieb noch eine Weile, um sein ungestilltes Verlangen und die daraus entbrannte Wut abklingen zu lassen. Verdammt noch mal, beinahe hätte sie es geschafft. Sie spielte die süße Unschuld so überzeugend, dass er ihr beinahe in die Falle gegangen wäre. Bei allen Höllenfeuern! Abgrundtiefe Wut über seine eigene Dummheit und sein Unvermögen, gegen ihre Reize anzukämpfen, spülte über ihn hinweg. Trotzdem, auf seine Art hatte er versucht, sie zu warnen, auch wenn ihr dies vermutlich entgangen war.

Mit weit ausholenden Schritten ging er auf den Kampfplatz, wo sich viele seiner Männer im Schwertkampf übten. Er brauchte ein Ventil, bevor ihn seine Wut entzwei riss.

Gavin hob sein Schwert zum Gruß, doch als er Ramsays verschlossenes Gesicht und die zusammengepressten Lippen sah, verdrehte er die Augen gen Himmel und stieß einen schweren Seufzer aus. Milvan, Gavins junger Kampfpartner, sah Ramsay ebenfalls, und ein mitleidiges Grinsen breitete sich auf seinen Lippen aus. Er klopfte Gavin tröstend auf die Schultern: „Tja, alter Junge, das sieht ganz nach blauen Flecken aus."

„Wie wahr!", seufzte Gavin.

Wenn der Höllendämon in dieser Verfassung war, tat man gut daran, ihm aus dem Weg zu gehen. Was die anderen Männer auch schnellstmöglich taten. Diese Feiglinge.

„Ich brauche einen Kampf!", bellte Ramsay und holte gleichzeitig mit dem Schwert aus. Gavin konterte geschickt. Schon die Wucht des Schlages verdeutlichte ihm, dass dies eine sehr, sehr lange Kraftprobe werden würde. Ramsay schlug wie ein Berserker auf Gavins Schild ein.

Elena verteilte die glühenden Kohlen gleichmäßig unter dem Eisenkessel, damit die Salbe nicht zu heiß wurde und dadurch die Wirkung der Kräuter vielleicht verloren ging. Da bemerkte sie plötzlich die seltsame Stille im Lager. Suchend schweifte ihr Blick von einem leeren Zelt zum anderen, bis er an zwei weit vom Lager entfernt kämpfenden Männern hängen blieb. Sämtliche Soldaten hatten sich dort versammelt und Elenas Augen hefteten sich auf die zwei Schwertkämpfer.

Sie erkannte den Höllendämon auf Anhieb, obwohl er ihr in diesem Augenblick den Rücken zeigte. Seine große, kräftige Gestalt bewegte sich mit einer Anmut, die sie ihm nicht zugetraut hätte. Wieder spürte sie die Macht und die Wildheit, die von ihm ausgingen. Er umkreiste Gavin wie eine Raubkatze, langsam und gefährlich und zum tödlichen Sprung bereit.

Dann griff er an.

Elenas Herz setzte einen Schlag lang aus.

Der gewaltige Schwerthieb riss Gavin zu Boden. Blitzschnell stand Ramsay über ihm, umfasste mit beiden Händen den Schwertgriff und rammte die Klinge direkt neben Gavins Kopf in die Erde.

Elena war entsetzt. Wenn er so mit seinen Freunden umging … Unwillkürlich empfand sie Mitleid mit seinen Feinden.

„Wenn das nicht der neue Knappe meines Herrn ist."

Maggy trat näher, die Hände lässig in die wippenden Hüften gestemmt und das Kinn hoch erhoben. Mit einem Hochmut, der einer Königin würdig gewesen wäre, bei einer so schmutzigen Frau jedoch eher befremdend wirkte, musterte sie Elena von Kopf bis Fuß.

„Ihr seid also 'ne richtig feine Lady, was?"

Elena zog bei so viel Spott verwirrt die Stirn kraus.

„Wie bitte?"

Maggy winkte lässig ab.

„Och, nich' so wichtig."

Daraufhin lächelte Elena die Frau offen an.

„Du bist Maggy, nicht wahr?"

Diese nickte wachsam, bevor sie am Kessel schnupperte und angewidert das Gesicht verzog.

„Ich hoff', das müssn' wir nich' essen?"

Elenas helles Lachen zog einige neugierige Blicke auf sich. Ramsays eingeschlossen. Gavin trat schwer atmend neben ihn.

„Eine Lady und eine Hure beim fröhlichen Tratsch. Das sieht man nicht oft."

„Gleich und gleich gesellt sich eben gern", murrte Ramsay, riss sein Schwert aus dem Boden und marschierte auf sein Zelt zu.

Gavin schaute ihm betrübt nach. Er wusste, dass sein Freund eine Abneigung gegen adelige Frauen hegte, doch dieses Verhalten ging selbst für den Höllendämon zu weit.

Elena hielt den Atem an, als sie Ramsay auf sich zukommen sah, und rührte wie eine Besessene im Kessel. Seltsamerweise spürte sie immer noch seinen Kuss auf ihren Lippen. Ihre Wangen glühten und es versetzte ihr einen sonderbaren Stich, als der mürrische Riese fluchend an ihr vorbeischritt, ohne ihr auch nur einen Blick zu gönnen.

Elena rührte und rührte. So bemerkte sie Maggys wachsamen Blick nicht. Sie spürte gar nichts mehr außer dieser unvernünftigen Wut. Dieser Kerl verachtete sie also, wollte sie übersehen … Na, das konnte man ihm erschweren. Sie hatte auf dem Weg hierher einen Schwur getan. Zu lange war sie in den Schatten gedrängt worden. Zu oft hatte man in den letzten Jahren den Zorn auf ihrem Rücken entladen. Sie würde es nie mehr zulassen, dass man sie wie ein langweiliges Spielzeug in eine Ecke stellte. Nein, damit war es vorbei! Wenn dieser Kerl Ärger wollte, dann tat sie ihm gerne den Gefallen.

Auch wenn es sie irritiert hatte, dass er sie nicht geschlagen hatte, so wusste Elena doch ganz genau, dass er nicht anders war als all die andern Männer. Früher oder später würde er die Hand gegen sie erheben.

„Wenn Ihr so weiterrührt, wird nicht mehr viel von dem Zeug übrig bleiben, Mylady."

Elena blickte erschrocken in Gavins Gesicht. Er grinste sie breit an, und als sie seinem Blick folgte, sah sie die Bescherung.

„Oh!"

In ihrem Zorn hatte sie so schwungvoll gerührt, dass fast die Hälfte der Salbe nun am Kessel und am Boden klebte. Gavins Hemd eingeschlossen. Sie errötete bis unter die Haarwurzeln, doch dann zuckte es um ihre Mundwinkel und sie musste ebenfalls lächeln.

„Vermutlich habe ich vergessen zu erwähnen, dass nur die stärksten Kräuter meine Rührkunst überstehen."

Gavin äugte neugierig in den Kessel und erhaschte einen Blick auf den zähflüssigen, grauen Brei, der träge, schleimige Blasen warf.

„Himmel, ist das ein Gestank!"

Elenas Augenlieder flatterten beleidigt.

„Und dabei wollte ich Euch ein so köstliches Abendmahl zubereiten, Mylord."

Gavin riss erschrocken die Augen auf.

„Oh, Mylady, ich wollte Euch nicht beleidigen. Ich bin sicher …" – er schluckte hart und errötete wie ein kleiner Junge – „Ich bin sicher, dass Euer Essen vorzüglich schmeckt." Gavin wand sich förmlich vor Unbehagen, doch Elena lachte fröhlich auf. „Ich mache doch bloß Spaß, Lord Gavin. Keine Angst, dieser Brei ist nicht zum Essen gedacht."

Gavins Schultern sackten vor Erleichterung zusammen.

„Dem lieben Gott sei gedankt!"

Ein junger, schmächtiger Bursche kam herbeigelaufen. Sein kurz geschnittenes, rotes Haar stand nach allen Seiten ab und kleine Sommersprossen bedeckten sein blasses Gesicht. Er ignorierte Elena und wandte sich an Gavin.

„Der Höllendämon will Euch sehen, Lord Gavin."

Dann warf er Elena einen schmollenden Blick zu.

„Und die da soll das Nachtessen bringen. Unser Herr wünscht diesmal, dass die Speisen noch warm sind, wenn sie auf den Tisch kommen."

Der Junge hatte so schnell geredet, dass Gavin für einen Augenblick sprachlos war. Doch noch bevor er den Knaben für sein unerhörtes Verhalten maßregeln konnte, rannte er bereits davon, als wäre der Leibhaftige persönlich hinter ihm her. „Komm sofort zurück!", rief er ihm verärgert an.

„Lasst es gut sein, Lord Gavin", unterbrach Elena ihn sanft, aber bestimmt. „Ich nehme an, dass ich gerade die Bekanntschaft von Jimmy gemacht habe?"

Gavin sah sie erstaunt an. Die Lady lächelte liebevoll hinter dem Lausebengel her.

„Verzeiht, Mylady. Sonst ist er wirklich ein feiner Kerl. Ich weiß auch nicht, was mit ihm los ist."

„Ich glaube, ich schon." Elena beobachtete, wie Jimmy in einem der Zelte verschwand. „Er glaubt, ich hätte ihm etwas weggenommen."

Als sie den fragenden Ausdruck auf Gavins Gesicht sah, erklärte sie: „Wenn ich mich nicht irre, hat Jimmy dem Lord die Malzeiten gebracht, bevor ich mein Amt angetreten habe."

Als Gavin nickte, fuhr sie fort: „Und nun fühlt Jimmy sich zurückgestoßen. Ich habe ihn heute mehrmals beobachtet. Er scheint den Höllendämon zu vergöttern. Kein Wunder, wenn er mir da zürnt."

Jetzt, da die Lady es sagte, fiel es Gavin wie Schuppen von den Augen. Erleichterung erfasste ihn, denn als er den kleinen Bengel heute so blass und traurig gesehen hatte, hatte er schon befürchtet, ihm würde etwas fehlen.

„Trotzdem, das entschuldigt sein schlechtes Benehmen Euch gegenüber nicht. Ich werde ihn mir gleich einmal vornehmen."

Elena hielt ihn am Ärmel zurück. „Bitte, Lord Gavin, lasst mich mit ihm reden. Er ist noch ein Kind. Wie sollte er verstehen, dass es für mich keine Ehre bedeutet, seinem Herrn zu dienen, sondern dass es ein Zwang ist?"

Gavin betrachtete Elena nachdenklich, nickte dann jedoch. „Wie Ihr wünscht." Erleichtert wischte Elena sich die Hände an einem sauberen Tuch ab. „Nun wird es aber Zeit für Euch, Lord Gavin. Ich bin sicher, der Höllendämon ist kein geduldiger Mensch."

Gavin lachte leise. „Man kann ihm ja einiges nachsagen, aber der übermäßigen Geduld hat ihn tatsächlich noch nie jemand bezichtigt."

Zu seinem Erstaunen und Entzücken umspielte nun ein spitzbübisches Lächeln Elenas Lippen und sie sagte: „In wenigen Minuten werde ich Euch das Essen servieren, diesmal heiß, wie es mein Sklaventreiber befohlen hat." Sie machte eine übertriebene Verbeugung. „Denn sein Wunsch sei mir Befehl!" Dann rauschte sie davon.

Gavin sah ihr mit einer Mischung aus Unbehagen und Respekt nach. Was hatte sie vor? Wusste die kleine Lady überhaupt, auf was sie sich einließ, wenn sie Ramsay herausforderte? Doch plötzlich musste er grinsen. „Ich glaube, gerade hat dir jemand den Krieg erklärt, mein Freund. Bei Gott, das geschieht dir recht, alter Junge!"

Dann lachte er laut auf. „Dies scheint ein sehr interessanter Abend zu werden."

Wenig später stand Elena mit einem überfüllten Tablett vor der Zeltluke und freute sich diebisch auf ihre kleine Rache. Sie atmete tief ein und verbannte jegliches Schmunzeln aus ihrem Gesicht.

Als sie eintrat, saßen Gavin und Ramsay über einige Pläne gebeugt am Tisch.

„Euer Essen, meine Herren."

Ramsay blickte kurz auf, schenkte ihr jedoch kaum Beachtung. Von ihm aus konnte sie dort stehen bleiben, bis ihr weiße Haare wuchsen.

Elena erhob ihre Stimme ein wenig. „Mylord?"

Doch dieser brummte nur: „Wir arbeiten!" – Was vermutlich bedeuten sollte, dass er nicht gestört werden wollte.

„Ich auch, Mylord!", erwiderte Elena gelassen.

Gavin nahm die Pläne und legte sie aufs Bett, um ihr Platz zu machen, und erntete dafür einen von Ramsays finsteren Blicken. Elena lächelte Gavin dankbar an. Sie trug noch immer ihr schlichtes Reitkostüm, doch nun hatte sie sich eine Schürze umgebunden, um es nicht zu ruinieren. Ihr Haar trug sie locker zusammengefasst und beinahe schien es, als wäre es für sie völlig normal, die Bedienstete zu spielen. Was ihm jedoch am besten an ihr gefiel, waren ihr natürliches Wesen und ihr Humor, der immer dann zum Vorschein kam, wenn man es am wenigsten erwartete. Auch die Tatsache, dass sie Jimmy gegenüber so nachsichtig gewesen war, hatte seinen Respekt vor ihr vergrößert. Sie war weder hochmütig noch geziert, ja sie schien sich nicht einmal vor Ramsay zu fürchten, obwohl der sich die größte Mühe gab, wie Gavin amüsiert feststellte. Aber sie schien immer vor irgendetwas auf der Hut zu sein, und es interessierte Gavin brennend, warum sie so vorsichtig war.

Als sie den Männern das Mahl vorsetzte, fiel Gavins Blick auf Elenas Hände, die sie sorgsam mit Tüchern umwickelt hatte. Er wollte sich gerade danach erkundigen, als Elena ihm einen belustigten Blick zuwarf.

Da schleuderte Ramsay seinen Kelch zu Boden und sprang so schnell auf, dass sein Stuhl nach hinten kippte.

„Was zum Teufel?"

Ungläubig starrte er auf seine gerötete, schmerzende Handfläche. Dann wanderte sein Blick zu Elena, die ihn unschuldig anschaute.

Mit vor Zorn bebenden Nasenflügeln richtete er sich zu seiner vollen Größe auf und stellte sich vor sie hin.

Elena erkannte das Feuer in den unergründlichen Tiefen seiner Augen, die wilde, unterdrückte Wut. Zu ihrem Entsetzen empfand sie keine Angst, sondern eine sonderbare Erregung. Er packte sie am Hals, doch irgendwie erstaunte es sie diesmal nicht, dass er ihr nicht wehtat. Sie spürte, wie er zitterte, als er versuchte, seinen Zorn zu beherrschen.

„Was, zum Teufel, soll das bedeuten?“, donnerte er sie an.

Elena hielt seinen Funken sprühenden Augen stand und antwortete gelassen: „Mylord, ich befolge nur Eure Befehle. Ihr habt gewünscht, dass Euer Essen heiß serviert wird.“

„Aber, verdammt noch mal … bestimmt nicht der Kelch!“

Der ungläubige Ton in seiner Stimme war einfach zu viel für Gavin. Um seine Mundwinkel zuckte es, während er krampfhaft versuchte, einen Heiterkeitsausbruch zu unterdrücken. Doch ein Blick in Ramsays Gesicht und der Kampf war hoffnungslos verloren. Es zerriss ihn fast vor Lachen. Tränen schossen ihm in die Augen, und als Ramsay ihn wild anfunkelte, hob er nur hilflos die Hände.

„Du … Du solltest dein Gesicht sehen.“

„Halt dein verdammtes Maul!“, knurrte Ramsay, ohne Elena aus den Augen zu lassen.

Sie stand reglos da, zuckte nicht einmal mit der Wimper und hielt ruhig seinem zornigen Blick stand.

Gavin hielt sich den Bauch und sein Lachen verwandelte sich in ein heiteres Grunzen.

„Habt Ihr den Kelch … ins … Feuer gelegt?“

Langsam schüttelte Elena den Kopf. „In die Suppe.“

Ramsays Hand schloss sich fester um ihren Hals und seine Nasenflügel bebten wie bei einem wütenden Eber, als er zischte: „Ich könnte dich …“

„Da bin ich sicher, Mylord, aber jetzt solltet Ihr zuerst Eure Hand in kaltes Wasser halten, sonst könnte es Blasen geben.“

Elena wand sich aus seinem Griff, ging zurück zum Tisch und stellte ihm einen kleinen Eimer mit kaltem Wasser an seinen Platz. Ramsay setzte sich widerwillig auf seinen Stuhl und zu seinem maßlosen Erstaunen nahm Elena sanft seine Hand und tauchte sie in das wohltuende, kühle Nass.

Gavin schüttelte immer noch schmunzelnd den Kopf. Gott möge verhüten, dass diese zwei jemals ein Paar werden! Dann wäre hier tatsächlich die Hölle los.

Als Elena die zwei Schneidebretter vor die Männer stellte, wollte Gavin wissen: „Lady Elena, wollt Ihr nicht auch mit uns speisen?"

Elena schüttelte den Kopf und aus ihren Augen lachte der Schalk. „Ich möchte niemandem den Appetit verderben."

Ramsays ungehaltenes Schnauben verriet, dass es dafür bereits zu spät war.

Als Elena verschwunden war, herrschte Schweigen. Gavin musterte Ramsays Gesicht, doch zu seinem Erstaunen sah er, wie es um dessen Mundwinkel zuckte, geradeso, als müsste er sich das Lachen verkneifen. Gavin räusperte sich.

„Hast du Absichten mit ihr?"

Das Zucken endete augenblicklich und eine steile Falte trat auf Ramsays Stirn, als seine dunklen Augen Gavin betrachteten.

„Warum?"

Gavin hob vielsagend die Augenbrauen.

„Na ja, sie ist ein Klasseweib. Also, wenn du kein Interesse hast, werde ich mein Glück versuchen."

Ramsay war verwirrt. Warum, zum Teufel, störte es ihn? Sie war eine Lady und wie sie soeben gezeigt hatte, eine richtige Lady. Hinterhältig und boshaft. Also weshalb dieser Groll? „Tu was du willst", brummte er verdrossen und stopfte das Nachtessen missmutig in sich hinein.

Ungerufen tauchte plötzlich ein Bild vor seinem inneren Auge auf – er sah, wie Elena und Gavin sich im Bett wälzten. Das ungewöhnliche Stechen in seiner Brust ärgerte ihn. Wenn er es nicht besser wüsste, hätte er es für Eifersucht gehalten. Wie absurd! Noch nie in seinem Leben hatte er ein solches Gefühl einer Frau wegen verspürt. Für einen prächtigen Hengst oder ein schönes Schwert konnte er sich begeistern, aber bestimmt nicht für eine Frau. Dafür gab es davon einfach viel zu viele.

Als Gavin seine Portion gegessen hatte, lehnte er sich zufrieden auf seinem Stuhl zurück. „Gibt es Neuigkeiten wegen des Mordversuchs an Lady Elena?“

Ramsay lehnte sich ebenfalls zurück. „Nay, die Männer haben keine weiteren Spuren gefunden.“ Er betrachtete seine schmerzende Hand. „Vielleicht war sie es ja auch selbst.“ Gavin schüttelte den Kopf. „Nur weil sie einen Adelstitel trägt, muss sie nicht schlecht sein.“ Natürlich wusste er, dass Ramsays Abneigung gegen alles, was sich Lady nannte, begründet war. Er selbst hatte damals miterlebt, wie sich viele Ladys an den hübschen Ramsay herangemacht hatten, als er noch ein Jüngling gewesen war. Als er dann die Wahrheit über die Gründe dafür erfahren hatte, hatte es ihn tiefer getroffen, als er jemals zugeben würde. Und dann war da natürlich auch noch die Sache mit Lady Vanessa. Aye, er konnte seinen Freund verstehen, doch man durfte trotzdem nicht alle Frauen in einen Topf werfen!

„Sie ist eine Lady, und sie hat es gerade bewiesen“, sagte Ramsay kalt.

„Aber wenn sie es nicht selbst war, wer könnte es dann gewesen sein?“

Ramsay überlegte eine Weile. „Haben wir neue Männer in der Truppe?“

Gavin schüttelte den Kopf. Ramsay stellte alle Männer persönlich ein, und dies erst, nachdem er sie tüchtig ins Gebet genommen hatte.

„Nein, deine Männer sind zuverlässig. Ich würde jedem von ihnen mein Leben anvertrauen.“ Ramsay nickte zustimmend. „Dann kann es nur dieser Bursche sein, der sie begleitet hat. Dieser Todd. Oder ein Unbekannter.“

Elena setzte sich neben Will, den Koch, auf ein Fass und beobachtete ihn beim Brotformen. Er war ein stattlicher Mann mittleren Alters und hatte stets ein freundliches Lächeln für sie übrig. Vom ersten Augenblick an hatte Elena gewusst, dass ihr von diesem Mann keinerlei Gefahr drohte, und sie war oft und gern in seiner Gesellschaft.

„Kann ich dir helfen?“

Will sah sie erstaunt an, dann schenkte er ihr ein gutmütiges Lächeln.

„Ah, Lady Elena, Ihr könnt wohl gar nicht genug vom Arbeiten bekommen."

Sie errötete leicht. „Ich mache mich eben gerne nützlich."

Will strich sich die mehligen Hände an der Schürze ab.

„Könnt Ihr denn Brot backen?"

Elena nickte. „Daheim habe ich oft gekocht und gebacken. Unsere Gäste waren vor allem von meinem Spezialbrot begeistert. Das Rezept habe ich selbst erfunden."

Will hatte dieses Mädchen auf Anhieb gemocht. Sie hatte ihm sogar vorgeschlagen, er solle sie Elena nennen, doch das konnte er nun wirklich nicht. Sie war schließlich eine Lady.

„Was war denn so speziell an Eurem Brot?"

Sie blinzelte ihm verschwörerisch zu. „Die verschiedenen Nüsse."

Will zog zweifelnd die buschigen Augenbrauen zusammen. „Nüsse?"

Elena rutschte von dem Fass hinunter. „Aye, soll ich es dir zeigen?"

Knapp zwei Stunden später kam Jimmy herbeigelaufen. Er hatte wohl schon geschlafen, denn seine kurzen Haare waren zerzaust und seine großen braunen Augen blickten noch benommen drein. Dennoch war seine Unterlippe schmollend vorgeschoben und Elena erkannte, wie schwer es ihm fiel, sie mit ihrem Titel anzusprechen.

„Mylady, Lord Ramsay wünscht Euch zu sprechen."

Elena schenkte ihm ein Lächeln. „Danke."

Als Jimmy sicher sein konnte, dass Will nicht hinsah, schnitt er Elena eine Grimasse und rannte davon.

Gerade als sie sich auf den Weg machen wollte, sah sie Todd auf sich zueilen.

„Mylady, ich habe Euch überall gesucht. Ich muss dringend mit Euch sprechen."

Elena wirkte ein wenig zerknirscht, denn nun musste sie ihm zum zweiten Mal an diesem Tag einen Korb geben.

„Verzeih, Todd, der Lord hat mich zu sich bestellt. Ich komme gleich nachher zu dir. Versprochen!“

Todd nickte widerwillig und gab den Weg frei.

Elena eilte an den vielen Feuerstellen vorbei, an denen sich die Krieger wärmten. Das Wetter hatte sich verschlechtert. Der eisige Wind hatte sich in heftige Sturmböen verwandelt und schien aus allen Richtungen zugleich zu wehen. Mühsam erkämpfte sie sich ihren Weg zu Lord Ramsays Zelt, strich sich das Kleid zurecht und trat in die angenehme Wärme ein. Ramsay und Gavin waren noch immer über die Pläne gebeugt, doch Gavin erhob sich sogleich, um ihr den gebührenden Respekt zu erweisen.

„Lady Elena, nehmt bitte Platz, wir haben einige Fragen an Euch.“

Elena sah unsicher von Gavin zu dem Stuhl, der neben Ramsay stand und den Gavin für sie zurechtrückte. Sie war es nicht gewohnt, so höflich behandelt zu werden, und sie betrachtete Gavin misstrauisch. Tatsächlich war Melcom der Einzige gewesen, der jemals galant mit ihr umgegangen war. Sie beschloss im Stillen, dass ihr die bärbeißige Art des Höllendämons wesentlich angenehmer war.

Als sie sich setzte, nahm auch Gavin seinen Platz wieder ein. Misstrauisch beobachtete Elena jede Bewegung der beiden Männer. Ramsay bemerkte ihre Wachsamkeit und dachte erneut darüber nach, was dies wohl zu bedeuten hatte.

„Wir brauchen einige Informationen über dein Heim“, erklärte er.

Augenblicklich entspannte sie sich und sagte: „Natürlich, Mylord.“

Ramsay lehnte sich in seinem Stuhl zurück, verschränkte die Arme vor der Brust und fragte mit unverhohlenem Spott: „Ich nehme nicht an, dass du die Burg skizzieren kannst?“

Elena funkelte ihn wütend an. „Haltet Ihr eigentlich alle Frauen für dumm oder genieße ich alleine dieses Privileg?“

Sie langte an Ramsay vorbei und griff sich ein Stück leeres Pergamentpapier. Bewusst ignorierte sie den Höllendämon und erklärte Gavin ihre Zeichnung.

„Ihr wisst sicher, dass diese Burg nur von zwei Seiten her eingenommen werden kann. Sie liegt an der Küste und auf den anderen beiden Seiten fallen die Steilklippen etwa zweihundert Meter tief ins Meer. Zudem umgibt ein Schutzwall die Burg. Zum Glück ist der zweite Wall noch nicht fertig, sonst hätten wir noch ein Problem mehr."

Zuerst zeichnete sie ein Viereck. „Dies ist die große Halle, die meisten der Krieger schlafen dort. Hier, an beiden Seiten, sind Zugänge, die sowohl in die oberen wie auch in die unteren Stockwerke und die Verliese führen. Diese beiden Kreise sind der Ost- und der Westturm, die einzigen, die noch benutzt werden, da die anderen baufällig und einsturzgefährdet sind. Auf jedem von ihnen sind in Kampfzeiten fünf Männer stationiert."

Ramsay war beeindruckt, ließ es sich jedoch nicht anmerken. Elena erklärte jede Einzelheit und beschriftete ihren Plan auch gleich. Die meisten Fragen, die Ramsay ihr zwischendurch stellte, konnte sie sehr ausführlich und präzise beantworten.

Zwei Stunden später waren sie fertig. Der Wind wechselte mit strömendem Regen ab und die Kälte drang allmählich auch in das Zelt hinein.

Ramsay musterte immer wieder kritisch Elenas Gesicht. Die ganze Zeit über starrte sie nachdenklich auf den Plan. Er sah, dass sie etwas verschwieg, dass sie im Stillen mit sich rang. Auch entging ihm nicht, dass sie Gavin unter halb gesenkten Wimpern hindurch beobachtete, manchmal sogar den Mund öffnete, um etwas zu sagen, die Lippen jedoch sogleich wieder fest aufeinander presste. Und wieder siegten seine Zweifel. Sie war eine Lady. Was, wenn nicht stimmte, was sie erzählte? Wie weit konnte er ihr trauen? Schließlich hing das Leben seiner Männer von seinen Instinkten ab.

„Oh, jetzt hätte ich es fast vergessen!"

Elena erhob sich, eilte zu einem Lederbeutel, den sie neben Ramsays Truhen abgelegt hatte, und holte ein Gefäß hervor.

„Ich habe Euch doch gestern eine Salbe versprochen, Lord Gavin."

Elena setzte sich Gavin gegenüber an den Tisch und wickelte ihm den Verband vom Arm. Dann betrachtete sie den etwa handbreiten Schnitt am Unterarm.

„Die Wunde ist immer noch stark entzündet."

Sie holte das Wasser, das sie eigentlich für Ramsay vorbereitet hatte, nahm einige Kräuter aus dem Beutel und setzte sich wieder hin. Ramsay beobachtete Elena, wie sie Gavins Wunde vorsichtig auswusch und sie mit Whisky desinfizierte.

Aus einem unerklärlichen Grund spürte er Zorn in sich aufsteigen. Heißen Zorn, oder war es vielleicht Eifersucht? Nein, diesen Gedanken verwarf er augenblicklich wieder. Das war heute schon das zweite Mal, dass er diesen absurden Gedanken hatte. Um eifersüchtig zu sein, musste man jemanden zumindest mögen, und das war hier wohl kaum der Fall. Dieses Weib war eine regelrechte Landplage, nichts weiter.

Ramsay setzte sich auf sein Lager. Von hier aus konnte er Elenas Gesicht besser sehen. Was reizte ihn eigentlich an ihr? Kräftig gebaute Frauen mit üppigen Formen, die einen heftigen Beischlaf zu schätzen wussten, waren eher nach seinem Geschmack. Dennoch strahlte sie etwas aus … eine besondere Wärme, Menschlichkeit. In Gedanken zuckte er mit den Schultern. Was sollte er schon von solchen Dingen wissen? Aber was hatte sie damit gemeint, als sie sagte, dass sie Schläge gewohnt war? Sicher, sie konnte einem wirklich manchmal auf die Nerven gehen, aber sie schlagen? Sie war doch viel zu zierlich. Ein Schlag, und sie würde zerbrechen.

Elena spürte den durchdringenden Blick, und als sie in seine Richtung sah, stockte ihr der Atem. Für einen kurzen Augenblick glaubte sie, in seinen Augen einen ihr sehr vertrauten Schmerz zu sehen – Einsamkeit. Nein, sie musste sich geirrt haben, denn nun sah er wieder finster drein, wie immer. Sein Gesicht war eine hübsche, aber gefühllose Maske. Dennoch beschäftigte dieser Gedanke sie stärker, als ihr lieb war. Konnte es möglich sein, dass dieser Mann sich tatsächlich einsam fühlte?

Sie legte Gavin den frischen Verband an und er ballte die Hand einige Male zu einer Faust, um ihn zu überprüfen.

„Mylady, Ihr habt wirklich ein goldenes Händchen. Vielen Dank!"

Elena reichte ihm das Gefäß.

„Hier, nehmt es mit, die nächsten zwei, drei Tage solltet Ihr den Verband mehrmals wechseln. Und benutzt saubere Tücher!"

Gavin stand auf und verabschiedete sich galant.

Nun war Elena alleine mit dem Höllendämon. Der Regen prasselte auf das Zelt nieder und kleine Dampfwolken bildeten sich bei jedem Atemzug. Nach einiger Zeit hielt Elena das Schweigen und die Schuldgefühle, die an ihren Eingeweiden nagten, nicht mehr aus.

„Tut die Hand sehr weh, Mylord?"

Ramsay legte sich auf den Rücken und schüttelte den Kopf, bevor er murmelte: „Ich werde es wohl überleben."

Elena stand auf und trat schüchtern wie ein Kind, das eine Schimpftirade erwartete, an sein Lager. Sie kniete neben ihm nieder, nahm vorsichtig seine Hand und biss sich schuldbewusst auf die Unterlippe. Eine große, dicke Blase erstreckte sich unterhalb des kleinen Fingers über den Handballen bis zum Mittelfinger. Elena fühlte sich schrecklich und ihre innere Qual spiegelte sich in ihren Augen wider.

„Das wollte ich nicht, Mylord", flüsterte sie betrübt.

Ramsay hatte sie die ganze Zeit beobachtet und es schien ihr tatsächlich leid zu tun. Seltsamerweise empfand er plötzlich das Bedürfnis, sie zu trösten, doch er wusste nicht, wie man so etwas tat. Für Gefühlsduseleien war Gavin zuständig. Bisher war es ihm stets gelungen, solch peinlichen Situationen aus dem Weg zu gehen.

Sie hielt noch immer seine Hand und begutachtete die Verletzung. Da hob er mit der anderen Hand ihr Kinn, damit sie ihn ansehen musste, und fragte sanft: „Weshalb hast du das getan? Weil ich dich geküsst habe?"

Elena schloss beschämt die Augen, schüttelte jedoch den Kopf.

„Nein, weil Ihr mich danach verachtet und ignoriert habt, Mylord. Das hat mich verletzt. Schließlich bin ich nicht alleine schuld an dem, was dort am Bach geschehen ist. Aber ich schwöre, dass ich Euch nicht richtig wehtun wollte. Ich wollte Euch nur ein wenig … erschrecken."

Dieses Geständnis verblüffte ihn so sehr, dass ihm die Worte fehlten. Er strich ihr mit dem Daumen über die Wange und Elena zuckte zusammen. Sogleich reckte sie ihr Kinn und sah ihm fest in die Augen. Ramsay schüttelte nachdenklich den Kopf. Dann fragte er, was er schon die ganze Zeit über hatte wissen wollen:

„Weshalb rechnest du immer damit, dass ich dich schlage?"

Sie suchte in seinem Gesicht nach Spott, fand jedoch nur aufrichtiges Interesse und antwortete ehrlich: „Ihr seid ein Mann."

Ramsay war erstaunt über diese schlichten, doch vielsagenden Worte.

„Hat dein Gemahl dich geschlagen?"

Elena riss erstaunt die Augen auf.

„Aber nein, Melcom doch nicht."

Ihre Gesichtszüge wurden weich und um ihre Lippen spielte ein liebevolles Lächeln.

„Mein Melcom hätte niemals die Hand gegen mich erhoben. Dafür war er viel zu sanftmütig und gut."

Sanftmütig! Dann konnte er nur ein Weichling gewesen sein, dachte Ramsay bitter. Der warme Klang in ihrer Stimme ärgerte ihn. Wieder trat dieser nachdenkliche Ausdruck in ihr Gesicht und sie kaute abermals auf ihrer Unterlippe. Doch dann gab sie sich einen Ruck und holte den Plan, den sie heute Abend gezeichnet hatte.

„Mylord", begann sie schuldbewusst und vermochte ihn dabei nicht anzusehen. „Ich habe Euch nicht alles gesagt."

Ramsay nickte: „Ich weiß."

Elenas Kopf schnellte hoch und sie schaute ihn erschrocken an. „Ihr wisst es?"

Erneut nickte Ramsay und erhob sich von seinem Lager auf.

„Ich habe dich beobachtet."

„Oh!", entfuhr es ihr leise, doch dann riss sie sich zusammen und ihre Stimme gewann an Kraft. „Nun, Ihr werdet bestimmt verstehen, dass es ziemlich heikel ist, einem Fremden von einem Geheimgang zu erzählen. Besonders, wenn es sich bei diesem Fremden um den Höllendämon handelt."

Augenblicklich verfinsterte sich Ramsays Gesicht und seine Augen glitzerten angriffslustig. Seit Jahren sprach man ihm so etwas wie Ehre oder Anstand völlig ab, genauer gesagt seit Amilies Tod. Doch noch niemand hatte es je gewagt, ihm das ins Gesicht zu sagen. „Natürlich, besonders bei mir ist es gefährlich. Da es mir an Ehre fehlt."

Elena schaute ihn verwirrt an. „Nein, Mylord, ich bin überzeugt davon, dass ihr mehr Ehrgefühl besitzt als die meisten anderen

Männer, die ich kenne. Aber es geht hier nicht um Euch, sondern um die Sicherheit meiner Leute. Ihr müsst mir Euer Wort geben, dass Ihr den Geheimgang niemals gegen uns verwendet."

So, jetzt war es heraus! Elena verschlang unruhig die Finger ineinander, während sie auf seine Reaktion wartete.

Ramsay kam langsam auf sie zu, doch sie konnte seinen seltsamen Gesichtsausdruck nicht deuten. Einen Schritt vor ihr blieb er stehen und betrachtete aufmerksam ihr Gesicht. Es war ein sehr eigenartiges Gefühl, wenn plötzlich jemand an ihn glaubte. Viele Jahre hatte er darum gekämpft, seine vernichtete Ehre wieder aufzubauen, doch nur der König selbst und natürlich seine eigenen Männer hatten noch zu ihm gehalten. Und nun kam diese kleine, zierliche Frau …

„Mein Wort genügt dir trotz der Ereignisse am Bach?"

Er verfluchte sich sogleich für seine dummen Worte, doch manchmal konnte er einfach nicht an sich halten. Irgendetwas trieb ihn dann dazu, seinem schlechten Ruf gerecht zu werden. Elena betrachtete ihn einen Moment schweigend, bevor sie überzeugt nickte. „Mylord, ich glaube, dass Ihr Euch heute Nachmittag am Bach genau so erschrocken habt wie ich mich. Schließlich sind wir einander nicht allzu sehr zugetan … und … und was wir dort gemacht haben, war einfach skandalös!" Ihre Wangen färbten sich flammend rot und sie fuhr schnell fort: „Aber Ihr habt mich gewarnt … zumindest nehme ich das an. In der Tat war es eine sehr wirksame Warnung. Und nun finde ich, wir sollten die ganze Geschichte vergessen. Es war falsch, und es wird nicht wieder vorkommen."

Wieder sah sie diesen undefinierbaren Ausdruck in seinen Augen, als er leise sagte: „Lady, deine Logik erschlägt mich manchmal fast."

In den grauen Tiefen seiner Augen blitzte es, während er ihr Gesicht studierte.

„Aye, Lady", sagte er leise. „Du hast mein Ehrenwort, dass ich den Geheimgang niemals ohne dein Wissen benutzen werde."

Elena war entzückt. „Danke, Mylord, damit nehmt Ihr mir eine große Sorge ab, das kann ich Euch sagen." Sie wandte sich um und breitete den Plan auf dem Tisch aus. „Seht her, Mylord!"

Ramsay trat dicht hinter sie und schaute ihr über die Schulter. Elena erstarrte im ersten Moment, als seine mächtige Brust ihren Rücken streifte, und wich ein Stück zur Seite.

„Seht, hier ist die Kapelle. Seinerzeit wurde sie auf einem Labyrinth von Katakomben errichtet. An dieser Wand hängt ein riesiger Wandteppich und genau dahinter verbirgt sich der Geheimgang. Durch ihn sind Todd und ich geflohen." Sie beschrieb mit dem Finger einen Weg, der bis in den aufgezeichneten Wald hineinführte. „Und hier endet der Geheimgang. Von außen ist er kaum zu sehen, da dichtes Buschwerk und Felsen die Öffnung fast vollständig verbergen."

„Und wer kennt diesen Gang sonst noch?", wollte Ramsay nachdenklich wissen.

Elena sah zu ihm auf. „Soweit ich weiß, niemand. Ich selbst habe ihn erst vor kurzem entdeckt."

Sie überlegte einen Augenblick und furchte die Stirn. Todd hatte sie auf direktem Weg dorthin geführt. Woher hatte er davon gewusst?

„Aber ich nehme an, dass auch mein Vater von seiner Existenz weiß."

Ein eisiger Luftzug wirbelte herein und im selben Moment stand Wulf triefend nass neben ihnen. Ein tiefes, kehliges Knurren verdeutlichte Elena, dass sie hier überhaupt nicht erwünscht war.

„Oh nein!", stöhnte sie unvermittelt.

Sie hatte das Treffen mit Todd völlig vergessen. Sie sprang auf, schnappte sich ihren Umhang und war schon in der Dunkelheit verschwunden. Bei diesem Regen konnte man kaum die eigene Hand vor Augen sehen und vom eisigen Wind wurden ihre Finger fast augenblicklich taub. Sie eilte auf Todds Zelt zu, doch es war leer. Sie schaute sich suchend um, konnte ihn aber nirgends entdecken. Innerhalb kürzester Zeit war sie bis auf die Haut durchnässt. Ihre Zähne schlugen unkontrolliert aufeinander und sie lief so schnell sie konnte wieder zu Ramsays Zelt zurück.

„Was, zum Teufel?"

Ramsay trug nur noch seine Beinkleider und trocknete sich gerade das frisch gewaschene Gesicht, als Elena völlig durchnässt hereinschlüpfte. Rasch legte sie ihren Umhang ab und rieb sich die Arme.

Ramsay sah, wie sie schlotterte und ihre Lippen langsam blau wurden. Er warf ihr sein Tuch zu. „Hier, trockne dich und sieh zu, dass du aus den nassen Kleidern kommst."

Elena fing sogleich an zu rubbeln. Kalt, oh, war ihr kalt! Sie stampfte mit den Füßen auf, um ihre Beine zu wärmen. Wie gern wäre sie aus ihrem Kleid geschlüpft, doch der Anstand verbot es ihr. Es war einfach undenkbar und absolut unschicklich, sich nackt mit einem fremden Mann im selben Raum aufzuhalten. Schon beim bloßen Gedanken daran schoss ihr das Blut in die Wangen. Sie löste ihr Haar und begann es zu trocknen. Ramsay ging fluchend zu seiner Truhe und holte eines seiner Leinenhemden heraus.

„Was hast du bei diesem Wetter draußen zu suchen?"

„Ich habe Todd versprochen, heute Abend noch zu ihm zu kommen. Er sagte, er müsse unbedingt mit mir reden. Vielleicht ist ihm noch etwas zu dem Überfall auf Castle Fraser eingefallen."

„Das hätte auch bis morgen warten können", brummte Ramsay.

Elena hielt mitten in der Bewegung inne und musterte ihn. „Wenn ich mein Wort gebe, halte ich es auch, Mylord!"

Er reichte ihr das Hemd.

Elena schüttelte den Kopf: „Das brauche ich nicht. Trotzdem vielen Dank."

Ramsays Augenbrauen hüpften erstaunt in die Höhe. Er traute ihr eine Menge zu, schließlich war sie ja eine Lady, doch splitternackt hier zu schlafen, nein! Das glaubte er nicht, obwohl es ein recht angenehmer Gedanke war. Plötzlich durchzuckte es seine Lenden wie ein brennender Speer und er bemühte sich, eine gleichgültige Miene aufzusetzen. Er warf das Hemd auf den Tisch und begann, ein Seil durch die Mitte des Zeltes zu spannen.

„Häng dein Kleid auf!"

„Ich werde es anbehalten."

„Nein!"

Ramsay verknotete das Ende des Seils an einem Seitenpfahl des Zeltes und drehte sich zu Elena um. Sie stand mit hoch erhobenem Haupt da und ihre Augen blitzten kampflustig.

„Ich werde mich bestimmt nicht vor Euch ausziehen."

Er ging bedrohlich langsam auf sie zu und hatte ein teuflisches Grinsen auf den Lippen. „Dann tu ich es."

Elena wich vor ihm zurück und flüsterte schwach: „Das wagt Ihr nicht!"

Er hob gleichgültig eine Schulter. „Ich zähle bis drei. Eins ..."

„Dazu habt Ihr kein Recht!"

Er trat noch einen Schritt näher: „Zwei."

„In Ordnung, aber Ihr müsst Euch umdrehen."

Ramsay ging zu seinem Bett und setzte sich. Mit tiefrotem Gesicht wandte Elena ihm den Rücken zu und öffnete die kleinen Perlenknöpfchen ihres hochgeschlossenen Kleides. Sie dankte Gott, dass sie zum Zeitpunkt ihrer Flucht dieses Kleid getragen hatte. Es war nämlich das einzige, das man nicht auf dem Rücken schloss. Sie warf einen ängstlichen Blick über die Schultern. Dieser gemeine Kerl beobachtete sie.

„Dreht Euch um, Mylord!"

Ihr scharfer Ton amüsierte Ramsay und wieder einmal musste er ihr wirklich Respekt zollen. Sie spielte die Unschuld sehr überzeugend. Tatsächlich musste er zugeben, dass er allmählich Gefallen an diesem Spiel bekam. Elena schlüpfte rasch aus dem Überkleid und legte es über eine Stuhllehne. Ramsays Augenbrauen huschten erstaunt in die Höhe, als er die feuerroten Unterröcke erblickte.

Elena hatte auf der Burg ihres Vaters ständig in der Angst gelebt, zum falschen Zeitpunkt aufzufallen. Deshalb waren ihre Kleider in dezenten, unauffälligen Farbtönen gehalten, mit denen sie sich in den dunklen Gängen fast unsichtbar machen konnte. Doch sie liebte helle, fröhliche Farben. Diese Unterröcke hatte sie in einem Anflug von Auflehnung selbst angefertigt.

Elena fühlte sich schrecklich. Sie kam sich jetzt schon nackt vor, obwohl erst ihre Schultern entblößt waren. Ihre Finger suchten auf dem Rücken die Verschnürung des Mieders, doch durch die Nässe hatten sich die Seidenbändchen ineinander verfangen. Sie wurde immer nervöser. Sie spürte, dass er sie beobachtete, und sie hasste ihn dafür. Elena zerrte und riss, doch all ihre Mühe war vergeblich.

Plötzlich stand der Höllendämon hinter ihr und schob erstaunlich sanft ihre Hände beiseite. Ramsay hörte, wie Elena scharf Luft holte, und hielt sie an den Schultern fest, als sie vor ihm zurückweichen wollte. Seine Hände waren herrlich warm. Elena spürte, wie ihre Haut unter ihnen zu prickeln anfing, und sie begann, dieses unbekannte Gefühl zu fürchten.

„Bitte, nicht!"

Fast zärtlich strich Ramsay ihre Haare zur Seite und sah, wie Elena unter dieser leichten Berührung erbebte. Ihr schlanker, anmutiger Hals lud förmlich zu sanften Küssen ein. Ramsays Lenden begannen zu pulsieren und er ärgerte sich, weil er dieses lustvolle Brennen nicht unter Kontrolle bringen konnte. Mit geschickten Fingern öffnete er die Bänder und starrte auf zwei lange, schmale Narben.

Peitschenhiebe, durchfuhr es ihn.

Kapitel 4

Die Striemen waren noch deutlich zu sehen und konnten daher nicht allzu alt sein. Schläge sind mir nicht fremd, und ich habe sie bisher immer überlebt. Ihre Worte. Wilder Zorn stieg in ihm auf, doch seine Finger waren sanft, als er darüberstrich.

„Wer war das?"

Elena richtete sich kerzengerade auf, hielt mit beiden Händen das offene Mieder vor ihre Brust und drehte sich zu Ramsay um. Doch was sie in seinen Augen las, nahm ihr fast den Atem, und sie wich rasch einige Schritte vor ihm zurück. Sie wollte kein Mitleid.

„Kümmert Euch um Eure eigenen Angelegenheiten, Mylord!"

„Wer?" wiederholte er, diesmal strenger.

Elena schnappte sich das Hemd und blies die Kerze auf dem Tisch aus. Wohltuende Dunkelheit umgab sie nun. Weshalb schämte sie sich so sehr? Sie trug doch keine Schuld daran. Rasch ließ sie das nasse Mieder fallen und schlüpfte in Ramsays Hemd. Dann entledigte sie sich der Unterröcke und Leibwäsche. Das geborgte Kleidungsstück reichte ihr bis zu den Knien, doch noch immer fror sie erbärmlich.

„Ich werde es schon noch erfahren", vernahm sie seine tiefe Stimme.

Sie hörte, wie er sich auf sein Lager legte, und tastete nach den Fellen, die sie am Morgen für sich beiseite gelegt hatte. Es waren nicht viele, doch wenigstens waren sie wärmer als ihr nasser Umhang.

„Komm ins Bett, Elena."

Der sanfte Klang seiner tiefen Stimme jagte ihr heiße Schauer über den Rücken und ihr Herz schlug vor Angst – und einem anderen berauschenden Gefühl – so schnell, dass es beinahe schmerzte.

„Nein. Ein Knappe schläft auf dem Boden", gab sie trotzig zurück.

Ramsay seufzte leise.

Elena legte sich in die Mitte des Zeltes und schloss die Augen. Ihre Schultern und der Rücken glühten immer noch von seinen Berührungen. Sie versuchte, sich an früher zu erinnern. Hatte Melcom auch solche Gefühle in ihr ausgelöst? Er hatte sie nur selten berührt, doch ihre Empfindungen waren gewiss nie so intensiv gewesen wie gerade eben bei diesem Mann. An eines konnte sie sich jedoch sehr genau erinnern: Als der Pfarrer sie zu Mann und Frau erklärt hatte, hatte Melcom sie geküsst. Sie wusste noch genau, wie ihr Körper sich plötzlich ganz warm angefühlt hatte. Heute Nachmittag war sie auch geküsst worden, war jedoch viel zu verwirrt gewesen, um über ihre Gefühle nachdenken zu können. Elena rollte sich noch enger zusammen. Es war wirklich eisig kalt heute Nacht.

Ramsay starrte nachdenklich auf die Umrisse ihrer kleinen Gestalt. Sie fror erbärmlich, das konnte er deutlich erkennen. Sollte sie doch! Er hatte ihr sein warmes Lager angeboten, doch sie war viel zu stur, um es anzunehmen. Sie war selbst schuld. Er hörte, wie ihre Zähne aufeinander schlugen, und plötzlich hielt er es nicht mehr aus. Sie war schließlich sein Knappe und er war für ihre Gesundheit verantwortlich. Aye, das war der einzige Grund, weshalb er sie in seinem Bett haben wollte. Von diesen Gedanken beruhigt, sprang er auf.

Elena bemerkte ihn erst, als er sich zu ihr herunterbeugte und sie auf seine Arme hob. „Mylord, was … lasst mich runter!"

Sie stemmte ihre Hände gegen seine nackte Brust. Beklemmende Angst erfüllte sie. Was hatte er nur vor? Mein Gott, sie hatte schon oft gehört, was ein Mann und eine Frau in der Nacht taten. Im nächsten Augenblick warf der Höllendämon sie ziemlich unsanft auf sein Bett.

„Mit dem Lärm deiner Zähne weckst du noch das ganze Lager auf!"

Elena sprang sogleich wieder auf die Beine und zischte: „Ihr habt kein Recht dazu, mich in Euer Bett zu holen. Ihr … Ihr Barbar!"

Ramsays Lanze richtete sich beim Anblick dieser fauchenden Xanthippe zu voller Größe auf. Sie stand mit leicht gegrätschten Beinen auf dem Bett und funkelte ihn wie eine Wildkatze an. Ihre hüftlangen, goldenen Haare wirbelten in wilden Locken um ihren

Oberkörper. Bei Gott, er wollte sie. Er wollte sie mit einer Heftigkeit, die ihn erschütterte. Sein harter Körper strebte nach ihren Berührungen, nach Erlösung. Sie war eine Lady, verflucht noch mal! Hatte er denn gar nichts gelernt?

Ramsay legte sich auf seine Seite des Bettes und seine Stimme klang wie das Grollen eines Donners. „Leg dich hin und schlaf!"

„Pah, damit Ihr mich im Schlaf entehren könnt und ich es nicht einmal bemerke. Niemals! Ich werde kein Auge zutun."

Das war mit Abstand das Dümmste, was er jemals gehört hatte. Diese Dirne beleidigte seine Manneskraft und forderte ihn im selben Atemzug heraus. Blitzschnell packte Ramsay ihre Beine und zog sie unter ihr weg. Elena fiel mit einem erstickten Schrei auf die Hinterbacken. „Schuft … gemeiner …"

Oh, weshalb hatte sie nur das Fluchen nie richtig gelernt?

Elena versuchte verzweifelt, ihre Füße frei zu bekommen, doch dieser Rohling hielt sie unerbittlich fest.

Allmählich riss Ramsays Geduldsfaden. Mit einem heftigen Ruck zog er Elena näher und rollte sich auf sie.

„Es reicht, Lady!", donnerte er, und sie war sich sicher, dass sie von nun an auf diesem Ohr taub sein würde. Elena befürchtete, gleich von seinem riesigen Körper zerquetscht zu werden. Sie konnte sich nicht einmal richtig wehren. Er hielt ihre beiden Arme neben ihrem Kopf gefangen und sein Gesicht schwebte nur wenige Zentimeter über ihrem.

„Geht runter von mir!"

Sie wollte diesem Befehl ein wenig Autorität verleihen, doch das leise Zittern in ihrer Stimme verdarb alles. Sie zappelte und wand sich, doch ohne Erfolg. Plötzlich vergrub Ramsay sein Gesicht an ihrem Hals. Elena spürte, wie ein Schauer durch seinen Körper lief und seine Stimme klang sonderbar verkrampft, als er rau hervorstieß: „Vorsicht, Mädchen." Er atmete einige Male schwer: „Sonst kann ich für nichts garantieren."

Der beinahe schmerzhafte Ton und die seltsamen Worte ließen Elena aufhorchen und sie hörte sofort auf, sich zu wehren. Der Höllendämon lag vollkommen reglos auf ihr, doch sie fühlte seine Anspannung.

„Mylord, was ist mit Euch?“ Ihre Stimme klang besorgt und ängstlich zugleich.

Langsam hob Ramsay den Kopf und Elenas Herz setzte einen Schlag lang aus. Seine Augen schienen in der Dunkelheit zu glühen und er fragte ungläubig: „Du willst wissen, was mit mir los ist?“

Elena konnte ihn nur anstarren. Mein Gott, wenn er so auf sie heruntersah, wurde ihr fast schwindelig. Sie konnte sich nicht erinnern, wann er ihre Arme losgelassen hatte, doch sie war nicht imstande, auch nur einen Muskel zu bewegen. Sie fühlte, wie ihre Brüste bei jedem Atemzug seinen warmen Körper streiften, und zu ihrem Entsetzen richteten sich ihre kleinen Knospen deutlich auf. Sie befeuchtete ihre plötzlich trocken gewordenen Lippen und nickte.

Ramsay verlagerte sein Gewicht ein wenig und seine Stimme klang eigenartig heiser. „Das ist los.“

Er nahm ihre Hand und führte sie zu seiner vollständig erregten Lanze hinunter.

Zunächst verstand Elena gar nichts, doch als sich ihre Finger um dieses riesige harte Etwas schlossen, durchfuhr es sie wie ein Blitz.

„Oh!“, keuchte sie entsetzt und riss ihre Hand zurück. Sie gab ihm einen heftigen Stoß und schrie mit schriller Stimme: „Wie könnt Ihr nur?“

Ramsay lachte gequält auf. Diese Lady war wirklich eine Meisterin der Verstellung. Wenn er nicht gewusst hätte, dass sie Witwe war, würde er ihr dieses unschuldige Getue sogar abnehmen.

„Ich friere jetzt nicht mehr, Mylord. Ich möchte an meinen Schlafplatz zurückkehren.“

Elena versuchte, sich aufzusetzen, doch Ramsay hielt sie zurück.

„Du schläfst hier, Lady, und wie du dich selbst vergewissern konntest, wirst du es auf jeden Fall bemerken, wenn ich mit dir schlafe.“

Elena beobachtete ihn wachsam. „Gebt Ihr mir Euer Wort, dass Ihr mir nichts antut, während ich schlafe?“

Ramsay schnaubte ärgerlich. „Ich schwöre es.“

Mit einem heftigen Ruck drehte sich Elena zur Seite und rutschte an den äußeren Bettrand. „Wir sollten jetzt wirklich schlafen, Mylord.“

Es schien eine Ewigkeit zu verstreichen, bis sie hörte, dass er sich ebenfalls hinlegte. Noch immer zitterte sie am ganzen Körper, doch nicht wegen der Kälte. Sie rollte sich noch enger zusammen und vergrub ihre Nase in den weichen Fellen. Sie rochen nach dem Höllendämon: nach Sandelholz und einem ganz besonderen Duft, den nur dieser Mann zu verströmen schien. Sie hörte, wie er einige Male tief ein- und ausatmete, und noch bevor sie es verhindern konnte, rutschte ihr die Frage schon heraus. „Tut das eigentlich weh?"

Ramsay stieß entnervt die Luft aus. Er hätte wirklich nicht geglaubt, dass sie sich in diesem Spiel noch steigern konnte, doch sie schaffte es tatsächlich.

„Wenn ich mir nicht bald Erleichterung verschaffe, wird es das."

So ein dummer Kerl! Da er ja wusste, was getan werden musste, weshalb half er sich dann nicht?

„Weshalb tut Ihr es dann nicht."

Jetzt ging sie aber langsam zu weit. „Verdammt, Elena, du weißt genau, dass das nicht bei mir liegt, sondern bei dir."

Elena fuhr erschrocken hoch. „Bei mir?"

Nun war er mit seiner Geduld endgültig am Ende. „Bei aller Verdammnis, Weib, für wie dumm hältst du mich eigentlich? Du bist Witwe, also weißt du auch, wie man sich beischläft." Elena versank in tiefes Schweigen. Nein, sie wusste gar nichts über diese Dinge, aber das würde er ihr sowieso nicht glauben. Bei jedem Atemzug wurde sie unruhiger. Sie musste sich von diesem merkwürdig flatternden Gefühl in ihrem Bauch ablenken.

„Mylord?"

„Da wir schon miteinander im Bett liegen, kannst du mich ruhig Ramsay nennen."

Niemals! Diese Förmlichkeit erschien ihr wie die letzte Bastion des Anstandes.

„Mylord, weshalb lebt Ihr so? Ich meine, Ihr seid ein Lord und die McFists gehören zu den reichsten Clans. Weshalb riskiert Ihr dann so oft Euer Leben, wenn Ihr es doch gar nicht nötig habt?"

Ramsay schwieg eine Weile und Elena glaubte schon, keine Antwort mehr zu bekommen, als er schlicht sagte: „Ich liebe die Freiheit und den Kampf."

Elena drehte sich zu ihm um und betrachtete sein Gesicht. Leider konnte sie wegen der Dunkelheit nur seine Umrisse erkennen. „Wünscht Ihr Euch denn kein Zuhause, eine Frau …?"

„Ich werde niemals heiraten!"

Elena erschrak über die Heftigkeit, mit der er diese Worte hervorstieß.

„Aber irgendwann braucht Ihr Erben."

Ramsay schnaubte verächtlich. „Dafür brauche ich keine lästige Frau."

Ein dumpfer Schmerz breitete sich in Elenas Brust aus. Was mochte ihn so verbittert haben, dass er beim bloßen Gedanken an eine Heirat geradezu zu schäumen begann?

Kurz vor Tagesanbruch hielt es Ramsay nicht mehr länger im Bett aus. Elena hatte sich im Schlaf wärmesuchend an ihn geschmiegt, und jedes Mal, wenn er dieser süßen Folter zu entfliehen versuchte, war sie ihm leise murrend nachgerutscht. Doch nun war es die reinste Qual. Elenas Kopf ruhte an seiner Schulter, ihre Hand auf seiner Brust, und sie schlief – das Bein über seine Lenden geschoben – so friedlich wie ein Neugeborenes.

Ramsay hingegen brannte so heiß wie alle Feuer der Hölle. Vielleicht sollte ich meine Hure aufsuchen, bevor wir aufbrechen. Ganz vorsichtig schob er Elenas Schenkel von seinem pulsierenden Schaft und schlich sich aus dem Bett. Elena murmelte einen leisen Protest, schlief jedoch weiter.

Rasch zog er sich an, wobei er sich selbst verbot, auch nur einen Blick auf das Mädchen zu werfen. Es wäre ihm beinahe gelungen. Wirklich, er hätte es geschafft, wenn dieses leise, verführerische Seufzen nicht aus ihrer Richtung gekommen wäre.

Beim Anblick, der sich ihm nun bot, hielt er unbewusst den Atem an. Die kleine Lady räkelte sich wohlig auf seinem Bett und schnurrte wie ein zufriedenes Kätzchen.

Ramsay schloss schwer atmend die Augen. Verdammt noch mal, er war doch kein dummer Jüngling mehr, der seine Säfte nicht unter Kontrolle halten konnte! Wütend packte er sein Hemd und trat ins Freie hinaus.

Es hatte aufgehört zu regnen, und der eisige Wind war eine Wohltat für seine erhitzte Haut. Die Sonne ging gerade auf, als er an Maggys Zelt ankam.

Leise schob er sich durch die Zeltluke und schaute auf die schlafende Frau. Hitzig wie sie war, hatte sie die schäbige Decke beiseite geschoben und ihre üppigen Brüste schimmerten weiß in der Morgendämmerung. Ramsay stellte sich vor, wie es sein würde, wenn er diesen vollen Busen knetete, doch seine Wollust wollte sich nicht wieder einstellen. Stattdessen sah er in seinem Geiste eine andere Frau, die sich genüsslich in seinem Bett räkelte. Sie war klein und zierlich.

Fluchend verließ er Maggys Zelt und ging zum Vorratskarren.

Dort fand er Will schlafend vor. Ramsay stieß ihn mit dem Fuß an und er fuhr erschrocken und wild um sich blickend auf.

„Was … Ah, Ihr seid es, Lord Ramsay!"

Ramsay spähte in den Wagen hinein. „Ich habe Hunger. Ist noch etwas von gestern da?" Will rappelte sich keuchend hoch. „Gewiss, Mylord. Ich werde es holen."

Ramsay ließ sich an einem heruntergebrannten Feuer nieder und legte einige Scheite nach. Die Flammen hatten eine beruhigende Wirkung auf sein verstimmtes Gemüt. Will räusperte sich und reichte Ramsay ein Schneidebrett mit kaltem Braten, Käse und Brot. Der bedankte sich und begann, in Gedanken versunken zu essen. Es dauerte eine Weile, bis er sich prüfend auf den Bissen zwischen seinen Zähnen konzentrierte. Es schmeckte köstlich. Er schaute sich sein Brot genauer an und nickte Will, der ihn mit angehaltenem Atem beobachtet hatte, anerkennend zu. Sogleich strahlte Will übers ganze Gesicht.

„Ist das ein neues Rezept?"

Will nickte ein wenig verlegen. „Aye, Mylord. Lady Elena hat es mir gezeigt."

Augenblicklich erstarb das freundliche Lächeln auf Ramsays Gesicht.

„Geh und weck die Männer! In zwei Stunden brechen wir auf."

Ramsay fluchte vor sich hin. Dieses verdammte Weib war gerade erst zwei Tage hier und schon begann sie, alles auf den Kopf zu stellen. Natürlich schmeckte das Brot nun um ein Vielfaches besser, doch das würde er sich selbst niemals eingestehen. Er mochte alles so, wie es war. Er hasste Veränderungen. Besonders, wenn eine sture, kleine Lady diese ungefragt und völlig überflüssigerweise vornahm.

In kürzester Zeit war das ganze Lager wach und emsig mit dem Abbruch der Zelte und dem Beladen der Wagen beschäftigt. Ramsay wollte gerade Gavin damit beauftragen, die Lady zu wecken. Doch dann besann er sich anders und schickte den kleinen Jimmy.

Genau zwei Stunden später war alles verladen und die Männer saßen auf ihren Pferden. Ramsay stieß einen grellen Pfiff aus und Elena schaute fragend zu Gavin hinüber. Dieser lenkte sein Pferd neben das ihre.

„Mylady?"

„Worauf warten wir noch?" wollte Elena wissen.

Gavin lächelte gutmütig. „Wir warten auf Wulf."

Elena schnitt eine ungläubige Grimasse. „Dieses Biest würde uns doch überall finden."

„Aye, Mylady, aber Ramsay würde nie ohne seinen Schützling aufbrechen."

Plötzlich rief einer der Männer: „Achtung!"

Gavin grinste Elena an. „Haltet Euch fest!"

Im selben Augenblick war die Hölle los. Die Pferde wieherten, bäumten sich wild auf und die Männer fluchten unterdrückt. Elena sah aus dem Augenwinkel etwas Haariges vorbeiflitzen, und dann hatte sie alle Mühe, ihre Cecilia unter Kontrolle zu bringen. Es dauerte eine Weile, und es brauchte viel Zuspruch, bis ihre Stute nicht mehr wild mit den Augen rollte und sich beruhigt hatte.

Elena schaute auf einen der Waffenwagen und entdeckte Wulf, der es sich gerade auf einer roten Decke gemütlich machte. Das ist anscheinend sein Plätzchen, dachte sie kopfschüttelnd. Wie konnte ein Mann wie der Höllendämon ein so hässliches Vieh wie diesen Wolf mögen?

Endlich setzte sich der Tross in Bewegung und Elena wurde von Todd und Gavin flankiert. Der Wind wurde wieder heftiger und

Elena schlang ihren Umhang enger um ihren Körper. Ihre Kleider waren immer noch feucht und es dauerte nicht lange, bis sie wieder zu frieren begann. Oh, wie sehnte sie sich nach einem heißen Bad!

Sie versuchte, sich auf etwas anderes zu konzentrieren und begann schließlich, für das Wohl ihres Vaters zu beten. Nach einer Weile kam ihr ein Gedanke und sie wandte sich an Todd. „Du wolltest mich sprechen? Gestern wurde es leider spät und als ich zu deinem Zelt kam, warst du nicht mehr da."

Todd errötete leicht. „Verzeiht mir bitte, Mylady."

Seine Hände wurden feucht und ein unangenehmer Kloß bildete sich in seinem Hals. Gestern war alles noch anders gewesen. Aye, gestern hatte er all seinen Mut zusammengenommen und der Lady alles gestehen wollen. Er hatte gehofft, sie würde beim Höllendämon ein gutes Wort für ihn einlegen, hatte gehofft, die beiden würden ihm helfen. Doch in den Stunden, in denen er auf Lady Elena gewartet hatte, war ihm klar geworden, wie dumm und aussichtslos diese Hoffnung doch war. Er hatte weder Geld noch Titel. Und selbst wenn er das Glück gehabt hätte, die Lady auf seine Seite zu bringen, so hätte der Höllendämon ihn mit Sicherheit noch nicht einmal angehört. Vermutlich hätte er ihn auf der Stelle gevierteilt oder am höchsten Baum aufgehängt – wie es üblich war bei Verrätern.

Nach dieser niederschmetternden Erkenntnis hatte er es in seinem Zelt nicht mehr länger ausgehalten und war zu einer der Lagerhuren gegangen.

„Also?", bohrte Elena gespannt weiter.

Todd zögerte einen Moment, und die Röte in seinem Gesicht vertiefte sich um einige Nuancen.

„Ich wollte Euch nur von meinem Vorhaben berichten, Mylady. Ich habe heute Morgen mit dem Höllendämon gesprochen und ihn gebeten, an Eurer Statt sein Knappe sein zu dürfen." Damit ich Euch wenigstens dies ersparen kann, fügte er in Gedanken hinzu.

Elena war gerührt. Ihr Herz flog dem jungen Mann entgegen. Sie konnte sich gut vorstellen, wie demütigend es für einen gestandenen Krieger war, als Knappe zu dienen. Todd hatte für sie diese Schmach auf sich nehmen wollen, auch wenn sein betrübter Gesichtsausdruck davon zeugte, dass sein Wunsch offenbar abgelehnt worden war.

Elena lächelte ihn liebevoll an. „Ich danke dir von Herzen, Todd, doch ich hätte dir gleich sagen können, dass sich der Höllendämon niemals auf einen Tausch einlassen würde." Gavin gab ihr schweigend Recht.

Die Stunden schienen Tage zu dauern, und als der Lord endlich das Zeichen zum Absitzen gab, wäre Elena ihm vor Dankbarkeit am liebsten um den Hals gefallen. Sie war es nicht gewohnt, so lange im Damensitz zu reiten und die Haut an ihren Schenkeln brannte wie Feuer. Gavin half ihr aus dem Sattel und sie musste sich an seinem Arm festhalten, damit ihre Beine nicht nachgaben.

Ramsay wendete sein Pferd und kam den Tross entlang auf Elena und Gavin zugeritten. Er sah einfach umwerfend aus. Da war sie wieder, diese ungezähmte Wildheit. Der Wind spielte mit seinem langen Haar, blies ihm einige Strähnen in die Stirn und in seinen Augen leuchtete ein Feuer, dass Elena versucht war, sich zu bekreuzigen.

„Wir machen hier zwei Stunden Rast, danach geht es diesen Weg entlang!", befahl er streng. Gavin nickte und Ramsay wandte sich um, ohne Elena auch nur einen Blick zu gönnen. Er ritt, als sei der Teufel hinter ihm her, dicht gefolgt von Wulf. Bald verschwanden die beiden hinter einem Hügel.

„Wo will er denn hin?", fragte sie erstaunt.

Gavin tätschelte sanft den Hals seines Hengstes. „Er überprüft den Weg, dem wir nach dem Essen folgen werden."

„Wird er zurück sein, bevor wir aufbrechen? Ich meine, wegen seiner Mahlzeit."

Gavin schüttelte den Kopf. „Er wird auf dem Weg wieder zu uns stoßen. Vertretet Euch ein wenig die Beine, Mylady, es liegt noch ein langer Nachmittag vor uns."

Mit diesen Worten deutete er eine knappe Verbeugung an und ging davon, um den Männern weitere Befehle zu erteilen.

In kurzer Zeit waren die Pferde abgesattelt und ein gutes Duzend Lagerfeuer entzündet. Will, der kleine Jimmy und einige der Huren eilten mit großen Körben umher und verteilten getrocknetes Fleisch, Käse, Brot und mit Wasser versetzten Wein.

„Mylady, wollt Ihr Euch nicht auch an ein Feuer setzen?"

Elena lächelte Todd dankbar an. „Oh, das klingt himmlisch."

Sie folgte ihm und ließ sich neben ihm auf einem Baumstumpf nieder. Elena konnte sich die plötzliche innere Leere nicht erklären, die sie verspürte, seit sie McFist hatte davonreiten sehen. Es schien ihr beinahe, als ob ein Teil ihrer selbst fehlte.

„Müsste ein Knappe nicht seinen Herrn begleiten?"

Todd schüttelte den Kopf. „Nur wenn dieser es verlangt."

Als Elena gegessen hatte, blickte sie sich gelangweilt im Lager um. Da entdeckte sie den kleinen Jimmy, der neben dem Vorderrad des Vorratswagens saß und missgestimmt ein Stück Trockenfleisch verzehrte.

„Entschuldige mich bitte, Todd."

Elena ging langsam auf Jimmy zu. Der Junge wirkte so einsam und verletzt, dass es ihr ins Herz schnitt.

„Darf ich mich zu dir setzen, Jimmy?"

Der Junge riss erschrocken den Kopf hoch und errötete heftig. Einen Moment huschte ein Ausdruck von Angst und Verwirrung über sein Gesicht, doch nun reckte er tapfer das kleine Kinn. „Wenn es sein muss!"

Elena setzte sich und begann ruhig: „Du bist böse auf mich, nicht wahr, Jimmy?"

Der Junge zupfte verdrossen an seinem ausgefransten Hemdsaum, verweigerte ihr jedoch eine Antwort.

„Oder bist du vielleicht böse auf den Lord?"

Nun schnellte sein verwuschelter Haarschopf in die Höhe. „Ich … Ich wäre niemals böse auf meinen Lord. Niemals! Es … Es ist nur meine Schuld, dass er sich nicht mehr von mir bedienen lässt. Ich … Ich war nicht gut genug. Bestimmt habe ich ihn erzürnt und nun will er mich nicht mehr." Nun sah er sie mit einem trotzigen Blick an. „Aber du bist bestimmt nicht besser als ich."

Elena konnte ein kleines Lächeln nicht verbergen. „Da muss ich dir Recht geben, Jimmy. Ich bin vermutlich der schlechteste Knappe auf der ganzen Welt."

Über Jimmys vor Verblüffung weit aufgerissene Kulleraugen musste sie grinsen.

„Schau mal, Jimmy, ich bin nicht Lord Ramsays Knappe, weil er nicht mit dir zufrieden war, sondern weil er mich bestrafen wollte."

Nun schaute der Junge sie misstrauisch an. „Was sollte daran eine Strafe sein? Es ist eine Ehre, dem Lord zu dienen. Du lügst!"

Elena schüttelte den Kopf. „Nay, es ist die Wahrheit. Für dich ist es eine Ehre, aber ich bin eine Frau. Du weißt doch, dass Frauen solche Arbeiten nicht verrichten. Die sind doch viel zu schwer für uns."

Nun nickte Jimmy ernst und schien nicht mehr halb so traurig. „Das stimmt schon. Man muss schon mächtig stark sein für diese Arbeit."

Als er sah, wie Elena ihm beipflichtete, ereiferte er sich für dieses Thema. „Da muss man nämlich ganz viel Wasser schleppen! Und die Rüstung meines Herrn ist auch ganz furchtbar schwer. Aber das ist noch lange nicht alles."

Plötzlich verstummte er und auf seiner kleinen Stirn bildete sich eine steile Falte. „Warum hat er dich bestraft? Es muss etwas ganz Schlimmes gewesen sein. Ich habe auch schon viele Dummheiten gemacht, aber mein Lord hat mich niemals bestraft."

Ja, warum eigentlich? Genoss er es einfach, sie zu demütigen? Nein, das glaubte sie eigentlich nicht. Es musste etwas anderes sein.

Elena zuckte mit den Schultern und antwortete wahrheitsgemäß: „Ehrlich gesagt, ich weiß es auch nicht recht. Vielleicht hatte er gerade einen schlechten Tag."

Jimmy war ehrlich entsetzt und schüttelte energisch den Kopf. „Nein, nein. Mein Lord hat niemals einen schlechten Tag." Nachdem er einen Moment innegehalten hatte, gab er großmütig zu: „Na ja, vielleicht manchmal, wenn ihn diese schrecklichen Kopfschmerzen plagen. Aber er ist niemals ungerecht. Mein Lord ist der gescheiteste, stärkste und gerechteste Herr, den es überhaupt gibt."

Zur Bestätigung seiner eigenen Worte nickte er kräftig.

Elena fand es erstaunlich und rührend, wie loyal dieser kleine Bursche dem Höllendämon gegenüber war. Ein dumpfer Schmerz breitete sich in ihrer Brust aus. Es musste ein schönes Gefühl sein, von jemandem so unerschütterlich geachtet und geliebt zu werden.

Sie saßen einen Augenblick schweigend beisammen, dann

schaute Jimmy bedrückt zu Elena auf. „Bist du sehr böse auf mich? Ich meine, ich war nicht gerade nett zu dir."

Elena lächelte ihn breit an. „Nein, nein, ich bin nicht böse mit dir. Aber die Grimasse, die du mir geschnitten hast, werde ich bestimmt nicht so schnell vergessen." Sie täuschte ein ängstliches Schaudern vor. „Das hat wirklich gefährlich ausgesehen."

Jimmy strahlte über sein ganzes Gesicht. „Schauuurig, nicht wahr? Das habe ich von Will gelernt. Aber er kann es noch viel besser. Wenn du willst, kann ich es dir beibringen."

Elena hob abwehrend die Hände. „Um Himmels willen, nein. Ich würde mich ja vor mir selbst fürchten."

Jimmys glucksendes Lachen hallte daraufhin durch das ganze Lager.

Die Mittagsrast verging wie im Fluge und bald erklang Gavins Stimme: „Alles aufsitzen!" Elena ließ sich von Todd in den Sattel helfen und nahm ihren Platz hinter dem Vorratswagen wieder ein. Sie spürte, wie ihre kleine, graue Stute nervös herumtänzelte, schenkte dem jedoch keine weitere Beachtung. Der Zug setzte sich langsam in Bewegung, diesmal von Gavin angeführt. Todd war ungewöhnlich schweigsam. Immer wieder bemerkte sie, wie seine blauen Augen sie beobachteten.

Sie waren etwa eine Stunde unterwegs, als Elena auf dem Sattel weiter nach hinten rutschte, um es sich bequemer zu machen. Da plötzlich blähte die Stute ihre Nüstern und rollte wild mit den Augen. Im nächsten Moment bäumte sie sich auf, brach aus der Reihe aus und galoppierte davon. Elena stieß einen spitzen Schrei aus und klammerte sich an der Mähne fest. Sie versuchte, mit sanften Worten auf Cecilia einzureden, sie zu beruhigen. Hinter sich hörte sie die Männer Anweisungen brüllen, doch sie verstand nicht, was sie sagten. Sie hatte soeben den Hügelkamm passiert. Die Landschaft raste an ihr vorbei und der kalte Wind peitschte unbarmherzig in ihr Gesicht. Sie würde sterben! Sie würde sich das Genick brechen und sterben!

Plötzlich wurde Elena gepackt und aus dem Sattel gerissen. Sie schrie auf, bevor der harte Aufprall ihr fast den Atem nahm und schwarze Kreise eine nahende Ohnmacht ankündigten. „Verflucht noch mal, willst du dir den Hals brechen?"

Die donnernde Stimme des Höllendämons riss sie aus der drohenden Schwärze und die entsetzliche Angst verwandelte sich in wilden Zorn.

Ramsay zügelte seinen Hengst und stellte Elena auf den Boden. Ihr ganzer Körper zitterte vor Wut und sie schrie ihn an: „Verdammter Idiot, glaubt Ihr etwa, das war meine Absicht? Was kann ich dafür, wenn meine Stute plötzlich scheut?"

Ramsay glitt aus seinem Sattel und rief Gavin, der auf sie zugaloppiert kam, zu: „Führe den Trupp weiter, wir haben genügend Zeit verplempert!" Dann wandte er sich an Elena. „Wenn du nicht reiten kannst …"

„Ich kann sehr gut mit Pferden umgehen, Ihr … Ihr arroganter Kerl!"

Elena schäumte vor Zorn und schlug ihm mit der flachen Hand vor die Brust. „Cecilia gehört seit fünf Jahren mir und sie hat noch nie gescheut. Irgendetwas stimmt nicht mit ihr und Ihr tätet besser daran, sie einzufangen, als hier ein dummes Gesicht zu machen. Und wagt es ja nicht, diese verdammte Augenbraue jetzt zu heben!"

Im Nu waren beide in die Höhe gehüpft.

Um Ramsays Mundwinkel zuckte es belustigt und er fragte sie leicht gekränkt: „Was hast du gegen meine Augenbrauen?"

Elena schnaubte wütend und sie wusste nur noch eine Möglichkeit, ihren Zorn zu besänftigen. Sie schlug auf seine Brust ein und zu allem Elend begann der Höllendämon zu lachen. Dieser Bastard hatte doch tatsächlich den Nerv, sie jetzt auszulachen.

„Ich hasse Euch!", schrie sie ihm entgegen, doch sein tiefes Lachen wurde nur noch lauter und er warf den Kopf in den Nacken. „Was ist denn so verdammt lustig daran, wenn ich mir fast den Hals breche?"

Völlig unerwartet gab sie ihm einen so heftigen Stoß, dass er das Gleichgewicht verlor. Im letzten Augenblick packte er sie, und dann purzelten sie auch schon ein Stück den Hang hinunter. Es war ein wildes Durcheinander und Elena wusste bald nicht mehr, welcher Arm und welches Bein zu wem gehörte. Dieser gemeine Kerl lachte immer noch!

Als sie endlich zum Stillstand kamen, befand sich Elena in einer äußerst peinlichen Lage. Sie lag mit gespreizten Beinen auf diesem Riesen, ihr Kopf auf seiner Brust. Das Lachen war leiser geworden, doch als er in ihre Funken sprühenden Augen schaute, war es wieder um ihn geschehen. Er konnte sich nicht erinnern, wann er das letzte Mal so gelacht hatte. Vermutlich, weil es sonst nicht viel zu lachen gab. Elena war so aufgebracht, dass sie den warmen Glanz in seinen Augen absichtlich ignorierte. Dieser Höllendämon besaß wirklich einen unanständigen Humor.

Ramsay hatte den Trupp fast erreicht, als er plötzlich Elenas Schrei gehört hatte. Sein Herz hatte sogleich zu rasen begonnen und er kannte nur ein einziges Ziel. Er musste sie retten. Er musste! Wie ein Pfeil war er ihr nachgejagt, und als er sie endlich in den Armen hielt, bereitete er sich auf ein völlig verstörtes, weinendes Mädchen vor, doch wie immer reagierte sie ganz anders als erwartet. Anstatt ihm ohnmächtig in die Arme zu sinken, wie es eigentlich Sitte war, schlug und beschimpfte sie ihn wie eine tollwütige Katze. Sie war wirklich einzigartig. Und nun starrte sie ihn auch noch beleidigt an. Erneut lachte er aus voller Kehle und das heftige Beben in seiner Brust warf Elena in hohem Bogen von ihm ab. Sie schimpfte wütend vor sich hin und kämpfte mit ihren Unterröcken, bis sie wenigstens sitzen konnte. Schmollend betrachtete sie den lachenden Riesen, der noch immer ausgestreckt neben ihr lag.

Plötzlich war ihr Ärger verflogen und sie lächelte ihn entschuldigend an. Wenn er so unbeschwert war, schien er viel jünger zu sein und war unglaublich attraktiv.

Ramsay hatte sich inzwischen wieder beruhigt und setzte sich lässig auf, doch er grinste sie breit an. „Willst du mich nicht noch ein wenig schlagen?“

Elena schüttelte schmunzelnd den Kopf. „Nay, es ist ziemlich enttäuschend, wenn man dabei ausgelacht wird.“

Ramsay stand auf und reichte ihr eine Hand. „Das kann ich mir vorstellen.“

Elena griff mit beiden Händen nach der seinen, zog sich hoch und strich ihr Kleid glatt. Dann schaute sie sich suchend um und entdeckte ihre Stute am Waldrand, die dort friedlich graste. Ramsay war ihrem Blick gefolgt. Er schwang sich auf den Rücken seines Hengstes und hob Elena vor sich in den Sattel.

„Erzähl mir genau, was geschehen ist."

Elena hob ratlos die Schultern. „Ich weiß nur, dass Cecilia ziemlich nervös war."

Sie erreichten die Stute bald und Ramsay ging langsam auf sie zu. Sie beäugte ihn wachsam, machte jedoch keine Anstalten zu fliehen. Ramsay sah am Zittern ihrer Flanken, dass sie Schmerzen haben musste. Vorsichtig, fast zärtlich tätschelte er ihren Hals.

„Ganz ruhig, Kleines. Komm, zeig mir deine Zähne."

Er untersuchte das Zaumzeug. Vielleicht hatte sich etwas Spitzes darin verfangen und tat dem Tier weh. Nein, hier war alles in Ordnung. Er nahm sich die Beine vor. Auch hier war nichts zu sehen. Als er zum Hinterteil der Stute ging, sah er ein dünnes Rinnsal Blut auf ihrem Rücken. Fluchend befreite er das nervös tänzelnde Tier vom Sattel. Elena wollte ihm helfen, wusste jedoch nicht, wie sie von diesem Ungetüm von einem Hengst hinunterkommen sollte, ohne sich zu verletzen. Er war einfach zu hoch.

„Habt Ihr etwas gefunden, Mylord?"

Ramsay untersuchte zuerst die kleine, aber tiefe Wunde im Rücken der Stute, dann den Sattel und seine Vermutung bestätigte sich. Ein spitzes, scharfes Stück Metall steckte in der Unterseite des Sattels. Kein Wunder, dass das arme Tier verrückt gespielt hatte!

„Mylord?"

Ramsay betrachtete Elena nachdenklich. Irgendjemand versuchte tatsächlich, sie umzubringen, aber wer und warum?

Laut sagte er: „Es muss sich etwas unter dem Sattel verfangen haben. Sie ist bald wieder in Ordnung."

Er entnahm der Satteltasche eine Decke und legte sie der Stute auf den Rücken, bevor er den Sattel locker wieder aufsetzte. Danach nahm er Cecilias Zügel, schwang sich hinter Elena auf seinen Hengst und ritt seinen Männern nach.

Elena saß steif vor ihm, immer darauf bedacht, ihn möglichst nicht zu berühren.

„Ihr seht also, dass es nicht meine Schuld war", verkündete Elena, nicht ohne einen Anflug von Zufriedenheit in ihrer Stimme mitschwingen zu lassen.

Ramsay legte den Arm um ihre Taille und zog sie näher an sich. Dann flüsterte er ihr ins Ohr: „Aye, Mädchen, du hattest Recht."

Da waren sie wieder, die Schmetterlinge, dieses aufregende Gefühl, das immer dann erwachte, wenn er sie berührte. Verlegen versuchte Elena ein bisschen von ihm abzurücken, doch sein stählerner Arm hielt sie fest. Es war unanständig, aber sie musste sich selbst eingestehen, dass es ihr gefiel. Seine Wärme schien Elena völlig einzuhüllen und sie hatte das Gefühl, endlich nach Hause gekommen zu sein. Geborgen zu sein. Beschützt. Ein Gefühl, das ihr bisher immer versagt geblieben war.

Viel zu bald erreichten sie den Trupp und Elena erwartete, dass der Lord sie einem anderen übergeben würde, doch nichts dergleichen geschah. Ramsay warf einem der Männer Cecilias Zügel zu.

„Nimm ihr den Sattel ab und binde sie an einen der Wagen!"

Er hatte den ganzen Weg nicht mit ihr gesprochen, vielleicht hatte er sie vergessen.

Elena setzte sich aufrecht hin, wobei sie ihm mit dem Scheitel gegen das Kinn stieß, und drehte ihm das Gesicht zu.

„Ich kann in einem der Wagen mitfahren, Mylord."

„Nein."

Damit war das Thema für ihn beendet. Es gefiel ihm nämlich, wie sie sich in seinen Armen anfühlte, und er dachte gar nicht daran, sie schon wieder loszulassen. Sie ritten an den Männern vorbei – und zwei eisig blaue Augen folgten ihnen.

Verdammt, dieses Weib hatte so viele Leben wie eine räudige Katze!

Ramsay lenkte den Hengst neben Gavin. Dieser sah die beiden verwundert an und Elena versuchte erneut, von Ramsay abzurücken. Ohne Erfolg, er drückte sie sogar für einen Augenblick so eng an seine Brust, dass es ihr fast den Atem nahm.

Dann fragte er Gavin: „Irgendwelche Vorkommnisse?"

„Nay, Mylord."

Wieder fiel Elena auf, dass Gavin auf die vertrauliche Anrede verzichtete, sobald es um die Arbeit ging. Gavin beäugte die beiden ausgiebig und als keiner von ihnen etwas sagte, gewann seine Neugierde die Oberhand.

„Seid Ihr verletzt, Lady Elena?"

„Nein, mir geht es gut, doch meine Cecilia hatte nicht so viel Glück."

„Cecilia?"

„Ihre Stute", antwortete Ramsay an Elenas Stelle.

„Was ist geschehen?"

Ramsay warf ihm einen warnenden Blick zu und zischte: „Später."

„Übernehmt Ihr wieder, Mylord?"

Ramsay nickte. „Zwei Wagen sind zurückgeblieben, sieh nach, ob alles in Ordnung ist."

„Soll ich Lady Elena im Vorratswagen unterbringen?"

Ramsays Griff um ihre Mitte verstärkte sich. Er starrte stur geradeaus und ein Muskel zuckte in seiner Wange.

„Nein."

Elena spürte, wie sie hochgehoben wurde, und schlug blinzelnd die Augen auf. Verwirrt schaute sie sich in der untergehenden Sonne um und stellte fest, dass die Männer abgesessen und bereits dabei waren, die Tiere zu versorgen.

„Oh, ich muss wohl kurz eingenickt sein."

„Aye, fast vier Stunden."

Elena schaute erschrocken zu Ramsay auf und bemerkte erst jetzt, dass er sie noch immer trug.

„Ihr … Ihr könnt mich jetzt runterlassen."

Ramsay stellte sie schweigend auf die Füße und wandte sich dem Hengst zu.

Als Elena sich entfernte, trat Gavin neben Ramsay.

„Erzählst du mir jetzt, was geschehen ist?"

Ramsay griff in die Satteltasche und holte das Metallstück hervor. „Das steckte unter dem Sattel fest."

Gavin betrachtete es entsetzt.

„Sieht aus wie eine Pfeilspitze."

Ramsay nickte. „Wohl kaum ein Zufall." Er schaute zu Elena hinüber, die sich angeregt mit Todd unterhielt. „Ein Glück, dass die Lady eine ausgezeichnete Reiterin ist. Weißt du, wer ihre Stute gesattelt hat?"

Gavin nickte düster. „Das war ich selbst."

„War dieser Todd in der Nähe der Pferde?"

„Nay, Bruce und Milvan behalten ihn ständig im Auge. Sie sagen, dass er den ganzen Mittag über an derselben Feuerstelle war. Sogar, als er austreten musste, war Milvan in seiner Nähe."

„Verdammt, dann muss es noch jemand anderen geben", brummte darauf Ramsay.

Nach einer Weile fügte er hinzu: „Ich möchte, dass die Lady rund um die Uhr von mindestens zwei Männern bewacht wird, aber unauffällig. Ich will sie nicht beunruhigen. Dass es wieder ein Mordanschlag war, braucht sie auch nicht zu erfahren."

Gavin nickte und ging davon. Trotz der düsteren Gedanken in seinem Kopf breitete sich plötzlich ein breites Grinsen auf seinen Lippen aus, als er dachte: „Tja, damit kann ich die hübsche kleine Lady wohl vergessen. Es scheint, als ob Ramsay sie will – und vermutlich weiß er es noch nicht einmal, dieser sture Esel."

Elena stand auf einem kleinen Hügel, etwas außerhalb des Lagers, und beobachtete das faszinierende Schauspiel des Sonnenuntergangs. Der Himmel war in alle Rottöne getaucht und die Sonne begrüßte mit einigen letzten goldenen Strahlen die Nacht. Dieser Anblick ließ Elena ehrfurchtsvoll staunen. Dennoch wurde sie traurig. Zitternd holte sie Atem … ihre Gedanken wanderten zu ihrer Mutter.

Nun waren schon vier Jahre vergangen seit ihrem qualvollen Tod, doch der Schmerz über den Verlust brannte noch immer tief in Elenas Herz. Sie war eine wunderbare Mutter gewesen. Liebevoll und so menschlich, dass sie Vaters Mangel an diesen Tugenden wieder wettgemacht hatte.

Ihr Vater.

Obwohl sie seit achtzehn Lenzen bei ihm lebte, kannte sie ihn kaum. Er kümmerte sich nicht um sie. Elena wusste, dass er es ihr nie verziehen hatte, dass sie als Mädchen geboren worden war. Er hatte sich doch so sehr einen Sohn gewünscht. Elena hatte ihr Leben lang versucht, ihm diesen zu ersetzen, doch nach dem Tod ihrer Mutter war alles noch viel schlimmer geworden. Ihr Vater hatte den schmerzlichen Verlust seiner geliebten Frau nicht ertragen können und seine Trauer im Wein zu vergessen gesucht. Immer häufiger war er grob und verletzend geworden. Zuerst nur mit Worten, doch seit Grenwick und seine Männer auf Castle Fraser weilten, war sie auch vor Schlägen nicht mehr sicher gewesen. Besonders Grenwick und seine Spießgesellen hatten es sich zur Aufgabe gemacht, ihr das Leben schwer zu machen. Elena war sich nicht sicher, ob ihr Vater tatsächlich nichts von den grässlichen Ereignissen wusste oder ob er vielleicht nur zu feige war, um ihr zu Hilfe zu eilen. Schließlich hatte sie selbst miterlebt, dass Grenwick eine seltsame Macht über ihn auszuüben schien. Den Gedanken, dass es ihrem Vater einfach nur egal sein könnte, was mit ihr geschah, hatte Elena schon vor Jahren aus ihrem Herzen verbannt. Er war einfach zu schmerzhaft.

Eine kühle Brise streichelte Elenas Wangen und schenkte ihr leisen Trost. Würde sich nach seiner Befreiung etwas ändern? Trotz allem liebte sie ihren Vater von ganzem Herzen. Er war der Einzige, der ihr noch geblieben war, der letzte Rest ihrer Familie. Elena versuchte, die Tränen niederzukämpfen. Sie fühlte sich so schrecklich einsam.

Es war nicht die Einsamkeit, die man empfand, wenn man alleine war. Nein, es war die, die sich einem in die Seele brannte.

Ramsay saß an einem Lagerfeuer und schliff sein Schwert. Seine Augen schweiften suchend umher, bis er Elena auf dem Hügel entdeckte – zwei seiner Männer tummelten sich in ihrer Nähe herum.

Die kleine Lady bot einen atemberaubenden Anblick. Die untergehende Sonne zauberte goldene Reflexe in ihr Haar, das offen um ihren Oberkörper wehte. Bewegungslos und mit der Anmut einer Göttin aus den alten Sagen stand sie neben einer mächtigen Eiche und reckte ihr Gesicht dem Wind entgegen.

„Mylord, Ihr seht angespannt aus. Kann ich vielleicht was tun, was Euch aufheitert?“

Maggy stand mit aufreizend wippenden Hüften vor ihm und lächelte ihn anzüglich an. Ramsay musterte sie eingehend und plötzlich wurde ihm bewusst, dass er die Hure mit Elena verglich. Die Dirne schnitt schlecht ab. Das wunderte ihn zwar nicht, aber es schürte seinen Ärger. Schließlich hatte die Hure ihm viele angenehme Nächte geschenkt. Die Lady hingegen bescherte ihm nichts als Ärger. Maggy deutete sein langes Schweigen als Aufforderung und kniete vor ihm nieder, kess darauf bedacht, seinen Augen einen großzügigen Blick auf ihre üppigen Brüste zu gönnen.

„Ihr wart schon so lange nich' mehr bei mir, Mylord!"

Ramsay schwieg noch immer. Er konnte es einfach nicht fassen. Er betrachtete Maggys volle Lippen, die etwas zu große Nase und die leicht schräg stehenden Augen. Ohne Zweifel war sie hübsch. Doch, verdammt noch mal, wo blieb die gewohnte Reaktion seines Körpers? Das angenehme Ziehen in seinen Lenden, die Hitze? Die Erregung blieb gänzlich aus und ein absurder Zorn wallte in Ramsay auf, als Maggys schweres Parfüm ihm in die Nase stieg und er sich unwillkürlich an einen zarten Veilchenduft erinnerte. Teufel auch, das hatte ihm gerade noch gefehlt!

Ramsays seltsamer Gesichtsausdruck verwirrte Maggy und sie ging zum Angriff über. Sie legte ihre Hände auf seine Schenkel und massierte sie in Richtung seiner heiß ersehnten Männlichkeit. Sie vermisste ihn so sehr! Ihr Fleisch brannte und sie musste diese peinigende Lust befriedigen, bevor sie den Verstand verlor. Obwohl sie den Höllendämon liebte, war sie inzwischen so heiß, dass sie jeden genommen hätte. Aber keiner der Soldaten wagte es, die Hure des Anführers zu besuchen. Beim Gedanken an den harten, mächtigen Körper dieses Riesen stöhnte Maggy leise auf und ließ ihre Zungenspitze träge über ihre vollen Lippen gleiten. Keiner der anderen Männer verstand es auch nur annähernd, ihre Lust so vollkommen zu stillen wie dieser. Sie musste ihn einfach wiederhaben.

Maggy wusste, dass es gefährlich war, noch weiter zu gehen, doch ihr Körper verlangte so stark nach seinem harten Schaft, dass es unerträglich schmerzte. Sie nahm seine Hand und führte sie an ihre Brust. Bei seiner Berührung wurde ihr fast schwindlig.

Plötzlich fiel es Ramsay wie Schuppen von den Augen. Er wollte sie! Nicht die Dirne, sondern die kleine Lady. Verdammt noch mal, er begehrte Elena mit einem Verlangen, das ihm fremd und unheimlich war, das ihn ebenso erstaunte wie verunsicherte.

Abrupt entzog er Maggy seine Hand und erhob sich.

„Ich gebe dich frei."

„Was?", rief Maggy entsetzt. „Das dürft Ihr nicht! Ich flehe Euch an!"

Ramsay verbarg seinen Widerwillen hinter einer gelassenen Maske. Er wollte die Hure nicht mehr kränken als unbedingt nötig. Schließlich war sie ihm immer eine gute und willige Bettgenossin gewesen. Deshalb bemühte er sich um einen sanften Ton, als er in seine Börse griff und fünf Goldstücke herausnahm. Das war mehr, als sie in drei Jahren verdienen würde.

„Hier, meine Männer werden dich viel öfter besuchen als ich."

Danach nahm er sein Schwert und ging auf die Wiese, wo einige seiner Männer sich im Schwertkampf übten. Er musste nachdenken, und das würde ihm wohl bei einem schönen Gefecht am besten gelingen.

Kapitel 5

Elena hatte die letzten vier Jahre damit verbracht, sich vor der Verfolgung durch die Freunde ihres Vaters in Acht zu nehmen. Deshalb spürte sie, dass man sie beobachtete. Egal wohin sie auch ging, stets waren Bruce und Milvan in ihrer Nähe. Plötzlich wusste sie, warum. Sie wurde nicht verfolgt, sondern bewacht. Dafür konnte es nur einen Grund geben.

Wütend stapfte sie ins Zelt, wo Ramsay sich gerade wusch. Sie stemmte die Hände in die Hüften und fauchte: „Weshalb belügt Ihr mich?"

Ramsay drehte sich zu ihr um und hob fragend eine Augenbraue.

Elena schnaubte verächtlich. „Ich bin nicht dumm, Mylord! Ihr lasst mich bewachen und jetzt will ich wissen, was heute Nachmittag wirklich geschehen ist. Was habt Ihr unter dem Sattel meiner Cecilia gefunden?"

Ramsay bedachte Elena mit einem nachdenklichen Blick und entschied sich dann, die Wahrheit zu sagen. Schließlich hatte sie ein Recht darauf. Er holte die Pfeilspitze und hielt sie ihr hin.

„Es war kein Missgeschick. Jemand hat wieder versucht, dich zu töten."

Elenas Gesicht verlor alle Farbe und Ramsay verfluchte sich für die gleichgültigen Worte, die er so achtlos dahingesagt hatte.

Elena drehte das kühle Metall in ihren Fingern, strich über eine scharfe Kante und tippte die Spitze leicht an. Sofort trat ein kleiner Blutstropfen aus ihrer Fingerspitze. Sie betrachtete es einen Augenblick schweigend, dann wurden ihre Augen groß vor Entsetzen.

„Arme Cecilia, sie muss schreckliche Schmerzen gehabt haben."

Ramsay glaubte, seinen Ohren nicht zu trauen. War dieses Weib nicht bei Sinnen? Jemand wollte ihr das Lebenslicht ausblasen und sie sorgte sich um ein verfluchtes Pferd. Von unvernünftiger Wut getrieben packte er sie an den Oberarmen. „Weißt du eigentlich, in welcher Gefahr du bist?“

Elena richtete ihren Blick auf seine Brust, damit er die Angst in ihren Augen nicht sehen konnte, und nickte schwach. „Aye, Mylord, ich weiß aber auch, dass ein unschuldiges Geschöpf meinetwegen leiden musste.“

Sie war wirklich unglaublich! Warum konnte dieses Weib nicht wenigstens dieses eine Mal so reagieren, wie man es erwartete? Durch seinen Ärger verstärkte sich der Griff um ihre Oberarme. Schüchtern legte Elena ihm eine Hand auf die nackte Brust und schaute zu ihm empor.

„Weshalb seid Ihr wütend auf mich?“

Ramsay brachte für einen Moment keinen Ton heraus. Ihre Berührung, diese Augen …

Er schluckte hart, bevor er fragte: „Weshalb weinst du nicht?“

Elena lächelte traurig zu ihm hoch. „Was würden Tränen nützen? Ich kann nicht weinen und gleichzeitig nachdenken. Zuerst muss ich der Sache auf den Grund gehen.“

„Hast du denn einen Verdacht?“, wollte Ramsay wissen. Elena schüttelte den Kopf und biss sich nachdenklich auf die Unterlippe. Ihre Finger spielten unbewusst mit Ramsays schwarzen Brusthaaren und seine Muskeln verspannten sich.

„Als ich hier ankam, kannte ich niemanden von Euren Männern, also schließe ich diese Möglichkeit aus.“ Sie schaute wieder zu ihm auf. „Ihr vertraut ihnen doch, oder?“

„Aye, es sind gute Männer.“ Er zögerte einen Moment. „Was ist mit Todd?“

Elena sah ihn entsetzt an. Zu entsetzt, wie er fand, und das schürte seinen Ärger.

„Niemals!“, beteuerte sie im Brustton der Überzeugung. „Todd hat mir zur Flucht verholfen. Er … Wenn er mich hätte töten wollen, wäre auf dem Weg hierher genügend Zeit gewesen. Nay, er nicht.“

Ramsay schwieg und Elena starrte wieder auf seine Brust. Plötzlich errötete sie so heftig, dass er ein Grinsen unterdrücken musste. Anscheinend hatte sie gerade bemerkt, dass sie seine Brust liebkoste. Elena zog ihre Hand so schnell zurück, als hätte sie sich an seiner warmen Haut verbrannt. Ungläubig und entzückend verlegen schaute sie zu Ramsay auf. „Oh! Verzeiht, Mylord. Ich … Ich war so in Gedanken … Weshalb habt Ihr nichts gesagt?“ Ramsay nahm ihre Hand und legte sie zurück auf seine Brust. „Es gefällt mir, wenn du mich berührst.“

Elena errötete noch eine Nuance tiefer und stammelte: „Das … gehört sich nicht.“

Plötzlich wurden ihre Augen groß vor Staunen. „Oh!“

„Was ist?“

Ramsays Stimme klang so weich wie Samt und jagte Elena einen prickelnden Schauer über den Rücken. Sie berührte mit einem zierlichen Finger seine Brustwarze und diese zog sich sogleich zusammen.

„Ich … Ich wusste gar nicht … dass das bei Männern auch passiert.“

„Mein Gott!“, stöhnte Ramsay und zog sie in seine Arme. So ein Unsinn konnte nur aus ihrem Mund kommen!

Elena wehrte sich, stand aber bald still.

Bei Gott, dieses Mädchen spielte die Unschuld so überzeugend … beinahe hätte er vergessen, dass sie eine Lady war.

Es tat so gut, von ihm in den Armen gehalten zu werden. Wärme. Geborgenheit. Natürlich wusste Elena, dass sie sich unmöglich, ja einfach skandalös benahm. Aber es war so herrlich und niemand konnte sie sehen. Selbst der Lord sagte, dass er es mochte, also … Auf einmal verspürte sie den Wunsch, ihn zu berühren, tat es aber nicht. Sie hörte sein Herz stark und gleichmäßig schlagen. Sie hätte ihm jetzt gerne in die Augen gesehen, vermochte es aber nicht, aus Angst, Langeweile oder Verachtung darin zu finden.

„Elena?“, Ramsays Stimme klang merkwürdig heiser in ihren Ohren.

„Ja?“

„Sieh mich an, Mädchen.“

Zögernd hob sie ihr Gesicht und stieß wieder einmal gegen sein Kinn. Eine Gewohnheit, die ihm immer besser gefiel.

„Wirst du mir wieder einen heißen Kelch servieren, wenn ich dich jetzt küsse?“

Er lächelte sie so entwaffnend an, dass sie nur seine Lippen anschauen konnte.

Ramsay betrachtete ihr Schweigen als Antwort und bedeckte ihren Mund mit einem sanften Kuss. Er spürte, wie sie in seinen Armen erbebte, und verstärkte den Druck seiner Lippen. Zärtlich neckte er sie, umschmeichelte ihre Lippen, bis sie sich wie eine Rose für ihn öffneten. Vorsichtig, um sie nicht zu erschrecken, drang er in ihren Mund ein.

Elena schloss verzaubert die Augen und gab sich ganz diesem berauschenden Gefühl hin. Sie stöhnte leise auf, als Ramsays Zunge mit atemberaubender Intimität in ihre Wärme eindrang, und ließ sich gegen seine Brust fallen. In ihrem Kopf schrillten Alarmglocken, sie wusste, dass dies gegen jegliche Etikette, sogar gegen alle Vernunft verstieß. Aber es war schön. Er war so stark und sie sehnte sich so sehr nach der Geborgenheit und der Sicherheit, die sie in seinen Armen fand.

Sie würde es ihm nicht mehr lange erlauben – nur noch ein bisschen.

Mein Gott, schmeckte dieses Mädchen süß! Sogar ihr Geschmack schien unschuldig. Er forderte ihre Zunge zum Tanz auf und sie folgte ihm. Schüchtern, zaghaft, dann immer stürmischer, bis er glaubte, sterben zu müssen.

Wie von selbst schlangen sich ihre Arme um seinen Nacken. Die Gefühle, die in ihr tobten, machten sie ganz benommen. Elena zog sich auf die Zehenspitzen, um seinem Mund noch näher zu kommen. Ihre Haut schien in Flammen zu stehen und sie sehnte sich … ja, wonach eigentlich? Instinktiv schmiegte sie sich enger an seinen Körper und als er einen kehligen Laut von sich gab, schoss eine heiße Woge in ihren Unterleib. Er vergrub eine Hand in ihren Haaren und zog sanft ihren Kopf in den Nacken. Gierig küsste er ihren schlanken Hals und hinterließ eine glühende Spur auf ihrer Haut. Veilchen, kam es ihm verschwommen in den Sinn, bevor er genüsslich an ihrem Ohrläppchen knabberte.

Ein langer, heiserer Seufzer entwich Elenas Lippen und Ramsay glaubte wahnsinnig zu werden, wenn er sie nicht bald nahm. Seine Küsse und Liebkosungen wurden wilder und leidenschaftlicher. Er streichelte ihren Brustansatz, ließ seine Hand tiefer gleiten und umfasste eine dieser seidigen, wohlgeformten Halbkugeln. Genau eine Hand voll und er spürte, wie sie ihm entgegenwuchs. Ramsay konnte nicht mehr. Jetzt! Er wollte sie mit einer Leidenschaft, die ihm fremd war. Die er stillen musste. Er bot all seine Willenskraft auf, um ihr nicht die Kleider vom Leib zu reißen und sie gleich hier im Stehen zu nehmen. In wilder Gier presste er ihren Unterleib an seinen harten Schaft und rieb sich an ihr.

„Nein!"

Elena wand sich aus seinen Armen und blieb schwer atmend vor ihm stehen. Ramsay war sich sicher, noch nie etwas Schöneres gesehen zu haben. In wilder Lockenpracht umrahmte Elenas Haar ihren bebenden Oberkörper und ihre Lippen schimmerten rot und geschwollen von seinen leidenschaftlichen Küssen. In ihren Augen las Ramsay nackte, unverhohlene Begierde … und Angst.

Elena schüttelte langsam den Kopf, als müsste sie ihre Gedanken ordnen, dann flüsterte sie: „Das … Das war mehr als ein … Kuss."

Ramsay nickte leicht verärgert und wollte sie wieder in seine Arme ziehen, doch Elena wich vor ihm zurück.

„Ich … Ich muss nach Cecilia sehen."

Sie schnappte sich den Lederbeutel mit den Kräutern, drehte sich auf dem Absatz um und stürmte davon, weg von ihm, weg von diesen beängstigenden Gefühlen.

Elena rannte quer durch das Lager, sodass Bruce und Milvan Mühe hatten, ihr unauffällig zu folgen. Sie hielt erst wenige Schritte vor Cecilia an, um sie nicht zu erschrecken. Noch immer spürte sie Ramsays Lippen, seine Hände auf ihrem Körper, dieses unbekannte Fieber, das sie zu verbrennen drohte. Sie spürte diese beinahe schmerzhafte Leere, die danach schrie, ausgefüllt zu werden. Völlig durcheinander vergrub sie ihr Gesicht an Cecilias Hals. Die Stute schnaubte leise und in Elenas Ohren klang es wie Trost.

„Oh, Cecilia, wenn du doch nur reden könntest. Vielleicht weißt du, was mit mir vorgeht."

Nicht weit von Elena stand der Todesengel im Schatten eines Zeltes. Er beobachtete sie schon die ganze Zeit. Auch das, was in Ramsays Zelt vorgefallen war, hatte er gehört. Die leisen Laute waren eindeutig gewesen. Abgrundtiefe Verachtung riss den Todesengel beinahe entzwei. Machte ihn für einige Sekunden unvorsichtig, doch so dumm, die Lady jetzt gleich zu erwürgen, war er nicht. Bald, schwor er sich. Bald würde sie sterben. Ein teuflisches Grinsen breitete sich auf seinen Lippen aus und erhellte sogar die eisig blauen Augen.

Bruce trat nach einer Weile neben Elena und räusperte sich. Als sie sich zu ihm umdrehte, hielt er ihr ein wenig verlegen eine Decke hin. Sie hatten keinen guten Anfang miteinander gehabt und er wusste nicht, ob sie es ihm immer noch verübelte. Schließlich war er ziemlich grob mit ihr umgegangen.

„Es ist kalt", brummte er und dankte Gott, dass die Nacht die Röte in seinem Gesicht verbarg.

Elena schenkte dem Raubein ein kleines Lächeln. „Ja, das ist es. Sir Bruce, nicht war?"

Er nickte knapp.

„Sie armer Kerl, zuerst werdet Ihr zu meinem Wachhund abgestellt und nun auch noch zu meinem Kindermädchen."

Die Röte in seinem narbigen Gesicht vertiefte sich um ein Vielfaches, denn sie sprach seine eigenen Gedanken aus. Bruce, dem es noch nie an schlagkräftigen Worten gefehlt hatte, stand sprachlos vor dieser winzigen Frau, die sich mit seiner Hilfe in die Decke wickelte. Er glaubte seinen Ohren nicht zu trauen, als sie fortfuhr: „Ich weiß, dass ein Mann wie Ihr lieber auf dem Kampfplatz wäre, als mich zu schützen, dennoch möchte ich mich bei Euch bedanken."

„Ihr bedankt Euch für …", Bruces Brust schwoll vor Stolz an und er verbeugte sich höflich vor der Lady.

„Es ist mir eine Ehre, Mylady."

Ha, die Frau war richtig!

Elena säuberte Cecilias Wunde und trug ein wenig von der Wundsalbe auf.

„Es wird bald wieder gut sein, mein Mädchen."

Sie strich liebevoll die schwarze Mähne glatt und tätschelte den Hals der Stute. Die Zeit mit Cecilia hatte Elena immer geholfen, sich zu beruhigen oder zu trösten, doch diesmal legte sich der innere

Aufruhr nicht. Schnelle Schritte kamen auf sie zu und als sie aufschaute, stand der kleine Jimmy vor ihr.

„Mein Lord schickt nach Euch, My … Ma … Ach, ich habe das dumme Wort vergessen."

„Meinst du ‚Mylady'?"

Jimmy nickte erfreut. „Genau das. Mein Lord schickt nach Euch, Mylady."

Nein! schrie sie in Gedanken auf. Alles, nur nicht wieder zu diesem Mann zurück! Am liebsten hätte sie sich irgendwo unter einem Busch versteckt, so sehr schämte sie sich für ihr Verhalten. Wenn er sie schon wegen eines einfachen Kusses verachtet hatte, was würde er nun von ihr denken?

Sie reckte trotzig ihr Kinn. „Richte dem Lord bitte aus, dass ich die Nacht hier verbringen werde."

Jimmys Augen wurden ganz groß.

„Aber es war ein Befehl."

„Ich habe ihm nie meine Treue geschworen, also bin ich auch nicht verpflichtet, seinen Befehlen zu folgen."

Jimmy zögerte noch einen Moment, zuckte dann ein wenig verwirrt die Schultern und rannte wieder davon.

„Was hat sie gesagt?", donnerte Ramsay wütend.

Jimmy wich sicherheitshalber noch einen kleinen Schritt zurück. Der Lord hatte ihn zwar noch nie geschlagen, doch sicher war sicher.

„Du kannst gehen, Junge", bellte Ramsay.

Dieses verdammte Weib wollte sich wohl den Tod holen! Mit langen Schritten durchquerte er das Lager. Schon von weitem entdeckte er Elena bei ihrer Stute und hielt auf sie zu. Noch bevor er bei ihr ankam, donnerte er los: „Was, zum Teufel, willst du hier eigentlich beweisen?"

Elena drehte sich nicht um, doch Ramsay sah, wie sie sich versteifte. Die Stute begann nervös zu tänzeln, während Elena so ruhig wie möglich antwortete: „Ihr braucht nicht jedes Mal zu fluchen, wenn Ihr mit mir redet, Mylord. Ich werde heute Nacht entweder bei Cecilia oder bei Euren Männern schlafen. Ganz wie Ihr wünscht, aber ich werde nicht mehr in Euer Zelt kommen."

Ramsay stand nun ganz dicht hinter ihr. Seine Stimme war sehr leise, was den Wortlaut nur umso bedrohlicher klingen ließ.

„Erstens fluche ich, wann immer mir danach ist, und zweitens wirst du jetzt in mein Zelt gehen. Entweder freiwillig oder ich werde das für dich erledigen."

Er wirbelte sie herum. „Sieh mich gefälligst an, wenn ich mit dir rede!"

Sie tat ihm den Gefallen.

„Nein, ich will nicht mehr in Eurer Nähe sein! Es ist unziemlich. Vielleicht ist das alles für Euch nur ein Spiel, aber für mich ist es das nicht. Natürlich, Ihr seid groß und schüchtert die Leute ein, damit Ihr das bekommt, was Ihr wollt, und es ist Euch egal, ob man es Euch geben *will* oder nicht. Ihr …"

„Das, was heute Abend zwischen uns geschehen ist, ist wohl kaum gegen deinen Willen geschehen. Immerhin hast du gestöhnt wie eine gottverdammte Hure!"

Im selben Moment bereute er diese Worte zutiefst. Der wilde Schmerz in Elenas Augen bohrte sich wie ein Pfeil in seine Brust.

Elena spürte, wie ihr Herz in tausend kleine Stücke zerbarst. Dafür hielt er sie also: für eine Hure! Sie ballte die Hände zu Fäusten und kämpfte die Tränen zurück. Eher würde sie sterben, als ihm zu zeigen, wie sehr er sie verletzt hatte.

Viel sanfter forderte Ramsay sie auf: „Komm jetzt!"

Doch als sie schweigend den Kopf schüttelte, verlor er endgültig die Geduld. Dieses sture …! Mit einem Ruck warf er Elena über seine Schulter und marschierte zu seinem Zelt zurück. Er beachtete weder die erstaunten Gesichter seiner Männer noch Elenas Schimpftirade.

Im Zelt warf er sie aufs Bett, riss den Truhendeckel auf und schleuderte ihr ein Hemd mitten ins Gesicht.

„Zieh das jetzt an, oder ich schwöre bei Gott, ich reiß dir die Kleider vom Leib und schleife dich splitternackt durch das ganze Lager! Von heute an wirst du jede Nacht in meinem Bett schlafen. Ob es dir nun passt oder nicht, und wenn es sein muss, werde ich dich daran festbinden."

Er schritt auf die Zeltluke zu, doch Elenas leise, gebrochene Stimme hielt ihn zurück. „Warum?"

Er wandte sich ihr unwillig wieder zu. „Warum was?“

Elena schluckte die Tränen hinunter und schüttelte verständnislos den Kopf. „Ich meine, Ihr habt doch alles. Ihr habt Menschen, die Euch achten und lieben. Menschen, die ihr Leben für das Eure geben würden, und ein einziges Wort von Euch, und jeder Eurer Wünsche wird erfüllt.“

Er sah, wie sich ihre Augen mit Tränen füllten, und hielt erschüttert den Atem an. Diese Frau hatte nicht geweint, als man sie im Schlaf erstechen wollte. Sie hatte auch keine einzige Träne vergossen, als man sie heute Nachmittag umbringen wollte, doch jetzt … Ihre Stimme klang hoffnungslos, als sie leise weitersprach.

„Ich dagegen habe gar nichts. Alles, was ich besitze, sind meine Ehre und meine Selbstachtung. Also, warum wollt Ihr mir diese auch noch nehmen?“

Mein Gott, sie erschien ihm in diesem Moment so einsam und verloren, dass sich in seiner Kehle ein dicker Kloß bildete. Sie hatte ihm gerade einen Einblick in ihre Seele gewährt, und was er dort sah, war nichts als Qual. Ein stummer Aufschrei eines gepeinigten Herzens, und der Höllendämon tat etwas, was er sein ganzes Leben lang noch nie getan hatte. Nicht imstande, diesen Anblick länger zu ertragen, floh er in die Dunkelheit hinaus.

Ramsay kontrollierte die fünf Wachposten, die das Zelt umstellten, und ging auf den Hügel, wo Elena den Sonnenuntergang beobachtet hatte. Nachdenklich setzte er sich unter die mächtige Eiche und schaute zu den Sternen empor. Ramsay McFist, der gefürchtete Höllendämon, der unbesiegte Krieger … empfand auf einmal eine verzehrende Einsamkeit. Ein Gefühl, von dem er geglaubt hatte, er hätte es schon vor vielen Jahren überwunden. Oder hatte er es nur unter einem schützenden Mantel der Gleichgültigkeit und Härte verborgen gehalten? Aber weshalb tauchte dieses Gefühl gerade jetzt auf und, Teufel noch mal, weshalb fühlte er sich so schuldig? Er wollte nichts für diese Lady empfinden. Nichts, außer kalter Verachtung. Ganz bestimmt aber kein Mitgefühl oder Respekt. Er sah wieder den Ausdruck der Qual in den smaragdgrünen Seen und die Schuldgefühle brannten in seinen Eingeweiden. Schuldgefühle, wie er sie seit dem Tag, an dem er seinem Vater gesagt hatte, dass er niemals mehr nach Hause zurückkehren würde, nicht mehr empfunden hatte. Gott erbarme sich seiner, er mochte dieses Mitgefühl nicht, und noch weniger konnte er die leise Bewunderung leiden, die er der Stärke dieser Lady entgegenbrachte. Ramsay biss die Zähne so fest zusammen, bis ihn sein Kiefer schmerzte. Pah, was war sie denn schon? Nichts anderes als ein weiteres Miststück von einer Lady. Er holte tief Atem. Er sollte den Auftrag einfach hinschmeißen.

Er war wirklich schwer versucht, genau das zu tun. Diese verwirrenden Gefühle und die Anziehungskraft, die die kleine Lady auf ihn ausübte, gefielen ihm ganz und gar nicht. Wenn man sich mit jemandem abgab, wurde man verwundbar, und er hatte sich vor vielen Jahren geschworen, dass er diesen Fehler nie wieder begehen würde. Dennoch hatte er immer seinen Teil eines Abkommens eingehalten. Dies war der Punkt, an dem sein bisschen Gewissen anfing und auch endete.

Ja, er würde sie so schnell wie möglich zu ihrem Vater bringen. Dann konnte er gehen.

Ramsay war am folgenden Morgen noch einsilbiger als sonst. Er war in der Nacht nicht ins Zelt zurückgekehrt und seine angeborene Rastlosigkeit hatte ihn keinen Schlaf finden lassen.

Elenas Aufgaben als Knappe beschränkten sich nur noch auf die Verpflegung ihres Herrn. Sie hätte eigentlich froh sein können, dass sie dem Martyrium des Rasierens und damit seiner körperlichen Nähe entgehen konnte. Stattdessen empfand sie es als bitteren Verlust.

Da Cecilia noch einen Tag der Schonung bedurfte, hatte man ihr heute den Platz in einem der Vorratswagen zugewiesen. Bald langweilte Elena sich fast zu Tode. Entschlossen stieg sie über Fässer und Kisten voller Lebensmittel und kletterte zu Will auf den Kutschbock. „Darf ich dir ein wenig Gesellschaft leisten?"

Seine Augen blitzten belustigt auf. „Ihr habt es erstaunlich lange ausgehalten, Mylady."

„Ich wollte dich nicht belästigen, aber ich bin es einfach nicht gewöhnt, so nutzlos herumzusitzen. Das ... Das macht mich ganz krank."

Will lachte fröhlich. „Ihr seid mir vielleicht eine! Ich glaube, ich kenne niemanden, der so gerne arbeitet wie Ihr."

Sie hatte seit vier Jahren nichts anderes getan. Nachdem ihre Mutter gestorben war, verdrängte sie den Schmerz mit kaum enden wollender Arbeit. Die Putzwut, die sie immer dann ergriff, wenn der Verlust sie am schlimmsten peinigte, war bald beim ganzen Personal gefürchtet.

Elena hatte wenige Wochen nach dem Tod ihrer Mutter den ganzen Haushalt übernommen und vieles über die Verteidigung der Burg gelernt. Als dies nicht mehr reichte, kümmerte sie sich auch um ihre Pächter und versorgte sie manchmal mit Lebensmitteln und half bei Krankheiten. Sie richtete ohne das Wissen ihres Vaters einen Webraum im Dorf ein. Dort durften die Frauen der Pächter aus der guten Wolle der Schafe Stoffe weben und Elena sorgte für deren Verkauf. So hatte sie es zu einigem Wohlstand in ihrem Land gebracht. Auch in Ellon. Ihr Herz wurde schwer, wenn sie an das geliebte Stück Land dachte, das nun dem Höllendämon in die Hände gefallen war.

„Wenn ich das sagen darf, Ihr solltet den Lord nicht so reizen. Geduld gehört nicht gerade zu seinen Stärken, Kindchen."

Elena setzte sich kerzengerade hin. „Zu meinen auch nicht."

Das entsprach nicht ganz der Wahrheit, denn in der Tat besaß Elena eine Engelsgeduld – wenn sie wollte. Doch jetzt mochte sie nicht an den Höllendämon denken. Das hatte sie die letzte Nacht fürwahr genug getan. Sie hatte versucht, in den Wirrwarr ihrer Gedanken und Gefühle ein bisschen Ordnung zu bringen. Das Resultat war niederschmetternd! Sie wusste wirklich nicht, wie sie so dumm sein konnte, doch es stand eindeutig fest. Sie war dabei, sich in dieses Scheusal zu verlieben.

Um das Thema in eine andere, weniger heikle Bahn zu bringen, fragte Elena neugierig: „Ist es eigentlich schwer, einen Wagen zu lenken?"

Will kratzte sich nachdenklich im Bart, dann grinste er. „Das soll vermutlich heißen, ich soll es Euch beibringen?"

Elena schenkte ihm ein strahlendes Lächeln. „Das würdest du tun?"

Will schüttelte leise lachend den Kopf. „Wer könnte Euch denn bei diesem Lächeln etwas abschlagen?“

Er reichte ihr die Zügel. „Immer schön straff halten. Wenn die Biester merken, dass Ihr nicht aufpasst, büchsen sie aus.“

Gavin musterte seinen Freund schweigend. Seit mehr als drei Stunden waren sie nun unterwegs und Ramsay hatte nur das Allernötigste geredet. Er war zwar nie ein Freund großer Reden gewesen, aber seine zusammengepressten Lippen und der starre Gesichtsausdruck ließen auf nichts Gutes schließen.

Gavin vergewisserte sich unauffällig, dass sie nicht in Hörweite der anderen waren, und lenkte seinen Braunen neben Ramsay.

„Willst du darüber reden?“

Ein Muskel zuckte in Ramsays Wange. „Nein.“

Es war zwar gefährlich, besonders wenn er in dieser Stimmung war, trotzdem bohrte Gavin weiter.

„Weshalb hast du den Auftrag angenommen?“

„Ellon.“

Gavin verlagerte sein Gewicht und stützte sich mit dem Arm lässig auf das Sattelhorn. „Wieso hat sie dir eigentlich gerade Ellon angeboten? Ich meine, ihrem Vater gehört so viel Land.“

Dies hatte Ramsay sich auch oft gefragt und er hatte nur eine Erklärung.

„Berechnung. Vermutlich, weil Ellon an das Land meines Vaters grenzt. Die Lady hat wohl darauf spekuliert, dass es für mich das Verlockendste ist.“

Gavin dachte einen Moment schweigend nach und schüttelte dann entschieden den Kopf.

„Nay, damals wusste sie noch gar nicht, dass du zum Clan der McFist gehörst. Ich habe es ihr erst am Abend erzählt.“

„Dann eben aus Dummheit.“

Woher sollte eine feine Lady schon wissen, was Land wirklich wert war? Diese Weiber waren doch viel zu beschäftigt mit dem Aussuchen teurer Stoffe für ihre Kleider und mit Spaziergängen. Ramsay verbot sich selbst, an Elenas ausführliche Antworten in Bezug auf die Burg und deren Verteidigung zu denken. Doch es wollte ihm nicht richtig gelingen und seine Stimmung verschlechterte sich noch mehr.

„Mir soll es jedenfalls recht sein."

Elenas Hinterteil war gegen Abend durch das ewige Holpern des Wagens derart wund gerieben, dass sie kaum noch sitzen konnte. Sie sehnte sich nach einem wohltuenden heißen Bad.

Der Höllendämon ritt die Kolonne entlang und verteilte die Befehle. Wie schon oft an diesem Tag hatte Elena das Gefühl, innerlich zu erglühen, wenn sie Ramsay nur ansah. Da war eine unübersehbare Eleganz in der Art, wie er ritt. In seiner selbstbewussten Haltung. Ein wilder Stolz, eine Herausforderung, wie sie sie noch bei keinem anderen Mann gesehen hatte. Je näher er auf sie zukam, desto wilder schien ihr Herz zu klopfen. Unwillkürlich fuhr sie mit einer Hand an den Kopf, um etwaige lose Locken aus der Stirn zu streichen.

Ramsay zügelte seinen Hengst neben Will.

„Wir haben unterwegs einige Rehe zum Nachtessen erlegt. Sieh nach, was wir an Lebensmitteln benötigen! Morgen kommen wir an Inverurie vorbei. Dort können wir alles einkaufen."

Er warf Elena einen flüchtigen Blick zu und seine Augen verweilten einen Moment auf ihren Fingern, die noch immer die Zügel hielten. Dann drückte er wortlos dem Hengst die Fersen in die Flanken und ritt davon.

Will nahm Elena die Zügel ab und brachte den Wagen neben einem schmalen Flusslauf zum Stehen. Er mochte vielleicht wie ein großer, brummiger Bär wirken, doch er hatte ein weiches Herz und sehr viel Feingefühl. Auch jetzt blieb ihm der traurige Ausdruck in den Augen der kleinen Lady nicht verborgen, als der Lord wortlos an ihr vorbeiritt, und er suchte etwas, das sie aufmunterte.

„Falls Ihr immer noch auf Arbeit versessen seid, Mylady, ich wüsste da schon etwas."

Elena hob fragend eine hübsch geschwungene Augenbraue und erkannte im selben Moment, dass dies die verhasste Angewohnheit des Höllendämons war.

Will fuhr lächelnd fort: „Lord Gavin hat uns von Eurer Wundersalbe erzählt, Mylady. Es gibt viele Männer, die an entzündeten Wunden leiden."

Elena schenkte ihm ein dankbares Lächeln. „Ihr wollt also, dass ich mich nützlich mache?"

„Natürlich nur, wenn Ihr nicht zu müde seid."

Elena erkannte eine Herausforderung, auch wenn man sie ihr nicht an den Kopf warf, und ihr Lächeln vertiefte sich.

„Nach dem Essen werde ich zu dir kommen. Dann werde ich mir die Wunden ansehen."

Will hob die zierliche Lady vom Wagen herunter und machte sich ans Abendessen.

Als Elena durch das Lager schlenderte, staunte sie darüber, wie gut alles organisiert war. Jeder der Männer schien genau zu wissen, was zu tun war, und innerhalb weniger Minuten waren die Pferde versorgt und alle Zelte aufgebaut. Doch je näher sie dem Zelt kam, das sie mit Ramsay bewohnte, desto heftiger schlug ihr Herz. Er war letzte Nacht so wütend gewesen.

Erleichtert und enttäuscht zugleich sah sie, dass das Zelt leer war. Rasch breitete sie die Felle über dem Bett aus, holte Wasser und legte frische Kleider für Ramsay bereit. Danach nahm sie eine Hand voll getrockneter Veilchen und ein Stück Seife und ging an den Bach. Sie suchte eine Weile, bis sie an ein einigermaßen verborgenes Plätzchen kam, an dem das Wasser fast still stand. Da sie vermutete, dass ihre Beschützer nicht allzu weit entfernt waren, musste sie sich auch diesmal mit einer Katzenwäsche zufrieden geben. Rasch zog sie sich Schuhe und Strümpfe aus und watete ganz vorsichtig in den Bach hinein. Gott, war das Wasser kalt! Elena erschauerte und ihre Beine wurden fast augenblicklich taub.

Als sie wieder ins Zelt zurückkehrte, fand sie nur Wulf vor. Sie mochte dieses Biest nicht und das beruhte anscheinend auf Gegenseitigkeit, denn der Wolf knurrte bedrohlich. Er saß vor Ramsays Bett und beobachtete jede ihrer Bewegungen. Es war wirklich unheimlich, schließlich hatte sie schon oft von grauenhaften Geschichten gehört, in deren Mittelpunkt hungrige Wölfe standen.

„Hör mal, es gefällt mir genauso wenig wie dir, dass ich in diesem Zelt wohne. Aber dein Herrchen wollte es so. Können wir uns nicht einfach … ignorieren?“

Ein tiefes Knurren und angelegte Ohren waren die Antwort auf Elenas Friedensangebot. Eigentlich verstand Elena sich mit allen Tieren gut, doch dieser Wolf war anscheinend genauso stur wie sein Herr.

Vorsichtig, gefolgt von wachsamen, gelben Augen, ging sie auf Ramsays Truhe zu, um ihm ein Tuch zum Abtrocknen herauszulegen. Doch mit einem gewaltigen Satz sprang Wulf vor sie hin und baute sich vor ihr auf. Vor Schreck stieß Elena einen leisen Schrei aus.

„Was ist denn jetzt schon wieder los?“ donnerte Ramsays tiefe Stimme vom Eingang her. „Dummes Vieh!“, zischte Elena den Wolf an, wandte sich dem Lord zu und fauchte: „Wenn Ihr kein Tuch findet, um Euch zu trocknen, verdankt Ihr es diesem verlausten Fellbündel. Es scheint es als eine Art Sport zu sehen, mir immer und überall in die Quere zu kommen.“

Mit diesen Worten war sie auch schon an ihm vorbei ins Freie gerauscht.

Ramsay hörte, wie sie weiter vor sich hin schimpfte, konnte jedoch nur noch etwas von „hässlicher Kreatur“ verstehen. Grinsend legte er sein Schwert auf den Tisch.

„Na, alter Junge, hast du auch schon die scharfe Zunge dieses Zwerges zu spüren bekommen? Mach dir nichts daraus!“

Wulf trottete auf ihn zu und schmiegte sich an Ramsays muskulöses Bein. Nun war er wieder so zahm wie ein Lämmchen. Ramsay setzte sich auf das Bett und zog sich das Leinenhemd über den Kopf Gedankenverloren kraulte er Wulfs zottigen Kopf. Kaum hielt er in seiner Liebkosung inne, hob Wulf eine Pfote und stupste ihn auffordernd an. Ein teuflisches Grinsen breitete sich langsam auf Ramsays Mund aus und er stieß Wulf grob weg. Als wäre dies ein verabredetes Signal, wich Wulf einen Schritt zurück. Ramsay stand auf, der Wolf stellte sich auf die Hinterbeine und legte seine Vorderpfoten an Ramsay Brust. Als sie sich Auge in Auge gegenüberstanden, stieg ein tiefes Knurren aus ihrer beider Kehlen auf, und im nächsten Moment rollten sie wild am Boden, jeder darauf bedacht, seinen

Gegner zu überwältigen. Heftig und grob wie zwei wilde Tiere versuchten sie, sich durch Kraft und Verstand gegenseitig zu besiegen.

Elena traf die beiden in einem wilden Durcheinander von Armen und Beinen an. Ihr Herz setzte einige Takte lang aus. Der Wolf war wahnsinnig geworden! Sie musste Ramsay helfen! Entschlossen stellte sie das Essen ab, rannte zur Waschschale, packte sie und goss das kalte Wasser über die beiden. Sofort war Wulf auf den Beinen, die Lefzen warnend hochgezogen und sämtliche Muskeln angespannt. Sein riesiger Kopf war klatschnass und die gelben Augen starrten Elena schwer beleidigt an. Ramsay schaute ungläubig auf die leere Schüssel, die Elena noch immer in den Händen hielt, und wischte sich das Wasser aus dem Gesicht. Elena scheuchte den Wolf wie ein lästiges Huhn aus dem Zelt, bevor sie sich neben Ramsay auf die Knie warf.

„Bei allen Heiligen, seid Ihr verletzt? Ich wusste ja, dass man diesem Biest nicht trauen kann."

Ramsay bedachte seine Retterin mit einem finsteren Blick.

„Du verstehst es wirklich, einem den Spaß zu verderben!"

Besorgt zog Elena die Stirn kraus. Hatte er sich so erschrocken, dass er den Verstand verloren hatte? Vorsichtig untersuchte sie Ramsays Brust, Arme und Rücken, doch er schien nicht verletzt zu sein. Einige Kratzer hatte er abbekommen, sonst nichts.

„Ein Glück, dass ich gerade mit dem Nachtessen zurückgekommen bin."

Ramsay stieß gereizt die Luft aus. „Glück? Wenn du dich nicht eingemischt hättest, wäre ich jetzt nicht tropfnass!"

„Dafür aber tot!", fauchte Elena beleidigt zurück. Dieser arrogante Kerl machte ihr auch noch Vorwürfe!

„Unsinn! Das war nur ein Spiel zwischen Wulf und mir."

Elenas Unterkiefer klappte nach unten und sie kam sich schrecklich albern vor. Beleidigt reckte sie ihr Kinn.

„Dann seid froh, dass ich das Wasser und nicht den Inhalt des Nachtgeschirrs genommen habe."

Mit einiger Genugtuung sah sie den entsetzten Ausdruck in Ramsays Gesicht.

Kapitel 6

Das silberne Licht des Vollmonds erhellte die Nacht. Elena schaute zum Himmel hinauf. Nur vereinzelte Wolken glitten am Himmelszelt dahin. Auch wenn es eisig kalt war, wenigstens blieb heute der Regen aus. Mit gemischten Gefühlen schlug sie den Weg zu Wills Wagen ein. Welcher Teufel hatte sie bloß geritten, als sie seinen Vorschlag angenommen hatte? Mein Gott, nun blieb ihr keine Möglichkeit, den Männern länger auszuweichen.

Als Will Elena entdeckte, kam er ihr lächelnd entgegen und rief: „Lady Elena, ich habe alles vorbereitet!"

Galant bot er ihr den Arm und führte sie zum Vorratswagen.

Vielleicht würde es ja doch nicht ganz so schlimm werden. Wenigstens war Will bei ihr.

Will hatte ihr zwei Feldstühle, einen kleinen Tisch, Verbandsmaterial und eine Kerze bereitgestellt. Elena lächelte ihn ein wenig gezwungen an und setzte sich auf einen der Stühle. Plötzlich spürte sie seine Hand auf ihrer Schulter und er flüsterte ihr zu: „Gebt ihnen eine Chance, Lady Elena. Es sind gute Männer und keiner würde Euch etwas zuleide tun. Sie haben Euch beobachtet und gesehen, wie nett Ihr mit dem kleinen Jimmy und allen umgeht, denen Ihr begegnet. Und Bruce, der alte Haudegen, verehrt Euch geradezu. Er liegt jedem, der nicht schnell genug fliehen kann, damit in den Ohren, dass Ihr ihn für einen großartigen Krieger haltet."

Als er in Elenas Gesicht Überraschung und unendliche Dankbarkeit las, fügte er hinzu: „Ihr werdet sehen, die Strolche können ganz unterhaltsam sein. Sie werden sich förmlich überschlagen, um von Euch verarztet zu werden."

Elena lächelte ihn liebevoll an und drückte ihm einen Kuss auf die Wange. „Danke, Will. Irgendwie scheinst du immer zu wissen, was in mir vorgeht."

Will errötete so heftig, dass sie leise auflachte. Um ihm jedoch aus der Verlegenheit zu helfen, fragte sie: „Und du, Will, hast du auch ein Wehwehchen?"

Er brachte eine Schüssel Wasser und einige Tücher, bevor er sich Elena gegenüber auf den zweiten Stuhl setzte.

„Gewiss doch."

Grinsend krempelte er den linken Ärmel hoch. „Glaubt Ihr etwa, ich mache mir die ganze Mühe nur für die anderen?"

Elena rückte die Kerze etwas näher und untersuchte die längliche, offene Wunde an der Innenseite seines Unterarms. „Verbrannt?"

Will nickte und betrachtete Elena mit fast väterlichem Stolz. In ihrer Haltung und ihren Augen las er Mut und Stolz, Angst und Sehnsucht, Liebe und Trauer. Aye, dieses Mädchen hatte schon viele Schlachten hinter sich und es würde wie eine Löwin kämpfen, um das Wohl derer zu schützen, die sie liebte. Vielleicht gab es doch noch Hoffnung.

Erst jetzt bemerkte er, dass Elena ihn mit leicht geneigtem Kopf beobachtete.

„Was ist?"

Elena schüttelte verwirrt den Kopf.

„Ach, nichts, manchmal ähnelst du Lord Ramsay so stark, dass man glauben könnte, ihr seid verwandt."

Will lächelte sie verschmitzt an. „Ich mit meinen roten Haaren?"

„Es ist die ganze Art, wie du dich bewegst und wie du sprichst."

Peinlich berührt zuckte Elena mit den Schultern. „Ach, ich weiß auch nicht, es ist nur so ein Gefühl."

Mit diesen Worten machte sie sich wieder an die Arbeit und sah Wills wissendes Lächeln nicht. Dieses Mädchen wusste mehr, als ihr bewusst war.

Nach Will kam der kleine Jimmy, dann ein Krieger namens Edgar, gefolgt von Bruce. Zuerst begegnete Elena den Männern mit Zurückhaltung und Wachsamkeit, doch sie spürte bald, dass ihr tatsächlich keine Gefahr drohte. Sie brachten ihr Respekt entgegen und hatten diesen herben Humor, der Elena rasch für sie einnahm. Seit langer Zeit gelang es ihr wieder, sich in der Gegenwart von

Männern zu entspannen. Viel zu schnell schritt die Nacht voran und Elena war so beschäftigt, dass sie die finsteren, zinngrauen Augen, die sie beobachteten, gar nicht bemerkte.

Ramsay saß mit Gavin an einem der entfernteren Lagerfeuer. Nach einigen vergeblichen Versuchen, seinen Freund in ein Gespräch zu verwickeln, gab Gavin es endgültig auf. Ramsays Gesicht hatte diesen Lass-mich-in-Ruhe-Ausdruck und jeder, der klug genug war, tat dies.

Gavin kämpfte ein wissendes Grinsen nieder. Es war ja ziemlich offensichtlich, wer der Grund für diese üble Laune war. Der helle Klang von Elenas fröhlichem Lachen schien das ganze Lager zu erhellen. Na ja, fast das ganze. Ramsays Gesicht wurde jedes Mal noch finsterer und in seiner Wange begann ein Muskel zu zucken. Er ließ Elena keinen Moment aus den Augen. Sah, wie sie jedem der Männer ein Lächeln schenkte. Sie schien sich köstlich zu amüsieren.

Gavin beobachtete seinen Freund und bemitleidete die Männer, die es wagten, der Lady zu nahe gekommen zu sein. Er war ziemlich sicher, dass sich Ramsay jedes einzelne ihrer Gesichter gemerkt hatte, und seine Rache würde mit Sicherheit nicht allzu lange auf sich warten lassen. Das bedeutete zwei oder drei Stunden länger auf dem Übungsfeld, schätzte Gavin.

Praktisch veranlagt, wie er war, schlug er ihm vor: „Da du sie anscheinend doch begehrst, warum nimmst du sie nicht einfach? Schließlich ist sie Witwe. Du brauchst also keinen aufgebrachten Vater zu fürchten, der dich zur Heirat mit seiner entehrten Tochter zwingt." Ramsay sah seinen Freund an, als hätte dieser den Verstand verloren.

„Bist du verrückt? Du weißt genau, was ich von diesen *Ladys* halte."

Aus Gavins Augen lachte der Schalk. „Ich weiß aber auch, dass du seit ihrer Ankunft im Lager keine einzige Frau mehr gehabt hast. Höchst ungewöhnlich, wenn du mich fragst."

Ramsay schaute schweigend in die Flammen. Vielleicht hatte Gavin Recht. Vielleicht sollte er Elena tatsächlich in sein Bett holen, um sich selbst zu beweisen, dass sie auch nicht anders war als andere Frauen. Danach würde er sie vergessen, wie all die anderen vor ihr. Aber warum, zum Teufel, zweifelte er bloß daran?

Es war schon reichlich spät, als Elena ins Zelt zurückkehrte, und sie fror erbärmlich. Auf dem Tisch brannte noch immer eine Kerze und im schwachen Schein der kleinen Flamme entdeckte sie den Lord ausgestreckt auf seinem Lager. Er schlief.

Elena trat leise neben ihn und schaute auf ihn hinunter. Seltsam, sogar wenn er schlief, strahlte er Gefahr und Autorität aus. Elena gestand sich ein, dass sie nie zuvor einen schöneren Mann gesehen hatte. Der Kerzenschein zauberte Licht und Schatten auf sein markantes Gesicht und es juckte sie in den Fingerspitzen, ihn zu berühren. Elena seufzte leise. Weshalb sah sie ausgerechnet diesen Mann mit anderen Augen? In den letzten Jahren und besonders seit Melcoms Tod waren viele Männer hinter ihr her gewesen. Die meisten davon waren Freunde ihres Vaters gewesen und sie hatten nur ihren Widerwillen und Ekel geweckt.

Warum empfand sie gerade beim Höllendämon anders? Wenn er sie berührte, sie küsste, empfand sie eine süße Sehnsucht, ein Verlangen nach etwas, das sie nicht kannte, das ihr fremd und … unheimlich war.

Elena gönnte sich viel Zeit, um Ramsay genauer zu betrachten.

Seitdem er sie so leidenschaftlich geküsst hatte, brannte eine verzehrende Hitze in ihr. Sie wusste noch nicht einmal, wo dieser eigenartige Schmerz entstanden war, sie spürte ihn an jeder Stelle ihres Körpers und ihrer Seele.

Behutsam deckte sie ihn mit den Fellen zu und ging zum Tisch, um die Kerze zu löschen. Fröstelnd tauschte sie ihr Kleid gegen das Hemd und machte es sich am Boden gemütlich. Es dauerte gar nicht lange, bis sie vor Kälte am ganzen Körper zitterte. Elena nagte unsicher an ihrer Unterlippe und betrachtete die schwachen Umrisse des Höllendämons. Sollte sie es wirklich wagen, mit ihm das Bett zu teilen? Schließlich hatte sie es schon einmal unbeschadet überstanden, und da er bereits schlief, konnte ja kaum etwas Gefährliches geschehen. Aber es war unschicklich. Eine Lady durfte mit keinem Mann außer ihrem Gatten das Lager teilen. Es war aber auch nicht üblich, dass eine Lady bei dieser Kälte auf dem Boden schlafen musste.

Leise richtete sie sich auf und schlich zum Bett. Sie würde noch vor Sonnenaufgang ihren Platz am Boden wieder einnehmen und niemand würde etwas erfahren. Sehr vorsichtig krabbelte sie über das Bett und schlüpfte in die wohlige Wärme unter die Felle.

Wie in einem Vulkan flammten wilde Freude und bitterer Zorn gleichzeitig in Ramsay auf. Er hatte nicht geschlafen, sondern gewartet. Nicht auf Elena natürlich, dazu bestand überhaupt kein Grund. Er hatte einfach nur nicht einschlafen können. Zum Teufel, er hatte ihr befohlen, in seinem Bett zu schlafen, weshalb ärgerte er sich dann über sie? Weil sie es freiwillig tat? Das ergab nun wirklich keinen Sinn.

Ramsay stellte sich weiterhin schlafend, legte einen starken Arm um ihre Mitte und zog Elena an seine Brust.

„Mylord?“, flüsterte sie ängstlich.

Ramsay antwortete mit einem lauten Schnarchen.

Sogleich entspannte sich Elena wieder und schmiegte sich noch enger an ihn. Wie herrlich warm sich sein Körper doch anfühlte! Elena lächelte in die Dunkelheit und bald hörte Ramsay ihre gleichmäßigen Atemzüge. Schlaf. Daran war jetzt wohl kaum mehr zu denken, seufzte er in sich hinein.

Er versuchte, sein Verlangen niederzukämpfen, doch gerade, als die Schwellung zurückgehen wollte, schmiegte sie ihren süßen, kleinen Hintern an seine Lenden. Ramsay stöhnte gequält auf. Doch damit war es nicht genug. Dieses Weib kuschelte sich wie eine Katze immer näher an seine Brust, von seinem Unterleib gar nicht zu reden. In seinen Ohren hörte er sein heißes Blut rauschen und er brauchte Abstand, bevor er etwas tat, wofür er sich selbst verachten würde.

Vorsichtig rückte er ein Stück von ihr ab und atmete einige Male tief durch. Leider war der Frieden nur von kurzer Dauer. Er hörte, wie Elena etwas murmelte – und schon war sie wieder ganz nah bei ihm und schmiegte sich von neuem an seinen gepeinigten Körper. Er war so hart, dass es schmerzte, und er legte seine Hand auf ihre Hüften, um diese still zu halten.

Im selben Moment durchzuckte es ihn wie ein glühender Blitz. Haut. Nackte, warme Haut. Ihr Hemd war hochgerutscht und entblößte nun einen wohlgeformten kleinen Hintern. Ihre Haut fühlte sich an wie kostbarste Seide. Bei Gott! Glaubte dieses Mädchen etwa, er wäre ein Heiliger?

Dunkelheit. Der grässliche Gestank von Moder und Sekreten raubte ihr fast den Atem. Sie tastete sich an den glitschigen Wänden im Verlies entlang. Angst! Sie hatte so schreckliche Angst. Schritte. Sie hörte, wie jemand den Riegel von der Tür entfernte, und wandte ihr Gesicht ab, da das Licht in ihren empfindlichen Augen schmerzte.

„Vater?"

Niemand antwortete ihr. Dennoch hörte sie Schritte. Plötzlich waren sie da – Hände. Überall diese grässlichen, grapschenden Hände. Elena spürte sie überall auf ihrem Körper, wehrte sich dagegen.

„Nein!", schrie sie und versuchte ihnen zu entfliehen.

„Komm schon, Schätzchen, wenn du lieb zu mir bist, lasse ich dich vielleicht wieder hier raus."

„Nein, geht weg, Lord Grenwick!"

Sein Griff wurde stärker und er presste seinen Mund auf ihre Lippen. Ekel und Abscheu verliehen ihr neue Kraft. Mit dem Mut der Verzweiflung rammte sie ihr Knie zwischen seine Beine. Er schrie auf und sackte in sich zusammen. Elena wollte fliehen, doch er hielt ihren Rocksaum fest. Sie zog und zerrte, schrie und weinte. Plötzlich stand ein anderer Mann vor ihr. Grenwicks Spießgeselle schlug ihr mitten ins Gesicht.

„Was fällt dir ein, du billiges Flittchen? Werden so die Gäste deines Vater behandelt?"

„Bitte, er wollte mich …"

„Verfluchtes Weib, bist du denn zu gar nichts nutze?"

Er gab ihr einen so kräftigen Stoß, dass Elena in das faulende Stroh fiel, das den ganzen Boden bedeckte. Sie hörte, wie Grenwick sich mühsam wieder auf die Beine kämpfte. Wenige Augenblicke später vernahm sie ein hässliches Zischen, dann fühlte sie nur noch brennenden Schmerz. Die Peitsche sauste immer und immer wieder auf ihren Rücken herab und sie hörte Lord Grenwicks Lachen.

Ramsay stützte sich auf einen Ellbogen und betrachtete die kleine Frau, die wild um sich schlug. Gegen welche Dämonen musste dieses Mädchen ankämpfen? Entschlossen, ihrem Martyrium ein Ende zu bereiten, rüttelte er leicht an Elenas Schulter.

„Elena, wach auf!"

Wieder bäumte sie sich auf und murmelte dazu: „Nein … Vater, hilf mir doch ... er tötet mich." Ramsay war entsetzt. Erneut rüttelte er sie, diesmal heftiger. „Elena, wach jetzt auf!"

Mit rasselndem Atem und vor Angst weit aufgerissenen Augen fuhr sie hoch.

„Nein ... nicht noch einmal ..."

Ramsay setzte sich ebenfalls auf und strich ihr zärtlich eine feuchte Strähne aus dem Gesicht.

„Es war nur ein Traum, Elena. Nur ein Traum."

Mechanisch griff sie sich an den Rücken. Ja, keine Schmerzen, nirgends war Blut, keine aufgeplatzte Haut. Sie hatte geträumt.

Erschöpft lehnte sie sich an Ramsays Brust und er schloss sie beschützend in seine starken Arme. Noch immer zitterte sie am ganzen Leib.

„Es war nur ein schlimmer Traum, Mädchen."

Elena verbarg ihr Gesicht an seinem Hals und schüttelte fast unmerklich den Kopf.

„Dein Vater hat dir die Narben auf dem Rücken zugefügt, nicht war?"

Elena versteifte sich einen Moment lang, schüttelte jedoch erneut den Kopf.

„Nein. Aber er hat es gewusst und nichts dagegen unternommen."

„Warum, zum Teufel, willst du ihn dann retten?"

Elena holte tief Luft und zuckte mit den Schultern. „Ich liebe meinen Vater und ich werde alles versuchen, um ihn und die Burg zu retten."

Unerklärlicher Zorn erfasste Ramsay mit einer Heftigkeit, über die er selbst erschrak. Dieser Kerl hatte eine solche Loyalität nicht verdient! Er drückte sie noch ein bisschen fester an seinen Körper. Es war nicht seine Absicht gewesen, etwas für dieses Mädchen zu empfinden, dennoch musste er sich eingestehen, dass es bereits zu spät war. Er mochte diese kleine Lady, mochte ihre Stärke, ob es ihm nun passte oder nicht. Und es passte ihm überhaupt nicht! Sein Kinn nachdenklich auf ihr Haar gestützt, wiegte er Elena wie ein Kind an seiner Brust.

„Mylord?"

„Weshalb nennst du mich nicht endlich Ramsay?“

„Das … Das kann ich nicht. Ich … Ich brauche diesen … Abstand.“

Ramsay nickte, doch es kränkte ihn. Er fühlte sich ausgeschlossen, und das schmerzte. Bei Gavin und den andern verspürte sie dieses Bedürfnis nicht. Weshalb dann bei ihm?

„Darf ich Euch eine Frage stellen, Mylord?“

Sie spürte, wie er nickte.

„Seid Ihr tatsächlich der Sohn von Lord Robert McFist?“

„Aye, der bin ich. Warum?“

„Aber wie ist das möglich? Als Ihr damals entführt wurdet und nie Lösegeldforderungen gestellt wurden, hielt man Euch für tot.“

Elena spürte, wie Ramsay erstarrte, und bereute ihre Frage sofort.

„Entschuldigt bitte, Mylord, ich wollte keine bösen Erinnerungen wachrufen.“

Er schwieg eine Weile, bevor er kühl antwortete: „Es wurde nie Lösegeld gefordert, weil es nie eine Entführung gab.“

Elena blickte fragend zu ihm auf und sah Ärger, Schmerz, Reue und bittere Enttäuschung über sein Gesicht huschen.

Noch nie hatte er einem Menschen erzählt, was damals an jenem Abend geschehen war. Nicht einmal Gavin. Weshalb verspürte er dann ausgerechnet jetzt den Drang, sich jemandem anzuvertrauen?

Zu seinem Erstaunen nickte Elena plötzlich und flüsterte: „Es braucht viel Mut, von zu Hause wegzulaufen – oder große Verzweiflung.“

Sie hätte gerne weitergefragt, doch sie spürte, dass sie nicht das Recht besaß, noch tiefer in ihn zu dringen.

„Ich sagte nicht, dass ich weggelaufen bin“, gab Ramsay barsch zurück.

Es verwirrte und beängstigte ihn, dass sie ihn so gut verstand. Sie lächelte ihn aus wissenden Augen an.

„Das braucht Ihr auch nicht, Mylord. In den letzten vier Jahren wollte ich fast täglich mein Heim verlassen, doch ich war viel zu feige.“

Die Peitschenhiebe, schoss es Ramsay durch den Sinn.

„Manchmal braucht es wesentlich mehr Mut zu bleiben, als zu fliehen.“

Eine Frage quälte ihn noch immer und er wollte sich endlich Gewissheit verschaffen.

„Warum hast du mir ausgerechnet Ellon gegeben?"

Sie schwieg eine Weile, bevor sie sehr ernst antwortete: „Es ist das einzige Stück Land, das mir gehört. Ich wollte einfach sichergehen, dass Ihr Euren Lohn auch wirklich bekommt."

Ramsay nickte. So etwas hatte er beinahe von ihr erwartet.

„Ihr werdet doch gut sein zu den Menschen dort?"

Er konnte sich ein Lächeln nicht verkneifen.

„Aye, darauf gebe ich dir mein Wort."

Langsam erwachte das Lager zu neuem Leben und Elena schälte sich ein wenig verlegen aus Ramsays starken, warmen Armen. Sie brachte es nicht über sich, ihm jetzt in die Augen zu sehen. Aus Angst, darin etwas zu lesen, das die wunderbaren Momente von eben zerstören könnte. Sie spürte Ramsays Augen in ihrem Rücken, fühlte seinen durchdringenden Blick fast wie eine Berührung.

Elena griff nach ihrem Kleid und typisch weibliche Gedanken gingen ihr durch den Kopf. Ob sie dem Höllendämon gefiel? Als sie den ausgebleichten Stoff ihres alten Kleides betrachtete, seufzte sie innerlich auf. Wohl kaum. Vermutlich fand er ihr Aussehen eher erbärmlich. Zu allem Elend hatte sie letzte Nacht vergessen, ihr Haar zu flechten, und nun sah es wie ein unordentliches Gespinst aus.

Ramsays Augen sahen jedoch etwas ganz anderes. Er konnte seinen Blick gar nicht mehr von diesem zierlichen Wesen lösen. Das Hemd, das er ihr geliehen hatte, reichte ihr nur bis zu den Knien und gewährte ihm den entzückenden Anblick zweier wohlgeformter, schlanker Waden.

„Dreht Euch um, Mylord!"

Beinahe wäre es ihr gelungen, diese Worte wie einen scharfen Befehl klingen zu lassen, leider verdarb das leise Beben in ihrer Stimme die ganze Wirkung.

Nach einer Weile bekam Ramsay fast Mitleid mit ihr. Warum zog sie sich auch so umständlich an? Zuerst die roten Unterröcke, wobei sie natürlich immer darauf achtete, dass kein Fleckchen

Haut zu viel gesehen wurde. Danach steckte sie ihre Arme in das Hemd und nestelte nun schon seit einiger Zeit an ihrem Mieder herum.

„Soll ich dir helfen?“

„Untersteht Euch!“

Ramsay streckte beide Arme weit über den Kopf und seufzte genießerisch. Wie eine große Katze, die aus dem Schlaf erwacht, dehnte er seine Muskeln, bevor er sich aufsetzte und sich am Hinterkopf kratzte.

Elena konnte nicht anders, als ihn fortwährend anzustarren.

Endlich fand sie die Ösen ihres Mieders und warf Ramsay einen triumphierenden Blick zu. Schnell streifte sie das Kleid über, entwirrte ihr Haar und band es im Nacken lose zusammen.

„Ich geh' Euer Frühstück holen, Mylord.“

Und schon war sie verschwunden.

Urplötzlich überkam Ramsay ein ungutes Gefühl. *Elena*, durchzuckte es ihn wie ein Blitz. Sein Instinkt hatte ihm – wie auch seinen Männern – schon oft das Leben gerettet und er konnte sich auf ihn verlassen. Jetzt sagte er ihm, dass Gefahr drohte. Rasch schlüpfte er in seine Kleider und eilte ins Freie hinaus.

Sie stand neben Will und nahm ihm gerade einen Verband vom Unterarm. Bruce und Milvan waren ganz in ihrer Nähe. Erleichtert atmete Ramsay auf und ärgerte sich über sein Verhalten. Er führte sich ja schon wie eine verdammte Glucke auf. Trotzdem ließ seine innere Unruhe nicht nach. Sie hatten den Bastard, der Elena töten wollte, immer noch nicht gefunden. Was, wenn er wieder zuschlug? Ramsay stutzte und zog die Stirn in Falten. Und überhaupt – seit wann, zum Teufel, nannte er eigentlich die Lady in Gedanken bei ihrem Namen?

Gavin stand bei den Pferden, als Ramsay ihn endlich fand.

„Wie geht es der Stute?“

„Dank der Salbe von Lady Elena kann sie heute wieder geritten werden.“

Ramsay nickte finster.

„Gut. Ich möchte, dass du sie heute nicht aus den Augen lässt.

Bruce und Milvan sollen auf der Hut sein. Und sieh zu, dass dieser Todd nicht in ihre Nähe kommt."

„Bei Gott, ist etwas geschehen?" fragte Gavin.

Ramsay fuhr sich mit der Hand durchs Haar. „Noch nicht."

Ramsay nahm Cecilias Sattel und überprüfte ihn selbst.

Gavin beobachtete seinen Freund verwundert. Die kleine Lady musste es diesem Riesen wirklich angetan haben, denn Ramsay kontrollierte alles ganz genau. Vom Zaumzeug bis hinunter zu den Hufen – nichts entging seiner Aufmerksamkeit. Als er sich endlich zufrieden gab, reichte er Gavin die Zügel.

„Gib gut auf sie Acht."

Gavin konnte ein dümmliches Grinsen nicht unterdrücken. „Auf die Lady oder die Stute?" Ramsays Gesicht verfinsterte sich zusehends, bevor er brummte: „Auf beide."

Unterwegs hatte Elena Zeit zum Nachdenken. Sie runzelte verwirrt die Stirn. Konnte es sein, dass Todd ihr aus dem Weg ging? Seit bald zwei Tagen – besser gesagt seit dem Unfall mit Cecilia – hatte sie ihn kaum gesehen und nicht ein einziges Wort mit ihm gewechselt. Darüber hatte sie sich eigentlich keine großen Gedanken gemacht, doch vorhin …

Sie war auf ihn zugeeilt. Sie wusste, dass er sie gesehen hatte. Doch als er sie anblickte, entdeckte sie in seinen blauen Augen etwas wie Verlegenheit. Oder war es schlechtes Gewissen? Ohne ein Wort hatte er sich umgedreht und war gegangen.

Auch jetzt konnte sie ihn nirgends entdecken. Dafür klebten Bruce und Milvan wie zwei Schatten an ihr. Sie beobachtete nun schon zum zweiten Mal, wie Bruce zu seinem Schwert griff, sobald sie um eine unübersichtliche Wegbiegung ritten. Sie musterte Gavin verstohlen aus dem Augenwinkel. Er saß sehr gelassen auf seinem Pferd, dennoch entdeckte sie den wachsamen Ausdruck in seinen Augen. Wusste hier eigentlich jeder Bescheid, außer sie selbst?

„Lord Gavin, durchqueren wir gerade ein besonders gefährliches Gebiet?"

Gavin rutschte unbehaglich im Sattel nach hinten.

„Jedes Gebiet ist gefährlich, aber fürchtet Euch nicht, Mylady. Niemand, der bei Verstand ist, wird ein Heer Krieger angreifen."

Sie lächelte spöttisch. „Mir scheint aber, Ihr und meine beiden Schatten seid es, die sich fürchten. Nun frage ich mich natürlich, wovor?"

Gavin zuckte mit den Schultern, als er antwortete: „Glaubt mir, wenn wir endlich wüssten, vor wem oder vor was wir Euch beschützen sollen, wäre uns wesentlich wohler."

Elena nickte schwach. Dennoch klang ihre Stimme erstaunlich sachlich. „Ihr denkt also, dass man es noch einmal versuchen wird?"

Gavin fühlte sich wie zwischen zwei Fronten. Auf der einen Seite wollte er ihr keine Angst machen, auf der anderen mochte er sie aber auch nicht belügen. Schließlich sagte er vorsichtig: „Es ist nicht auszuschließen, Mylady."

Besorgt beobachtete er sie von der Seite her. Im Geiste legte er sich bereits einige beruhigende Worte zurecht, mit denen er sie trösten wollte, doch zu seinem Erstaunen las er weder Angst noch Unsicherheit in ihrem Gesicht. In der Tat wirkte sie sogar sehr kühl auf ihn, geradeso, als hätten sie sich über das Wetter unterhalten, nicht aber über einen eventuellen Mordversuch. Beunruhigend kühl. Konnte es sein, das sie ihn missverstanden hatte, oder war es ihr vielleicht egal? Nein, das glaubte er nicht und doch … Bevor er es vermeiden konnte, rutschte ihm die Frage heraus und er kam sich vor wie ein dummer Junge.

„Ihr fürchtet Euch nicht?"

Elena schenkte ihm ein kleines Lächeln. „Doch."

„Dann versteht Ihr es gut, es zu verbergen."

Elena zuckte mit den Schultern.

„Es ist besser, gewisse Gefühle nicht zu zeigen."

Daraufhin ritten sie schweigend weiter. Die Gegend hatte sich verändert. Der Wald lag hinter ihnen und sie passierten nun eine karge Ebene. Ungeschützt von Bäumen, zerrte der eisige Wind an ihren Kleidern und peitschte ihnen die Haare ins Gesicht. Heftige Böen erschwerten dem Zug das Vorankommen. Elena tätschelte ihrer Stute ermutigend den Hals.

„Ist es noch weit bis Inverurie?"

Gavin deutete auf den Hügel vor ihnen.

„Gleich dahinter liegt es, in einer Stunde sind wir da."

Ramsay McFist genoss es, den Naturgewalten zu trotzen. In der Ferne zuckten grelle Blitze und der Himmel färbte sich in immer dunkleres Grau. Schwere Regenwolken schoben sich in Windeseile umher, schienen sich nicht entscheiden zu können, an welchem Ort sie ihre Schleusen öffnen sollten, und das tiefe Grollen des Donners ließ die Erde ängstlich erbeben. Ramsay war wie immer vorausgeritten. Nun stand er mit seinem Hengst auf dem höchsten Punkt des Hügels und fühlte sie, sog sie in sich auf, die ungebändigte Kraft, die freigesetzte Energie, die weder Schranken noch Grenzen kannte. In Augenblicken wie diesen spürte er, wie das Leben in seinen Adern pulsierte, wie eine beinahe animalische Kraft seinen Körper durchdrang. Auch Thunder, sein mächtiger Hengst, schien diese Wildheit zu fühlen. Mit einem lauten Wiehern stieg er auf die Hinterhufe und trotzte dem Sturm.

Kapitel 7

Elena betrachtete bedrückt die ärmlichen Verhältnisse in Inverurie, als sie in das Dorf hineinritten. Die Menschen lebten wirklich unter erbärmlichen Umständen. Ihre Hütten bestanden eigentlich nur aus einem Steinhaufen und einem durchlöcherten Dach. Das wenige Vieh sah abgemagert und kränklich aus. Frauen mit vom Wind gegerbten Gesichtern und weinenden Kindern an ihren Rockzipfeln beäugten die Neuankömmlinge misstrauisch. Männer waren fast keine zu sehen. Vermutlich arbeiteten sie auf einem entlegenen Feld oder hofften, auf der Jagd etwas Fleisch für ihre Familien zu finden.

Elena schluckte, als sie Ramsay fragte: „Wisst Ihr, wem dieses Land gehört, Mylord?“

„Es untersteht Lord Grenwick.“

Ramsays wachsamen Augen entging weder die plötzliche Blässe in Elenas Gesicht noch wie sich ihr Rücken versteifte. Letzte Nacht hatte sie den Namen dieses Bastards geschrieen und er hätte nur zu gerne gewusst, aus welchem Grund.

„Du kennst ihn?“

„Am Abend des Überfalls waren er und seine Leute bei meinem Vater zu Gast.“

Ihre Finger krallten sich so fest um die Zügel, dass die Knöchel weiß hervortraten, doch ihre Stimme klang gelassen. „Er ist ein Freund meines Vaters.“

„Ein guter Freund?“, hakte Ramsay nach und musterte Elena sorgfältig. Sie saß reglos wie eine Statue auf ihrer Stute, doch auch wenn sie sich alle Mühe gab, gleichmütig und ruhig zu wirken, so spürte er doch ihren inneren Kampf. Einen Moment lang schien sie weit weg zu sein.

„Schon viele Jahre, Mylord. Lord Grenwick kommt seit dem Tod meiner Mutter oft nach Castle Fraser zu Besuch. Aye, ich glaube, sie sind gute Freunde.“

Ramsay betrachtete noch immer Elenas Profil. Er hörte deutlich die Bitterkeit und den Groll in ihrer Stimme. Sie war noch blasser geworden und vermied es, ihn anzusehen. Dachte sie an die Vergangenheit? Er sah, wie ein leises Zittern durch ihren Körper ging, und plötzlich verspürte er den unwiderstehlichen Drang, sie schützend in die Arme zu nehmen. Er wollte sie beschützen, sowohl vor der Vergangenheit als auch vor der Zukunft.

Unsinn! Ramsays Gesicht verfinsterte sich schlagartig, als ihm bewusst wurde, welche Bahnen seine Gedanken einschlugen. Dieses Mädchen brauchte bestimmt keine Hilfe, und die seine schon gar nicht. Er würde es so schnell wie möglich bei ihrem Vater abliefern und damit Schluss.

Der Trupp aus zehn Reitern und zwei Wagen folgte der Straße in Richtung Dorfmitte. Je weiter sie ins Dorf vordrangen, desto besser schienen die sichtbaren Lebensumstände der Einwohner zu werden. Hier gab es hübschere Häuser aus aufeinander getürmten Steinen, deren Dächer neu und dicht wirkten, und auch die Menschen sahen nicht mehr so ausgemergelt aus wie die am Dorfeingang.

Als sie auf dem kleinen Dorfplatz ankamen, hob Ramsay den Arm. Sogleich kam der Trupp zum Stehen. Einen Moment später eilte ihnen ein kleiner, dicker Mann entgegen und rieb sich erfreut die Hände.

„Willkommen in Inverurie!"

Er verneigte sich übertrieben tief vor Elena und wandte sich anschließend an Ramsay. „Mylord, darf ich mich vorstellen? Mein Name ist Archibald Macquarie und es wäre mir eine Ehre, Euch zu Diensten sein zu können! Was auch immer Euer Herz begehrt."

Ramsay gebot dem unerwünschten Redeschwall mit einer barschen Handbewegung Einhalt. Dann lehnte er sich mit verschränkten Armen auf sein Sattelhorn und musterte den feisten Schmeichler finster.

„Ich bin nicht hier, um mir dein dummes Gewäsch anzuhören, Mann! Ich brauche Vorräte." Mit einem gierigen Grinsen verbeugte sich der Mann abermals. „Natürlich, Mylord. Dann bin ich genau der Richtige, Mylord. Wenn Ihr mir bitte folgen wollt, Mylord."

Ramsay glitt aus dem Sattel und hob Elena vom Rücken der Stute herunter. Als er das schelmische Glitzern in ihren Augen und das belustigte Zucken um ihren Mund sah, hob er fragend eine Augenbraue.

„Das war nicht gerade höflich von Euch, wie Ihr diesen ergebenen und äußerst hilfsbereiten Archibald behandelt habt."

Ramsay zuckte gleichmütig die Schultern und grinste schief.

„Aber äußerst wohltuend. Ich kann Heuchler auf den Tod nicht ausstehen."

Dann wandte er sich an seine Krieger.

„Drei Männer bleiben hier bei den Pferden, die anderen helfen beim Beladen der Wagen." Sein Blick streifte drei kleine Burschen, die schon seit ihrem Einzug ins Dorf hinter ihnen hergelaufen waren. Keiner von ihnen schien mehr als sechs, vielleicht sieben Lenze zu zählen. Ihre Augen quollen vor Neugierde fast aus den schmutzigen Gesichtern, dennoch blieben sie in sicherer Entfernung. Alle drei waren unterernährt und die Lumpen, die sie trugen, konnte man nur schwer als Kleider bezeichnen.

Archibald war Ramsays Blick gefolgt. Als nun auch er die drei Knaben sah, bückte er sich fluchend nach einem Stein und warf ihn den Kindern nach.

„Verschwindet, ihr verlausten Bastarde!"

Der kleinste der Knaben schrie gequält auf, als ihn das harte Geschoss mit voller Wucht an der Schulter traf. Gerade als Ramsay mit vor Zorn gerötetem Gesicht herumwirbelte, holte Archibald mit dem zweiten Stein aus. Ramsay packte mit stählernem Griff den Arm des Dicken, sodass dieser um sein Gleichgewicht kämpfen musste, und zischte kalt: „Das hast du nicht umsonst getan, du Ratte!"

Im nächsten Moment lag Archibald Macquarie rücklings im Dreck.

Schon war der Höllendämon über ihm, ein Knie unbarmherzig auf Archibalds Brust gepresst. Sämtliche Farbe wich aus dem aufgedunsenen Gesicht, als er zutiefst erschüttert in das vor kalter Wut verzerrte Gesicht seines Peinigers aufblickte. Ramsay schaute über die Schulter zu den Knaben hinüber, um zu entscheiden, wie schwer die Strafe dieses röchelnden Fettwanstes aussehen sollte. Zu seiner

Verblüffung sah er, wie Elena vor dem Jungen kniete und ihn tröstete. Sie streichelte liebevoll über das zerzauste Haar und tupfte ihm mit dem Saum ihres Kleides die Tränen vom Gesicht. Der Kleine sah mit feuchten Augen und zitternder Unterlippe zu Elena auf und nickte langsam. Dann stand sie auf, nahm den Kleinen bei der Hand und steuerte auf Ramsay und den noch immer nach Luft röchelnden Archibald zu.

„Mylord, ich glaube, Archibald möchte jetzt aufstehen und sich bei Snap entschuldigen.“ Ramsay konnte sich ein anerkennendes Lächeln nicht verkneifen, als er in Elenas vor Mordlust blitzende Augen schaute.

„Wenn das sein Wunsch ist, werde ich mich hüten, ihm im Wege zu stehen.“

Mit diesen Worten stand Ramsay auf, zerrte Archibald auf die Füße und trat einen Schritt zur Seite. Sogleich klammerte sich der kleine Snap mit furchterfüllten Augen an Elenas Beine. „Du brauchst keine Angst zu haben, mein Kleiner.“ Sie hob den Jungen hoch und setzte ihn sich auf die Hüften. „Der dicke Mann wird sich jetzt bei dir entschuldigen und ich bin sicher, dass er sehr großzügig sein kann.“

Sie wandte sich an Archibald, der sich den schmerzenden Bauch rieb, und sagte kalt: „Wir warten!“

Doch der dachte gar nicht daran, sich vor all den Leuten, die mittlerweile neugierig stehen geblieben waren, demütigen zu lassen. Mit zusammengepressten Lippen und schweißnasser Stirn schüttelte er den Kopf. Elena strich Snap zärtlich eine wirre Locke aus der Stirn und säuselte: „Lasst es mich mal anders formulieren. Entweder Ihr reicht diesem Jungen augenblicklich die Hand zur Entschuldigung oder ich sorge dafür, dass man Euch die Hand bricht.“

„Das … Das könnt Ihr nicht machen!“, stotterte Archibald nun leichenblass. Elena verstand ihn absichtlich falsch und lächelte ihn zuckersüß an.

„Oh, wie klug Ihr doch seid! Natürlich habt Ihr Recht. Ich bin tatsächlich ein wenig zu schwach. Doch …“ – sie schenkte Ramsay ein strahlendes Lächeln, aber in ihren Augen entdeckte er einen flehenden Funken – „… für die … *Knochenarbeit* ist ja auch der Lord zuständig.“ Ramsay beherrschte sich mühsam, um nicht in schallendes Gelächter auszubrechen. Dieses Weib hatte wirklich Nerven!

Nachdem diese Angelegenheit endlich geregelt war und Archibald sich Snap gegenüber sowohl entschuldigt als auch sehr großzügig erwiesen hatte, befahl Ramsay: „Jetzt wollen wir uns um die Vorräte kümmern. Geh vor, Mann, und zeig uns den Weg!“

Als sie den Laden betraten, war Elena verblüfft über das erstaunlich große Sortiment an Lebensmitteln, Stoffen und Kleidern. Der ganze Raum schien aus den Nähten zu platzen.

Bald wurde es Ramsay zu eng und er trat neben Gavin, der mit Argusaugen die Qualität der Einkäufe überprüfte, und sagte vertraulich: „Gavin, sieh zu, dass die Lady alles bekommt, was sie braucht. Einige Kleider und so … halt das, was Frauen so brauchen.“

Er überlegte einen Moment. Auch wenn er es nur ungern zugab: das Brot der Lady war wirklich besser.

„Und sag Will, er soll die Nüsse nicht vergessen!“

Danach verließ er den Laden und trat ins Freie.

Will ließ sich alles geben, was er benötigte: Mehl, Zucker, Dörrfleisch, Salz. Fässer voll Wein oder Met.

Archibald glaubte sich – trotz des angeknacksten Stolzes – im Himmel. Die ganzen vorangegangenen drei Monate hatte er nicht so viel verkauft wie in den letzten zehn Minuten.

Elena besah sich derweil einige der Kleider. Alle recht schlicht, dennoch nicht ohne Eleganz. Besonders dieses rote!

Gavin gesellte sich zu ihr.

„Lady Elena, da ihr ohne großes Gepäck reist, besteht Ramsay darauf, dass ihr alles kauft, was ihr braucht.“

Elena seufzte schwer. Es war ihr peinlich, fremdes Geld auszugeben. Aber sie brauchte tatsächlich dringend ein neues Kleid. Nun, wenn sie erst einmal wieder daheim war, konnte sie ihm ja alles zurückgeben. Mit leicht geröteten Wangen nahm sie das Kleid und legte es zu den Vorräten, die Will gerade kontrollierte. Schon stand Archibald bei ihr. Er würde die Demütigung diesem Weib zwar niemals verzeihen, doch hier ging es schließlich um Geld. „Kann ich Euch zu Diensten sein, Mylady?“

Elena kaute nachdenklich auf ihrer Unterlippe. „In der Tat. Verkauft Ihr auch Haarbürsten?“ Unter etlichen Verbeugungen ging er davon, um sogleich mit vier verschiedenen Bürsten zurückzukehren.

„Mylady, vergebt mir, leider besitze ich keine aus Gold, die Eurer Schönheit gerecht werden würde. Wenn Ihr Euch mit einer von diesen begnügen könntet?“

Elena betrachtete die drei silbernen, entschied sich dann aber für die mit dem Holzgriff. Archibald riss entsetzt die Augen auf.

Gavin räusperte sich neben ihr und erkundigte sich: „Wäre diese nicht viel hübscher?“

Er zeigte auf eine silberne, deren Griff kunstvoll mit Smaragden und Saphiren besetzt war. Elena nickte: „Sie ist wunderschön. Aber ich kämme mein Haar nicht mit dem Griff, sondern mit dem Bürstenkopf, und der ist bei dieser genauso gut.“

Sie lächelte Archibald freundlich an und entschied: „Ich nehme die hölzerne. Wenn Ihr mich jetzt entschuldigt, Lord Gavin, ich warte bei den Pferden.“

Gavin zog überrascht die Stirn kraus. „Ist das alles, was Ihr braucht, Mylady?“

Sie überlegte kurz: „Oh natürlich, ich brauche noch Verbandsstoff. Würdet Ihr bitte dafür sorgen, Mylord?“

Gavin nickte und Elena schlenderte auf die Straße hinaus.

„Um Himmels willen“, entfuhr es ihr im nächsten Moment, als sie mit dem Fuß gegen etwas Weiches stieß. Das kleine, winselnde Fellbündel klemmte den Schwanz zwischen die Beine und zwei große ängstliche Augen schauten zu Elena auf. Ganz vorsichtig kauerte Elena nieder und streckte dem kleinen Hündchen die Hand entgegen, damit es sich mit ihrem Geruch vertraut machen konnte.

„Entschuldige bitte, ich wollte dir bestimmt nicht wehtun.“

Das Hündchen schien kaum älter als drei, vielleicht vier Monate zu sein. Unter all dem Schmutz war schwer zu erkennen, ob sein Fell nun weiß oder hellgrau war. Nur sein linkes Ohr und die rechte Vorderpfote wiesen eine dunklere, beinahe schwarze Färbung auf, was ihm ein lustiges Aussehen verlieh. In der Hoffnung, in Elenas Hand etwas Essbares zu finden, trat der völlig ausgehungerte Welpe zögernd näher. Elena redete dem kleinen Wicht mit sanfter Stimme Mut zu und bald schmiegte er sich an Elenas Knie.

„Du armes Kerlchen!", behutsam hob sie ihn hoch. „Du wiegst ja kaum mehr als eine Feder." Das kleine Tier vergrub sein Köpfchen in Elenas Armbeuge und zitterte am ganzen Körper. Ob aus Angst oder vor Kälte, vermochte sie nicht zu erkennen. Rasch eilte Elena zu ihrer Stute und nahm den kleinen Proviantbeutel aus der Satteltasche. Dann setzte sie sich mit dem Welpen im Schoß auf einen Steinbrocken. Als das Tierchen das Essen roch, wurde es augenblicklich lebendig. Begierig stupste und winselte es, konnte es kaum erwarten, von den Köstlichkeiten zu naschen. Elena riss ein kleines Stück Trockenfleisch ab und gab es ihm. „Ganz langsam, Kleiner, nicht so gierig, sonst verschluckst du dich noch."

Sie brach noch ein Stückchen ab und in stürmischer Ungeduld reckte sich das Hündchen dem Fleischbröckchen entgegen.

„Oh, du bist ja gar kein Kleiner, sondern eine *Kleine*."

Schweren Herzens erkannte Elena, dass das Tierchen bereits zu schwach war, um richtig zu fressen.

Bereits nach dem sechsten Bröckchen schlief es erschöpft auf ihrem Schoß ein. Sie streichelte das kleine Geschöpf mit liebevoller Zärtlichkeit und flüsterte: „Armes Mädchen!"

Plötzlich fiel ein mächtiger Schatten auf Elena und als sie aufsah, stand der Höllendämon vor ihr.

„Seht doch nur, Mylord, ist sie nicht süß?"

Ramsay zuckte gleichmütig die Schultern und erwiderte kühl: „Es ist ein Hund."

Beim Klang seiner tiefen Stimme erwachte der kleine Welpe und rollte sich ängstlich zusammen.

Elena warf Ramsay einen strafenden Blick zu, streichelte das struppige Fell und flüsterte sanft: „Keine Angst, Kleines, der Lord knurrt auch, wenn er nicht zornig ist."

Ramsay überhörte die Anspielung geflissentlich.

„Wenn keine Knochen mehr gebrochen werden müssen, gehen wir jetzt, Lady."

Errötend senkte Elena die Augen, musste aber dennoch lächeln.

„Bitte verzeiht mir, Mylord! Ich war nur so schrecklich wütend auf diesen Mann."

Dann schaute sie hoffnungsvoll wieder zu Ramsay auf. „Glaubt Ihr, die Kleine gehört jemandem?"

Ramsay nickte und deutete auf einen kleinen Jungen, der nicht weit von ihnen an einer Wand lehnte und sie ängstlich beobachtete. Das Kind war fast genauso abgemagert wie das Hündchen. Unglücklich stellte Elena das Tierchen wieder auf den Boden.

„Gehört sie dir?"

Der Junge nickte heftig und in seinem mageren Gesicht erkannte Elena Misstrauen und Angst. Natürlich, was hätte er schon ausrichten können, wenn sie ihm das Hündchen einfach weggenommen hätte? Elena rang sich ein Lächeln ab. Denn obwohl sie das Hündchen gerne behalten hätte, konnte und wollte sie diesem Kind nicht den Freund nehmen.

„Sie ist wunderschön. Du musst sehr stolz auf sie sein, habe ich Recht?"

Der Junge strahlte über das ganze Gesicht. „Aye, sie ist die Schönste von allen."

Elena streichelte noch einmal das graue Köpfchen und flüsterte: „Leb wohl, Kleine."

Dann richtete sie sich auf.

Ramsay nahm Elena den Proviantbeutel ab und fragte den Knaben: „Du hast bestimmt auch Hunger, nicht wahr, Junge?"

Der Bursche nickte misstrauisch. „Immer, Mylord."

„Dann fang auf!", Ramsay warf ihm den Proviantbeutel zu und ging zu den Pferden zurück. „Danke, Mylord!"

Ramsay war beeindruckt von Elenas Selbstlosigkeit. Nur zu deutlich hatte er gesehen, wie sehr sie sich wünschte, diesen Welpen zu behalten. Sie war eine Adlige und es wäre ein ihr von Gott gegebenes Recht gewesen zu beanspruchen, was immer ihr gefiel, und dennoch tat sie es nicht. Sie hatte mehr Rücksicht auf die Gefühle dieses Jungen genommen als auf ihre eigenen.

Ramsay hob sie wortlos in den Sattel, bevor er sich selbst auf seinen Hengst schwang und den Männern befahl, sich auf den Rückweg zum Lager zu machen.

Ein leises Winseln ließ Elena zurückschauen. Der Welpe war ihr ein kleines Stück gefolgt, nun saß er mitten auf dem Weg und rief ihr hinterher. Er sah so verloren aus. Und das traurige Heulen trieb Elena fast die Tränen in die Augen. Sie zwang sich, dem Tierchen den Rücken zuzudrehen, und verbot es sich, sich noch einmal umzudrehen.

Nach wenigen Minuten stießen sie wieder zu den Kriegern, die sie zurückgelassen hatten.

Ein Paar kalte, blaue Augen empfingen den kleinen Trupp und hefteten sich auf Elena.

„Freue dich deines Lebens, Lady, es ist nur noch von kurzer Dauer."

Der hasserfüllte Todesengel nutzte das Durcheinander der sich einreihenden Krieger und schlüpfte unbemerkt in den Vorratswagen, hinter dem Elena zu reiten pflegte. Dort, verborgen hinter Kisten und Fässern, wartete er geduldig auf den großen Augenblick.

Gavin ritt neben Ramsay an der Spitze des Zuges.

„Na, alter Freund, wie groß ist das Vermögen, das mich die Lady mit ihren Wünschen gekostet hat?"

Gavin grinste über das ganze Gesicht.

„Der ganze Zug musste seinen Sold herausrücken, um ihre Wünsche zu bezahlen." Ramsay hob erstaunt eine Augenbraue. Er hatte erwartet, dass der Einkauf ihn teuer zu stehen kommen würde, deshalb hatte er ja auch noch zusätzliches Geld in seine Börse gelegt. Also übertrieb Gavin mal wieder.

Als dieser merkte, dass sein Scherz auch diesmal auf unfruchtbaren Boden gefallen war, brummte er: „Mann, an deinem Humor solltest du wirklich arbeiten. Lady Elena wollte nur ein einziges Kleid und eine Haarbürste. Das Gesicht von diesem Archibald hättest du sehen sollen, als sie die billigste von allen auswählte. Die Lady ist nicht nur hübsch und beherzt, sondern auch bescheiden."

Mit diesen Worten wendete er seinen Hengst und ritt zurück, um seinen Platz neben Elena wieder einzunehmen.

Nach etwa zwei Stunden hatte Elena das Gefühl, vor Langeweile fast vom Pferd zu fallen. „Lord Gavin, ist das Leben eines Kriegers immer so aufregend?“

Gavin lachte. „Seid lieber froh, Lady Elena. Wenn es für einen Krieger spannend wird, ist er meistens in Gefahr.“

„Allmählich wünschte ich wirklich, es würde etwas geschehen. Da waren ja die Sticknachmittage mit der alten Bertha aufregender.“

Der Unbekannte hinter den Fässern hätte beinahe laut gelacht, als er das hörte. Sie wollte Gefahr? Ein Abenteuer? Dazu würde er ihr bald verhelfen. Doch jetzt noch nicht. Zuerst wollte er den Augenblick noch richtig auskosten.

Seit Jimmy sie gefragt hatte, aus welchem Grund Ramsay sie zum Knappen erwählt hatte, ging auch ihr diese Frage nicht mehr aus dem Kopf.

Sollte sie es wirklich wagen? Unschlüssig kaute Elena auf ihrer Unterlippe herum und beobachtete Gavin aus dem Augenwinkel.

„Na los, raus damit!“, grinste dieser plötzlich. „Wo drückt der Schuh?“

Elena war peinlich berührt. „Es ist nur eine Frage, die mich schon länger beschäftigt.“

Gavin nickte ernst. „Wenn ich sie Euch beantworten kann.“

„Weshalb wollte Lord Ramsay den Auftrag zuerst nicht annehmen und warum will er mich mit den Arbeiten eines Knappen demütigen?“

Gavin sah sie forschend an und bemerkte. „Das sind aber zwei Fragen.“

Elena nickte mit einem gutmütigen Lächeln.

„Wirklich scharfsichtig von Euch, Lord Gavin.“

Er dachte einen Moment nach. Ramsay schien die kleine Lady irgendwie zu mögen, deshalb wäre es vielleicht von Vorteil, wenn sie seine Vergangenheit besser kennen würde, damit sie ihn besser verstehen konnte.

„Weil Ihr eine Lady seid.“

Elena verzog das Gesicht. „Ein wahrlich triftiger Grund.“

Gavin fuhr fort: „Als Junge war ich in Frankreich bei einem Lord, der mich zum Ritter ausbilden sollte. Eines Tages – wir waren gerade beim Schwertkampf – marschierte ein halb verhungerter Bursche einfach zum Tor herein und verkündete, er wolle ein Ritter werden. Damals zählte er gerade mal fünfzehn Lenze. Jeden Versuch der Diener, ihn auf die Straße zu setzen, misslang. Ramsay war damals schon ein ziemlich stures Kerlchen. Nun, er gefiel Lord Dancon auf Anhieb. Dieser bot ihm also eine Ausbildung an, doch Ramsay musste dafür jede freie Minute in der Schmiede arbeiten. Erst einige Monate später erfuhren wir, dass er aus seinem Elternhaus davongelaufen war. Als ich ihn einmal fragte, weshalb er nicht mehr nach Hause wolle, sagte er nur, seine Gründe gingen niemanden etwas an. Mehr war nicht aus ihm herauszubekommen."

„Aber das erklärt noch lange nicht, weshalb er Damen von edler Geburt verachtet."

„Wie kommt Ihr denn darauf?", brummte Gavin, der es bereits bereute, von diesem Kapitel aus Ramsays Lebensgeschichte überhaupt angefangen zu haben.

„Lord Gavin, Ihr weicht mir aus!"

„Er wird mich umbringen, wenn er erfährt, dass ich es Euch erzählt habe."

Elena lächelte ihn schelmisch an uns sagte streng: „Das werde ich mir merken, falls ich Euch einmal loswerden will."

Das klang kein bisschen beruhigend. Ramsay würde es ihm niemals verzeihen. Trotzdem, wenn diese Lady ihn dann besser verstand, würde er seinem Freund vielleicht einen guten Dienst erweisen, wenn er es ihr erzählte. Gavin zuckte mit den Schultern.

„Nun, er war damals schon überdurchschnittlich groß und als er wieder etwas Fleisch auf den Rippen hatte, zeigte sich, dass auch seine Muskeln gewaltig ausgebildet waren. Bald konnten wir unseren Unterricht kaum mehr ungestört fortsetzen. Von der Küchenmagd bis zur Lady kamen sie alle, um ihn anzusehen."

Elena schnaubte verächtlich. „Ihr erwartet doch hoffentlich nicht, dass ich Euch glaube, dass ihn das störte."

Gavin schüttelte betrübt den Kopf.

„Damals noch nicht. Oh, er nahm alle Weiber, die sich ihm an den Hals warfen. Da will ich gar nichts beschönigen. Als er älter wurde, verliebte er sich in ein engelsgesichtiges Wesen, in Lady Vanessa Canbuck, Lord Dancons Mündel. Sie gewährte ihm ihre Gunst. Schließlich wurde sie schwanger."

Elena verspürte plötzlich einen schmerzlichen Stich in ihrer Brust. Ein Kind. Bestimmt ein wunderschöner Junge. Sie beneidete diese Vanessa zutiefst. Wie mochte es wohl sein, von diesem herrlichen Riesen ein Kind zu bekommen?

Augenblicklich errötete Elena vom Kopf bis zu den Zehen. *Was sind denn das für Gedanken, Elena?*

„Ramsay war außer sich vor Freude, doch als er sie um ihre Hand bat, lachte sie ihm mitten ins Gesicht. Sie erklärte ihm, dass sie seinen Bastard bestimmt nicht austragen und ihre Figur dadurch ruinieren würde. Außerdem sei sie schon seit drei Jahren verheiratet und Ramsay sei doch nichts als eine weitere Kerbe in ihrem Bettpfosten. Dasselbe gelte auch für die andern Ladys."

Elena stöhnte gequält auf. „Oh Gott, das muss ihn schrecklich getroffen haben!"

Gavin nickte. „Seit damals empfindet er nur noch Abscheu und Hass für alle Ladys."

Elena versank schweigend in Gedanken. Das alles hatte nichts mit ihr zu tun. Sie ärgerte sich, weil sie einen stechenden Schmerz des Mitgefühls für den jungen Ramsay empfand. Er litt immer noch darunter. Bewies dies nicht, dass dieser mürrische Riese ein empfindsames Herz besaß? Trotzdem, es war nicht fair von ihm, wegen eines einzigen gefühllosen Weibes alle anderen ebenfalls zu verdammen.

Der Weg wurde immer steiler und die Wagen kamen nur noch mühsam voran. Der Todesengel wusste, dass dies die Gelegenheit war, dem Leben dieser Lady ein Ende zu setzen und seine Pflicht zu erfüllen.

Plötzlich wurde Elena durch ein ohrenbetäubendes Rumpeln und laute Rufe aus ihren Gedanken gerissen. Zu spät erkannte sie die

Gefahr. Zwei Weinfässer hatten sich im Wagen vor ihr gelöst und polterten nun mit rasender Geschwindigkeit auf sie zu. Sie versuchte noch, Cecilia herumzureißen, doch die Stute scheute, stieg auf die Hinterbeine und wieherte in panischer Angst.

Im nächsten Augenblick spürte Elena einen heftigen Ruck. Das Letzte, was ihr undeutlich bewusst wurde, war der schmerzhafte Aufprall. Dann hüllte dunkle Schwärze sie ein.

Kapitel 8

Eine eisige Hand legte sich um Ramsays Nacken. Jede einzelne Muskelfaser in seinem mächtigen Körper schrie: Gefahr! Er zerrte Thunder herum und ritt wie ein Pfeil die Kolonne zurück. Zu spät! Er hatte Elena schon fast erreicht, als er das grässliche Donnern hörte. Dann sah er, wie Elenas zierlicher Körper durch die Luft geschleudert wurde. Ihr Schrei ließ ihm das Blut in den Adern gefrieren. Plötzlich schien alles wie verlangsamt zu geschehen. Er sah, wie sie auf den Boden aufprallte, ein Stück abhob und gleich wieder auf der harten Erde aufschlug. Bei Gott, er konnte sogar den Schmerz fühlen. Dann blieb sie reglos liegen. Ramsay fühlte sich, als hätte ihm ein Pferd in den Magen getreten. Es schien eine Ewigkeit zu vergehen, bis er sie endlich erreichte. Noch immer lag sie völlig reglos mit dem Gesicht nach unten auf der Erde. Ramsay kniete nieder und drehte sie ganz vorsichtig um. Sein Bauch krampfte sich qualvoll zusammen, als er in ihr leichenblasses Gesicht sah. Blut sickerte aus einer Wunde an ihrer Stirn. Er tastete nach ihrem Puls. Er war schwach, genau wie ihr Atem, aber sie lebte. Wilde Freude durchzuckte ihn.

Gavin kniete neben ihm und musterte besorgt den schlaffen Frauenkörper.

„Ist sie …?“

Ramsay schaute nicht auf. „Sie lebt“, war alles, was er herausbrachte.

Gavin schloss einen Moment die Augen und schickte ein Dankgebet zum Himmel. Dann wandte er sich zu den Männern um und war ehrlich gerührt. Alle waren von ihren Pferden abgesessen und in all den von unzähligen Kriegen gezeichneten, harten Gesichtern stand aufrichtige Sorge.

Gavin war stolz. Stolz auf diese rauen Männer, die sich nicht scheuten, auch Gefühle zu zeigen. Mit lauter Stimme verkündete er:

„Lady Elena ist bewusstlos, aber sie lebt!“

Ein allgemeines Aufatmen ging durch die Reihen.

Als Ramsay eine blutige Haarsträhne aus Elenas Gesicht strich, zitterte seine Hand. Vorsichtig tastete er ihren Körper nach gebrochenen Knochen ab. Bei Gott, dieses Mädchen hatte vermutlich eine ganze Armee von Schutzengeln! Es schien alles noch heil zu sein. „Bringt mir Wasser!“

Will eilte sogleich herbei. Noch immer völlig verstört reichte er dem Lord den Wasserschlauch. Er hatte schon lange eine Gefahr im Rücken gespürt, doch er hätte niemals gedacht, dass sie der Lady drohte. Schließlich hatten die besten Männer sie bewacht.

Ramsay zog Elenas reglose Gestalt sanft an seine Brust und sagte: „Will, gieß mir ein wenig Wasser in die Hand.“

Dieser tat, wie ihm befohlen, und Ramsay strich mit der nassen Hand über Elenas Wangen. Sie bewegte sich leise. Mit größter Sorgfalt zog er ihren Umhang schützend um sie. Sie stöhnte leise auf, dann endlich hoben sich flatternd ihre Lider. Smaragdgrüne Augen mit kleinen Goldpünktchen schauten mit einem glasigen Glanz zu ihm auf. Da erst merkte Ramsay, dass er besorgt den Atem angehalten hatte. Verdammt seltsames Gefühl, sich um jemanden zu sorgen!

„Elena?“

Verwirrt hob sie die Hand und er ergriff sie, hielt sie fest und versuchte sie zu beruhigen, obwohl er herzlich wenig von solchen Dingen verstand.

„Es ist alles gut, Mädchen“, sagte er mit einer Stimme, die rauer war als beabsichtigt.

Elena fuhr sich mit der Zungenspitze über die trockenen Lippen.

„Was … ist passiert?“

Ihre Stimme war schwach, die Worte kamen nur zögernd. Sie bewegte sich erneut und Ramsay spürte die Kraft und Geschmeidigkeit ihres zierlichen Körpers. Seine Erleichterung darüber war so gewaltig, wie er es niemals für möglich gehalten hätte. Er konnte sich nicht erinnern, wann er sich das letzte Mal wirklich Sorgen um jemanden gemacht hatte. Vermutlich noch nie. Weshalb, zum Teufel, dann gerade jetzt, und dann auch noch um dieses Mädchen? Diese Tatsache beunruhigte ihn zutiefst und seine schlechte Laune kehrte zurück.

„Was soll schon passiert sein? Du bist mal wieder vom Pferd gefallen. Erinnere mich daran, dass ich dir bei Gelegenheit das Reiten beibringe."

Sie sah ihn einen Augenblick verdutzt an. „Ach ja … die Fässer. Cecilia. Was ist mit ihr? Geht es ihr gut?"

Ramsay sah sich kurz um und entdeckte die graue Stute beim Vorratswagen. Jemand musste sie dort festgemacht haben.

„Es scheint ihr gut zu gehen."

Er winkte Gavin zu sich. „Eine knappe Meile vor uns liegt eine Lichtung. Dort lagern wir über Nacht."

„Aye, Mylord!"

Mit diesen Worten wandte Gavin sich an die Männer und gab Befehl zum Aufsitzen.

Elena bewegte sich wieder.

„Wollen wir nicht auch aufbrechen, Mylord?"

„Wir beide warten, bis du dich von dem Schreck erholt hast. Dann zeigt sich, ob du verletzt bist oder nicht."

Elena lehnte ihr Gesicht an seine Brust und schwieg einen Augenblick. Sie sah die Männer davonreiten. Plötzlich kam ihr Todds seltsames Verhalten von heute wieder in den Sinn und sie spürte einen dumpfen Stich in der Brust.

„Mylord, glaubt Ihr, dass es ein Unfall war?"

Ramsays Lippen bildeten einen grimmigen Strich und er starrte finster den Kriegern nach. „Ihr glaubt es nicht."

Nur zu deutlich konnte er die Traurigkeit in ihrer Stimme hören.

„Kannst du dich bewegen?"

Elena richtete sich ein wenig auf.

„Ich glaube schon."

Ramsay hob sie hoch und ließ sie dann vorsichtig auf ihre Füße nieder. Er fühlte, wie sie leicht zusammenzuckte.

„Was ist?"

Elena schüttelte leicht den Kopf. „Alles in Ordnung, nur mein linker Fuß tut ein bisschen weh."

Im nächsten Moment wurde sie vorsichtig hochgehoben und Ramsay marschierte mit großen Schritten zu seinem Hengst. Er setzte Elena in den Sattel, schwang sich hinter sie und legte einen Arm um ihre schmale Taille. Er wusste selbst, dass er sie fester als eigentlich nötig an sich drückte. Damit sie nicht hinunterfiel, beruhigte er sich selbst. Bestimmt nicht, um sich zu vergewissern, dass sie wirklich noch lebte und dass es ihr gut ging.

Elena lehnte sich schweigend an seine Brust. Sie wollte einfach nicht glauben, dass Todd hinter alldem steckte, und doch sprach vieles dafür. Tiefe Traurigkeit übermannte sie. So viele Jahre hatte sie in Angst gelebt. Angst vor den Trinkgelagen ihres Vaters. Angst vor den Zudringlichkeiten seiner Freunde. Sie hatte es so satt! Oh Gott, wie war sie es leid, sich immer in dunklen Nischen zu verstecken, wenn zufällig jemand denselben Gang entlangging wie sie. Sie wollte leben!

Elena schloss gequält die Augen und flüsterte: „Ich möchte so gerne leben."

Irgendetwas an dem Ort, an dem Ramsay früher sein Herz geglaubt hatte, krampfte sich schmerzhaft zusammen. Sein Griff um ihre Taille verstärkte sich und seine Worte klangen selbst in seinen eigenen Ohren wie ein Schwur.

„Das wirst du, Elena. Ich lasse nicht zu, dass du stirbst."

Erstaunt über die Heftigkeit in seiner Stimme sah sie zu ihm auf. Seine Augen hatte er starr auf die Straße gerichtet, doch Elena fühlte den wilden Kampf seiner Gefühle hinter der finsteren Gelassenheit.

Er mag mich, auch wenn er dagegen ankämpft wie ein Teufel.

Bei dieser Erkenntnis wurde es ihr ganz warm ums Herz. Elena war sich ganz sicher. Sie hatte es in seinen besorgten Augen gesehen, als sie das Bewusstsein wiedererlangt hatte. Er mochte sie. Natürlich redete sie sich nicht ein, dass es Liebe war. Sie war schließlich keine Frau, die man lieben konnte. Das hatte sie in einigen harten Lektionen in ihrer Vergangenheit deutlich genug zu spüren bekommen. Trotzdem mochte er sie, und das war weit mehr als das, was sie seit dem Tod von Melcom und ihrer geliebten Mutter von anderen Menschen bekommen hatte.

Schüchtern hob sie ihre kleine Hand und berührte zart Ramsays Wange. Er zuckte zusammen, als hätte sie ihn geschlagen, und sie zog sie schnell wieder zurück. Zinngraue Augen bohrten sich mit einer Intensität, die ihr fast den Atem raubte, in ihre, gerade so, als suchten sie darin nach Antworten, zu denen er die Fragen selbst nicht kannte.

„Sie kommen!"

Sogleich wandten sich die Blicke der Krieger nach ihrem Führer und Elena um. In den Gesichtern stand aufrichtige Erleichterung und Elena senkte verlegen die Augen. Sie war so viel Sympathie und Zuneigung nicht gewohnt und fühlte sich ein wenig gehemmt.

Unbewusst schmiegte sie sich enger an Ramsays breite Brust, die ihr das Gefühl von Sicherheit und Frieden schenkte.

Nachdem Ramsay Elena ins Zelt getragen und ihren geschwollenen Fuß versorgt hatte, ging er zu Gavin.

„Hast du den Wagen untersucht?"

Gavin nickte düster.

„Die Seile sind durchgeschnitten worden."

Ramsays Augen glitzerten wie frisch geschliffene Dolche.

„Und vermutlich hat niemand gesehen, wie es geschehen ist. Wo war Todd?"

Gavin war froh, dass Ramsay nicht Will verdächtigte, der den Wagen gelenkt hatte. Der arme Kerl machte sich schon genügend Vorwürfe.

„Milvan und Bruce schwören, dass sie ihn nicht aus den Augen gelassen haben. Aber bei dem Durcheinander, das herrschte, als wir von Inverurie weiterzogen, ist es gut möglich, dass er sich kurz davongeschlichen hat."

„Verdammt! Wir brauchen einen Beweis! Was ist mit Will? Hat er eine Vermutung?"

Es war bekannt, dass der Koch so etwas wie das zweite Gesicht besaß. Doch als Gavin auch diesmal den Kopf schüttelte, wusste Ramsay nicht mehr weiter.

„Die Lady ist im Zelt. Kontrolliere die Wachen!"

Mit diesen Worten schwang er sich auf Thunders Rücken und galoppierte davon. Er musste nachdenken. Irgendeinen Hinweis musste es doch geben!

Elena lag weich in unzählige Felle eingebettet in Ramsays Zelt, lauschte dem gleichmäßige Trommeln des Regens und hing traurig ihren düsteren Gedanken nach. Sie kannte die meisten Männer aus dem Lager bereits bei ihren Namen und sie war ganz gerührt gewesen, als sie in ihren Gesichtern aufrichtige Besorgnis und Sympathie lesen konnte. Dennoch, einer von ihnen hasste sie so sehr, dass er vermutlich nicht aufgeben würde, bis man ihn entweder erwischte oder aber sie starb. Noch immer wollte sie nicht glauben, dass Todd dieser Mann war. Er war doch ihr Freund, oder nicht? Weshalb mussten alle Menschen, die sie mochte, sie eines Tages verraten? Ramsay, wie sie ihn inzwischen im Stillen nannte, hatte sie nach ihrer Ankunft eilends alleine gelassen und war noch immer nicht zurückgekehrt. Bestimmt war er wütend auf sie, weil er ihretwegen schon so zeitig das Lager hatte aufbauen lassen müssen. Elena hätte weinen können. Oh, weshalb musste sie ihm auch so sehr zur Last fallen? Nun hielt er sie nicht mehr nur für eine Hure, sondern sie wurde geradezu eine unerträgliche Last für ihn. Was ihr jedoch noch viel schlimmer zusetzte, war die Gewissheit, dass sie sich auf dem besten Wege dazu befand, sich in ihn zu verlieben. Sie war machtlos gegen diesen Zauber, den nur er, Lord Ramsay McFist, der Höllendämon, auf sie ausübte. Ein einziger Blick aus diesen gefährlichen, grauen Augen genügte, um ihr Blut in Wallung zu bringen und die Schmetterlinge zu neuem Leben zu erwecken.

Wenige Meilen entfernt befand sich Ramsay auf dem Rückweg ins Lager und schimpfte sich selbst einen Wahnsinnigen. Er war losgeritten, um nachzudenken. Hatte Abstand gebraucht von der unheimlichen Anziehungskraft der kleinen Lady und der Trauer, die er empfand, weil er sie niemals besitzen konnte, auch wenn sie auf ihn mit einer Heftigkeit reagierte, wie er sie nie zuvor bei einer Frau erlebt hatte.

Tief in diese trüben Gedanken versunken war er einfach drauflos geritten und bevor ihm überhaupt klar wurde, was er tat, befand er sich in Inverurie in einer schäbigen, kleinen Hütte und legte einer fassungslosen Frau zwei Goldstücke in die Hand. Er hatte wirklich den Verstand verloren. Etwas Warmes zappelte an seiner Brust und ein kleines hellgraues Köpfchen mit einem schwarzen Ohr streckte sich aus Ramsays Umhang. Doch als ihm Regen ins Gesicht schlug, gab der kleine Welpe einen protestierenden Laut von sich, zog sich zurück in die warme Geborgenheit des Mantels und schlief ein.

Ramsays Laune war so düster wie die mondlose Nacht, durch die er ritt. Aus irgendeinem idiotischen Grund war er seinem Impuls gefolgt, Elena eine Freude zu machen. So ein Irrsinn! Er hatte bereits mit dem Gedanken gespielt, das Hundsvieh irgendwo auf dem Weg auszusetzen, doch das konnte er dem kleinen Wicht nicht antun. Schließlich war der Hund nicht verantwortlich für seine eigene Dummheit. Aber wie, um Gottes willen, sollte er ihn Elena geben, ohne dass es so aussah, als würde er sie mögen?

Kurz vor Mitternacht und bis auf die Haut durchnässt kehrte Ramsay ins Lager zurück. Er warf Milvan Thunders Zügel zu und eilte übellaunig in sein Zelt.

Elena hatte eine Kerze brennen lassen und der schwache Schein erhellte das Innere mit weichem Licht. Sie lag bis zu den Hüften in den weichen Fellen begraben auf dem Bauch und schlief. Ihr Haar, das zu einem dicken Zopf geflochten war, hatte sich wie eine Schlange um ihren Arm gewickelt. Ramsay entdeckte einen nussgroßen Fleck an ihrem Hals, der noch von seinen leidenschaftlichen Küssen zeugte. Augenblicklich erhitzte sich sein Blut. Bei Gott, die nächsten Tage würden die Hölle auf Erden sein. Neben ihr im Bett zu liegen und doch auf ihren Körper zu verzichten! Oh ja, er hatte sich dies sehr genau überlegt und war zu dem Ergebnis gekommen, dass er Elena niemals wieder gehen lassen würde, wenn er sie erst einmal besessen hätte. Der uferlose Schmerz des Verlustes, den er heute Nachmittag gefühlt hatte, als er ihren zierlichen Körper durch die Luft hatte fliegen sehen, hatte ihm klargemacht, dass er sich auf sehr gefährlichem Terrain befand. Seine Gefühle für dieses Mädchen gingen zu tief und wenn er sich nicht vorsah, würde er sich wieder zum Spielball machen – genau wie bei Vanessa. Auch Elena würde sicherlich nicht bei ihm bleiben wollen und er tat gut daran, sich von nun an von ihr fern zu halten.

Von seinen gemurmelten Flüchen geweckt, hob Elena verschlafen den Kopf und blinzelte in das finstere Gesicht des völlig durchnässten Riesen. Träge stützte sie sich auf die Ellbogen: „Mylord? Seid Ihr in einen Bach gefallen?"

Neuerliche Wut über sich selbst schüttelte Ramsay und er brummte: „Es regnet."

Elena schälte sich aus den Fellen und setzte sich auf.

„Ihr solltet Euch umziehen, Mylord."

Noch immer vom Schlaf benommen, krabbelte sie ans Fußende des Bettes und suchte ein Tuch zum Abtrocknen. Dann gähnte sie herzhaft und brachte es ihm. Ramsay nahm es wortlos an sich und hob verwirrt die Augenbrauen, als Elena ihn sanft, aber bestimmt auf einen Stuhl niederdrückte. Sie schenkte ihm einen Becher Wein ein, nahm ihm das Tuch aus der Hand und humpelte hinter ihn. Während sie seine Haare trocken rieb, tadelte sie ihn: „Ihr solltet bei diesem Wetter nicht ausreiten. Wisst Ihr denn nicht, dass man davon im Alter Rheuma oder die Gicht bekommt?"

Beim Klang dieser vertrauten Stimme begann das kleine Fellbündel plötzlich zu winseln und zu zappeln.

Elena schaute verwirrt über Ramsays Schulter.

„Habt Ihr etwas gesagt?"

Gleich darauf entdeckte sie das kleine Köpfchen, das aus dem Mantel lugte. Mit einem kleinen Freudenschrei hinkte sie um Ramsay herum und fiel vor ihm auf die Knie. Ihr ganzes Wesen schien vor Freude zu strahlen und Ramsay konnte sie nur erstaunt anstarren. Nie zuvor hatte er solches Glück in einem Gesicht gesehen. Ganz langsam, als könnte sie es selbst nicht glauben, öffnete Elena Ramsays Mantel und holte den kleinen Welpen heraus, der fröhlich quietschte und zappelte.

„Oh, seht doch, wie niedlich sie ist!", rief Elena begeistert.

Gott, war das peinlich! Ramsay räusperte sich verlegen. „Ich dachte, du brauchst vielleicht einen Wachhund. Es wird zwar noch ein Weilchen dauern, bis er etwas taugt ..."

„Für mich?"

Sie sah ihn so erstaunt an, dass er nicht anders konnte als lächeln.

„Aye, für dich."

Elena starrte Ramsay fassungslos vor Glück und ... ja, vor Liebe an. Ja, das war es, sie liebte diesen vor Verlegenheit errötenden Riesen von ganzem Herzen. Wie dumm sie doch gewesen war, das nicht schon eher zu erkennen! Wann mochte es nur geschehen sein? Als er sie das erste Mal geküsst hatte? Oder als sie ihm den heißen Kelch serviert und er sie nicht geschlagen hatte? Sie fand keine Antwort, doch nun verzehrte sie sich danach, dass Ramsay dasselbe für sie empfand.

Langsam erhob sie sich, wobei sie in ihrer vertraut tollpatschigen Art wieder gegen sein Kinn stieß. Dann hielt sie das jauchzende Fellbündel hoch in die Luft und ihr glückliches Lachen erfüllte das Zelt.

„Oh, Mylord, ich weiß gar nicht, was ich sagen soll. Ich ... Ich danke Euch!"

Sie blieb stehen und als sie ihn ansah, war in ihren Augen so viel Wärme und Zuneigung, dass es Ramsay fast den Atem nahm.

Bei Gott, das hatte er nicht gewollt. Er wollte ihre Zuneigung nicht, wollte diesen bewundernden Glanz in ihren Augen nicht. Er hatte seine Entscheidung getroffen.

Bedrückt legte er die nassen Kleider ab, bis er nur noch im Lendenschurz vor ihr stand. Danach setzte er sich wieder auf den Stuhl, nippte an seinem Wein und beobachtete Elena. „Leila. Du sollst ‚Leila' heißen, meine kleine Schönheit."

Das kleine Hündchen japste begeistert und Elena drehte sich im Kreis, bis sie kaum mehr stehen konnte. Sie war so glücklich! Ohne sich dessen bewusst zu sein, setzte sie sich auf einen von Ramsays nackten Schenkeln und drückte das Tierchen liebevoll an ihre Brust. „Wisst Ihr, dass dies das schönste Geschenk ist, das ich je bekommen habe?", fragte sie begeistert.

Ramsay glaubte ihr kein Wort. Eine Lady wurde doch dauernd von irgendwem beschenkt. Kostbare Juwelen und feinste Seide. Und doch hatte er damals ähnlich empfunden, als er Wulf gefunden hatte. Ein halb verhungerter Wolfswelpe, dessen Fuß sich in einer

Wurzel verfangen hatte. Ein einziger Blick auf dieses Wesen hatte genügt, um zu wissen, dass er soeben einen treuen Freund und Weggefährten gefunden hatte.

„Oh, du hast bestimmt Hunger."

Elena drückte Ramsay einen schmatzenden Kuss auf die Wange und nahm vom Schneidebrett, das eigentlich für ihn gedacht war, je ein Stück Käse und Fleisch. Dann setzte sie sich mit ihrer kleinen Last aufs Bett und schaute begeistert zu, wie Leila gierig das Essen hinunterschlang.

Derweil zog sich Ramsay frische Beinkleider an und verzehrte schweigend sein Nachtmahl. Er beobachtete Elena, wie sie im Schneidersitz auf dem Bett saß, das kleine Fellbündel wie ein Baby im Arm hielt und es liebevoll fütterte.

Ein dumpfer Schmerz breitete sich in seiner Brust aus. Ein Baby. Wie schon so viele Male zuvor fragte er sich, was es wohl geworden wäre. Bestimmt ein kerngesunder, kräftiger Sohn. Er versuchte, sich vorzustellen, wie es wäre, eine eigene Familie zu haben. Morgens neben immer derselben Frau aufzuwachen. Ein behagliches Heim anzutreffen, wenn er von einem schweren Kampf zurückkehrte, und ein tollendes Rudel kleiner Kinder, die ihn übermütig empfingen. Wütend schob er diese Gedanken beiseite. Alles nur Illusionen. Er würde niemals heiraten! Keine Frau und keine Kinder. Vor vielen Jahren hatte er sich damit abgefunden und es war sinnlos, sich Dinge zu wünschen, die unerreichbar blieben.

Elenas glückliche Stimme riss ihn aus seinen Gedanken.

„Was glaubt Ihr, Mylord? Aus welcher Rasse stammt meine kleine Leila?"

Ramsay zuckte mit den Schultern.

„Schwer zu sagen, vermutlich von allem ein bisschen. Es würde mich nicht wundern, wenn auch noch ein Wolf mitgemischt hätte."

Elena riss schuldbewusst die Augen auf. Ihr war etwas eingefallen.

„Oh, aber was ist mit dem Jungen? Er wird bestimmt sehr traurig sein."

„Seine Familie hat jetzt für einige Monate zu essen auf dem Tisch."

Elena sah Ramsay forschend an.

„Habt ihr den weiten Weg nach Inverurie nur wegen Leila gemacht?“

Ramsay beschäftigte sich ausgiebig mit dem Zerlegen eines Fleischstücks und brummte: „Ich hatte dort etwas zu erledigen.“

Elenas Herz nahm einen freudigen Sprung. Er log! Sie konnte es deutlich an der leichten Röte seines Gesichts erkennen. Eine sanfte Wärme breitete sich in ihrer Brust aus und erfüllte sie mit verwundertem Staunen.

Bald schlief Leila erschöpft in Elenas Armen ein.

„Sie ist so schwach“, sagte Elena besorgt, „glaubt Ihr, dass sie es schaffen wird?“

Ramsay nickte zuversichtlich.

„Sie scheint recht zäh zu sein und mit genügend Futter wird sie bald wieder bei Kräften sein.“

Kapitel 9

Die nächsten vier Tage schleppten sich nur langsam dahin. Will hatte Leila ein Plätzchen im Vorratswagen eingerichtet. Ein straff gespanntes Tuch versperrte dem kleinen Wirbelwind den Weg zu den Vorräten. Wulf ignorierte den kleinen Welpen mit stoischer Gelassenheit, genauso, wie es sein Herr mit Elena zu tun versuchte.

Seit jenem Abend war er ihr aus dem Weg gegangen. Morgens, wenn sie aufwachte, war sein Lager bereits leer. Er nahm sein Essen bei den Männern ein und abends kam er immer erst, wenn sie bereits schlief. Trotzdem ertappte sie ihn immer wieder dabei, wie er sie verstohlen beobachtete. Ihr Herz wurde von Augenblick zu Augenblick schwerer. Sie vermisste seine Nähe. Die Sicherheit, die sie immer bei ihm empfand. Die Hitze, die ein einziger seiner Blicke in ihr entfachte. Wenigstens hatte sie noch ihre kleine Leila.

Ramsay hatte Recht gehabt: Leila erholte sich prächtig und wich keinen Schritt mehr von Elenas Seite. Vielleicht spürte der kleine Wicht, wie sehr Elena litt. Besonders abends, wenn sie sich mit Leila in das große, leere Bett kuschelte.

Am Abend des fünften Tages saß Elena auf dem Bett und stieß gereizt ihre Nadel in den Saum des neuen Kleides. Die ersten Tage war sie traurig gewesen, weil Ramsay einfach durch sie hindurchsah, als würde sie gar nicht existieren. Doch ihre Trauer hatte sich in Zorn verwandelt. Schließlich war sie nicht alleine schuld daran, dass sie sich in ihn verliebt hatte. Elena war so wütend, dass sie am liebsten geschrieen hätte. Wie konnte es dieser arrogante Kerl wagen, sie einfach zu übersehen?

Wulf trottete herein und funkelte Elena gefährlich an, was ihre Laune auch nicht gerade besserte. Diese hässliche Kreatur war genauso herzlos wie ihr Herrchen. Leila spielte neben dem Bett mit dem Stock, den sie von einem Spaziergang stolz nach Hause geschleppt hatte. Bisher hatte Wulf den Welpen immer ignoriert, doch nun näherte er sich mit aufgestellten Nackenhaaren und angelegten Ohren.

„Du hast mir gerade noch gefehlt, du hässliches Biest!“ murrte Elena. Das tiefe, bedrohliche Knurren jagte ihr plötzlich Angst ein. Vorsichtig legte sie ihr Kleid zur Seite und stellte sich schützend vor Leila.

„Verschwinde!“

Ihre Augen funkelten mindestens so gefährlich wie die des Wolfes und ihre Stimme klang kalt und zu allem entschlossen: „Wage es ja nicht, meinem Liebling zu nahe zu treten!“

Leila, das dumme Tierchen, quietschte vergnügt und versuchte, sich an Elenas Beinen vorbeizuzwängen, um mit Wulf zu spielen. Elena versuchte verzweifelt, den kleinen Wirbelwind aus der Gefahrenzone zu schieben, doch Leila fand immer wieder einen Weg, um ihr japsend und schwanzwedelnd zu entwischen. Anscheinend hielt sie das für ein neues Spiel.

Wulf hingegen zog die Lefzen hoch und leckte sich die entblößten Zähne. Im nächsten Moment setzte er zum Sprung an. Elena hörte den ängstlichen Schrei ihres Lieblings und sah rot. Mit der Kraft und dem Beschützerinstinkt einer besorgten Mutter packte sie Wulf am Genick und schleuderte das schwere Tier durch das Zelt. Der Wolf blieb einen Augenblick reglos stehen, als müsse er sich vom Schreck erholen, griff sie dann aber an. Elena spürte einen brennenden Schmerz im Arm und der ganze aufgestaute Zorn der letzten Tage verschaffte sich Luft. Mit einem wütenden Schrei stürzte sie sich auf ihren Angreifer, packte seine Vorderpfote und biss mit aller Kraft zu. Wulf stieß einen lauten Schmerzensschrei aus und wich verwirrt vor Elena zurück. Diese spuckte einige seiner Haare aus und zischte: „Wenn du jemals meiner Leila etwas antust, du räudiges, hässliches Vieh, dann beiß ich dir das nächste Mal ein Ohr ab!“

Wenige Minuten später trat Ramsay ein und blieb wie vom Donner gerührt stehen. Die Lady saß auf dem Bett und verband Wulf, der fromm wie ein Lämmchen neben ihr lag, die Pfote – und das, während Leila auf ihm herumsprang! Ramsay schloss kurz die Augen, um sicherzugehen, dass er nicht träumte.

„So, mein Wölfchen, jetzt tut es auch gar nicht mehr weh."

Wölfchen? Ramsay drehte es bei diesem Wort beinahe den Magen um. Dieses Weib ruinierte gerade seinen Wolf. Maßlose Enttäuschung stieg in ihm auf. Wulf mochte doch keinen Menschen außer ihm, und das sollte gefälligst auch so bleiben. Er war sein Freund und diese Lady hatte kein Recht, ihm seinen Begleiter abspenstig zu machen.

Wütend donnerte er: „Was hast du mit meinem Wolf gemacht?"

Elena schenkte ihm ein spitzbübisches Lächeln.

„Ich habe ihn gebissen, Mylord."

Das nahm Ramsay augenblicklich den Wind aus den Segeln. Er erwartete von einer Lady einiges, doch dies gehörte eindeutig nicht dazu. Ungläubig trat er einen Schritt näher.

„Du hast was getan?"

Elena hob breit grinsend ihren bandagierten Arm.

„Wir sind quitt. Also gibt es keinen Grund für Euch, ärgerlich zu sein."

Plötzlich kam Edgar ins Zelt gestürmt und rief: „Mylady, der kleine Jimmy ist krank! Er hat hohes Fieber. Und noch drei Männern geht es genauso."

Elena lief es kalt den Rücken hinunter.

„Nemesis!" sagte sie ruhig.

Ramsay schaute sie fragend an und Elena erklärte: „Vor einem Jahr suchte eine schreckliche Grippe unsere Burg heim. Unser Burgpriester glaubte, es wäre Gottes Zorn, weil mein Vater verboten hatte, unter der Woche die heilige Messe zu lesen. Der Priester benannte sie nach der Rachegöttin Nemesis. Praktisch jeder wurde davon befallen." Etwas leiser fügte sie hinzu: „Viele starben daran."

Sie sprang auf und zuckte sogleich zusammen. Ihr Fuß tat höllisch weh, doch sie versuchte, es vor den Männern zu verbergen.

„Ich muss mir Jimmy ansehen."

Mit vor Schmerz zusammengebissenen Zähnen eilte sie hinter Edgar und Ramsay her.

Jimmy lag zusammengerollt in einem Zelt, das noch sieben weitere Männer mit ihm teilten. Elena setzte sich neben ihn auf das schmale Lager und befühlte seine verschwitzte Stirn.

„Er glüht. – Jimmy … hörst du mich?“

Der Junge schaute aus glasigen Augen zu ihr auf und fragte schwach: „Werde ich sterben?“ Elena drückte seine Hand und lächelte ihn aufmunternd an.

„Nay, du stirbst bestimmt nicht. Es ist nur eine kleine Grippe. Sag, hast du Bauchschmerzen?“

Jimmy nickte.

„Kopfschmerzen und Schwindelgefühle?“

Erneut ein schwaches Nicken.

„Ist dir auch übel, hast du dich erbrochen?“

Zu ihrer Erleichterung schüttelte der Junge den Kopf. Nachdem Elena sich vergewissert hatte, dass Jimmys Haut weder Rötungen noch Bläschen aufwies, wandte sie sich an Ramsay.

„Es scheint nicht dieselbe Grippe zu sein, Mylord. Trotzdem müssen wir dafür sorgen, dass die übrigen Männer nicht angesteckt werden.“

Ramsay nickte zustimmend.

„Was schlägst du vor?“

Elena, ein wenig erstaunt, dass der Lord ihre Meinung hören wollte, dachte einen Augenblick nach.

„Wir müssen die Kranken aus dem Lager schaffen. Sorgt dafür, dass am Fuß des Hügels ein Krankenlager errichtet wird. Nehmt einige Stöcke und bindet gelbe Stofffetzen daran. Dann steckt sie in allen Himmelsrichtungen in einem großen Bogen um das Lager, damit Reisende vor der Krankheit gewarnt sind. Wir brauchen Wasser, viel kaltes Wasser und Decken. Schickt mir vier Männer, die beim Kräutersammeln helfen, damit ich einen fiebersenkenden Trank zubereiten kann.“

Ramsay nickte anerkennend und sagte: „Edgar, wähle vier Männer für die Lady aus.“ Danach verließ er das Zelt und Elena hörte, wie er Befehle erteilte.

„Die Schmerzen werden bald vorbeigehen, Jimmy.“

Der Junge nickte schweigend und drehte das Gesicht zur anderen Seite.

„Mylady, ich werde mich um ihn kümmern.“

Elena drehte sich nach der Stimme hinter ihr um und erkannte den stattlichen Mann mit dem Namen Dancen. Sie schenkte ihm ein dankbares Lächeln.

„Vorerst können wir nur kalte Umschläge machen, um ihm etwas Erleichterung zu verschaffen."

Der Mann nickte und holte einen Krug mit Wasser.

Als Elena aus dem Zelt trat, standen ihre Helfer bereits da und warteten auf ihre Anweisungen. Sie zeigte ihnen, welche Kräuter sie benötigte, und als sie sich vergewissert hatte, dass diese harten Männer auch wirklich die richtigen Pflänzchen pflückten, suchte sie nach Will.

Wie üblich fand sie ihn beim Vorratswagen.

„Will, wie fühlst du dich?"

Ihre Besorgnis freute ihn.

„Ich bin kerngesund. Kann ich Euch helfen?"

„Aye, bereite Fleischsuppe zu. Eine besonders starke, bitte. Ich glaube, die werden wir brauchen. Vielleicht könntest du auch allen Männern sagen, dass sie beim leisesten Verdacht auf Schwindel oder Fieber sofort ins Krankenlager kommen sollen."

Danach hinkte Elena den Hügel hinunter und überwachte den Aufbau des Krankenlagers. Von weitem sah sie, wie Milvan zu schwanken begann. Rasch hinkte sie an seine Seite und legte seinen Arm um ihre Schultern.

„Stütz dich auf mich, ich bringe dich in eines der Zelte."

Er fühlte sich schrecklich heiß an und Elena biss tapfer die Zähne zusammen, als sein Gewicht immer schwerer wurde. Glühend heiße Pfeile des Schmerzes jagten durch ihr Bein und sie sah sich Hilfe suchend nach einem der Männer um, fand aber niemanden.

Schwach befahl sie: „Milvan, werde jetzt bloß nicht ohnmächtig, verstanden? Du musst mir schon helfen."

Ramsay legte den vor Fieber schlotternden Jimmy auf ein Lager und deckte ihn mit zwei Wolldecken zu. Danach machte er sich auf den Weg, um den nächsten Patienten zu holen. Da sah er in der Ferne Elena, die Milvan mit sich schleppte. Bei Gott, sie wirkte wie ein Kind neben diesem Mann. Mit langen Schritten holte Ramsay sie ein, packte den Burschen und warf ihn sich über die Schulter.

Elena seufzte erleichtert auf. „Danke, Mylord."

Ramsay nickte knapp und verschwand in einem der Zelte.

So ging es bis tief in die Nacht. Die Männer fielen um wie die Fliegen und bald war über die Hälfte von ihnen krank. Elena kochte eimerweise fiebersenkende und krampflösende Absude aus den gesammelten Kräutern, wusch die Kranken und brachte ihnen das Essen.

Ramsay, der ebenfalls unermüdlich die Umschläge der Fiebernden wechselte, beobachtete sie. Er war ihr Respekt schuldig. Sie war wirklich etwas Besonderes. Erschöpft, wie sie war, erteilte sie in alle Richtungen Befehle wie ein Feldherr. Ihr Kleid wies bereits etliche Flecken auf, doch das schien sie nicht zu stören. Sie hatte Schmerzen, das konnte er deutlich an ihren zusammengepressten Lippen erkennen, wenn sie sich unbeobachtet fühlte. Dennoch hinkte sie von einem Krankenlager zum anderen und hatte für jeden der Männer ein freundliches Lächeln und einige aufmunternde Worte übrig.

Aye, sie war wirklich einzigartig!

Die letzten Tage war er ihr aus dem Weg gegangen, weil sie in ihm Gefühle weckte, die er längst verloren geglaubt hatte und die ihn nun wieder beunruhigten. Nein, das stimmte nicht ganz. Diese Gefühle beunruhigten ihn nicht – nein, sie jagten ihm eine höllische Angst ein. Ramsay weigerte sich verzweifelt, in ihr etwas anderes zu sehen als das, was sie war: eine hinterhältige Lady. Nicht mehr und nicht weniger. Alles nur Äußerlichkeiten. All ihre Fürsorge, ihre Freundlichkeit ... nur Äußerlichkeit. Man musste ihr nur diese Maske abnehmen und dahinter würde nichts als Gier und Bosheit stecken.

Ramsay fuhr sich matt mit der Hand durchs Haar. Aye, all dies hatte er sich in den letzten Tagen tausend Mal vorgebetet. Immer und immer wieder. Warum, zum Teufel, konnte er es dann selbst nicht mehr glauben? Weshalb schien es ihm plötzlich doch möglich, dass sie vielleicht wirklich nicht so war wie Vanessa und die anderen Ladys? War das sein Wunschdenken?

Ramsay hatte versucht, sie nicht zu beachten, aber das war bei dieser Frau schlichtweg unmöglich. Sie zog ihn an wie das Licht die

Nachtfalter. Immer wieder hatte er sich dabei ertappt, wie er die Lady beobachtete. Wie er sie mit seinen Blicken verschlang. Den sanften Schwung ihrer Hüften und die Anmut ihrer Bewegungen. Sie war ganz anders als die Frauen, die er bisher gekannt hatte. Ihr Vater war gefangen, die Burg besetzt, und dreimal hatte man sie nun schon umbringen wollen. Trotz der vielen Schicksalsschläge, die sie erlitten hatte, strahlte sie eine Selbstsicherheit und einen Optimismus aus, die ihn immer wieder überraschten. Niemals Klagen, keine Tränen. Sie nahm einfach alles hin und versuchte, das Beste daraus zu machen. Ramsay begann, sie zu bewundern. Ihrer inneren Stärke und ihres Mutes wegen, und das gefiel ihm gar nicht. Noch weniger gefiel ihm das Verlangen, das tiefer ging.

Ein trauriges Lächeln legte sich auf seine Lippen. Er hatte gestern beobachtet, wie sie mit Leila spazieren gegangen war. Hatte ihr zugesehen, wie sie mit ihr gespielt hatte. Weggelaufen oder sich vor ihr versteckt hatte – und sie hatte gelacht. So ausgelassen und sorglos wie ein Kind. Wie sehr hatte er sich gewünscht, dass er an Leilas Stelle gewesen wäre – dass Elena für ihn gelacht hätte. Nur für ihn. Er sehnte sich so sehr danach. Und diese Sehnsucht wurde von Tag zu Tag größer. Selbst in seinen Träumen ließ sie ihm keinen Frieden mehr.

Die Nacht zog sich schleppend dahin und Elena rieb sich müde die Augen. Immer wieder kamen neue Kranke hinzu. Nur wenige waren von der Grippe verschont geblieben. Elena ging an den Krankenlagern entlang und erneuerte die nassen Umschläge. Es war angenehm ruhig, nur manchmal durchbrach ein Stöhnen die Stille. Elena ging zu dem kleinen Tischchen zurück und entzündete eine neue Kerze. Dabei dachte sie wehmütig an ihren Vater.

„Oh, bitte Papa, halte durch!“, flüsterte sie traurig vor sich hin.

Nun würden sie weitere kostbare Tage vergeuden, bis sich die Männer von der Grippe erholt hatten. So viele Tage, die ihr Vater länger in Gefangenschaft ausharren musste. Wie mochte es ihm nur ergangen sein? Versorgte jemand seine Wunde? Bekam er genug zu essen? Bei jeder Frage wurde es Elena schwerer ums Herz. Sie hätte nicht weggehen dürfen, hätte dort bleiben und für ihn sorgen müssen. Vor ihrem geistigen Auge sah sie den geschundenen Körper ihres Vaters in einem schmutzigen, übel riechenden Verlies liegen. Wusste er, dass ihr die Flucht gelungen war? Vielleicht machte er sich Sorgen um sie und ahnte gar nicht, dass sie bereits mit der ersehnten Hilfe auf dem Heimweg war. Und was war mit ihren Bediensteten geschehen? Wie viele hatten wohl bei dem Überfall ihr Leben lassen müssen? Die, die überlebt hatten, hungerten sicherlich und waren verzweifelt.

„Hast du Gavin gesehen?"

Elena fuhr erschrocken herum und prallte gegen eine harte Brust. Sie wäre gefallen, wenn sich nicht zwei große, kräftige Hände um ihre Mitte gelegt hätten, um sie zu stützen. Bei dieser Berührung jagten heiße Blitze durch Elenas Körper und ihr Herz schlug so wild, als wolle es diesem Mann entgegenspringen. Es war wirklich lästig, wie sich dieser Lord so lautlos nähern konnte.

Elena trat einen Schritt zurück, um ihm in die Augen zu sehen. Das war ein Fehler. Seine grauen Augen blickten sie so durchdringend an, dass ihr schwindelig wurde. Seine Hände brannten sich in ihr Fleisch. Was hatte er sie noch gefragt? Ach ja, Gavin.

„Er hilft im Zelt nebenan, es geht ihm gut. Zurzeit jedenfalls. Aber ihr solltet besser ins Lager hinaufgehen, bevor Ihr Euch ansteckt."

Ramsay erkannte in ihren wundervollen traurigen Augen aufrichtige Sorge und es versetzte ihm einen Stich. Es war lange her, seit sich jemand um ihn gesorgt hatte, und er wusste nicht recht, wie er damit umgehen sollte. Er fuhr sich mit der Hand durchs Haar und brummte: „Ich war noch nie krank und ich beabsichtige nicht, jetzt damit anzufangen. Was ist mit dir?"

Elena ließ ihren Blick durch das völlig überfüllte Zelt wandern und seufzte: „Ich hatte eine ähnliche Grippe. Also besteht vermutlich keine Gefahr für mich."

Ramsay hob ihr Kinn ein wenig an und betrachtete die dunklen Ringe unter ihren Augen. Sie war blass vor Erschöpfung und Schmerzen. Doch in seinen Augen war sie wunderschön und das dickköpfigste Weibsbild, das er jemals kennen gelernt hatte. Vermutlich hielt allein ihr Wille sie auf den Beinen.

„Du solltest deinen Fuß schonen, Elena. Geh und ruh dich aus! Die Morgendämmerung bricht bald an."

Einen berauschenden Augenblick lang dachte Elena, er würde sie wieder küssen. Seit dem, was nach ihrem Unfall zwischen ihnen beiden geschehen war, fühlte sie sich hin und her gerissen. Ständig brannte diese süße Sehnsucht in ihrem Körper und sie wusste nicht, was sie dagegen tun konnte. Oder ob sie überhaupt etwas dagegen tun wollte. Ihr Kinn prickelte und seine sanfte, tiefe Stimme sandte ihr heiße Schauer über den Rücken. Doch dann siegte die Vernunft und sie rief sich die letzten Tage in Erinnerung. Er hatte sie behandelt, als wäre sie gar nicht da. Dieser Kerl schien zu glauben, sie stehe ihm jederzeit zur Verfügung, wenn ihm gerade nach einem Kuss war.

Energisch schüttelte sie seine Hand ab und fauchte: „Ob ich müde bin oder nicht, geht Euch nichts an, Mylord! Kümmert Euch um Eure eigenen Angelegenheiten!"

Sie funkelte ihn ein letztes Mal an und eilte zu Jimmys Lager, um ihm noch ein wenig von dem krampflösenden Absud einzuflössen.

Sie spürte immer noch Ramsays sanfte Berührung am Kinn, es prickelte herrlich warm, und das machte sie wütend. Ihr verräterischer Körper reagierte auch gegen ihren Willen auf diesen Mann.

Ramsay beobachtete Elena eine Weile. Sie war wütend und verletzt, weil er sie nicht beachtet hatte. Er wusste, dass sie das hasste, und genau aus diesem Grund hatte er es auch getan. Er hatte gewollt, dass sie wütend auf ihn war. Also weshalb, zum Teufel, empfand er dann jetzt diesen dumpfen Schmerz in der Brust? Auf jeden Fall würde er sich in nächster Zeit vorsehen müssen, damit er sich nicht wieder die Finger an seinem Weinkelch verbrannte.

Als Ramsay gerade das Zelt verließ, riss Wills eindringliche Stimme ihn aus seinen Gedanken.

„Mylord, etwas stimmt nicht."

Ramsay horchte auf: „Was meinst du?"

Will, der sich immer wieder schämte, wenn er mit einem anderen über seine Gabe redete, senkte den Blick zu Boden, als er verlegen antwortete: „Schatten nähern sich uns, Mylord. Ich glaube, wir werden bald überfallen."

Ramsay nickte ernst, doch gleichzeitig ärgerte er sich, dass er es nicht selbst erkannt hatte. Er dachte zu viel an diese Lady und wurde unaufmerksam.

„Geh und hol Gavin! Wir treffen uns oben im Lager.“

Mit weiten Schritten und gezücktem Schwert stieg Ramsay den Hang hinauf.

Die aufgehende Sonne färbte die karge Landschaft tiefrot und dichte Nebelfetzen krochen in Knöchelhöhe über den Boden. Von einem nahen Baum gellte der schrille Ruf eines Falken herüber. Lautlos schlich der Höllendämon hinter einen der Waffenwagen und durchkämmte mit seinen scharfen Augen das Lager. Er entdeckte nur vier seiner Männer, die Wache standen. Die einzigen, die noch gesund waren. Also waren sie nun zu siebt. Ein teuflisches Grinsen breitete sich auf dem Gesicht des Höllendämons aus. Mit freudiger Erregung sah er einem Kampf entgegen.

Was gab es Schöneres, als einen Tag mit einem kleinen Gefecht zu beginnen?

Wie Will vorhergesehen hatte, entdeckte Ramsay schattenhafte Gestalten, die sich im Lager verteilten. Es mussten mindestens fünfzehn Männer sein. Feiglinge, die wie räudige Hunde über ein krankes Lager herfielen. Er stieß den leisen Ruf der Eule aus, einmal lang, zweimal kurz.

Seine Wachmänner erkannten das Signal sofort. Gelassen und gemächlichen Schrittes verließen sie ihre Posten und schlenderten auf die Wagen zu. Ramsay nickte anerkennend. Es waren wirklich gute Männer.

Im nächsten Augenblick hörte er das Knacken eines Zweiges und er glaubte, sein Herz würde stehen bleiben – da war Elena! Verflucht noch mal, was wollte die denn hier? Eine eisige Hand krallte sich in seinen Nacken. Wenn sie diesen Männern in die Hände fiel … Bei Gott, er durfte gar nicht daran denken. Er sah in die entsetzten Gesichter von Gavin und Will, die sich ebenfalls im Verborgenen hielten. Sie hatten die Lady auch bemerkt. Leise fluchend bedeutete er den beiden, sich still zu verhalten.

Mit den Schatten der Zelte verschmelzend, schlich er sich an Elena heran.

Kapitel 10

In Gedanken ging Elena noch einmal alle Heilrezepte durch, die sie gegen Fieber und Ähnliches kannte. Da sie sich unbeobachtet fühlte, erlaubte sie sich, den Schmerzen nachzugeben und zu hinken. Ihr Fuß war um fast das Doppelte angeschwollen und sie biss sich auf die Zähne, um nicht bei jedem Schritt zu schreien. Wie sehr wünschte sie sich, ihrem Fuß endlich Ruhe zu gönnen, ihn hochlegen zu können. Doch dazu fehlte ihr die Zeit. Sie musste die Tücher auskochen, mit denen sie die Kranken behandelte. Die Decken mussten gewaschen werden und noch vieles mehr.

Vorerst gönnte sie sich nur einige verschmuste Minuten mit Leila. Bestimmt war der kleine Wirbelwind schon hungrig wie ein Bär. Oh, sie war Ramsay ja so dankbar für die kleine Leila! Endlich konnte sie jemandem ihre Liebe schenken – ohne Angst, weggestoßen zu werden. Müde hinkte sie durch das stille Lager.

Plötzlich presste sich von hinten eine Hand auf ihren Mund und erstickte ihren entsetzten Aufschrei. Die Müdigkeit war schlagartig verflogen und machte rasender Angst und Übelkeit Platz. Einen Augenblick lang war sie wie gelähmt, unfähig sich zu bewegen oder auch nur einen klaren Gedanken zu fassen. Der Unbekannte zerrte sie in ein Zelt hinein. Als Elena eine mächtige Brust an ihrem Rücken spürte, erwachte sie endlich aus ihrer Starre und setzte sich verzweifelt zur Wehr.

„Pssst, ich bin es!"

Erst nach einer Weile erkannte sie Ramsays Stimme und schloss vor Erleichterung die Augen. Als sie wieder Luft in ihre Lungen gepumpt hatte, zerrte sie wütend an seinen Fingern, doch er zog sie nur enger an seinen Körper und flüsterte hart: „Hör mir gut zu, Elena, wir werden gerade in diesem Augenblick überfallen. Egal was auch geschieht, du bleibst in diesem Zelt, verstanden?"

Elena nickte stockend und Ramsay nahm zögernd die Hand von

ihren Lippen. Wie eine Furie wirbelte sie zu ihm herum und zischte leise, aber bestimmt: „Tut das nie wieder, Mylord, nie wieder! Verstanden? Ich wäre fast gestorben vor Schreck."

Gott, war diese Lady umwerfend, wenn sie wütend war. Blitzschnell presste er ihr wieder die Hand auf den Mund und horchte in die Morgendämmerung hinaus.

Schritte!

„Du bleibst hier, verstanden? Egal, was du auch hörst, du darfst das Zelt auf keinen Fall verlassen."

Elena starrte ihn aus großen Augen an und nickte langsam. Ramsay ließ sie los und deutete auf die Felle und Decken. „Versteck dich unter dem Zeug. Wenn alles vorbei ist, kommt dich jemand holen."

Bei diesen Worten krampfte sich Elenas Herz zusammen. Zögernd legte sie ihm eine kleine Hand an seine mit Bartstoppeln übersäte Wange und flüsterte: „Seid vorsichtig, Mylord!"

Er sah einen Moment verwirrt auf sie hinunter, sah den ängstlichen Schimmer in ihren wunderschönen Augen, die voller Zuneigung und Wärme zu ihm aufschauten. Und plötzlich war er sicher, dass er heute sterben würde. All die Jahre des Kampfes war er nur am Leben geblieben, weil es ihm egal war, ob er überlebte oder nicht. Nichts hatte ihm etwas bedeutet, nichts hatte ihn gehalten. Doch nun wollte er leben! Und sei es nur, um noch einmal in dieses liebliche Gesicht sehen zu dürfen. In diese wunderschönen, smaragdgrünen Augen, in denen sich ihre Seele zu spiegeln schien. Auf einmal wurde es ihm eng ums Herz und er flüsterte: „Ich bin immer vorsichtig."

Er wollte sich von ihr abwenden, hielt jedoch mitten in der Bewegung inne, duckte sich zu Elena hinab und gab ihr einen flammenden Kuss. Dann war er verschwunden.

Elena blieb einen Moment mitten im Zelt stehen und berührte mit zitternden Fingern ihre Lippen. Noch immer glaubte sie, Ramsays Kuss zu spüren, und Tränen brannten in ihren Augen. Das durfte nicht das Ende sein! *Bitte, lieber Gott, lass ihn gesund zu mir zurückkehren!*

Wie Ramsay es befohlen hatte, versteckte sich Elena unter den Decken und Fellen und lauschte. Ihr Herz schlug so laut, dass sie befürchtete, jeder im Lager könnte es hören.

Vor dem Zelt war alles ruhig. Selbst der Wind schien gespannt den Atem anzuhalten.

Da plötzlich zerriss ein Furcht erregender Laut die Stille und Elena wusste, dass dies der Kampfschrei des Höllendämons war.

Dann ging alles sehr schnell.

Sie hörte, wie Metall gegen Metall schlug. Vernahm wilde Schmerzensschreie und plötzlich tauchten grässliche Bilder vor ihrem inneren Auge auf. Ramsay, Gavin und Will, alle lagen sie in ihrem eigenen Blut am Boden und blickten mit gebrochenen Augen in den Himmel. Panische Angst erfasste Elena und sie wehrte sich gegen diese Bilder. Aber die Angst wollte nicht weichen und sie glaubte, an ihr ersticken zu müssen. Nur zu gut wusste sie, dass Ramsay und die wenigen Männer, die von der Grippe verschont geblieben waren, einem Angriff nicht standhalten konnten. Sie waren doch viel zu wenige und alle waren sie erschöpft von der langen Nacht. Was, wenn Ramsay ihre Hilfe brauchte? Wenn er bereits verletzt war? Jeder Atemzug brannte wie flüssiges Feuer in ihren Lungen. Nein, sie konnte nicht hier herumsitzen und warten.

Entschlossen warf Elena die Felle beiseite und schlich zur Zeltluke. Wenn Ramsay sie tatsächlich brauchte, dann würde sie zur Stelle sein. Sie würde für ihn kämpfen, und wenn sie ihn damit retten konnte, würde sie sogar töten.

Vorsichtig schob Elena das Fell an der Zeltluke einen Fingerbreit zur Seite und spähte hinaus. Der Tag kämpfte noch immer mit der Dunkelheit der Nacht. Im nächsten Augenblick presste sie die Hand vor den Mund, um den Schrei zu ersticken, der in ihrer Kehle steckte. Für einen kurzen Moment befürchtete sie, sich übergeben zu müssen. Direkt vor ihr lag ein Mann mit grotesk verrenktem Körper am Boden. Seine schäbige Kleidung war vom eigenen Blut durchtränkt und sein Bauch weit aufgeschlitzt.

Elena schluckte und zwang sich, ihren Blick durch das Lager schweifen zu lassen. Zuerst entdeckte sie Gavin, der gerade sein Schwert aus dem Brustkorb eines Feindes zog, um sich sogleich einem anderen zu stellen. Dann blieb ihr Blick an einem schwarzhaarigen Riesen hängen, der sich gegen drei, dann vier Angreifer zugleich wehrte. Bei Gott, nun wusste sie endlich, weshalb man diesen Mann den Höllendämon nannte. Seine wilde, dunkle Schönheit verschlug Elena beinahe den Atem. Ramsays schwarze Beinkleider spannten sich über ausgeprägten Beinmuskeln. Seine Schultern waren wesentlich breiter als die seiner Gegner und sein helles Hemd stand im krassen Gegensatz zu seinem gebräunten Gesicht. Und sein Gesicht!

Elenas Mund wurde plötzlich trocken und sie wehrte sich zu glauben, was sie da sah. Der Höllendämon grinste. War das zu fassen? Dieser Mann wurde von vier Männern verbissen bedrängt und er fand es amüsant. Er kämpfte wie ein Teufel, schien bei jedem seiner Schwerthiebe stärker zu werden. Ein ungläubiger Schrei und einer der Feinde ging zu Boden. Sein Körper wehrte sich in wilden Zuckungen gegen den Tod, doch nach wenigen Augenblicken blieb er reglos liegen. Ein Zweiter folgte ihm.

Elena wandte angeekelt den Blick ab. Wie konnte dieser Mann derselbe sein, der sie nachts schützend in den Armen gehalten und getröstet hatte? Natürlich wusste sie, dass Ramsay um ihrer aller Leben kämpfte. Dennoch war sie entsetzt. Sie wollte einfach nicht glauben, dass der Mann, den sie gerade zu lieben begonnen hatte, mit einem Lächeln auf den Lippen töten konnte.

Urplötzlich riss jemand die Zeltklappe beiseite, hinter der sich Elena verborgen hielt, und sie starrte in ein hässlich vernarbtes Gesicht. Ein grässliches Grinsen entblößte eine Reihe abgefaulter Zähne und der widerliche Geruch aus dem Mund schlug Elena wie eine Faust entgegen.

„Ja, was hab'n wir denn hier?"

Gleich darauf packte der Mann Elena bei den Haaren und zerrte sie ins Freie hinaus. Elena schrie auf vor Schmerz. Sie war sicher, dass dieser Kerl ihr die Haare mitsamt der Kopfhaut ausriss.

Mit lauter, krächzender Stimme rief er: „Wenn das nicht eine Lady ist, fress' ich doch meinen eigenen Sattel. Was meint ihr, Freunde? Lasst eure Waffen fallen oder sie stirbt!" Augenblicklich brach der Kampf ab. Gavin warf Ramsay einen fragenden Blick zu, doch dieser schien zu Stein erstarrt.

„Na los, macht schon! Oder soll ich ihr den feinen Hals durchschneiden?"

Elena fühlte das kalte Metall an ihrer Kehle und kämpfte die aufsteigende Panik nieder. Als weder Ramsay noch einer seiner Männer Anstalten machte, sich zu ergeben, verstärkte der Angreifer den Druck der Klinge und ritzte Elenas zarte Haut auf. Völlig gelähmt vor Angst spürte sie, wie ein dünnes Rinnsal Blut über ihren Hals lief. Und sie bemerkte, wie der Mann in ihrem Rücken erstarrte. Sie schaute in Ramsays Gesicht und ihr Herz setzte einen Schlag aus. Er wirkte vollkommen entspannt, was ihn umso bedrohlicher wirken ließ. Die kalte Wut, die in fast greifbaren Wellen von ihm ausging, jagte Elena einen eisigen Schauer über den Rücken. Oder waren es seine Augen? Sie blickten so kalt, dass es einem das Blut in den Adern erstarren ließ.

Auf Ramsays knappes Nicken ließen er und seine Männer die Waffen fallen. Ramsay starrte Elena eindringlich an und sie sah das Feuer, das auf einmal in seinen Augen loderte. Gott möge ihr beistehen, dieser Zorn galt ihr! Er gab ihr die Schuld an der gefährlichen Lage, und zu ihrer eigenen Beschämung musste sie ihm Recht geben. Wenn sie seine Befehle befolgt und sich weiterhin unter den Fellen verborgen gehalten hätte …

„John, sieh nach, ob noch einer von unseren Männern lebt."

Der schlaksige Knabe machte sich nervös an die Arbeit. Sein Gesicht war aschfahl und er schien jedes Mal mit der Übelkeit zu kämpfen, wenn er wieder eine Leiche mit dem Fuß umdrehte.

Schließlich gab er halblaut zurück: „Außer uns sind alle tot, Papa."

Ramsay bemühte sich verzweifelt, das Blut an Elenas Hals zu ignorieren. Am liebsten hätte er diesen Bastard, der ihr das angetan hatte, in Stücke gehackt. Das Rot stand in einem erschreckenden Kontrast zu Elenas Blässe. Sie stand vollkommen still. Kein Weinen, kein Jammern. Doch ihn konnte sie nicht täuschen. Schon einmal hatte er sie so gesehen. Damals, als sie das erste Mal in sein Lager gekommen war und Bruce sie festgehalten hatte. Und auch diesmal verriet der rasende Pulsschlag an ihrem schlanken Hals, wie sehr sie sich in Wirklichkeit fürchtete.

Ramsay schaute über Elena hinweg direkt in die Augen ihres Angreifers: „Wer bist du und was willst du?"

Der Mann spuckte gehässig zu Boden und sagte: „Dein Lager wurde gerade von Almen McGregor überfallen."

Er drückte Elenas Arm höher auf den Rücken, bis sie vor Schmerz keuchte.

Ramsays Zähne mahlten vor unbändigem Zorn und seine Nasenflügel bebten. Der Hund würde sterben! Bei allem, was ihm heilig war, für jeden Schmerz, den er Elena zufügte, würde dieser Bastard tausendfach leiden. Mit einer Stimme, die einen Vulkan hätte zum Gefrieren bringen können, forderte er: „Lass sie los, Mann, oder du stirbst!"

McGregor grinste jedoch nur breit.

„Sterben? Ich? Mann, du scheinst nicht zu begreifen, dass du gar nicht in der Lage bist, Forderungen zu stellen. Und außerdem denke ich gar nicht daran, dieses Prachtweib loszulassen. Ich wollte es schon immer mit einer Lady treiben."

Um seinen Worten mehr Nachdruck zu verleihen, drückte er eine von Elenas Brüsten so grob, dass sie einen kleinen Schmerzensschrei von sich gab.

In letzter Sekunde hielt sich Ramsay zurück. Wenn er sich jetzt auf McGregor stürzte, wäre Elenas Schicksal besiegelt. Das wusste er nur zu gut und sein Verstand suchte fieberhaft nach einer anderen Möglichkeit.

McGregor war Ramsays Spannung nicht entgangen und er lachte hämisch auf.

„Dieses Weib wird mich bestimmt über den Verlust meiner Männer hinwegtrösten, meinst du nicht auch?"

Seine Finger gruben sich erneut in Elenas weiche Brüste. Sie wimmerte leise und versuchte, sich zu befreien, doch die Klinge an ihrem Hals ließ sie augenblicklich innehalten.

Nun wandte sich McGregor erneut an den Jungen: „Nimm ihre Schwerter und treib die Pferde weg!"

John gehorchte sofort.

Langsam, Schritt für Schritt gingen die Angreifer rückwärts in Richtung Wald.

„Und denkt gar nicht daran, uns zu folgen. Sonst stirbt die Kleine, und zwar sehr, sehr langsam."

Mit unbewegter Miene schaute Ramsay zu, wie Elena von dem Kerl in den Wald gezerrt wurde. Nur ein Zucken in seiner Wange sprach von seinem inneren Aufruhr.

Gavin wollte gerade die Verfolgung aufnehmen, als Ramsays eisige Stimme ihn zurückrief: „Bleib! Du und die anderen, ihr fangt die Pferde ein."

Gavin sah ihn verwirrt an.

„Aber ..."

Ramsays glühender Blick ließ ihn verstummen. Mit tödlicher Entschlossenheit nahm er das Schwert eines der Toten und stieß einen schrillen Pfiff aus.

„Ihr bleibt hier und kümmert euch um die Kranken!"

„Aber was willst du tun?", wollte Gavin wissen.

Wieder zuckte ein Muskel in Ramsays Wange.

„Ich hole mir zurück, was mir gehört!"

Gavin kannte diesen Ausdruck im Gesicht seines Freundes. Gnade Gott demjenigen, dem dieser Zorn galt.

Erneut stieß Ramsay einen Pfiff aus, dann verschwand er lautlos im Wald.

Die Dämmerung wich dem Tageslicht und erleichterte Ramsay die Fährtensuche. Wie erwartet hatten die Gauner Pferde bei sich, doch in dem dichten Wald würden sie mit ihnen nur langsam vorwärts kommen. Auf dem vom Regen aufgeweichten Boden zeichneten sich deutlich die Spuren von zwei Pferden ab, und wie er es vorausgesehen hatte, trennten sie sich schon nach wenigen Metern. Ramsay ging in die Hocke und untersuchte die Spuren. Da das eine Pferd zwei Reiter trug, hinterließ es die tieferen Abdrücke, und es war nicht schwer, diesen zu folgen. Plötzlich hörte er ein Rascheln im Dickicht neben sich und dann stand Wulf vor ihm.

„Guter Junge. Geh und such Elena!"

Elena klammerte sich so fest an das Sattelhorn, dass ihre Knöchel weiß hervortraten. Kaum waren sie aufgesessen, da hatte McGregor ihr ein schmutziges Tuch zwischen die Zähne gedrückt und es am Hinterkopf festgebunden. Ihr war übel vor Angst und sie versuchte angestrengt, den Brechreiz niederzukämpfen. *Ganz ruhig, Elena, sie werden dir nichts tun. Es ist alles nur ein böser Traum. Vermutlich bin ich in einem der Krankenzelte eingeschlafen und nun träume ich. Bestimmt wird mich gleich jemand aufwecken.*

Doch die grapschenden Hände auf ihrem Körper waren erschreckende Wirklichkeit.

Elena schloss angeekelt die Augen, als der Mann in eine ihrer Brüste kniff und ihr lüstern ins Ohr flüsterte: „Wenn die echt sind, Lady, werden wir 'ne Menge Spaß hab'n. Dann zeig ich dir, wie's ein echter McGregor treibt."

Er wandte sich an seinen Sohn, der dicht hinter ihnen ritt: „John, füll die Satteltaschen und die Säcke mit Steinen. Wenn sie unsere Spur finden, werden sie dem schwereren Pferd folgen."

Elena überlegte fieberhaft, wie sie Ramsay den richtigen Weg zeigen konnte. Plötzlich fielen ihr die Kräuter im Beutel ihres Kleides ein. Mit zitternden Händen suchte sie die Öffnung und holte erleichtert eine Hand voll davon heraus.

McGregor versetzte seinen Hengst in leichten Trab und lachte hämisch, als Elena mit der Schulter gegen seine Brust stieß.

„Nicht so stürmisch, Lady, ich würd's dir ja gerne gleich besorgen, doch leider musst du dich noch ein wenig gedulden."

Unbemerkt ließ Elena alle paar Meter einige der Blätter oder Wurzeln fallen und betete, dass Ramsay sie entdecken würde.

Immer wieder peitschten niedrig hängende Äste in ihr Gesicht und mit jedem Schlag wurde ihr deutlicher bewusst, dass dies kein Traum, sondern die grässliche Wirklichkeit war. Man hatte sie entführt und geknebelt und nun musste sie auch noch einer Vergewaltigung entgegensehen. Bei jedem Schritt, den sie sich vom Lager entfernten, wuchs der Schmerz in ihrem verletzten Fuß und mit ihm auch ihre Verzweiflung. Was, wenn Ramsay sie nicht fände? Oder wenn er sie gar nicht erst suchte? Er war so wütend auf sie gewesen. Vielleicht war er der Meinung, dass dies die gerechte Strafe für ihren Ungehorsam war.

Entschieden schob Elena diesen Gedanken beiseite. Ramsay würde kommen und sie retten. Ganz bestimmt war er bereits auf der Suche nach ihr. In wenigen Stunden würde sie wieder im Lager sein und mit Leila spielen. Hoffentlich dachte derweil jemand daran, ihrem kleinen Liebling etwas zu fressen zu geben.

Elena versuchte, sich ganz auf Leila zu konzentrieren, um ihre Angst zu zügeln, doch es wollte ihr einfach nicht gelingen. Sie sah immer wieder das kalte, verschlossene Gesicht des Höllendämons vor sich und die unbändige Wut in seinen Augen. Ihr ganzer Körper begann, unkontrolliert zu zittern. Oh Gott, sie fürchtete sich so sehr. *Denk nach, Elena ... denk nach, irgendwie musst du diesem Kerl doch entkommen können.*

Der Dolch! Ja natürlich ... ach nein, der lag noch immer in einem der Krankenzelte, weil sie Verbandszeug damit geschnitten hatte.

Erneut schnürte die Angst ihr die Kehle zu. Wo war nur die vernünftige Elena Cambell geblieben? Sie war schon häufig in gefährlichen Situationen gewesen, doch diesmal wurde sie von so vielen verwirrenden Gefühlen bestürmt, dass sie vollkommen durcheinander war. Was war nur los mit ihr? Weshalb verließ sie sich so sehr darauf, dass Ramsay sie retten würde? Wusste sie es denn immer noch nicht besser? Sie war auf sich selbst gestellt – wie immer. Niemand würde ihr jemals wirklich helfen. Heiße Tränen brannten in ihren Augen. Das letzte Mal, als sie richtig geweint hatte, war am Grab ihrer Mutter gewesen. Doch diesmal fühlte sie, sie müsse um ihrer selbst willen weinen. Wegen all der schrecklichen Dinge, die seither mit ihr passiert waren und die sie einfach nicht verstand. Die Hartherzigkeit ihres Vaters, die schrecklichen Tage im Verlies, die Einsamkeit.

Doch nein, keine Tränen! Sie würde nicht weinen. Auf gar keinen Fall. Sie musste Zeit gewinnen. Ihr Verstand begann, fieberhaft zu arbeiten. Da plötzlich vernahm sie das leise Plätschern eines Baches.

Elena stöhnte herzzerreißend auf und fasste sich ans Bein.

„Was ist denn jetzt los?“, brummte McGregor ärgerlich und nahm ihr den Knebel aus dem Mund.

Elenas Zunge fühlte sich geschwollen an und der stinkige Geschmack von dem schmutzigen Tuch klebte ihr im Mund.

„Mein Fuß tut so schrecklich weh“, jammerte sie kläglich und zog ihr Kleid ein bisschen höher, damit er den stark angeschwollenen, bläulich verfärbten Knöchel sehen konnte.

„Ich höre einen Bach. Kann ich vielleicht den Fuß ein wenig darin kühlen?“

McGregor schnaubte wütend. „Das hat mir gerade noch gefehlt!“ Er suchte mit den Augen das Gelände ab, und als er keine Gefahr erkannte, lenkte er sein Pferd in Richtung Bach und half ihr aus dem Sattel.

„Du hast zwei Minuten.“

Elena humpelte zu einem der Felsen, die den schmalen Flusslauf säumten, und setzte sich darauf. Nachdem sie ihren Schuh ausgezogen hatte, tauchte sie den Fuß in das herrlich kühle Nass und seufzte. Oh, tat das gut!

Plötzlich legten sich zwei schwielige Hände auf ihre Schultern.

„Wenn ich es mir so überlege, haben wir genügend Zeit, uns schon hier ein wenig zu amüsieren.“

Ekel, Angst und Übelkeit überfielen Elena gleichzeitig. Sie wusste sofort, sie musste Zeit gewinnen, unbedingt seine Gedanken auf etwas anderes lenken.

McGregors Hände glitten in den Ausschnitt ihres Kleides und umfassten grob ihre Brüste. Er drückte sie so stark, dass Elena vor Schmerz am liebsten geschrieen hätte, doch sie tat es nicht. Wenn sie eines in der Vergangenheit gelernt hatte, dann war es die Fähigkeit, ihre Angst und Pein sorgfältig zu verbergen. Männern wie Grenwick und diesem hier bereitete es Freude, sich an der Angst und dem Schmerz des Schwächeren zu weiden.

Mit vorgetäuschter Ruhe blickte Elena auf das vorbeifließende Wasser und erklärte ihrem Peiniger gelassen: „Ihr werdet sterben.“

McGregor hielt mitten in der Bewegung inne, doch dann druckte er ihre Brüste noch brutaler und höhnte: „Du glaubst wohl, dass dein Liebhaber dich befreien wird, was? Vergiss es! Falls er uns wirklich gefolgt ist, dann ist er längst hinter John her.“

Er zerrte Elena grob auf die Füße und presste seine Lippen auf ihren Mund. Elenas Magen rebellierte unwillkürlich, als sich seine Zunge gewaltsam zwischen ihre Lippen zwängte. Instinktiv hob sie das Knie, um es ihm in den Unterleib zu rammen, traf aber nur seinen Oberschenkel. Im nächsten Moment stieß er sie auf Armeslänge von sich und schlug ihr mit der flachen Hand mitten ins Gesicht.

„Elende Hure, das versuchst du nicht noch einmal!“

Erneut holte er aus und schlug zu, doch mit dieser Frau stimmte etwas nicht. Er war es gewohnt, dass seine Weiber weinten und bettelten, er möge sie verschonen, doch diese hielt vollkommen still. Mit stolz erhobenem Haupte stand sie vor ihm. Zum Teufel, diese Hure zuckte nicht einmal zusammen.

Elena spürte, wie das Blut aus ihrer aufgeplatzten Unterlippe über ihr Kinn und dann den Hals hinunterlief. Unfähig, sich zu bewegen, starrte sie McGregor so stolz wie nur möglich an. Sie hatte solche Angst, dass sie sich nicht einmal die Hände schützend vor das Gesicht halten konnte.

Wo blieb nur Ramsay? Vielleicht war es ihm tatsächlich einerlei, was mit ihr geschah. Nein, sagte sie sich entschieden. Er wird kommen. Er gehörte nicht zu den Männern, die sich ungestraft bestehlen ließen. Ganz bestimmt nicht.

„Du verdammte Hure, dir werd' ich's zeigen!“

Mit einem heftigen Ruck riss er das Oberteil ihres Kleides entzwei und schob es Elena über die Schultern.

„Das wird dem Höllendämon gar nicht gefallen“, erklärte Elena kalt, doch das leise Zittern strafte ihre stolze Haltung Lügen.

McGregor schnaubte spöttisch. „Was hat der denn damit zu tun?“

Bei Gott, dieser Kerl wusste nicht einmal, wen er da überfallen hatte.

„Was er damit zu tun hat? Ihr habt gerade sein Lager überfallen und mich entführt. Ihr werdet bald sterben.“

Sie nickte leicht, um ihre Vorhersage zu bekräftigen, und zog das Kleid über den Brüsten zusammen.

McGregor war eine Spur bleicher geworden, doch dann grinste er sie verächtlich an.

„Du lügst, du billige Schlampe! Das war nie und nimmer der berüchtigte Höllendämon. Der Kerl war nämlich viel zu klein. Der Höllendämon ist mindestens fünfzehn Fuß groß und vollkommen behaart.“

Elena schnaubte geringschätzig. „Und aus seinen Augen schleudert er Feuerblitze.“ Sie schüttelte bedauernd den Kopf. „Nur Kinder und Idioten glauben solche Märchen.“

„Hüte deine Zunge, Weib, oder du könntest sie verlieren. Jetzt leg dich auf den Rücken und spreiz die Beine für mich!"

Elena schluckte und suchte verzweifelt nach einem Fluchtweg. Vielleicht, wenn sie es bis zum Wald schaffen könnte. Doch mit ihrem verletzten Fuß würde er sie bald einholen. Egal, sie musste es versuchen! Es musste einfach gehen. Mit wild klopfendem Herzen duckte sie sich langsam und tat, als würde sie sich hinlegen. Doch ihre Finger gruben sich tief in den harten Waldboden. Im nächsten Augenblick schleuderte sie McGregor eine Hand voll Dreck in die Augen, sprang auf und rannte davon, so schnell sie konnte. Sie hörte, wie er hinter ihr fluchte, dann folgten ihr auch schon seine schnellen Schritte.

„Bleib stehen, du Weibsstück!"

Elena schaute sich nicht um. Sie konzentrierte all ihr Streben auf die Bäume, die nun so nah standen. Der Fuß schmerzte sie so sehr, dass es ihr die Tränen in die Augen trieb. *Oh lieber Gott, hilf mir doch. Bitte, bitte, hilf mir!* Nur noch wenige Schritte und sie hätte den Wald erreicht, doch in diesem Moment sprang McGregor sie von hinten an und warf sie zu Boden. „Du verdammtes Miststück, das wirst du mir büßen!" Er drehte sie auf den Rücken, hielt ihr die Klinge seines Dolches an die Kehle und zischte: „Beweg dich, und du bist tot!"

Seine freie Hand riss einen Fetzen Stoff aus ihrem Kleid. Rasch, als ob er dies schon viele hundert Male getan hätte, band er Elena die Hände auf den Rücken.

„Ich mag es, wenn meine Frauen ein wenig Feuer im Hintern haben", keuchte er.

Dann zerrte er an den Schnüren ihres Mieders, und als sie sich nicht öffnen ließen, durchschnitt er sie mit dem Messer. Die plötzliche Kälte ließ Elena erzittern. Sie versuchte, sich zu wehren, doch der Dolch wanderte zurück zu ihrer Kehle und bedeutete ihr unmissverständlich, still zu liegen.

„Du bist ja doch klug!", spöttelte McGregor.

Er verlagerte seine Position und zerrte ihr das Kleid bis zur Hüfte hoch. Eine Sekunde später spürte Elena seine Hand zwischen ihren Beinen. Ein markerschütternder Schrei befreite sich aus ihrer Kehle. Wie aus weiter Ferne hörte sie sein eisiges Lachen, fühlte seine groben Finger, die sich Einlass in ihre Scham zu verschaffen suchten. Sie versuchte verzweifelt, sich ihm zu entwinden, warf sich mit aller Kraft hin und her, doch es gelang ihr nicht.

„Du kannst es wohl kaum erwarten, was?“, höhnte McGregor, zwängte seine Knie zwischen ihre Schenkel und zog seinen Kilt hoch, um ihr das ganze Ausmaß seines Verlangens zu zeigen. Dann beugte er sich über ihre freigelegten Brüste und biss ihr schmerzhaft in die Brustspitzen.

Elena schluchzte hilflos auf und Tränen der Verzweiflung rannen ihr über die Wangen. Angewidert schloss sie die Augen, keine Sekunde länger konnte sie den Anblick ertragen, sehen, wie dieser Kerl zwischen ihren Beinen kniete. Gleich darauf durchfuhr sie ein wilder Schmerz, als er zwei seiner Finger in ihren Unterleib rammte, und sie schrie gequält auf.

„Runter, du Bastard!“, donnerte plötzlich eine eisige Stimme direkt neben ihr.

Im nächsten Augenblick spürte sie einen heftigen Ruck und McGregor flog in hohem Bogen von ihr weg.

Elena öffnete die Augen und sah durch einen Tränenschleier zu Ramsay auf. Er war gekommen! Er war tatsächlich gekommen! Wilde Freude schüttelte Elenas schmerzenden Körper und sie schluchzte laut auf. Tränen der Erleichterung strömten über ihr Gesicht. Sie sah, wie Ramsays graue Augen ihre entblößten Brüste und den hochgeschobenen Rock wahrnahmen und wie sich sein Gesicht zu einer erbarmungslosen, eisigen Maske verhärtete. Sein ganzes Wesen schien nur noch aus kalter Wut und Rachedurst zu bestehen.

„Ich bin hier, um mein Versprechen einzulösen, *McGregor*“, zischte der Höllendämon gefährlich leise.

McGregor hatte sich inzwischen wieder aufgerafft und stand mit gezogenem Schwert da. Sein Gesicht glühte vor Zorn.

„Wovon redest du, Mann?“

Ramsay ging langsam auf ihn zu und antwortete seidenweich: „Ich habe versprochen, dich zu töten, und ich halte mein Wort. Immer!“

Wieder trat Ramsay einen Schritt auf McGregor zu, damit dieser zurückwich und den Abstand zwischen sich und Elena vergrößerte.

„Du willst mich wegen diesem verdammten Flittchen umbringen?“

Ramsays Oberlippe zuckte.

„Ich frage mich, wie du wohl in Zukunft eine Frau schänden wirst, wenn dir der Schwanz dazu fehlt.“

Er sagte es in einem Plauderton, der die tödliche Absicht in seinen Augen nur umso bedrohlicher wirken ließ.

„Also, was glaubst du, wie würde das wohl gehen?“

Keiner der Anwesenden – weder Elena noch McGregor, der bei diesen Worten kalkweiß geworden war – bezweifelten auch nur einen Moment, dass es Ramsay ernst war. Bevor jemand auch nur ein Wort sagen konnte, schnellte Ramsay vor und brachte sein Schwert unterhalb von McGregors Männlichkeit in Position.

„Nein!!!“, kreischte der und sämtliche Farbe wich aus seinem Gesicht.

Ramsay schaute Elena an, die sich mühsam aufgesetzt hatte: „Was meinst du, Elena?“

Bei Gott, sie hasste diesen McGregor zutiefst – doch Verstümmelung? Nein, das konnte sie nicht zulassen! Sie befeuchtete mit der Zunge ihre aufgesprungenen Lippen, bevor sie leise bat: „Tut es nicht, Mylord.“

Ramsay hatte nichts anderes von ihr erwartet.

„Du hast ein nobles Herz, Lady. Weit nobler, als meines es ist“, erklärte Ramsay mit einem Lächeln, das die Bedrohlichkeit seiner Worte nur unterstrich.

„Du erwartest also, dass ich diese Ratte hier einfach ziehen lasse?“

Elenas Angst schwand allmählich. Zurück blieb ihr schmerzender Körper und eine alles verzehrende Übelkeit.

„Er ist es nicht wert, dass Ihr seinetwegen Euer Seelenheil riskiert.“

Elena sah, wie sich Ramsays Hand fester um den Schwertgriff schloss, als koste es seine ganze Beherrschung, diesen Mann nicht auf der Stelle aufzuschlitzen. In diesem Moment schien er ihr beinahe seelenlos. Plötzlich jedoch ließ er sein Schwert sinken und trat einen Schritt zurück. Er sah, wie McGregor erleichtert aufatmete, und als Ramsay sprach, klang seine Stimme wie Eis: „Wie ich schon sagte, ich halte immer mein Wort."

Im nächsten Moment schwang er sein Schwert und schlug McGregor den Kopf von den Schultern.

Ramsay blieb eine Weile mit hängenden Schultern und geballten Fäusten stehen. Noch immer hallten Elenas Schreie in seinem Kopf nach. Er war zu spät gekommen! Er hatte sie im Stich gelassen, hatte jämmerlich versagt. Immer wieder sah er, wie dieser Bastard zwischen ihren weißen, gespreizten Schenkeln lag, und hörte ihr ängstliches Wimmern. Sah ihr geschundenes Gesicht, auf dem sich verzweifelte Tränen einen Weg gebahnt hatten.

Er war nicht auf diese heiße, alles verzehrende Wut und das lähmende Grauen gefasst gewesen, die ihn bei diesem Anblick erschüttert hatten. Wut und Verzweiflung, Hass und unendliche Trauer waren mit so unerwarteter Heftigkeit über ihn hereingebrochen, dass er geglaubt hatte, man risse ihm das Herz aus der Brust. Am liebsten hätte er diesen Hundesohn bei lebendigem Leibe in Stücke gerissen, sich an seinen Schreien gelabt.

Ramsay betrachtete frustriert den kopflosen Rumpf des Gesetzlosen und seine Finger umklammerten den mit Leder umwickelten Schwertgriff so stark, dass seine Knöchel weiß hervortraten. Seine Seele dürstete nach noch mehr Rache, forderte Genugtuung dafür, dass dieser Kerl es gewagt hatte, sich das zu nehmen, was nur ihm, Ramsay McFist, zustand. Was ihm gehörte und niemandem sonst.

Er hätte diesen Abschaum nicht auf so gnädige Art töten sollen. Aber er hatte es getan – aus Rücksicht auf Elena. Wenn es nach ihm gegangen wäre, hätte er diesem Bastard die Männlichkeit abgetrennt und ihn dann verbluten lassen. Verflucht, diese Rücksicht passte so gar nicht zu seinem Charakter. Sein Denken war im Allgemeinen nur auf den Zweck einer Handlung oder auf Vergeltung ausgerichtet.

Aber er hatte sich gefügt, sich ihrem Willen unterworfen, und diese Tatsache erschütterte ihn zutiefst. Seit wann besaß dieses Mädchen so viel Macht über ihn? Er durfte nicht zulassen, dass er mehr für sie empfand als für alle anderen Frauen. Doch auf dem Weg hierher hatte er erkannt, dass es dazu längst zu spät war. Dieses Mädchen hatte es fertig gebracht, in ihm Gefühle zu wecken, in Orte vorzudringen, die er längst verschüttet geglaubt hatte.

Aber er wollte sich nicht ändern. Es war ein Fehler, sich auf Gefühle einzulassen, und Ramsay wollte keine Fehler mehr begehen.

Ein plötzliches Würgen ließ ihn herumfahren. Elena kniete vor einem Baum, die Hände noch immer auf den Rücken gebunden und übergab sich heftig. Bei Gott, was musste sie denn noch alles ertragen! Wie viel konnte ein so zierliches Wesen aushalten, bevor es zusammenbrach? Mit drei langen Schritten war er bei ihr, löste ihre Fesseln und legte ihr seine Hände auf die Schultern. Sie zuckte bei seiner Berührung so heftig zusammen, dass er seine Hände sofort wieder zurückzog. Niedergeschlagen kniete er mit hängendem Kopf hinter ihr und fühlte sich so hilflos wie nie zuvor in seinem Leben. Er wollte sie trösten, doch seine Lippen formten nur stumme Laute. Was hätte er schon sagen können, um ihr jetzt zu helfen? Er war zu spät gekommen und er verdammte sich in alle Ewigkeit dafür.

Erneut übergab sich Elena, ihr zierlicher Körper würgte und zitterte vor Anstrengung. Ramsay ging zu McGregors Pferd und holte den Weinschlauch, damit Elena ihren Mund ausspülen konnte, doch als er sich wieder zu ihr umwandte, lief es ihm kalt den Rücken hinunter. Langsam, wie in Trance, doch mit erhobenem Haupt wandelte sie auf den Bach zu. Unaufhörlich rannen ihr Tränen über die Wangen und Ramsay sah, wie sie immer wieder schluckte. Selbst jetzt noch versuchte sie ihre Gefühle zu verbergen. Ihre Hände hielt sie fest an ihren Unterleib gepresst und ihr Gesicht sah so ungläubig und verletzt aus, dass es Ramsay fast das Herz in der Brust zerriss.

Ohne im Gehen innezuhalten, watete Elena in den Fluss hinein, bis das eisige Wasser ihr über die Hüften reichte. *Beim Allmächtigen, sie will sich ertränken*, schoss es Ramsay durch den Kopf. Plötzlich kamen ihm ihre Worte wieder in den Sinn.

Ich besitze gar nichts, nur meinen Stolz und mein Selbstwertgefühl.

Und genau das hatte dieser Bastard ihr genommen. Von Grauen

getrieben eilte Ramsay ihr nach. Er blieb einen Schritt von ihr entfernt stehen, weil er es nicht wagte, sie zu berühren. „Elena?"

Sie drehte sich zu ihm um, schien jedoch durch ihn hindurchzusehen. Sie wirkte wie ein Gespenst. Ihre Haut war erschreckend blass, fast bläulich, und auf ihrer Wange zeichneten sich noch immer die roten Handabdrücke des Wegelagerers ab. Dieser Bastard hatte sie geschlagen! Aus ihrer aufgesprungenen Lippe tropfte Blut, das sich mit ihren Tränen vermischte. Nackte Angst stieg in Ramsay hoch. Hatte sie vielleicht den Verstand verloren? Er hatte selbst schon miterlebt, wie das bei Menschen nach einem schlimmen Schock geschah.

Mit eindringlicher Stimme trat er näher. „Elena, kannst du mich verstehen?"

Sie schaute ihn mit weit aufgerissenen, verwirrten Augen an. Die Zähne hatte sie fest zusammengebissen und ihr Unterkiefer zitterte, als sie langsam antwortete: „Ich kann noch nicht ins Lager zurück, Ramsay. Ich muss mich zuerst waschen. Ich ... Ich bin ... schmutzig." Sie begann, den Stoff ihres Kleides an ihrer Scham zu reiben und wiederholte mit immer gehetzterer Stimme: „Ich muss es wegwaschen ... es muss weggehen."

Ramsay kämpfte die unendliche Traurigkeit nieder, die er in sich aufsteigen fühlte, und flüsterte flehentlich: „Hör auf, Elena, hör bitte auf damit!"

Als sie immer weiter rieb, schlang er die Arme um ihren Körper und hielt sie fest. Hilflos vergrub er sein Gesicht in ihrem Haar. Die Verzweiflung in ihrer Stimme war wie ein Messer, das man ihm wieder und wieder in die Brust stieß.

„Oh Ramsay, seine Hände sind überall, ich ... ich muss sie abwaschen. Bitte, lass es mich abwaschen."

Ramsay packte sie bei den Schultern und schüttelte sie.

„Verdammt noch mal, schrei doch endlich! Schrei deinen Schmerz hinaus! Hör auf, dagegen anzukämpfen!"

Einen Moment lang schaute Elena ihn an, dann legte sie den Kopf in den Nacken und öffnete den Mund. Der schrille, nie enden wollende Schrei, der endlich aus ihrer Kehle drang, glich dem eines in die Enge getriebenen Tiers, das man zu Tode folterte. Qual und

Wut, Schmerz und Flehen. Dann ließ sie sich schluchzend in seine Arme fallen. Klammerte sich an seine Schultern und weinte hemmungslos an seiner breiten Brust. Ramsay hielt sie eng umschlungen, ein dicker Kloß saß in seiner Kehle und seine Stimme klang rau und zärtlich. „Es ist vorbei, Liebes, du bist in Sicherheit. Ich werde nicht zulassen, dass man dir noch einmal etwas antut. Nie mehr ... nie wieder sollst du leiden müssen."

„Oh, Ramsay, ich hatte solche Angst."

„Ganz ruhig, Liebes. Der Mistkerl wird dir nie wieder etwas antun."

Vorsichtig hob er sie auf seine Arme und trug sie ans Ufer zurück, holte seinen Plaid und wickelte Elena in den warmen Stoff. Dann setzte er sich mit ihr auf einen Felsen und wiegte sie sachte hin und her. Tausend Fragen schossen ihm durch den Kopf, doch er durfte sie jetzt nicht damit quälen.

„Es ist vorbei, Liebes. Es ist vorbei", murmelte er immer wieder in ihr Haar.

Eine endlos lange Zeit schien zu vergehen, bis sich Elena wieder beruhigte.

„Ich hatte solche Angst, dass du nicht kommen würdest, Ramsay. Du warst so wütend auf mich."

Er drückte sie noch fester an sich und legte sein Kinn auf ihren Scheitel.

„Wie konntest du nur daran zweifeln? Aber ich bin zu spät gekommen. Bei Gott, ich gäbe meinen rechten Arm dafür, wenn ich es doch nur früher geschafft hätte."

Es dauerte einen Moment, bis seine Worte in Elenas Bewusstsein vordrangen. Er dachte also, McGregor hätte sein Vorhaben, sie zu vergewaltigen, bereits vollzogen.

Sie vergrub beschämt ihr Gesicht an seiner Schulter, ehe sie flüsterte: „Du bist nicht ... zu spät gekommen."

Sie spürte seinen durchdringenden Blick, vermochte jedoch nicht, ihm in die Augen zu sehen.

Ramsay fragte ungläubig: „Er hat dich nicht ..."

Sie schüttelte den Kopf.

„Aber ich habe dich schreien gehört. Ich hörte deine Pein!", flüsterte er gequält und Elena sah in seinen Augen aufrichtige Sorge und Schmerz.

Es war ein eigenartiges Gefühl, wenn sich jemand um einen sorgte. Warm und beruhigend. Sie holte zitternd Atem und gestand leise: „Seine Finger haben mich verletzt … es hat so schrecklich wehgetan."

Trotz des ungeheuren Mitleids, das er für Elena empfand, durchflutete Ramsays Körper eine Welle der Freude und zersprengte den kalten Klumpen in seiner Magengrube. Er hatte sie nicht im Stich gelassen, hatte nicht gänzlich versagt. Dieser Bastard hatte sie nicht geschändet. Er presste ihren zierlichen Körper fester an sich. Die Erleichterung war so groß, dass sein Hals wie zugeschnürt war.

Wieder schwiegen sie einen Moment.

„Habt Ihr meine Kräuter gefunden?"

Ramsay zeigte in Richtung Waldrand, wo Wulf saß und sie beide aufmerksam beobachtete. „Aye, Lady, Wulf hat sie entdeckt. Das habt ihr beide großartig gemacht."

Kapitel 11

Am frühen Nachmittag kehrten sie ins Lager zurück. Gavin und Will liefen ihnen mit besorgten Gesichtern entgegen.

„Lady Elena, seid Ihr verletzt?"

Eilig kam sie Ramsay zuvor. „Nein, mir geht es gut. Lord McFist hat mich gerettet."

„Dem Allmächtigen sei gedankt!", entfuhr es Will unwillkürlich und sein Mund verzog sich zu einem grimmigen Strich, als er Elenas aufgesprungene Lippe und die bläulich verfärbte Wange betrachtete. Sie drückte sich enger an Ramsays Brust und zog den Plaid fest um ihren Körper, damit die Männer ihr zerrissenes Kleid nicht sehen konnten.

„Du hast den Hund hoffentlich gevierteilt", wollte Gavin wissen.

Ramsay umklammerte Thunders Zügel fester und presste hervor: „Er ist tot."

Gavin nickte zufrieden.

„Wie geht es den Männern?", fragte Elena rasch, um die aufsteigenden Erinnerungen an den grässlichen Leichnam zu verdrängen.

Gavin stieß nun schwer den Atem aus und erklärte: „Wir haben so gut wir konnten für sie gesorgt."

„Ich werde gleich nach ihnen sehen."

Ramsay sah finster auf sie hinunter. „Du wirst nichts dergleichen tun. Du gehst ins Zelt und ruhst dich aus."

Sogleich glitt er aus dem Sattel und hob Elena herunter. Er setzte sie jedoch nicht ab, sondern trug sie auf direktem Weg zum Zelt.

„Ich kann alleine gehen", protestierte sie schwach.

„Nein, kannst du nicht."

An der Zeltluke blieb er kurz stehen und rief über die Schultern zurück: „Will, sorge dafür, dass man uns etwas zu essen und warmen Wein bringt."

Im Zelt legte er Elena vorsichtig aufs Bett. Sogleich sprang ein kleines Fellbündel an ihrer Seite hoch und leckte freudig schwänzelnd Elenas Hand.

„Hallo, meine Kleine!“

Mit einem liebevollen Lächeln hob Elena Leila auf ihren Bauch und kraulte das übermütige Tierchen zärtlich hinter den Ohren.

„Was tut Ihr da?“, wunderte sich Elena.

Ramsay zog ihr schweigend die Schuhe aus und legte einige Felle unter den geschwollenen Fuß. Dann holte er die Wasserschüssel, tauchte einige Stofffetzen in das kühle Nass und band sie um das Gelenk. Das Herz klopfte ihr bis zum Hals, als sie seine sehnigen, kräftigen Finger beobachtete, die sie mit beinahe zärtlicher Sanftheit umsorgten. Ihr Fuß wirkte wie der eines Kindes in seinen großen, gebräunten Händen. Weiße Haut auf dunkler … Elena befeuchtete sich nervös die plötzlich trockenen Lippen. Wie gerne würde sie jetzt ihre Finger durch seine tiefschwarze Mähne gleiten lassen, die verschlossenen Züge aus seinem schönen Gesicht streicheln, seine sinnlichen Lippen … Als sie erkannte, wohin ihre Gedanken schweiften, wollte sie ihm den Fuß entziehen.

„Das … Das ist wirklich nicht nötig, Mylord. Ich kann das …“

„Ich entscheide, was nötig ist oder nicht“, gab er streng zurück und reichte ihr einen kalten, feuchten Lappen. „Halt ihn an deine Wange.“

Will brachte ihnen persönlich das Essen. Nach einem erleichterten Blick auf Elena stellte er zwei Schüsseln heiße Fleischsuppe, Brot und Käse auf den Tisch.

„Kann ich sonst noch etwas tun, Mylord?“

Ramsay schüttelte mit unergründlichem Gesichtsausdruck den Kopf und Will verließ das Zelt.

Das peinliche Schweigen zerrte an Elenas Nerven.

„Ihr seid noch immer wütend auf mich.“

Es war keine Frage, sondern eine Feststellung. Ohne auf Elenas Protest zu achten, nahm Ramsay den Hund von ihrem Bauch und setzte ihn auf den Boden. Dann ging er zum Tisch hinüber, holte die Suppe und ein Stück Brot und brachte ihr beides.

„Warum?“

„Iss!“

Noch immer wartete sie auf eine Antwort, doch er blieb sie ihr auch diesmal schuldig. Wortlos setzte er sich an den Tisch und begann zu essen. Er sah sie nicht ein einziges Mal an und Elena konnte sich einfach nicht erklären, was sein seltsames Benehmen zu bedeuten hatte. Seit sie auf McGregors Pferd den Rückweg ins Lager angetreten hatten, war er zurückhaltend und still gewesen, und auch jetzt wirkte er in sich gekehrt und verschlossen. Dennoch spürte Elena seinen inneren Kampf. Aber weshalb?

Missmutig löffelte sie die Fleischsuppe in sich hinein, doch bald glaubte sie, an jedem Schluck ersticken zu müssen. Die Spannung zwischen ihnen schien beinahe greifbar. Entschlossen stellte sie die Schüssel auf den Boden – wo sich Leila gleich mit Feuereifer über den Inhalt hermachte –, setzte sich auf und schwang die Beine auf den Boden. „Weshalb seid Ihr wütend, Mylord?“

Ramsay rieb sich müde über die Augen.

„Leg dich wieder hin, Elena. Du brauchst Ruhe.“

Elena stand trotzig auf und stemmte die Hände in die Hüften.

„Den Teufel werde ich tun! Erst werdet Ihr mir sagen, welcher Floh Euch in den Hintern beißt.“

Ramsay widmete sich wieder seinem Essen, das sich wie Sägemehl in seinem Mund anfühlte, und steigerte auf diese Weise Elenas Wut zu regelrechtem Zorn.

Ramsay war innerlich so zerrissen, dass er sein Verhalten selbst nicht verstand. Seine Kiefermuskeln spannte sich. Keine Frau, die er gekannt hatte, hatte es so schnell und unbemerkt geschafft, sich in sein Leben zu drängen, wie diese – und das, obwohl sie noch nicht einmal seine Lust gestillt hatte. Verdammt noch mal, nicht einmal Vanessa war es gelungen, in so kurzer Zeit die Mauern um sein Herz einzureißen.

Dieser Gedanke bereitete ihm mehr als nur Unbehagen, er jagte ihm regelrechte Angst ein. Elena war eine Lady und er hatte sich gelobt, solchen Frauen aus dem Weg zu gehen. Aber wie konnte er sich vor ihr schützen, wenn alles in ihm nach ihrer Nähe schrie?

Elena fühlte, wie er sich innerlich immer mehr zurückzog, und in ihrem Hals bildete sich ein dicker Kloß. Angst und Unsicherheit griffen nach ihr wie eine unsichtbare Hand. Sie konnte es nicht länger ertragen, von ihm weggestoßen zu werden. Wenn er sie auch nicht lieben konnte, so wollte sie wenigstens nicht auf seine Zuneigung verzichten müssen.

Entschlossen humpelte sie zum Tisch und stützte sich mit beiden Händen auf das raue Holz.

„Gebt mir gefälligst Antwort. Was habe ich getan, das Euren Zorn geweckt hat?"

Ramsay fühlte sich plötzlich in die Enge getrieben. Wie von Sinnen sprang er auf und stützte ebenfalls seine Hände auf die Tischplatte.

„Ich sagte, du sollst dich hinlegen!"

„Und Ihr sollt mir antworten."

Wütend fuhr Ramsay sich mit der Hand durchs Haar.

„Verflucht noch mal, wie soll ich dir auf etwas antworten, das ich selbst nicht verstehe? Aye, ich bin wütend, verdammt wütend sogar, aber ich weiß nicht, auf wen ich am meisten wütend bin. Auf dich, weil du dich heute Morgen nicht an meinen Befehl gehalten hast? Auf diesen Bastard, der es gewagt hat, dich anzufassen? Oder auf mich selbst, weil ich es zugelassen habe, dass du dich in mein ..."

Abrupt hielt er inne, als er gewahr wurde, was er beinahe preisgegeben hätte. *Weil ich es zugelassen habe, dass du dich in mein Leben, in mein Herz schleichst, und ich nicht weiß, was ich dagegen unternehmen soll!*

Mit einem Schwall von Verwünschungen verließ Ramsay das Zelt und ließ eine sprachlose Elena zurück.

Weil er es gewagt hat, dich anzufassen.

Dieser Satz hallte immer wieder in ihrem Kopf nach und ihr Herz flog ihm hinterher. Himmel! Wusste er eigentlich, dass er ihr mit diesen Worten gerade so etwas wie eine Liebeserklärung entgegengeschrieen hatte? Nun ja, vielleicht nicht gerade eine Liebeserklärung – aber er empfand auf jeden Fall mehr Zuneigung für sie, als es ihm lieb war, und das schien ihn sehr wütend zu machen.

Elena schüttelte traurig den Kopf. Wie lange würde er noch dagegen ankämpfen?

Kapitel 12

Als Elena das erste Zelt betrat, stieß sie fast mit Gavin zusammen. Der musterte sie besorgt.

Wie allen anderen im Lager war auch ihm Elenas Veränderung aufgefallen. Obwohl sie jedem der Männer ein freundliches Lächeln schenkte, blieben ihre Augen stumpf und traurig. Sie trug den Kopf zwar hoch erhoben, doch eine unsichtbare Last auf ihren Schultern schien sie beinahe zu erdrücken. Auch ihre Bewegungen waren langsamer und ohne den Schwung, der sie früher so lebhaft hatte wirken lassen.

Gavin warf einen Blick auf Ramsay, der nicht weit von ihnen mit Will redete. Auch in seinem Blick standen Finsternis und Unsicherheit und noch etwas, was Gavin jedoch nicht zu benennen vermochte. Dieser Ausdruck herrschte unablässig vor, seit er Lady Elena ins Lager zurückgebracht hatte. Gavin wusste nicht, was sein Freund empfand, aber er wusste, dass er ebenfalls litt.

„Mylady, wollt Ihr Euch nicht lieber ausruhen? Ihr habt die letzten beiden Tage kaum geschlafen und viel zu viel gearbeitet."

„Oh, bitte, fangt nicht auch noch damit an! Es reicht mir völlig, dass Lord Ramsay zu wissen glaubt, was das Beste für mich ist."

Gavins Gesichtsausdruck wurde unergründlich.

„So, glaubt er das?"

Elena nickte und ihre Augen suchten instinktiv nach Ramsay.

Vier Tage waren nun seit ihrer Entführung vergangen. Vier unendlich lange, einsame Tage. Nachdem Ramsay sie so wutentbrannt verlassen hatte, war er vollkommen verwandelt gewesen. Er verhielt sich ihr gegenüber ebenso höflich wie seinen Männern gegenüber, doch in seinen Augen war nicht mehr diese Eindringlichkeit, diese Intimität, mit der er sie zuvor immer angeschaut hatte. Manchmal lächelte er sie zwar an, doch sein Benehmen war merkwürdig und es ging etwas von ihm aus, das Elena warnte, ihm bloß nicht zu nahe zu kommen.

Bedrückt ging sie an Gavin vorbei zum ersten der Krankenbetten.

„Habt Ihr den Männern schon das Essen gebracht?“

„Aye, doch von diesem Kräuterzeug ist nicht mehr viel übrig.“

Elena tauchte ein Tuch in die Wasserschüssel, wrang es aus und legte es zurück auf Milvans heiße Stirn.

„Das Fieber scheint zu sinken, Milvan. In zwei bis drei Tagen wirst du wieder völlig gesund sein.“

Er lächelte sie mit glasigen Augen an und hauchte: „Lasst bloß Gavin nicht mehr in meine Nähe. Dieser Barbar klatscht einem die kalten Umschläge ins Gesicht, dass man befürchtet, er wolle einen damit erschlagen.“

Gavins Augenbraue schnellte beleidigt in die Höhe.

„Red keinen Unsinn! Ich verwöhne dich geradezu mit meinen sanften Händchen.“

Milvan schnaubte verächtlich. „Glaubt ihm kein Wort, Mylady. Sein sanftes Händchen ist wohl eher eine grobe Bärentatze.“

Elena gab ihm einen spielerischen Stoß.

„Jetzt hört aber auf! Ihr benehmt euch ja wie kleine Jungs.“

Milvan schaute grinsend zu Gavin hinüber.

„Ich habe eine Entschuldigung, ich bin nämlich schrecklich krank!“

Um seinen Worten mehr Gewicht zu verleihen, stöhnte er herzzerreißend auf. „Aber wie willst du dich aus der Sache herausreden, alter Freund?“

Gavin warf ihm lachend einen feuchten Lappen mitten ins Gesicht.

„Gar nicht, ich werde dich jetzt mit meinen sanften Händchen pflegen.“

Elena verließ schmunzelnd das Zelt und hinkte in das nächste. Hier warf sich Jimmy im Fieberwahn wild hin und her. Seine kurzen, roten Haare waren vollkommen verschwitzt. Er würde sich selbst verletzen, wenn er weiter so um sich schlug. Elena versuchte ihn zu beruhigen, doch er stieß sie weg und schrie:

„Nein, Stephen, nicht!“

Mit klopfendem Herzen eilte Elena zur Zeltluke zurück und rief: „Lord Gavin, kommt schnell, ich brauche Eure Hilfe!“

Im nächsten Moment stand Ramsay vor ihr und schaute finster auf sie hinab. Es kränkte ihn, dass sie nach Gavin und nicht nach ihm gerufen hatte.

„Was ist?“

„Es geht um Jimmy!“

Ramsay ging wortlos an ihr vorbei ins Zelt und kniete sich sogleich an Jimmys Krankenlager. Mühelos ergriff er die schlanken Handgelenke des Jungen und hielt sie fest. Elena versuchte seine Beine stillzuhalten, doch der Junge wehrte sich nach Leibeskräften und stieß sie weg. „Gavin, übernimm seine Beine!“ befahl Ramsay mürrisch.

Gavin, der gerade eingetreten war, packte die Füße des Jungen und drückte sie aufs Lager zurück. Jimmy schrie wie am Spieß: „Vater … nein … Stephen, hör auf, wir sind es doch, deine Familie!“

Elena befühlte die heiße Stirn des Jungen. Sie glühte wieder.

Ramsay sah sie eindringlich an und in seinen Augen spiegelte sich aufrichtige Sorge um diesen Jungen. Als er sprach, klangen seine Worte wie ein Flehen.

„Gib ihm doch von diesem Kräuterabsud.“

Elena schüttelte energisch den Kopf.

„Wenn ich ihm jetzt etwas einflöße, könnte er daran ersticken. Wir müssen zuerst das Fieber senken!“

Gehetzt sah sie sich in dem kleinen Zelt um, dann riss sie die Leinendecke von einem leeren Lager und tauchte sie in das Fass mit kaltem Wasser.

„Wir müssen ihn ausziehen und in die Decke wickeln.“

Ramsay zog Jimmy ohne Widerrede aus, während Elena das Tuch am Boden ausbreitete. „Legt ihn darauf“, wies sie ihn an.

Rasch wickelten sie den Jungen ein und er beruhigte sich ein wenig.

„Nein, ihr dürft ihm nichts tun … er weiß doch nicht, was er tut …“, wimmerte Jimmy leise.

„Es ist alles gut, Jimmy. Niemand wird ihm etwas antun.“

Elena blickte erstaunt in Ramsays Gesicht, als sie die sanften Worte hörte.

„Wisst Ihr, wer dieser Stephen ist?"

Ramsay nickte finster. „Sein Bruder. Er war wahnsinnig und eines Nachts hat er seine Eltern in ihren eigenen Betten erschlagen. Die Dorfbewohner haben ihn am nächsten Tag gesteinigt und Jimmy musste zusehen."

„Oh Gott, der arme Junge! Hat er es Euch erzählt?"

„Nein, ich habe Erkundungen über ihn eingeholt."

Als er Elenas erstaunten Gesichtsausdruck sah, zuckte er gleichmütig mit den Schultern. „Ich weiß eben gerne, mit wem ich es zu tun habe."

Elena stand auf und tauchte ein zweites Laken ins Wasser.

„Wir müssen die Decke wechseln."

So wickelten sie Jimmy fast zwei Stunden lang alle paar Minuten von einer Decke in die andere, bis seine Temperatur so weit gesunken war, dass Elena ihm von dem fiebersenkenden Trunk einflößen konnte. Danach schlief er ruhig ein.

Elena rieb sich müde die Augen und richtete sich auf.

„Mehr können wir im Moment nicht für ihn tun."

Sie betrachtete den Höllendämon, dessen riesige Hand sanft eine schweißnasse Haarsträhne aus Jimmys Gesicht strich. Es war das erste Mal, dass sie diesen Mann wirklich erschöpft sah. Doch selbst jetzt umgab ihn eine Aura von Kraft und Macht. Aber irgendetwas stimmte nicht mit ihm. Seit er ihr mit Jimmy geholfen hatte, war er seltsam still. Er erfüllte jede ihrer Anweisungen, ohne zu widersprechen oder nach dem Grund zu fragen, und das war bei diesem Mann wirklich beunruhigend. Elena betrachtete die dunklen Ringe unter seinen Augen, die angespannten Gesichtszüge und die Bartstoppeln auf Kinn und Wangen. Oh ja, er sah entsetzlich müde aus und so einsam, dass es ihrem Herzen wehtat. Er kauerte noch immer am Kopfende von Jimmys Bett und beobachtete den schmalen Brustkorb des Jungen. Elena erkannte die tiefe Zuneigung, die dieser Riese für den kleinen Burschen empfand, und sie spürte den Stachel der Eifersucht. Aber auch tiefe Liebe und Mitgefühl. Tapfer drängte sie ihre eigene Müdigkeit, ihren eigenen Kummer beiseite und flüsterte zuversichtlich: „Er wird schon wieder, Mylord. Jimmy ist ein zäher Junge."

Ramsay nickte, ohne seinen Blick von dem schlafenden Jungen zu lösen.

„Aye, er wird einmal ein guter Krieger werden."

Elena ging neben Ramsay in die Hocke und befühlte sanft seine Stirn. Ramsay zuckte bei ihrer Berührung zusammen, als hätte sie ihn geschlagen, und starrte sie mit einem so glühenden Blick an, dass sie tatsächlich befürchtete, er leide auch am Fieber.

Noch einmal strich sie ihm mit der Hand über die Stirn und seine rauchgrauen Augen verdunkelten sich. Elenas Herzschlag beschleunigte sich und ihre Hand glitt zu seiner stoppeligen Wange. Ihre Stimme klang so atemlos, als wäre sie viele Meilen gelaufen.

„Mylord, Ihr müsst Euch ausruhen! Ihr habt seit Tagen nicht mehr richtig geschlafen. Bitte, geht in Euer Zelt."

Es war eine Ewigkeit her, dass er zum letzten Mal so zärtlich berührt worden war. Es war mächtig. Überwältigend. Plötzlich wandelte sich der Ausdruck in seinen Augen und Elena glaubte, Schmerz darin zu sehen. Aber der Moment war nur kurz und sie war sich nicht sicher, denn jetzt war wieder jegliches Gefühl darin erloschen. In seinen grauen Augen war nichts anderes mehr zu erkennen als ihr eigenes Spiegelbild.

Er erhob sich und brummte kalt: „Ich brauche keine Amme, die für mich sorgt."

Elena stand ebenfalls auf und lächelte ihn schief an.

„Nein, Mylord, für ein Baby seid Ihr wirklich ein wenig zu groß geraten. Aber es geht mir auch nicht um Euer Wohl. Ich bin selbst müde, doch ich fürchte mich und möchte nicht allein sein."

Er betrachtete sie für einen Augenblick schweigend. Was sollte der Unsinn? Die letzten vier Nächte war sie auch alleine gewesen. Er hatte das Zelt gemieden – hatte sie gemieden. Ängstlich war diese Lady bestimmt nicht. In der Tat hätte sich wohl jede andere Frau nach den Geschehnissen mit McGregor in ihr Bett verkrochen und an ihrem Riechsalz geschnuppert.

„Du bist eine schlechte Lügnerin."

Elena biss sich schuldbewusst auf die Unterlippe. Eigentlich hatte sie erwarten müssen, dass er ihre kleine List augenblicklich durchschauen würde. Ein zaghaftes Lächeln umspielte ihre Lippen, als sie leise gestand: „Ihr habt Recht, Mylord, im Lügen bin ich wirklich nicht sehr erprobt. Werdet Ihr Euch dennoch schlafen legen?"

Er antwortete nicht, doch das leise Zucken in seinen Mundwinkeln verriet ihr, dass sie gewonnen hatte.

Ganz in der Nähe bohrten sich zwei eisige Augen in ihren Rücken. Dieses verdammte Miststück, wieso musste der Höllendämon sie auch wieder zurückbringen? Dieses Weib hatte eindeutig so viele Leben wie eine räudige Katze. Ein bösartiges Grinsen legte sich auf die Lippen des Todesengels. Irgendwann waren auch diese Leben verbraucht.

Elena wandte sich von Ramsay ab und entdeckte Maggy, die am anderen Ende des Zeltes Bruce versorgte.

„Hallo, Maggy. Schön, dass die Grippe dich verschont hat."

Die Hure musterte Elena aus kritischen Augen und antwortete knapp: „Ja, das ist es."

Dann glitten ihre Augen zum Höllendämon, diesem Prachtexemplar von einem Mann, der ihr nicht einen einzigen Blick gönnte. Im Gegenteil, er verlor sich völlig in der Betrachtung der Kehrseite der Lady. Wütend presste Maggy die Lippen zusammen und widmete sich wieder Bruce.

Elena, ein wenig verwirrt von Maggys schroffer Art, hinkte zum nächsten Krankenlager weiter. Todd schien zu schlafen. Sie setzte sich auf sein Lager und erneuerte das Tuch auf seiner Stirn. Noch immer weigerte sie sich hartnäckig zu glauben, dass Todd hinter all ihren „Unfällen" steckte. Sie befühlte seine Wangen und stellte erleichtert fest, dass sein Fieber ein wenig gesunken war.

„Mutter?"

Elena strich ihm eine nasse Haarsträhne aus dem Gesicht und sagte: „Nein, ich bin es, Elena."

Todds Lider öffneten sich und er schaute aus glänzenden blauen Augen zu ihr auf. Gleich darauf bildete sich eine steile Falte auf seiner Stirn.

„Was ist mit Eurer Wange geschehen, Mylady?"

Er versuchte, sich auf die Ellbogen zu stützen, doch Elena drückte ihn mit sanfter Gewalt wieder auf sein Lager zurück.

„Hat er Euch geschlagen?“, fragte er bitter und deutete mit dem Kinn auf den Hünen, der Elena nicht aus den Augen ließ.

Für den Bruchteil einer Sekunde glaubte sie, Eifersucht in seinem Blick gesehen zu haben, und eine bittersüße Freude wärmte ihren Körper. Sie lächelte Todd beruhigend an.

„Aber nein, der Lord hat seine Hand nicht gegen mich erhoben. Ich hatte nur einen kleinen Unfall. Gar nicht der Rede wert.“

Todd atmete erleichtert auf, bevor er schläfrig murmelte: „Dann ist es gut, ich hätte ziemlich lächerlich ausgesehen, wenn ich diesen Riesen zum Zweikampf hätte fordern müssen.“

Elena strahlte auf den eingeschlafenen Todd hinunter und streichelte sanft seine stoppelige Wange. Nein, dieser Bursche wollte ihr bestimmt nicht das Leben nehmen. Würde ein Mörder die Ehre seines Opfers verteidigen wollen?

Plötzlich spürte sie Ramsays Hand auf ihrer Schulter. Seine Finger gruben sich grob in ihr Fleisch und als sie erschrocken zu ihm aufsah, erkannte sie seinen Zorn hinter der kühlen Maske seines Gesichts. Seine Stimme klang so scharf wie ein frisch geschliffener Dolch. „Können wir jetzt endlich zu Bett gehen, oder möchtest du ihn noch ein wenig länger tätscheln?“

Elena schnaubte entrüstet: „Ich habe ihn nicht getätschelt!“

„Das hast du sehr wohl!“, schrie Ramsay sie an.

Elena wandte sich wütend wieder zu Todd und schob ihm die Felle bis zu den Hüften hinunter

„Was, zum Teufel, machst du da?“, wollte Ramsay wissen und seine Stimme vibrierte vor Zorn.

„Was wohl? Ich wasche ihn“, gab Elena gereizt zurück.

Doch im nächsten Moment wirbelte er sie zu sich herum.

„Den Teufel wirst du tun! Wenn du deine Beine schon für einen gewöhnlichen Krieger spreizt, dann wahre wenigstens Diskretion.“

Elena schlug seine Hand wütend von ihrer Schulter. „Ich spreize doch nicht.“

„Natürlich tust du das!“, brüllte er so laut, dass es vermutlich im ganzen Lager zu hören war. Elena schaute in die vielen, erstaunt auf sie gerichteten Augen und heiße Röte stieg ihr ins Gesicht.

„Fahrt zur Hölle, Mylord. Das geht Euch nichts an."

„So, geht es nicht?"

„Nein, tut es nicht."

„Fein."

Bevor sie überhaupt wusste, wie ihr geschah, warf Ramsay sie über die Schulter und verließ mit großen Schritten das Zelt.

„Lass mich runter, du Scheusal!"

Seine harte Schulter drückte ihr schmerzlich in den Bauch und vor unbändigem Zorn bekam Elena kaum noch Luft. Sie schlug mit den Fäusten auf seinen Rücken ein, und als dies keine Wirkung zeigte, packte sie ein Haarbüschel und riss kräftig daran. Ein harter Schlag auf ihre Kehrseite war seine Antwort darauf.

Im Zelt angekommen warf er Elena aufs Bett. Sie rappelte sich sogleich wieder auf und schrie ihm entgegen: „Du ... Du rücksichtsloser, grober Barbar! Was ich tue und mit wem, geht dich einen verdammten Dreck an. Ich bin dir keine Rechenschaft schuldig!"

Er ballte seine Hände zu Fäusten und donnerte zurück: „Fein, es interessiert mich auch nicht!"

Elena setzte ihr unechtestes Lächeln auf: „Fein."

„Ja, fein."

Verdammt musste dieser Kerl immer das letzte Wort haben?

Wütend packte sie das Hemd, das ihr als Nachtgewand diente, und ging zum Waschtisch, da dieser am weitesten von Ramsay entfernt stand. Dort zog sie es sich, umständlich wie immer, an, wusch sich das Gesicht und schlüpfte anschließend ins Bett. Sie war wirklich zu dumm. Wie konnte sie sich nur ausgerechnet in diesen Mann verlieben? Er hatte kein Recht, sie so zu behandeln. Verbissen schloss sie die Augen, um ihm zu zeigen, dass dieser dumme Streit für sie beendet war.

Das darauf folgende Schweigen war jedoch noch viel schlimmer als das vorherige Unwetter. Es war wirklich nicht einfach, diesen Kerl zu mögen. Seine dummen Wutanfälle kamen immer so unerwartet, waren so unangebracht und peinlich, dass sie ihm am liebsten irgendetwas an den Kopf geschlagen hätte. Wie konnte er nur so sehr an ihr zweifeln, dass er immer das Schlimmste von ihr dachte! Merkte er denn nicht, dass sie keinen anderen Mann wollte? Dass sie sich so verzweifelt nach ihm sehnte?

Sie spürte, wie sich die Bettstatt bewegte, als er unter die Felle schlüpfte. Elena war so aufgewühlt, dass an Schlaf überhaupt nicht zu denken war, dennoch lag sie einfach still. Eine Ewigkeit schien zu vergehen, bis sie seine raue Stimme hörte.

„Schläfst du mit ihm?"

Elena drehte sich langsam auf den Rücken und antwortete niedergeschlagen: „Du glaubst ja doch, was du willst. Was nutzt es da, wenn ich dir das Gegenteil sage."

Blitzschnell war er über ihr, sein Gesicht nur wenige Zentimeter entfernt von ihrem, und sie erkannte, wie viel Selbstbeherrschung es ihn kostete, in einem leisen und normalen Tonfall zu sprechen. Im gleichen Moment erkannte sie jedoch auch noch etwas anderes. Er war eifersüchtig! Gütiger Himmel, diese ganze Szene veranstaltete er aus reiner Eifersucht! Elenas Herz hämmerte vor Aufregung, ja vor Glück.

„Sag mir die Wahrheit, Elena. Hast du mit ihm geschlafen?"

Gott, war dieser Mann schön! Seine grauen Augen betrachteten sie so eindringlich, dass sie glaubte, in ihnen ertrinken zu müssen, und diese Lippen … streng, doch von einer Sinnlichkeit, die ihr Blut schneller fließen ließ.

Elena holte tief Atem und unterdrückte den heftigen Drang, ihn zu berühren.

„Nein, Mylord. Ich habe *niemals* das Lager mit ihm geteilt."

Ramsay forschte eine Weile schweigend in ihrem Gesicht, als ob er den Wahrheitsgehalt ihrer Worte abwog. Dann wich die Anspannung aus seinen Zügen und Elena erkannte, dass er ihr glaubte. Völlig unerwartet, sogar für ihn selbst, hob er langsam seine Hand und strich ihr eine kleine Locke aus dem Gesicht.

„Irgendwie wollte mir dieser Gedanke nicht gefallen."

Elenas Blick fiel auf seine sinnlichen Lippen.

„Du siehst schrecklich erschöpft aus, Ramsay. Versuch doch, ein wenig zu schlafen."

Aye, er war tatsächlich am Ende seiner Kräfte. Er war es leid, ständig gegen sich selbst ankämpfen zu müssen, damit er seinem Verlangen nach ihr nicht nachgab. Damit er sie nicht berührte, ihr nicht zu nahe kam. Mit einer Leidenschaft, die ihn beinahe erschreckte, verschloss er ihren Mund mit einem heftigen Kuss. Er hörte, wie sie überrascht aufkeuchte, doch gleich darauf entspannte sie sich, wurde anschmiegsam und weich. Ihre kühle, kleine Hand legte sich auf seine Wange, glitt in sein tiefschwarzes Haar und zog ihn näher zu sich herab. Einer Rose gleich öffneten sich ihre Lippen und Ramsays Zunge erforschte ihre warme Höhle, um sich den lange ersehnten Schatz zu holen. Ohne von ihren Lippen zu lassen, rollte er sich auf den Rücken und zog Elena mit sich. Nun lag sie auf ihm, er spürte ihr leichtes Gewicht, spürte den sanften Druck ihrer Brüste. Seine Hände glitten über ihre Schultern, den Rücken hinunter bis zu ihrem kleinen, festen Gesäß und gruben sich dort in ihr warmes Fleisch. Ihre genießerischen kleinen Seufzer trieben ihn fast zum Wahnsinn. *Du musst aufhören! Es ist zu gefährlich!* – versuchte sein Verstand wieder die Oberhand zu gewinnen. Doch er hörte nicht hin, denn alles, was er wollte, lag nun auf ihm. Und er wollte sie, bei Gott – und wie er sie wollte!

Die köstlichsten Gefühle erfüllten Elenas Körper. Ihr Blut schien sich in flüssige Lava zu verwandeln. Sie erwiderte seinen Kuss mit einer Leidenschaft, die der seinen in nichts nachstand. Doch nur seine Lippen und Hände zu fühlen, reichte ihr nicht mehr. Sie wollte alles von ihm. Sie wollte berührt werden und selbst berühren. In wilder Verzweiflung klammerte sie sich an seine breiten Schultern. Seine Lippen wanderten zu ihrem Ohrläppchen und er vergrub sanft seine Zähne darin. Elena stöhnte leise auf. Seine großen Hände glitten zu ihren Brüsten, drückten und streichelten sie, bis sie vor Wonne den Kopf in den Nacken warf. Dann setzte sich Ramsay auf, seine Hände umfassten ihre Brüste, hoben sie an seinen gierigen Mund, er saugte an den empfindsamen, harten Knospen, bis sie vor Lust zu wimmern begann.

„Ramsay."

„Oh Gott, Elena … Ich kann nicht mehr … Ich …"

Mit einem Ruck riss er ihr Hemd vorne entzwei und vergrub sein glühendes Gesicht in dem Tal zwischen ihren Brüsten. Sie war jetzt nackt, saß in ihrer ganzen Schönheit auf seinem Schoß und schlang ihre schlanken Beine um seine Hüften.

Ramsays Schaft war so hart, dass er fast die Beherrschung verlor. Alles in ihm schmerzte vor Verlangen, ihren nackten Körper mit dem seinen zu bedecken, ihre seidig weichen Kurven unter seinen muskulösen Gliedern zu fühlen. Er wollte sie, wollte sie jetzt. Während er mit einer Hand ihre Brust liebkoste, glitt die andere ungeduldig über ihren Bauch, hinunter zu dem seidigen, hellen Flaum, der ihre Scham verbarg. Fordernd und mit einer Zärtlichkeit, die Elena aufschreien ließ, teilte er die feuchten Blütenblätter ihrer Weiblichkeit und suchte das Zentrum ihrer Lust. Er fand es heiß, und herrlich feucht presste sie sich seiner Hand entgegen.

„Oh Ramsay … bitte!“ stöhnte sie auf, klammerte sich zitternd und bebend an seinen Schultern fest und biss sich auf die Unterlippe, um nicht laut aufzuschreien vor Wonne.

Als er in ihre von Verlangen verschleierten Augen blickte und die sinnlich geöffneten Lippen sah, fühlte er mit einem Finger in sie hinein. Sie schrie auf und die winzigen Pforten ihrer Scham zogen sich zusammen, um ihn in sich zu halten. Ramsay genoss diese durch und durch weibliche Reaktion ihres Körpers und stieß langsam wieder zu. Die kehligen, rauen Laute, die sich Elenas Hals entrangen, waren mehr, als er ertragen konnte. In einer schnellen, fließenden Bewegung legte er Elena auf den Rücken, riss sich fieberhaft die Kleider vom Leib und legte sich keuchend neben sie. Zog ihren bebenden Körper in seine starken Arme und bemächtigte sich ihrer Lippen. Nicht länger sanft oder zärtlich, sondern drängend, fordernd und leidenschaftlich.

Ein dünner Schweißfilm bedeckte Ramsays Körper, als er seine heißen Lippen an ihr Ohr presste. „Willst du mich, Elena?“

Sie wand sich, bebte unter seinen kundigen Fingern und rief: „Ja!“

„Ja – was? Sag es mir!“, forderte Ramsay und mit jedem Wort stieß er zwei Finger in sie hinein.

Elena schrie auf, klammerte sich an seinem muskulösen Nacken fest und schwebte auf köstlichen Wogen der Lust immer höher empor. Sie wusste, dass es da noch mehr gab und dass nur er es ihr geben konnte.

„Ja, ich will dich, Ramsay … Komm zu mir! … Bitte! … Jetzt!"

Sie sah den Triumph, die wilde Freude und das brennende Verlangen in seinen Augen und drängte sich ihm entgegen, rieb sich an seinem harten, pulsierenden Schaft.

Ramsay stöhnte heiser auf und dann war er über ihr. Küsste sie so stürmisch, dass sie vor Glückseligkeit am liebsten weinen wollte. Voll sinnlicher Vorfreude, aber auch voller Furcht sah sie, wie Ramsay mit einem Knie ihre Beine noch mehr spreizte. Dann schloss sie erwartungsvoll die Augen.

Nichts.

So stürmisch der Angriff auf ihre Sinne auch gewesen war, so abrupt endete er.

Ramsay ließ urplötzlich von ihr ab und rollte sich wild fluchend auf den Rücken. Er vergrub sein heißes Gesicht in den Händen und versuchte, seinen von unerträglichem Verlangen geschüttelten Körper zu beruhigen.

Im nächsten Moment sah auch Elena den Störenfried und ihr Kopf fuhr zur Zeltluke herum. Maggy!

Neiiin!

Die Lagerhure ließ ihren begehrlichen Blick über Ramsays Antlitz gleiten. Schien jeden Muskel seines herrlichen Körpers verschlingen zu wollen und starrte lüstern auf seine pralle, pulsierende Männlichkeit. Wütend und bebend vor Eifersucht, warf Elena ein Fell über Ramsays Lenden, damit wenigstens dieser Teil vor den gierigen Augen der Hure verborgen blieb. Sie hätte schreien, mit den Fäusten wild um sich schlagen mögen vor Wut und Scham.

Maggy bedachte Elena mit einem spöttischen Lächeln.

„Mylady, ich wollt' Euch ja nich' stören …" – Oh doch, das hatte sie gewollt, das konnte Elena nur zu deutlich in ihren boshaft blitzenden Augen lesen – „… aber wir ha'm keinen Kräutertrunk mehr und einige der Männer ha'm noch hohes Fieber."

„Ich … Ich werde mich darum kümmern", gab Elena zurück, vermochte den wütenden Unterton in ihrer Stimme jedoch kaum zu unterdrücken. Sie fühlte sich bis in ihr Innerstes gedemütigt und verletzt. Wie lange hatte die Hure schon dort gestanden und ihnen zugeschaut?

Nicht einmal Grenwick hatte es jemals geschafft, sie so tief zu treffen, wie Maggy es eben getan hatte. Mit all der Würde, die sie unter den gegebenen Umständen aufbringen konnte, zog sie sich an, richtete ihr Haar und schritt an Maggy vorbei ins Freie.

Die Hure beobachtete, wie Elena den Hügel hinabstieg, und wandte sich mit einem betont sinnlichen Lächeln an Ramsay. Noch immer lag er ausgestreckt auf dem Rücken, ein Arm über den Augen, und seine breite, behaarte Brust hob und senkte sich in unregelmäßigen, stockenden Atemzügen. Winzige Schauer bebten durch seinen angespannten Körper. Oh Gott, wie sehr es ihn nach Erfüllung verlangte! Sie war so heiß und feucht gewesen, so unerwartet wild und leidenschaftlich. Seine harten Bauchmuskeln zogen sich schmerzlich zusammen, als er sich vorstellte, wie er in sie eingedrungen wäre. Wie er sich tief in ihrem Leib vergraben und ihr lustvolle Schreie entlockt hätte.

Plötzlich spürte er eine Hand auf seinem muskulösen Oberschenkel.

Elena!

Sogleich war er wieder hart und bereit. Umso wütender wurde Ramsay, als er erkannte, dass es Maggys Finger waren, die sich um seinen Schaft legten.

„Verschwinde!", fuhr er sie ungehalten an und schlug die Hand weg.

Doch Maggy gab nicht so schnell auf.

„Mylord, Euer Körper verlangt nach Erlösung! Und da die Lady fort is' …" Sie zuckte aufreizend mit einer Schulter: „Ich bin gern bereit, sie Euch zu verschaffen. Ihr wisst, dass ich es besser kann."

Er starrte sie einen Moment ungläubig an.

Maggy wurde mutiger. Sie beugte sich zu Ramsay hinunter und wollte ihn küssen, doch plötzlich packte er mit einer Hand ihren Hals. Sein Griff war fest und schmerzhaft, er zitterte vor unterdrückter Wut und seine Augen schleuderten ihr all den Zorn, all die Verachtung entgegen, die er in diesem Moment empfand. Mühsam um Beherrschung ringend knurrte er:

„Verschwinde, du boshaftes Weib! Verlass sofort mein Lager!"

„Nein, Mylord, das dürft Ihr nicht! Ihr braucht mich doch!", rief Maggy verzweifelt, doch Ramsay verzog nur angewidert den Mund.

„Verlass das Lager, denn wenn ich dich jemals wieder in der Nähe meiner Leute sehe, hänge ich dich eigenhändig auf."

„Bitte, Mylord ... schickt mich nicht weg, ich ... ich liebe Euch doch."

Mit einer wegwerfenden Geste gab er Maggys Hals frei und brüllte: „Geh mir endlich aus den Augen!"

Maggy wandte sich schluchzend ab und floh aus dem Zelt.

Ramsay ließ sich ermattet in die Felle zurückfallen und schloss gequält die Augen. Vermutlich musste er der Hure sogar dankbar sein. Vielleicht hätte er Elena wehgetan.

Sie war sehr zierlich gebaut und er war nicht gerade bescheiden bestückt. Er hätte ihr bestimmt wehgetan. Oder vielleicht doch nicht?

Sie war Witwe, also brauchte er auch keine Sorgen wegen der Folgen zu haben. Kein Vater, der darauf bestand, seine entehrte Tochter zu verheiraten, keine Verpflichtungen. Vielleicht würde er dann endlich von ihr loskommen. Vielleicht würde er dann merken, dass alles, was er für sie empfand, nichts als Lust war.

Urplötzlich kam ihm ein anderer Gedanke und alles in ihm verkrampfte sich. Wie mochte wohl ihr verstorbener Mann gewesen sein? Oh, wie sehr er diesen Kerl beneidete. Brennende Eifersucht übermannte Ramsay. Dieser Melcom hatte Elena besessen. Hatte ihren Körper gekannt, ihre süßen Seufzer und ihr leises Wimmern gehört. Ramsays Hände ballten sich unwillkürlich zu Fäusten. Ob er es vermocht hatte, ihr Erfüllung zu schenken? Ob sie ihn auch angefleht hatte, sie zu nehmen? Übelkeit und der bittere Geschmack von Galle stieg in Ramsays Kehle hoch. Bestimmt war dieser Melcom der Erste gewesen. Eifersucht, Zorn und Traurigkeit schwemmten über ihn hinweg wie eine gewaltige Springflut.

Verdammt, dieses Wechselbad der Gefühle machte ihn noch verrückt!

Schwarze, bedrohliche Wolken hingen schwer am Himmel und der kalte Wind zerrte an Elenas Kleid. Ungeduldig strich sie sich eine goldene Haarsträhne hinters Ohr, die ihr ständig ins Gesicht flatterte. Im Zelt hinter ihr vernahm sie das ärgerliche Murren der kranken Krieger, die behaupteten, sie wären gesund, während andere noch immer von Fieberträumen gepeinigt aufschrieen.

Elena sog tief die kühle Luft in ihre Lungen und versuchte, wieder Herrin über ihre Sinne und ihren Körper zu werden – doch sie war machtlos. Sie konnte weder ihr wild schlagendes Herz noch den quälenden Schmerz bezähmen, der in ihrem Schoß wühlte. Mit zitternden Händen gab sie die restlichen Kräuter und Wurzeln in den Topf, wischte sich die Finger ab und begann, gleichmäßig in der siedenden Flüssigkeit zu rühren. Noch immer fühlte sie den bohrenden Verlust, das unerfüllte Verlangen, die eisige Leere und sie verabscheute Maggy zutiefst. Sie verabscheute sie sogar mehr als Lord Grenwick.

Ohne sich dessen bewusst zu sein, schweifte Elenas Blick immer wieder zum Zelt hinauf. Sie wusste, dass Maggy noch dort war – bei *ihm* war. Was tat sie dort nur? Weshalb schickte Ramsay sie nicht endlich fort? Eine schwere Hand legte sich um Elenas Herz und sie schluckte. Ob der Lord sich nun mit Maggy in seinem Bett vergnügte? Vielleicht war es ihm ja egal, welche Frau ihm Lust schenkte, welchen Körper er unter sich spürte. Bei diesem Gedanken stampfte Elena zornig mit dem verletzten Fuß auf. Der Schmerz zuckte wie Feuer durch ihr Bein. Trotzdem stampfte sie erneut auf. Aye, es war besser, diese Pein zu fühlen, als sich der Qual von Eifersucht und Demütigung hinzugeben.

Ein lautes Schluchzen ließ Elena erneut zum Zelt des Höllendämons hinaufschauen. Maggy ergriff weinend und jammernd die Flucht. Sogleich durchströmten tiefe Erleichterung und Dankbarkeit Elenas Herz.

Kapitel 13

Aus Angst, Ramsay gegenübertreten zu müssen, hatte Elena unter einem Vorwand Will gebeten, dem Lord das Abendessen zu bringen. Sie konnte ihm jetzt nicht in die Augen sehen, zu lebhaft waren die Erinnerungen und zu groß die Scham. Sie hatte versucht, sich durch das Spielen mit Leila abzulenken, doch es wollte ihr einfach nicht gelingen. Sie wusste nicht, wie sie sich Ramsay gegenüber nun verhalten sollte, fühlte sich verunsichert und verwundbar. Von ihrer inneren Unruhe getrieben ging sie an die Arbeit. Unermüdlich wusch sie Decken und Tücher, brachte den kranken Männern Brühe und vertröstete die genesenden Krieger, die sich nichts sehnlicher wünschten, als sich auf dem Kampfplatz zu üben oder sich die Langeweile mit einem kleinen Faustkampf zu vertreiben.

Als die Nacht endlich anbrach, begab sich Elena wieder in das erste Zelt, um Gavin abzulösen. Ein mitfühlendes Lächeln umspielte ihre Lippen, als sie ihn schlafend auf einem Feldstuhl erblickte. Sein Kopf war nach vorne gekippt und sein lautes Schnarchen erfüllte das Zelt.

Elena ging zu ihm und stieß ihn sacht an. Sogleich fuhr Gavin auf und sah sich suchend nach dem Feind um, bis sein Blick erleichtert an Elena hängen blieb.

„Mylady? Ich … muss wohl eingenickt sein."

Aus Elenas Augen lachte der Schalk.

„Das war nicht zu überhören."

Gavin errötete leicht.

Mit einem gutmütigen Lächeln sagte Elena: „Geht Euch ausruhen, Lord Gavin! Ihr habt es, weiß Gott, verdient. Ich bleibe hier und kümmere mich um die Männer."

Gavin sah ihr forschend ins Gesicht.

„Ist mit Euch alles in Ordnung, Mylady? Seid Ihr sicher, dass es nicht zu viel für Euch wird?“ Sie sah sein Zögern und schob ihn freundschaftlich, aber bestimmt aus dem Zelt hinaus. „Wenn es tatsächlich über meine Kräfte gehen sollte, komm ich Euch holen. Und nun geht! Ab mit Euch ins Bett, Ihr braucht Ruhe!“

Mit diesen Worten ließ sie ihn stehen und machte sich ans Werk. Rastlos eilte sie von einem der vielen Zelte zum anderen, wechselte hier Umschläge, leerte dort das Nachtgeschirr. Jimmys Fieber war gesunken und sie breitete noch eine Decke über ihm aus.

„Lady?“

„Du bist wach, Jimmy?“

Sie setzte sich auf den Rand seines Bettes und fühlte seine Stirn.

„Du hast uns Sorgen gemacht, junger Mann.“

Seine Augen begannen zu strahlen, als er fragte: „Meinem Lord auch?“

Elena nickte lächelnd und sah sich verschwörerisch um.

„Und wie er sich gesorgt hat. Natürlich wollte er es nicht zeigen, doch er ist nicht von deiner Seite gewichen.“

Jimmys Wangen röteten sich vor Freude und er schloss für einen Moment glücklich die Augen. Stolz sagte er: „Es ist schön, wenn sich jemand um einen sorgt.“

Elena schluckte und strich sich eine Haarsträhne aus dem Gesicht.

„Aye, das ist es.“

Jimmy betrachtete sie einen Moment nachdenklich.

„Wer sorgt sich um dich, Lady?“

Elena steckte die Decke um den kleinen Jungen fest und versuchte einen ungezwungenen Plauderton anzuschlagen. „Weißt du, Jimmy, das ist manchmal gar nicht so leicht zu sagen. Aber bestimmt gibt es irgendwo jemanden, der sich auch um mich sorgt.“

„Hast du denn keine Eltern?“

Elena wischte ihm mit einem kühlen Tuch Stirn und Wangen ab und erklärte: „Mein Vater hat im Moment eigene Sorgen und meine Mama ist im Himmel.“

Jimmy nickte betrübt. „Meine Eltern sind auch tot.“

Elena blickte ihn mitfühlend an. „Aye, ich weiß.“

Der Junge erstarrte.

„Woher weißt du das?“

„Lord McFist hat es mir erzählt. Du hast im Fieber immer nach deinem Bruder Stephen gerufen.“

Jimmys Gesicht verlor alle Farbe.

„Mein Lord weiß von Stephan?“

Elena nickte. „Ja, er weiß alles.“

„Seit wann?“

Elena zuckte die Schultern. „Das kann ich dir nicht sagen. Aber vermutlich schon seit er sich entschlossen hat, dich in seine Armee aufzunehmen.“

Der kleine Bursche schüttelte verwirrt den Kopf.

„Aber das verstehe ich nicht. Weshalb hat er mich dann zu sich genommen?“

Nun endlich begriff Elena seine Sorge und sie sagte: „Jimmy, für die Taten deines Bruders bist du nicht verantwortlich.“

Sie betrachtete ihn nachdenklich, bevor sie leise fortfuhr: „Vielleicht hat Lord Ramsay auch etwas von sich selbst in dir gesehen.“

Jimmy legte den Kopf schief und fragte: „Wie meinst du das?“

Elena zuckte nachdenklich mit den Schultern: „Es ist nur so ein Gefühl. Weißt du, ich glaube, Lord Ramsay hatte auch keine leichte Kindheit und vielleicht hast du ihn wieder daran erinnert, wie er damals war.“

Elena legte dem Jungen eine neue Kompresse auf die Stirn.

„Du musst jetzt schlafen, damit du schnell wieder zu Kräften kommst.“

Jimmy nickte und gähnte herzhaft.

„Du hast ihn wohl gern, nicht war?“

Elena erhob sich und trocknete ihre nassen Hände an ihrem Kleid ab.

„Wen?“

Jimmy gähnte noch einmal.

„Meinen Lord natürlich.“

Sie schwieg lange, doch schließlich gestand sie ihm die Wahrheit. „Aye, ich habe ihn sehr gern.“

„Werdet ihr heiraten?“

Plötzlich bildete sich ein Kloß in ihrem Hals. Ramsay als ihr Ehemann? Daran hatte sie noch gar nicht gedacht. Ein schöner Gedanke. Aber wie sollte er wahr werden?

Traurig sagte sie: „Nay, Jimmy, das werden wir nicht. Weißt du, zum Heiraten gehört viel mehr.“

Der Junge runzelte seine kleine Stirn und überlegte angestrengt, schien aber zu keiner zufrieden stellenden Lösung zu kommen.

„Was braucht es denn noch?“

Elena lächelte ihn gequält an. „Wenn du so weitermachst, fragst du mir noch Löcher in den Bauch.“

„Aber was braucht es denn noch zum Heiraten?“, bohrte Jimmy.

Elena antwortete schlicht: „Die Liebe.“

„Aber jeder liebt doch meinen Lord. Du doch auch, nicht wahr?“

Oh ja, und wie sie ihn liebte. Doch das sollte ihr Geheimnis bleiben.

„Schlaf jetzt, Jimmy, du solltest dich schonen.“

Entschlossen wandte sich Elena zum Gehen und erstarrte. Ihr Herz begann zu hämmern und auf einmal fiel ihr das Atmen schwer.

Kaum drei Schritte von ihr entfernt lehnte Ramsay mit vor der Brust verschränkten Armen lässig an einem Zeltpfosten und beobachtete sie mit diesem unergründlichen Ausdruck, der sie jedes Mal entweder zur Weißglut oder in Verlegenheit brachte. Sein langes schwarzes Haar war leicht zerzaust vom Schlaf, doch seine Augen musterten sie mit der ihm eigenen Wachsamkeit, als suchte er in ihrem Inneren nach Antworten. Heiße Röte stieg Elena ins Gesicht und sie fragte sich, wie viel er von der Unterhaltung wohl gehört hatte. Am liebsten hätte sie sich in irgendeinem Mauseloch verkrochen und wäre nie mehr hervorgekommen. Sie schnappte sich den Topf mit Fleischbrühe, nickte Ramsay kurz zu und eilte, ohne ihn eines weiteren Blickes zu würdigen, an ihm vorbei und ins Freie. Es war ihr egal, ob es vielleicht nach Flucht aussah, denn genau das war es. Ja, sie floh vor ihm. Floh vor den Gefühlen, die er in ihr wachrief. Vor der Erinnerung an seine Berührungen und seine Küsse, dem Gefühl der Sicherheit und Wärme, das er ihr gab.

Der kalte Nieselregen war wie Balsam für Elenas glühende Wangen und sie atmete die frische, feuchtkalte Luft einige Male tief ein, bevor sie in das nächste Zelt eilte. Ihr Herz schlug so schnell, dass es beinahe wehtat, und ihre innere Unruhe war bei Ramsays Anblick um ein Vielfaches stärker geworden. Wilde Leidenschaft durchströmte ihren ganzen Körper und machte es ihr unmöglich, einen klaren Gedanken zu fassen. Sie fühlte sich wie ein Reh, das vor seinem Jäger flieht. Vollkommen verwirrt hetzte sie von Bett zu Bett und wechselte die Umschläge. Die Männer schliefen alle ruhig. Auch war das Fieber bei den meisten rasch gesunken. In zwei, drei Tagen würden sie wieder wohlauf sein. Sie hätte eigentlich froh sein sollen, doch die Ruhe und das gleichmäßige Schnarchen der Männer zerrte an Elenas angespannten Nerven. Sie musste etwas tun, irgendetwas, um diese schreckliche Unruhe abzuschütteln, um ihren Frieden wiederzufinden. Mit zitternden Händen sammelte sie die Nachtgeschirre ein und entleerte sie. Danach ging sie an den Bach, um die Töpfe auszuspülen. Allmählich hörte es auf zu regnen, doch nun erhellten gleißende Blitze das Firmament und grollender Donner ließ die Erde erbeben.

Elena blickte auf den Vollmond, der sich auf dem träge dahinfließenden Wasser in silbernem Glanze spiegelte. Sie versuchte nachzudenken, versuchte zu begreifen, was heute geschehen war. Doch das Durcheinander in ihren aufgestauten Gefühlen ließ keinen klaren Gedanken zu. Sie atmete einige Male tief durch, aber das Gefühl der Rastlosigkeit und der Anspannung steigerte sich zu reiner, zerstörerischer Energie. Sie musste etwas tun! Und zwar sofort.

Nur die Geräusche der Nacht drangen an Elenas Ohren und doch wusste sie, dass der Höllendämon ganz in ihrer Nähe war. Es war, als könnte sie seinen Blick auf ihrer Haut spüren.

„Komm gefälligst hervor, Ramsay! Ich hasse es, wenn man mir nachschleicht."

Gemächlich schlenderte Ramsay aus dem Schatten des nahen Zeltes auf sie zu.

„Ich hätte dich für klüger gehalten. Solange wir den Kerl nicht erwischt haben, der dich töten will, solltest du nicht alleine herumlaufen."

Elena schnaubte gereizt. „So, dann bin ich jetzt in deinen Augen nicht nur eine Hure, sondern auch noch ein Dummkopf."

Bevor Ramsay überhaupt antworten konnte, riss sich Elena das Band aus den Haaren und die blonde Flut fiel ihr in geschmeidigen Wellen über die Schultern bis fast zu den Hüften hinab.

„Gut", zischte sie, „dann gebe ich dir jetzt auch den Grund, mich für verrückt zu erklären!"

Noch während Ramsay sich fragte, warum sie so heftig reagierte, rannte Elena zu den Pferden. Sie schnappte sich den Sattel ihrer Stute und schwang ihn auf Cecilias Rücken. Doch gerade, als sie ihn festzurren wollte, riss Ramsay den Sattel wieder herunter und donnerte: „Was, zum Teufel, hast du vor?"

Elena wirbelte zu ihm herum und prallte gegen seine Brust. Sie wäre hingefallen, wenn nicht zwei große, starke Hände sie festgehalten hätten. Im nächsten Moment sprang Elena einen Schritt zurück, als ob er sie geschlagen hätte.

„Fass mich nicht an!"

Ramsay begriff immer noch nichts.

„Verdammt, Elena, was ist los mit dir?"

Er zuckte innerlich zusammen, als er in ihrem blassen Gesicht Verwirrung und Schmerz las. In ihren wunderschönen Augen spiegelten sich tiefe Angst und Unsicherheit und er sah auch ein Flehen darin. Als flehte sie ihn an, ihr zu helfen. Erneut wollte er nach ihr greifen, wollte sie in seine Arme ziehen und trösten, doch sie hob abwehrend die Hände.

„Nein, bitte ... geh weg! ... Ich muss jetzt alleine sein ..."

Oh Gott, sie musste weg! Sie brauchte Abstand von diesem Mann, von seinem Körper, von seiner Anziehungskraft.

„Ich möchte ein wenig ausreiten. Ich bin auch bald wieder zurück."

Sie zerrte am Sattel, doch er hielt ihn eisern fest.

„Du wirst nichts dergleichen tun. Verdammt noch mal, glaubst du tatsächlich, ich lasse dich mitten in der Nacht alleine ausreiten?"

„Du kannst mir gar nichts verbieten!"

„Zum Teufel, und ob ich kann! Und ich werde es! Weißt du eigentlich, wie gefährlich es da draußen ist? Die Gegend ist voll von Gesetzlosen und wilden Tieren, und wenn die dich nicht erwischen, dann tritt deine Stute vielleicht in ein Loch und du brichst dir den Hals.“

Als sie wieder am Sattel zerrte, hätte er sie am liebsten geschüttelt, um sie zur Vernunft zu bringen.

Elena zitterte nun vor Wut und schrie: „Lass den Sattel los, oder …“

„Oder was?“, funkelte er zurück.

Unvermittelt holte Elena mit dem gesunden Fuß aus und trat Ramsay mit aller Kraft gegen das Schienbein. Sie nutzte seine Überraschung, krallte sich in Cecilias Mähne und schwang sich auf deren bloßen Rücken. Dann preschte sie auch schon los.

Mit einem wüsten Fluch auf den Lippen schwang Ramsay sich auf seinen Hengst und nahm Elenas Verfolgung auf.

Irgendwo zuckte ein greller Blitz am Himmel und erhellte eine weite kahle Hügellandschaft, auf der eine einsame Reiterin dahinjagte.

Elena trieb die Stute zu immer schnellerem Galopp an. Es tat so unsäglich gut, die Sorgen und Ängste einfach hinter sich zu lassen. Wie sehr hatte sie dieses Gefühl der Freiheit vermisst! Mit jedem Aufschlag von Cecilias Hufen fühlte sie, wie ihre Anspannung Stück für Stück wich.

Es schien Ramsay eine Ewigkeit zu dauern, bis er sie eingeholt hatte. Jeden Moment rechnete er damit, ihren zerschmetterten Körper am Boden zu finden, doch sie ritt, als ob sie auf dem Rücken eines Pferdes geboren worden wäre. Als Elena den herannahenden Hengst hörte, beugte sie sich noch tiefer über den Hals ihrer Stute und es schien, als ob sie miteinander verschmelzen wollten.

Trotz seiner Wut war Ramsay beeindruckt, ja geradezu sprachlos. Sie erschien ihm wie ein Wesen aus einer anderen Welt. Ihr Haar wehte wie ein glänzender Schleier hinter ihr her, das Kleid war bis über die Schenkel hochgerutscht und entblößte wunderbar geformte Beine, die wie reinster Alabaster schimmerten. Sie sprengten an einem hohen, daumenförmigen Felsen vorbei und Ramsay erstarrte zu Eis.

Die Schlucht!

„Elena, bring die Stute zum Stehen!“, brüllte er gegen das Pfeifen des Windes an, aber Elena schüttelte wild den Kopf und beugte sich noch tiefer über Cecilias Hals.

Ramsays Herz begann plötzlich, wie wild zu hämmern, er lenkte Thunder neben Elena und befahl mit heiserer Stimme: „Bring die Stute zum Stehen, verdammt!"

Wieder schüttelte sie entschlossen den Kopf. „Noch nicht, Mylord! Noch lange nicht!"

Er versuchte, Cecilias Mähne zu ergreifen, doch Elena erkannte seine Absicht früh genug und schlug einen Haken.

„Lasst das oder wollt Ihr mich umbringen?"

Ramsay dachte tatsächlich daran, ihr den sturen Hals umzudrehen, sobald er sie zu fassen bekam.

„Zur Hölle mit allen Weibern! Dort vorn ist eine Schlucht!", brüllte Ramsay und versuchte erneut, nach Cecilia zu greifen.

„Verdammt noch mal, gehorche mir wenigstens dieses eine Mal! Bring dein Pferd zum Stehen, bevor es zu spät ist!"

„Nein, Ihr lügt! Verschwindet endlich!"

Bei aller Verdammnis, es war viel zu dunkel, als dass sie die Schlucht hätte sehen können, die sich bald vor ihr auftun würde.

Ramsay lenkte Thunder so nah wie möglich neben die Stute und versetzte ihn in einen gleichmäßigen Galopp. Dann, geschmeidig wie eine große Wildkatze, zog er die Beine an und sprang hinter Elena auf Cecilias Rücken. Elena schrie erschrocken auf und krallte sich fest in Cecilias Mähne, um nicht das Gleichgewicht zu verlieren.

„Seid Ihr wahnsinnig?"

„Halt den Mund!", fuhr er sie barsch an, griff an ihr vorbei und brachte die Stute zum Stehen. „Braves Mädchen ... Sch, sch, ganz ruhig!"

Er tätschelte beruhigend Cecilias Hals und redete sanft auf sie ein. Dann vergrub er einen Moment lang sein Gesicht in Elenas Haarflut und schloss die Augen. Er zitterte am ganzen Körper, aber nicht vor Kälte. Er zitterte vor Wut und Erleichterung. Elena versuchte, von ihm abzurücken, doch er hielt sie unerbittlich fest.

„Habt Ihr denn völlig den Verstand verloren?", zischte sie ihn wütend an. „Ihr hättet Cecilias Rückgrat brechen können. Oder Ihr hättet stürzen und Euch dann selbst verletz ..."

Weiter kam sie nicht. Ramsay packte sie um die Taille und glitt mit ihr von Cecilias Rücken. Noch bevor sie wieder Boden unter den Füßen hatte, begann er, sie wie eine Stoffpuppe zu schütteln.

„Du dumme, verwöhnte Gans! Du besitzt wirklich mehr Glück als Verstand."

„Lass mich sofort runter, du eingebildeter Kerl!"

Wieder schüttelte er sie so fest, dass ihre Zähne wild aufeinander schlugen.

„Halt den Mund! Wenn ich etwas befehle, dann hast du zu gehorchen. Verdammt noch mal, Elena, geht das denn nicht in deinen sturen Dickschädel hinein?"

„Du hast mir gar nichts zu befehlen!", schrie sie ebenso wütend. „Ich denke gar nicht daran, nach deiner Pfeife zu tanzen. Du bist ja nur in deinem dummen Stolz verletzt, weil ich dir nicht wie ein Hündchen gehorche. Du bist nichts weiter als ein selbstsüchtiger, herrischer Tyrann."

„Ach, ja?"

Elena beäugte ihn misstrauisch, denn seine Stimme war plötzlich seidenweich geworden, dennoch antwortete sie tapfer: „Ja, das bist du!"

„Komm mit!"

Er stellte sie unsanft auf die Füße, packte ihr Handgelenk und zerrte sie hinter sich her. Plötzlich bekam Elena es mit der Angst zu tun. Was hatte er vor? Hilfe suchend sah sie sich um, doch sie waren viel zu weit vom Lager entfernt, als dass jemand sie hätte schreien hören können.

„Ramsay? Bitte lass mich los", bat sie ängstlich, doch er reagierte nicht. „Du … Du tust mir weh."

Sie versuchte, ihr Handgelenk freizubekommen, doch sein Griff war wie ein Schraubstock. Ihr Herz schlug bis zum Hals.

Urplötzlich blieb Ramsay stehen und Elena stieß einen entsetzten Schrei aus, als ihr Fuß ins Leere trat. Augenblicklich legte sich ein stählerner Arm um ihre Mitte und verhinderte, dass sie in die unter ihr klaffende Spalte fiel. Ein gleißender Blitz erhellte für Sekunden die Landschaft und Elena keuchte entsetzt auf: „Oh mein Gott!"

Genau vor ihr lag eine ungefähr zehn Fuß breite Schlucht. Den gefährlichen, schwarzen Schlund weit aufgerissen, lag sie keine zehn Schritte von jener Stelle entfernt, an dem Ramsay die Stute zum Stehen gebracht hatte. Ohne jeden Zweifel wäre sie mitsamt Cecilia hineingestürzt.

Als Ramsay zu sprechen begann, klang seine Stimme nicht mehr wütend, sondern gedämpft und hatte einen bitteren Unterton.

„Ich bin also nur ein egoistischer, herrischer Tyrann, was?“

Mit diesen Worten duckte er sich nach einem Stein und ließ ihn in das schwarze Nichts hinunterfallen. Mit angehaltenem Atem lauschte Elena. Es dauerte mehrere Sekunden, bis sie einen Aufprall hörte. Die grausame Härte der Wirklichkeit machte ihr mit einem Schlag bewusst, dass sie jetzt tot wäre, wenn Ramsay sie nicht gerettet hätte. Mit einem lauten Schluchzer warf sie sich in seine Arme und vergrub ihr Gesicht an seiner Brust.

„Mein Gott, und ich habe es dir nicht geglaubt“, flüsterte sie und ein eisiger Schauer lief durch ihren ganzen Körper. Ramsays Arme schlossen sich fest um sie und seine Worte klangen müde, als er sagte: „Elena, wenn ich einen Befehl erteile, dann kannst du sicher sein, dass ich auch Gründe dafür habe. Ich tu es nicht, um jemanden zu ärgern oder einfach aus einer Laune heraus, das darfst du mir ruhig glauben. Sondern weil ich für jeden einzelnen Menschen in meinem Lager die Verantwortung übernommen habe. Ich bin zuständig für euer aller Sicherheit.“ Elena nickte und schniefte wenig damenhaft an seiner Brust.

„Es tut mir so schrecklich leid, Ramsay … Du … Du hast mir das Leben gerettet.“

Sie spürte, wie seine Arme sich noch fester um ihren Körper schlangen, und er murmelte in ihr Haar: „Wie ich schon sagte: Ich trage die Verantwortung für dich.“ In liebevollem Spott fügte er noch hinzu: „… und ich kann dir versichern, das ist in deinem Fall wirklich kein Kinderspiel. In der Tat bist du sogar ziemlich anstrengend. Es würde mich nicht einmal wundern, wenn ich bis Castle Fraser kein schwarzes Haar mehr auf dem Kopf habe.“

Elena schaute zu ihm auf.

„Du bist ein guter Anführer, Ramsay. Und …“ – er sah, wie

schwer ihr die nächsten Worte fielen, und konnte ein kleines Lächeln nicht unterdrücken – „... und wenn du willst, darfst du mich für meinen Ungehorsam auch züchtigen."

Sogleich flammte ein Funke von Widerstand in ihren Augen auf und sie fügte rasch hinzu: „Aber nur dieses eine Mal."

Nur mühsam gelang es Ramsay, seine Belustigung zu verbergen. Dieses Mädchen war wirklich einmalig. In einem Moment voller Reue und Zerknirschtheit, und im nächsten wies es ihn schon wieder in seine Schranken zurück.

„Nur damit es keine Missverständnisse gibt: Du erlaubst mir also, dir den Hintern zu versohlen?"

Elena überhörte geflissentlich den spöttischen Unterton. Sie nickte ruckartig, denn es war ihr bitterer Ernst und sie verstand wirklich nicht, was an dieser Situation so komisch sein sollte. „Aber nur dieses eine Mal."

Ramsays tiefes Lachen verwirrte sie umso mehr und sie stemmte verärgert beide Hände gegen seine Brust, um sich von ihm zu lösen.

„Hör auf zu lachen! Was ich sagte, ist mein voller Ernst."

Ramsay hob sie schwungvoll auf seine Arme und küsste sie mit einem liebevollen Grinsen auf die Stirn.

„Das glaube ich dir aufs Wort, mein Schatz. Aber weißt du denn nicht, dass die Sache entschieden an Reiz verliert, wenn du mir schon vorher die Erlaubnis dazu erteilst?"

Mit einem schelmischen Glanz in den Augen hob er Elena verkehrt herum auf Thunders Rücken.

„Ich liebe die Überraschung, musst du wissen."

„Was soll das? So kann ich doch unmöglich reiten."

Im nächsten Moment schwang sich Ramsay ebenfalls auf den Rücken des Hengstes, und noch bevor Elena zu weiteren Protesten ansetzen konnte, zog er ihre Beine über seine eigenen Schenkel. Elena schrie entsetzt auf.

„Ramsay!"

Oh Gott! Ihre augenblickliche Lage war mehr als nur empörend. Sie saß mit gespreizten Beinen auf Ramsays Schoß und seine Arme hielten sie so eng umschlungen, dass ihre Brüste an ihn gepresst waren.

„Lass das!“, stammelte sie nervös, als eine heiße Woge durch ihren Körper zuckte und sich im Zentrum ihrer Weiblichkeit niederließ.

„Du wolltest doch, dass ich dich bestrafe“, erwiderte Ramsay mit Unschuldsmiene und weidete sich an ihrer Empörung. Im silbernen Schein des Vollmonds konnte er die flammende Röte auf ihren Wangen sehen und er war sich sicher, dass sie ihren ganzen Körper überzog.

Elena versuchte, von ihm abzurücken, doch den stählernen Armen konnte sie nicht entrinnen.

„Aber doch nicht *so*!“, protestierte sie empört.

Obwohl ihr Verstand entschieden gegen diesen krassen Verstoß gegen die Etikette aufbegehrte, flatterten die Schmetterlinge in ihrem Bauch in wilder Erregung. Sie spürte das Muskelspiel seiner Schenkel unter den ihren, als er mit bloßem Druck seiner Beine Thunder auf den Weg ins Lager zurückkommandierte, und sie begann unkontrolliert zu zittern. Ob aus Angst oder Begehren, das wusste sie selbst nicht recht.

„Ramsay, bitte!“, setzte sie erneut an, doch er unterbrach sie mit gespielt ernster Stimme:

„Na, du bist mir vielleicht eine. Zuerst drängst du mich, dich zu bestrafen, obwohl ich es gar nicht will, und dann kneifst du wieder.“

„Was hat denn das eine mit dem anderen zu tun“, fuhr sie ihn ärgerlich an.

Elena hielt den Atem an, als seine große, warme Hand über ihren Rücken hinunterglitt und seine kräftigen Finger sich in das weiche Fleisch ihrer Hinterbacken gruben.

Ramsay beobachtete ihr liebliches Gesicht, das nur wenige Zentimeter von seinem entfernt war. Er hörte das erschrockene Keuchen, den leisen, sinnlichen Laut, der sich ihrer Kehle entrang, und schnurrte leise: „Hättest du es wirklich lieber, wenn ich dich schlagen würde?“

Seine Finger gruben sich fordernd in ihre Pobacken und er presste sie aufreizend an seine Lenden. Heiße, erregende Schauder jagten durch Elenas Körper und weckten all ihre Sinne. Trotzdem stieß sie seine Hand weg und versuchte, so hochmütig wie möglich zu klingen. „Aye, ich ziehe die Schläge *dem hier* vor. Alles wäre besser, als so auf dir zu sitzen." Ramsay beobachtete amüsiert, wie Elena verzweifelt versuchte, ihre entblößten Beine mit dem Rock zu bedecken. Sie zupfte hier und zerrte dort.

„Bitte, nimm doch Vernunft an! Lass mich auf Cecilia reiten."

Ramsay tat, als würde er ernsthaft über ihren Vorschlag nachdenken, dann meinte er entschieden: „Nein! Strafe muss sein. Außer ..."

Er betrachtete sie mit einem teuflischen Lächeln, das nichts Gutes ahnen ließ.

„Außer du machst mir ein besseres Angebot. Schließlich musst du noch eine Schuld begleichen."

Elena lehnte sich etwas zurück, um Ramsays Gesicht besser beobachten zu können. Er spielte mit ihr, neckte sie, was sie jedoch mehr überraschte als ärgerte. Bis dahin hatte sie diesem grimmigen Riesen überhaupt keinen Humor zugetraut. Na ja, es war ja auch ein rabenschwarzer Humor und, wie immer, ging er auf ihre Kosten.

„Ich werde dir alle Kleider waschen und flicken."

Ramsay schüttelte grinsend den Kopf. „Das gehört sowieso zu deinen Aufgaben, Knappe." Elena überlegte fieberhaft.

„Wie wäre es mit einer Preiselbeerpastete? Martha, unsere Köchin, macht ..."

Ein sinnliches Schaudern durchlief Elena, als Ramsays Hand die empfindsame Haut ihres Halses liebkoste.

Es erstaunte Ramsay, wie stark diese kleine Frau auf seine Berührungen reagierte. Auch jetzt wieder. Ihr Atem hatte sich beschleunigt und ihre erregten Brustspitzen drängten sich deutlich sichtbar gegen den Stoff ihres Kleides.

„Das klingt schon wesentlich besser, aber ich dachte eigentlich an etwas wesentlich Angenehmeres."

Der raue, sinnliche Klang seiner Stimme und die Art, wie er Elenas Lippen betrachtete, ließ keinen Zweifel an seinem Wunsch.

„Du willst mich zur Strafe küssen", fragte Elena ungläubig und ihr Herzschlag beschleunigte sich. Doch zu ihrer Erleichterung und zugleich maßlosen Enttäuschung schüttelte Ramsay den Kopf.

„Was dann?", fragte Elena nun zunehmend ärgerlicher. „Rück endlich mit der Sprache heraus, dieses Spiel langweilt mich."

Ramsays Lächeln wurde breiter. „Ich will, dass *du* mich küsst, Elena."

Aus ihrem Blick sprach Misstrauen. „Du meinst, wenn ich dir einen Kuss gebe, dann darf ich auf mein eigenes Pferd?"

„Nicht ganz", korrigierte Ramsay sanft, wobei er mit einer von Elenas Haarsträhnen spielte. Er genoss es, wie sie erschauerte, wenn er dabei wie zufällig ihre Brust streifte.

„Für einen Kuss und die Preiselbeerpastete darfst du dich richtig herum auf Thunder setzen."

„Das ist ungerecht!", begehrte Elena auf und wandte demonstrativ den Kopf zur Seite.

Eine schwarze Augenbraue huschte warnend in die Höhe.

„Gib Acht, sonst gebe ich mich nicht mehr mit einem Kuss zufrieden. Es gefällt mir nämlich, wenn du auf meinem Schoß sitzt."

Als er sah, wie Elena erneut das Blut in die Wangen schoss, glitten seine Hände zu ihren Schenkeln und begannen, sie mit sanftem Druck zu massieren.

„Weißt du, dass arabische Männer ihren Pferden etwas ganz Spezielles beibringen? Man nennt es *coi't de cheval*. Dabei sitzen ein Mann und eine Frau genauso im Sattel, wie wir beide es gerade tun. Und während sie über den heißen Wüstensand reiten, geben sie sich der Leidenschaft hin."

Am ganzen Körper bebend vor Erregung schob Elena Ramsays Hände weg und schloss die Augen. Das war ein Fehler. Seine Worte riefen herrlich verruchte Bilder in ihr hervor.

„Hör auf mit diesem Unsinn!"

Doch Ramsay dachte gar nicht daran.

„Man sagt auch, dass die Frau dieses Erlebnis niemals wieder vergessen kann."

„Also gut, ich gebe dir einen Kuss, aber du musst mir dein Wort geben, dass du mich dann auch in Ruhe lässt. Ein Kuss, die Preiselbeerpastete und sonst gar nichts."

Ramsay nickte und unterdrückte ein Lächeln, als er sah, wie Elena die Augen schloss und die Lippen spitzte.

Nach einiger Zeit öffnete sie ärgerlich das linke Auge und fragte erbost: „Worauf wartest du denn?"

„Die Abmachung lautet, dass *du* mich küsst, nicht umgekehrt."
Elena schnaubte wenig damenhaft.
„Dann neige dich wenigstens ein wenig herunter."
Ramsay gehorchte und Elena hauchte ihm einen züchtigen Kuss auf die Lippen.
„So, zufrieden?"
Mit diesen Worten rückte sie ein Stück von ihm ab und versuchte, sich im Sattel umzudrehen, doch Ramsay ließ es nicht zu.
„Das war kein Kuss."
„Natürlich war es einer", schnappte Elena empört und leicht gekränkt.
„Nein, war es nicht. Leg deine Arme um meinen Nacken!"
Elena reckte entschlossen das Kinn und widersprach: „Nein, du hast deinen Kuss bekommen, nun halte dein Wort."
Ramsay blickte über ihre Schulter zum Lager hinüber, dem sie sich unaufhaltsam näherten.
„Ich bin gespannt auf die Gesichter meiner Männer, wenn wir in dieser Stellung ins Lager reiten."
„Du bist der niederträchtigste, boshafteste, arroganteste …", brach es unkontrolliert aus Elena heraus, doch ihr fehlte die passende Bezeichnung, mit der sie ihn am liebsten bedacht hätte.
Dann fügte sie sich ins Unvermeidliche. Zaghaft schlang sie ihre Arme um Ramsays breiten Nacken und zog seinen Kopf näher zu sich herab. Sie stieß einen leisen Schrei aus, als Ramsays große Hände ihren Hintern umfassten und er sie auf seinen Schoß hob.
„Ramsay", schnappte sie entsetzt und heiße Wogen brachen sich in ihr Bahn. Niemals hätte sie gedacht, dass sich zwei Menschen so nahe sein könnten. Sie waren so eng ineinander verschlungen, dass nicht einmal der Wind sich zwischen sie drängen konnte. „Küss mich, Elena!" forderte Ramsay rau und sein Atem schickte kleine, erregende Schauer über ihre Haut.
„Küss mich!", lockte er heiser.
Seine Lippen setzten kleine, hastige Küsse auf ihren Hals und ihr Ohr. Seine Hände glitten in ihr Haar, zwangen sie dazu, ihn anzusehen, und sein Blick forderte sie heraus.
„Setz mich in Flammen, Elena!"

Er zog sie noch enger in seine Arme und flüsterte: „Ich möchte wissen, ob es wirklich so wunderbar ist, wie ich es in Erinnerung habe."

Die Entdeckung, dass offenbar auch ihm ihre wenigen Küsse gefallen hatten, freute Elena unbeschreiblich. Mit einem leisen Aufstöhnen drängte sie ihm entgegen. Ihre Lippen fanden die seinen und er öffnete sie bereitwillig, damit sie seinen Mund erforschen konnte. Und sie tat es mit all der Leidenschaft, die ihr unschuldiges Herz verspürte. Ihre Finger krallten sich wie von selbst in Ramsays schwarzes Haar, glitten scheu, beinahe ehrfürchtig über die glatt rasierte Wange bis zu seinem Hals, während ihre Zungenspitze aufreizend die seine umspielte.

Elena war gefangen in den herrlich berauschenden Gefühlen, die seine Nähe, seine Hände in ihr auslösten. Ihre Finger glitten über seine Schultern – es dauerte eine Weile, bis das Gefühl von kaltem Metall den Nebel ihrer Leidenschaft durchbrach. Schwer atmend blickte sie auf ihre Finger, die mit den engen Metallmaschen spielten.

„Du … Du trägst ein Kettenhemd?"

Dieses Ding wog vermutlich an die dreißig Pfund und doch bewegte er sich mit einer Geschmeidigkeit, als trüge er nichts auf der Haut. Wenn sie nur an den Sprung auf Cecilias Rücken dachte …

Ramsay nutzte den Moment der Überraschung, um sein heftiges Verlangen wieder unter Kontrolle zu bringen.

„Ich habe heute Nacht noch einen weiten Weg vor mir."

„Du begibst dich doch nicht in Gefahr? Ich meine, du reitest doch nicht alleine?"

Ungläubig, ja beinahe ehrfürchtig erkannte Ramsay, dass sie sich tatsächlich Sorgen um seine Sicherheit machte. Der ängstliche Blick in ihren Augen durchschlug Ramsays über viele Jahre mühsam errichteten Schutzwall und eine ungewohnt zärtliche Wärme breitete sich in seiner Brust aus. Forschend betrachtete er Elenas liebliches Gesicht, das so offen vor ihm lag, das ihm so viel enthüllte.

Ramsay schluckte.

Kapitel 14

Die milde Aprilsonne stand bereits hoch am Himmel und verwandelte die karge, steinige Landschaft in ein freundliches Fleckchen Erde. Selbst der heulende Wind zeigte sich heute barmherzig und hatte sich in eine angenehm laue Brise verwandelt.

Doch die friedliche Idylle stand im scharfen Gegensatz zu den lärmenden Rufen aus den Krankenzelten. Vermutlich hätte Elena die Männer mit einem Knüppel bewusstlos schlagen müssen, um sie auf ihren Lagern halten zu können. Da halfen all ihre guten Ratschläge nichts. Wutentbrannt verließ sie eines der Zelte und prallte am Eingang fast mit Ramsay zusammen.

Er ist zurück! jubelte ihr heftig pochendes Herz und sie spürte, wie die Anspannung von ihr abfiel. Erst jetzt erkannte sie, wie sehr sie sich um ihn gesorgt, wie sehr sie ihn vermisst hatte. Anscheinend war er eben erst angekommen, denn er trug noch immer das Kettenhemd. Elenas Augen suchten rasch nach Anzeichen von Verwundungen, doch er war heil und unversehrt. Sie atmete vor Erleichterung auf.

„Dem Himmel sei Dank, Ramsay! Du kommst gerade zur rechten Zeit. Bitte, bring deine Männer zur Vernunft! Sie wollen unbedingt aufstehen, aber das ist noch zu früh."

Sie versuchte, Ramsay am Ärmel in eines der Zelte zu ziehen, doch er blieb wie ein Fels stehen. Er musterte sie mit unergründlichem Blick.

„Es sind Krieger, Elena. Die wissen selbst, was gut für sie ist."

Elena runzelte verwirrt die Stirn. Weshalb behandelte er sie mit dieser kühlen Höflichkeit? Als er sie gestern ins Lager zurückgebracht hatte, war sein Verhalten freundschaftlich, ja beinahe zärtlich gewesen, und nun?

Entschlossen, ihm ihre Enttäuschung nicht zu zeigen, stemmte sie ihre Hände in die Hüften und fauchte: „Und ich sage, es ist noch zu früh für die Männer. Ich habe mich nicht so viele Tage und Nächte abgerackert, damit diese sturen Schotten wieder einen Rückfall erleiden." Ohne Vorwarnung wurde Ramsay von einem solch leidenschaftlichen Verlangen gepackt, dass sich jeder Muskel seines Körpers spannte. Zur Hölle mit dieser Frau! Die Leichtigkeit, mit der sie ihn erregen konnte, war mehr als nur beunruhigend. Er holte tief Luft, doch sein Körper wollte sich einfach nicht entspannen. Bei Gott, während der letzten Tage war seine Erregung geradezu ein Dauerzustand gewesen. Sein Verlangen grenzte an Besessenheit, wie er sich auf dem Rückweg vom Saint-Andrew-Kloster widerwillig hatte eingestehen müssen.

„Und, wirst du jetzt etwas unternehmen?", riss ihn Elenas ungeduldige Stimme aus seinen Gedanken.

„Du bist nicht ihre Mutter", brummte Ramsay und hielt nach Will Ausschau.

„Ach ja, du würdest staunen, wie viele mich in den letzten Tagen so genannt haben."

Milvan versuchte, sich hinter Elenas Rücken davonzuschleichen, doch sie fuhr blitzschnell herum.

„Marsch, zurück ins Bett!"

Milvan zuckte zusammen und warf Ramsay einen flehenden Blick zu.

„Mylord, ich bin wirklich wieder gesund, aber wenn ich noch lange herumliegen muss, komme ich vor Langeweile um."

Ramsay sah die wilde Entschlossenheit in Elenas Augen. Obwohl er sich nichts anmerken ließ, amüsierte er sich sehr darüber, dass ein so kleines, zierliches Wesen seine harten Krieger in Angst und Schrecken versetzen konnte. Sie führte sich auf wie eine Füchsin, die ihre Jungen nicht aus dem Bau lassen wollte.

„Nun sprich endlich ein Machtwort!", forderte Elena ihn ungeduldig auf. „Sonst sehe ich mich gezwungen, ihn an den Ohren ins Zelt zurückzuzerren."

Ramsay konnte sich ein kleines Lächeln nicht verkneifen. „Gib Acht, Milvan, die Lady tritt wie ein Ochse, wenn ihr etwas nicht passt. Sie hat mir gestern fast das Schienbein zertrümmert." Milvan riss entsetzt die Augen auf und Elena schnaubte verächtlich. Gleichzeitig hoffte sie, dass niemand bemerkte, dass sie rot wurde.

„Wenn man sich einem Ochsen verständlich machen will, muss man eben in seiner Sprache reden."

Milvan seufzte ergeben und kehrte in die Sicherheit seines Zeltes zurück.

„Danke für deine Hilfe", sagte Elena bissig.

Ramsay verneigte sich mit leisem Spott.

„Immer gern zu Euren Diensten, Mylady."

Da trat Gavin zu ihnen und grinste.

„Ich störe die traute Zweisamkeit ja nur höchst ungern, aber die Männer wollen wissen, wann wir endlich aufbrechen."

„Bei Tagesanbruch", verkündete Ramsay und ließ sich von Elenas entsetztem Keuchen nicht aus der Ruhe bringen.

Gavin atmete erleichtert auf. „Dem Himmel sei Dank!"

Er verschwand zufrieden und Elena wandte sich wieder an Ramsay. Jetzt ging sie zum Angriff über.

„Ich habe mich wohl verhört! Die Männer sind noch nicht so weit. Ich muss darauf bestehen, dass sie mindestens noch zwei Tage Ruhe halten. Drei wären sogar noch besser."

Ramsays Augen verengten sich drohend und er betrachtete Elena kühl.

„Ach ja, du bestehst also darauf?"

Elena nickte entschlossen. Ramsay trat einen kleinen Schritt auf sie zu und hob ihr zierliches Kinn mit Daumen und Zeigefinger, damit sie ihn ansehen musste.

„Soweit ich weiß, habe ich hier das Sagen. Und du solltest langsam wissen, dass ich keine Befehle von anderen annehme."

Elena schluckte. Ihr entging die gefährliche Anspannung nicht und sie versuchte einzulenken.

„Das bestreitet ja auch niemand. Aber die Männer sind immer noch geschwächt."

„Sie haben den ganzen Nachmittag, um sich auszuruhen."

Der Ton seiner Stimme duldete keinen Widerspruch und Ärger wallte in Elena auf. Dieser sture Kerl ließ aber auch nie eine andere Meinung gelten. Sie schüttelte entschlossen seine Finger ab und trat einen Schritt zurück.

„Aber …"

Weiter kam sie nicht, denn Ramsay unterbrach sie schroff.

„Wir brechen morgen bei Sonnenaufgang auf. Das ist mein letztes Wort!“ Dann wandte er sich ab und schritt energisch davon.

Er spürte, dass er Elena verletzt hatte. Doch er hatte nicht anders gekonnt. Die Offenheit, mit der sie ihn angesehen hatte, die Art, wie sie ihr Kinn vertrauensvoll in seine Finger geschmiegt hatte ... Er wusste einfach nicht, was er mit ihr anfangen sollte. Entweder sie besaß nicht einmal den Selbsterhaltungstrieb eines neugeborenen Kätzchens oder sie war tatsächlich eine Hure, und das konnte er inzwischen nicht mehr glauben. Sie schien tatsächlich nicht zu bemerken, wie sinnlich einladend ihre Gesten waren.

Elena schaute Ramsay nach und ihre Betroffenheit verwandelte sich in hilflosen Ärger. Oh, wie sie es hasste, wenn er sie in ihrem Zorn einfach stehen ließ, besonders wenn sie dazu aufgelegt war, Gift und Galle zu speien.

„Das letzte Wort ist noch lange nicht gesprochen“, rief sie ihm nach. „Mit kranken Männern führt man keine Kriege!“

Dieser gemeine Kerl schaffte es immer wieder, dass sie ihre schlechteste Seite zum Vorschein brachte. Sie war in letzter Zeit überhaupt oft gereizt, was ihr eigentlich gar nicht ähnlich sah.

Derweil sog der Todesengel jede von Elenas Bewegungen in sich auf und ein teuflisches Lächeln verzerrte seine Lippen. *Oh ja, Höllendämon, du wirst bald von diesem lästigen Weib befreit sein. Dann wird alles wieder wie vorher.*

Ramsay hatte sich für den Rest des Tages vorgenommen, von Elena fern zu bleiben. Doch irgendwie wollte es ihm einfach nicht gelingen. Diese Frau schien einfach überall zu sein. Zu seinem Verdruss genügte bereits ein Blick auf sie, um sein Verlangen von neuem zu entfachen. Er hatte sogar kurz mit dem Gedanken gespielt, zu einer der Lagerhuren zu gehen, um seinem gepeinigten Körper endlich Linderung zu verschaffen. Doch sein Innerstes sträubte sich nach wie vor dagegen. Er wollte nicht eine x-Beliebige, sondern nur diese eine. Nur Elena. Und genau dort lag das Problem. Denn mittlerweile war ihm klar, dass er sie niemals mehr gehen lassen würde, wenn er sie erst einmal besessen hätte. Eine *Lady*. Ramsay schüttelte gedankenverloren den Kopf. Genau wie Vanessa würde auch sie nicht bei ihm bleiben wollen, würde auch sie ihm ins Gesicht lachen. Anscheinend hatte er wirklich nichts dazugelernt.

Niedergeschlagen kehrte er in sein Zelt zurück und machte sich daran, einen Plan für die Eroberung der Burg auszuarbeiten. Doch auch das wollte ihm nicht gelingen, und je mehr er es versuchte, desto zorniger wurde er. Als ob das noch nicht genügt hätte, kam auch noch die Lady hereinstolziert.

„Euer Mittagessen, Mylord. Hoffentlich habe ich Euch nicht warten lassen?"

Ramsay schnaubte ärgerlich. „Weshalb gute Gewohnheiten ändern?"

Er betrachtete das gut gefüllte Schneidebrett, das Elena vor ihn hinstellte, und knurrte gereizt: „Hältst du mich eigentlich für ein ausgewachsenes Wildschwein, dass du mir immer so viel Essen bringst?"

Elena musste sich ein Lächeln verkneifen. „Der Vergleich ist wirklich nicht so leicht von der Hand zu weisen."

Seine Augen verdunkelten sich bedrohlich und Elena schüttelte verständnislos den Kopf. „Wirst du eigentlich nie geneckt?"

„Nur, wenn jemand lebensmüde ist." Er betrachtete sie vielsagend und fügte hinzu: „Oder dumm."

Elena sah die Herausforderung in seinem Blick. Die Angriffslust, die seine Augen beinahe schwarz wirken ließen. Er wirkte wie ein angriffslustiges Raubtier, das nur auf eine falsche Bewegung seines Opfers wartete. Elena unterdrückte ein Lächeln, denn sie wollte nicht mit ihm streiten. Oh nein, diesen Gefallen würde sie ihm nicht tun. Ungerührt deckte sie den Tisch und beobachtete, wie Ramsay die Pläne wegräumte und ein anderes Schriftstück holte.

„Nun, ich bin weder das eine noch das andere. In der Tat, ich bin sogar schlau genug, dich jetzt alleine zu lassen."

Sie schnappte sich das rote Kleid, das sie inzwischen geflickt hatte, und machte sich auf den Weg nach draußen.

Doch Ramsays Stimme ließ sie mitten in der Bewegung innehalten.

„Komm zurück, du boshaftes Weibsbild!“

Hatte sie sich etwa getäuscht oder hatte da gerade ein Lächeln in seiner Stimme mitgeschwungen? Neugierig wandte sie sich Ramsay zu.

„Du wünschst?“

Ein undefinierbarer Ausdruck huschte über sein Gesicht, als er sie von oben bis unten musterte.

„Eine ganze Menge. Doch vorerst genügt mir deine Unterschrift.“

Er wies auf das Schriftstück, das auf dem Tisch lag, und Elena ging hinüber, um es zu lesen. Obwohl sie sich eine dumme Gans schalt, wurde ihr Herz schwer. Deshalb war er also gestern Nacht fortgeritten! Er hatte im Kloster einen Vertrag anfertigen lassen. Er traute ihr nicht.

„Stimmt etwas nicht?“, erkundigte sich Ramsay verwirrt und trat neben sie. Er hatte sie beobachtet und konnte sich ihre plötzlich bedrückte Stimmung gar nicht erklären. Eigentlich sollte sie doch froh sein über den Vertrag. Nun hielt sie eine Art Sicherheit in Händen. Schließlich hatten viele andere Geschäftspartner auf eine solche bestanden, da er, wie sie es auszudrücken pflegten, kein unbeschriebenes Blatt war. Mit anderen Worten, man konnte ihm nicht trauen. Es hatte Ramsay immer wieder verletzt, doch die Vergangenheit ließ sich eben nicht abschütteln. Egal ob man schuldig war oder nicht.

Elena hob stolz den Kopf. „Doch, Mylord, es stimmt alles. Und ich danke Euch, dass Ihr unsere Bedingung bezüglich des Knappen nicht erwähnt habt. Es wäre ziemlich peinlich gewesen, so offensichtlich kompromittiert zu sein.“

Der kühle Klang ihrer Stimme traf Ramsay mit unerwarteter Heftigkeit. Elena betrachtete einen Moment Ramsays schwungvolle Unterschrift, dann setzte sie ihre eigene darunter.

„Hier, bitte, Mylord. Wenn Ihr mich jetzt entschuldigt.“

Ramsay ergriff ihre Hand, die ihm den Vertrag zuschob, und hielt sie fest.

„Was ist los? Was stimmt nicht mit diesem Vertrag?“

Elena versuchte, ihre Hand zurückzuziehen, doch er hielt sie fest. Die Tatsache, dass sie ihn wieder mit seinem Titel ansprach, zeigte deutlich, dass er sie durch irgendetwas verletzt hatte.

Er stand jetzt ganz dicht vor ihr und Elena trat einen kleinen Schritt zurück.

„Rede, verdammt! Was stimmt nicht?“

Elena reckte stolz das Kinn. „Es geht nicht um den Inhalt, Mylord, sondern um den Vertrag an sich.“

Sie versuchte erneut, ihre Hand freizubekommen, doch auch diesmal ließ er es nicht zu.

„Ich verstehe nicht, was du meinst“, gestand Ramsay ehrlich verwirrt.

Er tat es wirklich nicht, das konnte sie deutlich erkennen, und der Schmerz ließ ein wenig nach.

„Es ist mir durchaus bewusst, Mylord, dass mein Vater keinen … besonders ehrenwerten Ruf mehr besitzt.“ Elena hätte niemals gedacht, wie schwer ihr dieses Eingeständnis fallen würde. „Aber da es sich bei unserem Geschäft um mein Geld und um mein Land handelt, dachte ich …“ Sie schüttelte verlegen den Kopf und hielt ihren Blick auf Ramsays Brust gerichtet. „Ich weiß, es ist dumm von mir, enttäuscht zu sein, dass Ihr mir nicht dasselbe Vertrauen entgegenbringt wie ich Euch. Es … Es ist natürlich Euer gutes Recht, auf einem Vertrag zu bestehen.“

Vor Erstaunen über ihre Worte ließ Ramsay ihre Hand los. Diese Gelegenheit nutzte Elena, schnappte sich ihr rotes Kleid und floh ins Freie.

Leila rannte aufgeregt voraus, um gleich darauf wieder zu ihr zurückzukehren. Elena hob einen kleinen Stock auf und neckte Leila gedankenverloren, bis diese kläffend an ihr hochsprang.

Ganz in der Nähe konnte der Todesengel sein Glück kaum fassen und seine Augen glänzten triumphierend. Dieses dumme Weib ging allein an den Fluss, und so wie es aussah, sogar noch hinter den Schutz der Bäume.

Jetzt wirst du büßen, Lady! Völlig unbehelligt schritt er durch das Lager und folgte Elena. *Sie war an allem schuld. Nur ihretwegen war alles so gekommen.*

Elena kauerte am Ufer und rubbelte an einem besonders hartnäckigen Fleck in ihrem Kleid, als Leila plötzlich zu knurren anfing. Als Elena erstaunt aufsah, konnte sie jedoch niemanden entdecken.

„Du Dummerchen, es ist doch nichts. Vielleicht hast du ein Erdhörnchen gehört." Kopfschüttelnd widmete sie sich wieder dem Kleid und schenkte dem Knurren keine Beachtung mehr. Leilas Nackenhaare sträubten sich und als sie den Unbekannten herannahen sah, begann sie zu bellen.

„Leila, hör auf mit dem Unsinn!"

Elena schaute auf und fasste sich sogleich erschrocken ans Herz.

„Meine Güte, Maggy, hast du mich erschreckt!"

Maggy lächelte sie kalt an und verbarg den Dolch hinter ihrem Rücken.

„Ihr solltet nich' so allein hier draußen sein, Lady. Das is' gefährlich."

Als sich Maggys eisig blaue Augen in Elenas bohrten, überkam diese ein ungutes Gefühl. „Bist du auch hier, um Kleider zu waschen?", forschte sie vorsichtig nach.

Maggy schüttelte den Kopf und stürzte sich auch schon mit dem Dolch in der Hand auf Elena.

Elena schrie auf, als sie den heißen Schmerz an der Stelle spürte, wo die Klinge in ihren Oberarm eindrang. Warmes Blut strömte über ihren Arm und das nackte Entsetzen packte sie. In Todesangst rammte sie Maggy die Faust ins Gesicht, sodass diese zurücktorkelte und Elena die Gelegenheit fand, aufzuspringen. Leila kläffte und winselte, doch als niemand auf sie hören wollte, spurtete sie zurück ins Lager.

Maggy ging erneut auf Elena los.

„Du Hure, nur deinetwegen will er mich nicht mehr!"

In letzter Sekunde konnte Elena dem Dolch ausweichen, doch sie stolperte über den Saum ihres Kleides und fiel der Länge nach hin. Sogleich war Maggy über ihr und Elena versuchte mit aller Kraft, die Hand mit dem Dolch aufzuhalten.

„Du hast ihn mir weggenommen, du Flittchen!"

„Das ist nicht wahr!", keuchte Elena, bäumte sich unter Maggy auf und warf sie ab.

Elena grub ihre Finger in den Boden und als Maggy sich wieder auf sie stürzen wollte, schleuderte sie ihr den Dreck mitten ins Gesicht. Den kurzen Augenblick der Verwirrung nutzend schlug sie ihr den Dolch aus der Hand. Doch Maggy schien vollkommen von Sinnen zu sein und stürzte sich mit einem wütenden Aufschrei wieder auf Elena. Sie keuchte und ihr Gesicht war zu einer schrecklichen Fratze verzogen.

„Wenn du erst tot bist, wird er wieder zu mir zurückkehren."

Während Elena Maggys Fausthieben auswich, versuchte sie, ihre Gegnerin zu beruhigen: „Ich habe ihn dir nicht weggenommen, Maggy."

„Natürlich hast du das!", spie die Dirne ihr entgegen. „Seit du hier bist, hat er mich nicht mehr aufgesucht, du elende Lady-Hure. Auch keins der anderen Mädchen."

Es war wirklich verrückt, sich in einem solchen Moment zu freuen, doch die Tatsache, dass Ramsay die ganze Zeit über bei keiner Frau gelegen hatte, ließ Elenas Herz höher schlagen. „Ich habe zwar in seinem Bett geschlafen, aber wir haben nie richtig das Lager geteilt."

„Lügnerin!", schrie Maggy außer sich und stürzte sich mit ihrem ganzen Gewicht auf Elena. Sie fielen zu Boden und Elena schlug sich den Kopf auf einem großen Stein auf. Einen Augenblick lang drehte sich alles vor ihren Augen, doch dann sah sie den Dolch aufblitzen und reagierte sofort. Sie packte Maggys Handgelenke und bot all ihre Kraft auf, um die tödliche Klinge abzuwehren. Doch Maggy lehnte sich mit ihrem ganzen Gewicht darauf. Sekunden schienen Ewigkeiten zu werden und Elenas Arme begannen zu brennen vor Anstrengung. Sie versuchte verzweifelt zu schreien, doch ihre Stimme versagte. Der Dolch kam immer näher an ihren Hals heran. Nur noch wenige Millimeter und die Klinge würde sich in ihr Fleisch bohren.

„Stirb endlich, du Hure!", zischte Maggy verzweifelt. Tränen strömten ihr über die Wangen, und nun las Elena so etwas wie Bedauern in ihren Augen.

„Es tut mir leid, aber ich kann nicht anders."

Gerade als sie sich von neuem mit ihrem ganzen Gewicht auf den Dolch werfen wollte, riss Ramsay sie an den Haaren von Elena herunter. Maggy schrie markerschütternd auf und versuchte, sich zu befreien, doch ein Blick in das von Wut verzerrte Gesicht des Höllendämons und sie wusste, dass sie sterben musste. Er schleuderte sie mit dem Rücken gegen einen Baum, setzte ihr sogleich nach und seine Hand legte sich wie ein Schraubstock um ihren Hals.

Ramsay zitterte vor Zorn und Unglauben.

„Auf wessen Befehl handelst du, Hure?"

Maggy keuchte mühsam: „Kein Befehl."

„Weshalb dann? Sie hat dir nichts getan."

Maggy hielt noch immer den Dolch in der Hand, doch sie wollte lieber sterben, als ihm etwas anzutun.

Mit einer Hand hob Ramsay sie vom Boden und drückte ihr die Luft ab. Elena kämpfte sich auf die Beine und schwankte auf die beiden zu.

„Lass sie los, Ramsay!"

Ramsay hörte sie nicht. Alles, was er wahrnahm, war diese alles zerfressende Wut auf die Hure.

Plötzlich sah er eine kleine, blutige Hand, die sich beruhigend auf seinen Arm legte. Er schaute Elena verständnislos an und langsam hörte er die unbegreiflichen Worte: „Ramsay, bitte, lass sie los!"

Fassungslos schüttelte er den Kopf und Maggy röchelte, als die Hand noch fester zudrückte. Inzwischen waren fast sämtliche der Krieger herbeigelaufen und alle verfolgten bestürzt das Geschehen. Jeder kam sich schrecklich dumm vor, weil er nicht selbst darauf gekommen war, dass Ramsays Hure dahinter steckte. Und alle waren sie einer Meinung: Sie musste dafür sterben.

Alle, bis auf Elena. Sie nahm Ramsays Gesicht in beide Hände und zwang ihn, sie anzusehen. Dann forderte sie mit fester Stimme: „Lass sie endlich los! Sie ist bereits gestraft."

Er wollte aber nicht loslassen. Er wollte Maggy töten. Sie sollte sterben für all die Schmerzen, die Elena ihretwegen hatte erleiden müssen. Und für die Ängste, die er selbst ausgestanden hatte.

„Bitte, Mylord!"

Sie sah in seinen Augen den Schmerz und die tödliche Hitze des Hasses, doch plötzlich ließ er Maggy fallen und trat einen Schritt zurück. Ein Murren ging durch die umstehenden Männer. Sie konnten einfach nicht verstehen, weshalb Elena nicht lautstark den Tod dieser Hure forderte. Maggy blieb am Boden liegen und rang mühsam nach Luft. Elena betrachtete Ramsay von der Seite her. Sie sah, wie viel Mühe es ihn kostete, dieser Frau nicht gleich das Genick zu brechen. Ein Muskel zuckte in seinen angespannten Wangen und er ließ seine Arme sinken, die Hände waren zu Fäusten geballt.

Elena nahm vorsichtshalber den Dolch aus Maggys Reichweite und kauerte sich vor sie hin. „Warst du es, die mich am ersten Abend erstechen wollte?"

Maggy schloss beschämt die Augen und nickte.

„Und die Pfeilspitze?"

Wieder nickte Maggy und gestand mit gebrochener Stimme: „Auch die Fässer. All das habe ich getan."

„Hängt die Hure auf!", rief einer der Männer und sogleich gaben ihm die anderen einstimmig Recht. Elena ließ sich von ihnen nicht ablenken.

„Liebst du ihn denn so sehr, dass du für ihn morden kannst?"

Maggy schaute erschrocken auf, als sie Elenas Worte hörte – das Verständnis, das aus ihnen sprach. Gleich darauf senkte sie wieder die Augen und nickte.

„Ich gäbe mein Leben für ihn."

Elena erhob sich und streckte Maggy ihre Hand entgegen, um ihr aufzuhelfen. Niemand sagte ein Wort, selbst der Wind schien gespannt den Atem anzuhalten. Voller Misstrauen und Angst nahm Maggy Elenas Hand und zog sich hoch.

„Du verstehst bestimmt, dass du hier nicht länger bleiben kannst."

Maggy und alle anderen glaubten, ihren Ohren nicht zu trauen.

„Ihr wollt mich nich' töten, Lady?"

Elena schüttelte langsam den Kopf.

„Ich will nicht dein Leben, Maggy, aber ich verlange, dass du auf der Stelle deine Sachen packst und verschwindest. Solltest du mir noch einmal unter die Augen kommen, wirst du sterben."

Maggy nickte verblüfft und schaute ängstlich von einem verächtlichen Gesicht zum anderen. „Ihr seid sehr großzügig, Mylady."

„Geh jetzt, bevor ich die Männer nicht mehr aufhalten kann!"

Nach kurzem Zögern stolperte Maggy, so schnell es ihre wackeligen Beine zuließen, davon, dicht gefolgt von einer wild kläffenden Leila.

„Jetzt hast du mir schon wieder das Leben gerettet! Wie kann ich jemals diese Schuld begleichen?"

Elena legte ihre Hand auf Ramsays Brust.

Ramsays zinngraue Augen versenkten sich in ihre und er presste zwischen zusammengebissenen Zähnen hervor: „Warum? Warum hast du nicht ihren Tod gefordert? Sie hat ihn weiß Gott verdient."

Elena presste ihre Hand auf die stark blutende Wunde und erklärte ruhig: „Weil sie es aus Liebe zu *dir* getan hat."

„Pah, und das glaubst du ihr? Bist du wirklich so verflucht dumm?"

Elena schüttelte erschöpft den Kopf. „Aye, ich glaube ihr. Aber weshalb findest du es so unvorstellbar, dass jemand dich lieben könnte?"

„Sie ist nichts als eine *Hure*", brüllte Ramsay wütend, doch Elena erwiderte sanft: „Deshalb ist sie nicht weniger eine Frau."

Sie schwankte leicht. „Ich glaube, ich sollte mich einen Augenblick hinlegen."

Ramsay betrachtete ihren von Blut durchtränkten Ärmel und heiße Wut ließ ihn am ganzen Körper zittern. Elena schwankte erneut und Ramsay hob sie auf seine Arme.

„Gavin, nimm zwei Männer und überzeuge dich, dass die Hure auch wirklich verschwindet. Falls sie zurückkehren sollte … falls sie auch nur im Schritt innehält, häng sie am höchsten Baum auf."

Ramsay blieb einen Augenblick verblüfft stehen, als sich jeder seiner Männer freiwillig melden wollte, um Maggy Geleitschutz zu geben. Die Lady hatte es wirklich geschafft, sich bei ihnen Anerkennung zu verschaffen.

Er brachte Elena ins Zelt, legte sie schweigend aufs Bett und setzte sich neben sie.

„Du verstehst es wirklich, einem Ärger zu machen."

Er nahm seinen Dolch und Elena wich erschrocken vor ihm zurück.

„Wenn du mir den Ärmel aufschneiden willst, vergiss es gleich wieder. Der Fluss hat mein anderes Kleid fortgerissen, das ist das Einzige, das ich noch habe."

„Verdammt noch mal, Elena, hast du keine anderen Sorgen? Du könntest jetzt tot sein! Wenn Leila nicht ins Zelt gestürmt wäre und sich wie eine Verrückte aufgeführt hätte, würdest du jetzt mit einem Dolch im Bauch dort unten liegen."

Elena machte sich daran, ihr Überkleid aufzuknöpfen und meinte nachdenklich: „Irgendwie scheine ich wohl die irritierende Angewohnheit zu haben, immer wieder zu überleben."

„Das ist nicht komisch", brummte Ramsay missmutig, während er ihr provisorisch ein Tuch um den Arm band, damit die Wunde aufhörte zu bluten. Er sah, wie sie sich vergeblich mit den kleinen Knöpfen ihres Oberteils abmühte.

„Ach, verflixt! Meine Hände sind wie taub."

Ein rosiger Schimmer überzog ihre Wangen, als sie sich aufsetzte und bat: „Könntest du vielleicht?"

Widerstrebend öffnete Ramsay einen Knopf nach dem anderen, immer darauf bedacht, dass er sie nicht berührte, und wenn er es trotzdem tat, durchzuckte es seinen ganzen Körper wie ein Blitz. *Denke nicht an das, was unter diesem Kleid steckt,* befahl er sich im Stillen. Die Erinnerung an das zarte Fleisch ihrer Brüste, an das köstliche Gefühl ihrer seidenen Haut und den Klang ihrer verführerischen kleinen Seufzer schwemmte mit solcher Wucht über ihn hinweg, dass er für einen Augenblick gequält die Augen schloss. Wie war es nur möglich, dass er ein so überwältigendes Verlangen nach dieser Frau verspürte? Als er alle Knöpfe geöffnet hatte, schob er das Kleid auseinander, um ihr das Ausziehen zu erleichtern, und legte zwei herrliche, pralle Brüste frei, deren Gipfel eine zartrosa schimmernde Knospe zierte. Plötzlich war sein Mund wie ausgetrocknet. Er konnte nicht anders, er musste diese wunderbaren Halbkugeln anstarren, als hätte er in seinem ganzen Leben noch keine Brust gesehen.

Elena folgte seinem Blick, stieß einen spitzen Schrei aus und zerrte ihr Kleid vor der Brust zusammen. Ihr Gesicht brannte vor Scham und selbst Ramsay besaß den Anstand, leicht zu erröten.

„Wo ist dein Mieder?", fragte er heiser.

Elena wand sich förmlich vor Verlegenheit.

„Das ist seit meiner Entführung unbrauchbar und ich habe keine sehr große Auswahl an Kleidung."

Ramsay räusperte sich. „Ich nehme an, du brauchst keine Hilfe beim Ausziehen?"

Elena vermied es, ihn anzusehen, und schüttelte stumm den Kopf. Ramsay wandte ihr den Rücken zu und bereitete alles für die Versorgung der Wunde vor. Er hörte, wie ihr Kleid zu Boden glitt, und augenblicklich erschien ihr nacktes Antlitz vor seinem inneren Auge. Sogleich wurde er von Lust erfüllt. Nur durch enorme Willenskraft hinderte er sich daran, sich zu ihr umzudrehen, sie in seine Arme zu reißen und seinen gepeinigten Körper in ihrem zu versenken. Er wollte sie. Wollte sie mehr als irgendetwas auf dieser Welt.

„Ich bin so weit."

Wortlos setzte er sich wieder auf das Bett und wusch ihr das Blut vom Arm. Er versuchte, ihre nackten Schultern zu ignorieren, versuchte, nicht daran zu denken, was unter den Fellen verborgen lag, die sie keusch bis zum Hals hochgezogen hatte, und konzentrierte sich auf ihre Wunde.

„Der Stich ist nicht besonders tief, aber wir müssen säubern."

Elena nickte stumm, als er die Whiskyflasche nahm und ihren Arm über eine Schüssel legte. „Bist du bereit?"

Erneut nickte sie und Ramsay stellte sich darauf ein, dass sie gleich vor Schmerzen schreien würde.

Beherzt umschloss er mit einer Hand ihren Unterarm, damit sie ihn nicht wegziehen konnte, und goss die brennende Flüssigkeit über die Wunde. Er spürte, wie sie zusammenzuckte, doch sie gab keinen Laut von sich. Erstaunt schaute er in ihr blasses Gesicht. Sie hatte die Augen geschlossen und biss die Zähne aufeinander. Sonderbarerweise fühlte er etwas wie Stolz für dieses Mädchen.

„Es ist vorbei, Elena."

Er tupfte vorsichtig die Wunde ab und legte einen Verband an.

Danach drückte er sie mit sanfter Gewalt auf das Bett zurück und strich ihr eine Haarsträhne aus dem Gesicht.

„Du bist wirklich eine seltsame Frau. Kannst du dich eigentlich nie so benehmen, wie man es von deinem Geschlecht erwartet?"

Sie schaute verwirrt und etwas gekränkt zu ihm auf.

„Wie sollte ich mich denn benehmen?"

„Soweit ich weiß, schreien und weinen Frauen doch, wenn sie Schmerzen haben. Oder sie fallen zumindest in Ohnmacht."

„Oh …", Elena überlegte sich die Sache ernsthaft, dann schaute sie zu ihm auf und sagte: „Klingt ziemlich … lästig."

Ramsay nickte leise lachend und bevor er es verhindern konnte, gab er ihr einen sanften Kuss auf die Lippen. Beide räusperten sich gleichzeitig.

„Ich sehe mal nach, ob Gavin schon wieder zurück ist."

Beinahe fluchtartig verließ Ramsay das Zelt und hinterließ eine vollkommen verwirrte Elena. Überrascht berührte sie ihre Lippen, die noch immer von seinem Kuss prickelten. Nachdenklich streifte sie sich das Hemd über. Aus diesem Mann sollte jemand klug werden. Zuerst küsste er sie und im nächsten Augenblick stieß er sie zurück. Sie wusste genau, dass er sie begehrte. Also weshalb wollte er ihnen beiden nicht helfen? Sie war zu unerfahren, um zu wissen, was sie gegen dieses Begehren tun konnte, aber er nicht. Wovor fürchtete er sich nur so sehr?

Ein Räuspern riss Elena aus ihren Gedanken und sie zog die Felle bis unter die Nasenspitze hoch.

„Lord Gavin, Ihr seid schon zurück?"

„Ja, Ramsay hat mich gebeten, Euch ein Kleid zu bringen. Es ist zwar alt, aber leider das Einzige, das ich auftreiben konnte."

Gavin legte es auf den Tisch und Elena bedankte sich.

„Ihr hättet das nicht tun dürfen, Lady Elena. Ihr hättet Ramsay nicht daran hindern dürfen, Gerechtigkeit auszuüben."

Sein Blick fiel auf die Schüssel mit dem blutigen Wasser, die neben ihrem Lager stand, und Elena bemerkte, wie er erstarrte.

„Es ist nicht so schlimm, wie es aussieht", beruhigte sie ihn rasch.

„Die Hure hat den Tod verdient. Keiner der Männer versteht,

weshalb Ihr sie verschont habt.“ Elena setzte sich auf und faltete die Hände in ihrem Schoß.

„Vielleicht haltet Ihr mich jetzt für verrückt, Lord Gavin, doch irgendwie kann ich sie sogar verstehen.“

Gavin schaute sie fragend an und Elena errötete leicht. „Ich meine, es ist nicht allzu schwer zu verstehen, dass Maggy Lord Ramsay liebt.“

Gavin nahm sich einen Feldstuhl und setzte sich.

„Ihr liebt ihn auch, nicht wahr?“

Elena errötete noch heftiger. Zuerst wollte sie es leugnen, doch dann entschloss sie sich, die Wahrheit zu sagen.

„Ich … Ich bin mir nicht sicher. Er ist so anders als die Männer, die ich bisher kannte. Sein Anblick erfreut mich und wenn er nicht in meiner Nähe ist, ist mir kalt. Ich genieße es, seine Stimme zu hören und seine Berührungen wecken in mir Gefühle, die ich bei Melcom, meinem verstorbenen Mann, nie empfunden habe. Wenn das Liebe ist, Mylord, aye, dann liebe ich diesen mürrischen Riesen von ganzem Herzen.“

Gavin empfand plötzlich etwas, was er sich niemals hätte träumen lassen. Er war eifersüchtig auf seinen Freund. Er hatte Elenas Gesicht beobachtet und wünschte sich, eine Frau würde eines Tages mit derselben Wärme und Herzlichkeit von ihm sprechen. Er gäbe alles darum, wenn ihn eine Frau mit solchen Augen ansehen würde.

„Aber was bedeutet das schon?“, fuhr Elena mit gebrochener Stimme weiter. „In drei, vielleicht vier Tagen bin ich wieder alleine.“

Gavin wusste, dass er ihr keine falschen Hoffnungen machen durfte. Auch wenn er Ramsay ansah, dass er diese kleine Lady mochte, kannte er dessen Sturheit doch gut genug. Wenn er sich in den Kopf gesetzt hatte, alle Ladys zu hassen, dann brauchte es schon ein kleines Wunder, um ihn davon abzuhalten. Aber wer weiß, vielleicht war ja genau diese Frau dieses Wunder. Plötzlich lächelte Gavin in sich hinein. Vielleicht musste man ja nur ein wenig nachhelfen?

„Mylady, denkt noch nicht an Abschied, sondern genießt die folgenden Tage. Heute Abend wollen die Männer ein kleines Freudenfest feiern. Da wird viel getanzt und gelacht und es wäre mir eine Ehre, wenn ich Euch hingeleiten dürfte."

Elena stöhnte innerlich auf. Sie wollte nur von einem begleitet werden, und Lord Gavin war es mit Sicherheit nicht. Doch der Anstand gebot ihr, seine Einladung anzunehmen.

Die Abenddämmerung brach allmählich herein und lauter Gesang und der würzige Duft gebratenen Fleisches erfüllte die Luft. Elena saß an einem der Lagerfeuer und betrachtete besorgt die Krieger, die sich eigentlich schonen sollten. Sie lachten und sangen, balgten sich und rissen derbe Witze, um sich sogleich bei einer heftig erröteten kleinen Lady zu entschuldigen. Elena fühlte sich so wohl wie schon seit langer, langer Zeit nicht mehr. Sie genoss das Gefühl, dazuzugehören. Sie wurde geneckt und dabei doch von allen geachtet. Sie brauchte sich nicht dauernd umzudrehen in der Angst, ein Mann könnte sie vielleicht unsittlich berühren. Sie fühlte sich sicher, beschützt und angenommen. Gierig sog sie dieses Gefühl ein, versuchte sich einzuprägen, wie es sich anfühlte, damit sie davon zehren konnte, wenn sie wieder auf der Burg ihres Vaters war. Tiefe Reue überkam sie, als sie daran dachte, dass sie diese Männer vermutlich niemals wiedersehen würde – oder noch schlimmer, dass einige von ihnen vielleicht getötet werden würden bei dem Versuch, ihr zu helfen.

„Hier, Lady Elena. Esst! Ihr werdet heute Nacht viel Kraft brauchen."

Elena nahm Will das Schneidebrett ab und schaute fragend zu ihm auf. Er lächelte vielsagend und deutete auf die Männer.

„Die haben alle vor, mit Euch zu tanzen."

Ramsay saß auf der anderen Seite des riesigen Feuers und beobachtete Elena. Sie sah einfach umwerfend aus. Der schlichte, blaue Rock war ihr zwar zu groß, doch sie hatte ihn geschickt mit einem Gürtel hochdrapiert. Dazu trug sie eine weiße Bluse, deren weiten Ausschnitt sie mit einem roten Tuch bedeckt hatte. Ramsay schluckte und verlagerte sein Gewicht, um die unerwünschte Verspannung in der Leistengegend ein wenig zu lindern. Dann nahm er einen tiefen Schluck aus seinem Becher und ärgerte sich, dass er sie fortwährend anstarrte. Doch er konnte nicht anders. Wie ein Nachtfalter vom Licht wurden seine Augen von ihrer kleinen Gestalt angezogen. Es war aber auch zum Verrücktwerden! Nichts deutete mehr auf das zugeknöpfte, wachsame Geschöpf hin, das vor wenigen Tagen in sein Lager – und in sein Leben – eingedrungen war. Nun schien sie ihm eher wie eine verführerische, lebenslustige Zigeunerin. Das flackernde Licht des Lagerfeuers spiegelte sich in ihrem goldenen Haar, das sie nur mit einem schlichten Band hielt, und ihr helles Lachen erfüllte die Luft. Ramsay leerte seinen Weinbecher in einem Zug und hielt ihn Milvan erneut hin.

„Mach ihn voll!"

Sein mürrischer Blick wanderte wieder zu Elena. *Weshalb lacht sie nie für mich? Für jeden, nur niemals für mich!* Mit einem wissenden Lächeln schenkte Milvan ihm nun schon zum achten Mal nach. Es sah seinem Freund und Anführer gar nicht ähnlich, sich wegen einer Frau zu betrinken. Gavin und Will, die alten Haudegen, schienen also mit ihrem kleinen Plan voll ins Schwarze getroffen zu haben.

„Auf zum Tanz!", rief Will in diesem Moment und sogleich erklangen die belebenden Töne eines Dudelsacks.

Ramsay kniff die Augen zusammen und in einer Wange zuckte ein Muskel, als er beobachtete, wie Gavin sich galant vor Elena verbeugte und sie zum Tanz aufforderte. Er umklammerte den Weinkelch so fest, dass seine Fingerknöchel weiß hervortraten. Denn Elena ergriff ohne zu zögern fröhlich lachend Gavins Hand. Sogleich verfielen sie in den temperamentvollen Takt einer alten Melodie.

Da zu wenige Frauen anwesend waren, tanzten die Krieger auch miteinander. Elena kam gar nicht mehr zur Ruhe. Noch bevor ein Tanz zu Ende war, wechselten sich ihre Tanzpartner bereits ab, und bei jedem Wechsel hoffte sie, dass Ramsay der Nächste wäre. Doch er kam nicht. Sie fühlte nur, wie er sie die ganze Zeit hindurch finster beobachtete, und doch erkannte sie in seinen Augen auch etwas anderes. Sehnsucht und Begehren. Ramsay begehrte sie! Dieser aufregende Gedanke berauschte Elena mehr, als es der Wein je vermocht hätte. Unter seinem Blick fühlte sie sich weiblich und schön.

Nie zuvor hatte sie sich so gelöst, so unbändig lebendig gefühlt. Sie tanzte und lachte, sprang mit den Soldaten über das heruntergebrannte Lagerfeuer und verdrängte jeden Gedanken an das ungewisse Morgen.

Nach unzähligen Tänzen musste sie wegen ihres schmerzhaft pochenden Fußes an ihren Platz zurückzukehren und sie war froh über die kleine Atempause. Die Tänzer bildeten nun einen Kreis und Elena klatschte begeistert mit, als Will in der Mitte einen althergebrachten Kriegstanz aufführte.

Vom Tanzen durstig geworden, trank sie ihren Becher fast leer.

„Langsam, Mädchen, der Wein ist nicht verdünnt."

Elena wirbelte ein bisschen zu schnell herum und für einen Augenblick schwankte sie gefährlich. Sogleich schnellten zwei starke Hände vor und halfen ihr das Gleichgewicht wiederzuerlangen.

„Ramsay! Musst du dich immer so anschleichen?"

Erneut wankte sie ein wenig. Trotz des finsteren Blickes in Ramsays Augen klang seine Stimme sanft, fast zärtlich.

„Ich glaube, du hast für heute genug getrunken."

Elena legte den Kopf in den Nacken, um ihm ins Gesicht zu sehen, und schenkte ihm ein kleines Lächeln.

„Vermutlich hast du Recht, doch heute Nacht möchte ich einfach nur glücklich sein, und der Wein lässt mich vergessen."

Ramsay ließ Elena los und trat einen kleinen Schritt zurück.

„Die Hure?"

Elena nickte und machte einige anmutige Tanzschritte: „Aye. Maggy, meinen Vater und … auch dich."

Ramsays Augenbrauen huschten in die Höhe und nun klang seine Stimme erstaunt.

„Du willst mich vergessen?"

Elena nickte sehr ernst, dann legte sie den Kopf schief und betrachtete sein Gesicht so aufmerksam, als hätte sie es noch nie zuvor gesehen.

„Aye, Ramsay, ich möchte vergessen, wie sich deine Lippen anfühlen, deine Hände … und auch den Schmerz. Oh ja, vor allem den möchte ich vergessen."

Ramsay wollte seinen Ohren nicht trauen, doch das heftige Verlangen, das so plötzlich und heftig von seinem Körper Besitz ergriff, bestätigte ihm, was er schon lange wusste. Sie begehrte ihn … sie wollte ihn. Er schloss einen Moment gequält die Augen, bevor er mit schneidender Stimme antwortete:

„Du bist so betrunken, dass du nicht weißt, was du sagst."

Elena reckte kampflustig ihr zierliches Kinn. „Ich bin nicht betrunken. Na ja, vielleicht ein wenig. Aber was kann ich denn dafür, wenn mein dummer Körper in deiner Gegenwart jedes Mal verrückt spielt."

Sie hörte die Männer hinter sich lachen und grölen. Der Dudelsack spielte erneut auf und Elena breitete in einer schwungvollen Geste ihre Arme aus und rief lachend: „Tanzt mit mir, mein finsterer Lord. Bringt meinen Körper zum Singen."

„Den Teufel werde ich tun! Ich bringe dich jetzt zum Zelt zurück."

„Nein", schrie Elena und tauchte blitzschnell unter seinen Händen weg, die sie packen wollten.

„Komm zurück, verdammt!"

Doch Elena rannte bereits zu den tanzenden Männern hinüber. „Nein, Mylord, wenn du nicht tanzen willst, bist du selbst schuld. Heute will ich glücklich sein."

Gavin hatte die kleine Szene mit gemischten Gefühlen beobachtet. Trotzdem breitete er einladend die Arme aus und rief: „Dann kommt und tanzt mit mir bis zu den Sternen und zurück, Mylady!"

Ein Blick in Ramsays eisiges Antlitz genügte und er war sich sicher, dass ihm diese Sache mindestens ein Veilchen einbringen würde. Aber wenn er dadurch seinem Freund endlich die Augen öffnen konnte, war es das vielleicht sogar wert.

Vom Alkohol und den schrillen Dudelsacktönen beflügelt warf sich Elena an Gavins Hals, verschränkte mit gestreckten Armen ihre Finger hinter seinem Nacken und verfiel sogleich in die beschwingten Tanzschritte eines Reels.

„Aye, Lord Gavin, lasst uns tanzen bis in den Himmel und zurück."

Elena tanzte in fließender Anmut, drehte sich elegant im Kreis, während sich ihre Brüste im Takt der pulsierenden Musik hoben und senkten.

Ramsay blieb unbeweglich außerhalb des Feuerkegels stehen. Wie konnte Gavin es wagen? Wie konnte sie es wagen? Ramsay ballte so fest die Fäuste, dass seine Fingergelenke protestierend knackten. Er konnte es kaum ertragen, Elena in den Armen eines anderen Mannes zu sehen. Selbst wenn es Gavin war. Oder vielleicht gerade *weil* es Gavin war. Ungebeten kamen ihm seine Worte wieder in den Sinn. *Sie ist ein klasse Weib und wenn du keine Absichten hast, werde ich mein Glück versuchen.* Verdammt! Unbändiger Zorn … nein, es war kein Zorn, wie er sich widerwillig eingestand, sondern Eifersucht. Nackte, alles verzehrende Eifersucht gepaart mit Enttäuschung ließen Ramsay am ganzen Körper zittern. Doch wenn er jetzt dazwischenginge, würde er sich vor ihr und seinen eigenen Männern lächerlich machen. Die Musik wurde schneller, immer drängender, und er beobachtete, wie sich Elena mit Gavin im Kreise drehte, bis sie lachend den Kopf in den Nacken warf und sich fester an Gavins Schultern klammerte. *Das reicht,* schrie alles in Ramsay. Seine Ohren waren taub für das Gelächter und die Musik. Alles, was er noch wahrnahm, war das Rauschen seines eigenen Blutes. *Es reicht, verdammt!* Wie ein schwarzer Racheengel schritt er auf Elena und Gavin zu, packte Elena mit einer Hand und schlug mit der anderen Gavin zu Boden.

„Was, zum Teufel …?", schrie Elena entsetzt auf. „Huch!"

Bevor sie überhaupt wusste, wie ihr geschah, lag sie bereits bäuchlings über Ramsays Schulter, dann waren sie auch schon in der Dunkelheit verschwunden.

Für Sekunden herrschte unter den Männern erstauntes Schweigen, doch dann brach sich ohrenbetäubendes Gelächter Bahn.

Kapitel 15

„Lass mich sofort runter!“ schrie Elena wütend und hämmerte auf Ramsays Rücken ein. „Was fällt dir eigentlich ein?“

Ramsay beachtete ihr Gezappel nicht. Noch immer schäumte er vor Zorn. Sein Schweigen brachte Elena noch mehr gegen ihn auf. „Du bist verrückt geworden! Ein Irrer!“

Mit grimmiger Entschlossenheit stapfte Ramsay durch das Lager und brachte seine Beute in sein Zelt. Dort zündete er eine Kerze an und warf Elena aufs Bett. Die stürzte sich wie eine Furie auf ihn. „Du … Du bist ein unsensibler, arroganter, selbstsüchtiger Tyrann!“ Ihre Stimme überschlug sich bei jedem Wort.

Ramsays Augen verengten sich zu schmalen Schlitzen und seine Stimme klang seidenweich.

„Ach ja, bin ich das?“

„Ja, das bist du und noch vieles mehr. Du kommst wie ein tollwütiges Wildschwein angerast und schlägst vollkommen grundlos deinen besten Freund nieder. Das ist ja verrückt!“

Nun war es auch um Ramsays Beherrschung geschehen und er brüllte: „Grundlos? Das nennst du grundlos? Du hast dich ihm wie ein billiges Flittchen an den Hals geworfen.“

„Wir haben getanzt, du Idiot!“, schnitt sie ihm das Wort ab. „Getanzt! Verstehst du? So etwas tut man, wenn man fröhlich ist, aber davon hast du ja keine Ahnung. Nicht wahr, Lord Mürrisch und allzeit finster dreinblickend? Es gibt nun mal Leute, die gerne lachen und ihren Spaß haben.“

Ramsay trat einen Schritt näher und zischte angewidert: „Ach, so nennst du das? Spaß haben? Wenn es dir so egal ist, für wen du deine Beine spreizt, dann kannst du es genauso gut für mich tun.“

Elena war im ersten Moment verwirrt über die plötzliche Wendung des Streits, doch als sich Ramsay mit einer einzigen Bewegung das Hemd vom Körper riss und es zu Boden schleuderte, bekam sie es mit der Angst zu tun. Nie zuvor hatte sie ihn so zornig erlebt und sie wich verunsichert einen Schritt zurück.

„Na los! Oder bin ich dir nicht blond genug? Wie wolltest du es denn mit Gavin machen?"

„Hör auf damit! Ich … ich wollte überhaupt nicht."

„Bloß keine falsche Scheu, sag es mir! Wolltest du es an einen Baum gelehnt und mit hochgeschobenem Rock wie eine verdammte Hure?"

Elenas Hand landete mit einem lauten Klatschen auf seiner linken Wange. „Hör auf! Hör auf damit, du machst mir Angst!"

Im selben Augenblick wurde Ramsay bewusst, was er getan hatte, und er zog Elena in seine Arme. Sogleich setzte sie sich zur Wehr, doch als sie seine gequälte Stimme hörte, hielt sie inne.

„Oh Gott, Elena!" Niedergeschlagen vergrub er sein Gesicht in ihrem seidigen Haar. „Ich fürchte mich vor mir selbst. Was machst du bloß mit mir?"

Ramsay spürte, wie sie zitterte. Elena fürchtete sich vor ihm. Diese Erkenntnis traf ihn wie ein Fausthieb in die Magengrube. Bei allen Dämonen, das hatte er nicht gewollt. Je länger das Schweigen andauerte, desto sehnlicher wünschte er sich seine Elena zurück: vertrauensvoll, anschmiegsam und so unendlich süß.

„Elena", hauchte er in ihr Haar, doch er spürte ihre kleinen Hände, die sich gegen seine Brust stemmten.

„Bitte, lass mich gehen, Ramsay", bat sie mit bebender Stimme.

Ramsay schloss einen Moment gequält die Augen. Er konnte sie nicht gehen lassen. Jetzt nicht mehr. Auf dem Weg ins Zelt war ihm klar gewesen, dass er sie besitzen würde. Er ignorierte ihre Befreiungsversuche und streifte mit den Lippen sachte die empfindsame Haut hinter ihrem Ohr. Zu seinem Entzücken erbebte sie leicht und bestärkte ihn in seinem Entschluss.

„Nay, Elena. Die Würfel sind längst gefallen. Du gehörst mir."

Bevor sie über seine Worte nachdenken konnte, zog er sie fester in seine Arme und versiegelte ihre Lippen mit all der Leidenschaft, die ihn nun schon so lange quälte. Elena wollte protestieren, wollte ihn wegschieben, doch ihr Körper gehorchte ihr nicht mehr. All ihr Sehnen war auf den Mann gerichtet, den sie liebte. Der ihr endlich wieder diese herrlichen, aufregenden Gefühle schenkte. Den Mann, den sie in wenigen Tagen verlieren würde. Der Wein schien all ihre Hemmungen weggeschwemmt zu haben. Oder war es einfach nur Verzweiflung? Mit einem leisen Seufzer schlang Elena ihre schlanken Arme leidenschaftlich um Ramsays Hals. Ihre Finger gruben sich in sein langes, schwarzes Haar und sie schmiegte sich an seinen mächtigen Körper, als wäre ihr dieser Platz von vornherein bestimmt gewesen. Ramsay stöhnte. Er hatte langsam und sanft vorgehen wollen, doch sein Verlangen war so heftig, dass er befürchtete, den Verstand zu verlieren, wenn er nicht bald ihre seidige Haut an seiner spürte. Mit einer plötzlichen Bewegung zerriss er Elenas Bluse und entblößte ihre kleinen, festen Brüste. Sie schnappte erschrocken nach Luft und wollte zurückweichen, doch Ramsay hob sie hoch wie eine Feder.

„Oh Gott, Elena, du bist so wunderschön", murmelte Ramsay beinahe ehrfürchtig und vergrub sein erhitztes Gesicht zwischen ihren vor Leidenschaft schweren Brüsten.

„So wunderschön."

Als er sachte in eine ihrer rosa Knospen biss, warf Elena keuchend den Kopf in den Nacken. Ihre Hände kneteten hilflos seine breiten, muskulösen Schultern, während er ihre Brüste mit unzähligen Küssen und zärtlichen Bissen verwöhnte.

„Schling deine Beine um mich, Liebes", forderte Ramsay rau und Elena gehorchte ohne zu zögern. Seine Lippen suchten die ihren, während seine Finger das zarte Fleisch ihrer Halbkugeln massierten. Elena bog sich seinen Händen entgegen und wimmerte vor Lust. Sogar durch den dicken Stoff ihres Rockes spürte sie seine pochende Männlichkeit zwischen ihren Beinen. Furcht einflößend und unsagbar verlockend. Instinktiv begannen ihre Hüften zu kreisen und Ramsay warf mit einem kehligen Laut den Kopf in den Nacken. Im nächsten Augenblick waren seine Hände auf ihren Hinterbacken und pressten ihren Unterleib mit rhythmischen Bewegungen gegen seinen.

„Ramsay", keuchte Elena, als sie sich immer hemmungsloser in seinen Armen wand. Plötzlich hielt Ramsay sie so fest, dass sie sich nicht mehr rühren konnte. Ein heftiges Zittern durchlief seinen Körper und er keuchte.

„Das ist zu gut, Liebes. Zu schnell … Langsam …"

Elenas konnte seine Worte kaum begreifen. Es konnte in diesem Wahnsinn doch unmöglich ein Zurückhalten geben. Sie spürte unter ihrer Hand sein wild pochendes Herz und wusste, dass ihr eigenes im selben Takt schlug. Ohne von ihren Lippen zu lassen, trug Ramsay sie zum Bett und streifte ihr den Rock ab. Nun lag sie in ihrer ganzen nackten Schönheit vor ihm und er war kaum mehr imstande, sich zu beherrschen. Am liebsten wäre er gleich über sie hergefallen und hätte sich in ihrem heißen Schoß vergraben.

„Oh Gott, wie oft habe ich von diesem Augenblick geträumt!", stöhnte er rau. Seine Hände glitten fast ehrfurchtsvoll über die samtene Haut, und der schwache Duft von Veilchen betörte seine Sinne. Ramsay schaute auf ihren zierlichen Körper hinunter. Elena war wunderschön. Ihre Haut schimmerte im schwachen Kerzenschein wie Elfenbein und fühlte sich weich und samtig an und ihr Haar lag, einem Schleier gleich, über den kleinen Brüsten, die sich bei jedem Atemzug verführerisch hoben und senkten. Die sanft gerundeten Hüften, die langen, schlanken Beine … Ihr Anblick brachte Ramsay fast um den Verstand. Wie von einem Magneten wurden seine Augen von dem kleinen goldenen Dreieck zwischen ihren Schenkeln angezogen, das unbeschreibliches Glück verhieß. Rasch entledigte er sich seiner Stiefel und Beinkleider und blieb stolz mit vor Leidenschaft schwellendem Bronzekörper vor ihr stehen. Ließ ihr Zeit, die Größe seiner Leidenschaft zu erfassen. Ließ ihr Zeit zu erkennen, dass es kein Zurück gab, wenn er jetzt zu ihr kam.

Beim Anblick von Ramsays männlicher Schönheit stockte Elena der Atem und ihr Herz schlug noch schneller. Ihre Augen glitten bewundernd über seinen mächtigen Körper und bahnten sich den Weg zu seinem prallen Schaft, der aus einem dichten, samtenen Wald schamlos herausragte wie die Lanze eines Ritters. Die Größe seines Verlangens ließ Elena für einen Augenblick erstaunt die Augen aufreißen, und sie blickte in sein Gesicht. Ramsays Augen schienen fast schwarz, und die Intensität, mit der er ihre Nacktheit betrachtete, ließ Elena erbeben. Es war das erste Mal in ihrem Leben, dass sie sich ihrer Weiblichkeit wirklich bewusst war. Ihre Brüste schwollen an und ihr wurde abwechselnd heiß und kalt. Schüchtern streckte sie ihre Hand nach ihm aus und Ramsay sah in ihren Augen die Angst, zurückgestoßen zu werden. Als ob er das jetzt noch könnte! Und dann lag er endlich neben ihr. Elena spürte seine heiße Haut, und die Haare an seinen Beinen kitzelten sie.

Beinahe ehrfurchtsvoll neigte Ramsay sich über sie und küsste zärtlich ihre Stirn, ihre Wangen und schließlich ihre Lippen. Alles in ihm schrie nach Erleichterung, doch er hielt sich eisern zurück. Ihre Lippen waren so unendlich weich und ihr Atem strömte sanft und süß. Er umschmeichelte ihre Lippen, neckte sie mit seiner Zungenspitze, biss sie zärtlich. Elena zog ihn näher zu sich hinab und erwiderte seinen Kuss mit all der Leidenschaft, die in ihr brodelte. Seine Hände wanderten über ihren Körper, streichelten ihre Arme, ihre Schultern, umfassten sanft ihre Brüste und kreisten verführerisch über ihre Brustspitzen. Elena hätte weinen mögen. Sie wollte mehr als diese zarten Berührungen, sie brauchte mehr, doch sie wusste immer noch nicht, wie sie dieses „Mehr" erreichen konnte. Seine Lippen, so weich und sinnlich, schwebten über den ihren und er befahl mit belegter Stimme: „Berühr mich, Liebes. Streichle mich."

Elena kam diesem Wunsch nur zu gerne nach. Besitzergreifend ließ sie ihre Hände über seine breite Brust gleiten, über seinen Rücken bis hin zu seinem festen Gesäß. Wie heiß seine Haut sich anfühlte! Jeder Muskel seines herrlichen Körpers war zum Zerreißen angespannt. Sie bemerkte, wie er unter ihren Händen zitterte. Ramsay vergrub sein Gesicht in ihrem Haar. Versuchte ruhig zu atmen, doch es gelang ihm nicht. Bald würde es um seine Beherrschung geschehen sein. Ihre Berührungen, zögernd, doch mit unendlicher Bewunderung, wurden zu einer süßen Qual. Sein Verlangen war beinahe unerträglich.

„Ich kann mich nicht mehr lange beherrschen." Mit brennender Leidenschaft umfing sein Mund ihre Lippen. Elena schlang ihre Arme um seinen Nacken und schmiegte sich eng an seinen Körper.

„Bitte", hauchte sie zwischen zwei Küssen. Diese herrlichen Gefühle wurden immer heftiger, immer drängender. „Bitte, Ramsay, hilf mir!“

Ein raues Stöhnen entrang sich seiner Kehle.

„Noch nicht, Elena, ich will dir nicht wehtun.“ Mit diesen Worten schob er sich über Elena und schob mit einem Knie vorsichtig ihre Beine auseinander. Seine Hände glitten über ihren Körper und hinterließen überall kleine Flammen, die ihre Haut zu versengen drohten. Er umfasste eine ihrer Brüste, hob sie an und umfing sie mit seinem Mund. Zuerst leckte und knabberte er an der einen, dann überschüttete er auch die andere mit derselben Leidenschaft. Tief sog er ihre Brustspitzen in seine Mundhöhle und hörte entzückt, wie Elena ein lustvoller Schrei entwich. Sie gab sich ihm so rückhaltlos hin, dass es ihm eng ums Herz wurde. Während er sie wild und leidenschaftlich küsste, öffnete er die zarten Blütenblätter ihrer Scham und fand schließlich die empfindliche Knospe ihrer Weiblichkeit. Er massierte sie, drückte und zupfte sanft, aber beharrlich, bis Elena ihm lustvoll das Becken entgegenhob. Im selben Moment stieß er einen Finger in ihre Scham und zog ihn langsam wieder heraus.

„Oh Gott!“, stöhnte er rau und ein Zittern durchlief seinen erregten Körper. Nur zu deutlich spürte er, wie sich die winzigen Muskeln an der Pforte zusammenzogen, um ihn zu halten. Gierig drang er erneut in sie ein. Diesmal tiefer, fordernder, und dann bewegte er sich rhythmisch und immer schneller. Elena schluchzte vor Lust und schrie immer wieder seinen Namen. Sie wand sich in dem verzweifelten Versuch, sich diesem gleißenden Licht entgegenzuschwingen.

Ramsay spürte den heißen und feuchten Beweis ihres Verlangens.

„Eng … Mein Gott, wie eng du bist!“, stieß er hervor.

Seine Stimme, seine Berührungen … Elena fühlte sich von einem wahren Sinnestaumel mitgerissen. Die Welt schien sich immer schneller zu drehen.

Als Elena die Augen öffnete, kniete Ramsay zwischen ihren Schenkeln. Seine dunklen Augen glänzten vor Verlangen. Sein Begehren galt ihr, und dieses Wissen steigerte ihre schmelzende Hitze ins Unerträgliche. Mit zitternden Fingern schob er ihre Beine auseinander. Die heiße Spitze seines Schafts berührte ihre Scham und wirkte bedrohlich und zugleich unsagbar verlockend. Er wartete auf sie, wartete auf ein Zeichen.

„Ich … Ich kann nicht länger warten, Liebes", keuchte er heiser.

Und auch Elena konnte keinen Augenblick länger warten. Fast unmerklich spreizte sie ihre Beine noch weiter.

Ganz vorsichtig drang Ramsay in sie ein. Schweißperlen bedeckten seine Stirn. Elena fühlte, wie er sie dehnte, wie er sie vollkommen ausfüllte. Plötzlich stieß Ramsay gegen ihr Jungfernhäutchen. Er hielt verwundert inne. Sein Gehirn weigerte sich, diese neue Tatsache zu akzeptieren. Sie hatte ihm doch erzählt, dass sie Witwe sei?! Er wollte sich gerade zurückziehen, als er in diese unglaublich grünen Augen schaute, die von Leidenschaft verschleiert waren, und plötzlich durchzuckte ihn wilde Freude. Sie hatte noch mit keinem Mann das Lager geteilt! Sie gehörte ihm, nur ihm! Er verschloss ihren Mund mit einem zügellosen, wilden Kuss, drang tief in sie ein und machte sie zu der Seinen.

Sein Mund dämpfte Elenas erschrockenen Schmerzensschrei und er strich ihr beruhigend eine schweißnasse Strähne aus dem Gesicht:

„Nicht bewegen, Liebes, es ist gleich vorbei."

Ramsay verharrte, wartete pulsierend in ihrem weichen Leib, bis sie sich an sein Fleisch gewöhnt hatte, und bedeckte ihr Gesicht mit unzähligen Küssen. Jeder für sich war eine Entschuldigung für den Schmerz, den er ihr zugefügt hatte, aber auch ein Versprechen auf die Erfüllung, die sie noch erwartete.

Ganz langsam bewegte er sich erneut in ihrem Schoß und Elena schnappte überwältigt nach Luft. Der Schmerz war verschwunden und an seiner Stelle war ein anderes, wühlendes Gefühl erwacht. Beinahe hätte Ramsay gelächelt, als er ihren erstaunten Gesichtsausdruck bemerkte, und er drang tiefer in sie ein. Sie war so köstlich eng und heiß. Obwohl er brannte wie alle Höllenfeuer zusammen, zwang er sich zur Behutsamkeit. Elena biss sich auf die Lippen, um nicht bei jedem seiner Stöße vor Lust zu schreien. Es war so unbeschreiblich schön, ihn in sich zu spüren, ein Teil von ihm zu sein.

Ramsays stöhnte kehlig auf und seine Stöße wurden heftiger und fordernder. Elena klammerte sich an seine breiten Schultern, um nicht in den Abgrund zu fallen, der sich unter ihr auftat. Alles schien nun seinen ureigenen Rhythmus zu haben. Elena begegnete seinen Stößen mit eigenen Bewegungen. Sie wollte mehr, brauchte mehr. Sie umfasste sein muskulöses Gesäß und drückte ihn tiefer in sich hinein. Ramsay stöhnte wild auf: „Sachte, Liebes!"

Elena krümmte sich unter ihm, krallte sich in seine schwarzen Haare und küsste ihn so voller Verlangen, dass es ihm den Atem nahm.

„Verdammt!", kam es rau über seine Lippen. Dann bewegte er sich mit animalischer Wildheit. Wieder und wieder drang er in sie ein, kreiste, zuckte … Elena wand sich, schrie vor Lust, schlang ihre langen Beine um seine Hüften und hielt ihn in sich.

Mit heiserer Stimme presste Ramsay hervor: „Du willst es härter, ja?"

Mit eisernem Griff umklammerte er Elenas Gesäß und hob es an, um dann mit seinem ganzen Schaft in sie einzudringen. „So? Willst du es so?" In wilder Gier stieß er sich immer tiefer in sie. Wie durch einen Nebel sah Elena Ramsays Gesicht über sich. Die Wangen angespannt und seine Lippen schwer vor Sinnlichkeit. Sie hatte noch nie etwas Schöneres gesehen. Überwältigt schloss sie wieder die Augen und gab sich dem reißenden Strom hin. Bald darauf zuckte Elena zusammen, schrie erleichtert auf und erschauerte, als sich Wogen des höchsten Genusses in ihr Bahn brachen. Ramsay spürte das Beben in ihrem Inneren, und im selben Moment erfasste eine gewaltige Explosion seinen ganzen Körper, sein ganzes Wesen. Sein rauer, animalischer Schrei hallte durch die Dunkelheit.

Dann brach Ramsay bebend auf Elena zusammen. Auch sie zitterte noch immer am ganzen Körper. Beschützend legte sie ihre Arme um seinen Hals und strich ihm zärtlich durch sein nasses Haar. Ramsay hob den Kopf und lächelte sie so zufrieden wie ein satter Kater an. „Ich bin zu schwer für dich, Liebes. Lass mich los!"

Elena drückte sein Gesicht an ihren Hals zurück. „Nein, bitte … noch nicht, Ramsay."

Sie wollte diesen Augenblick der Nähe und der Vertrautheit genießen. Ramsay bedeckte ihr Gesicht mit leichten Küssen, die sich wie die Berührung von Schmetterlingsflügeln anfühlten; dann zog er sich aus ihr zurück. Mit einem glücklichen Lächeln auf den Lippen stützte er sich auf die Ellbogen und schaute auf Elena hinunter. Doch sein Lächeln erstarb augenblicklich – er sah Tränen.

„Verdammt! Ich hätte wissen müssen, dass ich zu groß für dich bin! Ich habe dir wehgetan."

Elena strich ihm liebevoll über die Wange und schüttelte den Kopf. „Nein, Ramsay, es ... es war wunderschön."

„Weshalb weinst du dann?" Seine Augen verengten sich ein wenig, als er wissen wollte: „Bereust du es etwa jetzt schon?"

Impulsiv schlang Elena ihre Arme um seinen Nacken und zog ihn zu sich herunter: „Oh Ramsay, wie kannst du nur so etwas Dummes fragen? Ich werde diese Nacht bis an mein Lebensende in meinem Herzen bewahren. Es ist nur ..." Sie wich beschämt seinem Blick aus: „Es ist nur ... während ich mit dir gerade den Himmel berührt habe, sitzt mein Vater irgendwo in einem finsteren, kalten Verlies."

Ramsay entspannte sich. Bis zu diesem Moment war ihm gar nicht bewusst gewesen, wie viel ihm ihre Antwort bedeutete. Oh ja, wir haben den Himmel berührt – gemeinsam, dachte er bei sich und betrachtete Elenas liebliches Gesicht. Mit ihren feinen Gesichtszügen, ihren sinnlichen, vollen Lippen und ihren großen Augen, die ihn voller Zuneigung und Erstaunen anschauten, wirkte sie auf ihn wie eine orientalische Schönheit. Nie zuvor war er so vollkommen befriedigt gewesen. Es war erstaunlich. Er hätte nie mit einer solch leidenschaftlichen Reaktion gerechnet. Und sie war noch Jungfrau gewesen! Aber er war auch von sich selbst überrascht. Tatsächlich war es das erste Mal gewesen, dass er nicht nur seine eigene Lust hatte stillen wollen, sondern viel mehr Wert darauf gelegt hatte, diesem Mädchen die herrlichste aller Verzückungen zu schenken.

Mit einem Schlag war ihm eines klar: Er würde Elena nicht mehr gehen lassen! Er wollte sie bei sich haben. Dieser Gedanke war sowohl erschreckend als auch verlockend und er beschloss, später darüber nachzudenken.

Ramsay küsste Elena mit einer Sanftheit, die sie ganz schwindelig machte, legte sich neben sie und zog sie in seine starken Arme. Schweigend gaben sich beide dem süßen Nachbeben hin. Doch plötzlich verfinsterte sich Ramsays Miene. Er stützte sich wieder auf einen Ellbogen und schaute auf Elena hinunter.

„Weshalb hast du mich belogen?“

Elena sah verständnislos zu ihm auf.

„Du hast mir erzählt, dass du Witwe bist, dabei kannst du gar nicht verheiratet gewesen sein.“

Elena strich ihm zärtlich mit der Hand über die Wange und erklärte: „Natürlich war ich mit Melcom verheiratet. Wir waren uns schon in der Wiege versprochen worden. Doch in unserer Hochzeitsnacht war er so betrunken … Am nächsten Tag begleitete er meinen Vater zur Jagd.“ Sie ließ ihre Hand sinken und flüsterte: „Er kehrte nicht mehr zurück. Er hatte sich von der Jagdgruppe getrennt. Einen Tag später fand man seine Leiche.“

Ramsay zog Elena an sich. Es gefiel ihm nicht, wenn sie in diesem schmerzlichen Ton von einem anderen Mann redete. Es gefiel ihm ganz und gar nicht.

Kapitel 16

Elena beobachtete Ramsay aus den Augenwinkeln. Er wirkte ungewöhnlich entspannt und gelöst. Vor dem Aufbruch hatten sie sich erneut geliebt und es war noch schöner gewesen als in der Nacht zuvor. Doch nun ritt sie neben ihm an der Spitze des Zuges und wusste nicht, wie sie sich ihm gegenüber verhalten sollte. Sie fühlte sich befangen und gehemmt. Wie war es nur möglich, dass die Liebe so viele gegensätzliche Gefühle weckte? Sehnsucht und Angst, Freude und Schmerz, Hoffnung und Ratlosigkeit. Sie hätte es niemals für möglich gehalten, dass man einen Menschen so sehr lieben könnte wie sie diesen zärtlichen Riesen, und es machte ihr Angst. Sie fürchtete sich vor dem Tag, an dem sie sich Lebewohl sagen mussten – und dieser Tag würde kommen, da machte sie sich nichts vor. Er würde gehen. Sie hatte keine Sicherheit und keine gemeinsame Zukunft gefordert, und er hatte nichts versprochen. Dennoch schmerzte schon der Gedanke an einen einzigen Tag ohne ihn, und es würde viele davon geben. Tage, Wochen, Monate und Jahre.

Dennoch bereute sie nichts.

„Elena? Fühlst du dich nicht wohl?"

Ramsay war die plötzliche Blässe in ihrem Gesicht nicht entgangen und er lenkte Thunder neben ihre Stute. Elena zuckte unmerklich zusammen, als sie seinem besorgten Blick begegnete.

„Sollen wir rasten?" Als sie jedoch den Kopf schüttelte, fügte er leiser und mit einem unverkennbar stolzen Lächeln hinzu: „Bist du vielleicht wund? Ich habe dir doch gesagt, dass du besser einen Tag warten solltest. Aber du wolltest ja nicht auf mich hören."

Ihr Gesicht überzog sich mit einer tiefen Röte. Sie hatte sich tatsächlich absolut schamlos verhalten. „Du warst auch nicht besonders überzeugend."

„Ach nein?", fragte Ramsay scheinheilig.

Sie war wirklich wunderschön, wie sie so würdevoll auf ihrer kleinen Stute ritt und ihre vor Verlegenheit geröteten Wangen den vereinzelten, noch schwachen Sonnenstrahlen entgegenreckte. Heißes Verlangen durchzuckte ihn, als er an ihre Wildheit, an ihre Zügellosigkeit dachte. Wenn er sie liebte, verweigerte sie ihm nichts. Sie kannte keine Zurückhaltung und keine Scham. Ramsay verlagerte sein Gewicht im Sattel, um den drängenden Druck seiner Lenden ein wenig zu mildern. Er wollte sie schon wieder! War das zu glauben? Sie hatten sich doch erst vor zwei Stunden geliebt, und doch begehrte er sie noch heftiger als zuvor.

Gavin riss ihn aus seinen Gedanken. „Mylord, am Vorratswagen ist ein Rad gebrochen."

Als Ramsay den dunkelblauen Fleck an Gavins Kinn erblickte, besaß er den Anstand, ein wenig zu erröten. „Ich hoffe, du hast noch alle Zähne?"

Gavin kannte seinen Freund gut genug, um zu wissen, dass es Ramsay sehr viel gekostet hatte, diese Entschuldigung in Elenas Beisein auszusprechen. Zumindest war es in Ramsays und Gavins Augen eine Art Entschuldigung.

Gavin grinste breit und schaute vielsagend von seinem Freund zu Elena. „Scheint die Sache wert gewesen zu sein."

Elena schnappte empört nach Luft und das Blut schoss ihr in den Kopf. Die beiden ließen keinen Zweifel daran, dass sie mit dieser Sache gemeint war.

Ramsay hingegen lachte schallend und klopfte Gavin auf den Rücken. „Da hast du verdammt Recht, mein Freund."

Dann drehte er sich im Sattel um und hob gebieterisch den Arm. „Halt!"

Der Zug kam fast augenblicklich zum Stehen und Elena schaute den beiden Männern nach, als sie zurückritten. Leila, schoss es ihr plötzlich durch den Kopf. Hoffentlich ist ihr nichts geschehen!

Sie riss ihre Stute herum und preschte Ramsay und Gavin hinterher.

Ramsay begutachtete gerade den Schaden, als er Hufschläge hörte. Im nächsten Moment glitt Elena aus dem Sattel und bahnte sich einen Weg durch die umstehenden Männer. „Leila!", rief sie besorgt. Sie spähte suchend in den Wagen, doch in dem wilden Durcheinander von umgefallenen Kisten und Säcken konnte sie ihren Liebling nicht entdecken.

„Leila!", rief sie erneut und da hörte sie das leise, verängstigte Winseln. Ohne auf die Gebote der Schicklichkeit zu achten, raffte sie ihren Rock bis über die Knie und kletterte in den Wagen. Vorsichtig räumte sie die Getreidesäcke, Pfannen und Töpfe beiseite. Will stieg ebenfalls auf den Wagen: „Lady Elena, lasst mich machen. Diese Dinge sind zu schwer für Euch."

Elena schüttelte stumm den Kopf und lauschte aufmerksam. Sie kam dem Winseln näher, und als sie den nächsten Topf anhob, entdeckte sie Leila, die sich ängstlich zusammengerollt hatte.

„Mein armer Liebling!"

Aus dem dunklen Gefängnis befreit, sprang Leila auf und kläffte tapfer den Topf an, der es gewagt hatte, sie so zu erschrecken.

Erleichtert stellte Elena fest, dass ihrem Schatz nichts zu fehlen schien. Sie hob Leila hoch und vergrub ihr Gesicht in dem weichen Fell. Als sie sich umdrehte, entdeckte sie Ramsay, der sie voller Wärme beobachtete.

„Ich glaube, es geht ihr gut", sagte sie, während sie ihm das Fellbündel entgegenhielt, damit er es ihr abnahm. Doch Ramsay beachtete den Hund gar nicht, sondern legte seine Hände um Elenas Mitte und hob sie mitsamt ihrer kleinen Last vom Wagen. Sie stand nun dicht vor ihm, schaute zu ihm auf und ihre smaragdgrünen Augen glänzten vor Erleichterung und Freude. „Ich hatte ja solche Angst um sie."

Ramsay schluckte schwer und trat einen Schritt zurück. Wenn sie ihn so ansah ... Er brauchte ein wenig Abstand, am besten einige Meilen. Als er sich zu Gavin umdrehen wollte, kam ihm jedoch ein anderer Gedanke, ein wesentlich angenehmerer Gedanke.

Wortlos hob er Elena auf den Rücken ihrer Stute und kletterte selbst in den Wagen. Wenige Augenblicke später kehrte er zurück. Er wandte sich an Gavin, der gerade zwei Männer damit beauftragte, einen dünnen Baum zu fällen, um damit den Wagen anzuheben.

„Kommst du hier alleine zurecht?"

Gavin betrachtete seinen Freund erstaunt. Dies war das erste Mal, dass der Höllendämon sich nicht selbst bei der Beseitigung eines Schadens beteiligte. Sein Blick fiel auf den gefüllten Lederbeutel in Ramsays Hand und er unterdrückte ein wissendes Grinsen. „Natürlich, Mylord. Soll ich nachher die Führung übernehmen?"

Ramsay nickte knapp und ein Lächeln breitete sich auf seinen Lippen aus. „Aye, das wäre nett. Mir scheint, du weißt mehr, als anständig ist."

Gavin traute kaum seinen Ohren. Das hatte ja beinahe scherzhaft geklungen! Anscheinend hatte es die kleine Lady tatsächlich geschafft, Ramsays Vorsätze ins Wanken zu bringen. Verdammt, das wurde aber auch Zeit!

Ramsay schwang sich auf Thunders Rücken und lenkte seinen Hengst neben Elenas Stute. „Was hältst du von einem kleinen Ausritt?"

Elena glaubte, sie hätte sich verhört, und ihr Herz schlug plötzlich so fest gegen die Rippen, dass sie schon befürchtete, sie könnten brechen.

„Sehr gern!" Sie schaute auf das kleine Fellbündel in ihrem Schoß und fragte beinahe schüchtern: „Darf ich Leila mitnehmen?"

Sie sah, wie es um Ramsays Mundwinkel belustigt zuckte.

„Glaubst du, sie muss dich vor mir beschützen?"

Heiße Röte überzog ihre Wangen, doch sie konnte die nächste Frage einfach nicht zurückhalten. „Wird das denn nötig sein?"

Der Blick aus seinen dunklen Augen sagte mehr als Worte und plötzlich begann ihr Körper zu prickeln.

„Dazu würde eine ganze Armee nicht ausreichen." Mit diesen Worten versetzte er Thunder in einen leichten Trab und Elena ritt ihm hinterher, dicht gefolgt von Wulf, der sich einen kleinen Ausflug nicht entgehen ließ.

Erst als sie auf der Anhöhe eines Hügels angelangt waren, zügelte Ramsay seinen Hengst und ließ seinen Blick in das fruchtbare Tal schweifen, das sich vor ihnen erstreckte. Elena sog geräuschvoll die Luft ein: „Mein Gott, ist das schön!"

Riesige Getreidefelder und Rinderherden bedeckten die Landschaft, soweit das Auge reichte. Kleine, saubere Cottages verteilten sich überall und auf den Feldern arbeiteten Männer und Frauen.

„Weißt du, wem dieses Paradies gehört, Ramsay?“

Es gefiel ihm ungemein, wie sie seinen Namen aussprach. „Das ist Folling Cross, das Land meines Vaters.“

Elena konnte nur staunen. Bisher hatte sie Ellon für das schönste Fleckchen Land auf Erden gehalten, doch mit diesem konnte es nicht mithalten.

Ramsay ließ seine Augen über das Tal gleiten. Wie lange war es her, seit er das letzte Mal diesen Anblick genossen hatte? So viele Jahre hatte er einen großen Bogen um alles gemacht, was seiner Familie gehörte. Was hatte sich verändert? Was hatte ihn gerade heute an diesen Ort zurückgebracht? Er hätte sich niemals träumen lassen, dass er nach so langer Zeit noch immer den dumpfen Stich des Heimwehs spüren würde. Plötzlich brachen die alten Wunden wieder auf und er fühlte sich wie damals, als er weggelaufen war. Hunderte Fragen rasten ihm durch den Kopf. Wie mochte es wohl seinem Vater gehen? Dachte er manchmal noch an seinen einzigen Sohn? Er hatte sich oft vorgestellt, wie es wohl sein würde, wenn er wieder nach Hause … Nein, diese Träumereien waren sinnlos! Für ihn gab es kein Zuhause mehr, und daran war er selber schuld. Er sollte die Vergangenheit endlich ruhen lassen. Plötzlich berührte etwas Warmes seine Hand und riss ihn aus seinen Gedanken. Er betrachtete erstaunt die kleine, feingliedrige Hand und empfand die Berührung als seltsam tröstend. Elena hatte seinen Konflikt gespürt. Seine Augen, die für einen kurzen Moment Spiegel seiner Sehnsucht und Trauer gewesen waren, hatten sie ahnen lassen, wie tief sein Schmerz wirklich saß. Was war vor all den Jahren wohl so Schlimmes geschehen, dass ein Junge sein Elternhaus verließ und auch als erwachsener Mann nicht heimkehren konnte?

„Möchtest du zurückreiten, Ramsay?“, fragte Elena vorsichtig.

Ramsay schüttelte entschlossen den Kopf und ließ seinen Blick wieder über das Tal gleiten, bis er an einer dicht bewaldeten Stelle hängen blieb. Plötzlich hellte sich sein Gesicht ein wenig auf und er drückte Thunder die Fersen in die Flanken. „Komm mit, ich möchte dir etwas zeigen!“

Elena bemühte sich, mit ihm mitzuhalten, und rief: „Wo willst du denn hin?“

Ramsay verlangsamte sein Tempo, bis Elena ihn eingeholt hatte. „Ich möchte mal sehen, ob mein Lieblingsplätzchen noch existiert.“

Als sie an den Feldern und Wiesen vorbeipreschten, hielten die Bauern erstaunt und verwirrt in der Arbeit inne. Obwohl der junge Herr seit Jahren nicht mehr hier gewesen war, konnte man seine Ähnlichkeit mit dem Earl nicht übersehen. Er besaß nicht nur dieselbe, imposante Körpergröße, sondern auch dieselbe natürliche Autorität.

Nach einer Weile erreichten sie den Wald und Ramsay ritt langsam in das Dickicht hinein. Die niedrig hängenden Äste zerrten an Elenas Haaren und Kleidern. Immer wieder musste sie anhalten und sich befreien. Doch plötzlich teilten sich die hohen Fichten vor ihnen und sie ritten auf eine kleine, verträumte Lichtung hinaus. Der schmale Bachlauf bildete hier einen kleinen See und die Sonnenstrahlen spiegelten sich darin. Weiches, saftig grünes Moos bedeckte den Boden, die üppigen Rhododendronsträucher blühten in allen Rottönen und verliehen diesem verborgenen Ort etwas beinahe Magisches.

Ramsay stützte sich auf seinen Sattelknauf und war so überwältigt wie damals als kleiner Junge, als er dieses Plätzchen entdeckt hatte. „Es sieht alles noch genauso aus wie früher.“ Er glitt aus dem Sattel und half Elena beim Absteigen.

„Es ist wunderschön hier“, hauchte sie ehrfürchtig.

Leila zappelte aufgeregt in ihren Armen und gab keine Ruhe, bis sie abgesetzt wurde. Sogleich erkundete sie mit Wulf ausführlich die neue Umgebung.

Elena beobachtete Ramsay, der vor einem dichten Farn kniete und nach etwas suchte.

„Ich wusste doch, dass es noch da ist“, rief er triumphierend und zog ein kleines, halb zerfallenes Holzfloß hervor. „Ich hatte es wesentlich größer in Erinnerung.“

Er strahlte wie ein Kind, und plötzlich konnte Elena sich den kleinen Ramsay vorstellen, wie er an ebendiesem Ufer gesessen hatte, mit ungebändigten Haaren und einem schmutzigen Gesicht. Sie stellte sich vor, wie er mit unermüdlicher Geduld dieses Floß gebaut hatte, um es dann voller Stolz im Wasser gleiten zu lassen. Es war das erste Mal, dass er ihr einen kleinen Einblick in seine Vergangenheit gewährte, und sie nahm jede noch so kleine Information begierig in sich auf.

„Warst du oft hier?"

Ramsay nickte lächelnd. „Wann immer es ging. Ich habe oft stundenlang hier gesessen und von meiner Zukunft geträumt." Er lächelte sie verlegen an. „Damals wollte ich unbedingt ein gefürchteter Pirat werden. Gefürchtet und natürlich auch schwerreich."

Ramsay lächelte in Erinnerungen versunken.

„Du bist bestimmt hungrig." Er ging zu seiner Satteltasche und holte den Beutel heraus, den er im Vorratswagen gepackt hatte. Dann ließ er sich auf dem weichen Moosteppich nieder und breitete ein kleines, weißes Tuch aus. Elena hatte Ramsay noch nie so entspannt und zufrieden erlebt und sie genoss es, ihm dabei zuzusehen, wie er die mitgebrachten Lebensmittel auspackte. Käse, Schinken, Brot, einige süße Mandeln und zwei Äpfel. Sogleich war Leila zur Stelle und Elena hatte alle Mühe, sie zurückzuhalten.

„Du bekommst später etwas, kleine Lady", schalt sie die immer hungrige Leila. Ramsay stand auf, holte ein Seil aus der anderen Satteltasche und band Leila an einen Baum. Um ihr die ungewohnte Gefangenschaft erträglicher zu machen, schnitt er ein Stück Trockenfleisch ab und warf es ihr hin.

„Das sollte dich für einige Zeit beschäftigen."

Elena schaute ihren Liebling mitleidig an, doch Leila machte sich über das Fleisch her und das Seil schien sie gar nicht zu stören. Wulf legte sich neben sie, machte jedoch keinerlei Anstalten, ihr das Essen streitig zu machen.

„Werden wir auf dem Weg zu meinem Vater auch durch Ellon kommen?"

Ramsay schüttelte den Kopf und schnitt einen der Äpfel in Schnitze. „Das wäre ein zu großer Umweg. Nach meiner Schätzung werden wir morgen gegen Abend die Grenze vom Besitz deines Vaters erreichen."

Elena riss erschrocken die Augen auf. „Morgen schon?" Sie konnte ihre Enttäuschung nicht gänzlich verbergen und Ramsays Stirn zog sich nachdenklich in Falten. Morgen. Dann würden sie ungefähr in zwei Tagen die Burg erreicht haben. Nur noch zwei Tage, dachte Elena bedrückt.

„Du scheinst nicht gerade begeistert zu sein", bemerkte Ramsay verwirrt. Manchmal verstand er Elenas seltsame Reaktionen einfach nicht. Sie musste doch glücklich sein! Bald würde sie wieder bei ihrem Vater sein – falls er noch lebte. Dann konnte sie ihre teuren Kleider und Juwelen tragen und sich von vorn und von hinten bedienen lassen. Was also sollte dieser traurige Ausdruck in ihren Augen?

„Natürlich freue ich mich, meinen Vater wiederzusehen", gab sie kleinlaut zurück.

„Was ist es dann?"

Am liebsten hätte sie ihm entgegengeschrieen, dass dies auch bedeutete, dass sie ihn schon so bald verlieren würde. Dass sie ihn liebte und ihm bis ans Ende der Welt folgen würde, wenn er es nur zuließe. Stattdessen sagte sie nur: „Ich habe Angst."

Mit diesem Geständnis hatte Ramsay nicht gerechnet. „Wovor denn?"

„Vor dem, was mich dort erwartet." Vor der Vergangenheit, die mich bald wieder einholt, dachte sie im Stillen. Davor, dass du verletzt oder sogar getötet werden könntest. Davor, dich davonreiten zu sehen und zu wissen, dass du nie mehr zurückkehren wirst. Aber sie fürchtete sich auch vor Grenwicks Grausamkeiten und einem Vater, der immer zu betrunken war, um ihr zu Hilfe eilen zu können.

Ramsay schaute sie lange nachdenklich an. „Ich weiß nicht, was uns erwartet. Aber ich verspreche dir, dass meine Männer und ich alles tun werden, um die Burg zurückzuerobern." Elenas Herz wurde noch schwerer. Wirst du danach auch bei mir bleiben, Ramsay? Oder wirst du dich umdrehen und davonreiten, ohne auch nur einen Blick zurückzuwerfen?

„Versprich mir nur, dass du auf dich Acht gibst, Ramsay."

Er schenkte ihr ein umwerfendes Lächeln. „Das werde ich."

Schweigend, jeder in seine Gedanken versunken, aßen sie weiter. Danach legte er sich auf den Rücken und verschränkte die Hände hinter dem Kopf:

„Wie ist dein Vater eigentlich?“

Elena überlegte einen Moment. Sie war sich nicht sicher. Bisher hatte sie sich immer für ihren Vater geschämt, aber er hatte sich schwer verletzt zu ihr in den Ostturm geschleppt, um sie zu warnen und ihr zur Flucht zu verhelfen.

„Meine Mutter sagte immer, dass mein Vater der beste und fürsorglichste Mann auf Erden sei.“

Ramsay drehte sich lässig auf die Seite und stützte den Kopf in die Handfläche. Er sah sie an, als wollte er ihre Gedanken lesen, und Elena senkte schnell den Kopf.

„Das hat deine Mutter gesagt, aber was hältst du von ihm?“

Elena packte die restlichen Lebensmittel wieder ein.

„Um ehrlich zu sein, ich weiß es nicht. Wir hatten nie eine sonderlich enge Beziehung zueinander. Ich fürchte, wir sind uns schon seit Jahren aus dem Weg gegangen.“

„Ach ja? Weshalb denn das?“

Elena wand sich unangenehm berührt. Sie wollte nicht über ihren Vater reden, wollte nicht daran denken, wo er wohl war und wie es ihm erging. Die Zeit, die sie noch mit Ramsay zusammen erleben durfte, war viel zu kurz, um sie damit zu vertun, über hässliche Dinge zu reden. Zu kurz und zu kostbar.

„Bitte, Ramsay, lass es gut sein. Ich dränge dich auch nicht, mir zu erzählen, weshalb du nicht mehr nach Hause zurückkehren willst.“

Ramsays Miene verschloss sich.

„Weshalb sollte dich das denn interessieren?“

Weil ich dich liebe, du Dummkopf, und weil ich alles über dich wissen möchte! Elena war empört.

Laut sagte sie: „Glaube mir, es interessiert mich. Brennend sogar. Aber wenn du dazu bereit wärst, würdest du es mir von dir aus erzählen.“

Ramsay betrachtete sie einen Moment verblüfft. Dann grinste er breit.

„Deine Logik ist wie immer niederschmetternd, meine Teure.“ Er riss einen langen Grashalm ab, rollte sich auf den Rücken und bettete wie selbstverständlich den Kopf auf Elenas Schoß. „Nun gut, da wir also weder über dich noch über mich sprechen ... Erzähl mir von Ellon!"

„Ellon?", wiederholte Elena verblüfft.

Ramsay nickte und begann, den Grashalm um den Zeigefinger zu schlingen. „Aye, wer verwaltet Ellon?"

„Meine Mama hat mir Ellon vermacht, als sie gestorben ist. Ich selbst verwalte es." Ein seliges Lächeln erhellte Elenas Gesicht, als sie leise hinzufügte: „Sie hatte gewusst, wie sehr ich dieses Dorf und die Menschen dort liebe. Ich kenne jeden Mann, jede Frau und jedes Kind mit Namen. Stell dir vor, ich war sogar bei zwei schweren Geburten dabei!" Sie schwelgte einen Moment in schönen Erinnerungen und ließ das geliebte Fleckchen Erde vor ihrem inneren Auge aufleben. Sie beschrieb aufgeregt den Aufbau des Dorfes und die Veränderungen, die sie selbst vorgenommen hatte. „Ich habe Gedwin, den Dorfältesten, zum Verwalter ernannt. Auf ihn ist unbedingter Verlass und er berichtet mir täglich von den Ereignissen im Dorf."

Ramsay lächelte und sagte in gutmütigem Spott: „Das scheint mir ein wenig übertrieben, Liebes. Schließlich sind es von Ellon nach Castle Fraser gute zwei Tagesritte."

Jetzt strahlte Elena geradezu vor Stolz. „Das war tatsächlich ein Problem. Manchmal musste sehr schnell etwas unternommen werden und es war mir natürlich nicht möglich, andauernd nach Ellon zu reisen. Deshalb haben wir unsere Fly-Truppe."

Ramsays Augenbrauen huschten fragend in die Höhe und Elena fuhr stolz fort: „Gedwin und mir ist es gelungen, zwei Falken so abzurichten, dass sie uns als fliegende Boten dienen. Fly Eins lebt in Ellon und bringt mir täglich Gedwins Berichte. Antworten sende ich mit ihm umgehend zurück. Fly Zwei lebt in Castle Fraser. Über ihn kann ich mich auch in Notfällen mit Gedwin in Verbindung setzen."

Ramsay nickte anerkennend. Elenas Einsatz hatte viel zum Wohlstand der Menschen in Ellon beigetragen und sie beschrieb alles so genau, dass Ramsay es sich bildlich vorstellen konnte. Er lauschte aufmerksam ihrer weichen, wohlklingenden Stimme, während ihre Finger mit seinem Haar spielten.

„Wir haben hiesige Schafe mit englischen Wollschafen gekreuzt. Die Wolle verarbeiten wir in Ellon in der dorfeigenen Weberei. Bessere Wolle und zarteres Fleisch gibt es nirgendwo. Außerdem wollen wir zusätzlich besonders robuste Hochlandrinder züchten. Die letzten beiden Winter waren sehr hart und viele Schafe sind erfroren. Deshalb habe ich einen Zuchtbullen aus Thurso erworben. Er sollte in den nächsten Wochen eintreffen." Elena warf sich in die Brust. „Ohne zu übertreiben, kann ich sagen, dass Ellon zu einem der wichtigsten Handelszentren Schottlands geworden ist. Einen Teil der Einnahmen investierte ich in Schulen für die Kinder. Ich habe sogar ein Haus eingerichtet, in dem die Alten leben können, die keine Verwandten mehr haben. Sie stellen dort die eingesottene Butter her, die wir sogar in Irland verkaufen."

Ramsay lauschte gebannt, und plötzlich erinnerte er sich wieder an den Tag, an dem Elena in seinem Lager erschienen war. Als sie per Handschlag den Vertrag besiegelt hatten, war ihm aufgefallen, dass ihre Hand sich wie die eines Dienstmädchens und nicht wie die einer Lady anfühlte. Sie hatte also tatsächlich gearbeitet – und viel erreicht. Unbändige Vorfreude überkam ihn, als er sich vornahm, Ellon ausgiebig zu besichtigen.

Elena war so vertieft in ihren Bericht, dass sie gar nicht bemerkte, wie Ramsay sie lächelnd beobachtete.

„In diesem Jahr machen wir einen Versuch mit Getreide. Ich habe gehört, dass man mit Rindermist, der der Erde beigemengt wird, höhere Erträge erzielen kann. Wir haben ein kleines Weizenfeld angelegt und ich bin wirklich sehr gespannt auf den Sommer."

Elena schwieg plötzlich. Sie hatte ja gar keinen Anspruch mehr auf dieses Land! Ihr Herz wurde schwer und ihre Augen wurden feucht.

„Ich meine, ich wäre dir sehr dankbar, wenn du Gedwin erlauben würdest … Ich wüsste sehr gern, ob der Weizen wirklich besser wächst", schloss sie mit erstickter Stimme.

Ramsay erkannte erst jetzt, wie sehr sie an diesem Dorf hing. Sie hatte so viel für die Menschen getan, hatte ihnen zu Wohlstand und Bildung verholfen. Trotzdem hatte sie ihm dieses Dorf übereignet.

Er schämte sich, weil er ihr anfangs so misstraut hatte, und Vertrauen und tiefe Zuneigung wärmten sein Herz.

„Kann man hier fischen?"

Überrumpelt von der plötzlichen Wendung der Unterhaltung nickte Ramsay und setzte sich auf. „Natürlich, hier gibt es die fettesten Lachsforellen, die du je gesehen hast."

Elena biss sich aufgeregt auf die Unterlippe, und in ihren Augen blitzte es voller Tatendrang. „Ich wollte es schon immer versuchen. Kannst du mir zeigen, wie man fischt?"

Ramsay grinste breit. „Du hättest keinen besseren Lehrer finden können!"

„Bestimmt auch keinen eingebildeteren", lachte Elena, gab ihm einen kleinen Kuss aufs Kinn und sprang auf die Füße. Sie beobachtete, wie Ramsay sorgfältig zwei Äste aussuchte und sie prüfend bog. Danach holte er aus seiner Satteltasche eine dünne Schnur und band ein langes Stück an jeden der beiden. Elena staunte über seine geschickten Finger, die am Ende der Schnüre je einen Knoten in Form einer Fliege machten.

„Warum nimmst du keinen Wurm?", wollte sie wissen.

Ramsay schüttelte den Kopf. „Die Fische hier bevorzugen Insekten und ich glaube nicht, dass du genügend Geduld aufbringst, Fliegen oder Libellen zu fangen. So, nun stellst du dich hier ans Ufer und lässt die Schnur dicht über der Wasseroberfläche hüpfen."

Er zeigte es Elena einige Male, bis sie ihm ungeduldig die Rute aus der Hand riss.

Ramsay lachte in sich hinein, als er ihr zusah, wie sie die Schnur auswarf, als hinge ihr Leben davon ab.

„Nicht so schnell! Du lässt den armen Fischen ja gar keine Zeit, zuzuschnappen."

Elena schnaubte unwillig, doch als sie sah, wie er seine Stiefel auszog und die Beinkleider hochkrempelte, war ihre Neugierde geweckt.

„Was hast du vor?", fragte sie erstaunt, als er sich auch noch das Hemd auszog.

„Ich fische", antwortete er schlicht, nahm seine Angel und watete ein Stück ins Wasser hinein. Dort warf er seine Angelschnur aus, bis die Fliege über die Wasseroberfläche glitt, dann wiederholte er den Vorgang mit unermüdlicher Geduld.

Elena wandte ihm den Rücken zu, während sie sich Schuhe und Strümpfe auszog. Wenn er dachte, sie würde hier am Ufer stehen und sich den ganzen Spaß einfach entgehen lassen, dann hatte er sich getäuscht! Rasch schlüpfte sie aus ihrem Kleid und band die Unterröcke mit dem Gürtel hoch.

Ramsay drehte sich erstaunt um, als er hinter sich Wasser aufspritzen hörte.

„Du lieber Himmel, ist das kalt!"

Ramsay öffnete den Mund zu einer Bemerkung, doch Elena legte rasch einen Finger an die Lippen und bedeutete ihm zu schweigen. Sie nahm die Sache wirklich sehr ernst. Diese Frau war tatsächlich etwas ganz Besonderes. Er überlegte, welche Lady er sonst noch kannte, die sich nicht zu schade war, im kalten Wasser herumzuwaten, doch ihm fiel keine ein. Die meisten waren zu eingebildet. Er hatte Elena immer für ziemlich ernsthaft gehalten, doch nun lernte er zu seiner Verblüffung noch eine ganz andere Seite an ihr kennen. Sie war ein Wildfang und zu jedem Abenteuer bereit. Er sah, wie sie mit Feuereifer bei der Sache war, und es war mehr als schwierig, seine Augen von ihrem spärlich bekleideten Körper abzuwenden. Sie besaß kein Mieder mehr und das hauchzarte Leibchen enthüllte mehr, als es verbarg. Mit Mühe und Not konzentrierte er sich auf das Auswerfen seiner Angelschnur. Jetzt kräuselte sich die dunkle Oberfläche des Sees und Elena wagte kaum mehr zu atmen. Im nächsten Moment schoss ein silberner Leib aus dem Wasser und verschwand blitzschnell wieder. Die Angelschnur spannte sich und Elena jubelte: „Ich habe einen! Schnell, was soll ich tun?"

Mit wenigen Schritten war Ramsay bei ihr.

„Versuch ihn dort zwischen die Felsen zu drängen, dann können wir ihn leichter erwischen." Gemeinsam jagten sie ihr Opfer in eine schmale Felsspalte, aus der es kein Entrinnen mehr gab.

„So, jetzt kannst du ihn greifen."

Elena packte beherzt zu, doch der Fisch war so schlüpfrig, dass er ihren Fingern entglitt.

„Ich krieg ihn!"

Wild entschlossen, sich die Beute nicht entgehen zu lassen, hechtete sie ihm nach. Sie hörte Ramsays schallendes Gelächter sogar unter Wasser. Wieder und wieder griff sie nach dem schlüpfrigen Tier. Schließlich erwischte sie den Fisch an der Schwanzflosse, holte ihn heraus und hielt ihn Ramsay triumphierend unter die Nase.

„Ich wusste doch, dass ich es schaffe. Das ist bestimmt der größte Fisch, der in diesem See herumschwimmt."

Ramsay betrachtete das kleine Tierchen belustigt, hielt es jedoch für klüger, nicht zu erwähnen, dass es sich hier um einen sehr jungen Fisch handelte. Elena brachte ihre Beute mit vor Stolz geschwellter Brust ans Ufer zurück und kehrte gleich darauf wieder zu Ramsay zurück. Als Ramsay sah, wie durchnässt und schlammverschmiert Elena war, schimpfte er sich selbst einen rücksichtslosen Tölpel.

„Ich bringe dich besser zurück, damit du dir etwas Trockenes anziehen kannst."

„Den Teufel wirst du tun!", rief sie leidenschaftlich. „Nicht, bevor ich einen zweiten Fisch für unser Mittagessen gefangen habe."

Ramsay schüttelte grinsend den Kopf. Aus seinen Augen lachte der Schalk, als er Elena von Kopf bis Fuß betrachtete: „Das ist aussichtslos. Hier wirst du nichts mehr fangen. Nachdem du wie eine wild gewordene Meerjungfrau herumgezappelt hast, haben alle Fische das Weite gesucht oder sind vor Schreck ertrunken."

Elena straffte augenblicklich die Schultern und schob das Kinn kampflustig vor. „Ich habe gar nicht gezappelt."

Ramsay hob belustigt eine Augenbraue und Elena korrigierte sich kleinlaut: „Na ja, vielleicht ein bisschen. Dafür habe ich jetzt ein feines Mittagessen und das ist mehr, als du von dir behaupten kannst."

Klatschnass, doch mit hoch erhobenem Haupte wandte sie sich dem Ufer zu. Im nächsten Moment rutschte sie auf dem schlammigen Boden aus und fiel rückwärts ins Wasser. Als sie prustend und schnaubend wieder auftauchte, stand Ramsay lachend neben ihr.

„Ich habe vielleicht keinen Fisch zum Mittagessen, dafür aber trockene Kleider."

Wieder fiel Elena auf, wie gut dieser Mann aussah, wenn er lachte. Dennoch durfte er nicht ungestraft davonkommen, schließlich machte er sich mal wieder über sie lustig.

Sie krallte ihre Finger in den Schlamm und säuselte zuckersüß: „Dem kann man abhelfen." Noch während er fragend eine Augenbraue hob, klatschte sie ihm den Schlamm mitten auf die Brust. Dann floh sie lachend in Richtung Ufer. Ramsay war für einige Sekunden außer Gefecht gesetzt. Bei dieser Frau musste man wirklich auf alles gefasst sein.

„Na warte!"

Schon setzte er ihr nach. Elena sah ihn aus dem Augenwinkel auf sie zustürmen. Lachend und kreischend hob sie ihre Unterröcke, um schneller voranzukommen, doch er erwischte sie, als sie gerade aus dem Wasser steigen wollte.

„Nein!", japste sie gerade noch, aber da hatte er sie schon ins tiefere Wasser geworfen. Dann stürzten sie sich beide wie tollende Kinder aufeinander und bespritzten und bewarfen sich mit Schlamm, bis sie kaum noch wieder zu erkennen waren.

Der köstliche Duft von gegrilltem Fisch erfüllte die Luft. Elena schmiegte sich behaglich in Ramsays Arme und gab sich dem süßen Nachbeben hin. Er hatte sie zuerst im Wasser und dann noch einmal auf dem weichen Moos geliebt, und es schien jedes Mal noch schöner zu sein. Wenige Schritte entfernt lagen Leila und Wulf dicht aneinander gekuschelt. Elena seufzte glücklich. Wenn sie doch nur für immer an diesem Ort bleiben könnten. Sie rückte noch etwas näher an Ramsays Brust und erntete dafür einen kleinen Kuss auf ihren Scheitel. Beide waren nackt und wohlig warm eingehüllt in Ramsays Plaid. Elena saß zwischen seinen angewinkelten Beinen und gemeinsam rösteten sie den Fisch über einem kleinen Feuer.

Ramsay ließ die letzten Stunden noch einmal vor seinem inneren Auge vorbeiziehen. So etwas hatte er noch nie erlebt. Er dachte dabei nicht nur an die Schlammschlacht oder die Art, wie sie sich geliebt hatten – zärtlich und doch mit einer fast verzweifelten Leidenschaft. Er hatte so viele neue Seiten an seiner Elena entdeckt: das übermütige Kind, die feurige Frau und, wie er vor wenigen Minuten festgestellt hatte, die kundige Köchin. Er kannte nicht viele Frauen und schon gar keine Damen von edlem Geblüt, die so fachmännisch einen Fisch ausnehmen und entgräten konnten. Sie war wirklich bemerkenswert.

„Wenn du so weiter drückst, brechen bald meine Rippen“, scherzte Elena.

Ramsay sah sie einen Augenblick fragend an, doch dann lockerte er sofort den Griff. Es war ihm gar nicht aufgefallen, dass er sie so fest an sich gedrückt hatte, als wollte er sie nie wieder loslassen.

„Entschuldige“, murmelte er in ihr Ohr.

Elena lachte glücklich auf. „Nun schau doch nicht so zerknirscht drein. Ich habe dich doch nur geneckt. Wenn ich ehrlich bin, mag ich es sehr gerne.“

Zur Bestätigung ihrer Worte nahm sie seinen Arm und schlang ihn sich wieder fester um die Mitte. Ramsay stützte nachdenklich das Kinn auf Elenas Scheitel und schaute Wulf und Leila zu, die zusammen spielten. Vielmehr spielte Leila mit Wulf. Der lag reglos da und ließ alles über sich ergehen. Stillschweigend erduldete er Leilas Attacken. Sie kletterte auf ihm herum, biss ihm in die Ohren oder zerrte an seinen empfindsamen Lefzen. Wulf lag nur still da und litt in heroischem Heldentum vor sich hin. Ab und zu verdrehte er die Augen, wenn Leilas spitze Zähnchen ihn zu fest malträtierten.

Ramsay runzelte erstaunt die Stirn. Seit wann war sein Freund so großmütig? Dieses kleine Hundemädchen hatte es dem alten Wolf offensichtlich angetan. Er schaute den beiden noch eine Zeit lang zu und dann, ohne darüber nachzudenken, fragte er leise: „Könntest du dir vorstellen, für eine Weile bei mir zu bleiben?“

Elenas Herz machte einen freudigen Satz, aber dann wurde sie traurig. Er sprach nicht von Liebe, bot ihr keine Ehe an. Keine Zukunft. Keine Kinder. Nur für eine Weile – bis er ihrer überdrüssig wurde.

Elena seufzte leise. „Als deine Hure, Ramsay?“

Er hörte den gekränkten Unterton in ihrer Stimme, obwohl sie sich Mühe gab, ihn zu verbergen. Sie war verletzt.

„Elena, ich habe dir schon einmal gesagt, dass ich nicht heiraten werde“, gab er leicht verärgert zurück. Wieso konnte sie nicht einfach das nehmen, was er ihr anbot. Warum konnte es nicht einfach so weitergehen wie jetzt?

„Aye, das hast du, und ich habe dich auch nie gebeten, mich zu heiraten.“ Verdammt noch mal! Sie hatte ihn um gar nichts gebeten. Sie gab alles, verlangte aber nichts dafür.

„Deine Antwort ist also nein.“

Sie nickte schwach, aber entschieden: „Ich kann nicht bei dir bleiben, Ramsay, nicht so. Auch wenn ich mir nichts auf der Welt mehr wünsche. Aber ich möchte Kinder, Ramsay. Eine eigene Familie und ein Heim. Soweit ich zurückdenken kann, war das immer mein sehnlichster Wunsch.“

Bei dem Gedanken, dass sie einem anderen Mann Kinder schenken wollte, zog sich Ramsays Magen schmerzhaft zusammen. Sie hatte ja Recht. Natürlich würde ihr Vater sie wieder verheiraten, ob sie nun wollte oder nicht. Sie war jung, hübsch und sehr reich. Die Männer würden bei ihr Schlange stehen.

Erst als er die nächsten Worte ausgesprochen hatte, wurde ihm bewusst, wie wahr sie waren.

„Du könntest bereits schwanger sein.“

Ramsay spürte, wie sie sich versteifte, doch er sah nicht ihr hoffnungsvolles Lächeln. Ein Kind? Ramsays Kind? Lieber Gott, lass es wahr sein! flehte sie im Stillen. Sie würde Ramsay verlieren, das wusste sie, doch wenn sie nun tatsächlich schwanger wäre, dann blieb ihr ein Teil von dem Mann, den sie so sehr liebte. Ein unbeschreibliches Glücksgefühl breitete sich in ihrem Herzen aus. Sein Kind, das ihr niemand mehr nehmen konnte. Sie stellte sich den kleinen Wicht vor. Bestimmt würde es ein Sohn werden – mit schwarzen Haaren wie sein Vater. Natürlich würde es einen riesigen Skandal geben, doch was war das schon im Vergleich zu ihrem Glück? Sie müsste keinen anderen Mann heiraten, den sie sowieso niemals lieben könnte. Ihre Stimme bebte voller Hoffnung, als sie fragte: „Glaubst du wirklich, dass ich dein Kind bekommen könnte?“

Ramsay missverstand das leichte Beben in ihrer Stimme völlig. „Du meinst wohl meinen Bastard. Aber ich bin sicher, du weißt, was man dagegen unternehmen kann.“

Elena sprang entsetzt auf. Plötzlich glaubte sie, seine Nähe keinen Augenblick länger ertragen zu können. Sie war so abgrundtief enttäuscht. Er wollte ihr gemeinsames Kind wegmachen!

Natürlich wusste sie, dass es Huren gab, die unerwünschte Schwangerschaften abbrechen konnten. Oh ja, sie wusste sehr wohl, was er damit meinte! Er wollte weder sie noch ihr Kind! Plötzlich schämte sie sich ihrer Nacktheit, und sie riss ihm den Plaid von den Schultern und verhüllte sich damit. Sie war leichenblass und ihre Stimme nicht mehr als ein heiseres Flüstern.

„Ich wünschte, ich hätte Euch niemals kennen gelernt, Mylord."

Das glaubte er ihr gerne. Und schlagartig fühlte er sich in eine längst vergangene Zeit zurückversetzt.

Kapitel 17

Ramsay befand sich in dem riesigen Gemach von Vanessa Canbuck, Lord Dancons Mündel. Über dem riesigen Bett hing ein schwerer, rosafarbener Baldachin. Unzählige Kissen lagen im ganzen Raum verstreut und an den Wänden befanden sich klobige Goldrahmen mit Vanessas Bild darin. Er war sehr oft in diesem Zimmer gewesen, doch nun war alles anders. Von einer Dienstmagd hatte er erfahren, dass Vanessa ein Kind von ihm erwartete. Er würde Vater werden. Ramsay kniete vor Vanessa nieder, die ihm schöner als je zuvor erschien. Ihr dichtes, schwarzes Haar war mit unzähligen, perlenbesetzten Nadeln hochgesteckt und das tiefe Blau ihres Kleides unterstrich die Farbe ihrer Augen. Er hätte sie stundenlang ansehen können.

Voll tiefster Zuneigung ergriff er ihre zierliche Hand. „Vanessa, möchtest du meine Frau werden? Ich verspreche dir, gut für dich und unser Kind zu sorgen.“ Mit zitternden Fingern schob er den Ring über ihren Finger, für den er eine Woche lang Tag und Nacht gearbeitet hatte.

Da warf sein geliebter Engel den Kopf zurück und lachte wie eine Hyäne. Heute noch, nach all den Jahren, konnte er dieses grässliche Lachen hören, das sein Herz in Stein verwandelt hatte.

„Bist du nicht bei Sinnen, du Narr? Dich Taugenichts soll ich heiraten? Das kann doch nicht dein Ernst sein!“

Ramsay war aufgestanden, die Hände an den Seiten zu Fäusten geballt.

„Natürlich meine ich es ernst! Du bekommst schließlich mein Kind!“

Ihr Lachen verebbte allmählich und Vanessa sah ihn an, als würde sie an seinem Verstand zweifeln.

„Du bildest dir doch nicht etwa ein, dass ich deinen Bastard zur Welt bringe, oder?“

Aus Ramsays Gesicht war alle Farbe gewichen: „Du willst es wegmachen? Du willst unser Kind töten, bevor es überhaupt lebt?"

Vanessa schüttelte langsam den Kopf. „Ich werde mir doch nicht meine Figur ruinieren." Ramsay war außer sich vor Wut und Enttäuschung. „Das erlaube ich nicht! Du wirst mich heiraten, ob es dir nun gefällt oder nicht. Ich lasse mir mein Kind nicht nehmen."

Wieder dieses Lachen.

„Du Dummkopf! Kein Geistlicher könnte uns vermählen, nicht einmal, wenn ich einwilligen würde!"

Als sie bemerkte, wie verwirrt er sie ansah, fügte sie vergnügt hinzu: „Ich bin bereits verheiratet. Seit mehr als vier Jahren."

Ramsay glaubte ihr kein Wort. „Du warst noch Jungfrau, als ich dich das erste Mal genommen habe. Also erzähl mir keine Lügen."

Vanessa genoss es sichtlich, ihn auch in diesem Punkt aufzuklären. „Ein kleiner Aufschrei, ein bisschen Hühnerblut auf die Laken verteilt, und jeder Mann ist glücklich. Ich weiß, dass jeder gern der Erste ist."

Ramsay schüttelte fassungslos den Kopf. Sein Verstand weigerte sich zu akzeptieren, was er gerade gehört hatte. Wie konnte ein Mädchen mit einem Gesicht wie ein Engel bloß eine solche Hexe sein? Er wollte einfach nicht glauben, dass sich hinter dieser schönen Hülle so viel Schlechtigkeit verbarg.

Erst beim zweiten Versuch fand er seine Stimme wieder und stammelte: „Alles Lügen? Aber warum?"

Vanessa hob eine zierliche Schulter. „Vielleicht aus Langeweile? Vielleicht aber auch, weil ich mitreden wollte, wenn die anderen über dich redeten."

„Was?", rief er atemlos.

Vanessa wollte ihm die Wange tätscheln, doch er wich angewidert zurück. Daraufhin schüttelte sie nur mitleidig den Kopf.

„Dummer, dummer Ramsay! Du hast gar nicht gemerkt, dass du nur unser Spielzeug warst, nicht wahr? Aber du musst uns auch verstehen, wir sind alle gelangweilte Ehefrauen, die ein kleines Abenteuer suchten." Sie warf den Kopf in den Nacken und lachte. „Geh in deine Schmiede zurück, Ramsay. Da gehörst du hin. Du warst eine nette Abwechslung, eine weitere Kerbe an unseren Bettpfosten, nicht mehr."

Aye, so waren diese Ladys, und Elena war keine Spur besser. Eine Welle tiefer Enttäuschung spülte über Ramsay hinweg.

Wulf und Leila schienen die plötzliche Spannung zwischen ihnen zu spüren. Leila beendete ihr Spiel und schmiegte sich eng an Wulf, als fürchte sie, der Zorn könnte sich über ihr entladen.

„Komm, mein Schatz."

Als Elena Leila hochheben wollte, stieg ein tiefes Knurren aus Wulfs Kehle. Elena lächelte traurig und flüsterte: „Wenigstens hast du einen Freund gefunden, kleine Lady."

Dann sagte sie zu Wulf: „Keine Angst, Wölfchen, ich tue Leila bestimmt nichts. Lass uns zu den Männern zurückkehren."

Als hätte er sie verstanden, stand Wulf auf, schüttelte sich und beäugte Ramsay wachsam. Der war bereits angezogen und trat gerade das Feuer aus. Als er Elena in den Sattel helfen wollte, drückte sie ihm Leila in die Hand und schwang sich aus eigener Kraft auf den Rücken ihrer Stute. Sie war sicher, dass sie bei der kleinsten Berührung von ihm in Tränen ausbrechen würde. Ramsay überreichte ihr schweigend den Welpen und sogleich lenkte sie ihre Stute durch das Dickicht des Waldes, hinaus aufs offene Feld.

Es schien unendlich viel Zeit zu vergehen, bis sie die Männer endlich einholten. Gavin bemerkte sofort den verbissenen Ausdruck auf Ramsays Gesicht.

„Ich übernehme", brummte Ramsay und lenkte Thunder an die Spitze des Trupps. Gavin ritt noch eine Weile hinter ihm her, entschloss sich jedoch bald, im hinteren Teil des Zugs nach dem Rechten zu sehen.

Er entdeckte Elena an ihrem alten Platz hinter dem Vorratswagen. Sie saß stolz und aufrecht auf ihrer Stute. Zu stolz und zu aufrecht. Gavin kannte sie inzwischen gut genug, um zu wissen, dass diese Haltung nichts mit Hochmut oder Eitelkeit zu tun hatte, sondern mit Seelenleid. Er lenkte sein Pferd neben das ihre.

„Darf ich mich zu Euch gesellen, Mylady?"

Elena versuchte ein Lächeln, doch es wollte ihr nicht recht gelingen. „Natürlich, Lord Gavin. Nur befürchte ich, momentan keine besonders gute Gesellschafterin zu sein."

Er hätte gerne nach dem Grund gefragt, doch er hielt es für klüger, sich zurückzuhalten. Sie ritten eine Weile schweigend weiter. Elena sah sich suchend nach Todd um. Noch immer schien er ihr aus dem Weg zu gehen, und auch bei den anderen Männern suchte er keinen Anschluss. Seltsam! Als sie geflohen und auf der Suche nach dem Höllendämon gewesen waren, hatte er sich nie abgesondert. Leila begann auf ihrem Schoß zu zappeln.

„Lord Gavin, könntet Ihr vielleicht Leila in den Vorratswagen bringen, sie scheint sich zu langweilen."

Gavin nahm ihr die kleine Last ab und ritt um den Wagen herum, um dem kleinen Jimmy, der neben Will auf dem Kutschbock saß, den Welpen zu übergeben. Danach kehrte er zu Elena zurück und sah gerade noch, wie sie sich verstohlen eine Träne von der Wange wischte.

Zur Hölle mit dir, Ramsay, was hast du diesem Mädchen angetan?

„Möchtet Ihr darüber reden?", wagte er sich behutsam vor.

Elena schüttelte langsam den Kopf und flüsterte: „Da gibt es nichts mehr zu reden."

„Ich weiß nicht, was heute geschehen ist, doch eines weiß ich ganz genau. Ramsay mag Euch, und es wird sich bestimmt alles wieder einrenken."

Eine einsame Träne schlich sich über Elenas Wange und sie lachte traurig auf.

„Oh ja, er mag mich. Er mag mich sogar so sehr, dass …" Sie verstummte. Doch dann wurde ihr bewusst, dass es kein Geheimnis war, dass sie mit Ramsay das Lager geteilt hatte. Seltsamerweise schämte sie sich nicht einmal.

„Lady Elena, ich hoffe, Ihr wisst, dass ich Euer Freund bin. Wenn es irgendwie in meiner Macht steht, würde ich Euch gerne helfen. Ramsay ist manchmal ein … ein grober Klotz, aber meist meint er es nicht so. Er mag Euch!"

„Oh ja, er mag mich so sehr, dass er von mir verlangt, unser Kind wegzumachen, falls ich schwanger bin. So sehr mag er mich!"

Gavin schnappte entsetzt nach Luft. „Das glaube ich keine Sekunde lang! Ihr habt ihn bestimmt falsch verstanden."

„Nein, seine Worte waren unmissverständlich."

Gavin verdammte seinen Freund im Stillen und nahm sich vor, ihn zur Rede zu stellen. Doch zuvor musste er sich noch in einer Sache Gewissheit verschaffen.

„Würdet Ihr es denn tun?"

Elena riss den Kopf herum und funkelte ihn ungläubig an: „Sind hier denn alle verrückt geworden? Niemals, und wenn es der Papst persönlich anordnen würde! Immerhin wäre es auch mein Kind, und wenn Ramsay es nicht will, dann ist es seine Sache."

Gavin nickte zufrieden und sie ritten schweigend nebeneinander her, bis die Abenddämmerung hereinbrach und Ramsay das Kommando zum Lagern gab. Als die Pferde versorgt und die Zelte aufgestellt waren, schritt Gavin entschlossen auf Ramsay zu. Er wusste, dass dieser sture Kerl nur auf eine einzige Art zu einem Gespräch gezwungen werden konnte.

„Zieh dein Schwert, du dummer Ochse!"

Ramsay sah Gavin erstaunt an, wich seinem Hieb aus und zischte: „Was soll der Unsinn?"

„Jemand muss dir mal eine Tracht Prügel verabreichen!" Erneut holte Gavin mit dem Schwert aus, und diesmal begegnete Ramsay ihm mit der Klinge.

„Verdammt noch mal, sag, was du zu sagen hast, und dann verschwinde!"

Eigentlich kam ihm ein Kampf gerade recht. Er musste seiner Enttäuschung Luft machen, fragte sich aber gleichzeitig, was seinen Freund so erzürnt hatte.

Die übrigen Männer kamen neugierig herbeigeeilt, denn niemand wollte sich nach einem so ereignislosen Tag einen spannenden Kampf entgehen lassen. Umso enttäuschter waren sie, als Ramsay und Gavin gleichzeitig brüllten: „Verschwindet, das geht Euch nichts an!" Nur langsam löste sich die Menge unter lautem Murren auf.

Als Gavin sicher war, außer Hörweite der anderen zu sein, setzte er zum Angriff an. Metall schlug auf Metall, wieder und wieder.

„Du bist wirklich der dümmste Esel auf dieser Welt!"

Sogleich wurden Ramsays Hiebe heftiger. „Sei vorsichtig mit dem, was du sagst."

Noch ein Schlag, dem Ramsay gewandt auswich, und Gavin zischte: „So vorsichtig wie du vielleicht?"

Auch diesmal wusste Ramsay mit Gavins seltsamer Andeutung wenig anzufangen und seine Geduld näherte sich bedrohlich dem Ende.

„Zur Hölle mit dir, Gavin, wovon sprichst du eigentlich?"

„Von Lady Elena, du Idiot! Man muss schon blind oder so dumm wie du sein, damit man nicht sieht, dass diese Frau dich liebt."

Die Brutalität von Ramsays nächstem Hieb warf Gavin zu Boden. Ramsay stieß sein Schwert fluchend in den Boden und zischte leise: „Der einzige Idiot hier bist du, mein Freund. Diese Lady ist genauso wie alle anderen von ihrem Stand. Auch sie hat nur ein kleines Abenteuer gesucht. Das Weib ist wie Vanessa Canbuck."

Gavin schüttelte über so viel Starrsinn den Kopf. „Nein, du willst sie nur zu einer zweiten Vanessa machen."

„Das ist nicht wahr!", erwiderte Ramsay hitzig und trat einen Schritt zurück, um Gavin aufstehen zu lassen, bevor er erneut mit seinem Schwert ausholte.

„Weshalb verlangst du dann, dass sie im Fall der Fälle eine Schwangerschaft abbricht?" wollte Gavin nun wissen, und seine Stimme triefte vor Verachtung.

Ramsay hielt mitten in der Bewegung inne und schüttelte verwirrt den Kopf: „Was?"

Zufrieden stellte Gavin fest, dass er es immer wieder fertig brachte, diesen engstirnigen Riesen zum Nachdenken zu bringen.

„Du hast verlangt, dass sie …"

„Den Teufel habe ich! Ich bin ihr nur zuvorgekommen!"

„Um es mit Lady Elenas Worten zu sagen: Sie würde eine Schwangerschaft nicht abbrechen, selbst wenn der Papst persönlich es anordnen würde."

Unglauben, Zweifel und Schmerz spiegelten sich auf Ramsays Gesicht. Sie würde sein Kind wollen? Das konnte er nicht glauben. Er versuchte, sich an ihr Gespräch zu erinnern. Was hatte sie eigentlich gesagt? Plötzlich fiel es ihm wie Schuppen von den Augen.

Eigentlich hatte Elena gar nichts gesagt. Er wandte Gavin den Rücken zu, stützte sich schwer auf den Schwertknauf und ließ seinen Blick über die kahle Ebene gleiten, die sich vor ihm auftat. War es denn möglich, dass Elena sich so sehr von anderen Ladys unterschied? Durfte er wirklich daran glauben, dass sie sein Kind haben wollte, obwohl er ihr mehrmals erklärt hatte, dass er niemals heiraten würde? Es würde einen riesigen Skandal geben. Ihr Vater wollte bestimmt nicht mit einem Bastard unter demselben Dach leben. Elena müsste in ein Kloster gehen. Dies alles würde sie auf sich nehmen?

Plötzlich wusste Ramsay, dass es genauso war, und tiefe Liebe sprengte die kalten Mauern um sein Herz. Wie hatte er nur daran zweifeln können? Er musste zu ihr, musste den Schaden wieder gutmachen.

Nach kurzer Suche fand er Elena im Zelt – bei der Arbeit, wie gewöhnlich. Sie kniete vor dem Bett, ordnete die Felle und sah seltsam verloren und einsam aus. Die letzten Sonnenstrahlen drangen durch die Luke und tauchten das Innere in ein sanftes Rot. Ramsay hörte einen Schwarm Vögel auf der Suche nach einem sicheren Platz für die Nacht vorbeiziehen.

Er blieb zwei Schritte hinter Elena stehen, und wieder wunderte er sich, weshalb sie so viel von der Arbeit gewöhnlicher Leute verstand. Er betrachtete ihren schmalen Rücken, die schlanke Taille. Sie hatte ihn bemerkt, das konnte er an ihrer steifen Haltung deutlich erkennen, und er suchte nach Worten. Bei allen Heiligen, er hatte sich schon so viele Jahre lang nicht mehr bei jemandem entschuldigt. Er wusste nicht, was er tun oder sagen sollte, also blieb er einfach stehen und spielte mit dem Grashalm in seinen Fingern. Er hasste seine eigene Unsicherheit. Am liebsten hätte er sich umgewandt und wäre wieder gegangen, doch das konnte er nicht. Er war ihr eine Entschuldigung schuldig, und je eher er diese Sache hinter sich brachte, desto besser.

„Was wollt Ihr denn noch, Lord McFist?“ Die Frage klang nicht gereizt, wie Ramsay eigentlich erwartete hatte, eher müde und niedergeschlagen, und das verunsicherte ihn noch mehr. Er wollte ihr so vieles sagen, wollte ihr erklären, wie schrecklich leid es ihm tat, doch seine Lippen formten nur stumme Laute. Elena stand auf und wandte sich ihm zu. Sie wusste nicht, was sie erwartet hatte, doch sein zerknirschter Gesichtsausdruck überraschte sie sehr. Sie sah, wie er mit sich selbst kämpfte, und die andere Frau, von der Gavin ihr erzählt hatte, kam ihr wieder in den Sinn. Vanessa. Sie war es gewesen, die Ramsays Kind nicht gewollt hatte. Sie hatte die Schwangerschaft abgebrochen und ihm damit so unsägliches Leid zugefügt. Nun glaubte Ramsay, sie würde es ihr gleichtun. Aber sie war nicht Vanessa. Sie war Elena – die Frau, die diesen Riesen aus tiefstem Herzen liebte. Sie war so verletzt gewesen, dass sie gar nicht mehr daran gedacht hatte. Wie dumm sie doch gewesen war! Sie hatte doch selbst gesehen, wie sehr er sich um Jimmy gesorgt hatte, als der Junge krank gewesen war. Er mochte Kinder.

„Elena", Ramsay brach ab und versuchte es von neuem: „Verdammt, ich weiß nicht, wie man sich entschuldigt."

Er klang so hilflos und Elena ahnte, wie viel Kraft es ihn kostete, seinen Stolz hinunterzuschlucken und diese Schwäche einzugestehen. Ohne weiter nachzudenken, flog sie ihm in die Arme und verbarg die Tränen der Liebe an seiner Brust. Ramsay presste sie so fest an sich, dass sie kaum noch Luft bekam.

„Es tut mir so leid, Elena", flüsterte er in ihr Haar. „Ich dachte, du würdest …"

Elena legte einen zierlichen Finger an seine Lippen und gebot ihm zu schweigen.

„Du brauchst mir nichts zu erklären, Ramsay." Sie sah ihm fest in die Augen. „Und es lohnt sich auch nicht, über etwas zu streiten, das vielleicht niemals eintrifft. Aber wenn es wirklich so wäre … wenn ich tatsächlich dein Kind unter meinem Herzen trage, dann werde ich es vom ersten Tag an lieben."

Ramsay schaute sie einen Augenblick lang ungläubig an, dann bedeckte er ihren Mund mit unzähligen kleinen Küssen. Jeder für sich war ein kleines Dankeschön. Er vergrub sein Gesicht in ihrem Haar.

„Oh Elena … Ich …" Er wollte ihr seine Liebe gestehen. Wollte ihr all die tiefen Gefühle offenbaren, die sein Herz bestürmten. Doch es wollte ihm einfach nicht gelingen. Diese Empfindungen waren noch zu neu für ihn, als dass er sie hätte in Worte fassen können. Zu neu und so kostbar.

„Oh Ramsay, lass uns doch einfach die Zeit genießen, die uns noch bleibt. Ich könnte es mir niemals verzeihen, wenn wir sie mit Streitereien vergeuden würden."

Er betrachtete sie mit wachsender Verwirrung und seine Kehle war plötzlich wie zugeschnürt. Sie sprach von Abschied!

Elena sah ihn aus diesen wunderschönen smaragdgrünen Augen an. Augen, in denen all die Liebe und Wärme standen, die sie für ihn empfand. Wärme, die er niemals bei einer Frau zu erhoffen gewagt hatte – und sie sprach von Abschied!

„Elena", begann Ramsay, doch sie schüttelte mit einem sanften Lächeln auf den Lippen den Kopf.

„Ich könnte mich niemals an einen Mann binden, der den Kampf mehr liebt als mich."

Den Kampf lieben? Nein, das war das falsche Wort. Er brauchte den Kampf, weil er darin wirklich gut war. Weil er sein ganzes Leben lang immer für alles hatte kämpfen müssen und weil er im Kampf für einige Zeit vergessen konnte, wie trostlos sein Leben war. Beim bloßen Gedanken an die Nächte ohne Elena presste er sie noch enger an sich. Er wollte sie nicht gehen lassen, und doch fehlte ihm der Mut, sie an sich zu binden. Vanessa, diese verdammte Hexe, hatte zu viel in ihm zerstört. Er fühlte, dass Elena anders war, und doch nagten Zweifel an ihm wie hungrige Hunde an einem Knochen. Eine plötzliche, tiefe Sehnsucht erfüllte ihn, ein Gefühl, das mit Leidenschaft oder Lust nichts zu tun hatte.

Elena schmiegte sich in seine Arme, als sei dies der einzige Ort, an den sie wirklich gehörte. Sie hätte ihm so gerne gesagt, wie sehr sie ihn liebte. Doch sie fürchtete sich davor, wieder zurückgestoßen zu werden. Das könnte sie nicht ertragen. Sie klammerte sich an ihn. Ich liebe dich, du hübscher Riese. Liebe dich bis in den kleinsten Winkel meines Herzens, gestand sie ihm, ohne dass ein Laut über ihre Lippen kam.

„Und was ist mit deiner Figur?"

Elena brauchte einen Moment, um den Sinn seiner geflüsterten Frage zu verstehen. Vanessa! Ihr Herz wurde schwer. Würde er ihr jemals vertrauen? Am liebsten hätte sie ihn angeschrieen, ihm gesagt, dass sie nicht wie Vanessa war. Doch damit hätte sie Gavin in Schwierigkeiten gebracht. Sie trat einen kleinen Schritt zurück und blickte ihm fest in die Augen. Sie sah ihm an, wie er mit Hoffnung und Zweifeln kämpfte. Zärtlich legte sie ihm eine Hand an seine Wange. Instinktiv wusste sie, wie wichtig ihre Antwort auf diese Frage war. „Stimmt, ich bräuchte vermutlich neue Kleider."

Ramsay sah ungläubig auf die zierliche Frau hinunter und das Erstaunen in seiner Stimme brachte Elena zum Lächeln.

„Es würde dir nichts ausmachen, wenn deine Figur ruiniert wäre?"

Elena schüttelte langsam den Kopf und strich ihm sanft eine schwarze Locke aus der Stirn. „Oh Ramsay, wie wenig wir doch voneinander wissen."

Ihr Lächeln vertiefte sich und der Schalk lachte aus ihren Augen: „Ich wollte schon immer wissen, wie es ist, wenn man wie eine Ente watschelt."

Ramsay riss sie in seine Arme und küsste sie mit sanfter Leidenschaft.

„Aber dein Vater."

„Schluss jetzt!", unterbrach sie ihn sanft, aber bestimmt. „Niemand würde erfahren, von wem das Kind ist." Bei diesen Worten empfand Elena einen Schmerz, der so abgrundtief und stark war, dass sie am liebsten aufgeschrieen hätte. Dennoch klang ihre Stimme fest. Nicht das kleinste Beben gab Aufschluss über ihre innere Pein. „Es würde Gerüchte geben, gewiss, doch es gibt viele Männer in diesem Lager."

Elena hoffte inständig, dass Ramsay nun beruhigt war. Er würde sie nicht heiraten müssen. Als er keine Anstalten machte, ihr irgendeine Antwort zu geben, hauchte sie ihm einen kleinen Kuss aufs Kinn, griff nach einem leeren Eimer und ging an den Bach hinunter, um frisches Wasser zu holen.

Ramsay verharrte reglos in der Mitte des Zeltes. Er hatte das Gefühl, als hätte er soeben einen kräftigen Tritt in die Magengrube bekommen. Niemand würde erfahren, wer der Vater ist. Die Worte hallten in seinem Kopf. Wie betäubt ging er zum Tisch und sank auf einen der Stühle. Sie würde ihn verleugnen. Ein tiefes Gefühl von Einsamkeit und Trostlosigkeit ergriff ihn. Seine Hand umklammerte die Tischkante so stark, dass seine Knöchel weiß hervortraten. Weshalb kränkte es ihn so sehr, dass sie ihn verleugnen würde? Sie war doch mehr als großzügig. Sie wollte sein Kind und ließ ihm dennoch seine Freiheit. Sie würde alle Schande auf sich nehmen, ein Leben hinter Klostermauern führen. Also warum, zum Teufel, wollte er sich damit nicht zufrieden geben? Niemand würde erfahren, wer der Vater ist. Ihre Worte waren wie ein giftiger Stachel in seinem Fleisch. Vielleicht, weil er dabei sein wollte, wenn ein Kind von ihm heranwuchs? Weil er sehen wollte, wie Elenas Bauch sich wölbte? Oder weil er wollte, dass jeder wusste, dass Elena zu ihm gehörte? Tausend Gedanken schossen ihm durch den Kopf, bis plötzlich einer hängen blieb und alle anderen verdrängte. Aus Liebe! Weil er Elena liebte! Weil er sich nicht vorstellen konnte, auch nur einen einzigen Tag ohne sie zu verbringen. Er wollte jeden Morgen neben ihr aufwachen und mit ihr alt werden. Zusehen, wie ihrer beider Kinder aufwuchsen, und sie vor allem Kummer und Leid bewahren. Ja, er liebte diese Frau, und der Teufel sollte ihn holen, wenn er sie jemals wieder gehen ließ. Schließlich war er kein armer Mann. Er hatte genügend Geld gespart, um ihr ein schönes Heim auf Blackstown bieten und für sie sorgen zu können. Ramsays Herz schien plötzlich viel zu groß für seine Brust. Wärme und ein unbeschreibliches Gefühl von Glück und Zufriedenheit breitete sich in seinem Körper aus. Aye, Elena würde seine Frau werden – gleich nach dem Angriff würde er sie zu der Seinen machen!

Elena war zu verwirrt, um zu wissen, was sie fühlte. War es Trauer oder Freude? Liebe oder Einsamkeit? Nachdenklich schöpfte sie frisches Wasser in den Eimer. Von den Lagerfeuern drang Gelächter herüber und Elena lächelte wehmütig. Bald war das alles vorbei. Nichts als eine schöne Erinnerung, von der sie in den unzähligen, einsamen Nächten zehren konnte. Wie sollte sie jemals wieder ihr tristes Leben aufnehmen können? Jetzt, da sie erfahren hatte, dass das Dasein so viel mehr zu bieten hatte? Es bestand nicht nur aus Angst und Arbeit, wie sie es bisher erfahren hatte. Auch

Liebe und Freude waren ein Teil davon. Leider durfte sie es nur wenige Tage genießen. Eine Welle des Selbstmitleids schlug über ihr zusammen. Es war einfach nicht gerecht. Sie hatte so viele Jahre gebraucht, um dies alles zu finden, und nun würde sie es so bald wieder verlieren. Tränen traten ihr in die Augen, brannten unter ihren Lidern und schlichen sich über ihre Wangen. Bald war alles vorbei und sie musste wieder in die Einsamkeit zurückkehren. Automatisch glitt ihre Hand an den Bauch und sie hob ihr Gesicht zum Himmel.

„Bitte, lieber Gott, lass mich sein Kind bekommen, damit ich meine Zukunft besser ertragen kann."

Als sie sich umdrehte, erkannte sie Todd, der auf sie zukam. Verstohlen wischte sie sich die Tränen ab und holte tief Luft. Sie wollte nicht, dass jemand sah, dass sie weinte. Sie nahm den vollen Eimer und ging Todd mit einem tapferen Lächeln auf den Lippen entgegen.

„Hallo, Todd."

Er deutete eine leichte Verbeugung an und griff nach dem Eimer. „Mylady, lasst mich Euch helfen."

Elena nickte dankbar und freute sich, dass er ihr nicht auswich. Vielleicht warst du zu empfindlich und hast es dir eingebildet, schalt sie sich insgeheim. Todd bemerkte den feuchten Schimmer in ihren Augen, und wieder fühlte er sich wie ein Schwein. Doch Selbstvorwürfe nutzten nichts. Er hatte einen Auftrag und Lord Grenwick wurde allmählich ungeduldig. Verdammt noch mal, er brauchte endlich Informationen, bevor ein Unglück geschah. Die Zeit wurde knapp.

„Ihr seht bedrückt aus, Mylady. Fühlt Ihr Euch nicht wohl?"

Elena schenkte ihm ein schwaches Lächeln, doch es erreichte ihre Augen nicht. „Mit mir ist alles in Ordnung, Todd. Ich … Ich mache mir nur Sorgen."

Todd nickte verständnisvoll. Er machte sich auch Sorgen, wenn auch aus einem andern Grund.

„Ich verstehe, dass Ihr Euch vor dem bevorstehenden Kampf fürchtet, Mylady."

Aye, ich fürchte mich vor dem Kampf, davor, Ramsay zu verlieren, und weil ich fast sicher bin, dass sich weder mein Vater noch die kalte, trostlose Burg verändert hat, fügte sie im Stillen hinzu.

„Hat der Höllendämon schon Pläne, wie er vorgehen wird?“, riss Todd sie aus ihren trüben Gedanken.

Elena bemerkte die leise Hoffnung in seiner Stimme, doch sie musste ihn enttäuschen. Sie hob die Schultern. „Wenn er sie hat, dann hat er sie mir nicht mitgeteilt.“ Elena sah, wie ihr Gegenüber gequält die Augen schloss. Tröstend legte sie ihm eine Hand auf den Arm. „Keine Angst, Lord McFist wird es bestimmt schaffen.“

Erschrocken riss Todd die Augen auf. „Lord McFist? Was hat der denn damit zu tun?“

Elena lächelte über seine Unwissenheit: „Wir haben ihn eingestellt. Der Höllendämon ist der Sohn des großen Earl.“

Sie sah, wie Todds Gesicht sich vor Wut rötete.

„Weshalb habt Ihr mir das nicht schon früher gesagt?“ Er kannte den Anführer nur unter dem Namen Höllendämon. Die Tatsache, dass dieser Riese der Sohn des Earl war, gefiel ihm ganz und gar nicht. Er hatte das riesige Heer des Earl einmal von weitem gesehen und es schauderte ihn heute noch davor. Er musste unbedingt Lord Grenwick informieren. Erst jetzt fiel ihm Elenas verstörtes Gesicht auf.

„Ich wusste nicht, dass das so wichtig ist.“

Todd wusste, dass er die Lady scharf angefahren hatte, und das konnte er sich im Augenblick nicht leisten. Sie musste ihm vertrauen.

„Verzeiht mir meinen schroffen Ton, Mylady. Es ist nur … wenn ich gewusst hätte, dass der Riese der Sohn des Earl ist, dann hätte ich mir nicht solche Sorgen um meine Familie gemacht.“ Erleichtert sah er, wie sich die steilen Falten auf ihrer Stirn glätteten. „Weiß denn der Earl etwas von dieser Sache?“

Elena schüttelte den Kopf: „Soweit ich weiß, reden die beiden nicht mehr miteinander.“ Todd musste sich sehr beherrschen, um sich seine Erleichterung nicht anmerken zu lassen. Vielleicht war ja doch noch nicht alles verloren.

„Wenn ich Euch oder dem Lord irgendwie helfen kann, dann lasst mich bitte rufen.“

„Wir werden sehen“, brummte eine tiefe Stimme hinter Elena. Todd wich einen kleinen Schritt zurück. Ramsay trat mit finsterem Gesicht neben Elena und legte besitzergreifend den Arm um ihre Mitte. Sie schmiegte sich wie selbstverständlich an ihn und schaute lächelnd zu ihm auf.

Todd verabschiedete sich sofort. Er konnte den liebevollen Blick in Lady Elenas Augen nicht länger ertragen. Sie liebte diesen Mann, das war nicht zu übersehen.

Elena schaute Todd nach. Die heftige Reaktion auf Ramsays Herkunft war ihr seltsam erschienen.

„Was wollte er von dir?“

Elena schaute in das finstere Gesicht ihres Liebsten und freute sich über die leise Eifersucht, die in seiner Stimme schwang. Sie stellte sich lächelnd auf die Zehenspitzen und hauchte ihm einen kleinen Kuss aufs Kinn. „Er wollte mir mit dem Wassereimer helfen. Doch du hast ihn mit deinem finsteren Gesicht in die Flucht geschlagen.“

Diese Erklärung reichte Ramsay nicht. Sie war viel zu lange weggeblieben und er hatte aus der Ferne gesehen, wie sie diesen Todd am Arm berührt hatte.

„Was wollte er“, fragte er erneut, diesmal jedoch ganz leise.

„Er macht sich Sorgen. Schließlich lebt seine Familie auch in Faithlie.“ Sie spürte, dass er sich ein wenig entspannte. Der schwache Schein der Lagerfeuer zauberte Schatten auf sein Gesicht. Seine grauen Augen schienen zu leuchten und er sah sie durchdringend an, als wolle er den Wahrheitsgehalt ihrer Worte prüfen.

Vollkommen unerwartet riss er sie in seine Arme und bedeckte ihre Lippen mit einem leidenschaftlichen Kuss.

„Du gehörst mir!“

Elena erwiderte seinen Kuss voller Inbrunst. Wenn ihr schon so wenig Zeit mit ihm blieb, wollte sie wenigstens jeden Augenblick auskosten. Für falsche Scham war kein Platz. Ramsay hob sie hoch und sie schmiegte sich so dicht an seinen Körper, als wollte sie mit ihm verschmelzen. Ihre Arme schlangen sich wie von selbst um seinen Nacken, und als sie den harten Beweis seiner Begierde spürte, drang ein heiserer Laut aus ihrer Kehle.

Das Lachen der Männer holte Elena zurück in die Wirklichkeit. Sie löste ihren Mund von seinen Lippen. „Lass mich runter, Ramsay", hauchte sie atemlos. „Deine Männer! Was werden sie sonst denken?"

Ramsay knabberte verführerisch an ihrem Ohrläppchen und flüsterte: „Die Wahrheit, dass wir jetzt ins Zelt gehen und uns die ganze Nacht hemmungsloser Leidenschaft hingeben werden."

Elena schlug ihm spielerisch auf die Schultern: „Du Schuft, lass mich endlich runter."

Nur widerwillig stellte er Elena auf die Füße. Ihre Wangen waren gerötet vor Verlegenheit und Ramsays Brust wurde eng vor Glück. Bei allen Heiligen, wie sehr er diese Frau doch liebte! Bald würde er sie heiraten und vor Gott und der ganzen Welt zu der Seinen machen.

„Du hast doch bestimmt Hunger", versuchte Elena ihre Verlegenheit zu überspielen.

Ramsay zog sie in seine Arme und murmelte an ihrem Hals: „Bärenhunger!"

Elena stemmte die Hände in die Seiten und tadelte den gut aussehenden Riesen liebevoll: „Lord McFist, Ihr seid ein unverbesserlicher Lüstling!"

Bevor sie wusste, wie ihr geschah, hob er sie hoch und wirbelte sie lachend im Kreis herum. „Unersättlich würde wohl eher zutreffen. Nun aber marsch ins Zelt, bevor ich mich nicht mehr beherrschen kann." Er gab Elena einen liebevollen Klaps aufs Hinterteil und folgte ihr in einigem Abstand. Bei Gott, selbst der sanfte Schwung ihrer Hüften setzte ihm zu. Gewaltsam riss er den Blick von ihr los, nur um in Gavins selbstzufrieden grinsendes Gesicht zu sehen. Ramsays Lippen verzogen sich zu einem dankbaren Lächeln. Sein Freund würde sicher gern Trauzeuge sein. Ramsay deutete eine spöttische Verbeugung an und stolperte beinahe über Leila. Die Hündin stürmte auf Elena zu und begrüßte sie mit überschwänglichem Gekläffe.

Elena spielte eine Weile mit ihr und verschwand im Zelt. Im nächsten Augenblick stand Ramsay hinter ihr und riss sie in seine Arme.

„Das hast du absichtlich gemacht!"

Elena sah unschuldig zu ihm auf. „Was denn?"

Seine warmen Lippen glitten über die empfindsame Haut an ihrem Hals.

„Mich warten lassen! Du hast absichtlich so lange mit dem Hund gespielt!"

Ihr leises, sinnliches Lachen sandte eine Hitzewelle durch seinen Körper.

„Es war doch höchstens eine Minute."

„Zu lange", murmelte Ramsay, bevor er ihre Lippen mit einem leidenschaftlichen Kuss versiegelte.

Elena schmiegte sich in seine starken Arme und seufzte. Ihre Finger gruben sich in sein langes, dichtes Haar und sie erwiderte den Kuss voller Sehnsucht. Ramsays Zunge plünderte ihren Mund, während seine geschickten Finger ihr Kleid öffneten. Voller Ungeduld schob er ihr den Stoff von den Schultern und es fiel zu Boden.

„Du bist wunderschön, Liebling", flüsterte er andächtig, bevor sich sein Mund um eine feste Brustknospe schloss. Heiße Wellen durchfluteten Elenas Körper, sie warf den Kopf in den Nacken und reckte ihm die kleinen, prallen Brüste entgegen. Ihr ganzer Körper schmerzte vor Lust. Sie wollte ihn! Jetzt! Sie konnte keinen Augenblick länger warten. Ungeduldig zerrte sie ihm das Hemd über den Kopf.

„Bitte, Ramsay … ich." Als er die unverhohlene Begierde in ihren Augen sah, war es um seine Beherrschung geschehen. Er riss sich die restlichen Kleider vom Leibe und hob Elena hoch. „Schling deine Beine um mich!", forderte er mit rauer Stimme. Elena folgte gehorsam seinem Befehl. Ihre Lippen trafen sich erneut und Ramsay dämpfte ihren erstaunten Aufschrei, als er sie auf seinem harten Glied hinuntergleiten ließ.

„So? Ich wusste gar nicht …"

Ramsay lächelte über ihre unschuldige Faszination. Seine Hände umklammerten ihr Gesäß, als er sie langsam wieder anhob und erneut auf seinen Schaft hinuntergleiten ließ.

Elena schrie leise auf. Sie schmiegte sich an seine harte Brust, biss ihm sanft in den Hals. Es … Es dauerte zu lange.

„Mehr … Bitte!“

Und er gab ihr mehr. Er drang mit harten Stößen in sie ein, tiefer und immer tiefer.

Sie klammerte sich an ihn, begegnete ihm mit eigenen Bewegungen, wild und hemmungslos. Bald schien die Welt um sie herum zu explodieren. Tausende glitzernder Sterne funkelten vor Elenas Augen. Ramsay konnte seinen Blick nicht von ihr abwenden. Niemals hatte eine Frau mit so echter und ungezügelter Leidenschaft auf ihn reagiert. Ihre Lippen waren sinnlich schwer und leicht geöffnet. Leise, wimmernde Laute stiegen aus ihrer Kehle und sie warf den Kopf hin und her. Schweiß trat ihm auf die Stirn, als er versuchte, den Akt zu verlängern. Er spürte, wie sie ihn bei jedem Stoß in sich festhalten wollte, spürte, wie sie innerlich erbebte. Die Zuckungen übertrugen sich auf ihn, und mit einem gemeinsamen Aufschrei erreichten sie die Erlösung.

Noch immer mit Elena verbunden ging Ramsay hinüber zum Bett und legte sich mit ihr hin. Er gab sich schweigend dem herrlichen Gefühl vollkommener Befriedigung hin. Plötzlich spürte er die Feuchtigkeit an seinem Hals. Verwirrt legte er ihr einen Finger unter das Kinn und hob ihr Gesicht an.

„Du weinst?“

Er schimpfte sich selbst einen groben Wüstling. Wie hatte er nur vergessen können, dass er zu groß für sie war? Tief besorgt zog er sich aus ihr zurück und drehte sie auf den Rücken. Unaufhörlich rannen die Tränen über Elenas Wangen. Ramsay breitete die Felle über sie beide und strich ihr liebevoll eine schweißnasse Strähne aus der Stirn.

„Es … Es tut mir leid, Liebes. Ich wollte dir nicht wehtun.“

„Das hast du nicht.“ Sie lächelte und weinte gleichzeitig.

Ramsay schaute verwirrt auf sie hinunter: „Aber warum weinst du dann?“

Weil ich dich so sehr liebe und es dir nicht sagen darf. Weil ich dich so sehr vermissen werde und so schreckliche Angst vor der Zukunft habe, schrie sie innerlich. Sie berührte zärtlich seine Wange und flüsterte: „Es ist nur … du machst mich so schrecklich glücklich, Ramsay.“ Die wilde Freude und sein Beschützerinstinkt waren fast ebenso stark wie die Schwellung seiner erneut aufkeimenden Lust. Zärtlich küsste er die Tränen von ihren Augen und zog sie in seine Arme. Wie gerne hätte er sie jetzt gefragt, ob sie seine Frau werden wollte, doch er musste warten. Vielleicht überlebte er den kommenden Kampf nicht, und er wollte sie nicht schon wieder zur Witwe machen. Elenas Kopf lag auf seiner Brust und ihre Finger spielten mit seinen Brusthaaren. Eine lange, verblasste Narbe zog sich über die unterste Rippe und Elenas Lippen zeichneten sie nach. Wieder einmal wurde ihr bewusst, wie wenig sie doch von diesem Mann wusste. Sie hauchte zarte Küsse auf die Narbe, als könnte sie sie dadurch ungeschehen machen.

„Woher hast du die?"

Ramsay zuckte gleichmütig die Schultern. „Von einem Hinterhalt bei Linlithgow. Die Engländer wollten den König töten, um Schottland zu einem führerlosen und leicht zu erobernden Land zu machen."

Elenas Augen weiteten sich vor Erstaunen: „War es dort, als du unserem König das Leben gerettet hast?"

Ramsay lächelte liebevoll. „Das klingt ja, als ob du mich für einen Helden hältst."

„Das bist du auch."

Ramsay schüttelte langsam den Kopf. „Ich habe nur getan, was jeder Mann getan hätte." Elena hob skeptisch eine Augenbraue. „Ich habe davon gehört. Ich glaube nicht, dass ein anderer Mann durch die feindlichen Linien gebrochen und sich an unzähligen Männern vorbeigekämpft hätte, um den verletzten König zu retten. Man hatte ihn doch bereits für tot gehalten."

Sie bemerkte überrascht, dass Ramsay verlegen errötete. War das zu glauben! Der gefürchtete Höllendämon, der weder Angst noch Schrecken kannte, errötete bei einem schlichten Kompliment wie ein kleiner Junge.

„Lassen wir das. Ich hatte eben Glück", brummte er und wollte nach ihr greifen, um sie in seine Arme zu ziehen, doch Elena schüttelte mit einem sinnlichen Lächeln den Kopf. „Diesmal bestimme ich die Regeln!" Sie kam sich herrlich verrucht vor, als sie sich zwischen seine Schenkel kniete und ihre Finger durch sein Brusthaar gleiten ließ. Erneut wollte er nach ihr greifen, doch Elena schob seine Hände sanft zurück:

„Ich möchte dich kennen lernen, Ramsay."

Ihre Hände glitten über seine breiten Schultern, die unzähligen Narben, die seinen Körper säumten.

„So viele Schmerzen", flüsterte sie traurig und bedeckte jede Narbe mit einem sanften Kuss. Ramsay schloss die Augen und versuchten den dicken Kloß in seinem Hals hinunterzuschlucken. Bisher hatten die Leute nur den Krieger in ihm gesehen. Den Helden. Doch dieses Mädchen gab ihm das Gefühl, ein Mensch zu sein. Ein Mensch, der fühlte. Sowohl Mut als auch Schmerz – und zum ersten Mal seit vielen Jahren sah er seiner Zukunft mit Freuden entgegen.

Ihre zärtlichen, beinahe ehrfürchtigen Berührungen brannten sich in sein Fleisch. Erst als sie seine Lippen mit den ihren streifte, öffnete er wieder die Augen.

„Elena."

Sie legte einen Finger auf seine Lippen und flüsterte: „Nicht sprechen … fühlen."

Sie bedeckte sein Gesicht mit sanften Küssen. Ihre Hände erkundeten seine breite, harte Brust und die Muskelstränge seiner Arme. Sie biss sachte in sein Ohrläppchen und hörte, wie ein rauer Laut seinen Lippen entwich. Mit jedem Kuss, jeder Berührung gestand sie ihm ihre Liebe. Sie wurde kühner. Ihre Hände glitten über seinen harten Bauch. Sie spürte, wie Ramsays Körper sich versteifte, und nahm den harten Beweis seiner Lust in die Hände. „Mädchen, das solltest du nicht tun", keuchte er, doch in seinen Augen konnte sie erkennen, wie sehr es ihm gefiel. Vorsichtig, scheu und zugleich fasziniert streichelte sie über die samtene Spitze seines Speers. Dieser schwoll sogleich zu seiner ganzen, stolzen Pracht an. Eine heiße, feuchte Woge schoss in Elenas Scham und ihr Griff wurde kühner. Sie streichelte ihn, drückte ihn und Ramsays Moschusduft betörte ihre Sinne. Immer wieder griff er nach ihr, wollte sie zu sich herunterziehen, doch sie ließ es nicht zu. Ramsay kämpfte um seine Beherrschung, ballte die Hände zu Fäusten.

„Willst du mich umbringen?"

Elena biss sich unsicher auf die Unterlippe, doch ein sinnliches Lächeln spielte um ihre Mundwinkel. „Sag mir, wie ich dir Lust bereiten kann."

Ramsay sah sie ungläubig an und sie errötete über ihre unverfrorenen Worte.

„Oh Gott, Liebes, das tust du bereits."

Elena beugte sich über ihn, biss und sog sanft an seinen Brustwarzen, wie er es bei ihr so oft getan hatte. Ramsay stöhnte auf: „Setz dich auf mich, du Teufelsweib!"

Ganz langsam ließ sie sich auf seinen Schaft nieder, sog ihn immer tiefer in ihren Leib hinein. Ramsay stöhnte auf, er packte ihre Schenkel, massierte und drückte ihr Gesäß. Mit harter, wilder Leidenschaft stieß er in sie hinein und Elena hätte bei jedem Stoß schreien mögen vor Lust. Er setzte sich auf, umfasste ihre Brüste und sie warf den Kopf zurück, als er eine von ihnen in die heiße Höhle seines Mundes sog. Wie von selbst kreisten ihre Hüften in dem uralten Rhythmus der Leidenschaft. Sie grub ihre Finger in sein Haar, zog ihn noch dichter an sich. In wilder Gier steigerte sich ihr Verlangen. Nichts um sie herum schien mehr Wirklichkeit zu sein. Es gab nur sie beide, in einer Welt, die sie sich selbst erschaffen hatten. Wieder und wieder hob er sie hoch, um sie erneut auf seinen pochenden Schaft niederzulassen. Der Sturm schwoll an, bis Elena glaubte, es keinen Moment länger aushalten zu können. Sie rieb sich an ihm in dem verzweifelten Versuch, sich Erleichterung zu verschaffen. Jeder Stoß trieb sie höher und höher, sie hörte wie aus weiter Ferne, dass sie seinen Namen rief. Mit jeder Bewegung kam sie dem Paradies näher. Die Erlösung war zum Greifen nahe, doch plötzlich hielt er ihre Hüften fest und verharrte vollkommen reglos. Elena wollte sich befreien, doch Ramsay rollte sich auf sie und zog sich aus ihr zurück. Elena hätte weinen können. Sie griff nach seinem festen Hintern, wollte seine Härte wieder in sich spüren. Doch er weigerte sich. Als sich der Nebel der Leidenschaft allmählich legte, sah Elena, wie Ramsay über ihr kniete. Er schaute auf sie hinunter, sein Körper war schweißbedeckt, und um seine Lippen spielte ein sinnliches, beinahe teuflisches Lächeln. „Noch nicht, Liebes."

Am liebsten hätte sie ihn angeschrieen und geschlagen. Ihr Körper brannte wie flüssiges Feuer, verlangte nach Erleichterung. Er ließ ihren Protest mit einem glühenden Kuss verstummen. Seine erfahrenen Hände versetzten sie in einen Rauschzustand. Immer wieder führte er sie bis kurz vor den Gipfel der sehnlichst erwarteten Erfüllung, nur um sie wieder ins Tal hinunterzustoßen. Elena wimmerte und wand sich unter ihm.

„Bitte, Ramsay … ich kann nicht mehr."

Auch er konnte keinen Augenblick länger warten. Mit einem animalischen Laut drang er in ihren heißen, feuchten Schoß. Sie schrie auf und klammerte sich an ihn. Kam ihm mit heftigen Stößen entgegen. Dann endlich erreichte sie das gleißende Licht. Helle Funken tanzten vor ihren Augen. Unter einem kehligen Schrei spannte sich ihr Körper und fiel in wilde Zuckungen. Im nächsten Moment folgte Ramsay ihr zu einem überwältigenden Höhepunkt. Er keuchte ihren Namen, stieß noch einmal tief in sie hinein und verströmte sich in ihr. Dann brach er auf ihr zusammen. Mit letzter Kraft legte er sich neben sie und zog sie in seine Arme. Langsam beruhigte sich sein Atem und die Leidenschaft ebbte allmählich ab. Ramsay lächelte zufrieden wie ein satter Kater vor sich hin. Noch immer zuckte und bebte Elenas Körper. Sie schmiegte sich eng an seine Brust und verbarg ihr Gesicht an seinem Hals.

„Oh, ich liebe dich so sehr, Ramsay", flüsterte sie so leise, dass er es nicht hören konnte. Doch er hatte es gehört. Mit seinem Herzen und mit seinem ganzen Wesen. Am liebsten hätte er sein Glück in die Welt hinausgeschrieen. Niemals hätte er auch nur zu hoffen gewagt, dass eine Frau diese Worte zu ihm sagen würde. Wie gerne hätte er ihr nun seine Liebe gestanden. Aber das durfte er nicht, noch nicht. Doch er schwor sich, dass sie diese Worte noch ein ganzes Leben lang von ihm hören würde. Er hauchte einen Kuss auf ihr Haar und sie hob den Kopf, um ihn anzulächeln.

„Tu das nie wieder, hörst du? Ich dachte schon, ich müsse sterben."

In seinem Gesicht erkannte sie einen Anflug von Stolz, als er sie breit angrinste. „Aber eine sehr angenehme Art zu sterben, nicht war?"

Elena schnitt eine Grimasse und streckte ihm die Zunge heraus. Ramsays tiefes, männliches Lachen erfüllte das Zelt und er neckte sie gnadenlos.

„Das war wirklich sehr damenhaft, Liebes. Lehrt man euch das während der Stickarbeiten?“ Das Rot vertiefte sich noch um einige Nuancen und sie stieß ihm spielerisch einen Finger in die Rippen.

„Ein Gentleman hackt nicht auf Peinlichkeiten herum!“

Er schlang seine Arme enger um ihren Körper: „Ich bin ein Krieger, kein Gentleman.“

Elena legte ihren Kopf auf seine Brust und zeichnete eine lange Narbe an seinem Arm nach: „Woher ist diese Narbe?“

„Das ist meine erste. Mein Vater hat sie mir damals beigebracht.“

Elena sah ihm erschrocken ins Gesicht, doch er lächelte sie eigentümlich an.

„Es war nicht seine Absicht. Ich zählte damals ungefähr fünf Lenze. Es war an einem Winterabend und mein Vater war schrecklich wütend, weil einer der Burghunde seinen Pelzmantel zerrissen hatte. Es war schon ein alter Mantel, doch er hing schrecklich an diesem hässlichen Ding. Jedenfalls war er so wütend, dass er den Hund mit dem Schwert erschlagen wollte. Im letzten Moment habe ich mich dazwischengeworfen. Vater versuchte noch, das Schwert umzulenken, doch es war schon zu spät. Er traf mich anstelle des Hundes. Seit diesem Abend hat er nie mehr ein Schwert in meiner Gegenwart gezogen.“

Elena hatte den schmerzlichen Glanz in seinen Augen gesehen. Er liebte seinen Vater und musste ihn schrecklich vermissen.

„Soviel ich weiß, ist der Earl ein großartiger Krieger.“

Sie sah, wie seine Brust vor Stolz anschwoll.

„Aye, das ist er. Der Beste von allen. Niemand kann es mit seiner Kraft und mit seinem scharfen Verstand aufnehmen.“

„Nicht einmal du?“, neckte sie ihn.

„Nay ... vielleicht in einigen Jahren.“

Elena spielte nachdenklich mit Ramsays Brusthaaren.

„Wann hast du ihn das letzte Mal gesehen?“, wagte sie sich vorsichtig vor.

Ramsay holte tief Luft: „Vor zehn Jahren. Er ist mir nach Frankreich gefolgt, um mich nach Hause zu holen."

„War es denn so schlimm, dass du ihm nicht vergeben konntest?"

Er schwieg einen Moment und Elena glaubte, keine Antwort mehr zu bekommen.

„Aye, damals empfand ich es als sehr schlimm. Aber heute sehe ich es mit anderen Augen und ich … ich schäme mich für die schrecklichen Dinge, die ich meinem Vater an den Kopf geworfen habe."

Er sah Elena deutlich an, dass sie mehr wissen wollte, doch sie bohrte nicht weiter, und dafür liebte er sie nur umso mehr. Er verschränkte die Hände im Nacken.

„Meine Mutter war eine großartige Frau gewesen, Elena. Liebevoll und sanft, doch wenn es die Umstände verlangten, konnte sie auch sehr mutig und stark sein." Er lächelte gedankenverloren. „Du hättest ihr bestimmt gefallen. Vermutlich hätte sie dich auf Anhieb in ihr Herz geschlossen."

Elena blinzelte erstaunt, als sie diese liebevollen Worte hörte.

„Als sie starb, war es, als hätte mir jemand den Boden unter den Füßen weggezogen. Ich fühlte mich verloren und vermisste sie schrecklich."

Elena nickte leicht, um ihm zu verstehen zu geben, dass sie sehr genau wusste, wie er sich gefühlt haben musste.

„Kaum sechs Monate später brachte mein Vater eine neue Frau ins Haus." Ramsays Stimme klang hart. „Ich hasste Melissa auf Anhieb."

„Du warst damals noch ein Kind, Ramsay. Deine Reaktion ist doch ganz verständlich. Sie war in deinen Augen ein Eindringling."

Ramsay zuckte nachdenklich mit den Schultern. „Vielleicht." Er atmete tief ein. „Ich konnte es meinem Vater einfach nicht verzeihen, dass er so schnell einen Ersatz für meine Mutter gefunden hatte. Es war, als würde er mit dieser neuen Frau ihr Andenken besudeln. Das nächste halbe Jahr war die Hölle für alle Beteiligten. Durch meine offene Ablehnung Melissa gegenüber gerieten Vater und ich immer öfter und immer heftiger aneinander." Er lächelte traurig vor sich hin. „Ich fürchte, wir hatten beide einen gewaltigen

Dickschädel. Keiner wollte nachgeben. Nach unserem heftigsten Streit war ich ausgeritten, um mich zu beruhigen, und ich kehrte erst lange nach Mitternacht zurück. Als ich mich an Vaters Schlafzimmer vorbeischlich, hörte ich ihn weinen."

Ramsays Stirn lag in Falten und Elena spürte, wie sehr er noch heute unter dieser Entdeckung litt. Sie drückte sanft seine Hand. „Ich war damals so erschüttert, dass ich mich nicht mehr bewegen konnte. Ich hätte niemals gedacht, dass es ein Geräusch gibt, das einen so verletzen konnte wie dieses leise Schluchzen. Ich hörte, wie Melissa meinen Vater zu trösten versuchte und ihn gleichfalls weinend bat, sie gehen zu lassen. In diesem Moment wusste ich, was ich zu tun hatte. Ich musste fort von Turriff Castle. Denn nicht Melissa, sondern ich war plötzlich zum Eindringling geworden. In derselben Nacht packte ich meine Sachen und verließ Turriff Castle. Seither war ich nie wieder dort."

„Du vermisst deinen Vater sehr, nicht wahr?"

Ramsay verschränkte erneut die Hände hinter dem Kopf und starrte zur Decke.

„Ich weiß es nicht. Es sind schon so viele Jahre seither vergangen."

„Das ändert nichts. Meine Mutter ist nun schon seit vier Jahren tot, doch der Schmerz über ihren Verlust sitzt immer noch sehr tief. Es vergeht kaum ein Tag, an dem ich sie nicht schrecklich vermisse."

„Woran ist sie gestorben?"

Diesmal war es Elena, die schwieg. Sie wollte nicht an jenen Tag erinnert werden, und noch weniger an die Tage danach. Elena kuschelte sich enger an Ramsays Brust.

„Der Arzt behauptete, sie wäre an verspätetem Kindbettfieber gestorben. Mama hatte einen Monat zuvor einen toten Sohn geboren."

Ramsay beobachtete Elenas fein geschnittene Gesichtszüge und sah, wie schmerzlich es für sie war, darüber zu sprechen. Sanft strich er ihr über die Wange.

„Du musst nicht darüber reden."

Sie tat einen tiefen Atemzug. „Am Abend vor ihrem Tod saßen wir vor dem Kamin in der großen Halle und Mama half mir bei den letzten Korrekturen an meinem Hochzeitskleid." Sie räusperte sich. „Seit einigen Tagen schon fühlte sie sich nicht recht wohl, versuchte jedoch, es vor mir zu verbergen. Doch an diesem Abend war es besonders schlimm. Sie war schrecklich blass. Ihre Lippen und Fingernägel schimmerten bläulich. Ich hätte die Symptome erkennen müssen", rief Elena in bitteren Selbstvorwürfen. „Ich kann mich noch gut daran erinnern, wie ihr plötzlich der Schweiß auf die Stirn trat. Sie presste ihre Fäuste in den Bauch." Elena schloss gequält die Augen, konnte jedoch die einsame Träne nicht aufhalten, die auf Ramsays Hand tropfte.

„Sprich nicht weiter, Liebes. Ich kann es nicht ertragen, wenn du weinst." Er hielt sie ganz fest und strich ihr beruhigend über den Rücken.

„Du verstehst nicht, Ramsay. Ich hätte früher merken müssen, was ihr fehlte, doch ich war so mit meiner Hochzeit beschäftigt, dass ich mich nicht genügend um sie gekümmert habe."

„Du darfst dir nicht die Schuld geben, Elena."

Sie nickte betrübt. „In derselben Nacht starb sie einen schrecklichen Tod. Manchmal, wenn es ganz still ist, kann ich ihre Schreie noch hören. Kurz bevor sie starb, wollte sie mir noch den Namen ihres Mörders nennen. Es kam nicht mehr dazu." Ihre Stimme veränderte sich und Ramsay lief es eiskalt den Rücken hinunter. „Jemand hat sie langsam vergiftet, und ich habe es nicht einmal bemerkt. Aber ich habe bei ihrem Leichnam geschworen, dass ich nicht eher ruhen werde, bis der Schuldige tot ist."

Elenas Stimme klang eiskalt und Ramsay blickte erstaunt auf sie hinunter. Er wusste nur zu gut, wie man sich fühlte, wenn jemand, den man liebte, einen gewaltsamen Tod starb. Amilie. „Hast du einen Verdacht?"

Elena schüttelte betrübt den Kopf. „Nein, aber es gab viele Gerüchte." Sie verschwieg ihm, dass böse Zungen behaupteten, ihr eigener Vater hätte dahinter gesteckt, weil seine Frau nach der Fehlgeburt keine Kinder mehr hätte bekommen können. Doch Elena wusste es besser. Ihre Eltern hatten sich geliebt, und es gab nur einen einzigen Menschen, dem daran gelegen war, dieses Glück zu zerstören. Grenwick.

Am späten Nachmittag des nächsten Tages beobachtete Elena gerührt, wie Leila Wulf zu imponieren versuchte. Sie brachte ihm einen langen Stock, der ein gutes Stück größer war als sie selbst und den sie kaum tragen konnte. Sie legte ihn vor Wulfs Schnauze und begann, aufgeregt zu kläffen. Sobald Wulf den Stock zwischen seine riesigen Zähne nahm, stürzte sich Leila auf das andere Ende und begann, daran zu zerren. Elena hielt erschrocken den Atem an. Sie traute dem riesigen Wolf immer noch nicht über den Weg. Doch bald sah sie ein, dass ihre Befürchtungen völlig grundlos waren. Wulf verhielt sich erstaunlich sanft. Er ließ den Stock zwar nicht los, gab jedoch immer wieder ein Stück nach, sodass Leila sich schrecklich stark fühlte. Elena lächelte liebevoll vor sich hin. Wulf war kaum wiederzuerkennen. Vielleicht hatte die kleine Leila ihn gezähmt.

Sehnsüchtig blickte Elena in die Richtung, in der Ramsay mit Gavin verschwunden war. Es schien bereits eine Ewigkeit vergangen zu sein, seit er das Lager verlassen hatte. Dem Stand der Sonne nach zu urteilen, konnten es jedoch erst drei oder vier Stunden her sein. Am frühen Nachmittag hatte Ramsay den Befehl gegeben, das Lager in diesem Wald aufzuschlagen. Normalerweise zog er das offene Feld vor. Die Bäume standen sehr dicht beieinander und ungebetene Eindringlinge konnten sich leicht unbemerkt anschleichen. Doch ebenso konnten sich Ramsays Männer hier im Verborgenen halten. Sie würden bis zum Zeitpunkt des Angriffes hier bleiben. Die Zelte waren mit Ästen und Laubwerk getarnt und rings um das Lager standen Wachen, die sich alle zwei Stunden ablösten.

Wieder schaute Elena in die Richtung, in der Ramsay verschwunden war, und ihr Herz wollte vor Glück bersten. Er hatte sich ihr gestern Nacht geöffnet, hatte sie bis in sein Innerstes blicken lassen, und Elena schöpfte ein bisschen Hoffnung für die Zukunft. Vielleicht hatten Gavin und Will ja tatsächlich Recht und es würde sich doch noch alles zum Guten wenden.

Elena klammerte sich mit aller Macht an diesen Gedanken.

Wie sollte sie auch nur einen einzigen Tag ohne Ramsay überstehen, wenn schon nach wenigen Stunden alles in ihr nach ihm schrie?

Oh, wenn sie doch nur die Zeit anhalten könnte – nur für einige Tage. Vielleicht würde Ramsay dann endlich sein Herz für sie entdecken.

Doch sofort meldete sich ihr schlechtes Gewissen. So selbstsüchtig kannte sie sich gar nicht. Sie sollte sich wirklich schämen! Wenige Stunden zu Pferd entfernt saß ihr Vater vielleicht immer noch im Verlies und betete um ihr baldiges Eintreffen. Sie war seine einzige Chance, solange sich der König in Edinburgh aufhielt. Elena spürte, dass auch in den Männern eine Wandlung vorging, doch im Gegensatz zu ihr schienen sie sich auf den Kampf zu freuen. Die Luft im Lager schien vor Aufregung zu vibrieren. Die Männer erzählten einander von großen Schlachten, bei denen sie dabei gewesen waren. Sie saßen in Gruppen beisammen, schliffen ihre Schwerter und Streitäxte oder kontrollierten ihre Pfeile und Bogen.

Um Elenas Mund spielte ein liebevolles Lächeln, als sie den kleinen Jimmy beobachtete, der Will förmlich an den Lippen hing, damit er auch ja keine der interessanten Geschichten verpasste. Immer wieder schlug er sich mit der Faust auf die schmächtige Brust und verkündete, dass er einmal ein gefürchteter Ritter werden würde. Elenas Blick schweifte wieder in die Richtung, in der Ramsay verschwunden war. Ich muss etwas tun, beschloss sie entschieden. Es nutzte niemandem etwas, wenn sie hier stand und den ganzen Tag in den Wald starrte. So würde die Zeit erst recht nicht vergehen.

Fünf Stunden später brachte Ramsay seinen Hengst zum Stehen. Die Dunkelheit war bereits hereingebrochen. Irgendwo in den Ästen über ihm klagte ein Uhu, und der Wald war erfüllt mit den Geräuschen der Nacht. Ramsay sah sich um und nickte anerkennend. Seine Männer hatten großartige Arbeit geleistet. Sogar aus der Nähe war das Lager kaum zu erkennen. Wenn die Lagerfeuer nicht gewesen wären, hätte er vermutlich erst nach einigen Stunden der Suche hierher gefunden. Ramsay winkte den kleinen Jimmy heran und übergab ihm die Zügel. „Gib ihm Hafer und reib ihn gut ab! Ich habe ihn hart geritten."

„Wird gemacht, Mylord", antwortete Jimmy eifrig und führte

Thunder zu den anderen Pferden. Ramsay schaute dem Jungen lächelnd nach. Der Kleine gab sich ungeheure Mühe, ihm zu gefallen. Er sah, wie Jimmy sich fürsorglich und voller Ehrfurcht um den Hengst kümmerte. Der Junge liebte Pferde. Jimmy sollte doch ein eigenes Pferd bekommen. Schließlich würde er bald den ersten Kampf miterleben und Ramsay fand, dass man ein so großes Ereignis gebührend feiern musste.

Jetzt aber musste er Elena sehen. Bei Gott, sie waren nur wenige Stunden getrennt gewesen, und doch hatte er sie schmerzlich vermisst.

Er fand sie, wie erwartet, im Zelt. Leila hob kurz den Kopf, als er eintrat, wedelte freudig mit dem Schwanz und widmete sich sofort wieder einem Holzstock, an dem sie zufrieden nagte.

Elena saß leise vor sich hin summend mit untergeschlagenen Beinen auf dem Bett und flickte mit zierlichen Stichen den Ärmel eines seiner Hemden. Sie sah so wunderschön aus, dass Ramsays Herz wild gegen seine Rippen zu hämmern begann.

„Du bist zurück!“, rief Elena voller Freude und flog ihm in die Arme. „Ich habe mir ja solche Sorgen gemacht.“

Sie überschüttete ihn mit zahllosen kleinen Küssen und Ramsay glaubte, der glücklichste Mann auf Erden zu sein.

„Ich kann durchaus auf mich aufpassen, Liebes“, versicherte er ihr und versuchte vergeblich ein ernstes Gesicht zu machen. Es war neu für ihn, dass sich jemand um ihn sorgte – neu und überwältigend.

„Du musst mir alles erzählen, Ramsay. Warst du in Faithlie? Was hast du gesehen? Hast du die Angreifer erkannt? Wie geht es den Dorfbewohnern?“

Ramsay hob abwehrend eine Hand und lachte: „Langsam, langsam, Liebes. Lass mich zuerst einmal Luft holen.“

„Oh, wie gedankenlos von mir! Du musst schrecklich durstig sein.“ Elena befreite sich aus Ramsays Armen und füllte einen Becher mit Wein. Ramsay nahm ihr den Becher aus der Hand, setzte sich aufs Bett und zog Elena auf seinen Schoß. Nachdenklich nahm er einen großen Schluck.

„Irgendetwas stimmt nicht.“

Elena wartete einen Augenblick, doch als er nicht weitersprach, hakte sie neugierig nach. „Was meinst du?“

„In Faithlie. Auf den Zinnen der Burg weht keine Fahne. Wir wissen also nicht, wer dort wohnt. Soweit wir erkennen konnten, ist das Dorf zur Hälfte zerstört.“

Elena hielt entsetzt den Atem an.

„Das alles ergibt einfach keinen Sinn. Weshalb verbrennt jemand Felder und Häuser, wenn er sich dort niederlassen will? Dann muss ja alles wieder aufgebaut werden.“

„Die armen Dorfbewohner“, flüsterte Elena betroffen. „Es ist wirklich seltsam. Könnte es vielleicht sein, dass die Angreifer gar nicht vorhaben, auf Castle Fraser zu bleiben? Vielleicht sind sie ja auch wie diese Wanderheuschrecken, die vor einigen Jahren unsere Gegend heimgesucht haben. Sie fallen an einem Ort ein, verwüsten alles und ziehen dann weiter.“ Ramsay dachte über Elenas Worte nach, schüttelte dann jedoch langsam den Kopf. „Vielleicht, doch ich halte es für ziemlich unwahrscheinlich. Sie hätten bestimmt schon andere Besitzungen auf dieselbe Art heimgesucht und wir hätten von ihnen gehört.“

Ramsay hatte Recht, das musste Elena zugeben. Zumindest wären Gerüchte über solche Gräueltaten im Umlauf gewesen.

Erst jetzt bemerkte sie die dunklen Schatten unter Ramsays Augen. Sie nahm ihm den leeren Becher aus der Hand und erhob sich. Ohne seinen fragenden Blick zu beachten, zog sie ihm die Stiefel aus und drückte ihn mit sanfter Gewalt aufs Bett.

„Du solltest dich ein wenig ausruhen, Ramsay. Ich hole dein Essen“, sagte sie und hauchte ihm einen Kuss auf die Stirn.

Ramsay nickte nur stumm und schloss die Augen.

Als Elena wenig später mit einem reichlich gefüllten Schneidebrett zurückkehrte, schlief er bereits tief und fest. Sie stellte gerade das Essen leise auf den Tisch, als Gavin das Zelt betrat.

Elena legte einen Finger an ihre Lippen und flüsterte: „Er ist gerade eingeschlafen. Soll ich ihm sagen, dass Ihr ihn sprechen wollt, wenn er aufwacht?“

„Ich bringe ihm nur die Kleider für morgen.“

Gavin drückte Elena ein Bündel in die Hand, deutete eine Verbeugung an und ging wieder. Elena rümpfte angewidert die Nase, als ihr der Gestank der Kleider entgegenschlug. Was waren das denn für Sachen? Nicht einmal der schäbigste Bettler würde so etwas tragen. Sie breitete die Kleider über Tisch und Stühle aus, damit sie auslüften konnten. Danach wusch sie sich, zog sich aus und schlüpfte neben Ramsay ins Bett. Er bewegte sich murmelnd, legte den Arm um ihre Mitte und zog sie näher heran. Elena kuschelte sich glücklich an seinen Körper und genoss das Gefühl, beschützt und geborgen zu sein.

Kapitel 18

„Ich will auch mitkommen“, beharrte Elena energisch, ohne auf Ramsays unwillige Miene zu achten. „Schließlich ist es mein Dorf!“

Ramsay zog sich die schäbigen Kleider an, die Gavin in Inverurie besorgt hatte, und schwieg. Seit er ihr erzählt hatte, dass er heute mit einigen Männern nach Faithlie gehen würde, um sich dort umzuhören, lag sie ihm damit in den Ohren, dass sie ihn begleiten wollte.

„Du bleibst hier. Es ist zu gefährlich!“, entschied Ramsay ungeduldig.

Elena schnaubte verächtlich: „Pah, nicht gefährlicher als für dich und deine Männer.“

Als er schwieg, versuchte sie es auf eine andere Art.

„Du wirst mich brauchen.“

Da hatte sie nicht Unrecht. Doch alleine der Gedanke daran, dass Elena sich in Gefahr begeben könnte, drehte Ramsay fast den Magen um.

„Ich nehme Todd mit.“

Elena stampfte wütend mit dem Fuß auf. „Ich kenne mich im Dorf besser aus als er und die Leute werden eher mit mir als mit ihm reden.“

Ramsay zog zweifelnd eine Augenbraue hoch. „Er lebt in diesem Dorf, im Gegensatz zu dir.“ Triumphierend reckte Elena ihr Kinn. „Da bist du falsch informiert. Todd lebt erst seit einem halben Jahr in Faithlie. Ich glaube nicht, dass er in dieser kurzen Zeit viele Freunde gefunden hat. Die Dorfleute sind nämlich ziemlich verschlossen.“ Sie lächelte Ramsay siegessicher an. „Du siehst also, dass du mich brauchst!“

Rasch sprang sie aus dem Bett und schlüpfte in das alte Kleid, das sie von Gavin für das Fest bekommen hatte.

„Zum Teufel noch mal, ich sagte, du bleibst hier! Man würde dich schon von weitem erkennen.“ Er betrachtete ihren zierlichen Körper, den seidenen Glanz ihrer Haare und die makellose Gesichtshaut. „Du siehst einfach nicht aus wie eine Bettlerin.“

Elena grinste breit. Oh, sie konnte durchaus wie die schäbigste aller Bettlerinnen aussehen. Es war nicht das erste Mal, dass sie sich verkleiden musste. „Warte nur ab!“ Mit diesen Worten verließ sie das Zelt.

Wenige Augenblicke später trat Gavin ein – gekleidet wie ein Bettler. Er hasste diesen Teil der Arbeit. Nicht dass er sonderlich eitel war, aber er legte großen Wert auf gute Kleidung. Diese braunen zerlöcherten Lumpen juckten und kratzten. Besonders unangenehm war jedoch die lehmige Erde, die er sich in Haare und Gesicht gerieben hatte.

Ramsay nickte anerkennend. „Du siehst wirklich erbärmlich aus.“

Gavin lächelte leicht gequält und musterte seinen Freund gründlich. Ramsay hatte nicht so viel Glück. Die armselige Kleidung und der Schmutz konnten weder seine stolze Haltung noch seine Kraft verbergen.

Als ob er Gavins Gedanken gelesen hätte, breitete sich ein belustigtes Lächeln auf Ramsays Gesicht aus. Er nahm den viel zu kurzen Stock vom Tisch und stützte sich darauf.

Jetzt pfiff Gavin anerkennend durch die Zähne. Nicht einmal in seinen kühnsten Träumen würde er diesen verkrüppelten Greis für den Höllendämon halten.

„Ja, so müsste es gehen, aber ob du’s lange in dieser Haltung aushalten kannst?“

Ramsay richtete sich wieder auf und deutete auf die Zeltluke.

„Lass das meine Sorge sein!“

Gemeinsam verließen sie das Zelt und gesellten sich zu den anderen zehn Männern – sie waren alle als Bauern oder Bettler verkleidet.

„Milvan, Bruce und Elyot! Ihr kundschaftet den Burgeingang aus. Versucht, so viel wie möglich herauszufinden.“

Ramsay wandte sich an zwei weitere „Bauern“: „Ihr werdet euch unauffällig umsehen. Zählt, wie oft Soldaten die Burg verlassen, und bringt in Erfahrung, ob Lady Elenas Vater noch lebt. Der Rest verteilt sich im Dorf. Falls irgendetwas geschehen sollte, ziehen wir uns sofort zurück!“ Er erteilte gerade die letzten Befehle, als eine krächzende Stimme hinter ihm ertönte.

„Äpfel, frische Äpfel! Kauft Äpfel!“

Ungehalten drehte Ramsay sich um und blickte in ein hässliches, altes Gesicht. Nur die funkelnden, smaragdgrünen Augen erinnerten noch an ihre Schönheit.

„Mein Gott, Elena!“, stieß er verblüfft hervor. Was trug sie nur unter diesem Kleid? Sie wirkte plump und ungelenk. Ihr Haar hing in schmutzigen, fettigen Strähnen herab und sie hatte sich etwas in die Backen geschoben, denn ihr Gesicht war fast rund. Sie verneigte sich schwerfällig, grinste ihn breit an und entblößte eine Reihe schwarzer Zähne.

Ramsay verzog angeekelt das Gesicht.

„Ich glaube nicht, dass mich jemand erkennt. Was meinst du?“

Am liebsten hätte er Elena gepackt und in den nächstbesten Fluss geworfen, um sie zu waschen. Sie sah wirklich grässlich aus und er wollte … zum Teufel! Er wusste nicht, was er wollte. Auf jeden Fall sollte sie ihn nicht mit diesen abscheulichen Zähnen anlachen. Elena war begeistert von dem Eindruck, den sie machte, und fragte so leise, dass nur Ramsay sie hören konnte: „Würdet Ihr vielleicht eine alte, arme Frau küssen?“

Erschrocken wich Ramsay einen Schritt zurück. Seine Elena würde er jederzeit und überall küssen, doch diese … Nein, das konnte er nicht! Wie schon so oft fragte er sich, wo und weshalb sie diese Dinge gelernt hatte. Auch in den Gesichtern seiner Männer sah er Entsetzen und Anerkennung zugleich. Ohne ein Wort zu sagen, hob er Elena missmutig auf den Rücken ihrer Stute und verkündete: „Auf die Pferde, Männer, wir brechen auf!“

Wenige Augenblicke später preschte der kleine Trupp über die karge Landschaft. Die Sonne sandte ihre ersten warmen Strahlen und versprach einen angenehm warmen Tag.

In der Nähe von Faithlie wurden die Pferde in einem Wäldchen angebunden und Ramsay befahl den anderen: „Wir werden uns in drei Stunden hier treffen. Haltet die Augen offen und merkt euch alles, auch wenn es nicht wichtig erscheint."

Die Männer nickten mit ernsten Gesichtern und verteilten sich in alle Richtungen.

„Elena, du kommst mit mir."

Elena holte tief Luft. Sie fürchtete sich vor dem, was sie in wenigen Augenblicken sehen würde, und seit den frühen Morgenstunden war ihr übel. Sie folgte Ramsay einen schmalen Weg entlang, der direkt ins Dorf hineinführte.

„Du bleibst immer in meiner Nähe, verstanden? Und du darfst unter keinen Umständen jemandem sagen, wer du bist."

Sie nickte schwach. Mit jedem Schritt fühlte sie sich elender. Die Übelkeit wurde stärker und sie fürchtete, sich übergeben zu müssen. Mein Gott, alles, nur das nicht. Am Straßenrand kauern und sich vor Ramsay übergeben! Eine schreckliche Vorstellung! Er war auch so schon wütend genug auf sie und wäre vermutlich dankbar für jeden Grund, um sie sofort zurückzuschicken.

Tapfer schluckte sie den Geschmack von Galle hinunter und versuchte, ruhig und gleichmäßig zu atmen. Als sie in Sichtweite des Dorfes waren, stützte Ramsay sich schwer auf seinen Stock. Er war wirklich ein Meister der Verstellung. Nichts an diesem alten, gebeugten Mann ließ auf den kräftigen Höllendämon schließen. Mit schleppenden Schritten erreichten sie die ersten Häuser. Elena betrachtete entsetzt eine rußgeschwärzte Ruine. Das war alles, was vom Haus des Bäckers noch übrig geblieben war. Im ganzen Dorf herrschte ein Bild der Zerstörung. Türen waren eingeschlagen und Häuser in Brand gesteckt. Elena schüttelte ungläubig den Kopf. Sie beobachtete die Dorfbewohner, die alle mit gesenktem Kopf und raschen Schritten die Straße überquerten. Ihre Angst und Verzweiflung konnte man beinahe riechen.

„Bist du in Ordnung?" Ramsay hatte sie in eine schmale Gasse geschoben und musterte sie besorgt. Verdammt, er hätte sie nicht mitnehmen dürfen! Sie sah elend aus und er bemerkte, dass sie eisern gegen die Tränen ankämpfte. Schuldgefühle brannten sich in seine Eingeweide und er drückte Elena kurz an sich.

„Möchtest du hier warten, Liebes?"

Elena schüttelte energisch den Kopf. „Nein, Ramsay, ich muss sehen, wie es den Menschen geht. Ist ... Ist es überall so schlimm?"

Ramsay schüttelte den Kopf: „Nay, dies sind die einzigen Häuser, die abgebrannt sind. Das Schlimmste hast du bereits überstanden."

Plötzlich hörten sie Schreie von der Straße her, dann Hufschläge. Ramsay schob Elena an die Wand und spähte um die Ecke. Er sah drei bis an die Zähne bewaffnete Reiter. Sie jagten durch das Dorf und machten sich einen Spaß daraus, die Menschen hin und her zu treiben. Frauen schrieen, packten ihre Kinder und rannten mit ihnen in die schützenden Häuser. „Mein Gott, was sind das nur für Menschen?", flüsterte Elena.

Plötzlich stieß sie einen spitzen Schrei aus. Da sah Ramsay es auch. Eine eisige Hand krallte sich in sein Genick und sein Herz setzte aus. Die Reiter kamen immer näher. Und mitten auf der Straße krabbelte ein kleines Mädchen, kaum älter als ein Jahr. Das kleine Ding brabbelte munter vor sich hin und ahnte nicht einmal, in welcher Gefahr es schwebte. Elena wollte schon loslaufen, um es vor den tödlichen Hufschlägen der Pferde zu retten, doch Ramsay riss sie fluchend wieder in den Schutz der Gasse zurück.

„Ich gehe. Du bleibst, wo du bist!"

Elena hielt entsetzt den Atem an. Was machte er denn da? Weshalb beeilte er sich denn nicht? Wie versteinert sah sie zu, wie Ramsay mit schleppenden Schritten auf das Mädchen zuhinkte. Die Reiter kamen immer näher, doch Ramsay beschleunigte seine Schritte nicht. Schwer auf seinen Stock gestützt, schleppte er sich zu dem Mädchen. Nur noch wenige Meter trennten ihn von den Hufen.

„Mein Kind!"

Elena entdeckte die leichenblasse Frau, die sich die Hände vor die Augen schlug, und presste sich die Faust gegen den Mund, um nicht ebenfalls aufzuschreien. Henriette! Mein Gott, dann musste das kleine Mädchen Mariechen sein! Das Baby, das sie selbst auf die Welt geholt hatte, weil die Hebamme krank gewesen war. Elena hörte ihr eigenes Blut in den Ohren rauschen, und plötzlich ging alles sehr schnell. Ramsay schnappte sich das Kind und brachte sich im letzten Moment mit einem gewaltigen Sprung in Sicherheit. Die Pferde scheuten, stiegen auf die Hinterbeine, und die Männer stießen laute Flüche aus. Elena nutzte das Durcheinander, eilte über die Straße und nahm Ramsay Mariechen ab. Noch immer lag er am Boden. Mein Gott, hoffentlich war er nicht verletzt! Er musste weg von hier. Die Männer waren bestimmt wütend und nur der Himmel wusste, wozu sie fähig waren. Sie wollte Ramsay aufhelfen, doch er zischte nur: „Verschwinde, bring dich in Sicherheit!"

Elena trat einen Schritt zurück, schüttelte den Kopf und flüsterte: „Nicht ohne dich."

Ramsay sah, wie sie das weinende Mädchen einer blassen Frau in die Arme drückte und beide ins nächste Haus schob. Dann griff sie nach einem Besen und wartete ab.

Ramsay, der alte Mann, röchelte erbärmlich und versuchte schwerfällig aufzustehen. Einer der Reiter war inzwischen abgestiegen und stieß Ramsay mit dem Fuß auf den Boden zurück. „Was haben wir denn hier? Einen Helden!", lachte er hämisch und Elena lief es kalt den Rücken hinunter.

Woher kannte sie diesen Mann? Diese eisigen Augen hatte sie schon einmal gesehen, aber woher? Alle drei Männer trugen weder Kilts noch Plaids, deren Farben Aufschluss über ihren Herrn gegeben hätten. Wie Ramsay und seine Krieger trugen auch sie Beinkleider.

„Wollte dieser Krüppel mich nicht gerade angreifen", fuhr der Kerl ganz leise fort und zog sein Schwert. Die anderen, die noch immer in den Sätteln saßen, stimmten lauthals zu und lachten, als er fragte: „Wir wollen ihm eine kleine Lektion erteilen, meint ihr nicht auch?" Ramsay wog blitzschnell seine Möglichkeiten ab. Er bemerkte Gavin auf der anderen Straßenseite, sah, wie sein Freund vorsichtig in den Mantel griff, um sein Schwert zu ziehen – bereit, ihm beizustehen. Auch Bruce und Milvan waren hinzugekommen. Alle warteten nur auf sein Zeichen. Der Mann trat näher heran und Ramsay senkte rasch den Kopf.

Elenas Herz schlug so heftig gegen ihre Rippen, dass sie befürchtete, die Männer könnten es hören. Sie musste etwas unternehmen oder Ramsay wäre verloren. Ängstlich umklammerte sie den Besenstiel mit beiden Händen – bereit, den Mann niederzuschlagen, der Ramsay erstechen wollte.

„Habe ich dir nicht gesagt, du sollst im Haus bleiben, du alter Nichtsnutz?“, krächzte sie, um die Aufmerksamkeit von Ramsay abzulenken. „Glaubst du, ich hätte nichts anderes zu tun, als dir andauernd hinterherzulaufen? Ich warne dich, wenn das noch einmal vorkommt, setze ich dich irgendwo im Wald aus, damit die Wölfe dich holen.“

Die Männer grölten vor Schadenfreude, und der Mann über Ramsay steckte sein Schwert wieder in die Scheide. „Ich glaube, der Mann ist mit diesem hässlichen, keifenden Weib genug gestraft. Der Tod wäre vermutlich eine Erlösung für ihn, und zu guten Taten bin ich heute nicht aufgelegt.“

Mit diesen Worten schwang er sich wieder auf sein Pferd und ritt mit den anderen beiden Männern weiter.

Elena fiel fast in Ohnmacht vor Erleichterung. Gavin nickte ihr anerkennend zu und schlenderte die Straße hinunter.

Ramsay stand schwerfällig, wie es sich für einen alten Mann gehörte, auf und steckte seinen Dolch in den Ärmel zurück. „Verdammt noch mal, ich habe dir doch deutlich genug gesagt, dass du dich aus allem heraushalten sollst“, zischte er leise. „Wenn sie dich erkannt hätten …“

Elena reckte beleidigt ihr Kinn. „Ein einfaches Dankeschön würde genügen, Mylord. Du hast doch gehört: ich bin nichts als ein hässliches, keifendes Weib.“

Inzwischen war Henriette wieder aus dem Haus getreten und kam auf sie zu. Sie zitterte noch immer am ganzen Körper und presste die kleine Marie an sich. „Ich weiß gar nicht, wie ich dir danken soll, alter Mann. Diese Barbaren hätten mein Kind zertrampelt! Ich habe nicht viel, was ich dir anbieten kann, aber sei mit deiner Frau für heute mein Gast.“

Ramsay nickte dankbar, stützte sich schwer auf Elena, und gemeinsam folgten sie der groß gewachsenen Frau. Früher hätte er sie bestimmt recht anziehend gefunden. Sie war kräftig gebaut und besaß üppige Rundungen. Auch ihr Gesicht fand er, obwohl es vom harten Leben gezeichnet war, sehr ansehnlich. Ramsay lächelte belustigt in sich hinein. Früher hätten ihn solche Frauen betört, doch seit er Elena kannte, interessierten sie ihn nicht mehr.

Henriette blieb vor einem kleinen, bescheidenen Cottage stehen, hielt die Türe auf und ließ Ramsay und Elena eintreten. Elena war auf anheimelnde vier Wände gefasst gewesen, die sie bereits kannte – Henriette war schließlich so etwas wie eine Freundin für sie –, doch als sie die Hütte betraten, wurde ihr fast übel. Die gesamte Einrichtung war zertrümmert und nur notdürftig wieder zusammengeflickt worden. Die wärmenden Wolldecken waren ebenso verschwunden wie die schönen Töpfe und Schüsseln.

Henriette hatte offensichtlich ihren entsetzten Gesichtsausdruck bemerkt und erklärte bitter: „Sie haben uns alles genommen. Was sie nicht brauchen konnten, das haben sie entweder angezündet oder zerschlagen."

„Wer?", wollte Ramsay wissen.

Henriette brachte jedem einen Becher mit frischem Wasser und forderte ihre Gäste auf, sich zu setzten.

„Wenn wir das nur wüssten! Sie sind seit fast einem Monat hier." Sie schnalzte mit den Fingern: „Zack, und sie waren einfach da. Niemand weiß, wer sie sind oder was sie wollen." Elena beobachtete Ramsay aufmerksam und hoffte im Stillen, dass er das Wasser nicht zurückweisen würde. Natürlich war er Besseres gewöhnt, und Henriette würde sich bestimmt entsetzlich schämen. Doch ihre Sorge war unnötig. Ramsay nahm das Wasser dankend an und nahm einen großzügigen Schluck. Nachdenklich fragte er: „Was ist mit den Bediensteten in der Burg? Die müssen doch etwas wissen!"

Henriette kämpfte mit den Tränen. „Niemand von ihnen ist je herausgekommen. Wir wissen nicht einmal, ob sie noch leben oder ... Meinen Mann haben sie vor acht Tagen geholt. Er ist nicht wieder nach Hause gekommen."

„Oh nein!", stöhnte Elena, die sichtlich Mühe hatte, Henriette nicht zu verraten, wer sie wirklich war.

Ramsay schien ihre Gedanken zu lesen und warf ihr einen warnenden Blick zu. Er stellte Henriette einige Fragen über ihre Familie und über die Ereignisse im Dorf, und innerhalb von Minuten wusste er Bescheid. Elena rutschte ein wenig verlegen auf ihrem

Stuhl herum, als Henriette die junge Lady Cambell in den höchsten Tönen lobte. Sie wunderte sich über sein Interesse auch an Nebensächlichkeiten und darüber, dass Henriette alles bereitwillig erzählte. Aber Ramsay stellte seine Fragen so geschickt, dass Henriette gar nicht auf die Idee kam, dass sie ausgehorcht wurde. Elena beobachtete die beiden und plötzlich spürte sie den stechenden Schmerz der Eifersucht. Ramsay war wirklich ungemein charmant zu Henriette. Zu charmant! Am liebsten hätte sie ihn umgebracht. Wie konnte er es wagen? Den ganzen Morgen hatte er kein gutes Wort für sie übrig gehabt, und jetzt lächelte er Henriette freundlich an!

Sie schalt sich einen Dummkopf, für die andere Frau war er schließlich nur ein alter Mann. Aber trotzdem: Es tat entsetzlich weh zu sehen, wie Ramsay Henriette mit dem Charme eines Gentleman einwickelte, der einer Lady den Mantel umhängte. Er war kein Gentleman? Das hatte er nicht nur oft genug behauptet, sondern auch bewiesen.

Henriettes Augen waren beinahe glasig geworden, während sie sich von Ramsays Lächeln und seinen durchdringenden Augen einlullen ließ. Als er endlich fertig war, lehnte er sich zufrieden in seinem Stuhl zurück und trank seinen Becher leer. Über den Rand hinweg beobachtete er Elena, die seinem Blick mit zusammengepressten Lippen auswich. Sie ist eifersüchtig, bemerkte Ramsay vergnügt. Eifersüchtig und beleidigt. Und bei allen Heiligen: Sie sah trotz ihrer Verkleidung einfach hinreißend aus.

Ramsay erhob sich ächzend und stützte sich schwer auf seinen Stock. „Komm, Weib, wir haben noch einen weiten Weg vor uns."

Elena verdrehte missbilligend die Augen. Warum musste er immer gleich so übertreiben? Ramsay hielt ihr den freien Arm hin und ließ sich von ihr bis zur Tür geleiten.

„Wollt ihr nicht noch bleiben? Ich habe noch etwas Gemüse und Trockenfleisch. Ich könnte Euch einen Eintopf machen", schlug Henriette vor. Es war ihr offensichtlich unangenehm, dass sie nicht mehr für den Retter ihres Kindes tun konnte.

Ramsay tätschelte ihr besänftigend die Hand. Sein Lächeln wurde breiter, und zu Elenas maßlosem Zorn strich er Henriette nun auch noch über die Wange. Wütend versuchte Elena, ihre Hand unter seinem Arm hervorzuziehen, aber er dachte nicht daran, sie freizugeben. „Ich danke dir für die Erfrischung, Frau. Aber behalte das Essen für dich und deine Tochter!" Henriette senkte beschämt den Kopf. Sie verabschiedeten sich und Elena sah ein selbstgefälliges Lächeln auf seinen Lippen.

„Weshalb bist du nicht geblieben? Du scheinst dich ja recht gut amüsiert zu haben", zischte sie leise.

Ramsay lachte leise auf. „Höre ich da vielleicht einen zänkischen Unterton, Weib?"

Elena schnaubte nur, vermied es jedoch, ihn anzusehen. Zänkisch war eine wohlwollende Beschreibung.

Wenige Minuten später erreichten sie den Wald. Gavin, Milvan und die übrigen Männer saßen bereits auf ihren Pferden. Nur Todd fehlte noch.

„Das war eine großartige Vorstellung gewesen, Lady Elena", grinste Gavin anerkennend.

Elena rang sich ein Lächeln ab. Wenigstens einer, der ihre Tat zu schätzen wusste.

„Ein Wunder, dass mich der Höllendämon nicht übers Knie gelegt hat. Ich glaube, es hat ziemlich an seinem Stolz gekratzt, dass eine Lady ihm zu Hilfe geeilt ist", erwiderte sie und gab sich keine Mühe, ihren beißenden Spott zu verbergen.

Ramsay schnaubte nur amüsiert. „Das, meine Liebe, kann ich jederzeit nachholen." Es gefiel ihm sehr, dass sie ihm wegen Henriette immer noch zürnte.

„Ich bin zu spät, Mylord, bitte verzeiht mir!"

Ramsay musterte Todd nachdenklich, nickte knapp und hob Elena auf Thunders Rücken. „Ich habe ein eigenes Pferd!"

Ramsay schenkte ihr ein verschmitztes Lächeln. „Ich weiß." Daraufhin reichte er Gavin Cecilias Zügel und schwang sich hinter Elena in den Sattel. „Was hältst du von einem kleinen Bad?"

Elena rückte ein wenig von ihm ab und antwortete spitz: „Aye, ein Bad würde dir wirklich gut tun. Du stinkst wie ein Rudel Schweine."

Ramsay legte den Arm um ihre Mitte, zog sie fest an seine Brust und lachte leise. „Darf ich davon ausgehen, dass wir uns gegenseitig den Rücken schrubben?"

Hitze breitete sich in ihrem Körper aus, und bei der Erinnerung an den Tag, an dem sie fischen waren, prickelte ihre Haut vor freudiger Erwartung. Dennoch behielt sie ihre steife Haltung bei. „Rechne nicht mit meiner Hilfe."

Ramsay lachte leise an ihrem Ohr. Dann wandte er sich zu Gavin. „Kehr mit den Männern zurück zum Lager und halte dich bereit. Bei meiner Rückkehr treffen wir uns in meinem Zelt." Dann stieß er Thunder die Fersen in die Flanke und ritt in gemütlichem Trab davon. Elena hörte hinter sich die Hufschläge der anderen Pferde, doch bald wechselte Ramsay die Richtung und sie waren alleine. Schweigend ritten sie über Ebenen, die durch ihre karge Schönheit betörten. Mächtige Felsen ragten wie betende Riesen aus dem bräunlichen Gras und reckten sich gen Himmel, als wollten sie der Sonne für ihre wärmenden Strahlen danken. Die Zeit schien stillzustehen und Elena gab sich einen Augenblick lang der herrlichen Illusion hin, dass nur sie und Ramsay auf dieser Welt weilten. Dass seine starken Arme sie bis ans Ende der Zeiten festhalten würden. Niemals mehr ein Morgen, nie wieder Einsamkeit und kein Abschied.

Ramsay holte sie jedoch mit einem einzigen Satz wieder in die harte Wirklichkeit zurück.

„In zwei Tagen werden wir angreifen."

Plötzlich fühlte sie sich kalt und leer. Wie dumm sie doch war! Natürlich freute er sich auf den bevorstehenden Kampf. Er hatte ihr oft genug gesagt, dass er den Kampf brauchte. Aye, er liebte ihn. Den Kampf und nicht sie!

Sie ritten durch einen kleinen Wald und Ramsay zügelte seinen Hengst an einer Uferböschung. Geschmeidig glitt er aus dem Sattel und hielt Elena die Hände entgegen, um ihr vom Pferd zu helfen. Doch sie blieb reglos sitzen und betrachtete nachdenklich sein Gesicht. Ganz langsam, kaum merklich, hob sie eine zitternde Hand an seine Wange. Die Berührung schmerzte Ramsay auf seltsame Weise. Es lagen tiefe Qual und Hoffnungslosigkeit darin.

Elena lächelte tapfer auf ihn hinunter und flüsterte: „Wie kämpft man gegen einen Feind, den man nicht kennt und nicht besiegen kann?“ Gegen jede Frau hätte sie den Kampf aufnehmen können, doch wie stand es mit dem Kampf selbst? Einer Sache, die so alt war wie die Menschheit selbst?

Ramsay schaute sie verständnislos an. Er wusste nicht, wovon sie sprach, doch er war sicher, dass sie nicht den bevorstehenden Angriff meinte.

Da glitt sie auch schon in seine Arme. Beinahe verzweifelt vergrub sie ihr Gesicht an seiner Schulter. Verwirrt hielt er sie fest. „Elena, was ist mit dir?“, fragte er besorgt, während er sie fest an sich drückte. „Fühlst du dich nicht wohl? Verdammt, dieser Tag muss schrecklich für dich gewesen sein. Ich hätte dich niemals mitnehmen dürfen.“

Als sie zu ihm aufsah, sah er die verzweifelte Angst in ihren Augen. „Ich liebe dich, Ramsay“, flüsterte sie mit bebender Stimme. Sie konnte nicht länger schweigen. Nicht noch länger! Unvergossene Tränen brannten in ihren Augen. „Ich liebe dich so sehr, dass es wehtut.“ Ramsay starrte sie schweigend an. Er konnte es nicht fassen, wie sehr ihn diese Worte berührten. Wie unendlich viel sie ihm bedeuteten.

Elena jedoch bereute sie schon. Oh Gott, jetzt würde er sie bestimmt zurückstoßen! Sie auslachen oder eine Närrin schimpfen! Sie hatte alles zerstört! Hastig versuchte sie zu retten, was noch zu retten war. „Ich weiß, dass du nicht meine Liebe, sondern nur meinen Körper willst, Ramsay. Es genügt mir auch. Ehrlich. Du musst mich nicht …“

Aber Ramsay hob sie hoch und drehte sich lachend mit ihr im Kreis. „Oh Elena! Wie wenig du mich doch kennst. Ich will nicht nur deinen Körper. Ich will alles.“

Sie verstand nicht recht, was er damit meinte, aber er war ganz offensichtlich nicht zornig. Ihre Anspannung löste sich und sie stimmte in sein glückliches Lachen ein. Mit einem liebevollen Lächeln auf den Lippen stellte er sie schließlich wieder auf die Füße und hauchte ihr einen Kuss auf die Nasenspitze. „Ich schätze, da ich stinke wie eine Schweineherde, muss ich mich zuerst waschen, bevor …“ Er ließ seinen Blick lüstern über ihren Körper gleiten, entledigte sich rasch seiner Kleider und entnahm einer der Satteltaschen ein Stück Kernseife. Während Elena sich ebenfalls entkleidete, beobachtete sie Ramsay. Er stand nun bis fast zur Hüfte im kalten Wasser und seifte sich mit energischen Bewegungen Brust und Arme ein. Ihr Blick glitt über seinen breiten Rücken, folgte der Linie seines Rückgrates und verweilte auf den kleinen Grübchen oberhalb seines festen Gesäßes. Ohne Kleider wirkte er sogar noch gefährlicher. Ein bronzefarbener Riese mit mächtigen Muskeln unter straffer Haut. Seine ungebändigten Haare fielen ihm über die Schultern und verliehen ihm ein raubtierhaftes Aussehen. Er war der schönste Mann, den sie jemals gesehen hatte – und er gehörte ihr. Für kurze Zeit zumindest. Nackt und ohne das geringste Schamgefühl stieg sie zu ihm ins Wasser.

Kapitel 19

Todd saß an einen Baum gelehnt, abseits von den übrigen Männern. Er konnte ihre Nähe nicht ertragen. Gestern Nacht hatte er einen Entschluss gefasst. Er würde seinen Auftrag nicht ausführen. Aye, er hatte beschlossen, dem Höllendämon alles zu gestehen. Er wollte nicht das Leben all dieser Männer auf dem Gewissen haben. Diese Krieger waren ehrenhaft und treu. Das gab es nur noch selten. Obwohl er sich mit Händen und Füßen dagegen gewehrt hatte, hatten sie ihn als einen der ihren aufgenommen. Todd wusste, dass jeder Einzelne ihm zu Hilfe eilen würde, sollte er sich in Gefahr befinden. Er wollte diese braven Männer nicht in den Tod schicken!

Nachdem er diese Entscheidung getroffen hatte, hatte er sich gut gefühlt, so gut wie schon seit einer Ewigkeit nicht mehr. Und endlich hatte er in der Nacht wieder Schlaf gefunden. Todd fuhr sich mit der Hand durchs zerzauste Haar. Deshalb war er heute auch im Dorf gewesen. Er hatte seine Eltern aufgesucht, wollte ihnen sagen, dass sie fliehen sollten, damit Lord Grenwick sich nicht an ihnen rächen konnte.

Doch er hatte nur seine Mutter angetroffen. Sie war ihm weinend um den Hals gefallen. Nur mit Mühe hatte er die entsetzlichen Nachrichten aus ihr herausgebracht. Sie hatte ihm schluchzend einen versiegelten Brief gegeben.

Dein Vater und deine Schwestern sind in meinem Gewahrsam. Ihnen wird nichts geschehen, solange du dich genau an meine Anordnungen hältst. Wenn du das nicht tust, wird der Alte qualvoll sterben. Mit den Mädchen haben meine Männer bestimmt vergnügliche Stunden.

Lord Grenwick

Bei Gott, dieser Bastard war persönlich gekommen, um Todds Vater und seine jüngeren Schwestern zu holen. Todd schloss gequält die

Augen. Er musste es tun, ihm blieb keine andere Wahl. Als er aufblickte, sah er Milvan und den kleinen Jimmy auf sich zukommen. Beide hatten ein freundliches Lächeln auf den Lippen. Todd zuckte unmerklich zusammen. Er fühlte sich wie ein Tier, das man in die Enge getrieben hatte. Am liebsten wäre er aufgesprungen und davongelaufen. Doch er saß nur ruhig da, lehnte den Kopf gegen die raue Rinde des Baumes und schloss die Augen.

Milvan räusperte sich hörbar: „Todd, Lord Ramsay schickt nach dir."

Todd holte tief Luft und nickte mit geschlossenen Augen.

„Ich komme."

Trotz seiner erst dreiundzwanzig Lenze fühlte er sich plötzlich sehr, sehr alt und müde. Nach einem weiteren Atemzug öffnete er schließlich die Augen und blickte geradewegs in einen ledernen Becher mit Wein. Er sah fragend zu Milvan auf, und der lächelte ein wenig verlegen. „Nimm! Ein Zeichen von schlechtem Gewissen, in Ordnung?"

Todd runzelte die Stirn, nahm jedoch dankend den Becher an. „Was für ein schlechtes Gewissen?"

Milvan betrachtete angestrengt seine Schuhspitzen und errötete leicht.

„Na ja, ich hasse ungeregelte Angelegenheiten, bevor ich in den Kampf ziehe. Man weiß ja nie, ob einem später noch Zeit bleibt, die Dinge zu regeln."

Todd konnte sich keinen Reim auf diese Worte machen. Doch eines wusste er: Dieser Bursche würde in seinen letzten Kampf ziehen und er, Todd, war schuld daran. Er war der Judas, aber ob er danach auch den Mut aufbrachte, sich zu erhängen?

Milvan schnaubte ungeduldig. „Verdammt, Mann, ich hatte dich im Verdacht, hinter den Mordanschlägen auf Lady Elena zu stecken. Wer hätte denn ahnen können …"

„Lass es gut sein. Ich schwöre bei Gott, ich wollte niemals irgendjemandem ein Leid zufügen." Nur Todd selbst wusste, dass er von der Zukunft und nicht von der Vergangenheit sprach.

Milvan schenkte ihm ein erleichtertes Lächeln und prostete ihm zu. Nachdem er den Becher in einem Zug geleert hatte, schlug er

Todd auf die Schultern: „Komm jetzt, unser Anführer wartet nicht gerne."

Todd nickte und folgte Milvan zum Zelt des Höllendämons. Ramsay saß über den Tisch gebeugt da, hatte eine Karte vor sich ausgebreitet und hörte Wills Erklärungen aufmerksam zu. Als Milvan und Todd eintraten, sahen beide kurz auf, und Todd erstarrte, als er Will in die Augen sah. Er wusste es! Nay! Schnell schob Todd diesen Gedanken beiseite. So etwas wie das zweite Gesicht gab es nicht. Das waren doch nur Ammenmärchen. Dummes Geschwätz, sonst nichts. Er straffte die Schultern. „Mylord, Ihr habt nach mir geschickt?" Ramsay nickte knapp und sagte zu Will: „Wir unterhalten uns später weiter."

Der Koch deutete eine Verbeugung an und verließ das Zelt.

Todd spürte den durchdringenden Blick des Höllendämons auf sich ruhen und seine Handflächen wurden plötzlich feucht. Ramsay deutete mit dem Kopf auf die beiden Feldstühle.

„Setzt euch und erzählt mir alles, was ihr heute gesehen habt."

Der schwache Schein der beiden Kerzen erhellte nur den Tisch, alles andere war nur schemenhaft wahrzunehmen. Todd vernahm ein leises, bedrohliches Knurren, konnte jedoch nur zwei gelbe Lichtpunkte und die Umrisse einer haarigen Gestalt ausmachen. Wulf. Wie ein Wächter der Hölle lag das Tier vor dem Bett und beobachtete die Neuankömmlinge misstrauisch. Todd schluckte schwer. Was konnte man von einem Riesen erwarten, der sich einen Wolf als Glücksbringer hielt? Besonders dann, wenn man im Begriff war, ihn zu verraten?

Milvan setzte sich völlig unbefangen und begann sogleich mit einer ausführlichen Beschreibung seiner Beobachtungen. Todd nahm auf dem anderen Stuhl Platz und lauschte aufmerksam. Er hoffte, etwas von den Plänen des Höllendämons zu erfahren, etwas, womit er seiner Familie helfen konnte, Lord Grenwicks Ungeduld zu zügeln, etwas, um diese Männer an einen Teufel zu verraten. Doch Ramsay hörte nur zu, stellte zwischendurch einige Fragen und zeichnete seltsame Muster auf die Karte. Vermutlich war es eine Art Geheimschrift, die nur er deuten konnte.

Selbst wenn jemand die Karte stehlen würde, wäre sie nutzlos.

Verdammt! Als Milvan seine Ausführungen beendet hatte, richtete Ramsay den Blick auf Todd. Das flackernde Kerzenlicht legte gespenstische Schatten auf das Gesicht des Höllendämons und betonte besonders das unnachgiebige Kinn. Nie zuvor war er Todd so angsteinflößend erschienen. Nach einer Weile des Schweigens forderte Ramsay: „Erzähl mir von deinen Beobachtungen. Was hast du gesehen oder gehört?"

Todd wich den Augen aus, die beinahe zu glühen schien. Angestrengt betrachtete er die Karte und versuchte, etwas darauf zu erkennen. Es gelang ihm nicht.

„Mylord, es tut mir leid. Aber ich kann Euch nichts Neues berichten. Ich war bei meinen Eltern im Dorf." Todd sackte in sich zusammen, als hätte ihm jemand eine schwere Last umgehängt. „Besser gesagt, bei meiner Mutter. Meinen Vater und meine jüngeren Schwestern haben sie mitgenommen."

Ramsay nickte mit finsterem Gesicht. „Wir werden sie befreien!" Er sagte es so ruhig und gleichzeitig entschieden, dass sogar Todd es glaubte.

„Weißt du, wo man sie hingebracht hat?"

„Ins Verlies. Das haben sie zumindest zu meiner Mutter gesagt."

Ramsay nahm die Schreibfeder und kritzelte etwas auf die Karte.

„Dann ist es immerhin möglich, dass sie noch am Leben sind."

Die Männer schwiegen eine Weile.

„Was hast du von deiner Mutter erfahren? Hat sie etwas beobachtet?"

Todd schüttelte resigniert den Kopf. „Nur das, was alle wissen. Die Angreifer kamen wie aus dem Nichts und nahmen die Burg beinahe kampflos ein. Seither verwüsten sie wahllos Häuser und Felder. Doch niemand weiß, wer sie sind oder woher sie kommen."

Als Ramsay sich erneut über die Karte beugte, hielt Todd es nicht mehr länger aus.

„Mylord, bitte sagt mir, ob Ihr bereits Pläne habt! Ich … Ich muss es wissen! Wann wollt Ihr die Burg angreifen und wie?"

Ramsay maß ihn mit einem scharfen Blick. Er war es nicht gewohnt, Rechenschaft abzulegen und würde auch jetzt nicht damit anfangen. Gewiss, er verstand den Burschen. Er fürchtete um seine

Familie. Dennoch traute er ihm nicht. Sein Instinkt riet ihm zur Vorsicht.

Langsam lehnte er sich in seinem Stuhl zurück und verschränkte die Arme vor der Brust. Todd spürte, dass der Höllendämon ihm nicht traute, obwohl in dessen Gesicht nichts zu lesen war. Dennoch spürte er es. Selbst Wulf, der leise zu knurren begonnen hatte, schien es zu fühlen.

Ramsay betrachtete sein Gegenüber eine Weile. Er bemerkte die zunehmende Nervosität, die sich auch durch den zerknirschten Gesichtsausdruck nicht verbergen ließ. Mit diesem Burschen stimmte einfach etwas nicht. Kühl antwortete er schließlich: „Wenn die Zeit gekommen ist, wirst du das Notwendige erfahren."

Todd wäre am liebsten aufgesprungen und hätte dem Höllendämon ins Gesicht geschrieen, dass er es jetzt wissen wollte. Schließlich ging es um seine Familie! Doch er war schlau genug, still sitzen zu bleiben.

„Wie lange lebst du schon in Faithlie?"

Todd überlegte blitzschnell. Was sollte er sagen? Die Wahrheit? Vermutlich war dies eine Art Probe. Er atmete tief ein: „Erst seit einem halben Jahr, Mylord."

„In wessen Diensten hast du zuvor gestanden?"

Todd straffte die Schultern und in seiner Stimme lag all die Verachtung, die er für jenen Mann empfand. „Bei Lord Grenwick. Wir wohnten in Inverurie. Ihr habt selbst gesehen, welche Zustände dort herrschen. Wir hatten nie genügend zu essen. Mein Vater und ich gingen auf die Jagd, doch selbst das Wild schien diesen Ort zu meiden."

„Dann seid ihr geflohen?"

Todd schüttelte energisch den Kopf. Nur zu gut wusste er, was mit Leibeigenen geschah, die ihrem Herrn davonliefen.

„Nein, Mylord, wir sind nicht geflohen. Eines Tages kamen einige Soldaten und erklärten uns, dass wir nun zu Lord Cambells Leibeigenen gehörten. Wir waren eine Art Geschenk." Die Bitterkeit in seiner Stimme zeigte sehr deutlich, was er davon hielt, als Geschenk zu dienen. „Natürlich ergriffen wir gern diese Möglichkeit. Es war wie ein Zeichen Gottes. Ein einmaliger Glücksfall."

Dies war die Wahrheit, doch verschwieg er dem Höllendämon, welche Bedingungen später damit verknüpft wurden: Dass Lord Grenwick ihm das kleine Häuschen und genügend Essen versprach, wenn er Lady Elena und den Höllendämon ans Messer lieferte. Zugegeben, ein sehr hoher Preis, doch es ging schließlich um seine Familie. Todd hätte alles getan, um ihr ein besseres Leben zu ermöglichen.

In diesem Moment trat Elena mit einer großen Schüssel Fleischbrühe und Brot ein. „Oh, verzeih bitte, Ramsay, ich dachte, du wärst alleine." Sie wandte sich bereits wieder der Zeltluke zu, doch Ramsay hielt sie zurück. „Bleib, Elena. Meine Fragen sind bereits beantwortet."

Mit einer knappen Verbeugung gingen Milvan und Todd hinaus. Ramsay schob die Karte beiseite. „Ich habe einen Riesenhunger!"

Mit einem glücklichen Lächeln stellte Elena die Speisen vor ihn hin. „Ich habe selbst gekocht."

Ramsay schaute sie verdutzt an. „Du?"

Elena nickte verlegen. „Du hast Will so lange vom Kochen abgehalten, dass die Männer mürrisch wurden."

Ramsay tauchte den Löffel in die herrlich duftende Suppe und probierte beinahe ehrfurchtsvoll.

Elena biss sich aufgeregt auf die Lippen. „Und? Schmeckt es dir?"

Ramsay zögerte die Antwort absichtlich hinaus. Elena sah in ihrer Erwartung auf ein Lob einfach zu hübsch aus. Erneut probierte er einen Löffel voll, dann rümpfte er die Nase.

Elena war wie vom Donner gerührt. Sie hatte die Suppe nach dem Hausrezept der Cambells zubereitet und sie war vorzüglich! Eine wahre Gaumenfreude! Doch dieser … dieser … Wütend schnappte sie nach Luft. „Du unwissender Grobian! Du kannst ja nicht einmal ein Stück Dörrfleisch von einem Braten unterscheiden!"

Sie wollte ihm die Schüssel wegnehmen. Dieser Kerl verdiente diese Köstlichkeit gar nicht. Doch Ramsay hielt die Schüssel mit beiden Händen fest. Elena riss und zerrte daran, bis Ramsay plötzlich den Kopf in den Nacken warf und sein tiefes Lachen das ganze Zelt erfüllte. Er zog die verblüffte Elena um den Tisch herum zu sich auf den Schoß.

„Liebes, du siehst einfach himmlisch aus, wenn du wie ein Fisch nach Luft schnappst!"

Noch immer lachte er leise und drückte Elena einen schmatzenden Kuss auf die Wange.

„Ich schnappe nach überhaupt nichts!" Sie konnte ein Lächeln nicht unterdrücken. Ramsays Lachen war einfach hinreißend. Auf seiner linken Wange bildete sich ein kleines Grübchen und er wirkte wie ein ungezogener Lausbub.

Elena brach ein kleines Stück Brot ab, tunkte es in die Fleischbrühe und steckte es Ramsay in den Mund. „Wenn du mich jetzt nicht augenblicklich lobst, tausche ich deinen Teller mit Leilas Futtergeschirr. Mal sehen, ob dir ihr Futter besser schmeckt!"

Sofort lobte Ramsay die Mahlzeit in den höchsten Tönen und seine Augen blitzten vor Schalk.

„In Ordnung, für den Anfang gar nicht schlecht", lachte Elena und rutschte von seinem Schoß herunter. Sie setzte sich auf ihren Stuhl und widmete sich ebenfalls dem Essen.

„Haben deine Männer heute etwas erfahren, was uns weiterbringt?"

Ramsay schüttelte nachdenklich den Kopf. „Nay, nicht viel. Ehrlich gesagt weiß ich nicht, was ich von der ganzen Sache halten soll. Es gibt keinerlei Hinweise, um wen es sich bei den Angreifern handelt. Findest du das nicht auch merkwürdig?"

Elena hob unschlüssig die Schultern. „Ich weiß nicht recht, ist es das?"

Ramsay nickte und kaute schweigend ein Stück Brot.

„Hatte dein Vater in letzter Zeit Streit? Hatte er Feinde?"

Elena starrte auf ihren Teller. „Mein Vater ist seit dem Tod meiner Mutter nicht mehr sehr beliebt bei seinen Mitmenschen, Ramsay. Er versucht noch immer, seine Trauer im Wein zu ertränken, und kümmert sich weder um die Burg noch um die Sorgen seiner Pächter. Ich fürchte, er ist auch ziemlich unberechenbar und streitsüchtig geworden. Es gibt viele, die nicht gut auf ihn zu sprechen sind."

Das half Ramsay auch nicht weiter. Er betrachtete noch einmal die Karte und die verschiedenen Zeichen. Sie hatten heute nur erfahren, dass mindestens acht Männer auf den Wehrtürmen patrouillierten. Es war wirklich eine sehr heikle Angelegenheit. Er konnte es nicht verantworten, seine Männer in eine so unsichere Schlacht zu führen.

Entschlossen schob Ramsay Elena die Karte hin. Es gab nur eine Möglichkeit.

„Zeichne mir den genauen Verlauf des Geheimgangs auf, Elena!"

Er reichte ihr eine Feder und wartete geduldig, doch Elena schüttelte nach einer Weile den Kopf: „Das wird nicht nötig sein, Ramsay. Ich werde dich führen."

Ramsay lehnte sich in seinem Stuhl zurück und verschränkte die Arme vor der Brust. „Nein, das wirst du nicht. Du zeichnest mir jetzt den Weg auf und damit ist die Schlacht für dich geschlagen!"

Elena schnaubte ungeduldig. „Ramsay, bitte, darüber haben wir bereits gesprochen. Egal wie du es drehst und wendest, ich begleite dich!"

„Elena!", zischte Ramsay warnend. Doch sie fuhr unbeeindruckt fort: „Wenn du nicht so starrsinnig wärst, wäre dir klar, dass ich dich in die Höhlen begleiten muss, um dich durch das Labyrinth der Gänge zu führen. Selbst wenn du jahrelang nach dem richtigen Weg suchen würdest, du würdest ihn nicht finden. Die Gänge verzweigen sich alle paar Schritte und ..."

„Ich habe mich wohl nicht deutlich genug ausgedrückt, Elena." Ramsay erhob sich und beugte sich über den Tisch. Er wollte sie einschüchtern, aber sie begegnete seinem Blick mit derselben Entschlossenheit.

„Doch, das hast du, Ramsay. Aber wenn du denkst, dass ich hier tatenlos herumsitze, dann hast du dich grundlich geirrt. Ich komme mit und damit basta! Schließlich brauchst du auch in der Burg jemanden, der sich auskennt. Wie willst du denn sonst die Verliese finden?"

Sie sah das gefährliche Glitzern in seinen grauen Augen und setzte ihr gewinnendstes Lächeln auf.

„Ich werde beim ersten Mal nur vier Männer mitnehmen. So können wir uns einen genauen Überblick verschaffen."

Männer können so stur sein, dachte sie. Und bei Ramsay war die Anlage zur Sturheit noch ausgeprägter als bei den meisten anderen.

„So nimm doch Vernunft an, Ramsay ...“

„Ich bin vernünftig. Ich habe heute gesehen, wie sehr dir das alles zusetzt. Es wäre nicht nur verantwortungslos von mir, dich erneut diesem Schrecken auszusetzen, es wäre reiner Wahnsinn, wenn ich dich mitnehmen würde.“ Er streckte seine Hand über den Tisch und streichelte sanft ihre Wange. „Ich habe keine Ahnung, was mich und meine Männer dort erwartet, Liebes.“

Elena ergriff seine Hand und schmiegte ihre Wange an seine Handfläche. „Und genau deshalb brauchst du mich, Ramsay. Eine Zeichnung ist zwar sehr nützlich, doch wenn es hart auf hart kommt, nicht gerade hilfreich. Was ist, wenn du mitten auf einem Korridor stehst und dich rasch verstecken musst, weil du jemanden kommen hörst? Du wüsstest nicht wo, oder? Ich hingegen kenne jeden Schlupfwinkel und jede Nische.“

Als er seine Hand abrupt zurückzog und sie noch immer abweisend ansah, wurde Elena wütend. Glaubte er denn wirklich, sie würde ihm dieses Unternehmen alleine überlassen? Immerhin stand das Leben all jener, die sie liebte, auf dem Spiel. Das ihres Vaters, das Ramsays, das der Dorfbewohner und auch das der Krieger, die sie inzwischen in ihr Herz geschlossen hatte. Nichts und niemand würde sie davon abhalten können, Ramsay zu begleiten.

Ihre Entschlossenheit hatte sich offensichtlich in ihrem Gesicht gespiegelt, denn Ramsay stieß plötzlich eine Fülle hässlicher Schimpfwörter aus. Natürlich hatte sie Recht. Aber, verdammt noch mal, er wollte sie in Sicherheit wissen! Schon der Gedanke, dass er sie verlieren könnte, ließ ihn am ganzen Körper zittern. Weshalb wollte sie bloß so verdammt tapfer sein?

Der Kampf, der in ihm tobte, dauerte lange.

„Na schön“, lenkte er schließlich ärgerlich ein. „Du begleitest mich morgen und zeigst uns den Weg. Doch du wirst keinen Schritt von meiner Seite weichen! Hast du verstanden?“ Elena nickte eifrig und schenkte ihm ein erleichtertes Lächeln.

„Du wirst mir aufs Wort gehorchen und keine Fragen stellen.“

Wieder nickte Elena heftig und Ramsay fuhr fort: „Und wenn es gefährlich wird, verschwindest du augenblicklich.“ Er betrachtete sie eine Weile schweigend und wünschte sich, sie wäre dieses eine Mal ein Feigling. Verdammt, weshalb konnte sie nicht einfach hier im Lager bleiben und für seine gesunde Rückkehr beten?

„Gib mir dein Wort darauf, Elena, dass du dich auch wirklich an meine Anweisungen hältst." Elena stand auf und legte ihre kleine Hand auf ihr Herz. „Ich verspreche es dir, Ramsay. Du brauchst dir meinetwegen keine Sorgen zu machen. Wenn es erforderlich ist, kann ich nämlich sehr vorsichtig sein."

„Das hoffe ich, meine Liebe – für alle Beteiligten."

Elena lächelte ihn zuversichtlich an. „Ich werde dir eine große Hilfe sein, Ramsay. Du wirst schon sehen."

Sogleich erschien ein lüsternes Grinsen auf Ramsays Lippen und er zog sie an seine Brust. „Ich wüsste da etwas, wobei du mir jetzt helfen könntest."

Elena ließ sich bereitwillig küssen. Nach einer Weile befreite sie sich jedoch aus Ramsays Umarmung und schalt ihn neckend: „Aber, Mylord, zuerst kommt die Arbeit, erst dann das Vergnügen!" Nur widerwillig ließ er zu, dass Elena das Geschirr abräumte und seufzte: „Du bist wirklich ein unromantisches Weibsbild. Aber wenn es denn nicht anders geht, kannst du mir Will und Gavin hereinschicken. Ich muss mit ihnen den morgigen Tag besprechen."

Als Elena Ramsays Wunsch erfüllt hatte, ging sie an den Bach, um das Geschirr zu spülen. Jetzt, da sie allein war, brauchte sie nicht mehr die Mutige zu spielen. Auch wenn sie sich vor Ramsay nichts hatte anmerken lassen, so fürchtete sie sich insgeheim schrecklich. Morgen! Oh Gott, sie hätte nicht gedacht, dass es schon so bald sein würde. Sie hatte gehofft, dass ihr mindestens noch ein, vielleicht sogar zwei ungestörte Tage mit Ramsay vergönnt wären. Aber dem war nicht so. Morgen!

„Lady Elena?"

Mit einem leisen Schrei wirbelte Elena herum.

„Ach, du liebe Güte, Todd! Ich habe dich gar nicht gehört."

Todd trat verlegen von einem Bein auf das andere. „Entschuldigt bitte, Mylady. Ich wollte Euch nicht erschrecken."

Elena lächelte ihn beruhigend an. „Ich war wohl in Gedanken."

Daraufhin steckte Todd seine Hände in die Hosentaschen und schaute sich unauffällig um.

„Das ist verständlich, Mylady. Ihr habt heute in Faithlie schreckliche Dinge gesehen."

Elena nickte bedrückt und Todd erkundigte sich: „Wisst Ihr, ob der Höllendämon endlich einen Plan hat, Mylady?"

Als Elena ablehnend den Kopf schüttelte, fuhr Todd heftiger fort: „Ich flehe Euch an, Lady Elena, Ihr müsst es mir sagen."

Elena blickte ihn verstört an. „Todd, ich möchte dir ja helfen. Aber Ramsay hätte bestimmt etwas dagegen, wenn ich seinen Plan ausplaudern würde. Er ist in diesen Dingen sehr eigen."

Verdammt noch mal, er hatte nicht mehr die Zeit, um auf die zarten Gefühle des Höllendämons Rücksicht zu nehmen! Die allgemeine Anspannung im Lager deutete darauf hin, dass der Angriff nicht mehr lange auf sich warten ließ. Er brauchte Informationen. Verflucht! Einer von Grenwicks Boten konnte jeden Augenblick hinter einem der Bäume auftauchen und wenn er diesen wieder ohne Nachricht zurückschickte ... Todd schloss gequält die Augen. Schon der Gedanke daran, was Grenwick dann mit seinen jüngeren Schwestern anstellen würde, bereitete ihm Höllenqualen. Er musste seine Taktik ändern. Niedergeschlagen ließ er sich auf einen umgestürzten Baumstamm sinken und vergrub sein Gesicht in den Händen. Elena strich ihm mitfühlend durch sein wirres Haar.

„Vertraue auf Ramsay, Todd. Du wirst sehen, dass wir keinen besseren Mann hätten finden können."

„Oh, Lady Elena, ich flehe Euch an, lasst mich nicht länger in dieser grässlichen Unwissenheit." Er sah sie mit all der Verzweiflung an, die er aufrichtig empfand, und stieß hervor: „Die Banditen haben meine beiden Schwestern, Mylady. Was soll ich nur tun? Ich kann doch nicht hier herumsitzen, während man sie ..."

„Oh, Todd, das wusste ich nicht. Es tut mir ja so leid."

Elenas war ganz aufgewühlt. Einerseits wollte sie Ramsays Vertrauen nicht missbrauchen ... Aber sie konnte Todd auch nicht seiner Qual überlassen, oder?

Todd entging Elenas Kampf nicht und er wusste, dass sie ihm bald alles anvertrauen würde. Aus reinem Mitgefühl und Vertrauen.

Oh Gott, wie elend er sich fühlte! Aber ihm blieb keine andere Wahl. Blut war dicker als Wasser. Entschlossen stand er auf. „Ich werde noch verrückt, wenn ich nichts unternehme. Vergebt mir, Mylady, aber ich kann nicht länger bei Euch bleiben." Er deutete eine leichte Verbeugung an und fügte hinzu: „Ich werde alleine nach Castle Fraser gehen und versuchen, meine Schwestern zu befreien. Vielleicht sterbe ich dabei, aber wenigstens habe ich es dann versucht."

Als er sich umdrehte und davonging, hielt Elena ihn zurück: „Todd, bitte tu nichts Unüberlegtes. So warte doch!" Sie eilte ihm nach und hielt ihn am Arm fest: „Na schön, ich erzähle es dir, aber du musst mir versprechen, dass du niemandem ein Sterbenswörtchen davon verrätst."

Todd konnte seine Erleichterung nicht verbergen: „Der Himmel belohne Euch, Mylady." Und er möge mir meinen Verrat verzeihen, fügte er im Stillen hinzu.

Kapitel 20

Die Abenddämmerung brach bereits herein, und mit ihr zogen dichte Nebelschwaden auf. Nur vereinzelte Vögel flogen über den Köpfen der sieben Reiter dahin, um sich einen geschützten Schlafplatz zu suchen. Elena versuchte vergeblich, das bedrückende Unbehagen abzuschütteln, das sie schon den ganzen Tag lang keine Ruhe hatte finden lassen. Doch es wollte ihr einfach nicht gelingen. Ob die anderen diese Anspannung ebenfalls spürten?

Erneut beobachtete sie Ramsay verstohlen aus dem Augenwinkel heraus. Als sie vom Lager aufgebrochen waren, hatte sie seine innere Verwandlung gespürt, und der bittere Verlust schnürte ihr die Kehle zu. Ramsay war nicht länger ihr zärtlicher Liebhaber. Nay, nun war er der kühne Krieger, von dem so viele Lieder berichteten. Der Krieger, der entweder siegte oder starb. Er war nicht länger Ramsay McFist – nun war der Höllendämon erwacht. Elena schluckte schwer. Mit jeder Faser ihres Herzens fühlte sie, wie die Welt, die sie sich in den vergangenen Tagen geschaffen hatten, unaufhaltsam zerbröckelte.

„Hier ist es!“ Elena brachte ihre Stute vom Weg ab und glitt aus dem Sattel. „Das hier ist der Eingang.“ Sie übergab Jimmy Cecilias Zügel und ging hinüber zu einer Gruppe von dichten Büschen. Mühelos ließen sie sich beiseite schieben und enthüllten eine schwarze Öffnung.

Ramsay trat neben Elena und spähte in den finsteren Schlund hinein.

„Wir werden die Fackeln gleich brauchen.“ Er betrachtete einen Moment lang schweigend Elenas blasses Gesicht, bevor er sie einige Schritte von den Männern fortzog, damit sie sich ungestört unterhalten konnten.

„Du zitterst ja, ist dir kalt?“

Elena senkte beschämt die Augen und schüttelte den Kopf. „Mir ist nicht kalt, Ramsay. Es ist nur …" Wieder schüttelte sie den Kopf. „Ach, es ist nichts. Lass es uns einfach nur hinter uns bringen, ja?"

Beinahe hätte Ramsay gelächelt, und Stolz wärmte seine Brust. Aye, er war stolz auf diese kleine, zerbrechliche Frau, die so krampfhaft versuchte, tapfer zu sein. Sie trug nun wieder dieselben Kleider, mit denen sie angekommen war. Das dunkelgrüne, bis zum Hals züchtig zugeknöpfte Kleid. Sie hatte es so gut es eben ging geflickt. Den Plaid trug sie über den Schultern und ihr Haar war zu einem losen Zopf geflochten. Sie hoffte, ihre Gefühle vor ihm verbergen zu können. Doch er kannte sie nun gut genug, um zu wissen, dass sie sehr große Angst hatte. Ramsay legte einen Finger unter ihr Kinn und hob es an, damit sie ihm in die Augen sehen musste. „Es ist keine Schande, sich zu fürchten, Liebes, und niemand würde es für Feigheit halten, wenn du lieber hier bei Jimmy und Todd warten möchtest. Du weißt, dass ich das von vornherein so wollte."

„Oh Ramsay, es gibt nichts, was mich davon abbringen könnte, dich zu begleiten. Du brauchst mich, und außerdem, wenn ich hier bliebe, würde ich verrückt werden vor Sorge um dich."

Ramsay lächelte gerührt. „Du scheinst kein allzu großes Vertrauen in meine Geschicklichkeit als Krieger zu setzen, meine Teure."

Elena riss entsetzt die Augen auf: „Oh nein, Ramsay, du solltest wissen, dass ich dich für den edelsten und tapfersten Ritter in ganz Schottland halte. Meiner Meinung nach gibt es keinen Kühneren als dich."

Ramsays Herz machte einen beinahe schmerzhaften Freudensprung, als er in Elenas aufrichtig bestürzte Augen schaute. Es war ihr Ernst. Jedes einzelne süße Wort meinte sie auch so und Ramsay wurde bewusst, dass er sie noch nie mehr geliebt hatte als in diesem Moment. Besitzergreifend und erfüllt von dankbarem Staunen zog er Elena in seine Arme und drückte ihr einen sanften Kuss auf die Lippen. Oh Gott, er konnte es kaum erwarten, Elena endlich zu seiner Frau zu machen. Wenn alles gut ging, würde er Castle Fraser befreien und sich in wenigen Tagen auf dem Rückweg nach Blackstown befinden. Er würde mit Elena als seiner frisch angetrauten Ehefrau endlich in sein Heim zurückkehren. Schon alleine der Gedanke daran ließ sein Herz schneller schlagen. Natürlich war auch auf Blackstown viel zu tun, doch konnte er sich dort zumindest jede Nacht seines Lebens auf die Frau konzentrieren, die mit ihm das Bett teilte. Ramsay lächelte. Die Frau, die seine Kinder zur Welt bringen würde!

„Wenn du mich tatsächlich für all das hältst, was du sagst, dann solltest du mir vertrauen, Liebes. Ich gebe dir jetzt die letzte Gelegenheit, dich zu entscheiden. Möchtest du hier bleiben oder willst du uns begleiten?“

Ramsay ließ Elena los und führte sie zurück zu den wartenden Männern. Wie gern hätte sie jetzt seine tröstenden Arme um sich gespürt.

„Ich begleite dich natürlich.“ Sie durfte sich keine Schwäche erlauben. Sie musste mit eigenen Augen sehen, was in der Burg vorging. Sie wollte bei ihrem geliebten Riesen bleiben und wissen, dass es ihm gut ging.

Mit neuem Mut nahm Elena die Fackel entgegen, die Bruce ihr hinhielt, und atmete tief durch. Jetzt musste sie stark sein.

Ramsay zog sein Schwert und gab Elena mit einem Nicken zu verstehen, dass sie vorangehen sollte. Seine Haltung sprach von Kraft, Mut und grimmiger Entschlossenheit. „Gebt Acht, es ist sehr glitschig. Und bleibt immer zusammen! In den Katakomben gibt es Hunderte von Wegen. Man kann sich sehr leicht verlaufen.“

Elena führte Ramsay, Gavin, Milvan und Bruce in den muffig riechenden Gang hinein, und je tiefer sie in das feuchte Innere der Katakomben eindrangen, desto kälter wurde es.

„Ich hoffe, du gehörst nicht zu den Menschen, die in engen Räumen nervös werden?“ Ramsays Lippen verzogen sich zu einem spöttischen Lächeln. „Ich kann dich beruhigen, Elena. Um mich nervös zu machen, bedarf es sehr viel mehr.“

Elena schluckte. Ihr ging es leider nicht so gut. Sie hasste enge Räume, aber wenigstens hatte sie diesmal Licht.

„Nun ja, die Gänge sind hier auch breit genug. Viel enger wird es nicht mehr werden.“

„Vielleicht, wenn man ein Zwerg ist wie du“, gab Ramsay trocken zurück und Elena musste ein Lächeln unterdrücken, als sie sich nach ihm umsah. Sie konnte sich frei bewegen, aber Ramsay musste sich bücken, um seine breiten Schultern durch eine enge Stelle zu zwängen.

„Nun, du bist aber auch unverschämt groß gewachsen, Mylord."

„Jedenfalls wesentlich größer als du."

Elena kaute besorgt auf ihrer Unterlippe herum. „Gib bloß Acht, dass du nicht stecken bleibst!"

„Ich werde mir die größtmögliche Mühe geben, Mylady."

Stumm führte Elena die Männer den ansteigenden Gang entlang, bis sie an der Stelle ankamen, an dem sich der breite Weg in zwei schmalere teilte. Die Flammen der Fackeln warfen groteske Schatten an die triefenden Felswände, und nur der Widerhall ihrer Schritte und das Getrappel fliehender Ratten waren zu vernehmen.

„Wir sind gleich da. Nur noch zwei Biegungen und wir stehen hinter dem Wandteppich in der Kapelle. Dort sind wir noch in Sicherheit, denn seit dem Tod meiner Mutter wird sie nicht mehr benutzt."

Auf Ramsays Befehl löschten alle ihre Fackeln und tasteten sich an der glitschigen Felswand entlang. Bald darauf erreichten sie ihr Ziel und blieben reglos stehen, um zu horchen. Nichts. Außer den Ratten und den Wassertropfen, die von der Decke fielen, war kein Laut zu hören. Ramsay drängte sich an Elena vorbei und schob den Teppich ein wenig beiseite. Die Kapelle lag in tiefer Dunkelheit.

„Der Eingang befindet sich genau auf der gegenüberliegenden Seite", flüsterte Elena. „Wir müssen hinter dem Altar hergehen, sonst stolpern wir womöglich über etwas und verraten uns."

„In Ordnung, bleib dicht hinter mir!", gab Ramsay leise zurück und trat hinter dem Wandbehang hervor. Im selben Augenblick stellten sich seine Nackenhaare auf und alles in ihm schrie – Gefahr!

„Zurück, das ist eine Falle!"

„Los, Männer!", brüllte eine andere Stimme aus der Dunkelheit.

Dann ging alles sehr schnell. Der Teppich wurde heruntergerissen, und Dutzende Fackeln erhellten plötzlich den Raum.

„In den Tunnel!" schrie Bruce, doch auch aus dieser Richtung kamen bewaffnete Soldaten auf sie zu. Ramsay erhob sein Schwert gegen den Ersten, der dumm genug war, sich ihm in den Weg zu stellen. Ihre Schwerter trafen sich klirrend, verharrten kurz und holten erneut aus. Dann hatte Ramsay seinem Gegner den Bauch aufgeschlitzt und widmete sich sogleich einem zweiten Angreifer.

„Elena, bleib hinter mir! Milvan, Bruce, helft mir, Elena zu schützen!"

Kaum hatte er die Worte ausgesprochen, sah er aus dem Augenwinkel heraus, dass drei gegnerische Kämpfer gleichzeitig auf Milvan losgingen. Wenig später sank sein Freund blutüberströmt auf den staubigen Boden und die grauen Steinplatten färbten sich dunkelrot.

Milvans Finger umklammerten den Dolch, der in seiner Seite steckte.

Elena schrie auf und wollte ihm zu Hilfe eilen, doch Ramsay hielt sie zurück und schob sie wieder in die Sicherheit seines Rückens. Innerhalb weniger Sekunden waren sie umzingelt. „Wir brauchen den Höllendämon lebend, Männer, oder es wird uns schlecht ergehen!", rief einer der Angreifer.

Elena erkannte in ihm den Reiter wieder, der am Tag zuvor Ramsay beinahe umgebracht hätte, und plötzlich fiel ihr wieder ein, wo sie ihn schon gesehen hatte. Es war einer von Lord Grenwicks Leuten. Ihre Gedanken überstürzten sich. Grenwick, dieser Bastard, war es also gewesen, der sich gegen ihren Vater verschworen hatte. Oh Gott, das musste Papa sehr getroffen haben!

„Ergib dich, Höllendämon, sonst schlachten wir deine Männer einen nach dem anderen ab!" Als ob dies ein verabredetes Signal gewesen wäre, traten die Angreifer zwei Schritte zurück. Ramsay ließ seinen Blick erneut durch die Reihen der schwer bewaffneten Kämpfer gleiten. Man konnte ihm vieles nachsagen, doch Dummheit gehörte eindeutig nicht dazu. Gegen ein Dutzend Männer hätten sie noch ankommen können, doch dies mussten an die vierzig Mann sein, und es kamen immer mehr hinzu. Nay, sie hatten keine Chance! Ramsays Augen ruhten auf Milvans reglosem Körper und er beobachtete die rote Blutlache, die sich immer weiter ausbreitete.

Eine Falle, hallte es wieder und wieder in seinem Kopf nach. *Eine Falle!* Verzweifelt versuchte er, sich gegen den aufkeimenden

Verdacht zu wehren, doch eine eisige Hand legte sich um sein Herz und drohte es zu zerquetschen. Es gab nur eine einzige Person, die von seinem Plan gewusst hatte. Eine Einzige, die ihn verraten haben konnte – Elena! Ramsays Gesicht war wie versteinert, als er seinen Männern mit einem Nicken zu verstehen gab, dass sie sich ergeben sollten. Zuletzt warf auch er sein Schwert hin und wandte sich an Elena. Sie war leichenblass geworden und ihre Augen waren vor Angst und Schrecken weit aufgerissen. Doch Ramsay sah nur eine Verräterin. Sie hatte seine Männer und sein Herz verraten.

„Bist du jetzt zufrieden, Lady? Hast du erreicht, was du wolltest?"

Elena war für einen Augenblick wie gelähmt, doch ihren Lippen entrang sich ein leiser Schrei, als Ramsays Verachtung sie wie ein Fausthieb traf.

„Ramsay, du glaubst doch nicht ..."

Weiter kam sie nicht, denn schon wurden sie von allen Seiten gepackt und durch die Kapelle ins Freie gezerrt.

„Bringt die anderen beiden ins Verlies, wir hängen sie später."

Ramsay versuchte, sich aus dem Griff seiner Peiniger zu befreien, um seinen Männern beizustehen, doch gegen die Übermacht konnte er nichts ausrichten. Hilflos musste er mit ansehen, wie Gavin und Bruce brutal niedergeschlagen wurden, als sie versuchten, sich zu befreien.

Unbarmherzig zerrten die Männer Ramsay und Elena quer durch den Burghof in die große Halle. Elena wehrte sich verzweifelt. Sie wollte Ramsay versichern, dass sie unschuldig war, doch im Grölen und Johlen von Grenwicks Leuten ging ihre Stimme unter.

„Ruhe! Haltet endlich Eure verfluchten Mäuler!"

Elena erstarrte, als sie die vertraute Stimme vernahm. Das war nicht möglich, konnte doch nicht möglich sein!

„Papa?!"

Lord Cambell griff mit einer fleischigen Hand nach seinem Weinkelch und prostete Elena lächelnd zu.

„Aber ... wie ist das ... denn nur ... möglich?"

Ihre Gedanken überschlugen sich. Ihr Vater war doch schwer

verletzt gewesen. Er war gefangen genommen worden. Eigentlich müsste er doch im Verlies sein. Was tat er bloß hier in der Halle, gemütlich bei einem Festmahl sitzend?

„Du hast dir aber reichlich Zeit gelassen, Tochter. Dein zukünftiger Gemahl ist schon ganz ungeduldig geworden."

Gemahl? Ihr armer Vater! War er vielleicht in der Gefangenschaft verrückt geworden? Elenas Blick wanderte zu Lord Grenwick, der sie lüstern betrachtete, als gehörte sie bereits ihm.

Plötzlich traf sie die Erkenntnis mit einem Schlag. Sie hatten sie benutzt! Ihr eigener Vater hatte sich mit Grenwick zusammengetan und sie wie eine Figur in einem strategischen Spiel benutzt. Ramsay würde sterben, weil sie ihm den Auftrag gegeben hatte, jemanden zu retten, der gar nicht gerettet werden musste. Er würde sterben – für nichts!

Elena wurde übel.

„Lügen, nichts als Lügen, Vater?"

Lord Grenwick lächelte höhnisch und strich sich mit dem Daumen über die tiefe Narbe, die sein Gesicht entstellte.

„Aber, Liebling, du kannst jetzt mit dem Theater aufhören. Du hast ja gewonnen." Mit einem leichten Nicken in Ramsays Richtung fügte er hinzu: „Ich danke dir für dein Hochzeitsgeschenk. Du hattest also tatsächlich Recht! Nicht einmal der Höllendämon kann deinen weiblichen Reizen widerstehen."

Bei diesen Worten gefror Ramsay das Herz in der Brust. Er wollte es einfach nicht glauben. Nicht Elena! Um Himmels willen, doch nicht seine geliebte Elena!

In ihrer Verzweiflung wandte sich Elena an Ramsay. Er musste doch erkennen, dass auch sie betrogen worden war!

„Ramsay, bitte, glaube ihnen nicht!"

Doch als sie Ramsay anschaute, wusste sie, dass ihr Flehen vergeblich war. Ihr wurde flau in der Magengrube. Er erwiderte ihren Blick mit einem unversöhnlichen Gesichtsausdruck und zusammengebissenen Zähnen. In seinen Zügen war keine Spur mehr von Wärme und seine Augen blickten sie eisig an. Schon einmal hatte sie ihn in einer solchen Verfassung erlebt. Damals, als er McGregor getötet hatte. Mutter Gottes, und nun galt dieser Hass ihr!

Als Ramsay endlich wieder sprechen konnte, knallte seine Stimme wie Peitschenschläge durch die große Halle.

„Verdammt sollst du sein, Verräterin!"

Elenas Herz zersprang in winzig kleine Stücke und sie schrie gequält auf: „Nein! Ich habe dich nicht ..."

„Du leugnest, mein Vertrauen missbraucht zu haben? Dann sag mir, dass du niemandem etwas von meinem Plan erzählt hast. Sag mir, dass nicht du es bist, die jetzt meine Männer auf dem Gewissen hat!", forderte Ramsay und in seinen Augen sah sie einen kleinen Hoffnungsschimmer.

„Sag es!", brüllte er erneut.

„Ramsay, bitte, ich war es ni ..."

Abrupt verstummte sie. Todd! Sie hatte es Todd erzählt. Der Himmel möge ihr beistehen! Sie war tatsächlich schuld. Ramsay hatte ihr vertraut und sie hatte sein Vertrauen missbraucht. Sie hatte es nicht absichtlich getan – lieber Gott, sie hätte doch niemals etwas getan, was ihm oder seinen Männern hätte schaden können. Und doch war Milvan tot und auch Ramsay, Gavin und Bruce würden ihretwegen sterben. Ihre Augen füllten sich mit Tränen der Verzweiflung.

„Ich will es aus deinem eigenen Mund hören, Lady. Sag, dass du mich verraten hast!"

Ein Stoß seines Dolches hätte sie nicht schlimmer treffen können als die Bitterkeit seiner Stimme. Sie blinzelte, doch die Tränen ließen sich nicht mehr zurückhalten und rannen über ihre Wangen.

„Das habe ich nicht gewollt, Ramsay! Bitte verzeih mir."

Oh Gott, er hatte so sehr gehofft, dass sie es abstreiten würde! Er hätte ihr geglaubt. Nichts hätte er lieber getan, als an ihre Unschuld zu glauben.

„Niemals!", schrie er wie ein verwundetes Tier, riss sich mit beinahe übermenschlicher Kraft los und schlug Elena mitten ins Gesicht. Sie taumelte zurück und fiel zu Boden.

„Niemals, du Hure! Ich verfluche dich, Lady! Dich und deine verdammte Falschheit."

Elena schmeckte ihr eigenes salziges Blut und war froh darüber. Sie hatte es verdient und sie wünschte sich noch viel mehr. Sie zwang sich, zu Ramsay hochzusehen, denn sie wusste, dass er noch nicht fertig war mit ihr. Doch als sie aufsah, sah sie in ein Gesicht, das genauso von Leid verzerrt war wie ihr eigenes. Sie sah einen Mann, der von widersprüchlichen Gefühlen beinahe zerrissen wurde. Wie gerne hätte sie ihn jetzt tröstend in die Arme gezogen und seine Qual gemildert! Doch wie sollte sie das anstellen? Ein einziger Blick in seine kalten, gefühllosen Augen genügte und sie wusste, dass sie von ihm keine Vergebung erwarten durfte.

„Kompliment, du hast deine Rolle wirklich perfekt gespielt, Lady." Er brüllte nicht mehr. Seine Stimme klang unendlich müde und hoffnungslos. Ich habe tatsächlich an dich geglaubt, fügte er in Gedanken hinzu. Dann sauste ein Schwertheft gegen seine Schläfe und er versank in barmherziger Dunkelheit.

„Nein!", schrie Elena auf.

„Schafft ihn ins Verlies!", befahl Grenwick.

„Nein!"

Elena rappelte sich hoch, wollte Ramsay zu Hilfe eilen, doch zwei starke Hände hielten sie zurück. Hilflos musste sie mit ansehen, wie Ramsays bewusstloser Körper über den rauen Steinboden geschleift wurde und aus ihrem Blickfeld verschwand.

„Nein … nein!", schrie sie in wilder Verzweiflung. Tränen strömten ihr über die Wangen und ihr Herz schien vor Schmerz zu bluten.

„Bitte, Ramsay, glaub ihnen nicht", flehte sie leise. „Du darfst ihnen nicht glauben!"

„Welch rührende Szene", höhnte Grenwick und prostete Elena erneut zu. Sie beachtete ihn nicht, sondern wandte sich an ihren Vater und fragte kaum hörbar: „Alles war eine einzige Lüge, nicht wahr, Vater? Der Überfall, deine Verletzung … einfach alles."

Grenwick schlug ihrem Vater lachend auf den Rücken. „Meiner Meinung nach war das ein Glanzstück, mein Freund."

Lord Cambell errötete beschämt unter Elenas feindseligem Blick. „Ich tat es nur zu deinem Besten, Elena."

Elena schüttelte den Kopf und betrachtete ihn voller Abscheu. Er war schon wieder betrunken – oder immer noch? Der übermäßige Alkoholkonsum hatte ihn vor seiner Zeit altern lassen, hatte seine

Haut gegerbt und in ihm jeden Stolz und jedes Ehrgefühl ertränkt. Er war zu Grenwicks rückgratloser Marionette geworden.

Elena dankte Gott, dass ihre Mutter das nicht mehr erleben musste.

„Zu meinem Besten, ja?“ Unermesslicher Zorn ließ sie am ganzen Körper erzittern. „Wen willst du damit belügen, Vater?“

„Lässt du dir dieses Benehmen etwa gefallen, mein Freund? Deiner Tochter fehlt es anscheinend an dem nötigen Respekt“, stichelte Grenwick.

„Du hast Recht.“ Lord Cambell schlug mit der Faust so heftig auf die Tischplatte, dass die Weinkelche hüpften. „Wage es nicht, in diesem Ton mit mir zu reden, junge Dame. Ich habe beschlossen, dich mit Lord Grenwick zu verheiraten, und er hatte Bedingungen. Seine offen stehende Rechnung mit dem Höllendämon hast du nun beglichen. Damit steht eurer Verbindung nichts mehr im Wege.“

Grenwick füllte Cambells Weinkelch. „Sehr gut gesprochen!“

„Du weißt nicht, was du mir mit diesem Verrat antust, Vater, und ich werde dich bis an mein Lebensende dafür hassen!“

Grenwick lachte schadenfroh auf. „Ich muss gestehen, dass es in der Tat eine meiner glorreichsten Ideen war, ausgerechnet dich in sein Lager zu schicken, meine Teuerste.“

„Und deine Verletzung?“, wollte Elena ruhig von ihrem Vater wissen.

„Eine Schüssel Hühnerblut auf der Kleidung, ein bisschen Stöhnen und Röcheln. Es war eigentlich ganz einfach.“ Lord Cambell lehnte sich in seinem Stuhl zurück und versuchte, das vor seinen Augen verschwimmende Bild seiner Tochter festzuhalten. „Du warst schon immer zu vertrauensselig. Das ist dein größter Fehler.“

Elenas Blick wanderte zu Grenwick und sie musterte ihn verächtlich mit einer hochgezogenen Augenbraue. Im selben Moment wurde ihr bewusst, dass dies eine von Ramsays Angewohnheiten war, und ihr Herz krampfte sich schmerzhaft zusammen.

„Aber nun komm, meine kleine Braut, und trink mit uns auf unseren Sieg“, lachte Lord Grenwick höhnisch und es klang wie das Heulen eines räudigen Hundes.

Elena ballte die Hände zu Fäusten und schnaubte: „Du …“ Verachtung und Abscheu nahmen ihr den Atem. „Du bist an allem schuld! Die Hölle möge sich auftun und dich verschlingen, Grenwick!"

Sein boshaftes Lächeln war einfach zu viel für Elena. Mit einem Laut, der Ramsays Kriegsschrei verdächtig nahe kam, stürzte sie die zwei Stufen zur Herrschaftstafel hinauf, hechtete über den Tisch hinweg und riss Grenwick mitsamt dem Stuhl zu Boden. Der war vor Überraschung wie gelähmt. Noch nie hatte sich dieses Weib offen gegen ihn zur Wehr gesetzt. Was erlaubte sie sich?

Elena schrie in wildem Zorn: „Verflucht sei deine widerliche Seele! Verflucht in alle Zeit! Möge die Pest dich dahinraffen!"

Als sie wieder Grenwicks Kopf auf den Boden schlagen wollte, traf seine Faust ihr Kinn, und Elena sank wie Ramsay wenige Minuten zuvor bewusstlos zu Boden.

Kapitel 21

Elena lief wie ein gefangenes Tier in ihrer Kammer auf und ab. Man hatte sie in ihr altes Zimmer gebracht, und doch erschien ihr alles eigenartig fremd. Erneut rüttelte sie an der Tür – verschlossen!

„Was soll ich nur tun? Was nur?“, überlegte sie laut. Ihre Augen brannten noch immer von den heißen Tränen, die sie um Ramsay und ihre verlorene Liebe vergossen hatte. Von den Tränen, die sie wegen des Verrats ihres Vaters geweint hatte. Doch nun waren sie versiegt und Elena war zu einem Entschluss gekommen. Eines war klar: Hier oben konnte sie nichts erreichen. Wenn sie Ramsay und seinen Männern helfen wollte, musste sie zuerst das Vertrauen ihres Vaters und das von Grenwick zurückgewinnen. Sie musste wissen, was sie vorhatten, und einen Plan für Ramsays Befreiung entwickeln. Selbst wenn er sie bis an sein Lebensende hassen würde, er musste leben. Egal, was es sie selbst kosten würde. Ramsay musste leben! Durch diesen Entschluss gestärkt, blickte sie durch die fensterähnliche Öffnung in der Mauer. Der Morgen war angebrochen – es war Zeit. Sie warf ein letztes Mal einen kritischen Blick in den Spiegel und nickte zufrieden. Das smaragdgrüne Musselinkleid, das sie gewählt hatte, betonte ihre weichen Rundungen und brachte ihre Augen zur Geltung. Die Haare hatte sie zu einem kunstvollen Kranz hochgesteckt und absichtlich einige Haarsträhnchen herausgezupft, die sich nun verführerisch auf ihren Schultern und über ihren kleinen Ohren kringelten. Elena hob das Kinn ein wenig höher und straffte die Schultern. Von ihrem Vater hatte sie gelernt, den größtmöglichen Nutzen aus einer Situation zu ziehen, so schwierig es auch sein mochte. Und schöne Frauen hatten es schon immer leicht gehabt bei Grenwick und ihrem Vater.

Elena holte tief Luft und forderte mit gebieterischer Stimme: „Öffnet die Tür! Ich wünsche mit meinem Vater zu speisen!“

Zu ihrer eigenen Verwunderung hörte sie wenige Augenblicke später, wie der schwere Riegel zurückgeschoben wurde und die Türe sich öffnete.

„Mylady."

Elena hätte nicht überraschter sein können, als sie den vor Scham und Unsicherheit errötenden älteren Mann erblickte.

„Sir Herbert!" Sie konnte nicht verhindern, dass Enttäuschung in ihrer Stimme mitschwang. Sogleich verteidigte sich der stämmige Mann. „Mylady, bei meiner Ehre, bitte glaubt mir, dass ich nicht freiwillig an diesem makabren Spiel teilgenommen habe. Genauso wenig wie das übrige Personal. Wir wurden gezwungen, und die Angehörigen derjenigen, die sich geweigert haben, hat man ins Verlies geworfen und deren Häuser niedergebrannt."

Elena nickte beschämt. In ihrem eigenen Kummer hatte sie das schwere Los der anderen Burgbewohner völlig vergessen.

„Ich habe die verbrannten Reste des Hauses Eures Bruder gesehen, Sir Herbert. Und glaubt mir, ich gebe niemandem außer meinem Vater und Lord Grenwick die Schuld."

In Gedanken fügte sie hinzu: *... und bei meiner Seele, sie werden dafür bezahlen.*

„Aber weshalb wollt Ihr dann mit ihnen speisen?"

Es hatte nicht nur wie ein Vorwurf geklungen, es war auch einer gewesen, doch Elena war nicht bereit, sich zu rechtfertigen. Auch wenn sie als Kind oft auf seinem Knie gesessen und gebannt seinen Geschichten gelauscht hatte, so konnte sie nicht sicher sein, dass Sir Herbert nicht doch ein Spion ihres Vaters war.

„Weil ich hungrig bin. Und nun führt mich in die Halle hinunter."

Sir Herbert nickte verstimmt und verbarg nicht, dass er Elenas Verhalten missbilligte.

Als sie durch die dunklen Korridore gingen, fiel Elena die bedrückende Stille auf, die in diesen Mauern herrschte. Keiner der Bediensteten wagte es, ihr in die Augen zu sehen oder sie auch nur zu grüßen. Einige der Mägde hatten blaue Flecken im Gesicht, die von roher Gewalt zeugten.

Als sie den obersten Treppenabsatz erreichte, schluckte sie und holte tief Luft. Gestern war ihr gar nicht aufgefallen, in welch schrecklichem Zustand die Burg war. Gobelins waren achtlos heruntergerissen worden, die Tischtücher hingen zum Teil nur noch in Fetzen von den Tischen und das, was heil geblieben war, bedurfte dringend einer Wäsche. Elena ließ den Blick weiter durch die spärlich beleuchtete Halle schweifen. Voller Abscheu bemerkte sie die Abfälle, die Hundehaufen und den unangenehmen Gestank, der aus den alten Binsen am Boden aufstieg. Es würde Wochen dauern, um hier wieder Ordnung zu schaffen. Doch das musste warten. Elena schickte ein Stoßgebet zum Himmel und erflehte sich Kraft für ihr Vorhaben.

Mit hoheitsvoll erhobenem Haupt schritt sie die lange Treppe hinunter und richtete ihren Blick starr auf ihren Vater, der in Lord Grenwicks Gesellschaft frühstückte. Als die beiden Männer sie entdeckten, rissen sie erstaunt die Augen auf.

„Ich hätte nicht gedacht, dass du herunterkommst", gestand ihr Vater. „Ich hoffe, du hast nicht vor, noch einmal jemandem an die Kehle zu springen?"

Lord Grenwick stimmte ein heiteres Gelächter an, doch Elena ließ sich nicht von ihrem Vorhaben abbringen und lächelte ebenfalls. „Nein, Vater, und ich bitte dich für mein Verhalten um Vergebung. Die Nerven! Du verstehst das bestimmt."

Grenwick verstummte verblüfft und Lord Cambell fragte: „Was tust du?"

Elena entgingen weder die überraschten Blicke der Bediensteten noch ihr enttäuschtes Murmeln. „Ich bitte dich wegen meiner abscheulichen Worte um Vergebung." *Von denen ich jedes Einzelne auch so gemeint habe*, fügte sie im Stillen hinzu, um ihr Gewissen zu beruhigen.

Grenwicks blassblaue Augen verengten sich, wodurch seine Narbe noch hässlicher hervortrat. „Unsere Vergebung sei ihr gewiss, nicht wahr, mein Freund?"

Lord Cambell konnte nur erleichtert nicken und in Grenwicks Augen trat ein boshaftes Glitzern. „Da Ihr uns nun nicht länger zürnt, gebt uns doch die Ehre, mit uns zu speisen, Mylady."

Elena verabscheute sein heuchlerisches Geschwätz wie alles andere an ihm und schlug rasch die Augenlider nieder, damit er ihren Widerwillen nicht sehen konnte.

„Wenn das Euer Wunsch ist", entgegnete sie und zwang sich zu einem scheuen Lächeln. Allein der Gedanke an Essen bereitete ihr Übelkeit.

„Das ist es", meldete sich nun ihr Vater zu Wort, der Elenas unerwartet freundliches Verhalten sehr begrüßte. „Setz dich am besten gleich zwischen uns. Ich bin wirklich hocherfreut, dass du dich so rasch wieder beruhigt hast. Deinetwegen habe ich mir ziemliche Vorwürfe gemacht."

Elena ging um die Tafel herum und setzte sich auf den Stuhl, den ihr ein Diener zurechtrückte. Auch er wies Prügelspuren auf und in seinen Augen las Elena Enttäuschung und Hoffnungslosigkeit – wie gut sie ihm das doch nachempfinden konnte!

Das plötzliche Schweigen zerrte an ihren Nerven, und obwohl sie ihren Blick starr auf den Teller vor sich gerichtet hielt, spürte sie Lord Grenwicks kalte Augen auf sich. Seine Bosheit und Brutalität waren beinahe mit den Händen greifbar und Elena bekam eine Gänsehaut. „Wie schade, dass du uns nicht mehr zürnst, Elena. Es wäre mir ein Vergnügen gewesen, meine kleine Braut zu bändigen", flüsterte Grenwick ihr ins Ohr und sie musste mit plötzlichem Brechreiz kämpfen.

„Von einer Verlobung weiß ich nichts, Mylord."

Grenwick lehnte sich genießerisch in seinem Stuhl zurück und streifte absichtlich mit seinem Knie Elenas Schenkel. „Dein Vater und ich haben uns die Freiheit genommen, diese Entscheidung ohne dich zu treffen, nicht wahr, Cambell?"

„Das ist richtig. Erzähl ihm von deiner Mitgift, Elena. Sie ist wirklich äußerst großzügig."

„Aber gern, Vater. Ich bringe genau dreihundertundfünfzig Pfund mit in die Ehe."

Lord Cambell verschluckte sich an seinem Wein. „Was erzählst du da für einen Unsinn, Elena! Deine Mitgift beträgt fünfhundert Pfund und ein Dorf namens Evion, Elion …"

„Du meinst vermutlich Ellon. Aber leider gehört mir Ellon nicht mehr. Genauso wenig wie die einhundertundfünfzig Pfund.

Dies war der Preis, den ich für die Hilfe des Höllendämons zahlen musste."

Lord Grenwick lachte kalt auf. „Seit wann nennst du ihn denn Höllendämon? Gestern war er doch noch Ramsay für dich. Und außerdem: Tote brauchen weder Land noch Geld."

Nein! schrie alles in Elena. Ramsay durfte nicht tot sein! Er konnte einfach nicht tot sein! Sie würde es doch fühlen. Nein, Ramsay lebte, und dies war die Gelegenheit, es wenigstens noch eine Weile dabei zu belassen. Sie wusste, dass Grenwick sie auf die Probe stellte, und bot all ihre Willenskraft auf, um ruhig und gleichgültig zu erscheinen.

„Wenn Ihr ihn schon getötet habt, Lord Grenwick, fürchte ich, dass Ihr voreilig gehandelt habt."

„Was willst du damit sagen?"

„Nun, Ihr seid nicht der einzig kluge Mann der Gegend, Grenwick. Auch der Höllendämon hat Vorsichtsmaßnahmen getroffen."

„Und welche?", forderte Grenwick zu wissen. Sein Gesicht hatte sich vor Ärger gerötet und ließ ihn noch hässlicher erscheinen. Elena stellte sich dumm. „Ihr müsst verstehen, Lord Grenwick, dass ich sehr wenig von Verträgen verstehe. Schließlich bin ich ja nur eine Frau, und als der Höllendämon einen schriftlichen Vertrag verlangte, willigte ich natürlich ein."

„Er hatte aber kein Schriftstück bei sich", zischte Grenwick gefährlich leise.

„Vermutlich hat er es im Lager zurückgelassen."

„Ich glaube viel eher, dass du uns belügst, um das Leben deines Liebhabers zu retten. Was meinst du, Cambell?"

Ramsay war also noch am Leben, jubelte Elenas Herz vor Freude. „Das kann ich mir nicht vorstellen, mein Freund, und ich würde es begrüßen, wenn du darauf verzichten würdest, Elena eine Liebschaft zu unterstellen."

Dann wandte er sich an seine Tochter. „Du belügst uns doch nicht, Elena, oder?"

Elena blinzelte empört. „Natürlich nicht, Vater. Weshalb sollte ich lügen? Ihr habt doch beide gesagt, dass der Höllendämon bereits tot ist."

Mit Unschuldsmiene schaute Elena von einem zum anderen. Sie wusste, dass sie ein gefährliches Spiel spielte. Aber vielleicht konnte sie so einen Aufschub, ein bisschen Zeit für Ramsay und seine Männer gewinnen.

„Du weißt verdammt genau, dass er noch lebt“, schnauzte Lord Grenwick sie an und Elena senkte rasch die Lider, um ihre Erleichterung zu verbergen. Ramsay war also tatsächlich noch am Leben. Wie gut es tat, dies aus dem Munde dieses Teufels zu hören!

„Was aber nicht heißt, dass das noch lange so bleibt“, fügte Grenwick drohend hinzu.

Falls er sich eine Reaktion von Elena erhofft hatte, wurde er auch diesmal enttäuscht, was seinen Jähzorn nur noch mehr reizte. „Also, von welchen Vorkehrungen sprichst du?“

Elena überlegte fieberhaft, und schließlich kam ihr eine Idee.

„Es ist eine Art Testament.“

„Was?“, keuchte ihr Vater und Elena fuhr rasch fort: „Er hat schriftlich niederlegen lassen, dass im Falle seines Todes sein Vermögen und seine Besitztümer in die Hände seines Vaters übergehen sollen. Ich nehme an, Todd hat euch erzählt, dass der Earl von Canterbury, also Lord Robert McFist, der leibliche Vater des Höllendämons ist.“

„Zum Teufel mit dieser ganzen Sippe!“, brach es unbeherrscht aus ihrem Vater heraus. „Was sollen wir jetzt tun?“

Lord Grenwick war jedoch nicht so schnell aus der Ruhe zu bringen. „Wo sind die Schriftstücke?“

„Insgesamt waren es fünf, Mylord, aber ich bin mir nicht mehr ganz sicher. Todd hat Euch bestimmt erzählt, dass wir mehr als zehn Tage geritten sind, bis wir auf das Lager des Höllendämons stießen.“ Sie wartete einen Moment, doch keiner der beiden reagierte auf den Köder. Sie war davon überzeugt, dass Todd der Verräter war, aber sie brauchte Sicherheit. „Wo das Lager genau war, kann ich auch nicht sagen. Noch am selben Tag ließ er in einem Kloster die Schriftstücke anfertigen. Zwei Verträge und drei Testamente.“

„Interessant“, bemerkte Grenwick gelangweilt und Elena erkannte, dass er ihr nicht glaubte. Trotzdem fuhr sie fort: „Auf dem

Weg hierher ist er zweimal zu einem in der Nähe liegenden Kloster geritten.“

„Das hat nichts zu bedeuten. Vielleicht ist er ein bußfertiger Mensch“, spöttelte Grenwick, griff nach ihrer Hand und drückte sie so stark, dass Elena ein kleiner Schmerzensschrei entwich.

„Du lügst, Weib. Nichts von alldem ist wahr. Du kannst nichts beweisen.“

„Habt bitte die Güte, meine Hand loszulassen, Lord Grenwick“, zischte Elena. „Ich kann sehr wohl beweisen, dass es einen Vertrag zwischen Lord McFist und mir gibt. Ich habe ihn in meiner Kammer.“

Irritiert von Elenas Selbstsicherheit ließ er sie los und schnaubte: „Dann geh und hole ihn!“

„Ja, hol ihn!“, echote ihr Vater und wies einen Diener an, seinen Weinkelch erneut zu füllen. Elena erhob sich. „Wenn Ihr mich entschuldigt, ich bin gleich zurück.“

Sie musste all ihre Willenskraft aufbieten, um nicht aus dem Raum zu rennen. Sie brauchte unbedingt etwas Zeit, um wieder neue Kraft zu schöpfen. Doch diese war ihr nicht vergönnt. Denn als sie die oberste Stufe der Treppe zu ihrer Kammer erreicht hatte, stieß sie beinahe mit Todd zusammen.

„Mylady!“, rief der junge Mann entsetzt und errötete heftig. Das war die Bestätigung. „Es tut mir so unendlich leid. Bitte vergebt mir! Ich konnte nicht anders.“

Bitterkeit und Enttäuschung wallten in Elena auf, als sie sein vertrautes Gesicht betrachtete. Sie hatte ihm vertraut, hatte ihn als Freund angesehen.

„Du wagst es, mich um Vergebung zu bitten, nach allem, was du mir angetan hast?“

Todd senkte beschämt die Augen.

„Verlass diesen Ort! Am besten gleich das Land! Denn wenn Ramsay es nicht mehr kann, dann werde ich dich töten.“

Ohne ihm einen weiteren Blick zu gönnen, ging Elena erhobenen Hauptes an ihm vorbei den finsteren Gang entlang zu ihrer Kammer. Ein leises Geräusch schreckte sie auf und sie wandte sich rasch um, doch da war nichts. Nur ruhig, Elena! Das ist nur eine alte Gewohnheit. Ihr war in diesem Flur schon so oft aufgelauert worden, dass es beinahe zum Alltag gehört hatte. In ihrer Kammer nahm Elena das Kleid, das sie am Vortag angehabt hatte, und riss mit einem Ruck den Saum auf.

„Wirklich raffiniert, meine Liebe!“

Elena wirbelte zu Grenwick herum, der das gefaltete Pergamentpapier aufhob und aufmerksam durchlas.

„Es gibt also tatsächlich einen Vertrag!“

„Was tut Ihr hier? Ihr habt in meinen Räumen nichts zu suchen!“

Elenas Herz hämmerte wild gegen ihre Rippen, als Grenwick sie am Handgelenk packte und in seine Arme riss. Der Gestank von Schweiß und schlechtem Atem schlug ihr wie eine Faust ins Gesicht und sie schnappte entsetzt nach Luft. Grenwick verkannte ihre Abscheu, hielt es für Angst, und ein bösartig lüsternes Funkeln trat in seine Augen.

„Aber, aber, redet so eine kleine Braut mit ihrem Verlobten?“

„Lasst mich los, Mylord!“, flehte Elena kleinlaut. Doch Grenwick drückte sie nur noch enger an sich und fauchte: „Du kannst mit deinem freundlichen Getue vielleicht deinen Vater zum Narren halten, aber nicht mich.“

„Ich weiß nicht, wovon Ihr sprecht“, gab Elena hitzig zurück, um ihm ihre aufsteigende Angst nicht zu zeigen. Dieser Bastard würde sich in ihrer Not wälzen wie ein Schwein im Dreck, und diese Genugtuung wollte sie ihm nicht gönnen.

„Du weißt es sogar sehr gut, meine Liebe. Wir sind uns nämlich sehr ähnlich.“

„Wir haben überhaupt nichts gemein und nun lasst mich endlich los!“

Grenwick griff ihr grob in die Haare und zerrte ihren Kopf in den Nacken.

„Warst du beim Höllendämon auch so widerspenstig? Sag mir, hat er dich genommen?“

„Das geht Euch nichts an und nun verlasst meine Räu … Auaaa!“

Elenas Kopfhaut brannte wie Feuer, als Grenwick sie brutal an den Haaren riss und tobte: „Sprich nie wieder in diesem Ton mit mir, Weib, und versuche nie wieder, mir Befehle zu erteilen. Sonst, das schwöre ich dir, wirst du es bereuen.“

Um ihr zu zeigen, dass er meinte, was er sagte, legte er eine Hand auf Elenas linke Brust und drückte sie so stark, dass sie ein Wimmern nicht unterdrücken konnte.

„Und nun leg dich hin und spreiz die Beine, damit ich ausprobieren kann, was bald mir gehört."

Elena kämpfte ihre aufsteigende Panik nieder. Wenn sie ihm jetzt eine Schwäche zeigte, wäre sie verloren, das wusste sie.

„Damit werdet Ihr wohl noch einige Tage warten müssen, Mylord."

„Den Teufel werde ich tun!", gab Grenwick zurück und stieß Elena aufs Bett. Unfähig, sich zu bewegen, blieb sie liegen und beobachtete mit wachsendem Entsetzen, wie Grenwick sich an seinem Hosenband zu schaffen machte. Bitte, Ramsay, gib mir Kraft, flehte Elena, und plötzlich kam ihr eine Idee.

„Wie Ihr bereits sagtet, war der Höllendämon mein Liebhaber, und es ist durchaus möglich, dass ich sein Kind erwarte."

Grenwick schnaubte geringschätzig. „Keine Angst, falls sein Samen tatsächlich in dir heranwächst, gibt es genügend Mittel, dagegen etwas zu unternehmen."

Tiefer Hass stieg in Elena empor und sie schöpfte aus ihm die Kraft, die sie so dringend benötigte.

„Wie Ihr meint, Mylord. Aber wenn Ihr Euch jetzt meines Körpers bedient, werdet Ihr niemals wissen, ob es Euer oder Ramsays Kind ist."

Zu ihrer unendlichen Erleichterung bemerkte Elena sein Zögern und fasste neuen Mut.

„Und falls Ihr es auch dann noch töten wollt, könnte es durchaus sein, dass Ihr Euer eigen Fleisch und Blut umbringt."

Grenwick ließ seine Hände sinken und ballte sie zu Fäusten. „Du elende Schlampe! Dann würde ich dich eben so oft nehmen, dass du innerhalb kürzester Zeit wieder schwanger wärst."

„Eines sollt Ihr noch wissen, Lord Grenwick. Auch ich kenne Mittel und Wege, um für immer unfruchtbar zu werden. Und wenn Ihr Euch nicht bis nach der Hochzeit gedulden könnt, werde ich nicht zögern, davon Gebrauch zu machen."

Elena war mindestens ebenso erstaunt wie Grenwick, als sie ihre unverfrorenen Worte zu diesem Thema hörte.

„Das wirst du nicht wagen, du Schlampe!“, stieß Grenwick in blinder Wut hervor und schlug ihr mitten ins Gesicht. „Dafür wirst du mir büßen! Jeden Tag deines verfluchten Lebens werde ich dich für diese Worte leiden lassen!“

Mit wüsten Flüchen auf den Lippen verließ Grenwick Elenas Kammer und schlug die Tür so heftig zu, dass das Holz splitterte.

Sie hatte gesiegt! Gleich darauf spürte sie, wie die Anspannung von ihr abfiel, und ihre Augen füllten sich mit Tränen der Verzweiflung. Diesmal hatte sie ihn noch abhalten können, doch würde ihr das beim nächsten Mal auch gelingen? Was, wenn sie ihn tatsächlich heiraten musste? Er würde seine Drohung wahr machen, daran hegte Elena keinen Zweifel. In ihrer Hoffnungslosigkeit vergrub sie das Gesicht in einem Kissen und ließ ihrem Kummer freien Lauf.

„Mylady, bitte weint nicht.“

Elena blickte durch einen Tränenschleier zu ihrer jungen Kammerzofe auf, die mit verkrampften Fingern neben dem Bett stand und nicht zu wissen schien, was sie nun tun sollte.

„Amintha“, schluchzte Elena, erhob sich und wischte sich die Tränen von den Wangen. Sie wusste nicht, wie lange es schon her war, seit Grenwick ihre Kammer verlassen hatte. Eine Minute? Eine Stunde? Sie konnte sich nicht erinnern und es war ihr gleichgültig, dass Amintha sie in diesem Zustand sah. Wenn es einen Menschen gab, dem sie in diesen Mauern vertrauen konnte, dann war es ihrer Zofe.

„Ich bin ja so froh, dich zu sehen.“

Amintha schenkte ihrer Herrin ein Lächeln. „Auch ich danke Gott, dass Ihr unversehrt zurückgekommen seid.“

Mitfühlend reichte sie Elena ein feuchtes Tuch, damit sie sich das Blut von der aufgeplatzten Unterlippe tupfen konnte, und fügte zögernd hinzu: „Ich habe keinen Augenblick geglaubt, was sich die Diener erzählt haben, Mylady. Sie sagten nämlich, dass Ihr auf deren Seite seid.“ Damit meinte sie Lord Cambell und Grenwick, wie Elena leicht erraten konnte.

Etwas leiser fuhr Amintha fort: „Die Diener aus der Halle sagten auch, Ihr hättet den armen Lord in seinem Verlies einfach vergessen. Aber ich habe gehört, was Ihr zu Todd gesagt habt, und …"

„Ramsay ist im Verlies?", rief Elena aufgeregt. „Wo? Ich muss sofort zu ihm!"

Sie musste ihm erklären, dass sie ihn nicht absichtlich verraten hatte. Dass Todd es gewesen war, der ihrem Vater ermöglicht hatte, ihnen eine Falle zu stellen.

„Das geht nicht!" Aminthas traurige Stimme riss sie aus ihren Gedanken. „Er wird streng bewacht und die Soldaten haben strikten Befehl, niemanden zu ihm zu lassen. Vor allem Euch nicht."

„Dann muss ich Hilfe holen. Kannst du mir helfen, ungesehen aus der Burg zu fliehen?" Amintha sackte sichtlich in sich zusammen. „Auch das ist unmöglich, Mylady. Lord Grenwicks Männer bewachen jeden noch so kleinen Ausgang. Diejenigen von uns, die es versucht haben, wurden alle geschnappt und auf der Stelle hingerichtet. Es ist aussichtslos, Mylady. Man müsste fliegen können."

Elena schob das Fell, das vor der fensterähnlichen Öffnung hing, beiseite und ließ ihren Blick über den Burghof schweifen. Plötzlich begann ihr Herz zu rasen und sie wirbelte aufgeregt zu ihrer Zofe herum. „Was hast du gerade gesagt?"

Amintha runzelte verwirrt die Stirn. „Ich sagte, eine Flucht sei aussichtslos."

„Nein, nein, das andere. Du sagtest, fliegen müsste man können."

Als die junge Zofe verwundert nickte, fiel Elena ihr glücklich lachend um den Hals. Endlich hatte sie wieder Hoffnung. „Ja, verstehst du denn nicht? Fliegen! Wir können es!"

Amintha bekreuzigte sich eilig und ihr Gesicht drückte tiefe Sorge aus. „Mylady, ich fürchte, die Aufregung war zu viel für Euch. Ihr braucht unbedingt Ruhe."

Elena wehrte die sanften Hände ab. „Keine Angst, ich habe nicht den Verstand verloren. Ich weiß jetzt, wie wir Hilfe holen können."

Aminthas sah sie nur verständnislos an.

„Der Fly-Trupp! Meine Falken! Ich werde sie mit einer Nachricht nach Ellon schicken. Gedwin wird uns dann Hilfe schicken."

Obwohl Amintha langsam zu verstehen begann, sah Elena die Zweifel in ihren traurigen, braunen Augen.

„Ja, aber wen soll er denn um Hilfe bitten? Ich fürchte, die Bewohner von Ellon können kaum etwas gegen all die bewaffneten Kämpfer ausrichten."

Elenas Lächeln vertiefte sich. „Aber Robert McFist, Ramsays Vater, kann es."

Amintha schnappte verblüfft nach Luft und ihre Wangen röteten sich vor Aufregung. „Ihr meint den mächtigen Earl of Canterbury?"

„Genau den. Rasch, ich muss in den Ostturm."

Derweil saß Ramsay in einem nach Exkrementen und fauligem Stroh stinkenden Verlies. Es war so finster, dass er nicht einmal die Eisen um seine Hand und Fußgelenke erkennen konnte. Diese Schweine hatten ihn wie ein Tier an die Wand gekettet. Er hatte gerade so viel Bewegungsfreiheit, dass er sich an die feuchte Wand gelehnt hinsetzen konnte. Er lauschte in die Stille, versuchte sich zu orientieren – herauszufinden, ob Gavin und Bruce auch in diesem Teil der Verliese saßen – doch außer den flinken Füßen einiger Ratten war nichts zu hören.

Ramsay verlagerte vorsichtig sein Gewicht, um seine schmerzenden Rippen zu entlasten, hielt jedoch sofort inne, als ein heißer Schmerz durch seinen Brustkorb fuhr. Das würde Grenwick büßen! Alle würden dafür büßen! Dieser Feigling hatte vier Männer damit beauftragt, Ramsays Ketten so eng zu spannen, dass er sich nicht mehr wehren konnte. Und dann hatte er auf ihn eingeschlagen, und bei jedem Schlag, bei jedem Tropfen Blut, der aus seinen aufgeplatzten Wunden geflossen war, hatte Ramsay Elena verdammt, hatte er ihre unschuldigen Augen, ihren weichen, anschmiegsamen Körper mit allen Flüchen verdammt, die ihm in den Sinn gekommen waren. Bei allen Dämonen, er war so dumm gewesen! Wie hatte er ihr nur vertrauen können? Der wühlende Schmerz und die bittere Enttäuschung wollten ihm die Brust zerreißen. Immerhin hatte er sich nicht vollkommen lächerlich gemacht. Er hatte sie nicht gefragt, ob sie ihn heiraten würde. Allein der Gedanke ließ den bitteren Geschmack von Galle in seinen Mund steigen. Vermutlich amüsierte sie sich gerade jetzt in Gesellschaft ihres Vaters und Grenwicks. Bestimmt lachten sie über ihn. Auch für Elena war er nur ein kleines Abenteuer gewesen. Eine kleine Liebschaft.

Ramsay schloss für einen Moment gepeinigt die Augen. In wilder Wut zerrte er an seinen Ketten, bis der Schmerz so übermächtig wurde, dass er ihm die Sinne raubte. Doch bevor er sich in die gnädige Schwärze fallen ließ, flüsterte er: „Für diesen Verrat wirst du mit dem Leben bezahlen, Lady!"

Kapitel 22

Der Wind blies stark und zerrte an Elenas schwerem Umhang. Wie so oft in den letzten fünf Tagen stand sie auch heute wieder auf der Brustwehr und hielt Ausschau nach Ramsays Vater. Wo blieb er nur? Gedwin hatte ihre Nachricht erhalten und sich persönlich auf den Weg nach Turriff Castle gemacht. Aber weshalb dauerte es dann so lange? Was sollte sie nur tun, wenn der Earl nicht kam? Wenn er seinen Sohn nicht genug liebte, um ihn zu befreien? Sie selbst konnte nur etwas mehr Zeit für Ramsay und seine Männer schinden, doch wie lange ihr das noch gelingen würde, wusste sie nicht. In ihrer Verzweiflung hatte sie sich sogar an ihren Vater gewandt, doch Grenwick sorgte offensichtlich dafür, dass er niemals nüchtern war. Sie hatte in den letzten Tagen häufig beobachtet, wie auf ein Zeichen von Grenwick nur der Weinkelch ihres Vaters nachgefüllt wurde. Nay, von ihm konnte sie keine Hilfe erwarten.

Elenas strich sich liebevoll über den noch immer flachen Bauch. Sie war jetzt ganz sicher, dass sie Ramsays Kind unter dem Herzen trug. Sein Kind. Etwas von ihm, das sie behalten und dem sie all die Liebe schenken durfte, die Ramsay nicht mehr von ihr wollte.

Wieder suchten ihre Augen den Horizont nach Reitern ab, doch da war nichts zu sehen. Bitte, lieber Gott, schick uns den Earl zu Hilfe!

„Erwartest du jemanden?“, schnarrte plötzlich eine Stimme neben ihr und Elena zuckte erschrocken zusammen.

„Lord Grenwick! Ich habe Euch gar nicht kommen hören.“

„Du hast meine Frage nicht beantwortet.“

„Aber nein, auf wen sollte ich wohl warten?“

Elena schimpfte sich eine unvorsichtige Närrin. Sie hätte wissen müssen, dass er sie beobachtete.

„Mir ist nur so schrecklich langweilig. Ich bin es nicht gewohnt, den ganzen Tag untätig herumzusitzen. Gewöhnlich reite ich ins Dorf und sehe nach den Pächtern." Sie konnte den Ärger in ihrer Stimme nicht unterdrücken und fuhr leise fort: „Dort gibt es in der Tat genug zu tun. Die Häuser müssen wieder aufgebaut und die Menschen, die Eure Leute so schändlich behandeln, müssen versorgt werden."

Grenwick stützte sich mit beiden Händen auf die kühle Mauer und beobachtete Elena aus dem Augenwinkel.

„Nun, gegen das Vergnügen meiner Männer werde ich nichts unternehmen, doch gegen deine Langeweile gibt es tatsächlich ein Mittel."

Elena wich einen Schritt zurück und Grenwick lachte spöttisch. „Ausnahmsweise habe ich damit nicht an uns beide gedacht, meine Liebe." Er starrte lüstern auf Elenas Brüste.

„Alles zu seiner Zeit."

Nun war Elena erst recht auf der Hut. „Was meint Ihr denn dann?"

Grenwick grinste gemein und verkündete dann genüsslich: „Zu deiner Unterhaltung wird morgen eine kleine Hinrichtung stattfinden. Anlässlich unserer Hochzeit, versteht sich."

Elena erstarrte innerlich zu Eis. Nein! Lieber Gott, lass es nicht wahr sein! Nicht schon morgen. Bitte gib uns noch mehr Zeit!

„Wir … Wir können morgen noch nicht heiraten! Mein … Mein Brautkleid ist ja noch gar nicht fertig!"

Grenwick lachte bösartige: „Glaube mir, du wirst dein Kleid nicht lange tragen. Ich werde dich nämlich vor all meinen Leuten in der großen Halle nehmen, damit alle Zeugen des rechtmäßigen Vollzu ges unserer Ehe werden."

Bei seinen Worten hätte sich Elena vor Verzweiflung am liebsten von den Zinnen gestürzt. Sie wusste, dass dies nicht nur eine leere Drohung war. Und mein Vater wird zu betrunken sein, um es verhindern zu können, dachte Elena voller Bitterkeit. Nay, niemand würde ihr zu Hilfe eilen.

„Aber um dir zu zeigen, dass ich kein Unmensch bin, habe ich dem Höllendämon erlaubt, seinen letzten Tag im Freien zu verbringen." In kaltem Spott fügte Grenwick hinzu: „Meiner Meinung nach ist das dem Gestank eines Verlieses vorzuziehen, nicht wahr, meine Teure?"

Elena blieb keine Zeit für eine Erwiderung, denn auf ein Zeichen von Grenwick führten sechs bewaffnete Männer Ramsay auf den Hof hinaus. Ihre Finger krallten sich in wildem Schmerz an der Brustwehr fest. Am liebsten hätte sie laut geschrieen und um sich geschlagen, als sie Ramsay erblickte. Diese Schweine hatten ihn misshandelt!

Bartstoppeln etlicher Tage bedeckten seine eingefallenen Wangen und sein kantiges Kinn. Sein Hemd hing ihm in Fetzen von den Schultern und Elena konnte sogar aus dieser Entfernung die vielen Prellungen und die Flecken eingetrockneten Blutes sehen, die seinen Oberkörper übersäten. Es war alles ihre Schuld! Sie allein trug die Verantwortung für die Schmerzen, die ihr geliebter, finsterer Riese ertragen musste, und dieses Wissen bereitete ihr unsagbare Qual.

Doch trotz der Schmerzen, die er ohne Zweifel litt, und obwohl ihm die schweren Fußketten nur kleine Schritte erlaubten, strahlte Ramsay Kraft, Stolz und Würde aus.

„Beweg dich!" schnauzte der Soldat hinter Ramsay und gab ihm einen heftigen Stoß. Sein ganzer Körper protestierte vor Schmerz, doch er ließ sich nichts anmerken – im Gegenteil: Er drehte sich langsam zu dem jungen Burschen um und starrte ihn mit einem eisigen Blick an. „Falls du ein respektables Alter erreichen willst, Junge, dann tu das nie wieder!"

Der Mann wich einen kleinen Schritt zurück und senkte bestürzt den Blick.

„Du elender Feigling!", spottete ein anderer und versetzte Ramsay einen heftigen Tritt. „Der Kerl hat mehr Eisenketten an sich als eine ganze Zugbrücke, du Idiot. Glaubst du etwa, der kann dir noch etwas antun?" Mit einem schadenfrohen Lachen fügte er hinzu: „Der wird gar nicht mehr lange genug leben!"

Ramsays Lippen verzogen sich zu einem Lächeln, von dem er wusste, dass es seinen Gegnern durch Mark und Bein ging: „Lange genug, um dich in die Hölle zu schicken, mein Freund. Darauf kannst du dich verlassen!"

Der Mann wurde rot und wich Ramsays Blick aus. Der setzte sich scheinbar gelangweilt wieder in Bewegung. Es war schon seltsam. Er hatte sich immer vorgestellt, auf einem Schlachtfeld zu sterben. Am Boden zu liegen, die Augen gen Himmel zu richten und zu fühlen, wie sein Blut im Erdreich versickerte.

Zur Überraschung seiner Wachen stellte sich Ramsay bereitwillig mit dem Rücken an den dicken Holzpfahl, der in der Mitte des kargen Innenhofes aus dem Boden ragte, und wartete geduldig, bis man ihn mit mehr Seilen festgebunden hatte, als man für einen ausgewachsenen Bullen benötigt hätte. Erst dann wurden ihm die Eisenketten abgenommen. Ramsay leistete keinerlei Widerstand. Seine Miene war ausdruckslos. Die Männer, die ihn bewachen sollten, hatten sich in einiger Entfernung aufgestellt und schauten betreten zu Boden. Keiner von ihnen wagte es, den Kriegsherrn zu verhöhnen oder ihm auch nur in die Augen zu sehen. Man hatte ihn geschlagen und gedemütigt und er hatte sich nicht gewehrt. Selbst jetzt sah er so wild und furchtlos aus, wie die Legenden ihn beschrieben. Vor ihren Augen war dieser Mann tatsächlich zu einem Höllendämon geworden. Seine Haltung – aufrecht, das Haupt hoch erhoben – schien ihnen sagen zu wollen, dass er sie alle töten könnte, wenn er nur Lust dazu verspürte.

Als Ramsay seinen Blick auf die Brustwehr richtete, erblickte er Elena, und ein heißer Schmerz zuckte durch seine Brust. War sie gekommen, um ihn zu verhöhnen? War er ihr so zuwider, dass sie sich jetzt mit seinem erbärmlichen Anblick weiden musste? Bei allen Dämonen, nun sah sie tatsächlich wie eine richtige Lady aus! Wie sie hocherhobenen Hauptes dastand und auf ihn herabsah, während Grenwick seinen Arm um ihre Mitte geschlungen hatte! Er hatte diese Haltung stets für einen Ausdruck von Angst gehalten. In Wahrheit war sie jedoch genau das gewesen, was er von Anfang an vermutet hatte: das sichtbare Zeichen ihrer Überheblichkeit, ihres Hochmuts und ihrer Eigenliebe.

Kapitel 23

Aus dem Schatten des hohen Ostturms beobachtete Elena, wie Grenwick vor Ramsay stand und amüsiert lächelnd mit ihm sprach. Obwohl sie seine Worte aus dieser Entfernung nicht verstehen konnte, war sie sicher, dass sie Gegenstand weiterer Lügen war. Beinahe verzweifelt suchten ihre Augen noch einmal den Horizont ab. Bis jetzt hatte sie sich an die Hoffnung geklammert, dass Ramsays Vater doch noch kommen würde. Leider musste sie nun erkennen, dass sie keine Hilfe erwarten konnte. Trotzdem musste sie etwas unternehmen.

Beim Nachtessen hatte Grenwick ihr in lebhaften Bildern beschrieben, wie er bei Sonnenaufgang mit seinem Gefangenen verfahren würde. Ramsay sollte bei lebendigem Leibe gevierteilt und dann den Hunden zum Fraß vorgeworfen werden.

Kalter Schweiß trat auf ihre Stirn und ihre Finger umklammerten den Griff des kleinen Dolches fester. Niemals! Niemals würde sie das zulassen!

Nachdem Grenwick sich in die sichere Wärme der Burg zurückgezogen hatte, wartete Elena noch einige Augenblicke. Ängstlich beobachtete sie die Wachen. Die Männer hatten sich – nachdem Grenwick in der Burg verschwunden war – zusammengesetzt und würfelten. Elena schlich die steile Seitentreppe hinunter, die in den Hof führte, und nutzte die Zeit, in einem Gebet um Kraft zu bitten. Die hatte sie bitter nötig, wenn sie ihren Plan ausführen wollte. Und sie brauchte Mut, um Ramsays hasserfülltem Blick zu begegnen.

Ihr Herz schlug so laut, dass sie fürchtete, die Wachen könnten es hören. Sie wusste, dass es unweigerlich ihren Tod bedeuten würde, wenn man sie entdeckte. Aber sie musste es tun. Sie hatte keine andere Wahl. Der lange, schwarze Umhang hüllte sie von Kopf bis Fuß ein und machte sie in der Dunkelheit beinahe unsichtbar, so dass Ramsay sie erst bemerkte, als sie unmittelbar hinter ihm stand. Sie sah, wie sich sein Körper spannte, und ihre Hände begannen zu beben.

„Was willst du denn hier?"

Elena zuckte unter der Kälte in seiner Stimme zusammen und schaute rasch zu den Wachen hinüber.

„Bitte, Ramsay, sprich leise. Wenn man uns erwischt, sind wir beide tot."

„Aber sicher doch", antwortete er höhnisch, jedoch mit gedämpfter Stimme. Er sah in Elenas Händen etwas aufblitzen und erkundigte sich beiläufig: „Bist du gekommen, um mir deinen Dolch eigenhändig ins Herz zu stoßen, Lady?"

Elena hatte nicht den Mut, ihm in die Augen zu sehen. „Ich bin hier, weil du leben sollst, Ramsay."

Wieder hörte sie sein bitteres Lachen. „Aye, vermutlich soll ich das auch noch glauben, was? Oder sollst du mich nur wieder in eine Falle locken? Ein weiteres Hochzeitsgeschenk für deinen Liebsten?"

Elena biss sich auf die Unterlippe, um nicht zu schreien.

Als sie keine Antwort gab und stattdessen die Fesseln zu lösen begann, warnte Ramsay mit beinahe zärtlicher Stimme: „Wenn ich frei bin, werde ich dich töten, Lady."

Elena durchtrennte unbeirrt die Seile. Sie nickte nur und gab traurig zurück: „Aye, ich weiß. Aber zuerst wirst du mich anhören."

„Verdammt sollst du sein, du Flittchen! Komm da sofort weg!" Elena wirbelte entsetzt herum und sah mit wachsender Panik, wie Grenwick mit vier bewaffneten Männern auf sie zustürzte. Wenige Herzschläge später hatte er Elena erreicht und mit einem gewaltigen Fausthieb zu Boden gestreckt. Instinktiv rollte sie sich zusammen.

„Dir werde ich es zeigen, du undankbares Miststück!", brüllte Grenwick außer sich und trat Elena mit dem Stiefel in den Rücken.

Dann wandte er sich an seine Männer. „Was gafft ihr denn so? Prüft die Fesseln des Bastards!"

Ramsay verdeckte unauffällig mit der Hand das fast durchgetrennte Seilstück und gab vor, Elenas Bestrafung gelassen zu beobachten. Doch dem war nicht so. Seine Zähne begannen zu mahlen, als Grenwick wieder und wieder auf sie einschlug. Sie hatte es verdient, versuchte er sich einzureden, doch es gelang ihm nicht.

„Es reicht jetzt, Grenwick!"

„Du bist wohl kaum in der Lage, Befehle zu erteilen, Dämon!", fauchte Grenwick zurück. Er bückte sich, ohne Ramsay aus den Augen zu lassen, zu Elena hinunter, zerrte sie an den Haaren in eine sitzende Position und schlug mit dem Handrücken mitten in ihr Gesicht.

„Jetzt reicht es!"

Er gab einem der Männer ein Zeichen. „Bring sie in ihre Kammer und sorge dafür, dass sie dort bleibt!"

Der Mann hob die bewusstlose Elena hoch und eilte mit ihr zur Burg.

„Du solltest mir dankbar sein", gab Grenwick seinem Gefangenen freundlich zu bedenken. „Ich war dagegen, doch meine kleine, abenteuerlustige Braut wollte dich entkommen lassen, um dich danach wie einen räudigen Hund zu jagen." Er betrachtete aufmerksam seine Fingernägel und fügte hinzu: „Ich hingegen ziehe eine ganz normale – oder sollte ich vielleicht sagen eine traditionelle – Hinrichtung vor."

Ramsays Miene verriet nur Langeweile, innerlich aber kochte er vor Wut. Sie hatte ihn also tatsächlich wieder in eine Falle locken wollen! Bei allen Höllenfeuern! Und er hatte gerade noch Mitleid für sie empfunden!

„Ich kann mich wirklich glücklich schätzen, eine Frau wie Elena zu bekommen. Sie ist mindestens so hinterlistig und bösartig wie ich selbst, und dabei sieht sie so verblüffend unschuldig aus, nicht wahr, mein Freund?"

Ramsay schwieg. Er hatte seinem Gegenüber nichts zu sagen.

„Es ist wirklich zu schade, dass du uns nicht verraten willst, wo du deine Testamente aufbewahrst. Du lässt uns gar keine andere Wahl, als dich morgen ein bisschen zu foltern. Wirklich zu schade! Aber Elena wird an dem Schauspiel ihre Freude haben. Was tut man nicht alles, um eine dankbare kleine Braut im Bett zu haben?"

Bei den letzten Worten hatte Grenwick sich selbstzufrieden lächelnd abgewandt und ging nun gemächlichen Schrittes zurück in die Wärme der Halle. Ramsay schloss einen Moment die Augen und wieder schoss ihm die Frage durch den Kopf. Woher hatte Elena bloß von seinem Testament gewusst? Vor allem davon, dass er alles seinem Vater vermachen würde?

Ramsay hatte seinen Blick gedankenverloren auf die Mauer gerichtet, als er plötzlich im fahlen Licht des Halbmonds sah, dass sich auf den Zinnen etwas bewegte. Nicht das kleinste Geräusch war zu hören, als sich immer mehr Männer auf dem hölzernen Steg duckten, der die Innenseite der Festungsmauer säumte.

Ramsay nickte zufrieden, als er Wills stattliche Gestalt ausmachte. Im nächsten Moment schüttelte er jedoch benommen den Kopf, schloss kurz die Augen und öffnete sie wieder, doch der Riese stand noch immer am selben Ort. Verdammt, er war wohl nicht mehr ganz bei Sinnen! Wieder blinzelte er, doch es nutzte nichts. Er sah sich selbst über die Mauer klettern!

„Das kann doch nicht wahr sein! Vater!“, flüsterte Ramsay ungläubig und sah, wie der letzte von Cambells Wachmännern tot zu Boden sank.

Robert McFist richtete sich zu seiner ganzen, beeindruckenden Größe auf und hob sein Schwert in die Luft. Ramsay wusste, dass er auf sein Kommando wartete, um anzugreifen, und er ließ ihn nicht lange warten.

„Grenwick gehört mir!“

Dann stieß er einen markerschütternden Kampfschrei aus, zerriss die Fesseln und brach einem herannahenden Gegner das Genick. Robert McFist stimmte in das Kriegsgebrüll seines Sohnes ein und bald vibrierte die Nachtluft in einem ohrenbetäubenden Lärm.

Als Ramsay sich nach dem Schwert des Toten bückte, erkannte er den Mann. Er gab ihm mit eisiger Stimme mit auf den Weg: „Ich sagte doch, dass ich lange genug lebe, um dich in die Hölle zu schicken.“

Von dem Lärm aufgeschreckt quollen Cambells und Grenwicks Männer von überallher auf den Hof heraus und innerhalb kürzester Zeit war ein erbitterter Kampf entbrannt. Der Lärm der Schlacht und die Schreie seiner Feinde wirkten wie Balsam auf Ramsays wunde Seele. Wieder brüllte er: „Grenwick gehört mir!“

Endlich konnte er seiner Wut freien Lauf lassen! Endlich konnte er Rache nehmen!

„Will, mein Freund, schön, dich zu sehen."

Sie standen Rücken an Rücken und fällten einen Feind nach dem anderen.

„Die Freude ist ganz auf meiner Seite", grinste Will und trennte einem Mann, der gerade mit einem Speer vorwärts stoßen wollte, den Arm unterhalb der Schulter ab. In betäubtem Staunen betrachtete dieser den blutenden Stumpf. Es dauerte eine Weile, bis er einen ohrenbetäubenden Schrei ausstieß und heulend vornüber auf die von seinem eigenen Blut getränkte Erde stürzte.

„Was macht mein Vater hier?", wollte Ramsay wissen und spaltete einem Gegner den Kopf. „Ich habe ihm eine Nachricht überbringen lassen. Als Jimmy ins Lager zurückkam, berichtete er, dass Todd ihn niedergeschlagen und dass man Euch gefangen genommen hätte." Ramsay sah, wie sich sein Vater einen Weg zu ihm bahnte, und er kämpfte sich seinerseits den Weg frei. Befangen überlegte er, was er sagen sollte. Schließlich waren viele Jahre vergangen, seit sie sich das letzte Mal gesehen hatten.

Doch Robert nahm ihm diese Sorge ab. Als sie sich endlich gegenüber standen, brüllte er: „Duck dich!"

Instinktiv ließ Ramsay sich zu Boden fallen, rollte sich seitwärts und sah, wie sein Vater einem Kämpfer den Kopf abtrennte.

„Verdammt, hab' ich das vermisst!", grinste Robert und streckte Ramsay die Hand hin, um ihm aufzuhelfen. „Es ist ziemlich trostlos, wenn man die beste Armee besitzt und keiner mit einem streiten will."

Ramsay ergriff die dargebotene Hand und grinste ebenfalls. „Vielleicht liegt es daran, dass deine Männer nur die zweitbesten sind. Schließlich dienen die besten unter meinem Kommando."

Robert lachte laut auf, aber es klang unsicher. Dann herrschte peinliches Schweigen zwischen Vater und Sohn. Keiner schien zu wissen, wie er sich dem anderen gegenüber verhalten sollte.

„Will hat mir erzählt, dass einige deiner Leute ebenfalls gefangen genommen worden sind." Ramsay nickte: „Sie müssen noch immer in den Verliesen sein."

In diesem Moment erblickte er Grenwick, der sich verbissen einen Gegner suchte. Doch alle wussten, dass Grenwick dem Höllendämon gehörte, und keiner war gewillt, sich dessen Zorn zuzuziehen.

„Entschuldige mich, Vater. Ich habe noch eine Schuld zu begleichen."

Mit diesen Worten bahnte sich Ramsay einen Weg durch das Kampfgetümmel, hieb mit seinem Schwert nach allen Seiten und stand schließlich hinter Grenwick. Der brüllte gerade außer sich vor Wut: „Ich stehe hier, verdammt noch mal. Kämpft endlich mit mir, ihr feigen Schweine!"

„Dein Wunsch sei dir gewährt."

Grenwick wirbelte beim Klang der kalten Stimme herum und erstarrte vor Schreck. Doch er fasste sich schnell wieder und riss sein Schwert in die Höhe: „Warum soll ich eigentlich bis morgen warten? Ich kann dich auch gleich in Stücke schlagen, du Bastard!"

„Rede nicht! Kämpfe!"

Metall schlug auf Metall und nach einiger Zeit musste Ramsay Grenwick zugestehen, dass er ein ausgezeichneter Gegner war, zu hitzig zwar, manchmal auch hinterhältig, aber dennoch würdig. Ramsay hatte nicht vor, es Grenwick leicht zu machen. Er sollte leiden. Sollte für jeden Schlag, den er ausgeteilt hatte, bezahlen. Mit einer flinken Bewegung verwundete er Grenwicks linken Arm, worauf dieser noch jähzorniger wurde. Dann folgten der rechte Arm, die Brust und die Beine. Grenwicks Kleidung war schließlich blutüberströmt. „Ist das alles, was du zustande bringst, McFist?"

Ramsays kaltes Lächeln brachte Grenwick noch mehr auf und er warf Ramsay alle möglichen Beleidigungen an den Kopf. Doch der Blutverlust und die bemerkenswerte Kraft, mit der er Ramsays Schwerthiebe parierte, schwächten ihn so sehr, dass er sich bald kaum noch auf den Beinen halten konnte.

Grenwicks Augen nahmen einen irren Glanz an, als er schrie: „Mach endlich ein Ende, du Bastard!"

Vollkommen entkräftet fiel er auf die Knie und die Waffe entglitt seiner Hand.

„Nimm dein Schwert und steh auf, du feiger Hund", forderte Ramsay beinahe liebenswürdig. Grenwick schüttelte den Kopf und flüsterte: „Ich kann nicht mehr. Töte mich endlich!" Ramsays Kiefer mahlte vor Zorn. Noch nie in seinem ganzen Leben hatte er einen unbewaffneten Mann getötet und er dachte gar nicht daran, jetzt damit anzufangen.

„Steh auf, verdammt!"

Ramsay wollte Grenwick gerade am Kragen hochreißen, als der ihm eine Hand voll Dreck mitten ins Gesicht schleuderte. Geblendet sprang Ramsay einen Schritt zurück und rieb sich die Augen, doch da war es bereits zu spät. Ein heißer Schmerz traf ihn an der Seite und er taumelte zurück. Grenwick nutzte die Gelegenheit, packte einen Mann und schleuderte ihn in Ramsays Richtung. Ramsay sprang in letzter Sekunde zur Seite und schlitzte dem Kerl den Bauch auf. Anschließend zog er, ohne mit der Wimper zu zucken, den Dolch, der noch immer in seiner Seite steckte, wieder heraus. Blut sprudelte aus der Wunde und Ramsay schwankte. Mit einem wüsten Fluch auf den Lippen riss er den Ärmel seines Hemdes ab, knüllte ihn zusammen und presste den Stoff auf die Stichwunde. Dann schob er wie gewohnt den Schmerz beiseite und sah sich um.

Die Feinde hatten sich inzwischen ergeben und waren von seinen und den Männern seines Vaters an die Mauer gedrängt worden. Grenwick war nirgends zu sehen. Der feige Hund war offenbar geflohen. Die Luft stank nach Blut und Tod und überall am Boden lagen wie Unrat abgetrennte Gliedmaßen von niedergemetzelten Kriegern.

Edgar, einer von Ramsays Männern, trat neben ihn und meldete: „Mylord, der Feind ist geschlagen!"

„Wie sieht es in unseren Reihen aus?"

Edgar grinste breit. „Keine Toten. Elf Leichtverletzte, Mylord." Sein Grinsen wurde noch breiter: „Zwölf, wenn man Edmunds verloren gegangenen Zahn mitzählt."

Ramsay nickte zufrieden, doch dann nahm sein Gesicht einen unversöhnlichen Ausdruck an: „Sorge dafür, dass Bruce und Gavin aus den Verliesen befreit werden. Sag den Männern, dass sie als Beute nehmen sollen, was sie tragen können."

Mit diesen Worten wandte sich Ramsay dem Eingang zu, durchquerte mit ausholenden Schritten die Halle und erklomm die Treppe, die zu den Schlafkammern führte.

„Mylord?“ Will stand am Eingang und sah ihn unsicher an: „Wo ist Lady Elena? Ist sie wohlauf?“

Ramsay schnaubte bitter. „Noch habe ich ihr den verräterischen Hals nicht umgedreht.“

„Was?“, rief Will entsetzt und ungläubig zugleich.

Ramsay fiel ein, dass Will noch gar nichts von dem Verrat wissen konnte, und erklärte kühl: „Die Lady war es, die uns die Falle gestellt hat.“

„Vergebt mir, Mylord, aber das glaube ich nicht. Todd ist es doch gewesen.“

Ramsay spürte wieder den Stich der Enttäuschung und schüttelte den Kopf.

„Nay, Todd hat ihr vermutlich geholfen. Sie hat es zugegeben. Sie selbst hat mir ihren Verrat gestanden!“ Ramsays Schultern sackten müde nach unten. „Sie hat alles zugegeben, Will.“

„Und ich glaube es trotzdem nicht! Es muss eine ganz einfache Erklärung dafür geben.“ Plötzlich tauchte Ramsays Vater hinter Will auf und Ramsay fragte: „Hast du Cambell oder Grenwick gesehen?“

Robert schüttelte verneinend den Kopf. „Sie sind weder unter den Toten noch bei den Gefangenen.“

„Gut, dann werde ich ihn finden.“

Mit diesen Worten ging Ramsay davon.

„Mylord, tut nichts Unüberlegtes, ich bitte Euch!“, rief Will besorgt.

Als Ramsay in den langen, finsteren Korridor kam, stieß er mit dem Fuß jede Tür auf. Irgendwo mussten Elena und ihr feiger Vater ja stecken. Und er hatte Recht. In der hintersten Kammer entdeckte er Elena bewusstlos am Boden. Von ihrem Vater fehlte jede Spur. Ihr Gesicht war geschwollen und ihr Kleid war mit Blut befleckt. Ramsay starrte auf sie hinunter. Zu seiner Überraschung empfand er weder Genugtuung noch Schadenfreude. Stattdessen bekam er kaum noch Luft. Er schwankte leicht und versuchte, den Schleier vor seinen Augen zu vertreiben. Der Blutverlust setzte ihm mehr zu, als er angenommen hatte, und er fühlte sich zusehends schwächer.

Ramsay kauerte sich zu Elena hinunter und als sie die Augen öffnete, sah sie nur kalten Zorn und Abneigung.

„Ramsay … du bist … verletzt", stöhnte sie. Ihr misshandeltes Gesicht brannte wie Feuer.

„Bereust du, dass du nicht zusehen konntest?"

Elena schüttelte langsam den Kopf, wollte etwas sagen, doch Ramsay schnitt ihr angewidert das Wort ab.

„Sei still, Lady! Ich habe genug von deinen Lügen."

Plötzlich hörte er ein leises Quietschen hinter sich, fuhr herum und sah, wie Lord Cambell aus dem riesigen Wandschrank stieg. Der feige Hund hatte sich während der Schlacht dort versteckt gehalten. Ramsay versuchte, sich zu erheben, doch das Schwindelgefühl war nun so stark, dass er fürchtete, das Bewusstsein zu verlieren.

„Du Schwein, was hast du mit meiner Tochter gemacht?", rief Lord Cambell und kam mit gezogenem Schwert auf Ramsay zu. Ramsay hatte kaum noch die Kraft, sich aufzurichten. Elena sah, wie das Blut durch seine Kleidung sickerte und einen immer größeren Fleck hinterließ. Sie versuchte verzweifelt, ihrer Benommenheit Herr zu werden. Oh Gott, sie musste ihm helfen! Die entsetzliche Angst um den Mann, den sie liebte, verlieh ihr Kraft und sie spürte, wie das Leben wieder in ihre Glieder zurückkehrte. Da holte ihr Vater aus und schlug auf Ramsay ein.

„Nein!", schrie Elena, doch Ramsay parierte den Hieb gekonnt. Auch den nächsten und den übernächsten, doch mit jedem von Cambells Schlägen spürte er, wie seine Kraft langsam schwand. Bald war er kaum mehr in der Lage, sein Schwert zu heben.

Lord Cambell genoss es sichtlich, die Oberhand zu haben. „Was hast du mit meiner Tochter getan, du verfluchter Bastard? Dafür werde ich dich töten!"

Er versetzte Ramsay einen kräftigen Kinnhaken, sodass dieser rücklings zu Boden ging und beinahe ohnmächtig wurde. Elenas Herz klopfte wie verrückt. Ihr Vater wollte Ramsay umbringen! Sie versuchte, ihn zurückzuhalten, doch aus ihrer Kehle drang kein

Laut. Lord Cambell stieß mit dem Fuß Ramsays Schwert beiseite, warf sein eigenes achtlos hin und zog seinen Dolch.

„Oh nein, ich werde dir keinen würdevollen Tod gewähren, du Bastard! Ich schlitze dir wie einem gewöhnlichen Dieb die verdammte Kehle auf!“

Gerade, als er die scharfe Klinge an Ramsays Hals setzen wollte, traf etwas Schweres seinen Kopf, und er hörte ein lautes Scheppern. Ungläubig blickte Lord Cambell auf und ließ den Dolch fallen.

„Du?“, röchelte er verblüfft, bevor er das Bewusstsein verlor und auf den Boden fiel.

Elena kauerte noch immer an derselben Stelle und starrte zutiefst verwirrt und entsetzt auf die Scherben rings um sich.

„Oh, mein Gott!“, schluchzte sie.

„Ramsay!“, rief Robert besorgt, stürzte in die Kammer und hielt mitten in der Bewegung inne, als er Elena über ihren Vater kauern sah. Sie starrte ihn aus vor Entsetzen geweiteten, glasigen Augen an und stammelte: „Ich … ich musste es tun … Er … Er wollte Ramsay töten.“

Kaum hatte sie das letzte Wort gesagt, schwanden ihr die Sinne. Robert ging mit aschfahlem Gesicht neben seinem Sohn in die Knie.

„Ramsay?“ Bei allen Heiligen! Gott konnte doch nicht so hartherzig sein und ihm gerade jetzt seinen Sohn entreißen. Nicht jetzt, da sie sich endlich wiedergefunden hatten. Robert schüttelte Ramsays Schulter heftiger und stieß erleichtert den angehaltenen Atem aus, als dieser die Augen öffnete. Ein kleines Lächeln lag auf seinen Lippen, als er die Hand seines Vaters drückte. „Danke, Vater … Jetzt hast du mir heute schon zum zweiten Mal das Leben gerettet.“

Dann verlor er wieder das Bewusstsein.

Kapitel 24

Widerwillig erwachte Elena aus der gnädigen Dunkelheit der Ohnmacht und sogleich spürte sie die Schmerzen wieder, die sie quälten. Ihr ganzer Körper fühlte sich an, als hätte man ihr die Haut abgezogen. Langsam öffnete sie die Augen und blickte wie durch einen Nebelschleier in Ramsays Gesicht. Er lebte – war gesund und lebte. Der Hass war verschwunden. An seiner Stelle konnte sie nun ehrliche Sorge und Mitgefühl in seinem geliebten Antlitz erkennen. Elena hob zitternd eine Hand und lächelte ihn liebevoll an. „Ramsay", hauchte sie erleichtert, doch etwas war verändert. Nachdenklich legte sie die Stirn in Falten und kämpfte gegen die bleierne Benommenheit an. Der Nebel verzog sich allmählich und ihr Blick wurde klar. Das war nicht Ramsay, auch wenn dieser Mann ihm wie aus dem Gesicht geschnitten war. Er war viel älter. Graue Strähnen durchzogen sein Haar und seine Augen waren nicht grau, sondern grün.

Der Earl erriet ihre Verwirrung und lächelte sie warm an. „Ich bin Ramsays Vater, Mylady, Robert McFist. Ich nehme an, dass Ihr mir die Botschaft geschickt habt."

Elena nickte, zuckte jedoch sogleich unter dem brennenden Schmerz zusammen. Sie sah Ramsay neben sich knien. Überall war Blut. Sein Blut. Sie riss erschrocken die Augen auf und versuchte, sich aufzusetzen.

„Wie …" Ihre Stimme versagte und sie versuchte es wieder. „Wie geht es Ramsay? Er lebt doch, nicht wahr?"

Robert nickte beruhigend, drückte sie mit sanfter Gewalt in die Kissen zurück und legte ihr ein kühles Tuch auf die Stirn. Noch immer waren die Spuren der Misshandlung deutlich in ihrem Gesicht zu sehen. Obwohl die Schwellungen verschwunden waren, zeichneten sich deutlich blaugelbe Flecken auf Wange und Kinn ab.

„Aye, Ramsay liegt im Zimmer nebenan. Er hat viel Blut verloren.“ Als er sah, wie Elena sich verkrampfte, beschwichtigte er sie sogleich. „Er erholt sich prächtig, brüllt sogar schon wieder herum. Der Arzt hat ihm Laudanum in den Wein gemischt, damit er die arme Dienerschaft nicht bis zur Erschöpfung herumkommandiert. Jetzt schläft er. Macht Euch keine Sorgen! Das Schlimmste ist überstanden.“

Elena entspannte sich und ließ den Blick durch das Zimmer gleiten.

„Wo bin ich?“

„In Turriff Castle. Ich habe euch beide nach der Schlacht hierher bringen lassen. Das war vor mehr als einer Woche.“

„Vor einer Woche?“

So unerwartet und heftig brach die Erinnerung über sie herein, dass sie beinahe keine Luft mehr bekam. Ramsay hatte mit ihrem Vater gekämpft und sie spürte wieder dieselbe verzehrende Angst. Sie erinnerte sich, wie Ramsay gestürzt war – erinnerte sich an einen kalten Gegenstand in ihren Händen. Fassungslos starrte sie auf ihre blassen, zitternden Finger.

„Mein Vater …“ Flehend schaute sie in das mitfühlende Gesicht des Earl. An ihrem Mienenspiel hatte er klar erkennen können, was sich in ihrem Innern abspielte.

„Was … habe ich ihn umgebracht?“

Robert schüttelte den Kopf. „Nay, Mylady. Ihr habt ihn lediglich bewusstlos geschlagen. Aber ich fürchte, es gab später einen unglücklichen Zwischenfall. Einige der Gefangenen wollen gesehen haben, wie Grenwick Ihren Vater hinterrücks erstochen hat.“

„Er ist tot?“ Ihre Stimme war nicht mehr als ein Flüstern. „Grenwick hat meinen Vater getötet?“

Sie barg ihr Gesicht in den Händen.

Fand dieser Alptraum denn niemals ein Ende? Robert setzte sich auf die Bettkante und nahm ihre Hände. Er hatte mit Tränen gerechnet, doch er fand keine. Unendlichen Schmerz, ja, doch keine Tränen.

„Lady Elena, Ihr dürft Euch jetzt nicht aufregen. Ihr wart sehr krank.“

„Krank?“, hauchte sie verwirrt, und im nächsten Moment wusste sie, was diese Worte zu bedeuten hatten. Mit weit aufgerissenen Augen schüttelte sie bestürzt den Kopf, legte beide Hände auf ihren Bauch und flüsterte atemlos: „Nein! Nicht mein Kind! Nicht Ramsays Kind! Bitte sagt, dass es nicht wahr ist! Bitte ..."

Robert schluckte schwer. „Ihr hattet schwere Blutungen."

Das war alles, was er sagen konnte. Der Schmerz und das Leid, das so deutlich in ihrem Gesicht geschrieben standen, erschütterten ihn.

Elena fühlte die brennende Leere in ihrem Innern. Sie hatte es verloren! Alles war verloren!

Bei Gott, dieses Mädchen war stark. Obwohl er den feuchten Glanz in ihren Augen sah, den Druck hinter ihnen beinahe selbst fühlen konnte, versuchte sie sich zu beherrschen. Zum Teufel, sie war *zu* stark. Es war nicht gut, wenn sie den Schmerz nicht herausließ. Wenn sie zuließ, dass er sich in die Seele fraß und sie zu ersticken drohte.

Elena wandte den Kopf zur Seite, damit der Earl ihre Verzweiflung nicht sehen konnte. Zärtlich streichelte sie ihren Bauch, wo einst ihr Kind gewesen war. Ramsays Kind, das sie mehr als alles andere auf dieser Welt gewollt hatte. Nichts war ihr geblieben. Gar nichts. Weder eine Zukunft noch die Hoffnung auf ein fernes Glück. Nichts! Viel zu deutlich erinnerte sie sich an die Kälte in Ramsays Augen. Er glaubte, sie hätte ihn verraten. Wie Vanessa, und nun stimmte es sogar. Sie hatte sein Kind verloren. War das nicht auch eine Art Verrat?

„Bitte Mylord, ich ... ich möchte ein wenig alleine sein", flüsterte sie und versuchte verzweifelt, ihre Fassung zu wahren. Robert fühlte sich plötzlich sehr, sehr alt. Er hatte so gehofft, dass sie nichts von dem Kind wusste. Bei allen Heiligen! Hatte dieses Mädchen nicht schon genug Kummer mit dem Tod ihres Vaters? Er ballte hilflos die Hände zu Fäusten und betrachtete die blasse, zierliche Gestalt in dem riesigen Bett. Sie sah so einsam und hilflos aus, dass er nicht gehen wollte. Er wollte bei ihr bleiben, wollte sie trösten. Irgendetwas sagen, um ihren Kummer zu lindern. Doch was konnten Worte schon ausrichten? Mit hilflos geballten Fäusten nickte er und verließ bekümmert das Zimmer.

Elena blieb lange wie betäubt liegen. Was sollte sie nur tun? Sie hatte keine Familie mehr, kein Kind, und der Mann, den sie liebte, brachte ihr nur noch Hass und Verachtung entgegen. Die Stunden vergingen, und mit ihnen kam die Gewissheit. Es gab jetzt nur noch eines zu tun. Sie musste fort. Vorsichtig richtete sie sich auf. Man hatte ihr ein weiches Nachthemd angezogen, doch überall, wo der Stoff sie berührte, schien ihre Haut in Flammen zu stehen. Ihr ganzer Körper schmerzte von Grenwicks Schlägen und Tritten. Aber das musste warten. Später würde sie sich dem Leid ergeben, jetzt noch nicht. Sie musste zu ihrem Liebsten, solange er noch schlief. Langsam erhob sie sich und wäre hingefallen, wenn sie sich nicht in letzter Sekunde am Bettpfosten festgehalten hätte. Nach und nach ebbte der Schmerz ab und wurde erträglich. Sie hängte sich ein Tuch um die Schultern und schleppte sich langsam, Schritt für Schritt, zu Ramsays Gemach. Sie brachte es nicht über sich, ihn einfach zu verlassen, ohne ihn noch ein letztes Mal gesehen zu haben. Ohne sich vergewissert zu haben, dass er lebte, dass es ihm wirklich gut ging. Leise schob sie die schwere Holztüre auf. Ein Kammerdiener schreckte aus dem Schlaf und wollte ihr zu Hilfe eilen, doch sie wehrte mit einer knappen Handbewegung ab.

„Wie geht es ihm?"

„Der junge Lord schläft, Mylady."

Elena atmete erleichtert auf. „Lass mich bitte alleine."

Der Diener verneigte sich und eilte davon.

Elena ging auf die reglos im Bett liegende Gestalt zu und glaubte, ihr Herz müsste bersten. Ihr starker Riese war so schrecklich blass, und selbst im Schlaf wirkte er zornig. Vorsichtig setzte sie sich neben ihn und strich ihm zärtlich eine Haarsträhne aus dem Gesicht.

„Werde bald wieder gesund, mein Liebster."

Sie schluckte schwer und eine leise Träne rann ihr über die Wange. Ungeachtet ihrer eigenen Schmerzen beugte sie sich über ihn und hauchte ihm einen sanften Kuss auf die Lippen.

„Ich habe dich nicht absichtlich verraten, Ramsay. Niemals!"

Sie strich die Decke glatt und betrachtete das geliebte Gesicht.

„Weißt du, schon als ich dich das erste Mal gesehen habe, wusste ich, dass du etwas ganz Besonderes bist. Ich hatte schreckliche Angst. Nicht so sehr vor dir … wie soll ich sagen? Es waren mehr meine eigenen Gefühle, die ich fürchtete."

Sie lächelte versonnen auf ihn hinunter. „Weißt du eigentlich, dass ich niemanden kenne, der es schafft, mich so schnell aus der Fassung zu bringen wie du? Bei dir genügt oft nur ein Wort oder eine hochgezogene Augenbraue, und schon explodiert etwas in mir."

Elenas Finger glitten zitternd über die rauen Bartstoppeln auf Ramsays linker Wange.

„Ich glaube, ich habe in meinem ganzen Leben noch nicht so viel geschimpft und geflucht wie in den Tagen mit dir." Sie schluckte. Sie wollte ihm noch so vieles sagen, doch sie fürchtete sich davor, zu lange zu bleiben, fürchtete sich vor seiner Reaktion auf ihren Anblick. „Ich … Ich möchte mich bei dir bedanken, Ramsay." Ihre Stimme brach und der Druck der Tränen in ihren Augen wurde größer. „Du hast mir immer das Gefühl gegeben, etwas wert zu sein. Du hast mich so akzeptiert, wie ich wirklich bin. Oh Ramsay, du warst der Einzige, der nie versucht hat, mich zu zerbrechen und nach seinen Vorstellungen zu formen. Die Zeit mit dir war unbeschreiblich schön. Sie war unendlich kostbar." Plötzlich brachen die Tränen aus ihr heraus und sie schluchzte gequält auf. „Ich habe unser Kind verloren, Ramsay!" Sie barg ihr Gesicht an seiner Brust und weinte leise. „Es tut mir so leid! Ich habe es verloren, und ich hätte es doch so gerne zur Welt gebracht." Der Kummer nahm ihr den Atem. „Ich schwöre dir, ich wollte es haben!" Ramsay bewegte sich im Schlaf, stöhnte leise und Elena schrak zurück. Leise schluchzend wischte sie sich die Tränen fort und schaute ängstlich auf ihn nieder. Doch zu ihrer Erleichterung erwachte er nicht. Seine gleichmäßigen Atemzüge verrieten, dass er noch immer tief und fest schlief. Ein letztes Mal beugte sich Elena über ihn und hauchte ihm einen Abschiedskuss auf die Lippen. Ihr war, als ob ihr jemand das Herz aus dem Leibe reißen würde.

„Ich werde dich immer lieben!"

Robert stand tief bewegt an der Tür. Er hatte nach seinem Sohn sehen wollen und war Zeuge dieser traurigen Szene geworden. Was war nur zwischen den beiden geschehen? Was meinte sie mit Verrat? Als Elena sich aufrichtete, verbarg er sich rasch in einer dunklen Nische. Was er eben gehört hatte, war nicht für fremde Ohren bestimmt gewesen, und er fühlte sich wie ein Eindringling. Robert beobachtete Elena, die wie ein Gespenst an ihm vorbeiging. Nur zu deutlich konnte er sehen, dass sie bei jedem Schritt Schmerzen litt. Sie war wirklich wüst misshandelt worden. Verdammt noch mal, wenn er nur wüsste, was auf Castle Fraser geschehen war!

Elena ging in ihr Gemach zurück. Wenig später kam Amintha, ihre treue Kammerzofe. „Mylady, Ihr solltet noch nicht aufstehen. Ihr seid noch zu schwach."

Elena umarmte ihre Zofe. „Es tut so gut, dich zu sehen. Wie geht es den anderen Bediensteten von Castle Fraser?"

Amintha lächelte verlegen. „Keinem von uns ist etwas geschehen, Mylady, und alle freuen sich, dass dieser Alptraum endlich vorüber ist."

„Aber was machst du dann hier? Warum bist du nicht auf Castle Fraser geblieben?"

„Dort ist niemand, der mir nahe steht, Mylady, und ich habe mir schreckliche Sorgen um Euch gemacht."

Elena schenkte ihr ein dankbares Lächeln und setzte sich aufs Bett. „Bitte bereite alles für die Abreise vor."

Amintha riss erschrocken die Augen auf. „Aber, Mylady, das konnt Ihr nicht. Ihr seid noch viel zu schwach. Wohin wollt Ihr denn? Castle Fraser wird erst in einem oder zwei Monaten wieder bewohnbar sein. Der Kampf hat schlimmen Schaden angerichtet!"

Elena nickte schwach. „Ich weiß. Ich … ich gehe ins Kloster."

Amintha hielt entsetzt den Atem an. „Aber ich dachte … ich meine, ich hörte … dass Ihr und Lord …"

„Das ist Vergangenheit, Amintha", schnitt Elena ihr sanft das Wort ab. „Kümmere dich bitte darum, dass meine Sachen in zwei Stunden bereit sind, und bitte den Earl zu mir."

Amintha nickte betrübt und eilte hinaus.

Elena lehnte sich erschöpft an den Bettpfosten. Es war vorbei. Alles war vorbei.

Wenige Minuten später erschien Robert, gefolgt von einer zierlichen, wunderschönen Frau, die sich etwas befangen im Hintergrund hielt. Wärme und Mitgefühl sprachen aus ihrem zart geschnittenen Gesicht.

„Lady Elena, darf ich Euch meine Gemahlin Melissa McFist vorstellen? Sie wollte es sich nicht nehmen lassen, sich selbst von Eurer Genesung zu überzeugen." Mit einem liebevollen Funkeln in den Augen fügte er hinzu: „Sie kann schrecklich starrsinnig sein, wenn sie sich etwas in den Kopf gesetzt hat."

Das zierliche Geschöpf gab einen nicht gerade damenhaften Laut von sich und kam ebenfalls näher.

„Starrsinnig! Das musst du gerade sagen. Um dich zu beschreiben, müsste dieses Wort neu erfunden werden."

Melissa hakte sich lächelnd bei Robert unter und reichte Elena die Hand zur Begrüßung. „Lady Elena, ich bin sehr erleichtert, dass es Euch etwas besser geht. Wir haben uns schreckliche Sorgen gemacht."

Elena rang sich ein kleines Lächeln ab. „Vielen Dank, Lady McFist."

Robert trat an Elenas Bett heran und nahm besorgt ihre Blässe wahr. Auf dem riesigen Lager wirkte sie so zerbrechlich wie feines Porzellan, aber er spürte auch den wachen Kampfgeist. Nay, dieses Mädchen würde sich nicht so schnell aufgeben.

„Ihr wünscht mich zu sprechen, Mylady?"

Elena nickte. „Aye, Mylord, ich möchte mich für Eure Gastfreundschaft und die Mühen bedanken, die Ihr meinetwegen auf Euch genommen habt. Und natürlich auch bei Euch, Lady McFist."

Robert runzelte verwirrt die Stirn, eine Geste, die Ramsay anscheinend von ihm geerbt hatte. Sie atmete tief durch. „Ich möchte mich verabschieden, Mylord. In zwei Stunden werde ich aufbrechen."

Robert und Melissa sahen sich verwirrt an.

„Wohin wollt Ihr? Wäre es nicht vernünftiger, noch einige Tage zu warten?", schlug Melissa besorgt vor, doch Elena schüttelte entschieden den Kopf.

„Ich werde für einige Zeit in ein Kloster gehen. Ich … brauche Zeit zum Nachdenken, Mylady."

„Ihr wollt ihn also verlassen?"

Obwohl er sich bemühte, gelang es Robert nicht, den vorwurfsvollen Unterton in seiner Stimme zu verbergen.

Elena nickte schweigend. Unter diesen Umständen blieb ihr nichts anderes übrig. Sie konnte besser mit der Einsamkeit als mit seinem Hass umgehen.

„Ich habe keine andere Wahl."

Robert nickte betrübt. Immerhin wollte sie kein Gelübde ablegen. Vielleicht war Zeit genau das, was sie beide jetzt brauchten. Und er würde sie nutzen, um endlich Antworten zu bekommen.

„Wollt Ihr nicht warten, bis Ihr Euch ein wenig erholt habt?", versuchte Melissa es noch einmal, doch Elena schüttelte müde den Kopf.

„Ich muss jetzt gehen!"

Robert nickte mitfühlend. „Ich werde eine Kutsche und ein Gefolge bereitstellen. Und seid versichert, dass ich mich um Castle Fraser kümmern werde, solange Ihr nicht da seid."

Elena biss sich auf die zitternde Unterlippe und erhob sich. „Es ist kein Wunder, dass Ramsay Euch so sehr vermisst hat. Ihr seid ein guter Mensch."

Der Earl errötete vor Freude. Sein Sohn hatte ihn vermisst? Bestimmt nicht so sehr wie er ihn!

„Danke für alles, Mylord." Elena stellte sich auf die Zehenspitzen und hauchte ihm einen kleinen Kuss aufs Kinn.

„Unsere Tore werden Ihnen jederzeit offen stehen", flüsterte Melissa, als Elena sich auch von ihr verabschiedete.

Robert half Elena in die Kutsche und schloss den Verschlag.

„Gebt gut auf Euch Acht, Lady Elena!"

Sie legte ihre kleine, kühle Hand auf seine riesige und lächelte ihn tapfer an.

„Das werde ich, Mylord, und nochmals vielen Dank für alles." Zögernd und mit leicht geröteten Wangen fügte sie leise hinzu: „Bitte sorgt dafür, dass Ramsay seine Bettruhe einhält. Er kann manchmal schrecklich stur sein."

Robert tätschelte ihr beruhigend die Hand. „Das werde ich."

Endlich setzte sich die Kutsche in Bewegung. Mit einem kleinen Geleit legte Elena den Weg zum Konvent zurück. Später würde sie sich bestimmt nicht mehr an die Reise erinnern können, denn sie sah alles durch einen Tränenschleier. Sie weinte stumm und spürte, wie ihr Herz in kleinere und immer kleinere Stückchen zerbrach. Amintha, die darauf bestanden hatte, ihre Herrin auf der Reise zu begleiten, versuchte, sie zu trösten und sie davon zu überzeugen, dass alles wieder gut werden würde. Doch Elena wusste es besser. Nichts würde wieder gut werden! Sie trauerte nicht um ihren Vater, der ihr niemals ein richtiger Vater gewesen war. Auch nicht um ein Heim, das sie nie wirklich besessen hatte. Nay, sie trauerte um ihren Liebsten und das Kind, das sie nun niemals von ihm bekommen würde.

Vor den riesigen Toren des Klosters kam die Kutsche zum Stehen. Gavin öffnete den Verschlag und half Elena beim Aussteigen. „Werdet Ihr hier zurechtkommen?"

Der dicke Kloß in ihrem Hals hinderte sie am Sprechen und so nickte sie nur stumm. Elena hatte Gavin immer gemocht, und auch jetzt brachte er ihr nichts als Freundlichkeit und Zuneigung entgegen.

„Es wird ihr hier gut gehen!", meldete sich plötzlich eine strenge Stimme hinter ihnen. Das mächtige Eisentor schwang quietschend auf und eine magere, energisch wirkende Frau erschien. Der missbilligende Gesichtsausdruck wies darauf hin, dass sie Männer nicht ausstehen konnte. Und ihre zu kleinen, schwarzen Augen verrieten, dass es sich mit Frauen, die sich mit Männern einließen, ähnlich verhielt.

„Ich bin Mutter Selfina, die Äbtissin vom Konvent zum Reinen Herzen."

Sie betrachtete Elena herablassend. „Und du musst das Mädchen sein, das Schutz und … Vergebung hinter meinen Mauern sucht. Ich wurde bereits informiert."

Gavin verbeugte sich vor der Äbtissin, überreichte ihr einen Brief von Robert und einen Beutel mit Münzen.

Mutter Selfina nickte knapp und nahm die Sachen entgegen. Dann deutete sie auf Leila, und Widerwillen und Abscheu spiegelten sich deutlich in ihrem kantigen Gesicht. „Der Köter wird mein Kloster nicht betreten!"

Gavin überreichte ihr einen zweiten kleinen Lederbeutel. „Darin sind genügend Münzen, um diese kleine Unannehmlichkeit wieder gutzumachen."

Die Äbtissin wog prüfend den Beutel in der Hand und wiederholte. „Es wird ihr hier gut gehen. Es gibt noch andere Schwestern hier, die ... die mit Unzucht den Zorn Gottes auf sich gezogen haben."

Gavins Lippen pressten sich zu einem grimmigen Strich zusammen und er musterte die Frau kalt. „Das sind in der Tat Worte überzeugender Nächstenliebe, Ehrwürdige Mutter! Ihr tätet gut daran, Eure Abneigung nicht allzu offen zu zeigen."

Die Äbtissin musterte ihn mit einem Hochmut, der einer Nonne nicht anstand. „Ihr wollt mir drohen? Wer seid Ihr, dass Ihr das wagt?"

Schon vor vielen Jahren hatte Gavin gelernt, dass Menschen des Glaubens verdorbener und bösartiger als andere sein konnten. Das Wissen um die Macht der Kirche verleitete sie immer wieder dazu, der Gier und Hinterlist nachzugeben. Diese Teufel in Kutten sahen nur den Wert des Geldes und nicht den der ihnen anvertrauten Menschen.

„Sagen wir doch einfach, ich bin die rechte Hand des Höllendämons."

Er beobachtete mit Genugtuung, wie alle Farbe aus den Wangen der Äbtissin wich und sie sich eilig bekreuzigte. Anscheinend war Ramsays Ruf auch bis hinter die dicken Klostermauern gedrungen.

„Lord Gavin, ich bitte Euch", flüsterte Elena peinlich berührt, doch er tätschelte nur beruhigend ihre Hand.

„Sollte ich erfahren, dass Ihr Lady Elena oder ihrem Hund mit Eurer scharfen Zunge – oder wie auch immer – zusetzt, werde ich dafür sorgen, dass der Höllendämon die Mauern dieses Klosters niederreißt. Ich hoffe, ich habe mich deutlich genug ausgedrückt."

Die Äbtissin nickte mit zusammengepressten Lippen und wandte sich an Elena. „Die Schwestern werden sich um dein Gepäck kümmern, Kind. Du wirst sehen, wenn du dich hier erst einmal eingewöhnt hast, fühlst du dich wie zu Hause."

Zuhause? Der einzige Ort, an dem Elena das Gefühl gehabt hatte, wirklich zu Hause zu sein, war das kleine Zelt gewesen, das sie mit Ramsay bewohnt hatte. Dies war der Ort gewesen, an dem sie sich hatte nützlich machen können, an dem sie gebraucht wurde und an dem sie sich wirklich dazugehörig gefühlt hatte.

„Komm jetzt, Kind! Wir müssen dir etwas zum Anziehen besorgen."

Elena verabschiedete sich von Gavin und ließ sich von Mutter Selfina wegführen.

Sie schwieg, als sie durch lange, trostlose Korridore schritten und sie die Hausregeln erklärt bekam.

„Du wirst viel Zeit zum Beten haben", sagte die Äbtissin und konnte es nicht lassen hinzuzufügen: „Vielleicht wird Gott dir deine Sünden vergeben und dein sündiges Fleisch abkühlen lassen."

War es denn so sündig, einen Menschen zu lieben?

Schweigend folgte Elena der dürren Frau in eine längliche, kleine Zelle mit einem Sack, der mit Maishülsen gefüllt war, an der einen Wand und einem großen Kreuz an der gegenüberliegenden. Davor lag ein kleines, flaches Kissen, auf dem man knien konnte.

Hier würde sie also leben! Beinahe lautlos huschten zwei junge Schwestern mit Elenas Habe herein und stellten sich ihr als Schwester Margarete und Schwester Edwina vor.

„Wir werden Euch aus den Kleidern helfen, Schwester."

Elena spürte Margaretes raue Hände, die ihr die beiden Kämme aus dem Haar zogen und es dann mit einem ledernen Band zusammennahmen. Schweigend entkleideten die Schwestern Elena und tuschelten entsetzt miteinander, als sie die verheilenden Prellungen und Schürfwunden auf ihrem Körper entdeckten. Danach wurde ihr eine raue, braune Leinenkutte übergestreift. Wenige Augenblicke später war sie alleine.

Sie ließ sich auf den alten Sack mit den harten Klumpen sinken und lehnte ihre Wange an die kühle Mauer. Der Stein fühlte sich feucht und genauso kalt wie ihr Herz an. Tränen sickerten unter ihren geschlossenen Augenlidern hervor und sie rollte sich zusammen. Leila kletterte leise winselnd zu ihr und schmiegte sich tröstend an ihre Herrin. Elena verbarg ihr Gesicht in den Händen. Oh Ramsay, ich liebe dich so sehr! Wie kannst du nur glauben, dass ich dich verraten habe!

Kapitel 25

Ramsay beobachtete von seiner Kammer aus, wie Elenas Kutsche über die Zugbrücke rollte, und er fühlte sich seltsam leer. Er schaute noch lange in die Richtung, in der die Kutsche verschwunden war. Er hatte geträumt, sie wäre zu ihm gekommen, um ihm Lebewohl zu sagen. Verdammt noch mal, selbst jetzt noch glaubte er, ihren Duft riechen zu können! Veilchen.

Ramsay atmete tief durch.

„Sie ist fort“, erklärte eine mitfühlende Männerstimme hinter ihm. Ramsay drehte sich langsam herum und sah seinen Vater, der einen Arm um Melissa gelegt hatte, als wollte er sie vor seinem Sohn beschützen.

„Sie ist in ein Kloster gegangen, Ramsay. Aber sie wird zurückkommen“, fuhr Robert in sanftem Ton fort.

Ramsay schnaubte wütend. „Wenn sie klug ist, wird sie das nicht tun. Sonst drehe ich ihr den verlogenen Hals um!“

„Du tust ihr Unrecht, Ramsay“, wandte Melissa ein.

„Jeder verdammten Lady sollte man den Hals umdrehen“, fuhr Ramsay sie so ungehalten an, dass sie sich instinktiv enger an Robert schmiegte.

„Ramsay McFist!“, dröhnte Roberts Stimme. „Ich dulde diesen Ton in meinem Haus nicht. Melissa ist meine Frau und …“

„Schon gut“, unterbrach Ramsay ihn verlegen. „Es tut mir leid Ich fürchte, ich kann mir selbst nicht mehr trauen.“

Er drehte sich schweigend zum Fenster. Robert starrte betrübt auf den Rücken seines Sohnes und wünschte sich nichts sehnlicher, als ihm irgendwie helfen zu können.

Am Abend saß Robert mit Will an der Tafel, suchte nach Antworten und ertränkte seinen Kummer im Wein.

„Was ist nur geschehen, Will? In deinen Briefen hast du mir geschrieben, dass sie ineinander verliebt wären.“

Will nickte betrübt. „Das stimmt auch. Man braucht Lady Elena nur anzusehen, um sich dessen sicher zu sein. Was Ramsay betrifft, so muss er sie auch lieben. Weshalb sollte er sonst so unter der Trennung leiden?"

„Darf ich mich zu euch gesellen?"

Robert lächelte seine hübsche Frau traurig an. „Natürlich, Liebes."

Er konnte seinen Sohn nur zu gut verstehen. Vermutlich besser als jeder andere in dieser Burg. Er wusste, wie es war, wenn Gefühle einem die Eingeweide zu zerreißen drohten. Wusste, wie es sich anfühlte, wenn man sich von einem Menschen verraten fühlte, den man über alles liebte. Nachdem er damals seinen Sohn endlich in Frankreich gefunden hatte und der sich geweigert hatte, mit ihm nach Hause zurückzukehren, war es ihm ähnlich ergangen. Der Schmerz war einfach zu groß, das Leid zu tief gewesen.

Robert stand auf und rückte seiner Frau den Stuhl zurecht. Er konnte sich nicht mehr erinnern, wann der Schmerz über den Verlust seines geliebten Sohnes endlich nachgelassen hatte. Vermutlich niemals. Er hatte sich mit der Zeit wahrscheinlich einfach nur an ihn gewöhnt. Müde sah er zu der langen Treppe hinüber, die in das obere Stockwerk führte. Dort oben saß sein Sohn, und er konnte ihm nicht helfen. Nicht so, wie Melissa ihm damals geholfen hatte. Robert trank seinen Kelch in einem Zuge aus und hoffte, wenigstens einen Teil seines Kummers zu ertränken.

Will deutete eine leichte Verbeugung an und Melissa tätschelte ihm erfreut die Hand. „Oh Will, ich bin ja so froh, dich wieder einmal hier zu haben. Es sind so viele Jahre vergangen." Will schenkte ihr ein freundliches Lächeln. „Melissa, man sollte es nicht für möglich halten, doch du bist noch hübscher geworden."

Melissa errötete verlegen, was ihr ein beinahe engelhaftes Aussehen verlieh. „Ach, hör doch auf, du Schmeichler."

Robert lachte leise vor sich hin. „Gib Acht, dass sie dich nicht zu einem Schwertkampf herausfordert, Will. Vielleicht erinnerst du dich, dass Melissa mehr Wert auf ihre Fähigkeiten, mit Waffen umzugehen, legt, als darauf, sich in feine Seide zu kleiden. Was wesentlich angenehmer und weniger gefährlich für alle Beteiligten wäre, wie ich hinzufügen möchte."

„Pah, und unglaublich langweilig dazu!" Melissa grinste und der Schalk lachte aus ihren Augen. Sie war wirklich eine Schönheit. Obwohl ihre Jugend schon einige Jahre zurücklag, wies ihr schwarzes Haar noch keine grauen Strähnen auf. Sie trug es zu einem dicken Zopf geflochten, der ihr bis zur Hüfte reichte, und einige Löckchen kringelten sich verführerisch über ihren zierlichen Ohren. Ihre natürliche Anmut und ihre Lebenslust zogen alle in ihren Bann.

Will beobachtete die beiden und sein altes Herz füllte sich mit leiser Trauer. Melissa und Elena waren sich sehr ähnlich und er hoffte, dass auch Elena bald wieder dieses Glück erfahren durfte. Als er aufblickte, sah er in Melissas nachdenkliche Augen.

„Wie können wir dir nur danken, Will? All die Jahre hast du uns über Ramsay auf dem Laufenden gehalten. Ich weiß gar nicht, was Robert ohne deine Berichte getan hätte."

In diesem Augenblick traf Will eine Welle von Schmerz so heftig, dass es ihm den Atem raubte. Grabeskälte kroch langsam durch seine Glieder und für einen Sekundenbruchteil huschten Bilder durch seinen Kopf, die er jedoch nicht lange genug festhalten konnte, um sie genau zu deuten. Doch obwohl er sich nicht im Klaren war, um wen es sich handeln würde, so wusste er eines mit Sicherheit: Der Tod hatte gerade sein nächstes Opfer auserkoren.

Robert furchte besorgt die Stirn. „Fühlst du dich nicht wohl, Will?"

Will zwang sich zu einem Lächeln und die Farbe kehrte zurück in sein Gesicht. „Mit mir ist alles in Ordnung, danke."

„Du zitterst ja", hakte Robert nach, doch Melissa schien plötzlich zu verstehen und lenkte das Thema wieder in die ursprüngliche Bahn zurück. „Was ist zwischen den beiden geschehen?" Will schüttelte betrübt den Kopf. „Ramsay glaubt, Lady Elena hätte ihn verraten. Gavin und Bruce haben mir erzählt, dass sie geradewegs in eine Falle gelaufen seien."

Robert zog die Stirn in Falten. „Und? Das hat doch noch lange nichts zu sagen."

„Das Schlimmste kommt ja noch. Ramsay hat mir nämlich berichtet, dass Lady Elena selbst zugegeben hätte, ihm die Falle gestellt zu haben."

Robert pfiff durch die Zähne. „Ja, das ist allerdings ein schwerer Schlag!"

Melissa schüttelte entschieden den Kopf. „Da muss mehr dahinter stecken. Hat sie ihm auch einen Grund genannt?"

„Das weiß ich nicht." Will schlug mit der flachen Hand auf den Tisch.

„Aber eines kann ich euch versichern. Lady Elena hätte Ramsay niemals absichtlich etwas zuleide getan. Sie ist vermutlich die anständigste und loyalste Frau, der ich jemals begegnet bin – Anwesende natürlich ausgenommen. Irgendetwas stimmt da nicht. Lady Elena wäre gar nicht fähig zu einer solchen Hinterhältigkeit. Sie kann ja nicht einmal lügen."

Melissa rieb sich nachdenklich das Kinn. „Du hast Recht, Will. Das alles passt nicht zu der Frau, die du uns in deinen Briefen beschrieben hast. Aber was könnte sie dazu veranlassen, eine solche Schuld auf sich zu nehmen?"

„Und weshalb vertraut Ramsay ihr nicht? Er sollte sie doch besser kennen", warf Robert ein. Will seufzte tief und hob die Schultern.

„Manchmal ist er ein ebensolcher Dickkopf wie sein Vater."

Robert zog eine Augenbraue hoch. „Dankeschön."

Will klopfte dem Lord begütigend auf die Schulter. „Nicht der Rede wert, Brüderchen."

„Weiß Ramsay eigentlich, dass du sein Onkel bist?", meldete sich Melissa wieder zu Wort. Will schüttelte beschämt den Kopf. Er hasste es, an diese Intrige erinnert zu werden.

„Nay, noch nicht, aber ich habe vor, es ihm bald zu sagen. Ich hoffe nur, dass er es verstehen wird und sich nicht hintergangen fühlt. Auch die Männer haben keine Ahnung."

Ein kleines, träges Lächeln milderte seine vom rauen Wetter gegerbten Gesichtszüge.

„Nur die kleine Lady weiß es. Ihr ist es schon am zweiten Abend aufgefallen."

Für eine Weile herrschte Schweigen und alle hingen den eigenen Gedanken nach, bevor Will wieder das Wort ergriff. „Wie konntest du uns eigentlich so schnell zu Hilfe kommen? Der kleine Jimmy war doch erst gegen Mittag aufgebrochen. Hattest du etwa eine Vision?“ Robert schmunzelte. „In der Tat. Eine sehr alte und nach Mist riechende Vision.“

Auf Wills verblüfften Gesichtsausdruck erklärte er: „Mitten in der Nacht bat ein alter Mann um Einlass. Er war völlig außer Atem und stank schrecklich nach Rinderschei … nach Mist. Er überbrachte mir eine Botschaft.“

„Verdammt, mach es nicht so spannend, von wem war sie?“

Robert warf einen schnellen, triumphierenden Blick in die Runde. „Von Ramsays treu ergebener Lady Elena.“

„Ich wusste es!“, rief Will erfreut und nahm einen großen Schluck Wein. „Aye, ich wusste es! Bei Gott, das ist doch ein Beweis, dem sogar der dickköpfigste Mann glauben muss. Was hat Ramsay dazu gesagt?“

Robert schüttelte den Kopf. „Ich habe es ihm noch nicht erzählt. Wie du schon sagtest, Ramsay ist genauso stur wie sein alter Vater. Er muss zuerst seinen Zorn und seinen Schmerz bezähmen. In seinem jetzigen Zustand wird er sowieso nicht zuhören.“

Schwester Margarete schaute zu dem kleinen Hügel empor und betete für die arme Seele der Lady. Von Tag zu Tag verschlechterte sich ihr Zustand. Sie hatte kaum noch die Kraft, die wenigen Schritte zu ihrem Lieblingsplatz zu gehen, und doch saß sie jeden Tag dort oben, am höchsten Punkt des Hügels, und blickte in die Ferne. Auch das Hündchen schien zu fühlen, dass es schlecht um seine Herrin stand, denn es wich nicht mehr von ihrer Seite. Die junge Nonne betrachtete die schlanke Gestalt der Lady. Sie saß vollkommen reglos da und war nur noch ein Schatten ihrer selbst. Wie oft hatte sie versucht, mit ihr zu sprechen, das Leid mit ihr zu teilen. Doch Elena sagte kein Wort. Sie war immer freundlich, doch sie sprach nur mit ihrem Hund. Sie aß sehr wenig, und selbst zum Trinken musste man sie manchmal zwingen. Margarete glaubte nicht, dass es an den Schmerzen lag. Diese Wunden heilten gut. Es war ihre Seele, die litt.

Elena saß in dem weichen Gras zwischen herrlichen Blumen, doch sie sah deren Schönheit nicht. Auch den klaren, blauen Himmel beachtete sie nicht und die Sonnenstrahlen vermochten sie nicht zu wärmen. Anfangs hatte sie versucht, die Vergangenheit zu vergessen. Doch dann hatte sie entdeckt, dass ihr nur die Vergangenheit Trost spenden konnte. Immer, wenn Schuldgefühle und Verlust sie zu zerreißen drohten, rief sie ihre Erinnerungen. Die Stunden, in denen sie ihre Zeit mit Ramsay noch einmal durchlebte, brachten ihr Frieden. Vor ihrem geistigen Auge sah sie deutlich sein Gesicht. Seine dunkle Schönheit. Die Art, wie er auf seinem stolzen Hengst saß und Befehle erteilte. Sie konnte seine sinnlichen Lippen beinahe auf den ihren spüren. Auch sah sie den spöttischen Glanz, der in seine grauen Augen getreten war, wann immer er sie geneckt hatte. Oder seine Augen, die dunkel, beinahe schwarz wurden, wenn er sie begehrte. Sie konnte sich an die kräftigen Arme erinnern und wie sie sich angefühlt hatten, wenn sie ihren Körper umfingen. Daran, wie er sie gehalten hatte, um ihr die Angst zu nehmen oder sie zu trösten. Seine Hände, so groß und kräftig und doch so unendlich sanft. Sie erinnerte sich daran, wie er sie erregt hatte. Dachte an den Abend, an dem er ihr Leila geschenkt hatte – bis auf die Haut durchnässt und so verlegen wie ein kleiner Junge. Oder an die Schlammschlacht. Sie konnte sogar sein Lachen noch hören. Elena dachte an Ramsay, und obwohl sie sich noch nach ihm verzehrte, kostete sie dieses vergangene Glück aus, das nie mehr Gegenwart werden würde.

Meistens dachte sie einfach nur daran, mit ihm zusammen zu sein. An den Klang seiner tiefen, gebieterischen Stimme. Daran, wie sich seine Lippen zu jenem sinnlichen Lächeln verzogen … und an die Sorgen, die sie miteinander geteilt hatten. Nun war er wieder bei seinen Eltern. Bei seiner Stiefmutter, die er verabscheute. Wer stand ihm nun bei? Wer sorgte sich um ihn, hörte ihm zu, lachte mit ihm? Wer teilte nun die Last mit ihm, die ein Kriegsherr zu tragen hatte?

Elena blickte auf und sah Leila dicht vor sich sitzen. Zwischen ihren Zähnen hielt sie einen dicken Stock und ihre Augen glänzten aufgeregt. Nun wedelte sie erfreut über Elenas Aufmerksamkeit, begann leise zu winseln und legte den Stock zu Elenas Füßen. Leila wollte ihr wohl eine Freude machen. Erst als Elena das „Geschenk" aufhob, verstummte Leila und begann liebevoll ihre Hand zu lecken. Würde sie jemals wieder so etwas wie Freude empfinden können?

Der Schmerz in Elena schwoll an und das Leid wurde so übermächtig, dass es ihr Innerstes zu zerreißen drohte. Sie schlang die Arme um Leilas Hals und vergrub ihr Gesicht in dem weichen Fell. Leila versuchte, sie zu trösten, leckte und winselte, doch es half alles nichts. Elenas Tränen waren längst versiegt und hatten ihr nicht die Spur Linderung verschafft. Plötzlich legte Leila den Kopf in den Nacken und stieß ein erbärmliches Heulen aus. Sie klagte den Himmel an, und der Wind trug den Schrei mit sich fort. Immer wieder warf sie den Kopf in den Nacken und heulte. Dieser Laut war Ausdruck des Kummers, des unendlichen Schmerzes, der so tief und grundlegend wie ihr eigener war. Elenas Kehle schnürte sich zu, als sie hörte, wie ihr Liebling litt. Nie zuvor hatte sie etwas Ähnliches gehört, und auf einmal erkannte sie, dass Leilas Trauer ein Spiegelbild ihres eigenen Schmerzes war. Leila fühlte ihren Kummer, ihr Leid und ihren Verlust, die ihr ganzes Wesen auszufüllen und zu erdrücken schienen. Leila klagte an ihrer Stelle, weil sie es selbst nicht konnte.

Zwei Wochen später kam Gavin in Begleitung eines Mönches in die große Halle und schien sehr zufrieden mit sich und der ganzen Welt.

„Meine Herren, darf ich Euch Bruder Melcom vorstellen? Bruce und ich haben ihn im Verlies kennen gelernt."

Robert hob erstaunt eine Augenbraue, nickte dem Mönch jedoch freundlich zu und lud ihn ein, Gast an seiner Tafel zu sein.

„Hat Lord Cambell Euch eingesperrt?"

Der Mönch schüttelte den fast kahlen Kopf. „Nay, Mylord. Lord Grenwick war es." Als er den erstaunten Ausdruck im Gesicht des Lords sah, breitete sich ein spöttisches Lächeln auf seinen Lippen aus. „So schlecht dieser Mann auch ist, er scheute doch davor zurück, einen Mann Gottes zu ermorden."

„Darf man fragen, aus welchem Grund ihr eingesperrt wart?", mischte sich Will ein.

Der Mönch zuckte gleichmütig mit den Schultern. „Weil ich zu viel weiß."

Dann erzählte er die Geschichte, die Gavin bereits kannte. Er war sich nicht sicher gewesen, wie lange Lord Grenwicks Furcht vor der Kirche noch anhielt, ob er noch lange genug leben würde, um die Lügen aus der Welt zu schaffen. Deshalb hatte er sein Schweigen gebrochen. Und nun war er auf Gavins Bitte hin hier.

Robert lauschte ungläubig den harten Anschuldigungen des Mönches. Diese Dinge schienen so weit hergeholt, dass er nicht wusste, ob er diesem Mann wirklich trauen konnte oder ob der Mönch im Verlies den Verstand verloren hatte. Doch in den Gesichtern von Will und Melissa las er, dass sie ihm glaubten. Wenn das alles wirklich stimmte …

Plötzlich breitete sich ein schelmisches Lächeln auf Roberts Lippen aus. „Bruder Melcom, Ihr habt Euch gerade eine wahrlich höllische Aufgabe aufgebürdet. Vermutlich wäre es einfacher, den Teufel persönlich zu bekehren, als meinen Sohn dazu zu bringen, Euch zu glauben.“

Kapitel 26

Ramsay saß an seinem Schreibtisch und versuchte mit seinem bloßen Blick den goldenen Kelch zum Schmelzen zu bringen. Er sah wirklich erbärmlich aus. Sein Bart war mehrere Tage alt, die Wangen eingefallen und die Augen vom Alkohol blutunterlaufen. Wenn er wach war, war jeder Augenblick von Enttäuschung und Leid erfüllt. Er beklagte seinen Verlust, auch wenn er sich noch so sehr einredete, dass diese Frau es nicht wert war. Der Schmerz war immer da und quälte ihn jede Sekunde. Die Nächte waren das Schlimmste. Obwohl er sich meist bis zur Bewusstlosigkeit betrank, kamen in der Dunkelheit bittere Erinnerungen zurück. Jede Nacht peinigten sie ihn und weckten in ihm Wünsche, die niemals in Erfüllung gehen konnten. Es waren erst einige Wochen seit Elenas Verrat verstrichen, doch es schienen ihm bereits Jahre vergangen zu sein. Und weder der Alkohol noch die stundenlangen Ausritte konnten etwas daran ändern, dass er sich nach Elena verzehrte, und nicht einmal die lodernde Wut vermochte seine Qual zu lindern. Bei den merkwürdigsten Gelegenheiten erinnerte er sich wieder an Dinge, die sie gesagt oder getan hatte, an die Art, wie sie ihm mit vorgerecktem Kinn getrotzt hatte, an den Schalk in ihren Augen, daran, wie er sie nach dem Alptraum in seine Arme gezogen und getröstet hatte oder wie sie die Schmerzen so tapfer ertragen hatte. Dadurch hatte sie seine Bewunderung, aber auch seinen Respekt erlangt. Ramsays Lippen verzogen sich zu einem gequälten Lächeln, als er daran dachte, wie sie ihm den heißen Kelch serviert hatte, um sich an ihm zu rächen. Wie sie danach seinem Zorn getrotzt hatte und dann, vom schlechten Gewissen überwältigt, zu ihm gekommen war. Es musste sie viel Mut und Überwindung gekostet haben.

Seine Gedanken schweiften zu Vanessa. Auch damals hatte er gelitten. Doch nun erkannte er, dass es nur sein verletzter Stolz und die Trauer um sein Kind gewesen waren, das aus purer Eitelkeit hatte sterben müssen. Oh ja, auch damals hatte er gelitten, doch der Schmerz war nicht so brennend, das Leid nicht so unendlich tief gewesen. Nay, er hatte nicht die Qualen durchlitten, die er seit dem Verlust von Elena ertragen musste.

Wie oft würde er noch an ihren zarten Frauenkörper denken, daran, wie er sich angefühlt und an ihn gedrängt hatte? An den hellen Klang ihres Lachens oder die leisen Schreie, die ihr Verlangen nach ihm bekundeten.

Wie konnte der Verlust einer Frau, die ihn verraten hatte, ihn nur in so tiefe Verzweiflung stürzen? Er nahm einen großen Schluck Wein und ließ den Kopf auf die verschränkten Arme fallen. Und gerade weil seine Gefühle diesmal so anders waren, plagten ihn die Zweifel. Konnte es wirklich sein, dass er durch die Leidenschaft so abgestumpft war? Wie war es möglich, dass er einer Frau nachtrauerte, die zu solcher Heuchelei fähig war? Die so wenig Ehrgefühl besaß, dass sie sich von einem anderen Mann entehren ließ, nur um ihrem zukünftigen Gatten einen Gefallen zu erweisen? Die ihn schamlos ausgenutzt und verraten hatte, um ihr Ziel zu erreichen? Würde er wirklich wegen einer solchen Frau so sehr leiden? Als es leise an der Tür klopfte, hob Ramsay den Kopf.

„Was willst du, Vater?“

Robert schlug der widerliche Geruch von ausgeatmetem Alkohol und anderen Ausdünstungen entgegen. Angeekelt riss er die Decken von den fensterähnlichen Öffnungen in den Wänden, um frische Luft hereinzulassen. Dann trat er zu Ramsay an den Tisch, und in seinem Gesicht spiegelten sich Verständnis und Wärme.

„Du hast nun lange genug gelitten, mein Junge. Es wird Zeit, dass wir über die Wahrheit reden.“

Ramsays Herz setzte bei diesen Worten aus.

„Welche Wahrheit?“

Der alte Earl sah seinem Sohn tief in die Augen. „Die Wahrheit über Lady Elena.“

Ramsay drängte den leisen Hoffnungsschimmer in die Tiefen seines Herzens zurück und schüttelte mürrisch den Kopf. „Es hat keinen Sinn.“

Robert überhörte den herausfordernden Unterton in der Stimme seines Sohnes und winkte einen untersetzten, beleibten Mann ins Zimmer. Der Mönch trug eine braune Leinenkutte und umklammerte sein Kruzifix.

„Ramsay, ich möchte dir Bruder Melcom vorstellen."

Ramsays Kopf fuhr überrascht hoch. Elenas Ehemann? Nein, der war ja tot. Das heißt, wenn das nicht auch eine ihrer Lügen gewesen war. Er betrachtete den Mönch mit einem giftigen Blick, sodass dieser das Kreuz noch fester umklammerte.

Dann lallte Ramsay: „Vater, du schickst ihn vergebens. Ich habe nicht vor, jetzt schon abzutreten."

Robert konnte Menschen nicht leiden, die sich so gehen ließen. „Verdammt noch mal, reiß dich endlich zusammen, Sohn! Es wird Zeit, dass wir uns über Lady Elena unterhalten." Ramsay nahm einen großen Schluck aus dem Kelch und zischte: „Wie ich schon sagte: Da gibt es nichts mehr zu reden!"

Robert zwang sich zur Ruhe.

„Willst du denn nicht wissen, was geschehen ist?"

Ramsay sprang von seinem Stuhl auf, torkelte und hielt sich an der Tischkante fest. Dann schrie er aufgewühlt: „Du willst wissen, was wirklich geschehen ist? Die Wahrheit? Ich kenne die verfluchte Wahrheit, Vater. Zur Hölle damit! Sie hat mich verraten, um ihrem zukünftigen Ehemann einen Gefallen zu tun. Das ist die ganze traurige Wahrheit!"

„Und das glaubst du?"

Ramsay ließ sich wieder auf seinen Stuhl fallen und leerte den Kelch. Robert verlor die Geduld. Er zerrte den betrunkenen Ramsay vom Stuhl und schleifte ihn durch das Zimmer. Dann tauchte er ihn mit dem Kopf in das kalte Wasser, das in einer Waschschüssel seit Tagen bereitgestanden hatte. Ramsay war im ersten Moment zu überrascht, um sich zu wehren. Doch bald begannen seine Lungen zu brennen. Er stemmte sich hoch.

„Was zum Teufel …?"

„Bist du jetzt endlich nüchtern?", schnitt Robert ihm das Wort ab.

Ramsay schüttelte das Wasser aus seinen Haaren und brüllte: „Ich will nicht nüchtern sein."

Wieder drückte Robert Ramsays Kopf unter Wasser. Und schließlich vertrieb der Zorn über diese Behandlung die Trunkenheit. Erneut stemmte er sich hoch und funkelte zornig in ebenso zornige Augen.

„Bist du jetzt endlich bereit zuzuhören?"

Ramsay biss die Zähne so stark zusammen, dass seine Kiefer schmerzten.

„Sie hat mich verraten, Vater. Kannst du das nicht verstehen?"

Robert schluckte, als er den wilden Schmerz in Ramsays Augen sah, und er fragte sanft: „Schlägt eine Verräterin ihren eigenen Vater bewusstlos, um zu verhindern, dass er dich tötet? Verdammt noch mal, Junge, sie hat ihren Vater niedergeschlagen, um dir das Leben zu retten! Zählt das denn gar nicht?"

Ramsay stand einen Augenblick wie versteinert da. Was hatte sie getan? Das war nicht möglich!

„Du lügst, Vater, du hast mich gerettet!"

Robert schüttelte langsam den Kopf. „Ich wäre zu spät gekommen. Bist du jetzt bereit, Bruder Melcom anzuhören?"

Ramsay nickte ergeben.

Robert reichte ihm ein Handtuch und sein Gesichtsausdruck wurde mild. „Gut, setz dich." Ramsay nahm gehorsam Platz und Robert holte tief Luft. „Bruder Melcom war Lord Grenwicks Gefangener. Er hat eine Menge interessanter Dinge zu erzählen."

Beinahe hatte er Mitleid mit dem Mann Gottes, der Ramsay anstarrte, als wäre dieser der Leibhaftige persönlich. Kein Wunder, nach dem er soeben Zeuge eines Wutausbruchs zweier finsterer Riesen geworden war.

„Keine Angst, Bruder Melcom, mein Sohn sieht gefährlicher aus, als er in Wirklichkeit ist." Robert grinste, als Ramsay ihm einen finsteren Blick zuwarf.

Melcom schloss einen Moment die Augen und erbat sich Kraft.

„Wie Euer Vater bereits erklärte, war ich in einem Verlies von Castle Fraser gefangen." Ramsay rieb sich gelangweilt Gesicht und Haare trocken und Melcom fuhr hastig fort: „Kurz vor Lady Valentina Cambells Tod belauschte ich ein Gespräch zwischen Lord Grenwick und einem seiner teuflischen Söldner. Dabei erfuhr ich, dass

Lady Cambell Grenwick kurzerhand auf die Straße gesetzt hatte, als dieser Lady Elena – nachdem sie seinen Heiratsantrag abgelehnt hatte – in ihrem Zimmer aufgelauert hatte, um die junge Lady zu vergewaltigen und dadurch eine Ehe zu erzwingen. Offenbar hat Lady Elena sich gegen ihn behaupten und unbeschadet aus der grässlichen Angelegenheit herauskommen können." Ramsay wusste noch immer nicht, was das Geschwätz sollte, und er wurde zunehmend gereizter. „Und?"

Melcom zuckte leicht zusammen.

„Wie gesagt, Lord Grenwick war fest entschlossen, Lady Elena zu ehelichen, um an deren Vermögen zu gelangen. Natürlich war er sehr wütend auf Lady Valentina, weil sie ihn aus Castle Fraser vertrieben hatte, und er brüstete sich damit, dass er sich an ihr rächen wollte. An jenem Abend beauftragte er den Söldner, seine Pläne in die Tat umzusetzen. In derselben Nacht starb die arme Lady einen grausamen Tod durch Gift. Meine Warnungen waren leider zu spät gekommen und ich hatte keine Beweise für meine Anschuldigungen.

Doch als Grenwick sich endlich das Vertrauen des zutiefst trauernden Lord Cambell erschlichen hatte, musste er erkennen, dass er zu spät gekommen war. Lady Elena sollte einen anderen heiraten und so den letzten Wunsch ihrer verstorbenen Mutter erfüllen.

Ich beobachtete ihn, wie er dem armen Lord Melcom ein Pulver in den Wein tat. Ich versuchte noch, ihn am Trinken zu hindern, doch es war bereits zu spät. Zu meiner Erleichterung hatte es sich aber lediglich um ein Betäubungsmittel gehandelt."

Nun horchte Ramsay auf. Elena hatte ihm erzählt, dass ihr Ehemann in der Hochzeitsnacht zu betrunken gewesen war, um die Ehe zu vollziehen. Ramsay fühlte, wie sein Herzschlag kräftiger wurde, doch er versuchte, die Dämonen der Hoffnung zu bezähmen. Zu sehr fürchtete er sich davor, den Schmerz der Enttäuschung noch einmal erleben zu müssen. Er lauschte dem Mönch aufmerksam.

„Wie Ihr Euch denken könnt, war Lord Melcom danach zu benommen, um … um den Pflichten eines Ehemanns nachzukommen. Am nächsten Tag ritten die Männer nach altem Brauch zur Jagd. Lord Melcom kehrte nicht mehr zurück. Als man ihn tags darauf fand, war er tot. Die arme Lady war also Witwe, und da Lord Melcom keine Verwandten hatte, war auch ihr Vermögen noch in Cambells Händen. Grenwick glaubte sich bereits am Ziel, doch er hatte seine Rechnung ohne die junge Lady gemacht. Diese weigerte sich nämlich standhaft, Grenwick zu ehelichen."

Der Mönch machte eine Atempause und Ramsay forderte ihn ungehalten auf: „Erzähl schon weiter." Als er Roberts missbilligende Miene sah, fügte er ein zischendes „Bitte" hinzu. „Eines Abends belauschte ich Lord Grenwick und seinen treuen Söldner, wie sie über den Höllendämon ..." er bekreuzigte sich rasch, „... über Euch sprachen. Anscheinend hasste Lord Grenwick Euch. Es hatte irgendetwas mit einer Narbe zu tun."

Ramsay erinnerte sich gut an jenen Tag, als Grenwick ihn in einen Hinterhalt gelockt hatte. Dabei war es zu einem wüsten Kampf gekommen, in dessen Verlauf er Grenwick das hässliche Gesicht gespalten hatte.

„Er erzählte, wie brutal und rücksichtslos Ihr seid. Dass Ihr auch nicht davor zurückschreckt ... Frauen und Kinder zu töten."

„Was!", kam es gleichzeitig aus den Mündern der beiden Riesen.

Melcom wich sicherheitshalber einen kleinen Schritt zurück und fuhr hastig fort: „Lord Grenwick hatte seine Freude daran, denn wenn er Lady Elena nicht haben konnte, dann sollte auch kein anderer sie bekommen. Außerdem erfuhr ich, dass Lord Cambell keine Gefahr mehr für ihn bedeutete, da dieser mit bestimmten Kräutern zu einem willenlosen Spielzeug für Grenwick gemacht worden war. Grenwick und sein Vertrauter beschlossen also, zwei Fliegen auf einen Schlag zu erledigen. Zu meinem Leidwesen entdeckten die beiden mich, bevor ich Alarm schlagen konnte, und warfen mich ins Verlies."

Ramsay konnte nicht fassen, was er soeben gehört hatte. Er versuchte dem Alkohol die Schuld zu geben, doch sein Vater hatte auf seine „liebevolle Art" die Trunkenheit wirkungsvoll vertrieben. Er ging aufgebracht im Zimmer auf und ab und versuchte verzweifelt, die Dämonen hinter Gitter zu halten, doch sie rebellierten und rüttelten an den Stäben ihres Gefängnisses.

„Ihr wollt damit also sagen, dass sie Elena in der Hoffnung zu mir geschickt haben, dass ich sie töten würde?"

Das war so ungeheuerlich, dass Ramsay übel wurde.

Melcom nickte beruhigt, als er sah, dass der Zorn nicht ihm galt. „Aye, Mylord. Wenn Ihr die Lady umgebracht hättet, wäre Lord Grenwick anstelle des trauernden Vaters zum König gegangen und hätte Euren Kopf gefordert. Später hätte Grenwick ein Testament gefälscht und es so hingestellt, als hätte Lord Cambell diese vielen Todesfälle in seiner Familie nicht mehr verkraftet und sich selbst das Leben genommen. So hätte er all seine Ziele erreicht." Noch immer zweifelte Ramsay an Melcoms Geschichte.

„Dann war diese ganze Maskerade nur ein Spiel? Das zerstörte Dorf und die vielen Gefangenen?"

„Aye, Mylord, sie mussten es tun, um Lady Elena zu täuschen."

Nun stand Ramsay reglos da und wagte kaum zu atmen. Er versuchte mit aller Macht, die verlockende Hoffnung zu unterdrücken, doch es war zu spät. Die Dämonen sprengten ihr Gefängnis, lachten und schlugen vor Freude übermütige Purzelbäume. Vielleicht hatte sie ihn wirklich nicht verraten.

„Ihr meint, Lady Elena hat von alledem nichts gewusst? Sie hatte nicht den Auftrag, mich nach Castle Fraser in eine Falle zu locken?"

Sein Atem ging plötzlich schneller und er fühlte, wie sein Körper zu neuem Leben erwachte.

Melcom wählte seine nächsten Worte sehr sorgfältig. „Lady Elena ist eine sehr intelligente und aufrichtige Frau, Mylord. Aye, Lady Elena bekam den Auftrag, zu Euch zu gehen, doch nur um Hilfe zu holen. Sie trifft keine Schuld an dem Verrat. Man hat sie benutzt genau wie Euch."

„Gütiger Himmel, ich kann es immer noch nicht glauben!"

Doch plötzlich glaubte er es. Glaubte jedes einzelne süße Wort. Er verspürte den beinahe übermächtigen Drang, die ganze Welt zu umarmen, sein Glück in die Abenddämmerung hinauszuschreien oder übermütig im Zimmer herumzutanzen. Bei allen Heiligen, sie hatte ihn nicht belogen! Sie hatte immer die Wahrheit gesagt. Seine Brust wurde plötzlich zu eng für sein Herz. Diese Erkenntnis war so überwältigend, so … herrlich!

„Weshalb bist du nicht schon früher gekommen, Mann?"

Ohne eine Antwort abzuwarten, wandte er sich an seinen Vater. „Wo ist sie? In welchem Kloster?“

Robert sah in das vor Glück strahlende Gesicht seines Sohns und plötzlich bemerkte er, wie seine Augen feucht wurden. Alter, seniler Trottel, schimpfte er sich selbst, und ein erleichtertes Lächeln spielte um seine Lippen. „Sie hat den ‚Konvent zum reinen Herzen‘ gewählt. Nimm Gavin mit, er kennt den Weg.“

Ramsay umarmte seinen Vater überschwänglich. „Ich danke dir!“

Robert lächelte nur. „Nun geh und hol die kleine Lady zurück.“

Ramsay stürmte los und Robert rief hinter ihm her: „Wasch dich zuerst! Wenn sie dich so sieht, wird sie vor Schreck davonlaufen!“

Ramsays Lachen hallte durch die Gänge und die Bediensteten sahen sich skeptisch an. War der junge Herr vor Kummer verrückt geworden?

Kapitel 27

In den kalten Korridoren brannten nur wenige Kerzen. Das spärliche Licht vermochte kaum, die Gänge zu erhellen, und der alte Talg verbreitete einen unangenehmen Gestank. Es war kurz nach Mitternacht und im Konvent herrschte bedrückende Stille. Doch die junge Schwester hatte keinen Schlaf gefunden. Sie machte sich Sorgen um die arme Lady. Die Äbtissin hatte eines Morgens verkündet, dass niemand mehr in Lady Elenas Nähe gehen dürfte, da sie viel Zeit brauchte, um ihre schweren Sünden einzusehen und darum zu beten, dass der Allmächtige ihr vergab. Dies lag nun schon mehr als zwei Wochen zurück. Seit jenem Tag war es Lady Elena verboten, ihre Zelle zu verlassen, und seither hatte Margarete sie nie mehr gesehen. Nur ihr leises Weinen erinnerte noch an Lady Elenas Gegenwart, doch auch das war nun verstummt.

Die junge Schwester beobachtete die Ehrwürdige Mutter, wie sie die unberührten Speisen aus Lady Elenas Zelle holte und die Tür verriegelte. Als sie sich umwandte und in Margaretes Richtung kam, hielt die junge Schwester ängstlich den Atem an und drängte sich tiefer in die dunkle Nische. Am ganzen Körper vor Kälte und Anspannung zitternd, wartete sie geduldig, bis die Schritte allmählich verhallten. Danach eilte sie rasch zu Lady Elenas Tür und schob vorsichtig den schweren Riegel beiseite. Nachdem sie sich vergewissert hatte, dass niemand sie beobachtete, schlüpfte sie in die finstere Zelle. Der widerliche Geruch von Erbrochenem und anderen Ausdünstungen raubte ihr beinahe den Atem. Nur Leilas leises Knurren und rasselnde, flache Atemzüge waren zu hören.

„Ich bin es nur, Schwester Margarete."

Die Lady antwortete nicht, doch das Knurren verwandelte sich in ein klägliches Winseln. Die junge Frau tastete nach dem kleinen Tischchen neben dem Bett und entzündete die Kerze. Beinahe hätte sie aufgeschrieen.

„Bei der heiligen Jungfrau Maria", hauchte sie fassungslos, als sie die zerbrechliche Gestalt auf der Matratze betrachtete. Ihr Haar war schweißnass und ihr Gesicht war eingefallen, als wäre sie bereits tot.

Margarete kniete neben Elena nieder und sogleich hob Leila angriffslustig den Kopf.

„Psst, Kleine, ich möchte deiner Herrin helfen."

Das Hündchen leckte daraufhin liebevoll Elenas Hand. Doch die Lady rührte sich nicht. Sie lag mit geschlossenen Augen da und schien kaum mehr die Kraft zu haben, um Luft in ihre Lungen zu pumpen. Neben der Matratze stand ein Eimer mit Erbrochenem und in einer Ecke stand eine unberührte Schüssel mit Wasser.

„Lady Elena, könnt Ihr mich hören?"

Ganz langsam flatterten ihre Lider, doch Elena war zu schwach, um sie zu öffnen. Tränen brannten in Schwester Margaretes Augen und ein dicker Kloß bildete sich in ihrer Kehle, als sie die schwache Stimme vernahm.

„Ramsay? Du bist gekommen! Ich habe es ja so … gehofft."

Sie wirkte so erleichtert, dass Margarete es nicht übers Herz brachte, ihr zu widersprechen. Sogar ihre Mundwinkel hoben sich ein wenig. Margarete befühlte die Stirn der Lady und schrak zurück. Sie glühte. Sie hatte hohes Fieber. Margarete schüttelte verständnislos den Kopf. Weshalb unternahm die Ehrwürdige Mutter nichts? Sie musste es doch wissen!

„Keine Angst, Mylady, es wird alles wieder gut. Ich werde mich um Euch kümmern."

„Ich hoffte so sehr, dass du kommst, Ramsay. So sehr …"

Die Schwester zog Elena das verschmutzte Nachthemd aus und wusch sie von Kopf bis Fuß. Da kein zweites Gewand zu finden war, hüllte sie sie danach in eine warme Decke und begann, die Zelle zu reinigen. Margarete wusste, dass sie dafür streng bestraft werden würde, doch das nahm sie gerne auf sich, wenn sie es nur diesem armen Geschöpf ein wenig erträglicher machen konnte.

Margarete hatte diesen Konvent schon immer gehasst. Die kalten, feuchten Mauern und die Trostlosigkeit, die hier herrschte, waren ihr ein Gräuel. Doch die Grausamkeit und die Gefühlskälte der Äbtissin erschütterten nun auch ihren Glauben. Was war das für eine Religion, die von solchen Menschen vertreten wurde? Margarete war nicht aus freien Stücken hier, doch ihre Familie hatte keine andere Wahl. Sie war die Jüngste von fünf Mädchen und ihr Vater hatte keine Mitgift für sie. Kein Mann würde sie jemals heiraten.

Lady Elena stöhnte gequält auf und presste ihre Fäuste in den Bauch.

„Verloren! Ich habe es …"

„Psst, Mylady, Ihr dürft Euch jetzt nicht aufregen. Könnt Ihr mir sagen, wer dieser Ramsay ist? Dann kann ich ihm eine Botschaft schicken."

Margarete sah, wie sich die trockenen Lippen der Lady bewegten, und ging näher heran, um sie verstehen zu können.

„Ich liebe dich, mein Herz."

Plötzlich klopfte es laut und andauernd am Hauptportal. Das Dröhnen hallte durch die stillen Korridore und schien die Mauern zum Beben zu bringen. Schwester Margarete huschte schnell aus Elenas Zelle und schlich sich zur Tür. Sie vernahm das verärgerte Murren der Äbtissin und versteckte sich in einer dunklen Ecke, von der aus sie die Tür genau sehen konnte. Erneut setzte das Klopfen ein und war diesmal so heftig, dass das Holz unter den Hieben gequält ächzte. Die Ehrwürdige Mutter zog sich das Tuch enger um die Schulter und öffnete. Im nächsten Augenblick stieß sie einen leisen Schrei aus und trat einen Schritt zurück. Schwester Margarete verrenkte sich schier den Hals, um einen Blick auf den Ankömmling zu werfen. Das war kein Mann, sondern ein Riese. Als er sprach, hallte seine tiefe Stimme durch die langen Korridore und wurde von den Mauern zurückgeworfen.

„Ich bin Ramsay McFist und ich wünsche Lady Elena Cambell zu sehen!"

Noch immer starrte die Äbtissin ihn aus weit aufgerissenen Augen an und bekreuzigte sich abermals. „Ihr seid der Höllendämon?"

Ramsay nickte ungeduldig. Ihm stand der Sinn wahrlich nicht nach dummen Fragen. Aus dem Gesicht der Äbtissin war sämtliche Farbe gewichen. Margarete nahm es mit Genugtuung zur

Kenntnis. Die junge Schwester dankte im Stillen dem Allmächtigen. Nun würde alles gut werden! Er würde die junge Lady mit sich nehmen.

Umso fassungsloser war sie, als sie die kreischende Stimme der Äbtissin hörte. „Es tut mir leid, Eure Lordschaft, doch die Lady hat uns vor drei Tagen verlassen und sie hat nicht gesagt, wohin sie wollte."

Ramsay fühlte sich, als hätte er einen gewaltigen Hieb in den Bauch erhalten. Sein Atem stockte. Er war zu spät gekommen! Zu spät! Elena war fort!

Sein Gesicht verzerrte sich vor Wut und er brüllte: „Das glaube ich nicht! Warum habt Ihr sie einfach gehen lassen?"

Die Ehrwürdige Mutter hatte ihre Fassung wiedererlangt und gab spitz zurück: „Dies hier ist ein Kloster, Mylord, kein Gefängnis. Ich hatte kein Recht, Lady Cambell zurückzuhalten. Und nun wünsche ich Euch eine gute Nacht!"

Mit diesen Worten schlug sie ihm die Tür vor der Nase zu und schob rasch den Riegel vor. „Dem Himmel sei Dank", stöhnte sie, bevor sich ihre Lippen zu einem spöttischen Lächeln verzogen und sie die Augen gegen die Decke richtete. „Ich werde es auch bestimmt nie wieder tun, Herr."

Mit einem selbstgefälligen Lächeln dachte sie an den vollen Geldbeutel unter ihrem Kopfkissen. Seit sie die Botschaft erhalten hatte – in der genaue Anweisungen zu Lady Elenas Behandlung standen –, hatte sie sich vor diesem Augenblick gefürchtet. Doch es war alles gut gegangen.

Inzwischen dachte Schwester Margarete fieberhaft darüber nach, was sie nun tun sollte. Sie durfte nicht zulassen, dass der Lord ohne Lady Elena abzog.

Und plötzlich hatte sie eine Idee. Der Gedanke kam so überraschend, dass sie beinahe glaubte, es wäre eine göttliche Eingebung.

Ramsay stand noch eine Weile wie betäubt auf dem obersten Treppenabsatz und starrte mit hängenden Schultern die Tür an. Er war zu spät gekommen! Elena war fort! Fort! Immer wieder hallte dieses

Wort durch seinen Kopf. Vielleicht hatte sie auf ihn gewartet und dann aufgegeben. Ihn aufgegeben!

Gavin trat zu Ramsay. Es schmerzte ihn, seinen Freund so verzweifelt zu sehen. Gerade jetzt. Er hatte sich so sehr auf ein Wiedersehen gefreut.

Ramsay zuckte leicht zusammen, als Gavin ihm tröstend die Hand auf die Schulter legte. „Wir werden sie schon finden. Vermutlich ist sie nach Castle Fraser zurückgekehrt. Komm, wir sehen dort nach."

Ramsay holte tief Luft und nickte knapp. Dann ging er mit Gavin zu den Männern zurück. Alle zehn kannten Lady Elena, und in ihren Gesichtern konnte er deutlich lesen, dass auch sie enttäuscht waren.

„Wir reiten nach Castle Fraser", verkündete Ramsay niedergeschlagen und schwang sich auf Thunders Rücken. Niemand sagte ein Wort, selbst der warme Nachtwind schwieg. Nur eine Eule klagte in der Dunkelheit der Nacht. Nach einem letzten Blick auf das verschlossene Hauptportal wendete Ramsay seinen Hengst und gab das Zeichen zum Aufbruch. Schweigend übernahm er die Spitze.

Plötzlich durchbrach ein Bellen und Kläffen die Stille. Ramsay schenkte dem Lärm zunächst keine Beachtung, doch dann erschien ihm dieses Kläffen vertraut. Sein Herz hämmerte gegen seine Rippen. Natürlich kannte er dieses Bellen, es hatte ihn ja oft genug fast zum Wahnsinn getrieben. Doch nun klang es wie die süßeste Melodie in seinen Ohren. Leila! Mit einem heftigen Ruck brachte er Thunder zum Stehen, spähte in die Nacht und versuchte, die Dunkelheit zu durchdringen. Und da sah er sie. Wie ein leuchtender Pfeil schoss sie heran. Oh Gott, Elena war doch hier! Niemals würde sie ihren Liebling zurücklassen. Von neuem Leben erfüllt glitt Ramsay aus dem Sattel und rannte Leila entgegen. Die bellte sogar noch aufgeregter, als sie ihn sah. Sie rannte auf ihn zu, konnte nicht mehr rechtzeitig ausweichen und prallte gegen Ramsays Beine. Mann und Hund fielen der Länge nach hin, aber sie störten sich nicht daran. Leila konnte sich gar nicht mehr beruhigen. Sie bellte, wedelte und leckte Ramsay so ungestüm das Gesicht ab, dass dieser in lautes Lachen ausbrach. Aye, sie war hier! Seine Elena war hier! Er lachte vor Glück und vor Erleichterung und drückte Leila einen schmatzenden Kuss auf die feuchte Nase.

Gavin eilte herbei und rief aufgeregt: „Wenn Leila hier ist, muss Lady Elena noch im Kloster sein. Sie hätte den Hund doch nicht zurückgelassen!" Er dachte einen Augenblick lang nach und brüllte dann beinahe außer sich: „Verflucht noch mal, ich dachte, das wäre ein Haus Gottes! Weshalb hat die alte Schachtel uns angelogen? Zum Teufel! Was soll das Ganze bedeuten?"

Ramsay hob Leila zu Bruce aufs Pferd und wandte sich an Gavin: „Das bedeutet, dass ich dieses ganze verfluchte Kloster Stein für Stein niederreißen werde, wenn sie mich daran hindern wollen, Elena zu holen."

Ramsay schwang sich in den Sattel und erhob die Stimme: „Männer, Lady Elena ist in diesem Kloster und wird anscheinend gefangen gehalten. Seid ihr bereit, sie zu befreien?"

Lautes Gebrüll war die Antwort. Ramsay lächelte zufrieden.

„Versucht euch beim Hauptportal Eintritt zu verschaffen. Ich komme von hinten über die Mauer."

Gleich darauf gaben sie ihren Pferden die Sporen und stürmten los. Ramsay trennte sich nach wenigen Augenblicken von der Gruppe und ritt an der Mauer entlang zur Rückseite der Klosteranlage. Hier waren die Mauern an die vier Meter hoch, doch das war für Ramsay kein Hindernis. Seine Elena war dort drinnen, und wahrscheinlich brauchte sie seine Hilfe. Bei allen Heiligen! Er würde selbst die Hölle zum Gefrieren bringen, um ihr beizustehen.

Er lenkte Thunder dicht an die Mauer. „Sei jetzt ganz ruhig, mein Freund."

Vorsichtig stellte er sich auf den Sattel und sprang auf die breite Mauer hinauf. Ramsay blickte auf den gepflegten Garten und die bepflanzten Äcker, die sich innerhalb der Klostermauern befanden. Sogleich entdeckte er eine schlanke Frauengestalt in einem weißen Gewand. Obwohl er die Frau aus dieser Entfernung nicht erkennen konnte, wusste er instinktiv, dass es nicht Elena war. Völlig geräuschlos glitt er von der Mauer und schlich sich heran. Als er näher kam, bemerkte er, dass sie immer wieder durch eine kleine Tür spähte, die nach draußen führte.

Plötzlich fuhr die junge Nonne mit einem leisen Schrei herum und fasste sich ans Herz. „Bei allen Heiligen, habe ich mich jetzt erschrocken!“ Sie betrachtete Ramsay kritisch. „Seid Ihr der Höllendämon? Und heißt Ihr Ramsay?“

Ramsay nickte und sie atmete erleichtert auf. „Dem Himmel sei Dank! Mein Name ist Margarete Odowell. Kommt schnell, wir müssen Lady Elena von hier fortbringen. Sie braucht dringend einen Arzt!“

„Was!“, Ramsay packte Margarete beim Arm. „Was ist mit ihr?“

„Ich weiß es nicht genau, doch sie hat hohes Fieber. Seit mehr als einer Woche durfte sie ihre Zelle nicht mehr verlassen. Ich habe sie immer weinen gehört und plötzlich war alles still. Nun kommt schon, Mylord!“

Ramsays Kehle war plötzlich wie zugeschnürt vor Sorge und er folgte der Nonne schweigend. Niemand kam ihnen auf den trostlosen Korridoren entgegen.

Je weiter sie gingen, desto lauter hörte er die ängstliche Stimme der Äbtissin, die seinen Männern mit der Hölle drohte, sollten sie nicht verschwinden. Doch Gavin ließ nicht locker und kündigte seinerseits an, er werde das ganze Kloster niederbrennen.

Ramsay fühlte sich elend, als er sich umschaute. Es war hier so finster, nasskalt und trostlos. Er durfte sich gar nicht ausmalen, dass Elena die letzten Wochen an einem solchen Ort gelebt hatte. Tief beschämt biss er die Zähne zusammen. Er hätte jemanden schicken müssen, um nach dem Rechten zu sehen. Am Ende dieses Ganges blieb Margarete vor einer schmalen Tür stehen. Sie biss sich unsicher auf die Unterlippe und in ihren Augen stand aufrechtes Mitgefühl.

„Mylord, bitte erschreckt jetzt nicht, aber …“

Ramsay ließ das Mädchen gar nicht erst ausreden. Er schob es zur Seite und riss die Tür auf. Margarete war froh, dass es jetzt nicht mehr nach Erbrochenem stank.

Als Ramsay die reglose Elena sah, abgemagert, blass und verschwitzt, fürchtete er, zu spät gekommen zu sein.

„Mein Gott, Elena!“

Er kniete sich neben sie und umklammerte ihre blasse Hand.

„Elena? Kannst du mich hören, Liebes?"

Schwach drückte sie seine Finger.

„Oh Leila, ich habe wieder von Ramsay geträumt. Er ist gekommen. Gekommen."

Ihre Worte waren nicht mehr als ein Flüstern, doch sie bohrten sich wie spitze Pfeile in sein Herz.

„Es ist kein Traum, Liebes. Ich bin hier! Ich bin bei dir."

Flatternd hob Elena die schweren Augenlider und Ramsay sah die Tränen. Ein Quell des Kummers, der übersprudelte und über ihre Wangen rann.

„Bitte bring mich fort von hier!"

Ramsay sah, wie schwach sie war, und die Angst schnürte ihm die Kehle zu. Er küsste ihre kühlen Finger und flüsterte: „Das werde ich, Elena. Das werde ich. Aber du musst durchhalten. Bitte verlass mich nicht noch einmal. Ich … Ich könnte es nicht ertragen. Bleib bei mir, mein Herz!"

Elena nickte schwach und schlief erschöpft ein. Ramsay erhob sich, ließ jedoch ihren Brustkorb – der sich nur mühsam hob und senkte – nicht aus den Augen. Danach wandte er sich an die junge Nonne und zum erstem Mal in seinem Leben schämte er sich seiner Gefühle nicht. Es war ihm egal, ob jemand seine Angst sah.

„Könnt Ihr für Elena etwas Fleischbrühe besorgen?"

Margarete nickte und verschwand. Ramsay schritt durch den langen Korridor zum Hauptportal, wo sich die Äbtissin noch immer weigerte, das Tor zu öffnen. Ramsay sah die Frau und seine Wut wuchs zu einem alles zerfressenden Zorn.

„Gib die Tür frei, du Hexe!", zischte er, bemüht, seinen Hass zu bezwingen.

Die hagere Frau schrie erschrocken auf und wich vor ihm zurück: „Es war nicht meine Schuld."

Weiter kam sie nicht, denn Ramsay hob bereits seine Hand und schlug ihr mit solcher Wucht ins Gesicht, dass sie gegen die Wand prallte und bewusstlos zu Boden fiel. Danach öffnete er die Tür und befahl sogleich: „Elyot, reite sofort nach Turriff Castle zurück und sorge dafür, dass ein Arzt dort ist, wenn wir ankommen. Ethon, bring mir den Weinschlauch und zwei Decken."

Dann wandte er sich ab und eilte zurück zu Elenas Zelle.

Gavin und die anderen folgten ihm.

„Was ist denn geschehen, Ramsay? Ist Lady Elena krank? Nun erzähl … Oh Gott!"

Gavin schaute auf die schlafende Frau hinunter, in deren Körper kaum mehr ein Funke Leben zu erkennen war, und sein Hals war wie zugeschnürt. Oh Allmächtiger, lass das bitte nicht zu!

Da kam auch schon Margarete mit einer Schale lauwarmer Fleischbrühe zurück und sah unbehaglich von einem Krieger zum anderen. Sie spürte, wie die Blicke der Männer ihr folgten, und fühlte sich in ihrem Nachthemd schrecklich nackt.

„Mylord?"

Ramsay nahm die Schale dankend entgegen und wollte Elena die Decke wegziehen, doch Margarete hielt sie fest und deutete auf die anderen Männer.

„Mylord, Lady Elena trägt kein Nachthemd."

Zu ihrem maßlosen Erstaunen sah sie, wie sämtliche dieser Furcht einflößenden Krieger erröteten.

Ramsay hob Elena mitsamt der Decke auf seinen Schoß und hielt sie wie ein Baby im Arm. Mühsam hoben sich ihre Augenlider und Ramsay spürte, wie viel Kraft es sie kostete, zu sprechen: „Faithlie … Ellon. Versprich mir, dass du für die Menschen sorgst!"

Brennende Angst breitete sich in Ramsays Brust aus, als er erkannte, dass Elena sich bereits aufgegeben hatte. Sie besaß nicht einmal mehr die Kraft, ihre Augen offen zu halten, als sie kaum hörbar flüsterte: „Sie haben jetzt niemanden mehr, Ramsay. Niemanden!"

„Wir werden gemeinsam für ihr Wohl sorgen, Elena. Gemeinsam, verstehst du? Du wirst wieder gesund", erwiderte Ramsay mit solcher Heftigkeit, dass Elena erneut versuchte, die Augen zu öffnen. Doch sie war zu schwach.

„Versprich es mir", hauchte sie, doch Ramsay zog sie nur fester an seine Brust.

Vorsichtig begann er ihr die nährende Brühe einzuflößen. „Liebes, du musst das essen. Sonst kann ich dich nicht von hier wegbringen."

Als ob dies Zauberworte gewesen wären, öffnete sie den Mund und ließ zu, dass er sie fütterte.

Schwester Margarete verschränkte die Arme vor den Brüsten, um wenigstens diese vor den neugierigen Blicken der Männer zu schützen. Gavin spürte ihr Unbehagen und legte ihr seinen Plaid um die Schultern. Dankbar wickelte sie sich in den warmen Stoff und flüsterte:

„Wo ist die Ehrwürdige Mutter?"

Gavin antwortete, ohne den Blick von seinem Freund zu wenden: „Die alte Hexe liegt bewusstlos am Hauptportal."

„Geschieht ihr recht!"

Gavin sah die schlanke Frau aufmerksam an. Sie schien etwa im gleichen Alter wie Lady Elena zu sein, hatte langes, schwarzes Haar und dunkelblaue, fast violette Augen.

„Das klang ja sehr mitfühlend! Ist Mitgefühl nicht auch eine Tugend, die eine Nonne lernen muss?"

Margarete schnaubte leise: „Ich bin keine Nonne, also darf ich dem alten Drachen auch die Pest an den Hals wünschen!"

Nach einer Weile erhob sich Ramsay mit Elena in den Armen und sagte zu der jungen Frau: „Lady Margarete, wie kann ich Euch danken? Gibt es etwas, was ich für Euch tun kann?" Margarete kaute verlegen auf ihrer Unterlippe herum, bevor sie allen Mut zusammennahm und gestand: „In der Tat könntet Ihr mir einen großen Gefallen tun, Mylord. Bitte nehmt mich mit. Ich kann kochen und putzen. Bestimmt findet sich irgendeine Arbeit auf Eurer Burg, die ich übernehmen könnte."

Ramsay sah sie überrascht an. „Ihr wollt als Dienerin arbeiten, obwohl Ihr eine Lady seid?"

Margarete räusperte sich verlegen. „Ich bin zwar von edler Geburt, doch ich besitze weder Land noch Barschaft. Es würde mir wirklich nichts ausmachen zu arbeiten."

Ramsay betrachtete sie eingehend und erkannte, dass er seine Meinung über Falschheit und Verderbtheit von Ladys gründlich überdenken musste. Es gab auch aufrichtige und ehrbare unter ihnen, so wie seine Elena und nun auch diese Lady.

Ramsay nickte ernst. „Lady Odowell, Lady Elena und ich würden uns freuen, wenn Ihr unser Gast wärt."

Margarete konnte diesen finsteren Riesen nur stumm anstarren. Er bot ihr seine Gastfreundschaft an?

Noch bevor sie etwas erwidern konnte, fügte Ramsay hinzu: „Ich hoffe, Ihr seid in einer Viertelstunde zum Aufbruch bereit. Gavin, bist du der Lady behilflich?"

Gavin bot der völlig verstörten Frau galant den Arm.

„Es ist mir eine Ehre."

So schnell es unter den gegebenen Umständen möglich war, ritten sie durch die Nacht nach Turriff Castle zurück. Immer wieder flehte Ramsay Elena an, durchzuhalten. Erzählte ihr von ihrer gemeinsamen Zukunft. Den Kindern, die sie haben würden. Von Ellon und dem Zuchtbullen, der bald eintreffen musste. Doch je länger der Ritt dauerte, desto schwächer fühlte sie sich in seinen Armen an.

Anfangs war Elena einige Male erwacht, doch nun lag sie vollkommen reglos. Ramsay fühlte sich so entsetzlich hilflos und schließlich begann er zu beten. Es war viele Jahre her, seit er dies das letzte Mal getan hatte, und er wusste nicht, ob der himmlische Vater ihn hören konnte, doch es spendete ihm auf seltsame Weise Trost.

Als sie endlich über die Zugbrücke ritten, standen seine Eltern und einige Diener bereits am Tor. Robert eilte Ramsay sogleich zu Hilfe. „Beim Allmächtigen! Was ist denn geschehen?" Ramsay glitt mit seiner kostbaren Last in den Armen von Thunders Rücken. „Ich weiß noch nicht, wer für Elenas Leid verantwortlich ist, doch ich schwöre bei allen Höllenfeuern, dass derjenige es bitter bereuen wird."

Robert eilte neben Ramsay her, der die große Halle mit weit ausholenden Schritten durchmaß, und erteilte den herumstehenden Dienern Aufträge.

„Was meinst du damit?"

„Man hat Elena gefangen gehalten. Als ich sie sehen wollte, berichtete mir die Äbtissin, Elena sei vor drei Tagen mit unbekanntem Ziel abgereist."

„Gefangen? Das darf doch nicht wahr sein!", brüllte Robert aufrichtig entsetzt.

Während Ramsay immer zwei Stufen auf einmal nahm, um in sein Gemach zu gelangen, fuhr er fort: „Ich habe einen Gast mitgebracht. Wenn sie nicht gewesen wäre, wäre Elena vermutlich in ihrer verdammten Zelle gestorben."

Als Ramsay sein Gemach betrat, wartete dort bereits der Arzt, ein junger, gut aussehender Mann namens Flennwick.

„Hast du keinen älteren auftreiben können, Vater?"

Robert überhörte die offensichtliche Eifersucht und den Unwillen seines Sohnes.

„Flennwick ist ein ausgezeichneter Arzt, das alleine zählt."

Ramsay legte Elena behutsam aufs Bett.

Flennwick trat näher. Er hatte sich an ein solches Verhalten bei Ehemännern gewöhnt.

„Mylord, ich sehe tagtäglich Frauenkörper, doch sie interessieren mich nur im medizinischen Sinn."

„Und außerdem hat er sie schon einmal untersucht", fügte der Earl beruhigend hinzu. Ramsay hob ruckartig den Kopf und betrachtete seinen Vater mit gefährlich glitzernden Augen.

„Hat er das?"

In diesem Moment schnappte Robert entsetzt nach Luft und flüsterte mit gebrochener Stimme: „Sie hat es dir nicht erzählt?"

Er hatte so gehofft, dass Ramsay es von der kleinen Lady selbst erfahren würde.

„Was hat sie mir nicht erzählt, Vater?"

„Oh Gott, es tut mir so leid, Ramsay!"

„Was?"

„Als wir euch beide hierher nach Turriff Castle brachten, erlitt Lady Elena eine Fehlgeburt. Sie hat … dein Kind verloren."

Ramsay schloss gequält und tief beschämt die Augen. Er hatte weder gewusst, dass Elena sein Kind unter dem Herzen getragen, noch dass sie es verloren hatte. Natürlich hatte er vermutet, dass ihre leidenschaftliche Liebe nicht fruchtlos gewesen war, doch mit Sicherheit hatte er es nicht gewusst.

Ramsay blickte auf die kleine, zierliche Gestalt hinunter, die in dem riesigen Bett unsagbar elend und einsam wirkte. Wie sehr musste sie unter diesem Verlust gelitten haben! Er wusste nur zu gut, dass sie sich nichts mehr als ein Kind gewünscht hatte. Und sie hatte es allein durchstehen müssen. Sie hatte es allein und an einem so schrecklichen Ort wie dem Kloster durchstehen müssen, weil er so mit seinem eigenen Kummer beschäftigt gewesen war.

Doktor Flennwick räusperte sich.

„Mylord, ich muss Euch nun bitten, das Zimmer zu verlassen, damit ich mit den Untersuchungen beginnen kann."

Ramsay betrachtete die kalte, kleine Hand in der seinen. „Nein."

„Bitte, ich muss ihren Unterleib untersuchen. Wahrscheinlich ist es zu Komplikationen gekommen."

„Ich bleibe!", wiederholte Ramsay in einem Ton, der keinen Widerspruch duldete.

Der Arzt seufzte gottergeben und schaute dem Earl und dessen Gemahlin nach, die tief besorgt das Zimmer verließen.

„Kann ich wirklich nicht helfen?", erkundigte sich Melissa und ihre Augen schimmerten feucht.

Der Arzt schüttelte den Kopf und wandte sich wieder an Ramsay. „In Ordnung, wenn Ihr unbedingt bleiben wollt, dann könnt Ihr mir auch gleich zur Hand gehen."

Mit diesen Worten reichte er Ramsay einen Kelch mit einer bitter riechenden Medizin.

„Flößt ihr das bitte ein. Es ist ein Schlafmittel, das gleichzeitig die Abwehr ihres geschwächten Körpers stärkt und ihr einen Teil der Schmerzen nehmen wird."

Ramsay setzte Elena auf, nahm hinter ihr Platz und zog sie an sich heran, damit sie sich anlehnen konnte. Während er ihr die übel riechende Flüssigkeit an die Lippen führte, beobachtete er mit Adleraugen jede Bewegung des jungen Arztes. Dieser hatte Elena aus den Decken gewickelt, ihre Beine gespreizt und machte sich nun an die Untersuchung.

Es gefiel Ramsay überhaupt nicht, dass dieser junge Kerl den Ort betrachtete, der ausschließlich für ihn selbst bestimmt war. Doch als er das ernste Nicken sah, vergaß er all seine eifersüchtigen Gedanken.

„Was ist? Ist es ernst?"

Ramsay konnte den ängstlichen Ton in seiner Stimme nicht unterdrücken.

„Wie ich vermutet habe, ist ihr ganzer Unterleib entzündet. Ich muss alles auswaschen, doch sie wird schreckliche Schmerzen haben."

Ramsay konnte den Gedanken an noch mehr Leid kaum ertragen.

„Aber sie wird doch durchkommen? Sie wird doch wieder gesund?"

Der junge Arzt konnte nur hilflos mit den Schultern zucken. „Vielleicht. Wenn sie nur nicht so geschwächt wäre, dann könnte ich ihr Laudanum geben ... Ich weiß nicht, ob sie die Schmerzen aushält."

Ramsay schluckte mühsam. „Ich nehme an, es gibt keinen anderen Weg?"

Flennwick schüttelte betrübt den Kopf.

„Gut, dann fangt an! Meine Elena ist stark, sie wird es schaffen."

Bei Gott, das hoffte er. Mit zitternden Fingern flößte er ihr den Rest des Trankes ein.

Kaum hatte der Arzt Elenas Scham berührt, begann sie leise zu wimmern.

„Du musst jetzt tapfer sein, Liebes. Der Arzt wird dir helfen, doch du musst kämpfen! Verstehst du?"

Elena nickte schwach und Ramsay hoffte von ganzem Herzen, dass diese Medizin zumindest einen Teil ihrer Schmerzen mildern würde.

„Ihr müsst sie jetzt festhalten, Mylord!"

Ramsay tat, wie ihm geheißen, doch als Elena einen gellenden Schrei ausstieß, hätte er den Arzt am liebsten in Stücke gerissen.

Flennwick fuhr mit seiner Behandlung fort. Elena stöhnte und wimmerte, versuchte sich den Händen des Arztes zu entziehen, doch sie war zu schwach. Ihr Gesicht verlor immer mehr an Farbe.

Ihre Lippen färbten sich grau und Ramsay brach der Schweiß aus vor Angst, als er ihren rasselnden, pfeifenden Atem hörte. Jeder Atemzug konnte der letzte sein.

„Halte durch, Liebes. Es ist bald überstanden."

Elena weinte leise und wimmerte wie ein kleines Baby. Ihre Finger krallten sich in die Laken, doch sie hatte nicht die Kraft, sich wirklich festzuhalten.

Melissa brachte eine Schüssel mit kaltem Wasser und stellte sie neben dem Bett ab.

„Ich werde es tun", sagte Ramsay leise.

Es war herzergreifend, mitanzusehen, wie zärtlich er Elena umsorgte. Wie behutsam er ihr mit dem feuchten Lappen den Schweiß vom Gesicht wischte, ihre trockenen Lippen befeuchtete.

Er hoffte, dass sie nicht mehr schreien würde. Denn er wusste, dass er es dann nicht mehr übers Herz bringen würde, sie festzuhalten. Plötzlich riss Elena in Todesangst die Augen auf und schaute zu ihm auf. Ramsay erkannte unendliche Qual und kalte Angst.

„Ich sterbe", flüsterte sie gebrochen, als immer neue Schmerzwellen ihren Körper erschütterten. Elena grub ihre Fäuste in den Bauch.

„Ich sterbe!"

„Nein!", widersprach Ramsay heftig. „Nein, du stirbst nicht! Das Schlimmste ist jetzt vorbei, Elena. Schmerzen sind gut. Solange du sie fühlst, bist du dem Tod nicht nahe."

Er hatte keine Ahnung, ob das stimmte, doch er sagte es mit einer solchen Überzeugung, dass Elena gar nicht anders konnte, als ihm zu glauben.

Ihr Gesicht war grau und ihre Finger waren mit denen Ramsays verschlungen. Unaufhörlich sprach er mit ihr, ermutigte sie, tapfer zu sein, durchzuhalten und den Schmerz zu ertragen. Vor allem aber flehte er sie an, bei ihm zu bleiben. Manchmal glaubte Ramsay, dass sie ihm nur nicht entglitt, weil er sie so verbissen festhielt. Weil er ihr verbot, mit dem Kämpfen aufzuhören.

Nach einer Ewigkeit erhob sich der Arzt und wusch sich die Hände.

„Ich habe alles getan, was in meiner Macht stand. Jetzt können wir nur noch abwarten. Aber ich will Euch keine falschen Hoffnungen machen, Mylord. Die Chancen stehen schlecht. Sie ist zu schwach."

„Nein", flüsterte Ramsay und zog Elena fester an sich. Ihr Körper hing schlaff in seinen Armen und er wiegte sie wie ein schlafendes Kind.

„Du wirst durchkommen, Elena. Ich erlaube dir nicht, mich noch einmal zu verlassen. Ich erlaube es nicht, verstehst du?", flüsterte er immer wieder, und der Arzt glaubte nicht, dass der Lord seine Gegenwart noch bemerkte. Er starrte vor sich hin und wiegte Elena sanft vor und zurück.

Schweigend deckte Flennwick die Lady zu und verließ den Raum. Vor der Tür wartete der Earl mit seiner Frau, Gavin und Will. Als sie das betrübte Gesicht des Arztes sahen, wagte niemand, Fragen zu stellen.

„Es tut mir leid, doch Lady Cambell wird den morgigen Tag vermutlich nicht überleben."

Mit diesen Worten verabschiedete Flennwick sich und ließ die Gruppe mit ihrem Kummer allein.

Sie waren nun alleine in dem großen, schwach beleuchteten Gemach. Im Kamin prasselte ein Feuer, ansonsten war es still.

Ramsay drückte Elena sanft an seine Brust und ließ seinen Tränen freien Lauf.

„Du darfst mich nicht verlassen, Elena. Nicht nach allem, was wir durchgemacht haben."

Er vergrub sein Gesicht in ihrem Haar und schluchzte hemmungslos.

„Bleib bei mir! Bitte, bitte bleib bei mir! Ich wünsche mir so sehr, dass du meine Frau wirst, die Mutter meiner Kinder. Ich konnte dir ja noch nicht einmal sagen, wie sehr ich dich liebe." Immer wieder tupfte er ihr Gesicht mit einem feuchten Tuch ab, flößte ihr kalte Fleischbrühe ein und erzählte ihr aus seiner Kindheit.

Ramsay verlor jedes Gefühl für die Zeit. Sie war auch nicht wichtig. Für ihn zählte nur noch der schwache Herzschlag unter seiner Hand und das rasselnde Geräusch von Elenas flachen Atemzügen.

Gegen Morgen wurden sie jedoch schwächer und unregelmäßiger. Ramsays Magen zog sich zu einem Knoten zusammen. Er wusste nicht, wie er ihr helfen konnte. Mit wachsender Angst musste er mit ansehen, wie ihre Atemzüge immer langsamer wurden. Ihr Gesicht nahm eine bläuliche Färbung an und der Anblick der violetten Ringe unter ihren Augen ließen ihn erstarren. „Nein!", brüllte Ramsay in seiner Angst und schüttelte Elenas schlaffen Körper. „Nein, verdammt noch mal! Atme! Atme, Elena! Du wirst jetzt nicht sterben, verstanden? Verflucht, atme endlich, oder ich schwöre dir, dass ich mit jedem Weib in ganz Schottland ins Bett steigen werde. Atme!"

Er begann, ihren Brustkorb im Rhythmus der Atemzüge zu massieren, und stieß in seiner Verzweiflung alle nur möglichen Drohungen aus.

„Ich warne dich! Wenn du mich jetzt verlässt, kastriere ich den Zuchtbullen eigenhändig und brenne ganz Ellon nieder!"

Langsam verschwand die bläuliche Farbe aus Elenas Gesicht, doch Ramsay hörte nicht auf, ihren Brustkorb zu massieren. Die Stunden schleppten sich dahin und die Sonne stieg immer höher.

Im Laufe des Vormittages betrat Robert das Gemach und bot seinem Sohn an: „Ich werde hier bei ihr wachen. Du musst dich jetzt ein wenig ausruhen und etwas essen." Ramsay schüttelte den Kopf. „Ich kann jetzt nicht essen und ich habe Elena versprochen, dass ich bei ihr bin, wenn sie erwacht."

Robert schürte wortlos das Feuer und legte Holz nach. Danach trat er an das Fußende des Bettes und betrachtete Ramsay, der hinter der blassen Elena saß und ihr liebevoll das Gesicht abtupfte. Als er in das von Angst und Verzweiflung verzerrte Gesicht blickte, begann sein altes Herz zu bluten. Sein Sohn hielt den beinahe leblosen Körper fest an sich gepresst. Bei Gott, dass er diesen Anblick noch erleben musste.

„Ramsay", begann Robert mit sanfter Stimme. „Du musst dich damit abfinden, dass sie vielleicht nicht mehr aufwacht."

Ramsays Lippen pressten sich zu einem trotzigen Strich zusammen. „Sie wird aufwachen. Sie wird aufwachen und gesund werden. Sie muss!"

Der Earl verfolgte mit den Augen die Träne, die über Ramsays Wange rann und eine glänzende Spur hinterließ.

„Lass sie gehen, Ramsay. Lass sie in Frieden sterben. Das bist du ihr schuldig."

Ramsay umarmte Elenas reglosen Körper.

„Ramsay", versuchte Robert es noch einmal, doch plötzlich schrie Ramsay in wilder Verzweiflung und Seelenpein: „Nein! Meine Elena wird nicht sterben! Sie hat gesagt, dass sie die Angewohnheit hat, alles zu überleben. Meine Elena lügt nicht, hast du verstanden?"

„Ramsay!"

„Nein! Sie wird leben und bei mir bleiben!"

Robert wandte sich mit hängenden Schultern ab und ging zur Tür.

„Weißt du, dass ich ihr noch nie gesagt habe, dass ich sie liebe?" flüsterte Ramsay gequält.

„Sie weiß es bestimmt, mein Junge. Frauen spüren solche Dinge."

Ramsay nickte nachdenklich. „Könntest du Will bitten, seine Hühnerbrühe zu machen? Elena mag sie doch so gerne."

Robert schluckte schwer und verließ das Zimmer.

„Ich hoffe, du spürst es wirklich, Liebes."

Ramsay ließ Elena keine Sekunde aus den Augen. Sie schlief nun tief und wirkte so klein und hilflos in dem großen Bett, dass es Ramsay die Kehle zuschnürte. Noch immer ging ihr Atem so flach, dass er ängstlich den winzigen Puls an ihrer Kehle beobachtete.

Einige Stunden später erwachte Elena in Ramsays Armen und flüsterte: „Ich … Ich fühle mich so schwach."

Es tat so unendlich gut, ihre Stimme zu hören! Ramsay strich ihr liebevoll eine feuchte Haarsträhne hinters Ohr und sagte: „Aye, mein Liebling, ich weiß. Du wirst dich noch einige Tage krank fühlen, aber jetzt ist es überstanden. Du wirst leben!"

Er log. Log, um ihr Kraft zu geben, damit sie auch weiterhin kämpfte. Log, um sich selbst die Kraft zu geben, die Angst um sie zu ertragen.

Die nächsten drei Tage wechselten sich Robert, Melissa, Will und Schwester Margarete damit ab, regelmäßig frisches Wasser, Speisen oder Wein in Ramsays Gemach zu bringen.

„Würdest du mir Gavin schicken?", bat Ramsay seinen Vater am Abend des vierten Tages erschöpft. „Er ist zum Konvent zurückgekehrt, um herauszufinden, wer für Elenas Zustand verantwortlich ist." Ramsays Mund nahm einen harten, unversöhnlichen Zug an. „Mein Schwert wartet bereits auf den Schuldigen!"

Der Earl nickte und sagte dann: „Flennwick ist unten und möchte Lady Elena noch einmal untersuchen."

Ramsay gab schweigend seine Zustimmung.

Bald darauf trat der Arzt ein. „Mylord, wenn Ihr erlaubt?"

Ramsay küsste sanft Elenas Finger, die noch immer mit den seinen verschlungen waren, und flüsterte: „Aber bitte keine Schmerzen mehr! Sie hat gelitten, dass es für fünf Leben reicht." Der junge Mann schlug die Decke zurück und tastete aufmerksam Elenas Bauch ab. Sie begann wieder leise zu wimmern, und Ramsay glaubte, es nicht mehr ertragen zu können. Nach wenigen Minuten war die Untersuchung beendet. Flennwick lächelte in Ramsays besorgtes Gesicht und deckte Elena wieder zu.

„Die Entzündungen scheinen zurückzugehen, Mylord. Ich glaube, morgen wird sie es überstanden haben."

Ramsay schloss überwältigt die Augen, ließ zu, dass neue Hoffnung ihn durchflutete.

„Gebt ihr jede Stunde etwas von diesem Trunk, vorzugsweise mit Wein vermischt. Der Alkohol beschleunigt die Wirkung. Die Medizin bekämpft das Fieber und gibt ihr Kraft."

Dann legte Flennwick einen Tiegel auf das kleine Tischchen neben dem Bett.

„Und diese Salbe müsst Ihr der Lady zweimal am Tag auf den Unterleib auftragen. Sie wird das Gift herausziehen."

Er betrachtete Ramsays erschöpftes Gesicht.

„Ihr solltet Euch auch ein wenig Ruhe gönnen."

Ramsay nickte dankbar. „Ich muss mich bei Euch entschuldigen, Flennwick. Ihr seid ein guter Arzt und ich danke Euch."

Flennwick verneigte sich respektvoll: „Euer Dank ehrt mich, Mylord, doch keine Medizin und keine noch so gute Behandlung hätte Lady Elena helfen können, wenn sie nicht so verbissen um ihr Leben gekämpft hätte."

Eine Stunde später bat Gavin um Einlass.

„Mylord, die Äbtissin ist tot."

Ramsay biss sich auf die Lippen und seiner Kehle entrang sich ein Geräusch, das wie das Knurren eines Wolfes klang. Er hatte sich persönlich an der Äbtissin rächen wollen, und wenn er sie bis an sein eigenes Lebensende hätte suchen müssen. Doch nun hatte ihm das Schicksal einmal mehr die Fäden aus der Hand genommen. Nun hatte er nicht einmal die Genugtuung, dieses Weib selbst zur Hölle zu schicken.

„Wie?"

Gavin hatte zuvor mit dem Arzt gesprochen. Dieser hatte von einem Wunder gesprochen, doch Lady Elena schien an der Schwelle des Todes zu stehen. Noch immer wies ihr Gesicht eine erschreckende Blässe auf und das Fieber zerrte ebenfalls an ihren Kräften.

Gavin hielt seine Hände in die Nähe der wärmenden Flammen und meinte nachdenklich: „Anscheinend sollen wir glauben, dass es Selbstmord war. Die Äbtissin hat sich in ihrer Schlafkammer erhängt. Wir haben sogar einen Abschiedsbrief gefunden, in dem sie gesteht, dass sie Lady Elena aus purer Abscheu und Rachedurst hatte töten wollen." Er zögerte einen Moment, bevor er etwas leiser fortfuhr: „Zur Strafe dafür, dass sie sich mit dir, dem berüchtigten Höllendämon, eingelassen hatte."

Ramsay nickte finster. „Weshalb zweifelst du an ihrem Selbstmord? Vielleicht fürchtete sie sich vor meiner Rache."

Gavin ließ sich erschöpft in einen Sessel neben dem Kamin fallen und schüttelte nachdenklich den Kopf.

„Irgendjemand fürchtet sich tatsächlich vor deinem Zorn, mein Freund, doch die Äbtissin war es nicht. Wenn sich jemand selbst erhängt, benötigt er eine Art Podest. Ein Stuhl. Oder ein Fass, auf dem man stehen und das man dann mit den Füßen wegstoßen kann. Aber da war nichts dergleichen. Sie hing einfach mitten im Raum, als hätte sie sich selbst an dem Strick hochgezogen."

„Hat eine der Novizinnen etwas gesehen oder gehört?“ erkundigte sich Ramsay, obwohl er die Antwort bereits kannte.

„Nay. Niemand.“

„Ich danke dir trotzdem für deine Mühen, mein Freund.“

„Kann ich sonst noch etwas für dich tun?“

„Aye, kümmere dich bitte um Lady Odowell. Sorge dafür, dass sie alles bekommt, was sie sich wünscht.“

Ein schwacher Rotschimmer überzog Gavins Wangen. Dieser Aufgabe hatte er sich bereits mit Freuden zugewandt.

Kapitel 28

Der Schmerz hatte ein wenig nachgelassen und auch das Atmen fiel Elena wieder leichter. Sie öffnete mühsam die Augen, wandte den Kopf zur Seite und schaute direkt in Ramsays schlafendes Gesicht. Er lag vollkommen bekleidet neben ihr und seine Finger waren mit den ihren verschlungen. Er sah entsetzlich erschöpft aus. Mehrere Tage alte Bartstoppeln bedeckten seine eingefallenen Wangen und das markante Kinn, und unter seinen Augen waren schwarze Ringe zu erkennen. Sie betrachtete den geliebten Mann an ihrer Seite und empfand ein beinahe schmerzliches Glücksgefühl. Er war gekommen! Ramsay war wahrhaftig gekommen, um sie zu holen!

Elena konnte sich kaum an etwas erinnern, nur noch an die eindringliche Stimme. Ramsays Stimme und an seine starken Arme, die sie nicht hatten gehen lassen. Sie wusste, dass nur dies der Grund gewesen war, weshalb sie sich nicht in die gnädige Schwärze hatte fallen lassen, weshalb sie mit aller Kraft um ihr Leben gekämpft hatte. Ramsay hatte sie gebeten, bei ihm zu bleiben!

Vorsichtig hob sie zitternd eine Hand und strich Ramsay eine schwarze Locke aus dem Gesicht. Bei ihrer Berührung schreckte er sofort hoch.

„Elena!“, keuchte er verwirrt.

Sie sah den rasenden Pulsschlag an seiner Kehle und die tiefe Besorgnis in seinen geröteten Augen. Auch bemerkte sie, wie sein Blick zu ihrem Brustkorb glitt, als ob er sich vergewissern wollte, dass sie wirklich noch atmete.

„Elena.“

Es war nicht mehr als ein Flüstern, doch in seiner Stimme schwang so viel Zärtlichkeit, dass Elena ihn nur liebevoll anlächeln konnte.

„Du bist wach!“

Er zog ihre Hand an seine Lippen und bedeckte jeden Finger mit kleinen Küssen.

„Dem Himmel sei Dank! Fühlst du dich besser, Liebes?"

Voller unterdrückter Hoffnung befühlte er ihre Stirn. Das Fieber war gesunken.

Elena nickte schwach und versuchte zu sprechen, doch ihre Stimme war kaum mehr als ein Krächzen.

Ramsay beugte sich über sie und lauschte angespannt. Plötzlich brach er in schallendes Gelächter aus. Ein Lachen, das so befreiend, so unendlich erleichtert klang, dass Elena beinahe zu weinen begonnen hätte. Im nächsten Augenblick drückte er ihr einen glückseligen Kuss auf die Lippen und sprang aus dem Bett.

„Warte einen Moment, ja? Geh nicht weg!"

Ramsay stürzte zur Tür, riss sie auf und brüllte so laut, dass die Wände zu beben schienen: „Vater! Melissa, kommt schnell!"

Wenige Augenblicke später standen der Earl und seine Frau völlig außer Atem vor ihm. „Ramsay, mein Junge. Es tut mir so leid."

Völlig überraschend schlang Ramsay seine Arme um Robert und wirbelte ihn lachend im Kreis herum.

„Sie lebt, Vater! Sie hat gesagt, dass ich das mit den anderen schottischen Weibern vergessen kann."

Als er seinen Vater wieder auf die Füße stellte, sah ihn dieser bestürzt an, als hätte sein Sohn den Verstand verloren. Melissa erging es nicht anders, als sie sich plötzlich in der stürmischen Umarmung des Mannes wiederfand, der sie als Kind immer gehasst hatte. Inzwischen waren auch Gavin, Margarete und Will herbeigeeilt, um ihm in dieser schweren Zeit beizustehen. Auch sie hatten seinen Ruf gehört – wie vermutlich die ganze Grafschaft. Sein Schrei war ihnen durch Mark und Bein gegangen, und sie hatten mit einem völlig verstörten, vor Kummer und unendlicher Trauer gebeugten Ramsay gerechnet. Er wirkte tatsächlich sehr erschöpft, doch er strahlte gleichzeitig eine solche Energie, eine solche Lebensfreude aus, dass sie beinahe mit den Händen zu greifen war.

„Versteht Ihr denn nicht? Ich habe ihr damit gedroht, dass ich mit sämtlichen schottischen Weibern ins Bett steigen würde, wenn sie mich verlässt!"

Und Ramsay lachte. Lachte vor unbeschreiblichem Glück und Erleichterung.

Will war der Erste, der begriff und einen lauten Freudenschrei ausstieß.

„Verdammt, Junge, ihr habt es geschafft! Ich wusste doch, dass die kleine Lady ein zäher Brocken ist."

Nun stimmten auch Gavin und Robert in den Jubel ein und Melissa klatschte begeistert in die Hände.

„Das muss ich sehen!", rief der Earl erleichtert und stürmte, dicht gefolgt von den anderen, ins Zimmer hinein.

Elena sah sich plötzlich fünf neugierigen Augenpaaren ausgeliefert. Alle starrten sie an, sagten jedoch kein Wort. Mit vor Verlegenheit hochroten Wangen zog sie die Bettdecke bis zur Nasenspitze hoch.

„Guten Morgen", versuchte sie, das peinliche Schweigen zu brechen, und als ob das ein verabredetes Signal gewesen wäre, redeten plötzlich alle wild durcheinander. Sie erzählten von den Sorgen, die sie sich gemacht hätten, und wollten wissen, wie sie sich fühlte.

Will prahlte damit, dass dies das Werk seiner Hühnerbrühe sei, und Robert vermutete, es müsste an seinem besonders schmackhaften Wein liegen. Elena verstand kein Wort, lächelte entschuldigend und schloss erschöpft die Augen.

„Seht nur, was ihr angerichtet habt. Wie könnt ihr sie nur so ermüden? Raus mit euch!" Doch das unterschwellige Lachen in Ramsays Stimme strafte seine harten Worte Lügen.

Er scheuchte die noch immer munter drauflos plappernde kleine Gruppe wieder aus der Kammer. Dann kehrte er leise zum Bett zurück. Ganz vorsichtig legte er sich neben Elena und betrachtete sie voller Dankbarkeit. Sie war bei ihm geblieben. Er konnte den Blick nicht von ihr wenden. Seine Elena lebte. Trotz der vielen Sünden, die auf seinen Schultern lasteten, war Gott gnädig mit ihm gewesen und hatte ihm sein Liebstes nicht entrissen. Sie war bei ihm geblieben und so würde es auch bleiben.

„Wie soll ich vernünftig schlafen können, wenn du mich so anstarrst?"

Lächelnd öffnete Elena kurz die Augen und schmiegte sich an Ramsays starken, wärmenden Körper. Wie sehr hatte sie das Gefühl der Sicherheit und der zärtlichen Geborgenheit seiner Arme vermisst!

Plötzlich raste Ramsays Herz in einem berauschenden Rhythmus, und bevor er überhaupt wusste, was er tat, waren die Worte bereits über seine Lippen geschlüpft.

„Ich liebe dich, Elena!"

Elenas Herz machte einen Satz. Wie lange hatte sie auf diese Worte gewartet? Wie oft hatte sie sie herbeigesehnt?

Ramsay vergrub sein Gesicht in ihrem Haar und flüsterte inbrünstig: „Ich liebe dich, Elena. Oh Gott, ich hatte solche Angst, dass es zu spät sein könnte. Dass ich es dir niemals sagen könnte, mein Liebling."

Ramsay nahm ihre Hand und hauchte unzählige kleine Küsse auf die Fingerknöchel, bevor er ihr eindringlich in die Augen sah. „Elena, als ich glaubte, dass ich dich verlieren würde, wurde mir klar, dass ein Leben ohne dich keinen Wert mehr für mich hätte."

Elenas Herz begann wild zu hämmern, und Tausende von Schmetterlingen schienen in ihrem Bauch zu neuem Leben zu erwachen.

„Heirate mich, Elena! Werde meine Frau!"

Er hat es gesagt, jubelte ihr Herz. Wahrhaftig, sie hatte sich nicht verhört. Niemals hätte sie auch nur davon zu träumen gewagt!

„Elena?"

Ramsays Stimme klang auf seltsame Weise scheu, eigenartig verletzlich, als sie nicht sofort antwortete. Als er ihr Kinn sachte in seine Finger nahm und ihr Gesicht anhob, spürte Elena, dass er zitterte. Zum ersten Mal ließ er zu, dass Elena in seinen Augen seine wahren Gefühle lesen konnte. Darin standen Hoffnung und Schmerz, tiefe Liebe und die namenlose Furcht, zurückgewiesen zu werden.

Tränen des Glücks rannen über Elenas blasse Wangen und sie nahm Ramsays Gesicht zärtlich in ihre zitternden Hände.

„Oh, Ramsay, ich glaube, ich habe nur für diesen Moment gelebt. Ja! Ja, ja, ja!"

Ramsays Stirn glättete sich und ein überraschtes Lächeln erhellte seine angespannten Züge. „Du meinst …?“

Elena nickte befangen und biss sich vor Aufregung auf die Unterlippe. „Falls du mich wirklich heiraten möchtest, wäre es mir eine Freude und … Ehre, deine Frau zu werden.“

Ramsay stieß einen Triumphschrei aus und zog Elena in seine starken Arme.

„Und ob ich das möchte, Liebes, bis ans Ende meiner Tage.“

Elenas Herz quoll über vor unsagbarem Glück und sie schmiegte ihre Wange an seine starken Finger.

„Oh Gott, wie sehr ich dich liebe, Ramsay. Ich wage es noch immer nicht, zu hoffen, dass wir wahrhaftig unser Leben gemeinsam verbringen dürfen.“

Ramsays Brust wurde ihm plötzlich zu eng vor seliger Zufriedenheit.

„Nicht einmal der Teufel selbst könnte mich davon abhalten, Liebling.“

Im nächsten Moment riss Elena erstaunt die Augen auf.

„Was tust du da?“

Ramsay begegnete ihrem Blick mit einem betörenden Lächeln. „Ich ziehe mich aus, meine kleine Braut. Schließlich will ich nicht Gefahr laufen, dass du es dir noch einmal anders überlegst.“

Elenas Herzschlag beschleunigte sich, als sie Ramsays sehnigen – bis auf den Lendenschurz – nackten Körper bewunderte. Sie begehrte ihn, doch das schmerzhafte Ziehen in ihrem Unterleib brachte sie schnell wieder zur Vernunft und sie biss sich unsicher auf die Lippen. Was sollte sie tun, wenn er sie lieben wollte?

„Ich werde es mir bestimmt nicht anders überlegen.“

Ramsay schlüpfte zu Elena unter die Decke und zog sie in seine Arme.

„Keine Angst, Liebes. Ich möchte heute Nacht einfach nur bei dir bleiben, um dich zu halten.“ Heiße Röte überzog Elenas Wangen, da Ramsay offensichtlich ihre Befürchtungen erraten hatte, und es dauerte eine ganze Weile, bis sie sich entspannt an seinen warmen Körper kuscheln konnte.

Am nächsten Morgen klopfte es leise, und als Elena nicht antwortete, schob Margarete vorsichtig die Tür auf. Auf Zehenspitzen schlich sie mit einem Tablett in den Händen in die Kammer, um Elena das Frühstück zu bringen. Als sie die riesige, schlafende Gestalt neben der kleinen Lady entdeckte, blieb sie schmunzelnd stehen und sandte ein kleines Dankgebet gen Himmel. Endlich würde alles gut werden! Beinahe lautlos verließ die ehemalige Klosterschülerin die Kammer und kehrte zurück in die große Halle.

Gavin stand ein wenig abseits am großen Kamin und blickte gedankenverloren in die niedergebrannte Glut. Als er Margarete auf sich zukommen sah, strahlte er. „Guten Morgen, meine Liebe. Ich hoffe, dein zufriedenes Lächeln ist mir zuzuschreiben?“

Margarete schaute sich verlegen um, doch niemand schien sie zu beachten.

„Ich bin mir da nicht so sicher, mein Lieber. Vielleicht freue ich mich ja auch nur daran, dass Lady Elena endlich auf dem Weg der Genesung ist. Stell dir vor, Lord Ramsay hat die Nacht bei ihr verbracht, und diesmal unter der Decke in ihrem Bett.“

Margarete konnte ein leises Kichern nicht unterdrücken.

Gavins Lippen verzogen sich zu einem Lächeln und er flüsterte: „Wie weit ist es bloß mit dieser Welt gekommen, wenn eine wohlerzogene junge Lady nicht einmal mehr errötet, wenn sie zwei Liebende im Bett ertappt?“

Nun färbten sich Margaretes Wangen rot, denn ein neuer, aufregender Gedanke hatte sich in ihren Kopf geschlichen. Hatten Gavin und sie letzte Nacht denselben Anblick geboten?

Als sie jedoch Gavins anzügliches Lächeln sah, stieß sie ihm empört einen Finger in die Rippen und zischte: „Du Schuft.“

Kapitel 29

In den nächsten Tagen und Wochen erholte sich Elena prächtig. Ihre Kräfte waren zurückgekehrt und außer der meist morgens auftretenden Übelkeit und dem leichten Ziehen in ihrem Unterleib war nichts zurückgeblieben. Ramsay hatte ihr versprochen, den Wideraufbau von Castle Fraser und dem Dorf zu überwachen, und Elena vermutete schmunzelnd, dass er auch die Ursache dafür war, dass sie so viel Besuch bekam. Robert, Gavin, Will und Margarete – die junge Frau war inzwischen Elenas beste Freundin geworden – wechselten sich darin ab, ihr die Langeweile zu vertreiben, wann immer Ramsay nicht zu Hause war. Melissas Besuche freuten Elena jedoch am meisten. Sie war eine lebendige und abenteuerlustige Frau, und die Zeit verging im Fluge, wenn Melissa eine ihrer kleinen lustigen Eskapaden zum Besten gab. Ein Klopfen an der Tür riss Elena aus ihren Gedanken und Amintha betrat den Raum. „Lady Elena, Flennwick ist hier und möchte Euch untersuchen." Elena strich die Decke energischer als nötig glatt und nickte widerwillig. Diese Untersuchungen waren ihr schrecklich peinlich, doch als sie Ramsay gebeten hatte, einen älteren Arzt oder gar eine Frau zu suchen, hatte dieser geantwortet: „Er ist der Beste und nur das zählt. Schließlich sieht er jeden Tag Frauenkörper und er hat nur rein medizinisches Interesse daran."

Was konnte sie gegen diese Logik einwenden?

Flennwick trat freundlich lächelnd ein.

„Na, wie geht es denn meiner Lieblingspatientin?"

„Einfach wunderbar, das heißt, wenn Ihr Ramsay dazu bringen könntet, mich endlich aus diesem Bett aufstehen zu lassen. Ich fürchte, bald daran festzuwachsen."

Flennwick setzte sich neben Elena und fühlte ihren Puls.

„Mylady, Ihr habt uns wirklich ganz schön auf Trab gehalten, aber nun kann ich Euch beruhigen. Ihr genest schneller, als ich es für möglich gehalten habe."

Elena lächelte zufrieden. Sie hatte schließlich allen Grund, gesund zu werden. Sie wollte mit Ramsay ihre Zukunft beginnen.

Flennwicks Stimme riss sie aus ihren Gedanken. „Wie fühlt Ihr Euch? Habt Ihr Schmerzen oder ist Euch etwas Neues aufgefallen?"

Elena errötete verlegen und räusperte sich. „In der Tat. Die Übelkeit am Morgen will einfach nicht aufhören. Und … meine Brüste tun weh. Sie sind so hart und empfindlich."

Der Arzt verbarg sein Erstaunen. Nay, das konnte nun wirklich nicht sein!

„Wenn Ihr erlaubt, möchte ich einmal nachsehen."

Elena nickte stumm und knöpfte ihr Nachthemd auf. Dann ließ sie zu, dass der Arzt ihre Brüste abtastete, und wünschte sich inständig, den Mund gehalten zu haben. Da sie den Kopf zur Seite gewandt hielt, sah sie nicht, wie Flennwick vor Überraschung große Augen bekam.

Nay, das konnte nicht sein! Das war unmöglich!

„Ihr könnt Euch nun wieder bedecken, Mylady. Es ist nichts Schlimmes, nur eine Anschwellung der Drüsen. Wenn Ihr nun erlaubt, möchte ich mit meiner Untersuchung fortfahren."

Elena stöhnte gequält. „Muss das denn sein? Es tut ja fast nicht mehr weh."

Flennwick nickte: „Es ist vermutlich das letzte Mal, Mylady. Dann werde ich Lord McFist erklären, dass ihr mindestens drei Stunden pro Tag an die frische Luft müsst."

Das war natürlich sehr verlockend, und offensichtlich wusste dieser grinsende Schuft das auch ganz genau. Sie gab nach und schlug die Decke zurück.

Mit hochrotem Gesicht starrte Elena zur Decke und überlegte, wie sie sich für diese Demütigung bei Ramsay revanchieren könnte. Plötzlich drang Flennwicks überraschtes Lachen an ihr Ohr.

„Das glaub' ich nicht!" Er schaute sie zwischen ihren gespreizten Beinen hindurch an und Elena wäre am liebsten gestorben.

„Was glaubt Ihr nicht?", wollte sie gereizt wissen.

Flennwick stand auf und schüttelte ungläubig den Kopf. „Bei Gott, Mylady, Ihr steckt tatsächlich voller Überraschungen, und das im wahrsten Sinne des Wortes."

„Wie bitte?" Elena verstand kein Wort, und der seltsame Gesichtsausdruck in seinem Gesicht trug nicht gerade dazu bei, ihre strapazierten Nerven zu beruhigen.

„Ich weiß ja, dass das unglaublich klingt, Mylady, aber Ihr seid schwanger."

Aus Elenas Gesicht wich plötzlich alle Farbe.

„Was sagt Ihr da?"

„Ihr seid schwanger, Mylady, und das schon etwa im dritten Monat."

Elena schüttelte ungläubig den Kopf. „Das ist nicht möglich! Ihr sagtet doch selbst, dass ich eine Fehlgeburt hatte. Und ... und dann noch das ... andere."

„Ich weiß, und ich kann es mir auch wirklich nicht erklären. Aber es gibt keinen Zweifel. Ihr seid schwanger!"

Elena stieß einen leisen Freudenschrei aus und biss sich hoffnungsvoll auf die Unterlippe. „Ihr glaubt ...", fragte sie atemlos, „könntet Ihr mich vielleicht noch einmal untersuchen? Nur um wirklich ganz sicherzugehen!"

Flennwick kam ihrer Bitte lächelnd nach.

Nach einer halben Ewigkeit von etwa drei Minuten verkündete er: „Kein Zweifel, Mylady! Ihr seid schwanger, und nur der Himmel weiß, wie es möglich ist."

Weiter kam er nicht. Elena sprang glücklich lachend aus dem Bett, umarmte Flennwick überschwänglich und rannte zur Tür.

„Ich muss es unbedingt Ramsay erzählen. Wisst Ihr, wo er ist?"

Doch sie wartete seine Antwort gar nicht ab, sondern stürmte, wie sie war – barfuß, nur mit einem weißen Nachthemd bekleidet und mit offenen Haaren – zur Tür hinaus. In ihrem Glück bemerkte sie diese Unschicklichkeit ebenso wenig wie die erstaunten Blicke der Krieger, als sie bereits auf dem obersten Treppenabsatz Ramsays Namen rief.

Als Ramsay aufschaute, stockte ihm der Atem. Elena rannte in halsbrecherischem Tempo die Stufen hinunter, verfing sich mit einem Fuß in ihrem Nachthemd und schaffte es nur mit Mühe, das Gleichgewicht wiederzuerlangen. Ramsays Stuhl fiel mit einem lauten Krachen um, als er erschrocken aufsprang.

„Oh mein Gott!“, hörte er seinen Vater neben sich raunen.

„Ramsay!“, rief Elena.

Da rannte auch schon Leila kläffend auf ihr lange entbehrtes Frauchen zu. Beide waren blind für die Gefahr.

„Pass auf!“, schrie Ramsay und setzte sich gleichzeitig mit Robert in Bewegung. Er würde sie nicht mehr rechtzeitig erreichen. Bei allen Heiligen! Gleich würde sie mit Leila zusammenprallen und sich den Hals brechen. Hilflos musste er mit ansehen, wie Elena im letzten Moment mit einem großen Schritt über die völlig verdutzte Leila hinwegsetzte. Ramsay blieb mitten im Raum stehen und schaute ungläubig Elena entgegen, die mit ausgebreiteten Armen auf ihn zustürmte. Sie lachte über das ganze Gesicht. Verdammt! Für diesen Schrecken würde er ihr den Hals umdrehen. Er wagte es nicht, auch nur einen Schritt zu tun. Seine zitternden Knie würden bestimmt unter seinem Gewicht nachgeben, und sein Herz bemühte sich immer noch krampfhaft, in den gewohnten Rhythmus zurückzufinden. Da warf sie sich auch schon in seine Arme und strahlte ihn aus ihren herrlichen, grünen Augen an. Nach all den Aufregungen kam es ihm immer wieder wie ein Wunder vor, dass Elena überhaupt noch lebte. Dieses dumme Frauenzimmer besaß nicht einmal den Selbsterhaltungstrieb eines neugeborenen Kätzchens.

Elena war völlig außer Atem. „Rate mal, was gerade geschehen ist!“, forderte sie ihn auf.

„Du hast mich gerade zehn Jahre meines Lebens gekostet?“

Sie sah ihn verdutzt an und sagte dann lächelnd: „Ach so, du machst einen Scherz.“ Ramsays Blick glitt zu seinem Vater, der noch immer schwer atmend am Kamin lehnte und sich eine Hand aufs Herz presste. Einen Scherz? Bei allem, was ihm heilig war! Elena schien nicht einmal zu ahnen, welchen Aufruhr sie gerade verursacht hatte. Auch Leila war gänzlich unbeeindruckt von den Ereignissen geblieben und verkündete nun lautstark, dass auch sie begrüßt zu werden wünschte.

Elena zupfte ungeduldig an Ramsays Lederwams, um seine ungeteilte Aufmerksamkeit wiederzuerlangen.

„Flennwick war gerade bei mir, und jetzt rate mal, was er gesagt hat!“

„Du bist wieder ganz gesund?"

Elena schüttelte den Kopf: „Viel besser!"

Auf Ramsays Stirn bildete sich eine steile Falte: „Besser?"

Elena nickte eifrig und biss sich aufgeregt auf die Unterlippe. Ihre Augen quollen beinahe über vor Glück.

Ramsay konnte sich beim besten Willen nichts „Besseres" vorstellen und schüttelte den Kopf. Da platzte es förmlich aus ihr heraus.

„Unser Kind, Ramsay ... Ich habe es gar nicht verloren! Ich bin immer noch schwanger!"

Ein dicker Kloß bildete sich in Ramsays Kehle. Mitfühlend zog er Elena noch fester in seine Arme und streichelte ihr tröstend den Rücken.

„Elena, das ist nicht möglich. Du hattest eine Fehlgeburt. Unser Kind ist tot."

Elena befreite sich aus seinen Armen und schüttelte lachend den Kopf. „Das dachte ich ja auch. Aber ich muss mich immer noch jeden Morgen übergeben und ... und meine Brüste tun immer noch weh. Flennwick kann es sich ja auch nicht erklären."

Noch immer zweifelte Ramsay. Nach allem, was geschehen war, konnte das Kind doch gar nicht überlebt haben. Oder?

„Flennwick hat mich doch untersucht und dann hat er gesagt, ich stecke voller Wunder ... und das im wahrsten Sinne des Wortes. Ich habe ihn dann gebeten, mich noch einmal zu untersuchen, und wieder kam er zum selben Ergebnis. Ich bin schwanger, Ramsay! Im dritten oder vierten Monat. Oh, Ramsay, es wird bestimmt ein Junge. Es muss ein Junge werden, er ist ja jetzt schon so stur wie sein Vater."

Da stieß Ramsay einen Jubelschrei aus, hob Elena hoch und wirbelte mit ihr selbstvergessen im Kreis herum.

„Natürlich wird unser Kind ein Sohn!"

Beide lachten überschwänglich.

Nach einer Weile schlug Elena Ramsay spielerisch auf die Schulter. „Lass mich runter, du Barbar! Von nun an wirst du deine Kräfte im Zaum halten müssen."

Ramsay stellte sie wieder auf den Boden und zog sie fest in seine Arme.

„Wir werden die Hochzeit vorverlegen, Elena. Ich kümmere mich gleich um eine Sondergenehmigung."

Dann verschloss er ihren Mund mit einem leidenschaftlichen Kuss.

Robert McFist räusperte sich vernehmlich: „Meine Herren, nachdem Lady Elena uns nun auch noch das letzte bisschen Nerven gekostet hat, glaube ich, dass mein Sohn nun wichtigere Dinge zu erledigen hat, als einen Trainingsplan mit uns auszuarbeiten."

Jetzt erst erkannte Elena die Bescherung. Sie hatte eine Besprechung unterbrochen. Um sie herum standen zwanzig ziemlich blasse Männer und schauten alle leicht betreten drein. „Oh!", hauchte Elena entsetzt.

Um Himmels willen, und sie hatte vor aller Ohren von ihren schmerzenden Brüsten gesprochen! Am liebsten wäre sie vor Scham im Erdboden versunken.

Ramsay hingegen fand Elenas peinlichen und im höchsten Maße unschicklichen Auftritt köstlich. Amüsiert und nicht ohne ein gewisses Maß an Rachedurst beobachtete er, wie seine Braut bis zu den nackten Zehen hinunter errötete.

„Liebes, Rot steht dir wirklich ausgesprochen gut", neckte er sie und erntete dafür einen kräftigen Stoß in die Rippen.

Beschämt versteckte sich Elena hinter Ramsays breitem Rücken, um ihren spärlich bekleideten Körper vor den amüsierten Blicken der Männer zu verbergen.

Verlegen entschuldigte sie sich. „Meine Herren, bitte verzeiht diese ... ungewöhnliche Störung."

Elena sah in die Gesichter der Männer, die sich angestrengt bemühten, nicht zu lachen, und im Geiste schwor sie sich, demjenigen, der zuerst die Beherrschung verlor, eine unvergessliche Lektion zu erteilen. Und Ramsay, dieser gemeine Kerl, machte keine Anstalten, ihr aus dieser peinlichen Situation zu helfen.

Schließlich hatte immerhin Robert Erbarmen. „Mensch, Ramsay, hab' ein Herz und leih deiner Lady deinen Plaid."

Sie wäre ihm vor Dankbarkeit beinahe um den Hals gefallen, wenn er nur nicht weitergesprochen hätte.

„Vor Verlegenheit leuchtet sie so stark, dass wir heute Nacht vermutlich keine Kerzen anzuzünden brauchen."

Ramsay grinste, löste die Spange an seiner Schulter und wickelte Elena in den wärmenden Stoff seines Plaids. Dann hob er sie auf die Arme.

„Meine Herren, ich glaube, ich bringe meine zukünftige Frau nun besser zu Bett, bevor sich mein Sohn noch einen Schnupfen holt."

„Deine Tochter!", zischte Elena wütend. „Ich weigere mich, dir einen Sohn zu gebären."

Als ob sie in dieser Sache ein Wort mitzureden hätte! Nun brach das lange unterdrückte Lachen aus den Männern heraus und alle grölten durcheinander. Der Earl besaß sogar die Frechheit, sich verstohlen eine Träne von der Wange zu wischen und sich den Bauch zu halten. Oh, sie würde sich jedes der Gesichter merken und sich bei Gelegenheit rächen.

Kapitel 30

Spät in der Nacht ritt Ramsay völlig erschöpft über die Zugbrücke in den Innenhof von Castle Turriff. Die Arbeiten auf Castle Fraser waren so gut wie beendet, und obwohl jeder einzelne Muskel in seinem mächtigen Körper schmerzte, hatte er sich noch nie so zufrieden und glücklich gefühlt. Instinktiv glitt sein Blick zu dem Zimmer hoch, das er gemeinsam mit Elena bewohnte, doch dort brannte kein Licht mehr. Sie schlief bereits. Ein wenig enttäuscht warf er dem jungen Stallburschen Thunders Zügel zu und eilte die wenigen Stufen zum Hauptportal hinauf. Als er die riesige Flügeltür aufschob, drang ihm angenehme Wärme und der köstliche Duft würziger Speisen entgegen. Sogleich regte sich sein Magen.

„Ramsay, mein Junge, komm, setz … Verdammt, wie siehst du denn aus?"

„Wie jemand, der in niedergebrannten Häusern herumgekrochen ist, nehme ich an."

Eine Reihe weißer Zähne blitzte in Ramsays völlig verrußtem Gesicht auf.

„Guten Abend, Vater. Ich schätze, ich gehe mich erst einmal waschen, bevor ich dir meine Gesellschaft zumute."

In Wirklichkeit hatte er Elena die letzten Tage so sehr vermisst, dass er einfach nicht anders konnte, als zu ihr zu gehen. Er musste sie einfach sehen.

Als er lautlos in das Gemach hineinschlüpfte, hoben Wulf und Leila gleichzeitig den Kopf und eilten ihm zur Begrüßung entgegen. Neben dem Bett brannte eine Kerze und tauchte den Raum in ein sanftes Gelb. Ramsay näherte sich vorsichtig dem Fußende des Bettes und betrachtete Elena liebevoll. Sie schlief so zufrieden und sorglos wie ein neugeborenes Kätzchen. Ramsays Blick glitt über ihren leicht gewölbten Bauch und sein Herz wollte ihm vor Glück zerspringen. Niemals hätte er gedacht oder auch nur zu hoffen gewagt, dass er eine Frau wie Elena finden würde. Eine Frau, die ihn genauso liebte, wie er war, mit all seinen Schwächen und Fehlern – und die sein Kind mit solch unverkennbarem Stolz, einer solchen Dankbarkeit unter dem Herzen tragen würde. Es grenzte tatsächlich an ein Wunder! Nur widerwillig löste Ramsay den Blick von Elenas zierlichem Körper, doch schließlich wartete sein Vater auf ihn.

Wenige Minuten später kehrte er gewaschen und in sauberen Kleidern in die große Halle zurück. Inzwischen hatte man seinen Tisch in die Nähe des Kaminfeuers gerückt und ihm bereits einen Kelch Wein gewärmt.

„Ah ja, das sieht doch gleich besser aus, mein Junge. Komm, setz dich und iss. Meine Köchin wird sicher dankbar sein, dass du endlich gekommen bist."

Auf Ramsays fragenden Blick hin erklärte Robert vergnügt: „Sie hatte Anweisung von Lady Elena, dir ein heißes und frisches Abendessen aufzutragen."

Ramsay lächelte gedankenverloren vor sich hin. Elena kümmerte sich rührend um ihn. Seine Kleider waren stets ausgebürstet und bereitgelegt, die Waschschüssel mit frischem Wasser gefüllt und auch sonst schien sie immer genau zu wissen, was er gerade benötigte. Es war ein wunderbares Gefühl, so liebevoll umsorgt zu werden.

Mit einem Appetit, der einem halb verhungerten Wolf alle Ehre gemacht hätte, stürzte Ramsay sich auf sein Mahl.

„Du bist doch sicher nicht die halbe Nacht aufgeblieben, um mir Schuldgefühle gegenüber der Köchin einzureden, oder?"

Robert schüttelte grinsend den Kopf und schob einen versiegelten Umschlag über den Tisch. „Darum bin ich hier. Nachricht vom König. Ich wollte es mir nicht nehmen lassen, dabei zu sein, wenn du ihn öffnest."

Ramsay starrte den Umschlag einige Herzschläge lang an, bevor er aufgeregt das Siegel brach und die kurze Botschaft las.

„Und?", bohrte Robert ungeduldig, als er hörte, wie Ramsay mit einem zischenden Laut den angehaltenen Atem ausstieß und erleichtert aufatmete.

„Mit den besten Wünschen des Königs und seinem Segen erteilt er Elena und mir die Erlaubnis, innerhalb von zwei Tagen zu heiraten."

„Verdammt, das ging aber schnell!", lachte Robert und schlug seinem Sohn väterlich auf die Schultern. „Ich gratuliere dir, mein Junge. Du wirst Melissa und mir doch hoffentlich erlauben, die Trauung in diesen Mauern zu veranstalten?"

Ein peinliches Schweigen breitete sich am Tisch aus. Bis jetzt hatten beide dieses heikle Thema gemieden, und doch hatte es all die Wochen schwer auf ihren Schultern gelastet.

„Vater ..."

„Nein, sag nichts, es war egoistisch von mir, dich darum zu bitten. Ich weiß ja ..." Robert verstummte und rang sich ein schwaches Lächeln ab.

„Bitte, lass mich ausreden, Vater. Es fällt mir ohnehin nicht leicht."

Ramsay hatte sich in den vergangenen Jahren oft gefragt, ob er jemals den Mut aufbringen würde, sich seinem Vater zu erklären. Nun hatte er die Gelegenheit, und doch fiel es ihm unendlich schwer. Er fühlte sich verletzlich und unglaublich beschämt.

„Als Mutter damals gestorben ist, fühlte ich mich schrecklich ... verraten und allein. Ich schätze, ich habe mich mit aller Kraft an dich geklammert, aus Angst, du könntest mich auch noch verlassen."

Ramsay schloss für einen Moment die Augen, um neue Kraft zu sammeln.

„Als du dann Melissa hierher brachtest, glaubte ich meine Ängste bestätigt. Ich war plötzlich überflüssig."

„Aber, Ramsay."

Ramsay hob die Hand, um seinen Vater am Sprechen zu hindern. „Ich wollte Mutters Andenken bewahren und dachte, du hättest sie nicht wirklich geliebt. Ich glaubte, du hättest sie und mich verraten. Zu allem Übel mochte ich Melissa, obwohl ich mich mit Händen und Füßen dagegen wehrte."

„Das hast du aber sehr gut verborgen", sagte Robert leise.

Ramsay nickte beschämt. „Ich weiß, und ich schäme mich schon seit Jahren dafür. Als mir dann endlich bewusst wurde, was ich euch und vor allem dir angetan habe, wusste ich, dass ich gehen musste, um nicht alles zu zerstören. Als du dann nach Frankreich kamst, war ich zu stolz oder vielleicht auch zu stur, um uns beiden zu verzeihen.“

Ramsay nahm einen tiefen Schluck Wein und fügte leise hinzu: „Ich weiß, dass keine Worte mein grässliches Verhalten oder den Schmerz, den ich Euch zugefügt habe, entschuldigen kann. Aber es tut mir wirklich aufrichtig leid, Vater. Melissa ist eine wundervolle Frau und … und wenn ihr beide es wirklich wollt, würde es mir sehr viel bedeuten, wenn Elena und ich uns in eurem Beisein das Jawort geben dürften.“

So, jetzt war es heraus. Nach all den Jahren fühlte Ramsay sich endlich befreit. Als er nach einer Weile wagte, seinen Vater anzusehen, sah er einen verdächtigen Schimmer in dessen Augen.

„Und ob wir das wollen, mein Junge!“

Sie klopften sich gegenseitig auf die Schultern und genossen anschließend die stille Harmonie zwischen Vater und Sohn.

Kapitel 31

Elenas Blick glitt immer wieder zum Hauptportal, durch das Ramsay vor kaum einer Stunde verschwunden war. Er müsse noch etwas Dringendes erledigen, hatte er gesagt, und Elena würde vermutlich niemals sein erfreutes Lächeln vergessen, als sie ihn gebeten hatte, nicht allzu lange fortzubleiben.

„Ich bin so schnell zurück, dass du gar keine Zeit hast, mich zu vermissen, Liebes“, hatte er versprochen.

Elena zerteilte gedankenverloren die Hühnchenkeule auf ihrem Teller. Ramsay hatte Unrecht. Sie hatte sehr wohl die Zeit.

„Was hat dieses arme Hühnchen dir bloß angetan, dass du es so grausam folterst?“

Margaretes belustigte Worte holten Elena wieder in die Gegenwart zurück und sie errötete leicht, als sie in die vielen erheiterten Gesichter blickte.

„Ich scheine nicht sonderlich hungrig zu sein.“

„Ah, die lieben Nerven“, grinste Gavin wissend. „Ich kann mich noch sehr gut erinnern, wie meine Schwester Beth uns am Tag vor ihrer Hochzeit beinahe in den Wahnsinn getrieben hatte. In einer Minute war sie überglücklich und in der nächsten brach sie dann in heiße Tränen aus.“

„Du … Ich meine, Ihr habt eine Schwester?“ wollte Margarete interessiert wissen.

Gavin lachte. „Gleich drei davon, meine Liebe.“

Dann wandte er sich mit gespielt ernster Miene an Elena. „Ich hoffe, dass Ihr uns mit einem nicht enden wollenden Tränenstrom verschonen werdet, Lady Elena.“

Nun lächelte auch Elena, denn sie hatte Gavin durchschaut. Er wollte sie von ihren düsteren Gedanken ablenken und es war ihm gelungen.

„Damit ihr Euch dann jahrelang auf meine Kosten amüsieren

und es mir andauernd wieder unter die Nase reiben könnt? Ich werde mich hüten, Lord Gavin!"

„Hast du vielleicht Zweifel daran, dass der berüchtigte Höllendämon der Richtige für dich ist?"

Gavins spöttische Frage zauberte ein versonnenes Lächeln auf Elenas Lippen. „Keine Sekunde lang. Ramsay ist alles, was ich mir jemals für einen Ehemann erträumt habe, und noch vieles mehr."

„Das nenne ich eine Liebeserklärung", ließ sich nun Robert lachend vernehmen. „Trinken wir auf die Braut! Möge sie auch in fünfzig Jahren noch so denken!"

Alle stimmten in seinen Trinkspruch ein und Elena errötete sanft. Es war ein berauschendes Gefühl, endlich wieder zu einer richtigen Familie zu gehören – und das waren sie. Eine einzige glückliche Familie.

Elenas Blick richtete sich wieder auf das Hauptportal, während sie zärtlich die Wölbung ihres Bauches streichelte. Bald würden Ramsay und sie eine eigene kleine Familie haben. Sie konnte es kaum erwarten, ihre gemeinsame Zukunft endlich in Angriff zu nehmen.

„Ist dir nicht wohl, Elena? Du bist schrecklich blass." Melissa sah sie besorgt an.

„Ramsays Sohn setzt mir ein wenig zu", erklärte Elena und legte schützend die Hand auf ihren Bauch.

„Ich dachte, es wäre eine Tochter", neckte Margarete.

Elenas Lippen verzogen sich zu einem breiten Grinsen. „Nur wenn Ramsay in der Nähe ist. Wenn ihr mich jetzt entschuldigen würdet. Ich bin schrecklich müde."

„Soll ich dich begleiten?", bot Margarete freundlich an, doch Elena lehnte dankend ab.

„Das ist wirklich nicht nötig."

Mit einem verschmitzten Blick auf Gavin fügte sie hinzu: „Ich glaube, du wirst hier mehr gebraucht."

Jetzt errötete Margarete.

„Wenn Ramsay kommt, könntet ihr ihm bitte ausrichten, dass ich ihn sprechen möchte?"

„Ich werde auf ihn warten", versprach Robert und wünschte Elena eine angenehme Ruhe.

Als Elena ihr Gemach betrat, eilte ihr Amintha dienstfertig entgegen und führte sie an den Frisiertisch.

„Wünscht Ihr, Euch für die Nachtruhe vorzubereiten, Mylady?"

„Ja, bitte, ich bin schrecklich müde." Mit geschickten Fingern öffnete das Mädchen Elenas Kleid und half ihr beim Auskleiden. Dann löste sie das Haar ihrer Herrin und bürstete es so lange, bis es seidig glänzte und knisterte.

„Was ist denn das?"

Elena nahm das kleine Stück Papyrus und schaute erstaunt zu Amintha auf, die nur ahnungslos mit den Schultern zuckte.

„Das ist von Ramsay!", jauchzte Elena erfreut, als sie die Zeichen überflog.

Was mochte das für eine Überraschung sein, die Ramsay ihr zeigen wollte? Vielleicht ein Hochzeitsgeschenk? Und weshalb hatte ihr niemand mitgeteilt, dass er bereits zurückgekehrt war? Elena lächelte plötzlich. Vermutlich hatte Ramsay Turriff Castle gar nie verlassen. Er war bestimmt durch das Hauptportal hinaus und gleich darauf durch einen der Dienstboteneingänge wieder hereingekommen. Dieser Schuft, und sie hatte ihn so sehr vermisst! Geschah ihm ganz recht, dass er so lange auf sie warten musste. Bestimmt lief er schon voller Ungeduld auf und ab und konnte sich einfach nicht erklären, warum sie nicht kam. Eine Hochzeitsüberraschung, wie aufmerksam von ihm! Elena durfte gar nicht an den morgigen Tag denken, sonst würde sie wieder wie ein aufgescheuchtes Huhn umherirren. Zumindest war das der Vergleich, mit dem Margarete sie andauernd neckte.

Aufgeregt bat Elena um ein Schultertuch, strich sich eine widerspenstige Locke aus dem Gesicht und machte sich auf den Weg zum Ostturm. So schnell sie ihre von der Schwangerschaft geschwollenen Füße tragen konnten, eilte sie die steile, gewundene Treppe hinauf. Zuerst hatte sie gezögert, weil Ramsay anscheinend versäumt hatte, die Fackeln in den Wandhalterungen anzuzünden, und es war so finster, dass sie kaum die nächste Stufe erkennen konnte, doch dann dachte sie, dass dies vermutlich zu der

Überraschung gehörte, und sie wollte sie ihm auf keinen Fall verderben.

„Ramsay?"

Heftig nach Atem ringend kam Elena endlich an ihrem Ziel an, doch auch hier brannte kein Licht. Sie rief wieder und wieder Ramsays Namen. Dann wurde sie ärgerlich und schließlich forderte sie: „Ramsay, zeige dich endlich! Es ist nicht gerade rücksichtsvoll, eine schwangere Frau so viele Treppen hochzulocken. Insbesondere im Dunkeln. Ich hätte mir ja den Hals brech …"

In diesem Augenblick erkannte sie, welch schrecklichen Fehler sie begangen hatte. Die Nachricht konnte nicht von Ramsay stammen. Er würde nie auch nur das geringste Risiko für sie oder ihr gemeinsames Baby eingehen.

„Oh Gott!"

Ihr erschrockenes Keuchen hallte in den kahlen Mauern. Entsetzt bemerkte Elena gleich darauf, dass sie nicht allein in dem dunklen Raum war. Ihr erster Gedanke war der an Flucht, doch dann erkannte sie, wie aussichtslos dieses Unternehmen wäre. Sie würde höchstens die Stufen hinunterstürzen. Starr vor Angst nahm sie die schemenhafte Gestalt wahr, die sich lautlos bewegte.

„Wer ist da?"

Gleich darauf hörte sie, wie die Türe geschlossen und etwas Schweres davorgeschoben wurde. Elena kämpfte ihre Angst nieder, doch als sie ihre eigene Stimme in der Dunkelheit hörte, zuckte sie zusammen.

„Zeigt Euch und sagt, was Ihr wollt!"

Ein leises Kichern war die einzige Antwort und die darauf folgende Stille zerrte an Elenas Nerven.

„Ganz die unnahbare Herrin, was?"

Elenas Blut gefror zu Eis.

„Grenwick?"

Sie hörte ein schabendes Geräusch, und dann glomm eine kleine Flamme auf und entzündete eine Fackel.

„Ich freue mich, dass du dich noch an mich erinnerst."

Froh, dass sie ihren Gegner jetzt wenigstens sehen konnte, atmete Elena auf. Doch ihre Erleichterung kam zu früh, denn als Grenwick sich zu ihr umwandte, erkannte Elena den Wahnsinn in seinen Augen.

Derweil war Ramsay mit einiger Verzögerung heimgekommen. Voller Vorfreude presste er das kleine Schmuckkästchen an seine Brust und stellte sich vor, wie sich Elenas Augen vor Staunen über diesen funkelnden Anblick weiten würden. Eigentlich hatte er geplant, ihr das Saphircollier erst morgen früh kurz vor der Trauung zu schenken, doch nun konnte er es kaum mehr erwarten, ihr das Schmuckstück umzuhängen. Dabei kümmerte es ihn herzlich wenig, dass sich der Goldschmied lang und breit über die kurze Lieferfrist beklagt hatte. Glücklich glitt er aus Thunders Sattel und begrüßte Wulf mit demselben Übermut wie er ihn. „Na, du Racker!“

Erst jetzt fiel ihm auf, dass Leila wesentlich länger brauchte, um ihn zu erreichen, und er streichelte sie besorgt.

„Was ist denn mit dir los, Kleine?“

Obwohl sie ihm freudig und hingebungsvoll das Gesicht leckte, schien irgendetwas mit ihr nicht in Ordnung zu sein, und plötzlich ertasteten Ramsays Hände auch den Grund.

„Ihr zwei Heimlichtuer, das glaub ich ja nicht! Leila, du bekommst ja Junge!“ rief Ramsay begeistert und drückte sie fester an sich, bevor er sich Wulf zuwendete und ihn ausgiebig lobte.

„Du alter Haudegen, du! Jetzt wirst du auch Vater genau wie ich. Das nenne ich ein Hochzeitsgeschenk! Kommt mit, das müssen wir Elena erzählen. Sie wird entzückt sein.“

Zu dritt stürmten sie in die große Halle.

Ramsay ließ seinen Blick zielstrebig durch den Raum gleiten, doch er sah nur seinen Vater und einige der Soldaten, die sich bei einem gemütlichen Würfelspiel die Zeit vertrieben. „Guten Abend, Vater. Ist Elena schon zu Bett gegangen?“

„Sie hat sich nach dem Abendessen hingelegt. Aber sie lässt dir ausrichten, dass du unbedingt noch zu ihr kommen sollst.“

Ramsay machte sich sogleich auf den Weg und lachte laut auf, als Robert ihm hinterherrief: „Aber nur kurz! Es macht keinen guten Eindruck, wenn die Braut an ihrem Hochzeitstag übernächtigt wirkt.“

Als Ramsay die Stufen hinaufhastete, überkam ihn plötzlich ein ungutes Gefühl. Irgendetwas trieb ihn zur Eile, und noch bevor er die Tür zu Elenas Kammer öffnete, wusste er, dass er sie leer vorfinden würde. Kalte Angst erfasste ihn wie ein Sturmwind.

„Wo ist Elena?“, fragte er Amintha, die bei seinem Eintreten in einen Knicks versunken war.

„Weshalb fragt Ihr? Lady Elena ist doch bei Euch!“

„Was?“

Nun schien auch das Mädchen nervös zu werden.

„Gleich nachdem sie Eure Nachricht gefunden hatte, hat Lady Elena das Zimmer verlassen. Sie sagte etwas von einer Hochzeitsüberraschung, die Ihr für Sie habt.“

Eine eisige Hand legte sich um Ramsays Hand.

„Wovon redest du, zum Teufel? Ich habe ihr keine Nachricht geschickt. Wo ist sie?“ Aminthas vor Schreck geweitete Augen füllten sich mit Tränen. „Ich weiß es nicht. Lieber Gott, steh unserer Lady bei! Sie hat mir nichts gesagt.“

„Wulf, geh und such Elena!“

Augenblicklich machte Wulf kehrt, rannte den spärlich beleuchteten Korridor entlang und blieb vor der schmalen Tür stehen, die in den Ostturm führte.

„Braver Junge!“, lobte Ramsay mechanisch und stürmte mit gezogenem Schwert die steilen Stufen hinauf.

Mein Gott, nicht der Turm. Bitte nicht Elena, flehte er mit jedem Herzschlag. Lass nicht zu, dass Elena dasselbe Ende findet wie Amilie.

Elena warf einen verängstigten Blick in die Tiefe. Grenwick hatte sie mit gezogenem Dolch gezwungen, durch die kleine Falltür ins Freie zu klettern. Nun standen sie auf der Turmwehr. Der eisige Wind riss an Elenas Nachthemd und der zunehmende Mond schien gerade hell genug, um den irren Glanz in Grenwicks Augen zum Glühen zu bringen.

„So nehmt doch Vernunft an, Grenwick! Was habt Ihr davon, wenn Ihr mich tötet?“

„Rache! Gibt es einen süßeren Grund?"

Grenwick lachte ein eigentümlich wirres Lachen und Elena wich noch einen kleinen Schritt vor dem Dolch zurück, der ihr Baby bedrohte.

„Und wofür wollt Ihr Euch rächen?", fragte sie, um Zeit zu gewinnen. Ihr Gehirn suchte fieberhaft nach einem Ausweg.

„Wofür?"

Grenwick spuckte wütend aus und seine Augen durchbohrten Elena mit eisiger Verachtung. „Wofür, willst du wissen, du Hure? Die verdammten Cambells haben mir alles genommen, was mir zusteht. Meine Mutter war mit deinem Vater verlobt, bis diese verfluchte Hure auftauchte und ihn verhexte."

„Meine Mutter war keine Hure!", gab Elena hitzig zurück, bereute es jedoch sofort, als sie den glühenden Hass in Grenwicks Augen auflodern sah.

„Natürlich war sie das! Ich habe mir geschworen, dich zu heiraten und so endlich meinen rechtmäßigen Platz in der Gesellschaft einzunehmen, und wieder kam mir diese Hure in den Weg." Er lachte erneut sein irrsinniges Lachen. „Aber es war das letzte Mal. Dafür habe ich gesorgt."

„Ihr?", Elena schluckte. „Ihr habt meine Mutter vergiftet?"

Grenwicks Augen funkelten böse. „Aye! Ich habe sie getötet. Sie alle. Die Hure, deinen Mann, diesen Waschlappen, und auch deinen Vater. Alle sind sie durch meine Hand gestorben." Er trat näher. „Und alles nur deinetwegen. Du hättest mich heiraten müssen, du Flittchen. Du hattest die Wahl, aber du hast dich nicht nur falsch entschieden, du hast dich auch noch mit meinem Feind eingelassen. Aber das werde ich nicht zulassen! Du gehörst mir und sonst niemandem."

„Irrtum! Elena gehört zu mir!", erklang in diesem Moment eine kalte Stimme.

Elena und Grenwick stießen einen leisen Schrei aus.

Elena schrie vor Erleichterung. Sie zögerte nur einen winzigen Augenblick, doch das reichte schon, denn Grenwick schlang einen kräftigen Arm um ihren Hals und benutzte sie wie einen Schild gegen Ramsay.

„Geh, warte, bis ich hier fertig bin, dann bist du dran!“

„Ramsay“, schrie Elena ängstlich auf.

Doch Ramsay gönnte Elena keinen Blick, als er sehr langsam aus der Luke heraufstieg und Grenwick anstarrte.

„Lass sie los, du Bastard!“

Wieder erklang dieses irre Lachen. „Nenn mich nicht Bastard, ich bin von legaler Geburt.“ Grenwick zerrte Elena immer näher an die Zinnen. „Du kommst gerade recht, McFist. Du kannst zusehen, wie dein ungeborener Bastard mitsamt seiner Mutter auf dem Burghof aufschlagen wird.“

Ramsays Entsetzen wuchs. Mit jedem normalen, noch so erprobten Gegner konnte er es aufnehmen, doch mit einem Irren?

Grenwicks Augen waren weit aufgerissen und seine Stimme klang schleppend, als müsste er sich auf seine eigenen Worte konzentrieren.

„Du verstehst das nicht, McFist, niemand hat es je verstanden. Aber wir sind füreinander bestimmt.“ Er schüttelte Elena grob. „Ich wusste es immer. Sie hätte mich nicht ablehnen dürfen. Nein, nein, das hätte sie nicht tun dürfen!“

Ramsays Magen rebellierte heftig, als er die Dolchklinge langsam auf Elenas gewölbten Bauch zugleiten sah, doch er zwang sich zur Ruhe.

„Das hat mich wirklich sehr böse gemacht.“ Er leckte Elena über die Wange. „Aye, sehr böse. Und dann hast du auch noch das Kloster überlebt, du Flittchen!“

„Ihr wart dafür verantwortlich?“, keuchte Elena ungläubig.

Und Ramsay stellte sachlich fest: „Ich nehme an, dass du auch für den Tod der Äbtissin verantwortlich bist.“

Grenwick nickte gleichmütig. „Schließlich hat sie versagt, obwohl es mich ein kleines Vermögen gekostet hat. Sie hatte nichts Besseres verdient.“

Er betrachtete Ramsay wie ein widerliches Insekt, das es zu vernichten galt, und seine Stimme war voller Vorwürfe. „Und du bist nicht besser, du Bastard. Aber du bist nicht so leicht zu fassen.“

Ramsay erkannte bestürzt, dass Grenwick sich immer mehr in Wut redete. Er schien sogar die Zähne zu fletschen.

„Dann komm und töte mich jetzt!"

Zu Elenas Entsetzen warf Ramsay achtlos sein Schwert zu Boden und streckte die Arme zur Seite.

„Komm, ich gebe dir die Gelegenheit, mich unbewaffnet zu töten. Das ist es doch, worauf du immer gewartet hast!"

Grenwick zögerte und leckte sich die trockenen Lippen. Das war wahrlich verlockend.

Plötzlich war ein grollendes, gefährliches Knurren zu hören und gleich darauf ein zweites, weniger tiefes, aber nicht minder angriffslustiges. Wulf und Leila kamen in angespannter Haltung durch die Fallklappe herauf und stellten sich links und rechts neben Ramsay auf. „Schick sie weg!", zischte Grenwick wütend.

„Dann lass Elena gehen! Wenn du sie freilässt, werde ich die beiden auch wegjagen."

„Hör auf zu feilschen, du Bastard, oder ich schneide der Hure gleich die Kehle auf."

In diesem Moment rammte Elena ihm mit voller Wucht den Ellbogen in den Bauch und ließ sich zu Boden fallen. Dann ging alles sehr schnell. Ramsay sah, wie etwas Haariges davonschoss, er hörte einen grässlichen Schrei und ein gequältes Heulen. Dann stürzte Grenwick mit wild um sich schlagenden Armen über die Zinnen und Wulf lag reglos am Boden.

„Wulf!", keuchte Elena fassungslos und starrte entsetzt auf den Dolch, der dem armen Tier aus dem Leibe ragte – genau dort, wo sich sein Herz befand.

„Elena, bist du verletzt?"

Mit einem Schritt war Ramsay bei ihr und zog sie schützend in seine Arme.

„Nein, aber schau doch, Wulf hat mir das Leben gerettet, und nun wird er sterben! Alles ist nur meine Schuld!", weinte Elena herzzerreißend und Leila stimmte mit ihrem trauernden Heulen ein. Sie versuchte, ihren großen Gefährten mit der Nasenspitze zu wecken, und zerrte an seinem Ohr, damit er endlich aufstand, doch Wulf bewegte sich nicht mehr.

Im Hof war ein entsetzter Schrei zu hören, und wenig später schienen alle Bewohner von Turriff Castle dort versammelt zu sein, um voller Unglauben den zerschmetterten Körper eines Fremden zu betrachten.

Doch weder Elena noch Ramsay kümmerten sich um Grenwick. Sie trauerten gemeinsam mit Leila um Wulf. Ramsay strich sanft über das borstige Fell seines treuen Freundes und nahm schweigend Abschied. Dann half er Elena auf die Beine, die verzweifelt versuchte, Leila zu trösten.

„Glaubst du, dass du allein gehen kannst?"

Elena nickte und schniefte traurig, als sie beobachtete, wie Ramsay den Dolch aus Wulfs Körper zog und ihn achtlos wegwarf. Ganz vorsichtig hob er das schwere Tier auf, drückte es schweigend an seine Brust und bedeutete Elena, ihm zu folgen. Bei diesem Anblick weinte Elena noch mehr, denn nun weinte sie auch für Ramsay, denn er konnte es nicht. Nur der zuckende Muskel in seiner Wange verriet, wie sehr ihn dieser Verlust schmerzte. Langsam stieg er die schmale, in die Wand eingelassene Treppe hinunter in das unbenutzte Turmzimmer und hielt inne, als sein Vater, gefolgt von vier Männern, in den Raum stürzte. „Um Himmels willen, was ist denn geschehen? Wer ist dieser Kerl in meinem Burghof?"

„Ich erkläre es dir später."

Schweigend stiegen Ramsay und Elena die steilen Stufen des Ostturms hinunter. Die große Halle lag nun vollkommen verlassen und gespenstisch still vor ihnen. Die Strohsäcke, auf denen die Dienerschaft kurz zuvor noch geschlafen hatte, waren leer. Die Würfel hatten ihren Reiz verloren und halb volle Weinkelche warteten auf den Tischen. Einem kleinen Trauerzug gleich folgten Leila und Elena Ramsay, der Wulf noch immer fest an seine Brust presste, durch den Hof. Vorbei an den neugierigen Menschenmassen. Vorbei auch an dem Getuschel, den wilden Spekulationen der Dienstboten, die sich einen Reim auf die Ereignisse zu machen versuchten. Ohne nach links oder nach rechts zu schauen, ging Ramsay geradewegs auf die Stallungen zu. In einer freistehenden Box bettete er Wulf sanft ins frische Stroh. Sogleich legte sich Leila leise winselnd neben ihren Gefährten und leckte hingebungsvoll sein Ohr. Ramsays Finger gruben sich in das drahtige Fell, das sich noch immer warm und lebendig anfühlte, doch sein treuer Freund rührte sich nicht mehr. „Ramsay?“

Elenas tränenerstickte Stimme und die kleine, zitternde Hand auf seiner Schulter ließen ihn hochsehen.

„Es … Es tut mir so schrecklich leid“, schluchzte sie gequält auf, und Ramsay erkannte, dass sie sich selbst die Schuld an allem gab. „Wenn ich dich nicht gebeten hätte …“

„Elena!“

Ramsay stand auf und zog die bitter weinende Frau fest in seine Arme. Er wollte sie trösten, und auch ihn beruhigte ihre Gegenwart.

„Wenn du mich nicht in deine Dienste geholt hättest, wären wir uns nie begegnet, Liebes.“ Elena nickte schluchzend an seiner Brust und blickte aus nassen Augen zu ihm auf.

„Aber dann wären sie alle noch am Leben! Milvan, die braven Krieger von Castle Fraser und Wulf.“ Mit hohler Stimme fügte sie hinzu: „Sogar mein Vater. Alle würden sie noch leben.“

Ramsays Arme schlossen sich noch fester um ihren zierlichen, bebenden Körper und er vergrub sein Gesicht in Elenas Haar. „Hör auf, Elena, dich trifft keine Schuld. Man hat dich benutzt und ich danke Gott dafür, dass er unsere Wege zueinander geführt hat. Ohne dich hätte ich niemals erfahren, dass es außer Hass und Rache auch noch ein anderes, viel stärkeres Gefühl gibt.“

Erneut bebten Elenas Schultern unter einem heftigen Schluchzen.

„Ich liebe dich so sehr, Ramsay. So sehr, dass es manchmal beinahe wehtut.“

In diesem Moment stürmte Will völlig außer Atem herein. „Lady Ele … Oh! Entschuldigt, ich wollte nicht stören.“

Sowohl Erleichterung als auch Verlegenheit spiegelten sich in seinem alten, gutmütigen Gesicht und er wandte sich rasch ab.

„Bleib, Will!“, hielt ihn Ramsays Stimme zurück, und Will blickte betreten zu Boden. „Was wolltest du sagen?“

„Äh“, Wills bärtiges Gesicht rötete sich noch stärker, als er stammelte: „Ich konnte Euch nirgends finden … und ich …“ Er gewann seine Fassung wieder und brummte missmutig: „Verdammt, ich habe mir halt Sorgen gemacht.“ Noch ärgerlicher fügte er hinzu: „Mit

Euch beiden hat man aber auch wirklich nichts als Scherereien. Zum Teufel, ich werde langsam zu alt dafür."

Der bärbeißige Ärger, mit dem Will ihnen seine Zuneigung gerade bewiesen hatte, entlockte Ramsay ein kleines Lächeln, und Elena warf sich mit einem herzzerreißenden Schluchzer dem völlig verdutzten Will an den Hals und tränkte auch sein Hemd mit ihren Tränen. Dieser glühte vor Verlegenheit und wusste gar nicht, was er mit seinen riesigen Pranken anfangen sollte.

„Lady Elena." Er tätschelte ihr beruhigend den Rücken. „Nicht weinen, Mädchen".

„Entschuldige, Will, ich … ich kann einfach nicht damit aufhören. Vielleicht ist es die Schwangerschaft."

Will lächelte träge. „Nay, kleine Lady, Ihr seid bestimmt keine Heulsuse. Ihr seid erschöpft, ich muss wohl annehmen, dass man Euch schon wieder umbringen wollte?"

Als Elena erneut in Tränen ausbrach, schaute Will Hilfe suchend zu Ramsay hinüber, doch dieser kniete wieder neben seinem reglosen Freund.

„Wulf?", fragte Will mitfühlend.

Ramsay zog seinen Plaid von den Schultern und bedeckte damit das Tier.

„Er ist tot."

Will kämpfte gegen den Schmerz, der in seinem Inneren tobte, an. Es war Ramsays Leid, das er spürte, die Seelenqual, die er durchleiden musste. Wenn Wulf auch in den Augen anderer nur ein wildes Tier gewesen war, so war er für Ramsay doch stets ein Freund und treuer Wegbegleiter gewesen.

Ramsay erhob sich und seine Gesichtszüge wirkten unergründlich.

„Kannst du Elena in ihre Kammer bringen? Margarete oder ihre Zofe sollen sich um sie kümmern."

Will nickte schweigend, blieb jedoch an Ort und Stelle stehen, weil er ahnte, dass Ramsay noch etwas auf dem Herzen lag.

„Und … Kannst du Wulf morgen in den Wald bringen?"

Wieder nickte Will und führte Elena an den Pferdeboxen vorbei den schmalen Gang hinunter.

„Will?“

„Ja, Mylord?“

„Begrab ihn bitte. Ich möchte nicht, dass sich ein wildes Tier an ihm gütlich tut.“

„Ich werde ihm einen besonders schönen Baum aussuchen, Mylord.“

Als Elena und Will auf den Hof hinaustraten, war niemand mehr zu sehen. Nur zwei Knechte knieten noch am Boden und schrubbten das blutige Pflaster.

„Ich möchte bei Ramsay bleiben. Er braucht mich jetzt!“ protestierte Elena und wollte sich aus Wills Arm befreien. Doch dieser hielt sie zurück.

„Nay, Mädchen, Ramsay braucht jetzt Zeit für sich. Wulfs Tod geht ihm sehr nahe.“

Elenas Kopf fuhr herum, als sie plötzlich donnerndes Hufgeklapper hörte. Im nächsten Moment preschte Ramsay tief über Thunders Hals gebeugt aus den Stallungen, überquerte die Zugbrücke und verschwand in der Dunkelheit der Nacht.

„Wo will er denn hin?“, fragte Elena bestürzt.

Will drängte sie auf das Hauptportal zu. „Nirgends und überallhin. Jeder hat seine eigene Art zu trauern, Lady Elena.“

Elena zögerte. „Aber …“

„Er wird zurückkehren, keine Sorge!“

Kapitel 32

Grenwicks Enthüllungen über den Tod ihrer Eltern hatten Elena erschüttert. Ramsay beschloss daher, die Hochzeit um zwei Wochen zu verschieben. Auch fanden die Feierlichkeiten nicht auf Turriff Castle, sondern auf Castle Fraser statt. Die Dorf- und Burgbewohner nahmen diese Gelegenheit wahr, um sich bei ihrer Lady und ihrem neuen Herrn zu bedanken. Alle hatten sie sich in ihren besten Kleidern am Wegrand eingefunden und jubelten nun dem jungen Paar zu. An allen Türen und Pfosten waren bunte Bänder und wundervolle Blumensträuße angebracht. Elena sah sich gerührt in diesem blühenden Meer um und ergriff Ramsays Hand.

„Das haben sie alles für dich gemacht, mein Liebster."

Ramsay schenkte ihr ein Lächeln.

„Nay, mein Liebling. Für uns."

Als er sich zu ihr herüberbeugte und Elena einen liebevollen Kuss auf die Lippen hauchte, schwoll der Jubel zu einem wahren Orkan an, und Elena senkte mit glühenden Wangen die Augenlider. Auch wenn man es ihr nicht ansehen konnte, war sie sehr aufgeregt, und das nicht nur wegen der Hochzeit. Sie konnte es kaum erwarten, Ramsay sein Geschenk – oder besser gesagt – seine Überraschung zu präsentieren.

Als sie in den ebenfalls verschwenderisch geschmückten Innenhof von Castle Fraser ritten, wurden sie bereits von Robert und Melissa vor der kleinen Kapelle erwartet. Robert kam ihnen in gemessenem Schritt und mit feierlichem Gesicht entgegen. Wie sein Sohn trug auch er die dunkelblauen Farben der McFists, und sein leicht ergrautes Haar schimmerte in der Morgensonne wie reines Silber, als er Elena von ihrer kleinen Stute herunterhob und sich formvollendet vor ihr verneigte.

„Es ist mir eine Ehre, eine so wunderschöne Braut vor den Altar zu führen."

Elena wischte sich verstohlen eine Träne aus dem Augenwinkel. Mit einem Lächeln, das selbst die Sonne erblassen ließ, versank sie in einen anmutigen Knicks. Sie hoffte, dass Ramsay das leichte Beben in ihrer Stimme nicht bemerken würde.

„Ich könnte mir keinen besseren Brautführer wünschen."

Sie hätte es wissen müssen! Nicht einmal jetzt besaß Ramsay den Anstand, über ihre Weinerlichkeit hinwegzusehen.

„Plagt dich mal wieder mein Sohn, teure Gemahlin?", erkundigte er sich mit Unschuldsmiene. Elenas zischte: „Noch bin ich nicht deine Gemahlin und außerdem wird es eine Tochter, du Scheusal! Wie oft muss ich es dir denn noch sagen, bis es endlich in deinen Dickschädel geht? Eine To … chter!"

Ramsay und Robert brachen in gutmütiges Gelächter aus, und auch Elenas Stimmung hob sich wieder. Es tat so unsagbar gut, die beiden zusammen lachen zu hören.

„Ich glaube, wir bringen die Trauung besser hinter uns, bevor dir deine kleine Braut noch davonläuft, mein Junge."

„Mit diesem Bauch wird sie nicht schnell genug vorwärts kommen!" lachte Ramsay, und als Elena den unverkennbaren Stolz in seinen Augen sah, entschloss sie sich, ihn diesmal ohne eine Schimpftirade davonkommen zu lassen.

Der Earl bot ihr galant den Arm und Elena legte ihre zierliche Hand darauf.

Bruder Melcom – der Mönch aus dem Verlies – hielt eine wunderschöne Traurede, und trotzdem fiel es Elena sehr schwer, sich auf seine Worte zu konzentrieren. Viel zu sehr war sie in Ramsays geliebtes Antlitz versunken. Sie konnte nicht anders, sie musste ihn immerzu anschauen. Seine stolze Haltung, sein wundervolles Profil, das kantige Kinn …

Erst als Ramsay ihre Finger fast zerquetschte, erkannte sie, dass seine Haltung nicht nur stolz, sondern geradezu starr war. Sie blickte fragend zu ihm auf und vernahm das peinlich berührte Räuspern des Mönchs.

„Lady Elena Cambell, seid Ihr nun gewillt, diesen Mann zu Eurem Euch angetrauten Gatten zu nehmen? Ihn zu lieben und zu ehren, ihm Gehorsam und Respekt zu zollen?"

„Ja, das bin ich!“ gab Elena hastig zur Antwort und errötete bis zu den Zehen.

Sogleich ließ der Druck auf ihre Finger nach. Auch Bruder Melcom atmete sichtlich auf und beeilte sich, zum Ende zu kommen. „Ihr dürft die Braut jetzt küssen.“

Das ließ sich Ramsay nicht zweimal sagen. Bevor Elena überhaupt wusste, wie ihr geschah, lag sie bereits in seinen Armen, und die Glut seines Kusses ließ sie am ganzen Körper erbeben.

Nach einiger Zeit war es Robert, der sich vernehmlich räusperte. „Ich glaube, das reicht jetzt, mein Junge. Fürwahr, dieser Bund ist besiegelt.“

Zu Elenas maßlosem Entzücken errötete Ramsay wie ein kleiner Junge.

Als sie in den Hof hinaustraten, erscholl freudiger Jubel und alle wollten sie beglückwünschen. In der Menge entdeckte Elena Gavin und den kleinen Jimmy, die ihr verstohlen zunickten, und sie wandte sich aufgeregt an ihren Gatten.

„Jetzt kann ich dir endlich meine Überraschung geben.“

„Ein Geschenk?“, fragte Ramsay erstaunt und Elena biss sich vor Vorfreude auf die Unterlippe.

Ramsay lachte erfreut auf, als Elena wie eine Verrückte an seiner Hand zerrte und ihn zu einem ein wenig abseits stehenden Vorratswagen zog.

„Was ist denn?“

Doch im nächsten Moment erstarrte sein Lächeln auf den Lippen und er schluckte ungläubig. Die Plane hatte sich geteilt und ein riesiger, haariger Kopf kam zum Vorschein.

„Wulf!“, flüsterte Ramsay und glaubte, seinen Augen nicht trauen zu können, doch da sprang das riesige Tier aus dem Wagen und humpelte schwerfällig auf ihn zu.

„Wulf!“, schrie Ramsay und Elena hörte die Tränen in seiner Stimme.

Mit einem Schritt war Ramsay bei dem Tier und vergrub sein Gesicht in dem warmen Fell seines tot geglaubten Gefährten. „Mein Gott, du bist es! Du bist es tatsächlich!“

Plötzlich erscholl sein glückliches Lachen über den ganzen Hof.

„Verdammt Junge, wie hab' ich dich vermisst!"

Sein Blick glitt zu Elena. „Aber wie ist das möglich?"

„Will sollte ihn doch in den Wald bringen, erinnerst du dich?"

Ramsay nickte und Elena fuhr fort: „Er fühlte plötzlich einen Pulsschlag. Will hat mich gleich holen lassen."

Mit einem Hauch von schlechtem Gewissen, weil sie es Ramsay verschwiegen hatten, gestand Elena: „Wulf war damals mehr tot als lebendig und wir wollten nicht, dass du deinen Freund vielleicht ein zweites Mal verlierst. Deshalb haben wir beschlossen, dir vorerst nichts davon zu erzählen."

Noch immer betasteten Ramsays Finger den mächtigen Körper seines Wolfes, als müsste er sich vergewissern, dass er wahrhaftig und lebendig vor ihm stand.

„He, mein Sohn, eigentlich solltest du diese Begeisterung deiner Frau zollen, schließlich bist du jetzt ein verheirateter Mann!", mischte sich Robert mit gutmütigem Spott ein.

Ramsay erhob sich und Elenas Herz schwoll an, als sie in sein vor Glück strahlendes Gesicht schaute.

„Oh ja, Vater, ich bin mit der besten Frau verheiratet, die es überhaupt gibt."

Er zog Elena in seine Arme und verschloss ihren Mund mit einem leidenschaftlichen Kuss, der ihr all seine Liebe und all seine Dankbarkeit offenbarte.